The Copy of Love
爱的复制品

梁 华 | 著

（上）

台海出版社

图书在版编目（CIP）数据

爱的复制品：全2册/梁华著.—北京：台海出版社，2017.8

ISBN 978-7-5168-1506-9

Ⅰ.①爱… Ⅱ.①梁… Ⅲ.①短篇小说-小说集-中国-当代 Ⅳ.①I247.7

中国版本图书馆 CIP 数据核字（2017）第 183908 号

爱的复制品

著　　者：梁　华	
责任编辑：刘　峰	装帧设计：天下书装
版式设计：天下书装	责任印制：蔡　旭

出版发行：台海出版社
地　　址：北京市东城区景山东街 20 号　邮政编码：100009
电　　话：010-64041652（发行，邮购）
传　　真：010-84045799（总编室）
网　　址：www.taimeng.org.cn/thcbs/default.htm
E-mail：thcbs@126.com
经　　销：全国各地新华书店
印　　刷：三河市人民印务有限公司
本书如有破损、缺页、装订错误，请与本社联系调换

开　　本：710mm×1000mm　　1/16
字　　数：450 千字　　　　　　印　　张：36
版　　次：2018 年 9 月第 1 版　　印　　次：2018 年 9 月第 1 次印刷
书　　号：ISBN 978-7-5168-1506-9
定　　价：68.00 元（全2册）

版权所有　翻印必究

第一章 　 婚姻突然成了一座违章建筑　　// 001

第二章 　 痛已悄悄与身体长在了一起　　// 018

第三章 　 费心费钱掉眼泪　　// 037

第四章 　 跳板与牢宠之间的关系　　// 059

第五章 　 逃得轰轰烈烈，或是窝窝囊囊　　// 079

第六章 　 他算是一张体面的牌　　// 095

第七章 　 婚姻里最欠缺的就是爱　　// 113

第八章 　 用得最多的是谎言　　// 131

第 九 章	一个吻用尽了所有的理智	// 148
第 十 章	最厉害的侦探——妻子	// 164
第十一章	以伤治伤，傻到极点	// 179
第十二章	抽身时片叶不沾	// 194
第十三章	光芒万丈的二手女人	// 211
第十四章	爱情有毒	// 228
第十五章	这些标签性的物质	// 243
第十六章	带着灵魂去恋爱	// 262

第一章
婚姻突然成了一座违章建筑

小三，当今社会人人听到这个词都会会心地一笑。偏偏她就叫杨小三。这不能怪爹妈，出生的时候，杨小三这个名字就已经在母亲的脑海里成型。两个哥哥，一个叫杨东，一个叫杨南，父亲原本计划生四个孩子，正好东南西北凑四方，谁知道等杨小三呱呱落地才知道是个女孩，母亲干脆取了个容易记的名字，又觉得"小三"二字太简单，琢磨了一夜，在三字旁边加了个单人旁，叫"杨小仨"。

十八岁那年，杨小仨去办身份证，回家的路上听了一段广播，A市新开张了一家粥店，取名叫"仨仁堂"，想必也是花费了一番苦心想了这么个武馆般的名字。新店开张，广播里做广告，磁性的嗓音说出来的却是"三"的音。

杨小仨打通了广播台的电话，当着全市人纠正了读音："仨"字念"sa"而不是"san"。磁性嗓音第一次在公开场合被拆了台，一激动，反问了一句："那岂不念'杀人堂'？"

就这么一句话，磁性嗓音光荣下了课，A市人足足笑够了两个月，而"仨仁堂"终于没熬过那年春天，也跟着"光荣"了。

那一次后，杨小仨决定改名。几个月下来，从户口本到身份证全换了下来，杨小仨变成了杨小三。

天有不测风云，"小三"一词，仿佛一夜之间就风靡全国，人人得以诛之。杨小三又开始屁颠屁颠地跑派出所，轻车熟路地做好了一整套材料往上一递，改名的要求被驳了回来，原因是超过二十五岁，定性了。

于是，杨小三就这么壮烈地被"定性"了。

爱情是一篮子苹果，几乎人人喜欢，但吃一口就又丢了回去。当情窦初开时，一般面对的是一篮子烂苹果。而杨小三很聪明，一开始就懂得努力地刨啊刨，终于刨了个没被人咬过的苹果，于是赶忙抱着下了"战场"。她的老公丁聪，娇生惯养的独子，父母外加杨小三的心肝宝贝儿。中学里的老师，教的是非主流音乐，拿钱不多，却很轻松，平日里喜欢附庸风雅、无病呻吟地在小报上发表诗词歌赋，钱是没赚到，却成了A市小有名气的诗人。

历史证明，诗人通常养活不了自己，家里大部分收入来源于杨小三，她起早贪黑地工作，是家里家外的模范女人，人人都笑她傻，她却有自己经典的言论：男人啊，在家种花总比在外养"花"强。为了防着这个"野花"，杨小三宁愿自己辛苦些，好生守着这盘菜。

过年婆婆从乡下来了，一住就是七天。上蹿下跳地差不多要把杨小三家的房顶掀了。总算送走了婆婆，杨小三长长地松了口气，回家的路上买了条新鲜的鲤鱼，准备做拿手的松鼠鱼，与丁聪好好地过过假期最后一天。

丁聪开车送婆婆回乡下，一直到了晚上六点才回了家。推了门，一声不吭地坐在了沙发上，开了电视看CCTV的英文频道。

杨小三端上了鱼，特地加了茴香的松鼠鱼，一股子香味弥漫了整个屋子："老公吃饭了，你最爱的松鼠鱼。"

丁聪应了一声，懒洋洋地起了身，坐在餐桌旁，低着头一声不吭地吃着饭。

"怎么了？累着了？"杨小三问。

丁聪摇了摇头。

"菜不合胃口？"

丁聪又摇了摇头。

"是不是这几天我什么地方没做好，惹咱妈生气了？"杨小三问。

"别瞎猜，妈高兴得很。"丁聪低头说，"吃饭。"

一顿饭，杨小三饭没吃饱，倒是生了一肚子气。饭后，杨小三拿起了丁聪爱吃的苹果仔细削了起来。

丁聪洗完碗后，磨蹭着走了过来，坐在了杨小三的身边。

杨小三转头见他像是有话要说的样子，于是说："有话快说，有屁快放。"

"我……我在外面有人了。"丁聪的嘴里终于憋出了一句。

"啪!"杨小三手里正削着的苹果皮断了,落在了茶几玻璃上。她咬着唇,没说话,将削了一半的苹果往桌上一放,又从篮子里拿了一个苹果,开始仔细地削起来。

丁聪见杨小三没一点儿反应,或打或骂,或要死要活,倒希望她来得痛快,索性豁了出去继续说:"她有我的孩子了……两个月了。"

"啪……"杨小三手里的苹果皮又断了,她用力地将削了一半的苹果放在桌上,重新又拿起了一个苹果削起来。

"小三,我们离婚吧,房子、车子都是你的,我净身出户。"丁聪深吸了一口气,说完了藏在心里很久、最关键的一句话。

苹果皮断裂了,落在了地上。杨小三将削了一半的苹果丢进了垃圾桶,重新又拿了一个,仔细削了起来。丁聪坐在一旁,气氛诡异地安静,完全不像一场轰轰烈烈的分手戏。终于,杨小三削好了皮,苹果皮连成一整条,没有断。

杨小三仔细看了看苹果皮,将它丢进了垃圾桶,一手拿着刀,一手将苹果递给了丁聪。

"你……你……想做什么?"丁聪紧张得竟有些结巴。

"你不是要净身出户么?我在寻思着怎么个净身法。"杨小三答。

"你!"从未有过男子汉气概的丁聪冲着杨小三吼着,"无论你怎么决定,反正我决定离婚。咱们好聚好散,以后还是朋友,家里的东西我全不要了。若是闹,我也不怕耗了,到时候家产一人一半,我们算个清清楚楚。"

杨小三听了,轻声一笑。丁聪的一席话,像拆迁队对钉子户做思想工作,恩威并施。当爱情不在时,婚姻就成了违章建筑,拆不拆已经没有任何的意义,无非就是个钱字而已。而杨小三从未看重过那花花绿绿的人民币。

"那就离吧。"杨小三慢慢起了身,"给你三分钟时间吃完苹果,给我滚出去。"

防火、防盗、防小三,杨小三今儿才明白什么是防不胜防,纵使你分析了男人所有出轨的原因,努力地做好每一个预案分析,该来的始终会来,没有任何理由。

拆迁队大战钉子户第二招:速战速决,决定下来的事一定要马上白纸黑字写在纸上,最好不要过夜。

追溯到父辈,结婚是一件亲戚、朋友、组织都掺和的大事,至于离婚,那是一件上惊动领导、下败坏门风，想都不能想的错事。而如今结婚和离婚都是同样可以做到天不知地不知，至少，对于现在的杨小三来说，区别只有一点不同，结婚进左边的门，离婚进右边的门。

一早，几乎一夜未睡的杨小三刚迷糊入了梦，手机就响了，使劲地揉眼才看清了来电显示——老公。习惯是可怕的东西，她于是毫不犹豫地接了起来，几分慵懒几分撒娇的口气说："老公，让我再睡会儿。"

对面一阵宁静，丁聪像是吞了好几口唾沫，才鼓起了勇气说："今天新年第一天上班，我们去离婚吧。"

那种口气就像在说，今天我们第一天上班，去庆祝吧。

这一句话，杨小三什么梦都醒了。

杨小三向公司请了个假，出门的时候已经上午十点。细想了一下，决定招辆出租。开出租的是一个四十多岁的中年人，见杨小三顶着熊猫眼睡眼惺忪的样子，就自作主张地替她下了判断："丫头，定是假期黑白颠倒的日子久了，患了假期综合征，怕上班迟到，起不了床才想起打的吧？"

杨小三一听，干笑了两声："还好，民政局不打考勤。"

中年人一听乐了，答："敢情公务员啊，丫头好福气啊。"

杨小三一听，眼皮子一耷，答："不是，我是去民政局离婚。"

中年人一愣，差点闯了红灯。

民政局楼下，杨小三见到了早已等候在那里的丁聪。丁聪一见杨小三的面，就像从身上卸下几吨货一般松了口气。杨小三见他那样，气没打一处来，忍了忍也没说话，径直绕开他往里走，丁聪见了小跑着跟了上去。

进了大门，大厅里有一张桌子，写着"咨询台"，一位大妈坐在台前捧了杯普洱茶正看着报纸。大厅一侧的休息椅此时坐着数十人，有争得面红耳赤的，有声泪俱下的，跟菜市场一般热闹。

丁聪看了看杨小三，走向咨询台，他轻轻敲了敲桌面，大妈不耐烦地抬起了头："结婚向左，离婚向右。"

杨小三走上前，接了话题说："我们离婚。"

大妈仔细地看了神态自若的两人，这一对倒是清净得很，于是多了句嘴问："家产、孩子的事情都谈妥了？"

丁聪赶忙回答："商量好了的，家产归她，我净身出户。"

大妈眼皮一抬，不屑一顾地看了丁聪一眼，说："我只需要你回答是还是不是，没让你把细节告诉我，这事情很光荣？要离婚先排号，排号机在那边。"

杨小三一愣，问："离婚还需要排号？"

大妈眼一翻，反问："不想排？那就结婚吧，人少，不用排号。"

"你这人怎么说话的？"丁聪重重拍了下桌子，杨小三伸手拉住丁聪，一边拉一边回头，对着大妈说了句："对不起，对不起。"

离婚就是一出戏，戏里戏外两个主角，一个是自己，一个是自己的一部分。案板上一搁，剁手还是剁脚，只有自己心里才能琢磨出个味儿。

拆迁队大战钉子户第三招：不留后患。所有与违章建筑有关的东西，只要上了合同，第一时间全部毁掉。

如今的政府提倡精简办公、优化流程提高效率，减少公众办事的时间，最有成效的就是办离婚的手续。以前按照固定流程，还有居委会的热心老大娘来做做思想工作，而如今钢印一盖，一拍两散，与吃顿饭一般简单。

杨小三第一个走出了大门，没走几步，后面脚步声响了起来，知道是丁聪追了上来，以为他后悔了，于是刻意放慢了脚步，没几分钟，他追了上来，拦住了杨小三。

"你下午有空没有？"丁聪问。

"只请了半天假。"天底下的女人都一样，即使一块自己最爱的蛋糕放在了嘴边，也会虚伪地说一句："我在减肥。"杨小三也不例外，说了这一句，心里憋着的后半句"我可以再请假"还没有机会蹦出来，丁聪已经把话头接了过去。

"那正好，下午我回去收拾下东西。"

说完，像欠了杨小三一屁股烂账还不清了一般，一溜烟就走了。

一头凉水，把杨小三心底里最后一丁点火星也熄灭了。

回了公司，还在楼下的大厅就见到了自己的损友刘海燕。那丫头生理年龄比杨小三大一岁，可心理年龄比她小一轮，没心没肺的主儿，最爱做的事就是一惊一乍地聊八卦。大厅老远见了杨小三，迎了上来就咋呼："你鬼上身了？"

这种事只会越描越黑，杨小三努力地挤了点笑容答："假期综合征。"说完进了电梯，刘海燕跟了进来。

杨小三所在的部门是公司最忙碌的部门，也是最被人瞧不起的部门：营销二部。经理叫黄姚,外号"黄世仁",是个女人,熬到这种位置的女人,一般来说都不是正常人,不是白骨精就是老处女。四十多岁了,孤身一人,据前辈说,她一天到晚包括梦话讲的全部都是工作,对于一般女人来说,没有男人会死,而对于她,没有工作她会死。整个部门在黄姚的调教下,除了工作没有任何的"调料"。

今天,杨小三特别忙碌,特别喜欢揽事,连扫垃圾整理报纸的事都被她抢了去。经众人分析得出结论:过年吃错药了。

晚上七点,杨小三下了班,一段漆黑的路的尽头,没了熟悉的灯光。开了门,自己拧开了灯,熟悉的东西少了一半,那把曾经追求她时弹奏的吉他,那套自己年终奖为他买的音响……杨小三歪着头看着空荡荡的四壁,不是说净身出户,能拿的都拿着走,甚至还包括那些东西上寄托着的回忆。

空荡荡的屋子里,杨小三没有待到十分钟,穿鞋,拿包,一气呵成,越快越好,几乎像是逃难一般逃离了家。

杨小三彷徨在闹市,哪儿人多越往哪儿钻。随着夜深,人越来越少,越来越冷清。杨小三找了家酒馆,点了个小菜,要了瓶二锅头,菜还没有上,酒已经喝掉了一半。

老板一手端着菜,一手竖起了大拇指:"丫头好酒量!"

杨小三眯着眼,笑得灿烂。看着不停晃动像有好几根的大拇指,她笑着答:"我今天第一次喝酒。"

每一场的邂逅被确定前,只是一次在茫茫人海与陌生人的相遇,就像每天上公交车后见过无数的面孔,感觉那是在欣赏路边的一排梧桐,又不同又相同。

一瓶白酒见底,夜已深,下了雾气。老板推醒了趴在桌上的杨小三,下了逐客令:"美女,快一点了,我们要关门了。"

杨小三站了起来,醉酒的滋味感觉挺不错,除了胃里有些倒腾,脑袋里却舒服多了,好像很多事情都想不起来了一般。难怪这么多人喜欢喝酒了。扶着墙循着墙根,她出了小店。冷风一吹酒劲一来,胃里更倒腾了。

没走几步,她冲到了路边的梧桐树下,本来一整天没吃多少东西的胃倒腾了半天,只呕了些酸水出来。呕完后,胃里一阵一阵地开始抽痛起来。从初中到高中到大学,所有老师和同学对杨小三的评价是,阎王爷打了个盹,将她错投了女胎，二十八年的生涯，除了那少不更事的婴儿期，就从没有人见过她的眼泪。就像没女人就不是男人一样，没眼泪就不是女人。

这一点来说，她真的不够女人。

半个小时后，杨小三站了起来，打了几个酒嗝后，伸手擦了擦嘴，摇晃着冲出了马路，伸直双手直挺挺地站在了路中央。在她的心里绝对没有过轻生的想法，但此时也许是酒精刺激，也许那一股子倔劲，她想也没想就冲了出去。

远处，发动机的声音传来，带来了一阵风，她闭上了眼。

一阵尖锐的刹车声响起，车在距离杨小三不到十厘米的位置停了下来。杨小三睁开了眼，迷糊的视线中蓝色的影子，像她最爱的蓝色床单，于是摇晃了几下，顺势倒在了汽车引擎盖上。

周友辉惊了一身冷汗，见人还趴在引擎盖上一动不动，忙下了车，伸手拍了拍杨小三的肩膀："喂，丫头，伤到哪里没？"

杨小三翻过了身，浓重的酒臭味熏得周友辉退了一尺。

"真暖和，老公，你买了新的电热毯，对不对？"杨小三眯着眼躺在引擎盖上。

周友辉看了看她的表情松了口气，断定没什么大碍，于是问："你住哪里？"

杨小三一阵轻哼："没家了，家早上就没了，还要什么家啊！"说完又倒在了引擎盖上。

周友辉用力拍她的肩膀："喂，喂，丫头！"

杨小三用力打掉周友辉的手，不耐烦地说："今儿床怎么这么硬？"

周友辉摇了摇头，将杨小三从引擎盖上拉了起来，扶进了车上，扣紧安全带，拿起了她的包翻找一遍，找出了手机，一看没电了，于是拿起了钱包翻了翻，找出了身份证："包里还有几百块，帮你找个酒店好了。现在这 80 后啊……"

周友辉仔细地看了看她的身份证，这一看乐了，忍不住说："你这名字取得可真有意思，小三，很有时代感。"

杨小三迷糊地坐在车座上，隐约听到有人在说起"小三"，心里憋屈，突然用扯破喉咙的嗓音大声喊："小三，小三！我就要当小三了，男人都是混蛋！这辈子呀，我就决定当小三了，当小三！"

周友辉听了，叹了一声："小三有什么好的。"

"小三……小三就是好了，起码只会让别人伤心，不会让别人伤自己的心了。"

周友辉一边开着车，一边答："行行，别吼了，知道你叫小三了。你真当自己后妈生的，小丫头，什么不学好，学人争着当小三了。"

杨小三头一仰，又扯着嗓子大吼一声："我就是要当小三了，怎么着，谁敢管我？今儿杨小三就这么决定了，就要当一个全世界最最……最厉害的小三了，偷遍全世界臭男人的心，让他们妻离子散，永远尝不到真爱的滋味。"

"目标宏大，任务艰巨。"周友辉听了，笑着调侃了一句。

"当……当然了，肯定不……不辱没了我杨小三的名号了。"杨小三扯着嗓子喊了一句后，倒在了座驾上竟睡着了。

惯性定律定义，任何物体在不受任何外力的时候，总保持匀速直线运动状态或静止状态，直到有外力迫使它改变这种状态。所以，无论相爱、出轨还是离婚，从来就不是一个人的错，就像杨小三，在没有遇到周友辉前，丁聪给她的伤肯定会惯性延续很久，可是遇到了周友辉后，一切都变了。

周友辉一边开车，一边沿路看路边的宾馆。他是个商人，绝对不会做赔本的买卖。他刚数过杨小三包里的钱，三百多块的家当，是怎么也付不起五星级的房费。

周友辉知道 A 市的酒店都在滨江路上，而这小街上，他真有些不清楚了。车子慢慢开着，车窗上反射出街道边闪过的霓虹灯，周友辉探着头，看着招牌。

终于，周友辉找到了一家外面看着还算正规的商务酒店，扶着杨小三走进宾馆。夜深了，狭窄的大厅里没一个人，服务台前坐着一个三十多岁值班的服务员，嗑着瓜子看着电视。

周友辉扶着醉醺醺的杨小三走上去。

"一个标间。"

服务员从上到下看了周友辉，挺斯文的一个人，四十多岁的年纪，一身的名牌，心中难免又多了一句感叹，世风日下，天底下的男人都好这一口，都是些道貌岸然的伪君子，于是没什么好脾气地说："身份证。"

周友辉低头从包里拿出杨小三的钱包，找出了身份证。

这样一个动作惊醒了睡得正熟的杨小三，靠在周友辉肩膀上大叫说："我是小三。"

服务员诧异地盯着周友辉。

周友辉忙递过了身份证，对服务员说："她刚说的是她的名字，名字，她喝多了，别听她说的。"

杨小三一听，又把话题抢了过去："名字？名字？名字我再也不改了，我就要当小三了，气死你们这些王八蛋，成不成？"

周友辉堆了一脸笑容看着服务员："她喝多了，喝多了。"

服务员见怪不怪地轻笑了一声，低头扫描着身份证，之后，手又在他面前一摊："你的身份证也要。"

周友辉听了，摆手道："我的？你误解了，我不认识她的。"

服务员轻车熟路地回答："不认识的也需要啊，公安局规定了，你就是领导来开房，那也要出示身份证的。"

周友辉解释："我有自己家的，不住这儿，送她上去后马上就走。"

服务员又从上到下打量了周友辉一番，说："知道，完事了就走。几点了，赶紧拿身份证，别吵着其他客人了。"

周友辉一听，几十年修来的好性子再也稳不住了，一巴掌拍在了桌子上，瞪了服务员一眼，抓回了放在桌上的杨小三的身份证，骂了一句："你这破店，我还不住了。"

说完，一把将烂醉的杨小三扶在了肩膀上，走出宾馆。

第二日一早，杨小三被自己手机的闹铃吵醒。杨小三的观念，虽然自己穷了点，没有大把大把的钱挥霍，但起码没做什么亏心事，活得不好，可睡得好。所以她一贯睡眠质量都相当高，手机的闹铃需要响三次。

在手机的不懈努力下，杨小三终于醒来，睁开眼，漆黑的一片好似还在半夜，于是伸手寻着声音的方向摸到这破手机，就这么一丢，整个世界安静了。

手机一丢，人反而清醒了，第一个感觉，今儿这个床真不是一般的舒服。正思量着是不是昨日里换了新被单的缘故，这一想，人一个激灵就坐了起来，瞪着铜铃大的眼睛看着四周。

漆黑的一片，胡乱摸到了台灯，按了开关。

一个四十多平方米的卧室，只放了一张大得离谱的床，白色的床单白色的枕头，单调得如医院床位一样，右边是淡蓝色用金丝绣了边的落地窗帘，遮光的效果应该是一流。

杨小三的第一个念头就是检查自己的衣服，酒后失洁的烂调子不会发生在自己身上。掀开被子看了一眼，俱在，还好没有中五百万！于是长吁一口气，起身下床。

床头放着的字条，杨小三拿起，轻声读出来："如果你是贼，柜子里有三千，自己拿了就走，超过三千后果自负。如果你是骗子，很不幸，经检查你没有受伤，我一毛钱不会给。如果是其他的，不用感谢，大门在右手边，出门记得锁门。"

"这是个什么人啊？"读完后，杨小三啐了一句，不过有一句可以肯定，一定是个有钱人，而且是一个很吝啬的有钱人。罢了，都过了二八年华的人，确切地说是个弃妇，早就没什么资本和信心，奢望着跟有钱人玩一场童话游戏。

于是提起了笔，在字条后面工工整整写了一句："不好意思，你权当我是找错酒店的客人，看你房间标准，布置得跟停尸房一样，充其量就三星级，留下两百块房费，不用找了，谢谢。"

杨小三拿起包，数了数里面的钱，拿出了两百放在了床头，推开门走了出去。

出了门，杨小三呆住了。此时山风吹得正烈，头发被吹成了鸡窝，站半山之中看着悬崖下，眼见着一条公路如一只蚯蚓一般蜿蜒到山脚，路上别说公交车了，一个人影都没有。

"真混蛋丁聪你就是个混蛋。"杨小三冲着山涧喊了一声，回音传来，很久没有骂过人的她，一句话骂出口，心里觉得特别爽，于是又忍不住骂了几声。

骂完，杨小三拿着包顺着路往山下走，一直走了快半个小时，也没有见到人家，心中忍不住又骂了一次，昨日隐约记得那个人的，好像是个男人，年纪不轻。心中又多叹了一声，真的是福无双至，祸不单行。别人伤心喝酒，我也喝酒，别人醒来睡大街也好，睡"难民署"也好，这荒郊野外跟进了狐狸窝一样。

张敏是杨小三的发小，两人从小就互相损到大。张敏一米八的模特身材跟只有一米六不到的杨小三粘在一起，得了一个称号："高矮不说"。张敏天生丽质，丹凤眼，桃花貌，而杨小三脸从不露喜怒，属闷骚型，故在大学里两人又得一封号："天生一对"。张敏有做小三的外表，杨小三有做小三的内涵，两人一合并，珠联璧合，绝对是做小三的一流人才。

杨小三拿着手机到了走廊的尽头，电话一通，骂道："你抽风了，一大早一个劲地给我打电话。我第一次挂了就说明有事，现在可好了，你一口气这三个电话，我已经被罚一百五了，你咋不再多打两个，我凑二百五算了。"

张敏抽泣着说："我是疯了。"

杨小三一听不对，忙问："咋了？你现在在哭？"

张敏抽泣着说："我现在在高速路上，正开车到你那里，一个小时就到你公司楼下，见面再说。"

杨小三说："大姐啊，我要坐班的，哪里像你做老板的这么闲啊。"

张敏气道："反正我不管了，气儿正不顺，得找人说说，我想来想去就只想到了你。我正高速路上飙车来着，一百五十公里了。"

杨小三说："你那技术飙车？受啥刺激了？你赶紧把车给停了，一百五了，还在打电话，中国每年死多少人，都是你们这些马路杀手干的。"

张敏恨恨地："马路杀手咋的，我今天就是想寻死来着，正好还可以拉个垫背的。"

杨小三挂了电话，眉头皱得紧紧的，思考着是不是过年的时候没给老天爷上一炷香的缘故，所以年一过就开始找她寻开心了。

此时，张敏开着一辆现代跑车奔驰在高速路上，一手握着方向盘，一手拿着纸巾擦眼泪。车子的方向盘下的格子里已经装满了一叠纸巾，放在副座上的手机一直在响，手机液晶屏显示来电：老公。

手机顽强地响了十多分钟，张敏接起电话。电话的一头，宋林昆一边拿着手机一边走出机场，他抬头看了一眼头顶飞过的飞机，长吁了一声。

宋林昆求道："老婆，你还想怎样，打也打过了，骂也骂过了，消气了吧？"

张敏说："没，早着呢。改明儿我还打算找一个帅哥上床呢，咱也把激情的声音录下来，给你做铃声怎样？天天听才够范儿。"

宋林昆继续告饶:"老婆,我知道错了,行不行,你听我解释好不好?"

张敏怒了:"高速路上,一百五十公里了,想我早点死就再多说几分钟。"

宋林昆妥协:"那我马上挂了,我的好老婆,千万小心,千万,气不顺你向我撒啊,保准打不还手,骂不还口,可你别折磨自己啊。"

张敏威胁:"挂还是不挂?"

宋林昆软了:"挂、马上挂……我挂了啊?答应我,你慢点开。"

宋林昆挂了电话,长叹了一声,急忙转身,哪知刚一转身,身体直直撞上了一辆手推车,手推车上行李落了一地,宋林昆捂着关键位置原地跳了十多圈,四周的人群围了上来,推着行李的是一个小姑娘,红着脸羞涩地道歉:"对不起,对不起……"

巨人公司业务二部有一条黄世仁定下的近乎变态的制度:如果一个人得罪客户,影响了业务,那就要实行连带制度,一整组的人都要被罚。

当杨小三听完了平日里口齿伶俐的张敏花了两倍以上时间,一把鼻涕一把眼泪讲出了老公养小三的故事后,她的眼瞪得跟铜铃大,难道老天爷整了她还不算,连带着张敏也拖下了水?

杨小三一脸严肃地问:"啥时候的事?"

张敏又抽了张纸巾,擦了擦眼泪,说:"昨天发现的。我当时就跟他不客气,打了他一顿,他愣是没还手,身上被我抓得全是血痕。"

杨小三听了,想起了丁聪,心里不是滋味,于是答了句:"他让你打不还手,表明心里还有你,还在意这个家,总比那些连个参加复活赛的机会都不会给你的人强。"

"你这句话什么意思?"张敏听了,问,"不会你也出了什么事?不过想来也不会,丁聪这男人,要钱没钱要权没权,要人才那也没人才,只有你才会巴巴地跟着他。"

杨小三听了,干笑了一声,岔开了话题,问:"女的呢?"

"苍蝇不叮无缝的鸡蛋,所以我放她走了,说马上回北京了,还是一个名牌大学的在校大学生。我啊,经常看报纸上报道现在的女大学生都兼职做小三,当时还笑这些女人为了钱没品,真没想到这事今天居然也会轮到自己身上。"

杨小三叹了一声:"我说你们两口子尽往钱眼钻,搏了这几年,公司都做这么大了,还不甘心,还要让他去北京发展,这下可好,公司还没发展好,先把小三发展了。"

杨小三着实不会劝人,一句话,张敏哭得更大声了。杨小三摇了摇头,从纸盒里抽了一张递给了张敏:"再哭,我怕老板要过来额外收纸巾费了。"

张敏说:"我怎么知道公司没发展出什么名堂,倒把小三先找上了?三儿啊,我求你件事,帮我找一私家侦探,我要查。"

杨小三一愣问:"查什么?"

张敏凑了下来,轻声地说:"查那个女的跟我男人之间的事,每个细节我都要了解得清清楚楚、明明白白。我昨晚一宿都没有睡着,若不查,我想这辈子都会睡不安生。"

杨小三说:"你查来做啥?想要离婚了,好争家产?"

张敏一摇头,斩钉截铁地说:"不离。我赚了那么多钱,离了,便宜了那小三了?"

杨小三又叹了一声:"不离,你查个屁。你还是别查,女人就这么喜欢闹腾。"

手机响了,张敏拿出了手机,见是宋林昆的电话,就直接递给了杨小三说:"他的,你接,我现在不想听他的声音。你就跟他说我没法接电话,严重点。"

杨小三接了电话,无奈地说:"喂……"

宋林昆听出了声音有些不对,于是疑惑地问:"敏敏?"

杨小三捏着声音,用标准的普通话说:"不是。我是高速路天宝路段交警大队的,你跟事故车主是什么关系?"

宋林昆一听,脑袋里一阵轰鸣,他差点站不稳脚跟,结巴地问:"出……出车祸?别吓我……啊?人怎样?我是她老公。"

杨小三说:"不知道,120 刚送走。"

宋林昆极度焦躁,手都抓不稳手机,问:"在……在哪儿?我马上过来……可别……出事啊。"

张敏听了,慌忙从杨小三手里接过手机,一听对方手机已经挂了:"你说啥?车祸?我没听错吧?"

杨小三答："不是你说的么，要说严重点么？"

张敏大叫了一声："这次被你害惨了。"

说完话，抓起包拿起手机奔出了咖啡厅。

外面似乎下了场春雨，玻璃窗上像是有雨滴如泪水般缓缓落下，成了一块磨砂的玻璃，张敏站在外面，正一边拿着手机，一边慌忙开着车门。

上车那一刻，张敏冲着杨小三挥了挥手，杨小三嘴角僵硬的肌肉着实费了些工夫，才挤了个还算满意的笑容。张敏的现代跑车走了，空荡荡的停车位不到一分钟就被另外一辆车代替，一对情侣挽着手走了进来。

杨小三转了头，低头看着已经凉透了的咖啡。婚姻也许就像那热气球，每一次出轨就像气球破了个洞，有些可以补救，充其量打个补丁，譬如张敏。有些破得像篮球一般大，就算是想打补丁，也有心无力，譬如自己。想到这里，杨小三将冰凉的咖啡倒入了嘴里，结了账，走出了咖啡厅。

走出的那一刻，看到街道上熙熙攘攘的人流，突然间找到了安慰自己的理由，如今物欲横流的社会，满街都是那打满补丁勉强撑着的热气球，与其这样辛苦，倒不如一个人洒脱。

周友辉结束了早会，他对自己的表现很满意。整理了下衣服走出了会议室，几个副总唯唯诺诺地跟在他身后。

手机响了，他低头一看，是自己在半山别墅的座机号码，于是忍不住皱了皱眉头，想着那丫头怎么找到他的手机号码的，按照惯例像是要坑点钱了。

"周总啊，我小刘。"电话一通，川味的普通话传了过来，周友辉这才想起来是替自己打扫半山别墅的钟点工。

"哦，小刘啊，有什么事？"周友辉问。

"是这样的，我今天来打扫卫生时，见着了一个摔成两半的手机，床头柜子上压着两百块现金和一张字条。"小刘答。

"这样啊。"周友辉答，"先放着，我一会儿过来拿。"

"好的，周总。"小刘挂了电话。

午饭时间，周友辉看了看日程，没有安排什么应酬，于是开车去了半山别墅。进了卧室，见了摔成两半的古董级的手机下，压着两百块人民币和一张纸条。

周友辉顺手拿了起来,一看,乐了。自己装修下来花了近千万的别墅,成了她眼中的停尸房,还两百块卖了一晚。不说还可以,一说倒像足了一个名门闺秀被个嫖客不小心住了一晚,不买账不说,还给了两百元的羞辱费。

想到这里,周友辉对这个丫头突然间产生了浓烈的兴趣。他拿了手机把摔开的电池装了上去,开了机。

手机一开,两条短信就传了过来:"你一直没开机,我把东西都拿走了,钥匙放在餐桌上了。房子我已经办了手续,过到你名下了。谢谢你的理解,我们好聚好散,还是朋友。"第二条:"三啊,明儿妈六十大寿,记得带上丁聪一起回来。"

"原来那丫头刚离婚,难怪那德行了。"周友辉笑了笑,翻着联系人,找到了写着"损友张敏"的号码拨过去,刚一拨,提示此号已停机。

周友辉倒是有些惊讶了,平日里见多了千方百计找理由套近乎往自己身上靠的人,却第一次见着这样一个人,竟有些不甘心,摸了自己的手机,按照张敏的电话打了过去。

电话一通,一个女人如河东狮吼般,吼着说:"不是天灾人祸、妻离子散的事就改天再说。如果是,就有屁快放。"

周友辉一听,又愣了,正想说话,电话毫不客气地挂了。周友辉拿着手机愣了半天。敢情这叫物以类聚,人以群分。于是他笑了笑,走出了别墅,一阵山风吹了过来,心里多了点感叹,四十多岁的他还第一次关心了件莫名其妙的事。他上了车,叹了一声,随手将手机丢进了储物箱里。

路上找了家店,吃了饭,周友辉回公司的时候已经过了上班时间。他走专用的通道到了专用的电梯,按了几次,电梯没有反应,于是折了回来,按了普通电梯。

电梯上行,经停了几个楼层,外面站着的员工一见周友辉,点头哈腰的,没一个人敢入电梯跟老总同行。周友辉见着有些烦,所以每当电梯一停,就按了关门的按钮。

一直到了十楼,周友辉正按着关门的按钮,一个声音在外大叫:"里面的人,等着!"

周友辉改按了开门按钮,门外的人挤了进来,抱着叠资料。杨小三抬头看了一眼,按惯例该挤满人的电梯里只立着一人,似曾相识。

周友辉一愣，问："杨小三？"

杨小三抬头问："你怎么知道我的名字？"

周友辉笑着答："这么特别的名字，想不记得都难啊。原来你在我公司上班，正好，你的手机丢我屋了，我放车上了，一会儿让人带给你。"

杨小三点了点头："你就是……昨晚那个……"

周友辉笑着点了点头。

"对，对不起，周总，那天我喝醉了，啥也记不住了，你是老总，就放过我们这些不懂事的小人吧，就当啥也没发生过。"杨小三眯着眼，堆着难看的笑容。

周友辉说："我记得，有人还挺有志气的。"

杨小三一脸紧张，反问："志气？我……那天做啥了？"说完，她低头又仔细地把昨日的事情想了一遍。除了记得自己怎么走出家和怎么走出周友辉家的情节外，中间一片全是空白。

周友辉听了，憋着笑也不回答，此时电梯门开，周友辉背着手，慢慢走出了门。

"顶楼？"杨小三这才反应过来，抬头看了下液晶显示器，一声惨叫，她忘记按自己的楼层了。此时周友辉已经走出了一段距离，听到杨小三的声音，没有回头，伸出手装着咳嗽的样子，终于晚节不保，没憋住，捂着嘴偷偷笑了。

L市的写字楼里，宋林昆的小办公室，此时已经是碎玻璃、纸张和文件落满一地，一副被打劫后的惨状。宋林昆坐在办公桌前对着一个手提电脑打字。他的脖子上旧伤未愈，又添了几道新伤，一道道抓痕浸出的血把衬衣领口染红。

这些伤，宋林昆一点没有在意，一边操作手提，一边把电话夹在耳朵边，神态自若地说："林总啊，没问题，马上，马上，设计图我这就给你传过来。实在是对不住了，家里出了点事，下午没接到您的电话，对不起，对不起……"

宋林昆终于忙完了工作，挂了电话，堆着满脸的笑容说："老婆，幸好你还没有把我吃饭的家伙砸了，不然的话……林总这生意就黄了。"

此时，张敏坐在宋林昆办公桌对面，手撑着头，歪着脑袋，盯着宋林昆。

宋林昆一脸的哭相问："还在气啊？"

张敏答："我这人就这个脾气，你就当周期性癫痫，这事我说没完就完不了，指不定闹上一年半载的，你倒是奉陪不奉陪，不奉陪早点说，就地我们离了算了。"

宋林昆站了起来，身上的外套一脱，满脸讨好的笑容凑到张敏面前："衣服脱了，让你打，免得你手疼。"

张敏皱了皱眉头，看着宋林昆身上的伤，才知道自己当时下手有多么狠，于是答："今儿手疼了，明天再打，回家。"

半夜，宋林昆躺在沙发上，盖着一床被子。因为沙发过小，只能蜷缩着身子，被子一角落在地上。

张敏抱着一个抱枕从卧室走出来，一屁股坐在宋林昆的沙发上，静静看了一分钟宋林昆熟睡的样子，一巴掌拍在了宋林昆的脸上。

宋林昆一个激灵，坐了起来，定睛一看是张敏，带着哭腔说："老婆……大半夜的不睡觉，当心长皱纹。"

张敏："我睡不着，所以你也别指望睡觉了。"

宋林昆凑到张敏面前："要不再打两拳，消消气。"

张敏听了，毫不客气地一个巴掌挥过来，用杨小三的语言给张敏下个定义，她由里到外都资本雄厚，绝对是一个谁遇到都会认输的女人。

第二章
痛已悄悄与身体长在了一起

第二日，周友辉真的记着把手机送还给了杨小三，让秘书小刘送下来。顶层秘书即便没有官职，到了底层也是"皇帝"身边的"太监"。

小刘来的时候，黄世仁激动得差点要扑上去主动献身了。

杨小三从小刘手里接过了手机，客气话没说一句，人就转身走了。黄世仁屁颠颠地堆着满脸的笑容送小刘出去。

"老实交代，你们俩什么关系？"同事刘海燕第一时间凑了上来，"你不是有那部老掉牙的手机么？昨日见你换了新的，以为你开窍了，今儿怎么被他送回来了？我听说他不仅是只海龟还是只金龟，不会是……"

话说了一半，刘海燕开始挤眉弄眼。

杨小三回头看了一眼，答："我说昨日上了他的床，手机留他那儿了，你肯定信，但我要说，我上了他床却什么也没做，你肯定不信，那我还说什么？"

"真的？"刘海燕眼神闪烁着金光。

"这你也信？"杨小三低着头拿着手机走到了窗边，一边开了机。机上留下的两条短信显示了出来，杨小三想也没想，抬手一扔，手机直接飞出了窗外。刘海燕见了嘴张得老大，下巴都像脱了臼一般。

下午，A市拥挤的地铁内。丁聪和周娇娇站在中间，周娇娇手搂着丁聪的腰，恩爱如一对热恋的情侣。

丁聪低头问："娇娇，你说，我这蹩脚女婿第一次上门，买点什么好？"

周娇娇用娇滴滴的声音说："我都替你张罗好了，给咱妈买盒她最爱吃的什锦糕。"

丁聪脸色有些难堪，说："这第一次见面就买一盒糕点不太妥当吧，要不我们再去逛逛买点贵的东西，然后再选两瓶好酒，给你爸爸提过去。"

周娇娇的脸色来了个晴转雷雨，怒目道："跟你说过不下一百次了，别在我面前提起我爸，以后你也记住了，更别在我妈面前提起我爸。你就当我没这个爸，况且他没跟我们住一块儿，去也碰不到面，不用买了。"

丁聪一听，一脸愕然，木木地点了点头。

周娇娇的家在Ａ市三环外的一个豪华小区，位于城乡接合部，小区外墙装饰得简单古朴，但小区内却建有亭台楼阁、网球场等高档设施。因小区地处偏远，内部设施却又上了档次，完全符合了做小三据点的两大特点：低调和奢华，故这里成了Ａ市有名的"二奶小区"。

丁聪手里拿着礼品，站在周娇娇身后。上了楼，周娇娇按响了门铃，毛琼芳开了门。

周娇娇撒娇地叫了一声："妈。"

毛琼芳说："你们总算是来了啊，我等了都快半个小时了。"

周娇娇转头挽着丁聪的手给母亲介绍："他就是丁聪。"

丁聪赶忙递上礼物，有些紧张和拘谨地说："你好，伯母。"

毛琼芳接过礼物，上下看了看丁聪，满意地点了点头，说："快进来，别站门口了，饭菜早就做好，就等你们了。"

周娇娇、丁聪入座，毛琼芳忙搛了菜给丁聪，这一热情，丁聪明显没有适应，拘谨地起了身碗递了过去，点头不停地说"谢谢"。毛琼芳笑了笑说："没什么菜，小丁随便，都快一家人了，就不用那么客气。"

丁聪答："不客气，不客气。这么多菜，还说菜少了，倒是伯母您客气了。"

毛琼芳一边吃饭一边问："小丁家还有什么人？在哪儿工作？"

丁聪答："我在一所学校当音乐老师，收入还算过得去，一个月三千多，加上平时给学生辅导功课，一个月大概四五千的样子。我父母都在老家乡下，本来也想安排他们过来住，他们不愿意，说是习惯了不想搬。"

毛琼芳还算满意，丁聪见了，松了口气，她没有嫌弃自己的收入。于是，丁聪吸了口气继续说："曾经有一个前……"

此时，周娇娇用力掐了丁聪的大腿，丁聪半截子话卡了壳。

毛琼芳忙问："怎么了？"

周娇娇不等丁聪回答，接了话题答："他是在说钱，一直为了婚事存的钱，打算买套新房结婚。"

毛琼芳眯着眼笑了："男人啊，有钱有权都不重要，有责任感就行了。我家娇娇是被我宠坏了，你可要多担待点，我可就托付给你了。听娇娇说，你们也谈了快一年了，年纪也不小了，找个日子把事办了吧，妈也好了个心愿。"

丁聪默默点了点头，应了声："好，好，就按妈的意思办。"

晚上八点，丁聪和周娇娇从小区走了出来。离婚后丁聪在学校要了套临时的单身宿舍，周娇娇理所当然也搬了进去。

因为小区地处三环，是地铁的起始站，人并不多。两人上了车找了位子坐了下来，周娇娇戴上了耳机靠在丁聪怀里听着歌。车没开几站，陆续上来了不少人，一个老太太走到了他们面前，对着丁聪站住，拉着扶手，意思很明显。

丁聪脸皮子薄，起身打算让座，周娇娇杏眼一瞪，将他拉回座位上。老太太瞧见了，轻哼一声走开。

周娇娇说："让什么让，我若是让了，指不定你还在哪个女人手里？"

丁聪答："一码事归一码事，女人就是爱联想。对了，刚才我前妻的事情，为啥不能跟妈说？"

周娇娇答："我不让说，自然有不说的道理。这事先瞒着，结了婚，孩子大了以后再说，那时候我妈也不会说什么了。"

丁聪点了点头，问："对了，孩子怎样？今天有没有折腾你？"

周娇娇答："好着呢，心疼她娘。我们的婚事赶紧办了，孩子的事我还没有跟妈讲。孩子再大点可就显了，我妈知道了不把我活剥了才怪。"

丁聪点了点头答："好好好，按老婆的意思办。"

巨人公司的三十层顶楼，只有一间办公室加一个会议室。三百多平方米的办公室里，除了一个宽大得离谱的红木办公桌，就只剩下同样宽大的真皮老板椅。周友辉素来不喜欢奢华的东西，尤其是奢华的装饰物，所以，他的办公室空旷得说话似乎都有了回音。

春日的阳光照了进来，他有些倦怠，揉了揉眼，放下文件，起身走到了窗边。四十多年的人生，光阴似箭，周友辉有些彷徨，当自己站在这曾经用爱情亲情等等换来的金钱权力巅峰时，他第一次有一种冲动，想回头寻找散落在路边的东西……

门铃声响起，周友辉按动了开关。门开了，周伟志走进来，一年不见，周友辉觉得他又长高了，已经比自己高出一个头了。今儿是他第一次来公司，换下了平日里轻松休闲装扮，第一次穿着正装坐在自己的对面，周友辉心里不免感叹，儿子大了，自己老了。

周伟志笑着对着周友辉说："爸。"

周友辉笑了，走上前拍了拍他的肩膀："回来了。"

周伟志说："嗯，昨天回来的。妈说您去香港开会，今天才回来，让我今天一早直接来公司找您。"

周友辉点了点头："这次回来，你妈也跟我说了。就别再往外跑了，公司这么多事情，你要担当了。"

周伟志点了点头："我想，这几年也玩够了，是到了跟着爸学点东西的时候了。"

周友辉笑着说："看来，这一年多不见，我儿子是长大了啊。我想好了，你到销售部去做做吧。那里跟客户接触的多，最能学到东西。不能因为你是我的儿子，一开始就坐上总经理的位置，先从最艰苦的基层做起。"

周伟志说："是的。爸，您的意思我明白。妈已经跟我说起过这事了，还怕我有意见。您放心。"

周友辉满意地点了点头："那就这样了，一会儿我让廖总带你过去。你妈刚打了电话了，今晚回家吃饭，说是给你接风。去吧。"

周伟志点了点头，走出了办公室。

L市的街道上，宋林昆正开着帕萨特，张敏坐在副驾上整理着开会的资料。转身觉得身后有东西扎了一下，于是伸手从副驾座位的缝隙里摸出了一张手机卡，脸立马变了色，瞪着铜铃大的眼睛看着宋林昆，说："路边停车。"

那口气，除了没说"举起手来"这句台词，像足了皇家警察在盘问毒贩。

车停下，张敏将手中的手机卡递到宋林昆眼前，问："这是什么？"

宋林昆尽量保持淡定的口气答："手机卡。"

张敏继续问:"我当然知道。你买的?"

宋林昆点头,答:"是的。"

张敏说:"是用这个卡给她打了电话?"

宋林昆知道这一下子就被掀了底,于是老实答:"嗯。不过你可以去查,总共只打了五个电话,一条短信。"

张敏问:"什么意思?你答应我过什么?还在联系?"

宋林昆答:"总得给她个交代是吧,我打电话给她说清楚了。"

张敏说:"你就是说清楚了,我还得去查。别骗我。"

宋林昆一脸的无辜,手一摊,答:"查就是了,打完电话后,就真没有往来了,君子坦坦荡荡……"

"荡"字还没有说完,张敏把手里的资料往车后一扔,答:"马上给林总打电话,我们不去开会了,开车,找个没人的地方,我们好好吵一架去。"

晚上七点,早已经过了巨人公司的下班时间。偌大的办公楼里,亮着的灯并不多,其中就包括顶楼的办公室。周友辉终于看完了明天谈判用的材料,他疲倦地站了起来,四肢有些发麻了,于是,拉开了抽屉,拿了一支烟。

烟刚点着,电话就来了,周伟志的:"爸,不是说好了回来吃饭的么?这都几点了,我跟妈都等急了。"

周友辉这才想起来,低头看了下自己的手表:"七点多了啊……我马上回来,等我一会儿。"

周友辉挂了电话,拿了外套匆忙出了门。

此时,杨小三看了看已经空荡荡的办公室起了身,她不想回家面对空荡荡的格子间,她有些无奈,每个人都有自己的世界,自己的世界垮了,不等于别人的世界也垮了。谁也不会为了她而放弃自己的世界。杨小三笑了笑,关了灯,走出了办公室。

杨小三上了电梯,头靠在透亮的玻璃钢墙面上看着自己,眼袋好像又大了,脸好像小了一圈,脸色蜡黄,像肝癌晚期。酒桌上有一句话,说有人一喝酒脸就红,表明酒精都散发了出来,不伤身体;有些人喝酒脸不红,越喝脸越青,这表明酒精都入了身体,被藏了起来,伤肝伤肾。而杨小三这种情况明显属于后者,外人瞧不出,自己倒已经伤及肺腑,病入膏肓。

不一会儿,电梯停了,周友辉从外面走进来,抬头见杨小三把他当作了隐形人,径直往外走,忍不住拦着她说了句:"顶楼。"

杨小三这才回了神,抬头见是周友辉,大声地说:"怎么又是你?怎么又是顶楼?"

周友辉随手关了电梯,按了顶楼后,转头看见杨小三又靠在了电梯的墙上发着呆,于是忍不住说:"看样子三魂不见了五魄,这么晚了不回家,在公司里游荡,你当真招魂啊?"

"大家彼此彼此。"杨小三心情不好,但面对周友辉嘴上却不愿意吃半点亏,于是没好气地说,"像你那样住在荒郊野外的,除了牛鬼蛇神、先祖先烈,大概就只有你们了。"

周友辉听了忍不住笑了:"不就是离婚嘛,喝了酒后跟个圣斗士一样,可怎么酒醒了,人就变得跟窦娥一样?"

"那你说说看了,有人没有经过你的同意,扛着铁锤就来了你家,你就出去那么一小会儿,回来家就这么没了,拆了你的房,偷了你的爱,还……"杨小三越说越激动,高亢的声音说,"偷吃了你的火腿肠。"

周友辉手里的提包"啪"的一声落在了地上,他赶忙蹲下去拣,这么一蹲下就没起来,捂着腰,一边断断续续地说:"火……腿……肠。"

一边顾不得他四十多岁该有的稳重,笑得如抽风一般。此时,电梯门开了。杨小三低头看了一眼这个有失风度的人,把自己不能解释的状态归咎于代沟。她没有心情笑,更没有心情面对一个以自己的伤痛为笑料的人,于是,一句话没有说就出了电梯。

没走几步,身后急促的脚步声跟了上来。杨小三没有回头,说:"笑够了?像这辈子都没有笑过一样?我不认为自己是在讲笑话。"

不知道为什么,杨小三即使一本正经地讲话,周友辉也明知道她因为感情的事受伤,但杨小三一说话,不论是正儿八经的话,还是颠三倒四的疯癫话,他总是会笑,就像杨小三说的像没笑过一般地笑。听了杨小三的话,周友辉忍了又忍,终于调整好情绪,说:"去哪儿?我顺道带你一程。"

"一笑之恩?"杨小三停了脚步,转头看了看周友辉,"我的悲剧还真够廉价的了,不仅被你当了喜剧看,还是有偿服务。"

周友辉一听,努力憋了许久才稳住了的状态又开闸了,他捂着腰断断续续地笑着说："丫头……我求你个事，千万别这么个口气说话了，我受不了，四十多岁的人，你就敬老一回。"

杨小三一听憋气，按照往日的脾气定会反击，见了周友辉是自己领导的领导的领导的领导，总共跨了四级，想想忍了，于是什么也没说，加快了脚步就走出了公司大门。

出了公司门，没走几步，身后传来了喇叭声。周友辉娴熟地将车开到了杨小三的脚边，车窗玻璃降下："上车。"

就"上车"两字，周友辉的得意劲跟叫着"上床"一般，换做往日，以杨小三的脾气早一走了之，偏偏自己现在如落水狗一般，见了树就想爬，于是，拉了车门坐了上去。

"安全带系上。"周友辉问，"想去哪儿？"

杨小三一边系安全带，一边答："开吧，路过哪里，我觉得不错，你就停车。"

周友辉开车已有十数载，送过的人不计其数，唯独今天听了这么个要求，他笑了笑，问："我真开了？你可想好了？"

"我还不信了，你能把我卖了。"杨小三答。

周友辉开了车。因为杨小三没给确切的地址，他就按照既定的路线，往自己市中心家的方向开着。一路开了十多分钟，杨小三一声不吭，倒让周友辉不习惯了，通常女人一往他身边坐，那就是一个高分贝的喇叭，一刻不停地说。

而这一次，除了均匀的呼吸声提示他身边坐了个活人外，习惯开车听歌的周友辉都忘记了去按音乐开关。终于，周友辉耐不住了，问："怎么不说话？"

"你在开车，我怕笑死了你，赔了我的命。"杨小三看了窗外，已经到了A市最繁华的步行街，此时不到晚上八点，正是这条街最热闹的时候，来往的人流响着此起彼伏的吆喝声，杨小三答，"就这里停车。"

周友辉一愣，停了车。杨小三连一句"谢谢"也没有说，默默推门下了车。

杨小三曾经在一本书上读到过："女人就是一只猫，受了伤就应该躲起来，找个谁也找不到的地方舔好了伤口，再完好无缺地走出来。这个世界，别指望自己伤心了谁会同情，不背地里笑话算是不错了。"杨小三试过，但她发现自己做不到，她怕寂寞。也许每个人的疗伤方式不同，而她就是让自己隐没在这繁华喧嚣的环境中，渐渐忘记过去，磨平伤口。

周友辉安静地坐在驾驶座上，透过车窗的玻璃看着她瘦小的身影渐渐隐没在了人群中，不知为什么，此时心中竟多了丝波澜。已过了晚上八点，周友辉的车缓慢地驶入了彭家的老宅。

这是彭家在二十世纪六七十年代购买的家产，位于 A 市的市中心——寸土寸金，地价最高的一环内，如今随着城市的发展，四周的低矮平房逐一被拆迁，错落的高楼雨后春笋般建了起来，只有彭家的老宅依旧能够屹立在繁华中，绿树环绕，难得有一份清静幽雅，也说明彭家在 A 市的政治和经济地位。

周友辉推开了大门，周伟志正和彭惠琴坐在沙发上聊着天，一见周友辉进屋，两人站了起身。周伟志说：

"爸爸，菜都热了好几遍。要等您吃饭，可真是不容易啊。就是妈出面，也得候上几个小时。"

周友辉听了笑了笑，知道儿子在责怪自己，于是走了上去，拍了拍周伟志的肩膀，说："看来我这个做爹的不尽责了，道歉道歉，待会儿自罚三杯，行了不？"

一旁的彭惠琴开了口："一家人，又不是在外应酬，说什么酒话？还自罚三杯？哪有儿子罚老子的！吃饭吃饭！"说着三人一起入了餐厅。

饭后，周友辉有喝功夫茶的习惯，见伟志进来，招呼着他坐下，饶有兴趣地泡上壶功夫茶："今年刚刚才出的明前大红袍，你平日里喝惯了咖啡，今天就尝尝我泡的功夫茶了。"

周伟志点了点头，坐在了父亲的对面。

"明天，你就要正式到公司上班了。"周友辉说，"你长年在国外，很多东西跟国内有区别，所以你要珍惜在一线部门学习的机会，用心去学习。我也希望你早几年能够独当一面，我就跟你妈享下清福了。"

"爸，你在四十六岁就想着退休了啊？爸这个年纪才刚起步。"

周友辉叹了一声，跟儿子说起了公司的经营状况。

夜里十一点，周友辉走回了卧室。彭惠琴走上前，体贴地替他脱去了外套："你看你，一天到晚地忙公司的事，看看，头发又愁白了几根了。"

"都四十多岁了，儿子都这么大了。头发能不白，人能不老么？"周友辉笑了笑答，"不服老不行啊。我刚跟伟志谈起了，希望公司的事他能够尽快上手,我也好退休好好陪陪你了。"

"你啊,既然都这么说,怎么不多给儿子一点机会,让他去最苦的营销部做普通员工,你又不是不清楚做营销的难处,我怕他吃不得那苦,受不了那白眼……"彭惠琴靠在了周友辉的肩膀上。

"从上到下,未必能够学得到东西,尽是些阿谀奉承。都这么大的人了,理应该多磨炼下自己,不见些阴暗的东西,难成大器。"周友辉答。

"行行行,教育儿子,你比我强,那就按照你的意思了。"彭惠琴答。

"哦,对了,后天的董事会,一起过去吧,你已经好几次没去了。"周友辉说。

"不去了,我素来就对这些公司的事没兴趣,就不去了。"说完,彭惠琴抬手替周友辉解开衬衣的扣子。

二十多年夫妻了,举手投足间的细节,周友辉岂能不明白?他笑着将彭惠琴揽入了怀里:"咱不谈公事,谈私事。这最重要的事可不能耽误了,按时回家给老婆交公粮。"

"你啊。"彭惠琴一声轻笑,"一把年纪了说话怎么不正经了,肯定又是把酒桌上调侃的段子搬回家了。"

"这话怎么不正经了?"周友辉说完,解开了彭惠琴的睡衣,顺手关掉了台灯。彭惠琴火热的身体递了上来。她正是狼虎之年,轻微的挑逗也能泛滥出波涛汹涌的欲望。

正如周友辉自己说的,他把与老婆的爱比作交公粮,虽有调侃之意,却隐隐透露出了他把这事当一件重要的任务来完成的心。没有爱的欢爱,像没有酒的宴席,总觉得少了点什么。

周友辉脑海莫名其妙地出现了三个字:"火腿肠。"于是,在这理当是全身心投入的关键时刻,他致命地走神了。

一场欢爱草草收场,周友辉躺在床头,心烦地拿起床头的烟,抽了起来。彭惠琴撑着坐了起来,头枕在他的胸口,一句话不说。

"对不起。"周友辉许久后,嘴里蹦了三个字。

一早杨小三还在床上,就已经接到了张敏的电话:"大姐啊,才几点啊?不会你们还在闹?"

张敏没好气地答:"闹,怎么不闹了?昨天我又打了他一顿,脖子上全是血痕子。这段日子,他脖子上的伤就没有好利索过,幸好天冷,他出门谈生意都围着围巾。"

杨小三微微叹了一声,拿着手机上了卫生间,蹲在马桶上说:"不想离就别闹腾了,再好的男人都经不起你这么闹。他是真爱你的,我是看得出来,难道你没看明白。有人可没你幸运了,直接就开花结果了,一点余地都不给留。亲爱的,你真太有福了。"

张敏答:"我就是不离了,他又怎样了?大家耗着呗,看谁耗得起。大不了做拼盘夫妻,各玩各的。"

杨小三听了,皱了皱眉说:"拼盘夫妻,现在很是流行啊,都是宁愿站着哭,不愿跪着笑的主儿。"

张敏说:"你就是一辈子不服输的样子。女人还是应该适当的时候低下头,你这么强了,还指望男人怎么照顾你。"

杨小三笑着说:"这年头,男人靠不住了。你倒是有倾国倾城的貌,男人不还是……所以啊,我现在觉得人强了也不错,爱人倒比被爱幸福多了,起码主动权在自己手里。"

张敏说:"你这种思想,那这辈子你干脆就不要男人了,跟红佛寺主持说一下,当尼姑算了。"

杨小三答:"经过概率上分析,女人长得漂亮,遇到无权无钱的男人,只是他们出轨的概率要低一些,但不能完全没有。"

张敏摇头:"理科的女人甚是可怕。"

杨小三说:"所以如果有下辈子,咱就不打算结婚了,除了咱伤人,就没有人再伤咱了。那你怎么打算的,还这样一直闹下去?"

张敏答:"我想好了,这事非闹到我顺了气再说,我可不会为难自己。对了,我今儿打电话就托你一个事,帮我联系私家侦探调查我老公,他们的网上聊天记录、通话记录我都要知道。"

杨小三答:"有些烦恼是自找的,你就是个典型。你哪里找的私家侦探,这水深着呢。这些东西宋林昆没跟你汇报?你那爪子一下去,他还不招啊?"

"招了啊,抓的那天晚上就都招了,但是我还是要查。"

"吃饱了撑的。"杨小三忍不住骂了一句。

"废话那么多,就一句话,帮不帮忙?"张敏问。

杨小三答:"好好,帮你找。周末我就去大街上帮你转悠下。如今满大街的骗子,倒是火了这行了。"

张敏说:"被人知道了,我丢不起这个脸。百度一搜索一大堆。我随便找了家深圳东莞的,看样子挺是正规的。你帮我联系,留你的通信地址。我一会儿就把网址发你手机上。"

"……"

杨小三此刻握着手机,坐在马桶上,看着一个杯子两把牙刷的洗漱台,仍旧保持丁聪在时的状态,不知怎么,竟然呆了。

今儿不知道是何日子,杨小三发现平日里热闹得跟菜市场一般的地方竟然安静地唱起了空城计。她第一时间看了看自己的手机,再退后了一步,看了看门牌号码。

正疑惑着,刘海燕从身后拍了拍杨小三。

"今儿咋了?老总过生日,不用上班的?"杨小三问。

"谁说的,今儿大日子。"刘海燕头仰得很高,一脸悲壮。

"什么日子?"

"当然是申购新股的日子,还是个超级的绩优股,升值潜力巨大。等有朝一日上了市,绝对翻几百倍。谁要是申购成功了,那这一辈子就不用愁了。"刘海燕唾沫星子飞溅,露出极其羡慕的目光,说完了,看了杨小三一眼,换了副沮丧的表情答,"你、我就是没资格申购了。要是早几年该有多好?"

"你确定你是在说股票?"杨小三问。

"当然不是,今儿老总的儿子海龟回来,到我们营销部深入基层,考察民情。"刘海燕说,"听说一大早就来了,正在黄世仁的办公室,大家现在都去看了。"

"哦。"杨小三答了一声,转身就往里走。刘海燕拽了她,问:"你不去凑下热闹?"

"不去。"杨小三说,"就一太子爷,眼界定是甚高了,来营销部这个最苦的部门,也是当一日游的。黄世仁出了名的马屁精,你认为你能有机会了?"

刘海燕嘴一噘,说:"算了,你这个欧巴桑,结婚了,心里就只有你那个小才子了。"说着就扭着屁股往黄世仁的办公室走去,杨小三仔细一看她的背影,才发现今儿她的短裙特别短,刚刚好包住她浑圆的屁股。

杨小三一转身，正好撞到了个人。抬头一看，是一个二十多岁的男人，眉目清秀，戴一个金边儿的眼镜，非常礼貌地用有些蹩脚的中文问："请问，这是营销二部？"

"是。"杨小三答，"要办什么业务？请问你平日里联系的是谁，不过恐怕你要等一会儿了，现在人都在接待外宾。"

"哦。"男人礼貌地点了点头，"那我就等等了。"

杨小三指了指堆满报纸的沙发，对着男人说："你自己随便，刨个坑自己坐吧。"

说完，拎着包回了自己的位置，开了电脑，看到电脑桌面上仍旧保持自己和丁聪的结婚照，火气又上来了，于是晃动鼠标操作换掉桌面，操作到一半，却又停了下来，鼠标一丢，起了身倒水。

玻璃杯往热水器上一放，杨小三压着开关，这么一压就走了神。原来，离婚就像一把刀，刺进身体的那一刻并不疼，疼的是刀抽走了，血这么汩汩流着的时候。

"满了……"

声音从身后响起，杨小三才反应了过来，开水流了一地，握着杯子的右手已经被烫红了一片。

"手伤到没有？"男人起身关心地问了一句。

杨小三转头看了下，答："没事。哦，对了，忘了给你倒杯水了，喝什么？咖啡？茶？"

"咖啡吧。"男人又坐了下来。杨小三倒了一杯咖啡递给了他，他接过杯子的时候，低头看到了杨小三烫得通红的手，皱了皱眉头，问："你的手真没事？我看着已经红了一片。"

杨小三双手在胸前一挽，将右手藏进了袖子下面，问："你按照惯例已经客气地问了，我也按照规定的动作答了，还需要我再回答一次么？"

这个回答让男人一愣，抬头看着杨小三。杨小三看了他一眼后，没给男人留一点面子说："你先候着吧，一会儿等人回来了，自然有人接待你。"说完，转身回到自己的办公格子。

杨小三刚说完话，只听见门口传来了黄世仁严厉的叫声："杨小三，有你这么跟客人说话的么？"

黄世仁横眉竖眼地对着杨小三说完后，只花了不到零点一秒的时间换了个表情，满脸笑容对着坐在沙发上的周伟志说："不好意思，您看这不是因为忙中出错，把您给忘在这里了。到我办公室去谈，这里的环境是差一点。"

周伟志对杨小三笑了笑，黄世仁跟在他的身后走出了大门。杨小三低头仔细一看，原来黄世仁今儿的裙子也短得刚好包住了屁股，于是心里不免想了一下，待会儿若是开会，她们一溜地往凳子上一坐，那敢情好了，一排小裤衩。

两人走后，后面的人群又跟着走了。只剩下一个男人，木木地站在门口。杨小三看了一眼，对方白净得没有一点血色，僵尸一般的脸，头发染得跟干枯的谷穗一样，穿着一身过分宽大且颜色鲜艳的衣服，于是问："你是来做啥的？唱大戏还是跳大神的？"

"我啊，我当然是来报到的啊，今儿第一天来巨人上班，你就是前辈了，我叫柳青松，以后请多多指教了。"

"你确定你这一身是上班的衣服？"杨小三问。

"当然，刚刚黄经理还赞美我了，说我品味独特。"柳青松一脸的得意。

杨小三听了，笑了笑，转头回了自己的格子。刚坐下，见柳青松走了过来，下巴搁在了隔板上看着她，正想问什么。

杨小三接了话题："你当这儿是上断头台啊，沙发在那边，过会儿黄世仁自然会来安排你跟着谁混。"

柳青松一听，冲着她竖了个大拇指，说："有性格。"

说完一个人走回了沙发坐了下来。

过了约半个小时，人陆续地回来了，最后进来的是黄世仁和周伟志。黄世仁用杨小三从未听过的娇滴滴的声音说："今天我们欢迎我们的新同事，周伟志。"

说完，她带头鼓掌，办公室的人都站了起来跟着鼓掌。

"那大家就好好地相处，周伟志就跟着我一起跑大客户。大家一定要尽力地帮助他。"说完她又开始鼓掌，热情得跟欢迎国家领导人一样，"下面请小周跟大家讲讲。"

"我也没什么好说的，我也是第一次做营销，什么都不懂，日后要请大家多照顾了。"周伟志中文的水平明显有些差，只说了一句后，就对着大家礼貌地点头笑了笑。这一笑是致命的，热闹的掌声又响了起来。

掌声中，柳青松问："黄经理，还有我呢？"

黄世仁转头看了他一眼，一脸的不悦："你那穿的什么衣服，像什么样子。明天不准穿来了，穿一次扣一百，你就跟着杨小三吧。"

说完，她对着周伟志甜腻腻地笑了笑，像会所的迎宾小姐一般替他引路。大家纷纷坐了下来忙起了工作，就像一出白马王子与小丑的戏，心底笑过了，哀叹过了，该干什么就得干什么。

柳青松走到了杨小三的面前，像一只丢在了失物招领处没人要的可怜虫，眼巴巴看着杨小三。

杨小三抬头看了他一眼，说："别用那种看着老妈子一样的眼神看着我，自己找一个空格子坐下，需要什么办公用品填一个单子，交给那边角落里一直拿着电话聊天的美女。"

"你说你们女人变化怎么这么大？"柳青松说，"刚刚还说让我跟着她，坐她办公室旁边的单间，怎么马上变成跟着你混不说，还待这一老鼠格子里了？"

杨小三丢下了手上的文件，转过了头一本正经地对他说："那就先掂量掂量我们的分量，你有这么好命，有个那样的爹么？工作可以爱干不干，饭可不可以爱吃不吃！坐一边去，我现在忙，别烦我，你自己想好了再告诉我答案，要不要跟着我这只老鼠一起钻老鼠格子了。"

今儿周末，是人心涣散的时候，距离下班时间还有一个小时，大家已经在讨论着活动，纷纷用工作的空隙打电话呼朋唤友，商量着夜里的腐败计划。

若换做往日这时，杨小三早已经打电话给丁聪，跟他商量着晚餐吃什么了。如今倒是好了，自己想吃什么买什么，落得干净利落。

"晚餐吃什么？"耳朵边传来了声音，正想得入迷的杨小三，感觉像是幻听。转头一看，柳青松眯着眼说："看你那怨妇般幽怨的眼神，我就知道是晚上要独守空房的样。不会老公跟人跑了吧？你一看就是那名字没取好，哪有人叫杨小三的。杨小三，养小三！你天天在你老公面前晃悠了，不就是存心让你老公养小三的么？"

杨小三一听，眼睛一瞪，后脚跟一抬，高跟鞋的鞋跟压在了柳青松的脚背上，一使劲，柳青松疼得杀猪一般嚎了起来，众人看了过来，柳青松用手捂住了嘴。

"老师有没有教过你，唯女人与小人难养也。"杨小三松开了脚。

柳青松跌坐在了椅子上，捂着自己的脚："完了完了，残了，明儿我得去找黄世仁，申请工伤了。"

杨小三不答话，转过身整理着资料。柳青松看着杨小三的背影，突然有一种奇怪的感觉，明明一个能笑能说能骂人，能发一点小脾气的正常人，却总给他一种忧伤的感觉。

下了班，人们鸟兽状散，柳青松背起了包，转头看见杨小三仍旧坐在自己的位置上忙着工作，他犹豫了几分钟，原以为她是个能够开玩笑的人，所以才会用那种调侃的口气，估计刺到了她的痛处。他走上前用一种关切的口气问："下班了，还不走？"

杨小三没有回头，牙缝里只挤出了一个字："滚！"

父母辈的婚姻像一锅汤，之前谁也不认识谁，自从丢进了一口锅里，就开始文火慢炖，几十年的芬芳在晚年揭开锅盖时，依旧芳香扑鼻。而杨小三的婚姻是一杯速溶咖啡，咖啡和奶精掺和到了一起，头脑一发热，就迫不及待地冲入开水吞进了肚子，可眨眼间连个渣子都没有剩下。

杨小三与丁聪结婚才不到两年，刚过了纸婚，就像当年领结婚证一样迫不及待地领了离婚证。杨小三双手托着腮帮子，望着显示器上不停滚动的三维管道发呆。直到如今，距离她离婚七十二小时后，她才真正面对这场失败的婚姻。她一直努力经营的婚姻像是上了趟公厕，正如那墙上贴的一句话，来也匆匆去也冲冲。

许久，她抬起手拿起了鼠标。几分钟的时间，电脑里所有关于丁聪的资料，只要轻轻点击了一个 DEL 键，就全部消失了。当显示器桌面恢复了那蓝色的普通背景后，杨小三心中多了一点点惆怅，如果自己的大脑里也有一个这样的快捷键该有多好。

身后，传来了轻微的脚步声，停在了杨小三身后："嗯……你……"

杨小三打断了他的话，说："不是让你滚的么？你当地球真是圆的，又滚了回来是不是？"

身后的人笑了起来，断断续续的声音说："怎么，有你……这样说话的人？"

杨小三转过头，周伟志一手拿着公文包，一手捂着腰，跟他爹一个德行，笑得正欢。果然是父子，连爱好都这么相同，喜欢把自己的乐子建立在别人的伤口上。杨小三于是沉着脸，问："有什么事？"

"没……没……"

杨小三始终没有明白，自己的话里哪一句有笑点，能够让周伟志笑得像抽了疯一样。几分钟后，周伟志终于停了笑声，说："我刚下班，见这里的灯亮着，就过来看看。"

杨小三一听，心里叹了一声，果然是老板的儿子，把这里当自己家一样，上班的第一天，就关心着家当会不会被人偷了。于是顺手关了电脑，抬头看了周伟志一眼，问："多用了一个小时电脑，也就多花了半度电，一共三毛钱，要现金还是刷卡？"

周伟志听了一愣，"扑哧"又笑了。杨小三是明白了，这两父子都有一个共同点，笑点太低。

杨小三不等他笑完，拿了包走出了办公室。没走几步，身后的脚步声传来，周伟志跟了上来，问："他们告诉我，你叫杨小三。我常年在国外，听说国内同事间都会相互取绰号。养小三，应该是你的绰号吧？你的真名叫什么？"

杨小三一听，脸都憋红了。明明最近已经脑水肿了，偏偏今儿还碰了两个二百五，一人给自己头上来了一棒子，伤上加伤，像伤口上被人撒了两把盐，于是阴沉着脸，一声不吭地加快了速度往前走。

到了电梯口按了开关，杨小三站住了没动，周伟志走了上来，问："问你呢，怎么不说话？这是对人的起码尊重。"

杨小三一听，气不顺了，成了漩涡堵在了胸口，也管不了他什么太子爷、金龟子，抬起一脚，对准他的脚踢去。

"啊！"周伟志一声大叫，与此同时，电梯门开了，周友辉站在里面，见到电梯门外的场景愕然。周伟志一见电梯里站着自己的老爸，就像那老鼠见了猫一般，闭了嘴，恭敬地走进了电梯。倒是杨小三站在电梯门外一动不动，摸了自己的手机低头玩着。

有周友辉在，周伟志没有吭声。电梯门快要关上时，周友辉上前了一步，按住了开关，对着杨小三说了两字："进来。"

杨小三一听，抬了头，看了周友辉一眼，答："我怕超载了。"

"你能有多重？"周友辉说。

"电梯里有公司里两大人物在，定是商量国家大事，我就不给电梯添堵了。"杨小三一说完，站在周友辉身后的周伟志没忍住，偷偷捂着嘴笑了起来。

周友辉听了，也没再坚持，电梯门关上了。周友辉问："你跟她……"

"营销部的同事。"周伟志答，"今天刚认识。"

"刚才你们在做什么？"周友辉不等周伟志答话，继续说，"罢了，以后注意点自己的行为，公司里不比你在国外，有些行为要注意影响。"

周伟志听了后，恭敬地点了点头："是，爸。"

杨小三见电梯已经下行，就重新按了下楼键，低头重新玩着自己的手机。此时，电话打了进来，杨小三一见是大哥的，忙深吸了口气，如新闻联播主播一般努力地酝酿积极向上的氛围后，接起了电话，尽量保持轻松的口气说："哥，正在赶回家呢？什么事？"

"什么事？"杨东没好气地说，"我前几天打你电话关机，就给你发了短信，今儿妈六十大寿，张罗了一桌子菜，这都几点了，你跟你二哥居然一个人都没有到。"

杨东这么一说，杨小三才想起来，那个奔向窗外的手机里，好像除了那条如刺刀般的短信外，还有一条大哥的短信，于是赶忙说："大哥，不好意思，路上路上，我马上就到，马上就到。"

杨东听明白了她前后矛盾的话，猜他妹妹肯定是把这件事忘记了，也没有戳穿她，说："那就赶紧，咱妈等急了。"

"好，好，一定，马上就到。"杨小三挂了电话，抬头看了一眼电梯的位置，忍不住又多按了几下按键。几分钟后电梯到了，杨小三冲了下去。出了公司，站在了路边，对着来往的车辆不停地招手。这个时候正是A市丰富的夜生活开始的时间，此时的出租车难叫到。

周友辉开车驶出公司大门，一眼就看见路边显眼的位置，杨小三正站在那里，跟只八爪鱼一样，挥舞着双手。

周友辉正犹豫着是否该停车，周伟志开了腔："爸，停一下。"

周友辉停了车，周伟志降了玻璃窗，探出个头出来问杨小三："是不是有什么急事？"

杨小三见是这两人，于是点了点头。

"上车。"周伟志说，"送你一程。"

杨小三拉开了后车门，坐了上来。

"去哪儿？"周伟志问。

"和平路五十四号,海棠花园。"杨小三答。

"爸……"周伟志心里本还有些犹豫,怕自己做主张父亲不会同意,绕这么大一圈送她。却没想到刚说了一字,周友辉就已经打断了他的话,说:"和平路,知道了。"

杨小三上了车后,竟没将父子俩放入眼里。在这样环境下,哪个人不愿意多跟自己的金主多攀谈两句?偏偏杨小三不买账了,拿出她那个大得可以装下一个篮球的包,稀里哗啦将里面的家当倒在了宽敞的后座上,开始细心清理着家当。

周伟志回头看了一眼,见杨小三手里拿着一叠零钱,正在认真地数着,终于耐不住了,问:"你在做什么?"

"你身上带红包没有?"杨小三抬头问。

这突兀的一句,把周伟志彻底给噎住了:"红包?是给小孩子压岁钱的那种红包?我没明白你的意思?"

杨小三还没有回答,周友辉答了话:"伟志,你拉开你面前那个储物盒,找找应该是有的。"

周伟志听了,点了点头,侧身拉开了储物盒,翻了翻,拿出了一叠红色的信封,转身递给了杨小三,杨小三接了过来一看,从结婚到生辰,从生孩子到去世,红白喜事样样都有,连这种细节都准备如此充分,杨小三倒是打心底里佩服起周友辉来。

"谢了。"杨小三从里面挑了一张写着寿字的红包,剩下的递还给了周伟志。周伟志接过了剩下的红包,见杨小三正把一叠数好的零钱往红包里装,于是问:"装红包,需要用到这些五块一块的零钞?"

杨小三眼珠子一转,说:"那正好了,这里有一百的零钞,给你换一张一百的整票。"

周伟志一听又噎住了。

半晌,周伟志摸了自己的钱包,抽了一张一百元的票递给了杨小三,杨小三左手接了过来,右手递过来一叠皱巴巴的零票,周伟志干笑了两声,没有去接零钞,而是说:"还是借给你一百块吧。"

"那行。"杨小三将零票胡乱塞进了口袋里,再把那散落在座椅上的杂物收了起来,随手扔进了口袋里,像完成了一件大事一样松了口气,仔细将两百块的钞票装进了红包。

周伟志见了，好奇，觉得问又不妥。二十多分钟三人没有说一句话，到了地方，周友辉停了车，周伟志转头，才发现杨小三在车座后面睡着了，整个人像陈尸在太平间一般，拉直躺在了车座上。周伟志伸手轻轻拍了拍她的手臂，竟然一点反应也没有，他只好站了起来，双腿跪在座椅上，推了推杨小三，只见杨小三的手迅雷不及掩耳之势一巴掌就拍在了周伟志的手上。

周伟志缩了手，手背火辣辣地疼。这会儿周友辉拉了手刹，才转头看了看她。此时，杨小三正睡得迷糊。她的睫毛天生又长又浓密，没刷过睫毛膏的睫毛给人干净而韧性十足的感觉，周友辉莫名地痴了。

此时，杨小三的手机铃声大作，她一个翻身醒了，抓起了手机接了起来说："马上就到，知道了，好……"

一边说一边头点得跟啄木鸟似的。挂了电话，杨小三抬头见两人都转身看着自己，于是问："我怎么了？是不是刚才我睡着打呼噜了？"

这一句又把周伟志给噎住了。

"是到地方了。"已经熟知杨小三的性格，周友辉淡定地答。

杨小三听了，抬头看了看，抓起包拉开了车门，说："谢了。"

说完，小跑着进了小区。

周友辉看着人影，又有些发呆，直到周伟志说："爸……开车？"

周友辉回了神，觉得在儿子面前失态，于是匆忙地找了个理由问："你这同事说话做事倒是有些与众不同。"

"是啊。"周伟志笑了笑，"一句话能噎死个人。回国后接触到的第一个女人，果然是骨骼精奇，与众不同。"

不知为什么，周友辉一听心里有些紧张，忙问："你跟她……"

"爸怎么跟妈一样，对我身边的女性朋友如此神经紧张，就说几句话而已，而且人家有老公的，听说还是个文艺青年。"

"你倒是厉害了，才去一天，公司情况没见你清楚多少，倒是别人的家事你了解得这么清楚了。"

周伟志笑了笑，答："完全是情非得已，爸安排的那个营销部的经理，简直就是一个广播台，我估计全公司人所有的档案，在她脑里都有一个数据库，一个上午喋喋不休地从你身边的秘书，讲到了楼道打扫卫生的大妈。"

周友辉见他跑偏了话题，于是不再提起杨小三，笑了笑，发动了汽车。

第三章
费心费钱掉眼泪

从刘海燕那里的八卦得知，周友辉是地道的北方人，一米八高的身材，到了这个年纪依旧像棵劲松般挺拔。杨小三见他的次数不多，加上一次酒醉一次视频也才四次，却留下了很深的印象，这人不苟言笑，但笑起来如羊痫风，所以还是不笑为好。这人五官分明，粗眉大眼，领导气场十足，即使不说话，眼神就能杀死人，难怪把儿子训得跟哈巴狗一样。

杨小三下了车，一边走路，一边不知不觉想起了这个人，忍不住转头时，见车屁股冒着烟开走了。杨小三笑了笑，继续往家走。

母亲家海棠花园，是二十世纪八十年代单位建的小区。单位转制后，小区交给了一家物业公司管理。谁知道这个小区住的全是像母亲这般年纪的老头儿老太太，时间大把，斗争掉了无数个物业公司，最终物业公司谈虎色变，没人敢管这三不管地带。进小区的一段路灯没几个，幸好杨小三熟悉路，借着手机屏幕的微弱的灯光往前走。

快到自家楼下，杨小三见着前面有两个人影靠得很近，可能是听到了杨小三的脚步声，两人分开，一个人朝着杨小三走了过来，却特地绕了很大一个弯，踏着路边的草坪走了。杨小三觉得很奇怪，忍不住回头。刚一回头，一人在身后叫：

"三儿……"

杨小三回头，正是二哥杨南，于是迎了上去："哥，你怎么也才到？"

"你好意思说哥，你不也刚到？大哥也是，催催催，跟催命一般。从六点开始，每隔十五分钟一个电话，我们要是再不上去，非被他活剥了不可。"杨南说。

　　杨小三点了点头，跟在杨南身后上了楼梯。没走几步，杨南好像想起了什么事，转头问："丁聪呢？"

　　"他……他……"杨小三心虚，事先准备好的台词一瞬间忘个干净。

　　"怎么了？"杨南问。

　　"他啊，单位里有事，来不了。"杨小三答。

　　"你啊，从小就没有在哥面前说谎的天赋，说吧，是不是吵架了？"杨南问。

　　杨小三听了，既然二哥这么说了，至少只想到了台风，没猜到海啸这个程度，就顺水推舟点了点头。

　　"你这个脾气啊。"杨南一边走一边说，"过些日子，我找丁聪聊聊，好好开导开导他。"

　　"哥，你就别操心这个了，自己都泥菩萨过河自身难保。你难道忘记了，咱妈每年生日、过年都必须跟你老生常谈的终身大事。你就先操心自己吧，我能够处理好我自己的事。"杨小三说。

　　杨南听了笑了笑答："大家彼此彼此，你别忘记了妈唠叨的除了我，还有你传宗接代的事。"

　　杨南一说，杨小三低了头，还传宗接代，男根跑了，都把别的土地耕出苗了，自己这边哪里有机会发芽？

　　杨南无心之话说到了杨小三痛处，这是无论她怎么掩饰都会露出马脚的问题，幸好到家了，杨南也没有多问。按了门铃，杨东开了门，见两人都站在了门外，于是拍了拍杨南的肩膀，对着杨小三说："我说妹子，几个月没回来了？你自己数数天数，可把妈给惦记得……今天不是我打电话提醒几次妈的生日，你还不会回家一趟？"

　　杨小三忙答："这不忙着么，哥，公司里一堆的事。"

　　杨东说："那工作能把你二十四小时都给征用了？八小时工作外的时间，哪天不能抽空回来的？对了，小丁今天怎么没来？你没跟他说今天是妈的生日么？这么大的事怎么会不来呢？"

　　杨小三说："他……他……啊，这不巧着，他刚打电话来说学校临时有事要加班，来不了。"

"对对对。"杨南站在一旁帮了杨小三圆了谎,"刚才我在旁边听到了电话。"

杨东笑了,指了指厨房,说:"算了算了,妈在厨房里,炖着你最爱吃的莲藕排骨老鸭汤,还不去看看。"

杨小三迫不及待地冲进了厨房。

厨房里,卓兰正仔细看着锅里的炖汤,杨小三轻轻走到她身后,撒娇地叫了声"妈",无论年纪再大,在妈面前,杨小三总觉得自己是个孩子。

卓兰回了头,笑着说:"你这个丫头,终于舍得回来了。"

杨小三凑了上来,鼻子在汤锅前面使劲嗅了嗅说:"好香的汤啊,馋虫都被勾出来了,啥时候能够吃?"

卓兰笑着说:"妈给你先盛一碗,别跟你大哥说。"

父亲去世后,杨家的长子杨东就成了家里的脊梁骨,他做事一丝不苟,因循守旧,脾气却又暴躁,所以一家人从母亲到杨小三,各个是又敬重他又怕他。

杨东此时已经走到了门口,笑着说:"妈,我已经听到了。您啊,从小到大就只知道偏袒她,我这个老大可从来没这个福气。"

卓兰问:"你做大哥的得有大哥的样子。儿媳妇下班了没?等她回来了,我们就吃饭了。"

杨东答:"别等她了,刚打了电话,医院来了个急症,候着呢。牛牛今天住校,回不来了。"

卓兰说:"行,行,那就吃吧。对了,怎么没见到小丁?上次他还说给我找了本理疗的书,让我学学按摩,我还正想今天问问他。"

杨小三答:"妈,他一破教师,懂什么按摩?算了,这书待会儿给我,我帮你看看,学好了再教你。"

卓兰总觉得不对劲,于是紧张地问:"不是你们两口子又闹什么小别扭了?"

杨东怕母亲担心,赶忙说:"妈,您就少操心这个了,现在的年轻人不吵吵,那家里就没有情趣。"

卓兰笑了笑,说:"行,行,妈是跟不上时代了,吃饭,吃饭。"

一家人坐上了桌,杨小三先站了起来,从包里掏了红包,不顾母亲的阻拦，塞进了她的怀里，然后端起酒杯："我祝愿妈身体健康，今年七十，明年十七。"

卓兰笑眯了眼，说："妈要是十七那还得了？你这张嘴啊。你啊，今年就得给我添个孙子才行了，牛牛大了，你妈我身体还好，正好帮你带带。"

杨南看着杨小三，会心一笑。

卓兰见了转过头，对着杨南说："你也是，多大个人了。我想抱孙子，三儿起码八字有一撇，你告诉妈，你那一撇在哪里？"

正在此时，电话铃声响起，杨东起身打算去客厅接，杨南站了起来："你坐那儿不方便，还是我接吧。"

一边说一边起身往后走。电话真的是他救命的稻草，不然母亲一张嘴不知道又得数落多久。

几分钟后，杨南走了回来，表情有些严肃，眉头皱在了一起，卓兰见了担心地问："怎么了，谁打来的，出什么事了？"

杨南听了，勉强挤了点笑容，答："是小丁，他说今天是您的生日，加班来不了，让我祝您身体健康。"

说完后，眼角看了杨小三一眼，后面的话却没有说出口。

卓兰听了点了点头，说："还是丁聪这孩子懂事，来不了也不忘打个电话。但你这性格该改一改了，这么大的人了像没长脑子一样，做人做事，你没一样能够懂分寸的。"

杨小三知道母亲在说自己，只顾垂了头，听着听着眼泪就差点没憋住，幸好，杨南及时岔开了话题。

吃完了饭，没坐几分钟，杨小三借口还有工作要做起身要走。卓兰听了心里不舒服，却也没说，起身送到了门口，本想再多唠叨几句，杨小三却像火烧了屁股一般急着往外走。卓兰见了微微叹了一声，总算是放人了。可门还没有关，杨南就挤了出去，说："妈，外面路灯没多少亮的，我送送妹子。"

杨小三背着包，也不顾楼道上杂物多，灯光暗，急着往下冲。杨南在身后喊了好几声，杨小三当没有听见，也没停下脚步。于是杨南几个大步冲了上去，一把抓住了杨小三的胳膊。

"跑什么跑？你当离婚是小吵小闹，瞒得了多久？"杨南问。

杨小三听了，笑着说："哥刚才不是也帮忙瞒了么？"

"你还有种笑！你那笑就比哭还难看了。"杨南说，"告诉我发生了什么事？是他出了问题还是你出了问题？"

"一个巴掌拍不响，苍蝇不叮没缝的蛋。"杨小三答，"既成事实的事就不要再提了。"

说完，杨小三挣脱了杨南，就往楼下走。

杨南也没有阻拦，跟在她的身后。一直到了楼下，杨南终于说话了："那，你打算怎么办？妈那边跟大哥那边不可能一直瞒着，他们要是知道了，我看你怎么进家门？"

杨小三笑了笑，说："再怎么我也是我妈最疼的女儿，我大哥最爱的妹子，等事情淡了我再告诉他们，大不了骂几句，若是现在说了，哥怕是早就冲到学校去理论了，知识分子多的地方酸腐味也多，毁了他的前程也不好。"

"你还在为他考虑。"杨南叹了一声，"既然这样，怎么没试过去修复？婚姻是海里航行的船，难免会碰上暗礁，像你这样一撞了就弃船的，就没有白头到老的传说了。"

"哥还是那样，说话跟唱大戏背台词一样。"杨小三笑了，说，"你放心了，妹子心里有数。"

"是啊，是啊，你心里有数了，怕就没有这出了。我怕你是心里的数多得连自己也数不过来了。"杨南伸手戳了戳她的脑门儿。

杨小三听了，努力装着轻松的样子，不停地点着头。

餐桌上，按照惯例都是周友辉一边吃着饭，一边用听报告的恭敬态度，堆着笑容听着彭惠琴聊白天在商场、美容院和麻将馆听到的八卦，今天多了周伟志在，话题自然就转到了他的身上，彭惠琴不停地问着周伟志第一天上班的事。

周友辉今儿就落得轻松了，不用对自己完全不感兴趣的话题装着喜欢听的表情，听着不说还得抓住些关键点问上两句。于是，他一面听，一面搛着菜，竟觉得特满足。女人说话和吃饭明明都是用嘴，却能够同时做好两件事。过了没多久，两人一问一答，彭惠琴的饭差不多见底了，周伟志一口饭还没扒进口里。

最后，周友辉放了碗筷，看了一眼儿子，忍不住打断了彭惠琴的话，说：

"吃饭，饭都凉了。"

周伟志听了，点了点头，终于闭了嘴，开始吃饭。

周友辉站起了身，突然想起了件事，又转身坐了下来，对着周伟志说："对了，你明天上午去车行选一辆自己喜欢的车。"

周伟志停了下来，抬头看着他，惊讶地问："爸，我昨天不是告诉过你，我的驾照是国外的，回国需要重新考试，可能需要点日子，当时您不是说了车的事情过些日子再说么？"

周友辉听了，拍了拍脑袋，说："我这个年纪啊，脑子是越来越不管用了。驾照的事不用去跑了，明天叫小赵帮你去办了，顺便就把车的事一起办了，上班了，总得有个车才行。"

周伟志听了，点了点头。彭惠琴在一边搭了话："看你爸爸多心疼你，还不好好地学着点，公司的事能够早点上手了，好帮帮你爸。"

第二日，周友辉载着周伟志直接去了车行，回了公司一直忙到了中午，有业务往来的京申公司的尹总约了中午饭。周友辉跟尹总合作多年，深知他的脾气，没有事求自己，绝对不会开口约他吃饭，想了想应了。

尹总好酒好菜点了十多个人才能吃完的量，大有摆鸿门宴的架势。果然菜没吃几口，就跟周友辉商量起了一个项目，他从跨国公司包了个项目回来，一个人吞不下，想找周友辉合作。周友辉对合作的兴趣并不浓，碍于尹总的面子，只好答应着先看看再说。

尹总听着觉得有门儿，趁热打铁联系这家公司的老总，替周友辉约了一起吃晚餐。这样一来，就让周友辉心里更不踏实了，觉得玄乎，得回去好好琢磨琢磨。

吃完午餐，已经是下午一点多，周友辉推说公司有事，尹总凑了上来套近乎，非得让周友辉送他一程。周友辉推不过去，只好答应了。

上了车，尹总习惯了自己的司机开车，坐到了后排，周友辉发动了车。

没开几步，尹总觉得身后有东西，掏了半天，是一个绿色的本本，上面三个标准的宋体汉字——离婚证。尹总一见，好奇心来了，随手打算翻开，却发现离婚证用一书钉给钉上了。这一下，尹总的八卦心态就更加澎湃了，于是，头凑到了前排问："周总什么时候变单身贵族了？"

周友辉正开着车，听尹总这么一说，一头雾水，以为是尹总在调侃，于是用了尹总的调调回了一句:"这年头大家都懂得,周一到周五都是单身贵族。"

尹总听了笑眯了眼,说:"看来还是周总这个高枝攀得好啊,噌噌往上蹿,巨人这几年在业内的发展可是有目共睹的事,资产翻了好几倍吧,现在可就真不需要高枝了。"

周友辉开着车,也没明白尹总的意思,以为还是在说刚才项目的事。怕是尹总看出自己对这项目兴趣不浓故意这么说的。周友辉思量了片刻,京申公司是自己的老客户,合作多年,一句话废了这层关系不妥,于是说:"尹总您可说笑了,我周某人那是无论什么时候都需要您这根高枝的。"

尹总听了,觉着周总在跟自己打哈哈,笑了笑,将离婚证往原处一放,又跟周友辉闲聊了几句。

今天,杨小三一上班就接了一桩大买卖,号称巨人公司客户中嘴最刁、脾气最古怪、吃人不吐骨头、最难对付排名第一的客户吴总,他的业务推到了杨小三面前,杨小三看着一叠的资料,真有那种上坟的心境了。

"刚才王姐告诉我们,经理安排大业务给我们做了是不是?"柳青松偏偏此时凑了上来,得意地问。说完他得瑟地挽了挽袖子,带着一副志在必得的激情继续说:"需要我做什么,吩咐就是。"

"收拾一下,出门。"杨小三没好气地答。

"做什么?"柳青松问。

"你妈还真没给你取错名字,轻松,什么事都想着轻松了。业务不跑,能叫跑业务么?快去收拾资料,我们半个小时后出发。"杨小三一窝火嗓门儿就高,说话跟机关枪一样,噼里啪啦如子弹般发射完后,柳青松就愣在原地了。

一个小时后到了吴总的办公室,娇滴滴的秘书将杨小三拦在了门外,用快把柳青松骨头都折腾松了的口气说:"别怪我没提醒你们。我们吴总啊,从来不会在办公室里谈生意,要谈的话就在酒桌上谈吧,记住哦,要A市最贵最有档次的那家。"

"那是哪儿……"柳青松在身后问。刚问一半,被杨小三一胳膊肘捅得差点断气。

秘书见了,捂着笑得灿烂如花一样的笑脸说:"你们是第一次跑业务啊,连这个基本常识都没有啊,当然是将府楼了。"

杨小三听了脸上铁青，耐着性子笑着说："那就麻烦您跟吴总说下，今晚六点就邀请他到将府楼一起吃晚餐了，希望他能够赏脸。"

秘书听了，满意地点了点头："放心，我一定把这个邀请带到，只是吴总有没有空就不知道了。"

杨小三点了点头，退了出来。

柳青松一脸着急地问："怎么就这么走了，面都没见着。你说这跟秘书谈吃饭的事，他能到么？"

杨小三回过头："不能到，她就不会跟我说这么多废话了。你以为是人都像你这么多废话？"

柳青松听了后，恍然大悟地点了点头："果然还是师傅有江湖经验，徒弟学着了。"

"神经病！"杨小三骂了一句，径直走出了门。出了吴总的公司，杨小三上了车，直接回了公司。柳青松不解，忍不住问："我们就这么着回公司了？"

"不回公司，你掏钱请吴总吃饭？"杨小三白了他一眼。

到了十楼，刚出电梯，杨小三就被刘海燕拉到了一边，问："我今儿早听说你被派去伺候那吴总了？"

那口气像是三陪女伺候主子一样，杨小三听了点了点头。

"不是我说你，你那脾气该改改了，人在屋檐下，不得不低头。你瞧你平时那样，不哼不哈的，你见了黄世仁怎么着也要说句恭维的话。恭维的话谁不会？你就拣好听的词说就是了，比如您真漂亮啊，您真有气质啊……她那个智商，能够听得出什么？"

"昧良心的事我不会做。"杨小三答。

"你啊，那活该倒霉了，吴总让你带了个拖油瓶。我看他那一身打扮就知道是个人物了。"刘海燕说。

"行了，行了……"杨小三截了她的话，"我回来是办正事，向黄世仁申请点费用。"

"喂那只白眼狼的？"刘海燕问。

杨小三点了点头，顺着走廊去了黄世仁办公室，没几分钟就走了出来。回了办公室，见了柳青松正坐在办公桌上跟刘海燕聊得带劲，于是走过去，一巴掌拍了下桌子，柳青松从桌上弹了起来，端正地立在了杨小三的面前。

"走了。"杨小三拿着包径直走了。

柳青松跟刘海燕说了一声后,屁颠地跟着出了门。刚到楼下,正好碰到周伟志开着一辆崭新的车到了楼下。柳青松见了,流着哈喇子弯着个腰凑了上去,跟摸一个女人一般摸着车屁股。

周伟志下了车,见杨小三正往外走,于是问:"出门啊?"

"跑业务。"杨小三一边说,一边拿出了自己的包,从包里抽了一张崭新的一百块人民币递给了周伟志说:"谢了。"

红色的一张人民币在周伟志的面前一放,他反而不自在了,接不是,不接也不是。他人生中从来都是给女人钱,第一次有这么个女人大庭广众下给自己一百块。正犹豫着接不接钱,柳青松走上前,看了看杨小三手里的钱,再看了看周伟志的表情:"你们这唱的哪一出啊?反串啊?师傅您那样子,豪气得像腰缠万贯的款爷。太子爷,您那什么表情,怎么活像个囊中羞涩的害羞卖春女。"

杨小三白了柳青松一眼说:"你脑子里装的豆腐渣啊,你明白自己在说什么吗?"

说完,也不等柳青松回答,拉开了周伟志西装的领子,将一百块塞了进去,转头就走。这一来,就更像柳青松嘴里描述的场景了。

柳青松没忍得住,捂着嘴笑了好一会儿。本以为杨小三又会骂他两句,没想到,等他回头时才发现杨小三已经自顾自地走到了公司停车场,上车走了。

柳青松追了十几米,发觉车压根儿就没有停下来的意思,于是急了,摸了手机打了杨小三的电话,电话一响就被挂断了,一会儿短信传了过来:"将府楼,自己跑过来。"

周伟志站在公司大门口,见二人一来一往,干脆利落地在自己面前搭台唱了戏,最后把自己晾到一边跑了,不说自己那光芒的背景,只说这玉树临风帅气的外表,那也应该稍微给点面子,照顾一下他的情绪,奉承两句。没想到就两个字把自己打发了不说,像嫖客给妓女嫖资一样,钱塞进自己胸口跑了。周伟志站在原地,心里想不通。

直到他发现每个经过公司大门的人都会看他一眼时,他才反应过来,一百块揉得跟纸团一样卡在自己西服的领口上,他慌忙拿了下来,走进了公司。

柳青松到了将府楼时，已经下午四点多。在又高又漂亮的美女引路下，终于在豪华包间里找到了杨小三。此时，她正靠在龙椅一般的沙发上玩着手机。

杨小三抬头看了柳青松一眼，一边低头继续玩着游戏，一边说："来了啊。"

柳青松一路进来，见这里豪华装修跟清朝皇宫一般，又想着刚才杨小三收拾他的方法，于是眼珠子一转答："是的，老佛爷，小六子跟您请安了。"

杨小三一听，一愣，见跟着柳青松一起进来的女人正捂着嘴偷偷笑着，于是对那女人说："你们这儿装修就一皇宫，你问问你们老板去，缺不缺一个太监跑堂的，我就将这个小六子赏给你们了。"

女人一听，再也招架不住了，笑出了声。

柳青松一听，愣了。他在学校时引以为傲的三寸不烂之舌现在是碰上对手了。在杨小三的嘴下，每每吃亏的都是自己，于是赶忙道歉："师傅，我说错话了。有什么需要我去做的，您尽管吩咐。"

"吴总那边我已经联系好了，他五点过来。他好酒好赌，到时候你陪多喝酒就成了。"杨小三说。

柳青松点了点头。

五点不到，吴总来了，没带他娇滴滴的秘书。杨小三迎了上去，说了几句客套话，三个人坐了一个大圆桌，跟皇帝一样，面前摆了一桌子的菜。柳青松见了，心里嘀咕了一句，还真应了那个景了，他跟杨小三往吴总的身边一坐，就似一太监和妃子。

酒过三巡，吴总摸着自己如怀胎十月的肚子，满意地点了点头说："小杨，真是贴心啊，点的菜都不错。"

杨小三听着，心里忍不住骂了一句，吴总的爱好早已经成了公司公开的秘密，什么最贵点什么就没错了。杨小三陪笑了几声，估摸着他现在的状态可以提合同的事了，于是说："吴总，您看，那笔项目合同的细节，咱们可以谈谈了么？"

吴总听了，眯着个眼答："这不才刚吃了甜点么？当然是酒足饭饱后才有力气谈工作的事啊。你这个丫头，不开窍，不开窍。"

一边说，一边晃着他那肥头大耳的脑袋。

杨小三听了，偷偷跟柳青松递了个眼神，柳青松赶忙端起了酒杯："吴总，我敬您。"

吴总听了，一边笑着拿了酒杯，一边拍着柳青松的肩膀说："小伙子，有前途，有前途。"

周友辉特地将约定的时间推迟了些，到将府楼的时候，酒席已经开始了。尹总正陪着项目组那边的几个人喝着酒，一见周友辉来了，就起了身。

周友辉走了过去，说："不好意思，临时有一点事，来晚了。"

尹总站在一旁替周友辉一一介绍着，周友辉笑着一一握了握手。坐下来后，周友辉寒暄了几句，自己喝掉了三杯。

酒过三巡后，项目方开始谈论起项目，周友辉听了几句，觉得项目有点不靠谱，又不好意思当面提出质疑，于是找了个机会从包间里走了出来。

吴总此时已经喝高了，可就这种状态，关于原则的问题，他还在清晰地坚持着。杨小三找了几次理由提及合同的事，他都拒绝了。不仅如此，还暗示杨小三饭后得安排娱乐活动。杨小三本来最近的日子也不好过，一肚子的窝囊，今儿工作上又碰一神仙，心里就更不顺了。于是，起身拿了电话，找了一个理由走了出来。

刚走出门，手机响了。杨小三低头一看，广州来的陌生电话。本以为是骗子，响一声就会挂断，没料到一直在响，杨小三接了起来，一个广东口音的男声问："你是不是叫杨小三？"

"对，但是我没传票，没钱，没银行卡，没车，没子女。"杨小三答。

对方笑了，说："您怕是误会了，我是东莞的私家侦探，您快递给我的合同我已经收到了，所以现在打电话来跟您确认一下。"

"私家侦探？合同？"杨小三一头雾水。

"就是查您老公的事。我们这边已经着手了，只等合同签订了，您那边把首期款打过来，就可以开始调查取证了。"

说到这里，杨小三总算想起来是张敏联系的事了，于是答："哦，对了，我想起来了，这事啊。"

"那就好，我还生怕联系方式出问题了。那杨小姐，我就把合同签好字，给您返一份回来了。"男人说。

"行。"杨小三答了一声，挂了电话，见一个服务员走了过来，于是问：

· 047 ·

"请问你们的卫生间在哪儿？"

"前面直走。"服务员客气地答了一句。

杨小三走过装饰如满城尽带黄金甲般流光溢彩的走廊后，装饰得雕梁画栋的两个房间门口，一个挂着一块牌子，繁体字写着："高山流水"，一个牌子写着："曲径通幽"。一看，杨小三就忍不住骂了一句，高档的地方连厕所都这么附庸风雅，想了想，按照平日里的习惯，男左女右推开了高山流水牌子的门走了进去。

进了门后，径直推开了里面小门，坐在了马桶上，拨通了张敏的电话："姑奶奶啊，你真去联系了私家侦探查自己的老公啊？你是不是钱多得没处花，你接济下我这个贫民好了。"

"不是跟你说过的啊，你当我唱歌啊？"张敏一脸不悦地说，"他是不是收到合同了？"

"是啊。"杨小三答，"电话都打到我的手机上来了。我说你还是想清楚得好，你真当自己的婚姻是钻石，怎么摔怎么碰都没问题啊？"

"你啊，针不扎自己身上不知道疼。有朝一日你们家丁聪也找了个女人，我看到时候你肯定比我还要不理智。现在男人都是靠不住的东西，别指望他们有多高的自觉性，非得拴着捆着了，才能放心得了。"

杨小三一听，顿时就像从远处射来一个迫击炮击中了自己，前胸进后背出，捅了一个大窟窿。握着电话，一改往日泰山压顶也从容不迫的心态，说不出一句话来。

"没话说了吧？"张敏有些得意地说，"所以这叫换位思考，这事你可得站在我这边，做我坚强的后盾，我可就全靠你支持了。"

杨小三心思此时已经飞了，没有半点力气再劝张敏，于是答："行了，那就这样了，我挂电话了。"

说完，她迫不及待地挂了电话，她知道再说下去，即使以张敏这种粗神经也能发觉自己的变化。于是，她默默地坐在马桶上发了好一会儿呆。

调整好了情绪，杨小三推门走了出去。

门一开，她傻眼了，刚进来时只顾着低头看手机，完全没有注意到对面竟是一排小便池。最惨的是，不知道什么时候进来了一个男人，高大的身躯正背对着自己，哗哗的流水声仿佛在大声证明他没有那种贴在电线杆上的毛病。

杨小三只能在心中大叫了一声"不好",抓了包,蹑手蹑脚地轻轻往门外走。走了一半,正走在男人身后时,手机铃声大作。杨小三这下慌了,从包里慌忙地掏了手机,想挂掉。这一急,手机一滑,落了地,摔成两半,声音是停止了,男人却转过了头。

杨小三愣了,竟痴痴地从头到脚连关键位置也没有放过地看着男人。屋漏偏逢连阴雨,男人不仅认识,最近还熟得很,自己的老板周友辉。他此时也忘记了该做的动作,保持着刚才的姿势,看着从身后冒出来的杨小三。

杨小三脑袋里转得飞快,从无数小说中读到面对这种尴尬的方法,只花了不到一分钟的时间就找出了应对的方式,她右手揉着头,装着步履蹒跚地走了几步,眯着眼睛,喃喃自语:"这里……这……是哪里,醉了,醉了……"

一边说,一边捡着地上的手机往外走。

"站住,杨小三。"身后周友辉严肃的声音传来,"你像醉的样子么?"

杨小三一听,站直了,转了头,见到周友辉正认真地穿好裤子,拉上拉链,走到洗手池洗手,有条不紊的一系列动作,压根儿没把杨小三当成异性。

杨小三稳不住了,也不装酒醉了,义正词严对着周友辉说:"喂!麻烦你,吃亏的是我。我已经装醉给你台阶下了,你还想怎样?"

周友辉一听,忍不住又笑了。从来都是不苟言笑的他,在与杨小三屈指可数的见面中,基本上没说上几句话,他的神经就不受控制,脸上的肌肉像打了兴奋剂一般抽动。

周友辉又笑。杨小三瞪了他一眼,公司里的八卦果然是不可靠,被封为僵尸脸的周友辉,见了几次都会笑得这样没品。见周友辉笑着没回话,杨小三于是白了他一眼,拉了门就想出去。

"不认识字啊?"周友辉终于停了笑声问,"门口这么大的字,也能走错了。"

"字?"杨小三不听周友辉说还好,一听来了气,于是转了头对着周友辉说,"你们这些有钱人都假装斯文,厕所就是厕所,男人就是男人,女人就是女人,非写个高山流水,曲径通幽,谁知道哪个是男厕,哪个是女厕?"

周友辉一听,反问了一句:"那你上个厕所,像高山流水试试?"

周友辉的一句话,把杨小三彻底噎住了。她的脸瞬间憋红了,跟一只斗败了的公鸡一般,气鼓鼓地看着周友辉。周友辉一见,心里总算是舒坦了,每次都是杨小三让自己噎得一句话回不了，而今天他终于翻盘了，也让她败了一回。

杨小三气鼓鼓地拉开了门，走了出去。

门一关，周友辉忍不住了，又蹲了下来，捂着腰笑到了嘴角的肌肉发麻，这才终于停了笑。

杨小三走回了包间，吴总正喝在了兴头上，又叫了一瓶五粮液，见杨小三走了进来，柳青松转过头，通红的脸痛苦地看着她。吴总已经喝高了，把杨小三俨然当成了陪酒的女人，一只胳膊就搭在了她的肩膀上。

"小杨，你这可不像话了，都没见你怎么喝酒，这哪里像谈业务的样子，赶紧满上，我们喝一杯交杯酒。"吴总醉醺醺的脸凑了上来。

杨小三见了，恨不得一巴掌就抽过去。可她还没醉到那个程度，如果这一巴掌抽了，不仅没了男人，连工作也没了。于是她笑了笑，拿起酒瓶，倒了一啤酒杯那么多的白酒递给了吴总，自己拿了一小杯子，倒了事先准备的矿泉水，起身离开了吴总的胳膊，站在了他的面前，说："那我就先干为敬，敬吴总一杯了。"

说完一仰头，一杯矿泉水下肚。

吴总眯着眼，说："坐坐坐，别站那么高说话啊。那么远，说什么都不亲热了，不是要谈业务的么，当然是要亲热点谈了。"

杨小三一听，忍不住皱了皱眉头，他真的是公司里最无耻的一个客户，如果不是业务的关系，她真想立马把他阉了。

正僵持着，门被推开了，周友辉出现在了门口。

坐在面对大门口方向的吴总是第一个看到周友辉，马上改了刚才喝得醉醺醺的神态，恭敬地站起身迎了上去，人还没有到，就已经勾着腰，手就跟那长臂猿一样递到了周友辉的面前说："周总您怎么亲自来了？"

杨小三一见，站在身后忍不住在心里骂了一句，真是当之无愧的人渣，原来刚刚装醉就是一门心思想着占自己的便宜。

周友辉笑着答："旁边正好有个饭局，知道吴总在这里，那肯定是得过来亲自敬您一杯酒了。"

这一句话，像是给了吴总天大的面子，他笑得跟范进中举一般，将周友辉引到了座前。周友辉也不客气，坐在了杨小三的位置，杨小三想了想，坐在了周友辉身边。

　　周友辉对吴总的品行也了解一些，知道这是一个五毒俱全的人，最大的特点就是脸皮子特别厚。果然，坐下没多久，吴总就开始吹嘘着自己。周友辉耐着性子称赞了几句，那人渣就开始得意了，飘飘然不停地给周友辉敬酒。

　　酒是杨小三坐在一边斟的。杨小三这才发现，周友辉不仅是一个有气度的人，更是一个有酒品的人。杨小三斟酒时，特意将周友辉杯子里少斟了些，而给吴总的杯子斟多了些，吴总见了，大声嚷着说杨小三维护自己的领导。周友辉也不辩解，也不摇头，只是微笑着示意着杨小三倒酒，一直满到吴总满意的程度。

　　酒满后，一饮而尽，干脆利落，绝不拖泥带水，更不会暗度陈仓。大部分时间都是吴总在说，周友辉在答。他话不多，却字字珠玑，抓住了要点。单看一个男人的好，永远看不出来，但是两个人一比较，优劣就显而易见。杨小三看着，心里倒是有些佩服起这个男人了，难怪别人说起四十多岁的男人有致命的吸引力，杨小三心里琢磨，这种吸引力就是指临危不乱的沉稳和把握全局的气度。

　　半个小时后，吴总这才真的喝高了。两眼通红，满嘴胡言乱语，不停地拍自己胸口，跟周友辉称兄道弟，说业务是完全没问题，明天就能签合同。同样喝了一斤多白酒的周友辉只是眼角有些微红，依旧保持着风度，吩咐了几句后，柳青松扶着吴总走出了包间。

　　两人走后，周友辉回头看了杨小三一眼说："业务的事应该没有问题了，就一个千万的小企业，已经给了他天大的面子了。你明天就可以去他们公司把业务合同签了。"

　　杨小三听了，恭敬地点了点头，说："谢谢周总。"

　　"现在舍得喊人了。"周友辉笑了笑，手指了指放在座位上的皮包。

　　杨小三低头看了一眼，不解，抬头对着周友辉说："皮包不是我的。"

　　周友辉一愣，答："我知道，是我的，帮我拿下。"杨小三听了点了点头，拿起了包，跟着周友辉走出了门。到了大厅门口，周友辉从挂架上取下自己的外套，递给了杨小三。

　　杨小三看了一眼，不解，又说："外套不是我的。"

　　周友辉一听笑了，答："我知道，是我的，帮我拿下。"

杨小三有些不明白周友辉葫芦里卖的什么药了，伸手拿了外套，刚想问，发现他已经走出了酒店。杨小三小跑着跟了上去，到了停车场，周友辉从包里掏了车钥匙扔给了杨小三，问："应该有驾照吧？"

杨小三听了，点了点头，抬头问："有是有，就是我开车，什么都缺就是不缺胆。我开车，你敢坐么？"

周友辉笑眯了眼，答："要不要先签一卖身契，才能上车。我喝醉了，不能开车，与其坐牢房，不如坐你的车。"说完拉开了车门，在副驾驶位置坐了上去。

杨小三怎么看他也不像喝高的样子，思路清晰，除了走路稍微有一点晃悠外，没有任何酒醉的样子，而且他这种人像找不到司机的人么？不过回头一想，他今天帮了自己一个忙，礼尚往来，也当是回礼了。想好后，她拉开了车门，坐进了驾驶座，发动了汽车。

上了车，杨小三一边开车一边问："周总，送您去哪儿？"

问了半天不见有人答，杨小三将车停在了路边，扭头看了看周友辉。这才发现他已经在座位上睡着了。杨小三伸手推了几下，发现他睡得很沉。于是，她想了想，隐约记得那次郊区山上别墅的位置，于是开着车就往那个方向走。

半个小时后，车进了山，弯道多了起来。一个急拐后，周友辉醒了，大声说："停车！"

一直没有出声的周友辉突然这么一喊，把杨小三吓了一大跳，慌忙地踩了刹车，车停了下来，周友辉推开车门，蹲在路边吐了起来。看着这番情景，杨小三终于相信了，周友辉是喝醉了，确切地说，是为了她喝醉了。

她走上前，轻轻地拍了拍他的后背。

有人在后面轻拍后，周友辉胃里舒畅了许多，刚才吐不出来的东西，一并又吐出来了些。吐完后人也舒服了些，手撑着膝盖站了起来，山风一吹，头还有点晕。周友辉已经记不得上次醉酒是什么时候了，自从公司上了轨道后，就有人帮自己挡酒了。他揉了揉太阳穴，脚步有些轻飘，人有些不稳，要倒的时候，发觉身旁一热，有人扶住了自己。

周友辉低头一看，见是杨小三，才想起来之前发生的一切，心中不免多了几分感慨，任随自己四十多年的修为，今儿竟败在一个丫头身上，莫名其妙操心起了她的事。不仅如此，还为了她破了自己十几年的金身，醉了。他忍不住摇了摇头，但却在摇头的同时贪恋起那份温暖，整个人重重地压了上去。

没有预料到周友辉醉了后竟然这么重，杨小三踉跄了几步终于才稳住了，勉强支撑住了周友辉。即便这样，细得跟火柴棍一般的小腿仍然微微地颤抖。

周友辉感觉到后，笑了笑，站直身体。

杨小三总算松口气，问："怎样？"

周友辉答："醉了。"

杨小三听了说："看来，吐后酒醒了不少。那剩下的路你能不能自己开回去，这里这么偏，我已经不好打车回家。"

杨小三这么一说，周友辉才反应过来，看看四周的环境，城市已经在自己的脚下，远处微弱的灯火已经提示自己到城市遥远的距离，于是转头大声对着杨小三说："你带我到什么鬼地方来了？"

山风吹来，卷起了杨小三的长发，发丝飞扬。人在车头昏黄的灯光照耀下，像童话故事里的人物一般镀上一层淡金色的光芒。她站在周友辉的身旁，抬头望着他。长长睫毛下的眼睛虽然不大，却像有了灵性一般，闪烁着比星辰更耀眼的光芒。

眼神交汇，两人都愣住。许久，杨小三终于开口说："我记得你的窝不就在半山腰？"

"窝？"周友辉一听又笑了。杨小三第一次这么近距离看他笑，原来他的五官并没有平日里见的那么"狰狞"，这么一笑，五官柔和了下来，眼角有一些淡淡的眼角纹，眉毛有些弧度，嘴角稍稍上翘，让杨小三脑海里想到了梁朝伟的笑。于是，突然觉得自己像只懒猫贪恋热被窝般贪恋他的笑容了。

"你不会在脸上找碴儿吧？看得这么仔细？"周友辉问。

杨小三一下回神了，知道自己失态了，却又不愿意输在嘴上，于是昂着头答："我是在数你这位老人家脸上的沟壑，需要多少瓶面霜来填了。"

周友辉一听又笑了。胃里的东西刚吐了，酒也醒了一半。既然到了这里，自己也不想早些回去，于是说："既然你知道我的窝在哪里，那就麻烦你开车吧。"

杨小三见他没有反驳自己的话，于是也不愿意再说什么，拉开车门坐了上去。十多分钟后，到了半山腰，进了别墅。周友辉下了车，见杨小三还坐在车里没动，于是扶着车，头探了进来，问："怎么不下车？"

"我下车做什么？"杨小三反问，"车借我一夜，我开回去，明天一早给你开到公司。"

"不行。"周友辉说完，心里一乐，突然有了心思逗她，于是说，"我怎么知道你会不会把我的车卖掉了，好几百万，交给你不放心。"

杨小三一听，头一昂，答："可有的人把自己交给我这个马路杀手，可是放心得很啊。"

周友辉笑了笑，说了实话："这个别墅，我偶尔只是来散心住一下，平日里没人。既然来了，空气不错，就坐一坐吧，等一会儿我酒醒了，再开车回市区，顺带把你给捎回去。"

"这……"杨小三偷偷看了看车上的时间，已经夜里十点，正犹豫着，周友辉已经迅速将车钥匙从车里拔了出来，拿在手里，往别墅里走去。

当杨小三气鼓鼓地走进别墅大门时，周友辉已经开了灯，拿出了自己的茶具，开始有板有眼泡着功夫茶了。

杨小三坐了下来，周友辉递了一杯给她，杨小三一仰头全部倒了嘴里，这才发现茶水少得可怜，充其量只是润了她的舌头，于是说："你还是给我找一大玻璃杯，倒一杯吧。如果有的话，来杯可乐就最好了。"

周友辉听了，也不答也没起身，而是从茶具里拿出了所有的杯子，一溜放在茶盘上，挨着仔细地倒满后，自己拿了一杯，往后倒在了沙发上，杯沿凑在了鼻子上，跟吸毒一般专注地闻着茶香。闻完了，这才慢慢地将茶喝进了嘴里。

等他将茶杯放在茶盘上时，发现已经有十一个空杯子了。

"顶级的大红袍，被你这么当开水样子喝了，真是白费了。"周友辉叹了一句。

杨小三听了，眼睛一瞪，答："一千多一瓶的五粮液，被你一口气喝完了，还不到半个小时就全吐了，更是白费了。"

周友辉一听，又没忍得住笑出声，笑了许久终于收住，停了笑声，他抬头见着杨小三不仅没笑，还双手挽在胸前，一本正经，一副不屑的态度看着他，这下好不容易忍住，又笑了出来。

"四十多岁的人了。"杨小三皱了皱眉头，"不知道的人还以为我给你下药了。"

"你平日里说话是不是都是这个味道?"周友辉问。

"你觉得我该对你特殊点儿?对,也是,公司里每个女人对你说话估计就都没有正常过。"说完,杨小三捏着鼻子,学着黄世仁见了领导后娇滴滴的嗓音说,"周总,您好……真的是太对不起您了……"

周友辉一听,就像被雷击一样倒在了沙发上,捂着腰开始大声笑。半晌,周友辉像断气一般,捂着已经有些隐隐发疼的腰部,断断续续地说:"不行了……不行了……"

以前就有很多人说起过杨小三说话喜感的问题,但像周友辉如此反应过度的还是第一次见到,于是白了他一眼,问:"要不要替你打120?120不行的话,119也行。"

"你可别忙说话了,让我先喘口气。"周友辉捂着腰坐了起来,又倒了杯茶,喝了两口说,"好久没喝这么多酒了。茶能解酒,坐一会儿,酒劲差不多下去,可以回家了。"

"周总的酒品真的很好。"杨小三答。

周友辉听了说:"你总算是说了一句正常的话了。"

"原来,周总都是把奉承话当正常话来听的。"杨小三说。

周友辉一听又笑了,扯得腰有点疼,于是皱了皱眉头说:"才夸你一句,尾巴就露出来了。我来了兴趣,你是怎么评判我酒品好的?"

"记得以前接待一个客户,喝醉了,我送他回家。于是我问他,你家在哪儿?你猜他怎么回答的?"见周友辉摇了摇头,杨小三继续说,"全A市到处都是我的家。所以周总您起码还知道哪里是你的家,你说酒品不好吗?"

周友辉又忍不住笑了笑:"我当你真是在奉承我,结果还是在损我。我发觉你很喜欢损人,这种性格在如今的社会很难有上升空间的。"

"钱多有钱多的花法,钱少有钱少的花法。像你住这么大的停尸房也好,我住我的小阁楼也罢,外人见了肯定说你比我幸福。可若问自己,还指不定谁幸福。"杨小三答。

周友辉听了来了兴致,柔和的灯光下,看着这个跟自己女儿一般大的女孩,心中竟有些雀跃,他明白了,他渴望跟她聊天,譬如现在,他很希望能够聊上一整夜。于是他一边慢慢地泡茶一边饶有兴致地问:"你这人倒是真应了我儿子那句话,骨骼精奇,异于常人。一般人喜怒哀乐都会溢于言表,当然也有很多场合需要掩饰下自己的情绪，但多数情况下，人开心了总会笑，伤心了总会哭。你倒是好了，不笑不哭的。"

"我只是觉得哭会伤自己的身体，让别人痛快，不值得。"

"那笑呢？"周友辉问。

"笑，我当然有笑，只是没机会见着了。"

"你平日里说那么多的笑话，怎么自己就没有笑？"周友辉问。

"那很好笑么？"杨小三盯着周友辉，"只能说明一点问题，你笑点太低了。"

周友辉听了点了点头说："原来如此，看来我要努力锻炼锻炼提高下笑点了，不然根本就没法跟你聊天，怕是这么聊上一个小时，你就真该打120了。"

杨小三听了也没答，伸手从茶盘拿了一杯茶，仔细喝了一小口，果然现在这么细细品味下，茶香真的很浓郁。虽然杨小三不通茶道，却也陪客户去过些茶苑，懂得皮毛。如此浓郁的味道，不仅跟茶的品质有关系，还跟泡茶的人水平也有关系。看来，周友辉精于此道。

"家里怎样了？"周友辉突然问，可刚一问完，就想到了那一句火腿肠，想着自己是不是该问一句，火腿肠保住了没？这么一想，又笑了。

杨小三一看他的表情，倒觉得他真的在自己的痛处上建了乐子了，于是闭口不答。周友辉反应过来自己的失态了，赶忙地道歉说："不好意思，其实一开始我真的是正儿八经地关心你的，可一开口，就联想到那天电梯里的火腿肠了。"

说完，他又忍不住笑了。

"那就谢周总关心了，人都跑了，这会儿定是跟女朋友在一起了。"杨小三说完，眼神一淡，想起了当年跟丁聪恋爱时，好些人都告诉她这个人没什么前途，而当初自己就看重了他没有恋爱的经历，就匆忙抓住。现在想来，当初自己的想法幼稚得可笑，于是一句话不经意地说出了口："以前以为没有恋爱史的男人靠得住些，现在证明，同样是靠不住。"

周友辉听了杨小三独特的观点，于是问："没想到你会这么在意过去，这方面男人在意得多，女人反而在意得少。"

杨小三一听，嘴一抬，答："你不也说火腿肠么，起码那包装纸是我自己来扯掉。"

周友辉一听，又如雷击般倒在了沙发上，刚吞进嘴里的茶水喷了一身，他捂着腰在沙发上抽笑起来。周友辉感觉腰上一阵阵地酸痛，算是彻底废了。

时间在沉淀男人的浮躁，却也在同时平添了女人的浮躁。这也许就是婚姻的第一道伤口。杨小三在十二岁那年父亲就已经去世，身边围绕的通常是同龄男人，很少遇到比自己大一倍的男人，即便遇到了，那代沟也比海峡还要深，说不上两三句话就没了兴趣，而周友辉却不一样。这个世界上温文尔雅、博学多才的人多的是，但像周友辉一般，同时有谦卑虚心、不骄不躁的气度的人，真的是难能可贵。

这一夜，两人聊了很多。周友辉第一次发现自己在女人面前原来话可以这么多，杨小三第一次发觉自己在男人面前如此有吸引力。

一直到了凌晨，由于茶的原因，两人没有睡意，时间过得很快，一眨眼三个小时就这么过去了。茶泡了好几泡，尽管周友辉有些不舍，还是起身说："差不多了，酒也醒了，我送你回去。"

杨小三听了，点了点头，跟着起了身。

周友辉发动了车，杨小三坐了上来。夜里的山里安静得异常。工业化发达的A市只有在这山里的夜晚才能得到片刻的宁静。漆黑的路上只有周友辉一辆车慢慢在行驶。车灯下树影婆娑，山风微凉，周友辉拧开了音乐，好车配的好音响播放出小提琴轻音乐，飘荡在空气中，再掺杂了周友辉身上余下的淡淡的酒味，一切犯错该有环境要素一应俱全。就因为如此，两人竟然谁也不敢开口了。

一直开了十多分钟，快下山时周友辉终于开了口问："一个人住？"

问完后，他当即就后悔了，可是话已经说出了口，只有硬着头皮生硬地补充了一句："你别误会了，我是怕这么晚回去，你家里人会不会有意见了。"

杨小三听了，忽然间觉得很累，虽然周友辉问了一句不适宜的话，画蛇添足撒了把盐，但此时的她也不想跟周友辉抬杠，说："房子是他单位分的，讲资历，所以只有六十多个平方米，一直觉得很小，努力着存钱寻思着换个大点儿的，可现在每天回去，我都觉得大得很，空得很。"

周友辉听了，心里有些酸，平日里总有话应对的他，却一时想不起来用什么安慰。

杨小三手撑着头看着窗外，继续地说："家里有生命的东西就我一个。所以前些日子我就在网上发了个帖问，男人跑了家里养点什么才好？结果天上飞的地上跑的水里游的，什么狗啊猫啊鸟啊鱼啊都有，我没一个满意的，想想自己都这么寂寞了，平日里工作又忙，真养了它们，不又平添了个寂寞的生灵。不过，最近有一个人的回复，倒是入了我心。"

周友辉来了兴趣问："他建议你养什么？"

"养男人。"杨小三答，"可我回头一想，一则费钱，二则费心，三则弄不好还得费眼泪。想想就打消了这个念头。"

听杨小三如此一本正经地分析这个略带调侃的话题，周友辉碍着杨小三的心情，憋着没有笑，其实心里已经笑成了内伤，于是半晌后，他深吸了口气，沉着语气说了一句传统的安慰话："旧的不去，新的不来，你这么年轻总会找到更好的。他离开你，怪他没福气。一辈子跟你在一起，天天都能笑口常开，活个一百岁也没问题。"

杨小三转头看了周友辉一眼，说："憋得这么辛苦吧，我知道你想笑，要笑就随便了，反正我已经见惯了笑话离婚人的。"

杨小三这么一说，周友辉反而笑不出来了，思想了许久说了一句："总会过去的。"

杨小三听了没有答，头靠在玻璃窗上，呆了。两人都没再说话，半个小时后，杨小三到了家，周友辉开车回了自己家。

别墅里，灯已经灭了，周友辉洗完澡上床时，已经凌晨三点多了。刚上床，彭惠琴醒了，迷糊地责问他怎么才回来。周友辉答了一句有个应酬，彭惠琴也没多问，翻个身睡着了。而周友辉躺在床上，却迟迟没有睡着。杨小三说的每一句话，此时在他的脑海里都成了幻灯片，每一张都耐人寻味。

漆黑中，他完全没有注意到，嘴角的笑容从开始想她的一瞬间就一直没有停过。他完全没有想过在人生的第四十六个年头，恋爱才刚刚开始。

第四章
跳板与牢宠之间的关系

夜里，丁聪回到学校的宿舍，在当今学校只以升学率为目标的驱动下，像他这样的偏门课，只是为了应对上面的形式检查而象征性地一个星期开了一节课。学生把他的课当作了休息时间，学校把他当成了编外人员，工资奖金压了再压，连他最好的同事兼哥们儿王瑾也劝他该换下科目了。可他惰性惯了，习惯了这种没压力的闲散日子，完全提不起劲去绷紧神经教那些主流课程。

今天发了工资，七扣八扣，到了他的手里竟只有不到两千，比起教主流的老师几乎少了一半。以前家里家外用钱都有杨小三担着，丁聪从来就没有担心过钱的问题，那时候觉得他那不到二千的月收入却是 A 市最富有的人。

而如今杨小三走了，周娇娇来了，一张嗷嗷待哺的小嘴也即将来到这个世界，他前所未有地感到了压力。钱，钱……他第一次如此渴望这个东西。

推开了宿舍门，周娇娇已经坐在了饭桌上。不到二十平方米的宿舍，除了厨房卫生间，就剩下放床和放饭桌的地方。

"我去做饭。"丁聪努力地挤了点笑容说。

周娇娇一边看着电视，一边气鼓鼓地说："那房子明明是单位给你分的，凭什么你就全给那女人了？我今天去了房管局问过了，虽然你已经把过户的资料递了，但是他们要在十个工作日内才会办理下来，期间你可以撤回这个申请，明天请个假，一起去把申请拿回来。"

"房子我已经答应给她了，哪有撤回来的道理。"丁聪答。

"答应了？"周娇娇说，"白纸黑字签协议没有？没签就不算数。"

"娇娇，"丁聪将她搂入了怀里，"从我提出离婚开始，她一句要求也没有提过，说实话，她越是这样，我心里越觉得不安。所以这房子算是补偿，我们就别跟她争了。"

"说得轻巧了，那说实在了，我等得，肚子里的可等不得了，五一节我们就得把婚事给办了，到时候，你能拿得出钱买一套婚房么？"

丁聪听了，面露难色，思量了半天，答："房子的事我想办法。你最重要的是安心养好身体，还有你那个工作，如果太累就辞了吧，一天站好几个小时，你受得了，肚子里的孩子也受不了啊。"

周娇娇笑了笑，钻进了丁聪的怀里，说："我就知道你心疼我。"

夜里，周娇娇睡了后，丁聪坐在那台老掉牙的电脑前，将自己写了多年的诗集和散文翻了出来。丁聪有文艺青年的傲气，自己的作品无论别人怎么评价，在他的心里怎么看都是最好的。

以前丁聪也找过出版社，推销过自己的作品，但以前他从未为生活愁过，所以自然就没有把作品跟钱画上等号，别人稍微评价几句，他就撂下了几句狠话走了，反正作品是自己的，爱出不出。而如今他能想到的唯一的办法，就是把他多年的心血拿出来或多或少地换点钱。

因为夜里睡得太迟，彭惠琴知道周友辉昨日应酬辛苦了，一早起来见他睡得正熟，也没有叫醒他，周友辉醒来的时候已经是上午十点多了。下了楼，彭惠琴嘱托人把早餐热上。

周友辉吃了早餐就匆忙出了门，彭惠琴才约了几个熟悉的阔太太们一起去美容院。一见面，彭惠琴就发觉了几个人脸上都有些不对劲，悄悄在嘀咕些啥，一见她来了，就立马闭了口。

过了会儿，她终于忍不住了，问："你们一大早的在说些什么？"

几个人推诿了几回，终于，陈太太说："没……也没什么，只是姐妹们想多关心下你。"

"关心我？"彭惠琴一听笑了，"这话说得见外了。"

陈太太感慨了一句说："还是您看得开啊，若是我早就从十八楼跳下来了。"

"我什么事看不开啊？"彭惠琴有些不耐烦了，"你们心里有什么话就直说，别跟我拐弯抹角的。"

"我听说,你跟你们老周离婚了?"陈太太问。

"放狗屁。"彭惠琴一听气不打一处来,顾不得形象,一句粗口就蹦了出来。

陈太太一听有些尴尬了,说:"我是听尹太太说起的,说得振振有词的,还说是她老公亲眼见了你们的离婚证。"

彭惠琴一听骂了一句:"一派胡言!我跟我们家老周好得很。谁这么没事,找这种闲话来讲。"

"话不能这么说,到了我们这种年纪,就是用最好的化妆品也抓不了青春的尾巴了。男人啊,见了年轻漂亮的女人,哪个没有那贼心?无风不起浪,关键的时候还是得多留份心思,灭了贼胆才行啊。"陈太太说。

彭惠琴听了,若有所思地点了点头。

一大早,丁聪揣着从家里拷贝了作品的 U 盘来到学校,偷偷地用学校的打印机打了好几叠,再仔细装订好,信封上恭敬地写上了地址,利用课间的机会找了家快递公司递了出去。回学校的路上,他忍不住开始想着快递出去的结果,这一想就想远了,竟把自己乐着了,幻想着自己的作品出版了,一炮而红,不停再版,钱跟沙尘暴一般滚滚而来,然后就给周娇娇买一栋别墅,一家三口开心住进去……

突然间,冷不防肩膀被人拍了下。丁聪吓了一跳,转头一看是自己的哥们儿兼同事,同样教偏门体育的王瑾,他的体育高考有加分项,所以光景自然要比丁聪好一些。北方的男人将近一米九的身高,一表人才,虽然是一穷教书匠,但眼界甚高,近三十岁了,也没找到一个合适的女人。

"哥们儿,什么事这么高兴,我见你从校门口进来就这么乐呵着过来。"王瑾问。

丁聪尴尬地笑了笑答:"也没什么事,只是刚把自己以前写的一些东西投了出版社,试试看。"

王瑾听了啧啧嘴,说:"你们这些搞艺术的就是不一样,随便写点东西就能当个三产卖钱。我这个教体育的要做三产,充其量也就是当苦力了。不过话又说回来了,你以前把这些都当自己的儿子,什么时候寻思着要卖儿子了?老实交代,是不是嫂子有了,有压力了?"

丁聪听了，干笑了几声后，答："对，你说得没错，是有了。"

"啊！"王瑾大叫一声，"你小子不声不响就升级在望了，可让我哥们儿羡慕的，恭喜恭喜。生了记得请我们大家撮一顿哈。对了，上次吃了嫂子做的茴香鱼，我至今记忆犹新啊。"

丁聪一听，笑得更加尴尬了，随便找了个理由匆忙走了。

杨小三一早就到公司，昨日睡得迟，今儿又起得早，所以到了办公室精神头就跟一天没抽鸦片一般，坐在椅子上连续打了三个哈欠。勉强站起来冲了咖啡，喝了好几口，这时发觉今天耳根子清净了许多，仔细一看才发现，柳青松竟然还没有上班。正想着打电话问下，他已经走了进来，眼睛下两个跟鸽子蛋大的黑眼圈，跟个僵尸一般。

柳青松径直走到了杨小三的面前开始嚎："那个吴总，我从没有见过精神这么好的人，我陪他去会所，他一个人竟然叫了五个……"

柳青松没有说完，杨小三径直对着他的膝盖踢了一脚。柳青松立马捂着脚原地跳了三圈。

"酒醒了没有？"杨小三抬头问。

柳青松点了点头。

"回去做事，马上把吴总那份业务合同拟出来我看。"杨小三吩咐。

柳青松点了点头，坐在了杨小三旁边的格子，开始拟业务合同。平日里，柳青松大大咧咧，仿佛缺根筋一般，但做起事来却异常认真，第一次拟业务合同很多细节不清楚的，他都转过来请示杨小三。杨小三见他认真的样，即使是一个常识性的问题，她也没好意思发火，而是仔细给他解释。

刘海燕走了过来，站在杨小三身边问："昨日够受的吧？"

"还行。"杨小三说，"吴总已经同意了，正在拟合同。"

刘海燕一听，惊讶地问："不是吧，公司里最厉害的业务员要啃吴总这块骨头，最短也得一个星期，被折磨得形销骨立才能办成。你啥时候有这本事了？"

杨小三还没答，柳青松的耳朵倒是听见，脚一蹬，坐在椅子上就滑了过来，一脸得意地说："那当然是看谁出马了，你知道昨天谁来了么？说了你也不信，是周……"

话没有说完，杨小三的高跟鞋重重踩在了他的脚上。

"周什么？谁啊？是不是太子爷啊？"刘海燕一脸的幸福状，"三儿，你可别给我打马虎了，是不是太子爷？我猜就是他，这么英俊气度非凡的，加上那个家世，往吴总面前一站，还不手到擒来。"

杨小三瞪了柳青松一眼，答："你都有结论了，还需要问我啊？"

"真的是？"刘海燕问，"是不是你去求他帮忙的？那我也去装装可怜去，早知道他这么有爱心，我就早点出这招的。"

"友情提示，你不仅有老公，还有个一岁大的女儿。"杨小三说。

"你啊，就是这般不懂，哪壶不开提哪壶，走了。"刘海燕说完，扭了屁股走了。

刘海燕刚一走，杨小三凑到了柳青松的面前说："给我记住了，昨儿周总帮忙的事在公司里不要提。公司里什么都不多，最多的就是三八，不想被唾沫星子淹了，就少说点话。"

柳青松听了，含着泪花点了点头。

周友辉十一点多到的公司，整个总经理办公室的人都清楚，周友辉一年三百六十五天除了假期，很少迟到。今儿迟到了这么久，每个秘书心里都猜测着是不是出了什么大事。周友辉刚坐下，秘书小刘就轻轻敲门走了进来。

"什么事？"周友辉问。

"周总，是这样的。"小刘把资料放在了周友辉面前，"这是您昨天要的资料，关于下午两点股东大会需要表决的事宜。"

周友辉低头看了看，答："好，知道了。"

小刘说完后，点了点头，恭敬地退出了办公室。

下午，一季度的股东大会在巨人公司最顶楼的豪华会议室召开了。若无异常，这一次的股东大会又是周友辉主持。刚好两点，周友辉走进了会议室，秘书小刘抱着资料跟在了他身后。

周友辉在巨大的红木会议室的尽头坐下了，递了个眼色给小刘，小刘心领神会地开始逐一发着资料。因为今天的会议要公布去年巨人公司的业绩报表和表决今年一个大型投资项目的计划，几乎所有股东都来了。

周友辉清了清嗓子，开始介绍巨人公司去年的财务报表。刚说了几句，门轻轻地推开了，对面大门方向的一排股东们站了起来，堆着满脸的笑容，点着头说："董事长好。"

周友辉转过身，见彭惠琴拎着限量版的 LV 提包雍容华贵、仪态万千地走了进来。他赶忙起身让座，彭惠琴也没客气，径直坐在了刚才周友辉坐的位置上，小刘识时务地搬了一个凳子放在了彭惠琴旁边。

"坐，坐，都坐下。"彭惠琴说。

几个熟知彭惠琴父亲的老股东们，笑着用几近浅薄的奉承话套着近乎："好久都没见到过董事长您了，这么久没见，您依旧这么漂亮。"

"你们都过奖了。"彭惠琴转头见周友辉仍恭敬地站在一边，于是说，"你也坐吧，我只是来听听的，只是刚巧从公司门口经过，记得你跟我提起过董事会的事，所以就顺道上来了。"

周友辉笑了笑，点了点头坐下，即使心中难免有些尴尬和屈辱，可是久经沙场的他表现出来的依旧是镇定自若、坦然面对的态度。他明白，即使自己做得再好，巨人的业绩再怎样辉煌，巨人公司始终不会是他的。

"你们开始吧。"彭惠琴下了命令。

周友辉点了点头，开始继续说起了报表。冗长的会议一直开了三个多小时，期间，彭惠琴没憋得住，打了好几个哈欠，终于耐着性子等到会议结束，觉得屁股已经麻得不像自己的。等到她点着头笑着送走了一帮股东后，这才站了起来。

周友辉收拾好自己桌上的报表，起了身，见彭慧琴正揉着腰，于是忙放了手里的资料，体贴地替她揉了揉。这么一揉，彭惠琴回了头，看着周友辉笑了笑："现在才知道，每天你的工作有多辛苦了。"

周友辉笑了笑："几十年了，现在知道是不是晚了点儿？"

彭惠琴点了点头说："你是向我抱怨了？谢谢你这么多年来尽心竭力地打理巨人，我呢，不也把伟志拉扯大了。"

"对了，今天怎么突然想起来公司了？"周友辉说，"上次问你，你没说要来。如果早知道你要来，我就该让秘书安排一个舒服点儿的环境开会了。"

"去美容院回来，正好路过，而且伟志来上班，我也想看看他上班的环境。"彭惠琴说。

"这样啊，他在十楼，我这就带你过去。"周友辉说。

"算了，你忙你的去。你也说给儿子学习基层的机会，这么大费周章的，怕他也就学不到什么东西了。"彭惠琴说，"我看也快下班了，我一个人下去接儿子，你去收拾一下，我们直接在停车场会合。"

彭惠琴走出了会议室，周友辉一直将她送到电梯才折了回来，进了自己的办公室，反锁了门，资料往桌上一放，从包里摸了一支烟，坐在椅子上抽了起来。

吴总的合同牵涉到这几年与巨人的往来业务，杨小三去了底楼的资料室，一查才发现相关的资料一叠竟然有一米多高，杨小三贪图方便，不想为此多跑一趟，于是一个人抱着一叠资料，跟托塔李天王一般，慢慢地走上了电梯。

上了电梯，资料遮得人啥也看不见。只是闻着身边浓烈的香水味，知道旁边有人，于是说："麻烦，十楼，谢谢。"

彭惠琴出了会议室，上了电梯，本打算自己去儿子那儿，突然想起了给儿子买的风水水晶放在车上，于是又直接到楼下拿了水晶。彭惠琴来公司的机会并不多，所以一大半的人不认识她，她也落得安静，免得有人总是凑到跟前献媚。

彭惠琴上了电梯，就进来了一叠一人高的资料，她赶忙往旁边一站，于是人跟资料都进来了，开口一句话竟然就是安排她按电梯，这让她气不打一处来，堂堂一董事长成了电梯"小妹"。幸好她也同样是到十楼，不然即使她说了声"谢谢"，彭惠琴也肯定不会降尊去按电梯按钮的。

电梯到了十楼，彭惠琴抢先了一步走出了电梯。不巧奢华而蓬松的毛领勾住了杨小三手里的资料盒一角，彭惠琴一心急着出电梯，也没有注意到，一用力被挂了几撮毛下来，杨小三的资料盒也失去了平衡，人转了好几圈也没有稳住，眼看着资料盒要倒了，于是尖叫一声："前面那人，帮忙扶下，扶下……"

彭惠琴一听，忙闪到一边，杨小三手里的资料哗啦全落了地。

杨小三一见，悔得肠子都青了。这些资料一落全乱成了一堆，就单单整理好也得花上好几个小时，还别说万一差数据。于是一脸懊恼地收拾着资料，一边骂了一句："你是缺胳膊还是断腿了，就不能伸手扶下？"

彭惠琴一听火了："你这不知道好歹的小丫头片子，你知道不知道是跟谁说话？"

杨小三一听，才停了手里的动作，抬头看着眼前这个上了年纪的女人，平日里一定特别注意保养,乍一看也就三十来岁,穿着考究,奢华的皮衣。脸上的妆不算浓,却恰到好处地遮盖到了这个年纪该有的瑕疵。杨小三心里偷偷计算着她身上所有的贵重首饰,算到一半时已经肯定地得出了一个结论,她绝对是巨人公司或者巨人公司客户里的皇亲贵族。

人在屋檐下,不得不低头。杨小三赶忙道歉:"对不起了,抱着一叠资料,就没注意撞到了您这尊菩萨。"

彭惠琴一听她的口气,心里就更不舒坦了,本想着说几句话出气,可回头一想,跟一个丫头片子站在电梯口争吵有失身份。儿子刚来营销部工作,她如果利用巨人公司的董事长身份一压,一则对儿子不好,二则也怕儿子跟周友辉生气。于是决定忍了,低头用一副戴安娜王妃慰问平民的眼神看了杨小三一眼,转身走了。

杨小三摇了摇头,有钱的人都这德行。明明是她撞了自己的资料,让自己平添了几个小时的工作量,可到了最后反倒是她错了,接受了那女人如大赦天下的怜悯。

正整理着资料,眼前多了一双擦得锃亮的高档皮鞋。杨小三抬头,见是周伟志,于是也不客气,点了点头说了声谢谢。

有周伟志帮忙,资料都拣了起来,杨小三抱了一堆,周伟志抱了一堆。两人起身往前走,周伟志低着头凑到杨小三耳边轻声说:"姑娘家,也不知道注意些,刚拣资料的时候,底裤都被看见了!"

杨小三一愣,没有想到周伟志竟然这么说。平日里大大咧咧惯了的她,虽然此时心里有些尴尬,可嘴上却不能输半分,于是答:"看见了你不说,看完了你才说?你可真有种,不愧是国外回来的,耍流氓都这么有风度。"

说完,高跟鞋一脚又奔向周伟志的脚上去了。

电梯门默默地开了,周友辉站在电梯内又撞到这熟悉的一幕,唯一不同的是,两人此次手上多了一叠子的资料。周友辉轻声咳了一声,走出电梯。

周伟志听出了父亲的声音,赶忙抱着资料退到了一边,恭敬地叫了声:"爸。"

周友辉脸上没有任何的表情,冷冰冰地说:"公司里还是叫我周总吧。"

周伟志点了点头,答:"好的,周总。"

杨小三一听,觉得这对父子俩完全不像是父子,就算是继父养子也不会如此生分，于是撇了撇嘴抱着资料往里走，没走几步，柳青松慌忙地从走廊尽头跑过来，见杨小三抱了一大叠资料，忙说："对不起，老大，对不起。"

"打了你几个电话，你去哪儿了？"杨小三白了他一眼，问。

"对不起，我刚在厕所。"

"厕所，你也能待半个小时，拉不出来的话，需不需要我借把剪刀给你？"杨小三问。

杨小三这么一说，柳青松尴尬了，本来就白净的脸红了，低头不说话，伸手就去接杨小三手里的资料。杨小三并没有把资料给他，而是看了下周伟志手里的资料："该接谁手里的资料，还用我教么？"

柳青松一听，赶忙伸手去接周伟志手里的资料。周伟志本想拒绝，又怕这么推来推去大家面子上都不好过，于是就放了手。

杨小三一说完，人群里不知道是谁笑出了声。

正在此时，黄世仁带着彭惠琴走了过来。黄世仁眼尖，第一眼就看到周伟志正将手里的资料递给柳青松，于是第一时间就在心里把杨小三骂了个狗血喷头。自己连让太子爷倒杯水都不敢，她倒好，竟然让他抱这么叠资料，最最重要的是，在公司最大的两个头头儿的面前，自己一直努力经营的形象被这个丫头一朝就毁得七七八八。

换作往日，黄世仁早就亮出她的尚方宝剑，扣光杨小三的奖金了。可碍于周总和彭董，只好赔笑道歉："对不起了，对不起了，是我管教无方，怎能让小周做这种体力活儿？您放心了，下来我一定追究。"

两个主角——彭惠琴和周伟志还没来得及开腔，倒是一旁的周友辉说话了："年轻人，这算什么体力活儿，他来了，就应该跟大家一样的，黄经理可不要偏袒了他才是。"

周友辉这么一说，黄世仁笑不出来了，嘴角抽了抽，点了点头。

周友辉对彭惠琴说："正好，咱们一家三口今天一起下班。"

彭惠琴听了点了点头。于是巨人公司最重要的一家三口走了，在场的三个人松了一口气。

杨小三抱着资料，看着周友辉的背影，原来她就是周友辉的老婆啊，年轻时定是个美人胚子，到了现在也是气质一流。看来周友辉对女人的审美能力与他的茶道水平一样，都是顶级的。

电梯门缓缓关上，周友辉站在周伟志身边，发现他此时正目不转睛地盯着电梯外的走廊。周友辉这么一看，心中就这么多了些杂乱。

到了停车场，三个人三辆车。周友辉做了决定自己当司机，命人把另外两辆车开回去。

彭惠琴坐了副驾，周伟志坐在后座。车没开多久，周伟志就发现了后座上放了一离婚证，于是问："爸，怎么有一张离婚证？"

周友辉没答，彭惠琴一脸紧张地说："给我看看。"

彭惠琴开了口，周友辉也不敢再多说。离婚证一到彭惠琴手里，她就迫不及待地翻开，却发现离婚证被书钉钉上。她压根儿没问周友辉，伸手就将离婚证扯开。

"杨小三！"离婚证扯开后，一张照片露出来，竟是刚才见的那个女人。彭惠琴愣了，一时不知道该怎么说，倒是身后的周伟志叫了一声。

"什么小三的？"彭惠琴脸一沉问，"你才回国几天啊，好的不学，怎么把这个学着了。"

"妈，是你心急把离婚证扯坏了，名字的地方刚好看不到了，我是说她的名字叫杨小三。"周伟志说。

"这名字稀奇，不会是人如其名，为了什么原因而离了婚吧。"彭惠琴转头问周友辉，"她的离婚证怎么在你的车上？"

周友辉保持着镇定说："那你就要问问你的宝贝儿子了。"

"妈，"周伟志说，"这事真不怪爸了，是我的原因。前日回家我坐爸的车，遇见了她，见她一脸着急打不到出租，于是我就让爸停车，顺道载了她一程，没想到她粗心大意竟把离婚证落在车上了。"

彭惠琴将信将疑："真的？"

"真的。"周伟志答，"妈可得信自己的儿子啊。"

此时，周友辉心里一串串的疑问终于解开了，为什么尹总会那样问他，为什么彭惠琴会突然来到董事大会。想到这里，他心中忍不住就多了些酸楚，这就是婚姻的阵痛吧，不知道在以后的日子会不会越来越频繁，直到一纸宣判呱呱落地。

这个世界上，对于女人来说，婚前男人说的话都可信，婚后男人说的话都不可信。一路上，彭惠琴坐在旁边说了些可有可无的话，周友辉一改往日的态度，一句闲话也没说。彭惠琴心里明白他是在生气了。但以她多年的性子，即使猜出了周友辉心里的疙瘩，也不会低声下气去道歉。于是，她转头跟儿子聊。

到了家，彭惠琴开门下车，周伟志正准备下车，被周友辉叫住了。

"车后面带了几瓶酒，伟志帮忙拿下。"

彭惠琴听了，走进了别墅。周友辉一边将酒递给儿子一边问："工作了几天有什么感觉？"

"就那样了。每个人都把我当尊佛一样供着，独独一个人没把我放眼里。"周伟志答。

周友辉一听就能猜到周伟志说起的是哪个人，于是说："工作上的事情顺其自然，不是一蹴而就的。你的态度没有问题，就不用在乎别人的态度。"

周伟志点了点头。

"只是，"周友辉慢慢地说，"工作是工作，生活是生活，爸不是干涉你的私生活，只是希望别把这些问题带到了公司里。"

周伟志听到这里，总算明白父亲把自己留下拿酒的原因了，兜了一大圈子原来是在告诉他，别在公司里搞男女关系。于是笑了笑答："爸，你放心了，儿子心里有数。什么是同事、女人、老婆，还是分得清楚的。"

周友辉听了点了点头。

夜里，周友辉回了卧室。进门时，彭惠琴正煲着电话粥，见周友辉走了进来就挂了电话。周友辉笑了笑说："看来是我不对了，搅了你的兴致了。"

彭惠琴听周友辉这么一说，猜他的气算是过了，于是说："也不是什么大事，只是去帮你澄清了些事，这些人就喜欢嚼舌根，事情根本就没有弄清楚，一知半解的就上电视台广播了。彭家是 A 市有头有脸的，有些人就是见不得我们好，一门心思地想抹黑我们呢。"

周友辉听了笑了笑，说："这点事你也气成这样，当心长皱纹！人正不怕影子斜，谣言什么的就让别人说去了。"

彭惠琴回头一想问："话又说回来了，那女人我今儿见着，就觉得是个有点心机的女人，天生的狐媚样。再说了，是个好女人也不会离婚啊。伟志才上班几天就被勾了魂了，竟然还帮她抱资料了！我得找个机会好好跟伟志说说。"

当儿子在车上说出那夜的事时，周友辉就猜到了彭惠琴的想法，早做了安排，于是答："这事你就别操心了，这些话还是我这个做爸的说好些。刚在车库我已经跟他谈过了，你放心，儿子比你我聪明，懂得分寸的。"

"那就好。"彭惠琴松了口气，点了点头说，"那就寻个机会把那女人调走吧，待在伟志身边，指不定生点事端出来。这种女人我见多了，为了钱什么都不要。她更好，连名字都这么张扬，恨不得就把小三贴脸上了。"

周友辉听了，竟然没有如往常一般合理掩饰自己的情绪，眉头稍微皱了一下说："调动的事情以后慢慢来。马上这么调动，倒是对儿子不好，别人怎么猜儿子？"

彭惠琴也不好反驳，只好点了点头。

丁聪算着日子，发出去的稿件出版社应该早就收到了，于是一大早偷偷在办公室打通了编辑部的电话。

电话通了，一个女孩子的声音，稚嫩却很有礼貌："请问您找谁？"

"你好，是这样的，我前几天跟贵社快递了自己的作品过来，想问问你们收到了没？"

女孩一听是投稿的，声音来了个大转弯，冷冷丢了一句过来："应该是收到了吧，你这才寄了几天啊，等等吧，有消息了会通知你的。"

不等丁聪继续问，女孩已经挂断了电话。

丁聪握着电话，有些不甘心，又拨了回去，还是女孩接的，丁聪忙说："麻烦您看看吧，署名是丁聪，我在A市的都市报上发过好几次散文的，文笔……"

不等丁聪说完，女孩打断了他的话："这年头写书的比看书的还多。知道吗？二十一世纪最掉价的就是作者！现在满大街随便抓一个人都会自称自己是写手，光上个月快递送我们的稿子就堆了一座小山，你觉得我们有那么多眼睛马上看完么？"

说完，女孩又挂断了电话。这一断，丁聪感觉自己像从云端跌到了深谷，本激动得夜里睡不着，幻想着自己成为著名作家的梦想，持续了不到七十二小时就被不到一分钟的电话灭了，连个火苗子都没有留下。

下午丁聪回家，整个人像被抽了魂一样，怎么努力也无法精神起来。见了周娇娇，很努力地挤了点笑容，之后就倒在了沙发上。

"怎么了？房子的事办得不顺？"周娇娇问。

丁聪点了点头。

周娇娇一看来了劲，凑了上来，指着丁聪的脑门儿说："你可自己承诺房子的事你担着，我看你怎么个担法？"

"娇，要不，咱们就不忙买房子，先租一个？你知道的这几年房价涨得多厉害了，国家又正在调控，指不定房价哪天就大跌了，我们买了也亏，不如等等？"丁聪问。

"我有说过买房子么？你那臭老九的工资，那也买不起房啊。现就有一套，路都指明了你却不愿意做。你说怎么办？反正，没房子别说结婚的事，改明儿我就去医院把孩子给流了，咱们一拍两散。"

"娇娇，你怎么能说这话？"丁聪听了脸一沉，"孩子是无辜的，也是无价的，怎么能为了房子而不要孩子了！"

"不管你说什么，这事就这么定了。"周娇娇说，"我算过了，还有五个工作日，你再不去撤销那个更改产权的申请，咱俩的事就免谈了。"

丁聪一听，手抓得双腿直发疼。

杨小三一早收到了深圳东莞快递来的一个文件袋。一见地址，她就拿着快递找了一块僻静处拨了张敏的手机。手机响了很久，总算接了起来，杨小三忙说："祖宗，你总算接起来了。你的合同到了，啥时候过来取？"

"合同？什么合同啊，你是杨小三么？"接起来不是张敏的声音，而是宋林昆。

杨小三一听急了，就像是做了天大的坏事，平日说话的气势低了好几分，说："我是杨小三。"

"你跟敏敏有合同？"宋林昆问。

杨小三一听，就猜到夫妻俩已经成史密斯夫妇了，于是答："是份保险合同，婚姻意外险。"

宋林昆平日里也知道杨小三的性格，知道她借这个话题在数落自己的不是。如果再问一句，定会被杨小三奚落一顿，于是转了话题说："你啊！认识敏敏就认识你了，你这个脾气还真像敏敏评价的，就没与时俱进过。敏敏去洗手间了，一会儿她回来了，我让她给你打过来。"

"好的。"杨小三挂了电话，总算是松了口气。

杨小三拿着电话，正准备往回走，电话就来了，于是又折了回去接起来。

"刚才你说了什么没有？"张敏紧张地问。

"能说什么？没想到宋林昆接的电话，漏了嘴，幸好你家那宝贝怕我这张毒舌，被我糊弄过去了。"杨小三说。

"我可警告你了，以后这种事问清了人再说，而且不准发短信、发邮件、发QQ，一切可以留下痕迹的都得注意着。"

杨小三一听说："祖宗，你当我在安全局工作啊，要不要再跟你签个保密协议？既然你怕他发现了，你查什么查啊？"

"你不明白的。"张敏答，"说正事，什么事？"

"合同到了。"杨小三答。

"拆了没有？"

"拆什么拆，没你的命令我哪里敢动？"杨小三说，"别人两口子闹矛盾，你们也闹，可怎么别人是正面战场，你们俩就成了谍战了？还把我拉进来当炮灰。"

"男人指望不上了，能指望上谁？三儿，我可是把你当坚强后盾了，什么事你都帮我扛上，我就是哪一天说要阉了他，你也得把刀递给我。"

杨小三一听，答："阉了他，你真舍得啊？不跟你说这些了，清官难断家务事，合同怎么办，你过来拿，还是怎么的？"

"放你那儿，你现在先拆了看看里面的银行账号是多少，我今天先把钱汇过去。"

"要不要再考虑下，总觉得这事不靠谱。"杨小三有些犹豫。

"马上拆了。"

杨小三把手机夹颈窝，拆了外面的纸袋，两页纸掉了出来，低头一看，忍不住大声骂了一句："QQ记录、电话记录、宾馆视频记录、银行交易记录……这些你要查？那你家男人被用了几次，用了几个安全套也查个清楚吗？"

"……"

张敏挂了杨小三的电话，随手拿了皮包和外套走出了办公室。刚一拉开门，迎头就撞上了一个人，宋林昆笑眯了眼站在门外："老婆，你要出去？我送你。"

"不用了。"张敏答，"下午还有一个项目的推进会，你忙。我去A市一趟。"

宋林昆听了，犹豫了好几秒，见张敏要走，终于问出口："刚才你的手机放在我的办公室了，见是三儿的电话就接了起来，她说是合同的事。"

张敏挎着包着急走，于是找了个借口说："A市一个客户的合同着急要，就让三儿帮忙先给拿着了。"

张敏这一解释，宋林昆被堵住，心里却不舒坦了。

张敏出了门，上了电梯，一眼就见了一熟人，虽然有将近一年没见面，张敏还是一眼就认出了他——杨小三的老公丁聪。于是，热情地叫了声："你怎么来这里了？"

丁聪看见张敏有些尴尬，勉强笑了笑说："我来L市办点事。"

"哦，这样啊。这三儿也真是，刚刚才跟她通了电话，她也没告诉我你来L市了。正巧了，我刚好要去A市，要不要我顺道送你回去？"

丁聪一听，摇了摇头答："刚来L市，这事还没有办完，你忙你忙。"

正说着，电梯停在了二十一楼，丁聪回头对张敏说："我到了。"

说完，就像欠了张敏高利贷一般慌忙走了。张敏特意看了看，是二十一楼，没错，如果她没记错的话，这里有一个公司是做出版的。看来这温室里的花朵也知道要给家里刨点人民币回来了，真是件喜事。张敏笑了笑，打算待会儿见了杨小三损她几句，看来她最近这几年对丁聪的教育改造是起了决定性的作用了。

丁聪下了电梯，深吸了口气，迈了大步就走进了九州出版公司。公司的地方不大，来来往往的人流跟菜市场一般。这么多年来丁聪在杨小三的照顾下，上的唯一一所大学就是"家里蹲"，所以他脸皮子薄，应酬喝酒、吹嘘拍马一样不会。他站门口待了好几分钟，也不招呼人，也没有人理他。

终于，走来了一个男人，从上到下地打量了他一番，问："打手？来问自己稿子的吧？"

"打手？"丁聪一愣，反问。

"就是有双打字的手,一天能敲几万字的人,比起写手还差一个等级。"男人说,"第一次来吧?直走,尽头有个资料室,里面有个阿姨,你去问问吧。"

说完,男人捧着一叠资料走了,丁聪将信将疑的,顺着走廊往里走。一直走到了尽头,一个小房间,是一个没有窗户的储藏间,十多平方米的空间里,堆着好几叠一人多高的稿件。丁聪走上前,看了看,几乎一大半稿件没有拆封。

"你是来找自己的稿子的吧?"身后一个女人的声音传来。

丁聪回过了头,看着这个四十多岁的女人点了点头。

"那你自己找吧,这是这个月的。上个月稿子已经让编辑们过了稿,没过的都已经清理给收破烂的了。"女人答。

"一个月都这么多?"丁聪问。

"这个多么?"女人反问,"这都什么年代了,我都比你大一轮了,也知道是无纸化办公时代。现在投稿都是电子稿了,若是早些年一个月的稿子,这间储藏间都装不下。"

丁聪听着,心里第一次觉得窝囊。作为一个男人,作为一个女人的丈夫,如今将是一个孩子的父亲,他二十八岁的年纪,竟然才知道了什么叫作窝囊。这该说他是大器晚成好,还是说他属猪天生命好呢?丁聪默默咬着唇,低头在成堆的资料中翻找着自己的稿件。终于在最底层找到了,牛皮纸的外壳清晰地保留着自己认真写下的地址,原封不动,没有一丝被拆开过的痕迹,那一刻他的心突然凉透了。

A市的咖啡厅里,张敏见到了姗姗来迟、一脸疲态的杨小三。她刚坐下就点杯咖啡,整个人像被抽了脊梁骨一样,摊在了沙发上。

"你这是咋了?不会昨晚做功课做得太勤奋了?"张敏问。

"是啊,是做功课做得辛苦了。"杨小三答,"只是在办公室做的功课,熬了个通宵。"

"你们家老板这么刻薄啊?"张敏说,"要是我,立马炒了他。"

"不提这事了,总之我是自作孽不可活。"说完,杨小三从自己的包里掏出了信封递给了张敏。

张敏接了过来,拉开自己的小包,塞了进去。

"你真要查啊?"杨小三问。

"姑奶奶你是答录机啊,问我第几次了?你不嫌烦,我倒是嫌烦了。"张敏说。

"我就不明白了,那些细节你了解来做什么?写小说还是给自己写回忆录啊?有种堵是别人强加的,而你这种堵纯粹自己找的。"杨小三骂了一句。

"细节流程他都跟我交代过的,我就是要查查,他到底骗没骗我?"张敏说,"这事就这么定了,你再这么问我,我跟你急了。对了,我今儿在公司那幢写字楼遇见了一个熟人,你猜猜是谁?"

"猜不着。"杨小三回答得很利索,"也不想猜。"

"你的心肝宝贝儿丁聪,你别告诉我不知道他去了 L 市。"张敏说,"你家那'大闺女'啥时候被你感化了,竟然学着赚钱了。我见他进了出版公司,看样子应该是他的大作出版的事。你以前不常说他写的那些东西都是换不成钱的摆设么?人家现在可是要证明给你看看成绩哦。"

杨小三一听,尴尬地笑了两声,正想着怎么回答,救命的电话打了过来。杨小三低头一看,是柳青松的。

柳青松尖叫着:"我受够了,我不干了……"

杨小三一听,气不打一处来,回了一句:"既然不干了,还打我的电话做什么,咱俩啥关系,工作之外没有义务给你辅导心理问题。"

说完,不等柳青松回答,"啪"的一声挂了电话。

张敏笑了笑:"你这臭脾气,刀子嘴豆腐心,这么多年了就是没改过。"

杨小三听了,答:"你不也一样,决定的事神舟八号都拉不回来。"

两人看着对方,忍不住都笑了。

过年后,一直阴雨绵绵的 A 市,总算在午后露出了阳光。三十层的巨人大厦顶楼是阳光最好、视线最宽广的地方。周友辉躺在真皮躺椅上,阳光这么一照身上乏得很,不经意就睡着了。

三月,在周友辉的老家应该是一年之中最美的季节,成片的油菜花开得正盛,空气中的柳絮在阳光的照耀下,就像金色的雪花飘荡在湛蓝的天空下。离开老家已经二十多年,年迈的父母早已去世了十多年,周友辉仿佛已经忘记了那曾经活在记忆中的景色。

……

"爸，你不要走好不好？"稚嫩的童音问。

"丫丫乖，爸爸得出远门，去很远很远的地方打工，赚很多的钱回来，给丫丫和妈妈买好多好多好吃的。"

"那爸爸什么时候回来？"丫丫问。

站在金灿灿的油菜花中间，周友辉紧紧地握着女儿的手说："明年吧，明年过年后爸爸就回来了，到时候爸爸再也不走了。"

丫丫一听，甜甜地笑了。周友辉蹲下了身，丫丫凑了上来，在他脸上香了一个。

……

尖锐的手机铃声响起，周友辉从梦里惊醒拿起了电话，彭惠琴打来的。

"也没什么事，只是打电话来问问，怕你只顾着忙工作，忘记了午餐的时间。"彭惠琴体贴地说。

周友辉低头看了看表，竟然睡了一个多钟头，已经中午一点多，于是答："还是你关心我啊。这一忙还真忘记了，我现在就去吃饭。"

"你啊。"彭惠琴说，"刚我也给儿子去了一个电话，你们两个果然是父子，都是要工作不要身体的人，都一点钟了，竟然还没有吃饭。要不要以后每天中午，我都来公司亲自监督你们两个吃饭啊？"

周友辉笑了笑："那怕你要挨饿了。事说来就来，迟了一两个钟头吃饭是个常事。我的胃是练出来了，就怕你跟着受累了。"

彭惠琴听着，心里觉得舒坦，也就嘱托了几句挂了电话。

挂完电话后，本来还有些胃口的周友辉，却一点胃口都没了。

有人说，婚姻是一个跳板，自己一穷二白，却可以通过它提升高度；有人说，婚姻是一个牢笼，自己心如明镜，却义无反顾地跳进去。而对于周友辉来说两者都是，只是一个在前，一个在后。

周友辉走出了办公室，此时，即使在这近百平方米的空间里，即使打开所有的窗户，他仍旧觉得很闷。出了门，他对秘书小刘说："小刘，我下午出去一趟。"

"周总，您下午两点有一个会。"小刘低着头翻了翻日程表后，弯着腰，恭敬地回答。

"让冯经理去吧。"周友辉说完后，头也不回地走了。

出了巨人公司，周友辉开着车在A市的马路上，漫无目的地开了一阵。竟鬼差神使地开到了那天杨小三下车的地方，停了车，挤入了拥挤的人流中。吆喝声、谈笑声、商铺廉价音响发出来的音乐声入耳，焦躁似乎少了些，周友辉笑了笑，心里琢磨着，看来那丫头片子的方法果然有效，至少对自己来说起了很大的作用。

走了半天，周友辉才觉得有些饿了，在一个小巷子找了一个面摊坐了下来，要了三两牛肉面，也顾不得上万元的衣服，坐在油腻腻的小桌上就吃了起来。正吃着，突然听见有人叫了声："友辉！"

周友辉抬头一见，竟是当年一起来A市创业的同乡韩云。周友辉前几年见他时，就知道他混得不太好，如今怕是更加雪上加霜，一看就知道地摊货的西服，皱巴巴地挂在身上，头上的白发又比前几年多了好些，明明跟周友辉同龄，乍一看倒像大了十岁。

"韩云，你小子，好几年没见吧，坐。"周友辉拉了身边的凳子。

"你周总什么时候这么雅兴，来这种地方吃饭了？"韩云坐了下来，从筷笼里熟练地拿了双筷子。

"闲来无事到处逛逛，这么巧遇上你了。"周友辉笑了笑。

"周总好福气啊，想当年我们一起来A市发展，你小子运气好了，挑了个捷径走。不像我，到现在混得人不像人鬼不像鬼的。"

周友辉听了，笑了笑问："还是像以前一样叫我友辉吧，周总周总的生分。你现在在忙什么？"

"能忙什么啊，瞎忙哪比得上您啊。我和老婆、儿子在路口开了家精品屋卖点水晶饰品什么的。"韩云答。

"不错啊。"周友辉听着心里竟多了分羡慕，一句话不经意溜出了口，"一家人在一起可比什么都幸福。"

韩云听着周友辉的话，觉着他心里像兜着些事，于是问："想老婆跟女儿了？"

周友辉听了笑了笑，指了指他手里提着的黑色塑料袋："看你说哪里去了。这事不说了，看你的样子，是不是要去办事？"

韩云知道周友辉想岔开话题，于是也不多问，点了点头说："是要去趟批发市场拿点货。"

周友辉答："反正我也没事，我送你好了。"

韩云听了点了点头。

吃完面，周友辉开着车，韩云坐在副驾，第一次坐这么高档的车，韩云像刘姥姥进了大观园，一边摸一边说："真皮的……座椅下面还会发热……"

周友辉听着笑了笑，也不好意思答，直到韩云突然间问："离婚证！你又离婚了？"

周友辉这才看到，被彭惠琴扯坏掉的离婚证正放在储物盒上，韩云把车当自己家了，毫不客气地拿了起来："杨小三？天底下还有这等名字？"

周友辉忙又推出了儿子这个挡箭牌，说："儿子朋友的，上次坐我的车落车上了。"

韩云听了，心里的猜测多了几分，却没有戳破，装着相信地点了点头，说："哦，这样啊，可是怎么把离婚证扯得这么破？"

经韩云这么一说，周友辉这才正儿八经思考这事，于是问："离婚证能不能补办？"

韩云一听乐了，说："我听说过补办身份证、驾驶证的，就没有听说过有补办离婚证的。这么在意这个离婚证，不会另有乾坤吧？"

"你小子，都老大不小了，还跟当年一样，想象力丰富。"周友辉笑着答，"扯坏了当然要赔啊，不然怎么还给别人。你刚才不是发现，我真忘记了这茬儿事了？算了，看样子只能用透明胶粘一下还给人家了。"

正说着，批发市场到了，韩云下了车。他跟周友辉打小就认识，同一个小学中学读书，参加工作又同在一个厂，所以说话也随意惯了，刚见面时稍稍有些拘谨，可聊着聊着也就随便了，于是下车前凑了上来，贼笑着意味深长地问了一句："到底是你重口味，还是你儿子重口味啊？"

说完，不等周友辉答，走了。

周友辉一愣，足足呆了一分钟，反应过来时，韩云已经走远了，于是叹了一声，发动了车。别了韩云，周友辉一时也想不到去哪儿，狡兔三窟，周友辉的房产如星辰般点缀在A市各个角落，但如今他却一个地方也不想去。

思量许久最终决定回公司。他四十多岁人生中总结的一条经验，为了不让自己空虚，就是工作，努力工作。

第五章
逃得轰轰烈烈，或是窝窝囊囊

　　车进了停车场，一辆屁股后面只亮了一个尾灯的熊猫车慢慢地开在周友辉前面。按理说，周友辉这辆车牌尾数 888 的车就是在 A 市那也是横着走的主儿，可偏偏按了几次喇叭，前面的熊猫车愣是没一点反应。周友辉心里本就堵得慌，明明在自己公司，从上到下哪个人见了他的车不绕道的？于是来了劲，长按着喇叭。

　　这一按可好，熊猫车干脆就停了下来，闪起了应急灯。

　　周友辉拉开了车门走了下来。熊猫车的车窗落了下来，柳青松看到周友辉，慌忙就推开了车门走了下来，弓着腰不停地道歉。

　　半个月前，这辆二手熊猫车是杨小三跟丁聪一起送进修理厂的，如今却是她一个人去领回来的。开着车，旁边坐着话痨柳青松，杨小三心里本就不是滋味，抬头看了脸上有些怒气的周友辉，心一横，干脆就拔了车钥匙下了车。

　　周友辉一见这瞎了一只眼的熊猫车主是杨小三，心里的火莫名其妙就灭了一大半，可脸上还保持着怒色："你怎么开车的？你是开车还是推车啊？"

　　杨小三也不说话，慢吞吞地走到了熊猫车尾箱旁，伸手指了指上面贴的一行字。周友辉走上前一看，标签上写着："我排量小，有种你飞过！"

　　这么一看，周友辉的火就灭完了，他笑了出来，答："行行行，你厉害，你先走。"

　　说完回到自己的车，耐心地等着杨小三把车开到了停车位，这才开车走了。

　　杨小三下了车，一副悠闲的样子向电梯方向走，柳青松战战兢兢地跟着她身后说:"老大,我们挡了老总的车啊,这怎么办啊,他如果给我们穿小鞋,或者直接开除了我们怎么办?"

杨小三回头白了他一眼,正想回答,见身后传来了喇叭声,是周友辉的车。

柳青松一看急了,慌忙说:"看吧,看吧,完了……完了!"

杨小三见了,转头对柳青松说:"你先上楼,这点事也能把你吓成这样。A 市的公司这么多,这家不打打西家。你一大学生怕个啥啊?"

说完,她也不理会柳青松,走向了周友辉的车。

周友辉拉开了右侧的车门,对着杨小三说:"上车。"

杨小三一愣,也没多想,径直就上了车。门锁"啪"的一声锁上。杨小三忙问:"什么意思?"

周友辉也没答,车子一个一百八十度的转弯,出了停车场。

"我们去哪儿?"杨小三问,"你想怎样?绑架犯法的!"

周友辉一边开车一边说:"今儿天气不好,所以想找人聊聊天。"

周友辉说完,杨小三抬头看了看,A 市天气明明是阳光明媚,于是骂了一句:"你吃错药了?"

刚说完,她看见了放在储物盒上扯破的离婚证,破的地方,自己那沮丧如死了爹娘的大头照一角露了出来,她忙抓了起来看,果然是自己的离婚证。

"我的离婚证怎么在你这里?"杨小三问。

周友辉听了答:"你也好意思问,什么不好丢,丢一个手雷在我车上?这下好了,被人给拆了。"

杨小三听到这里,终于明白周友辉说的天气不好的原因了,于是小心翼翼地问:"不会是有人误会了,导致你家庭不和了?"

周友辉认识杨小三这么久,还第一次见她低声下气的说话口气,于是故意深沉地说:"是啊,差点连航母都要沉了。"

周友辉这么一说,杨小三本性难移,嘴一撇答:"你们家的围墙还真够坚固的啊?"

周友辉一听笑了,这丫头正常的口气说话也就能维持个一分半秒的,眨眼那性子就又回来了。

"你啊,天天见你没心没肺,凡尘诸事过,片叶不沾身。怎么看你也不像是个刚离婚的女人。"周友辉说。

杨小三一听来了气,答:"你啊,天天见你孤家寡人,即便两个人站一起,貌合神离,亲情有爱情无。怎么看,你也不像结了婚的人。"

杨小三一说完,周友辉一脚急刹车,转过头看着杨小三。

杨小三也不服气,抬头直直地看着周友辉。两个人相互捅了对方心窝子一刀,偏偏又都不服气,瞪了许久,周友辉终于没熬住,笑了。

见周友辉笑了,杨小三也没忍得住,跟着笑了。

这是周友辉第一次看见杨小三的笑容,竟有一对小小的酒窝。年轻是一杯芬芳的美酒,即使不用任何包装,倒在了酒杯里也香气四溢。此刻在周友辉眼里,杨小三就是杯女儿红,笑容如醉人的芬芳泌入了他的心扉。

周友辉看着杨小三失了神,等杨小三低了头,这才发现了自己的状态,慌忙不自然地开车。

开了半个小时,杨小三终于说了话:"对不起,我这人心直口快。话没有恶意,你就当没听见。"

周友辉默默开着车,直到路口红灯停了下来,这才转头对杨小三说:"今儿下午真的很想放自己一个假期,反正闲着也是闲着,这样吧,既然你说我不像结了婚的人,我说你不像离了婚的人,那这样好了,今天我们就换换。你就当自己是一个结婚的人,做给我看看。我就一个离婚的人做给你看看,看我们谁服气。"

说完,周友辉心里也惊讶,像他这种做事因循守旧、按规矩办事的人,竟然想出了年轻人一般的荒唐游戏。

杨小三一听,她那无知无畏、好胜心切的"小宇宙"又一次爆发了,脑海里仿佛一点没有思考就应了:"行,就试试看了。那从这一刻就开始了,先申明,谁装不下去谁就输了。"

周友辉点了点头,回了头偷偷笑了笑,抬头看了看绿灯开动了车,径直往 A 市滨江路开去。

"去哪儿?"杨小三问。

"喝酒啊。"周友辉答,"离婚的第一步——酒。就像我第一天遇见你那种状态，微醺了不算，喝得找不到北才算成事。"

"前面有一个超市，停车。"杨小三下了命令。

"做什么？"周友辉问。

"买菜啊。"杨小三答，"那结婚的第一步——家，回家自己做饭，然后坐餐桌上一家人一起吃，大家相互聊着白天见到的鸡毛蒜皮的事，越鸡毛才算成了事。你要喝酒，超市里买吧。"

周友辉点了点头，停了车，两人进了超市。周友辉已经十多年没有进过超市，觉着陌生得很，提着篮子跟在杨小三后面。平日里见杨小三大大咧咧的，买起菜来倒是比平日里仔细多了，挑了半天才选了一篮子的菜。

许久，周友辉依旧保持着风度默默跟在后面，杨小三偷偷看了一眼他，忍不住就想起了丁聪，丁聪很反感杨小三逛超市的磨蹭劲，总是不停地催促着她快点。相比丁聪，周友辉沉稳多了，即使穿着一身笔挺的西装，在上班时间穿梭在一群欧巴桑中间，身后被人指指点点，他却依旧保持着谦卑的笑容和不卑不亢的风度。

正想着，路过了鲜活区。一条条鲤鱼水里游得正欢，卖鱼的小伙卖力地向杨小三推销着："美女，买条鲤鱼吧，今天搞活动不到十块一斤，保证新鲜。"

杨小三低头看着活蹦乱跳的鲤鱼发了呆。丁聪最爱吃鱼，而且最爱吃杨小三做的松鼠鱼，所以她常常买鱼。造物弄人，偏巧丁聪提出离婚那天，恰巧杨小三竟然也做的松鼠鱼。

杨小三看了半天，表情呆滞地走了。小伙见卖力推销了半天没有反应，于是骂了句："傻了啊，买不买也要吱一声啊！浪费我这么多时间。"

换作往日，小伙这么一说，杨小三肯定会回一句"好听的"。而此时就这么走了，小伙的话一个字没入她耳朵里。周友辉看了看杨小三的背影，看得出鱼里有杨小三的心结，于是伸手从小伙的手里接过了鱼，丢进了篮子。

周友辉提着篮子跟了上去，就像馋嘴的丈夫对着老婆提要求一般，对着杨小三说："晚上吃鱼吧。"

杨小三这下总算回了神了，问："你这是离婚人的样子？"

周友辉一听，摇了摇头。

"黄牌一次。"杨小三不客气地说。说完，从篮子里提出了鱼就往回走。

周友辉拦住说："这鱼还是留着吧，下酒菜也不错啊。"

杨小三一手拎着鱼，一手提着篮子，对着周友辉一本正经地说："周总，我不是要去退鱼，而是很严肃地告诉你，鱼这类鲜活品要称重，打价格后才能到出口结账。"

周友辉恍然大悟。

杨小三走了回去，小伙接了过来利索地杀了鱼，连问了杨小三几遍："剁块还是切片？"

周友辉站在旁边也不知道怎么答，用手碰了碰杨小三，杨小三这才回了神："不用切了，就整条吧。"

既然这个游戏杨小三当自己结了婚，就按照这么多年的习惯，做他最爱的松鼠鱼。

杨小三跟周友辉走了，小伙叹了一声，对身边五十多岁卖活鸡的大婶说："今儿好碰一对，一个白痴一个傻子。"

大婶听了，往那边看了看，皱了皱眉头说："看样子应该是父女俩吧。"

小伙子笑了："如今的社会什么都有可能，两人走一起，你能猜出他们是什么关系？"

大婶一听，严肃地答："猜不到，我就说同志关系了。"

小伙子一听，竟然笑得更厉害了。

菜买好了，周友辉去了酒区，不到几分钟又折回来，两手空空。

杨小三问："怎么没拿酒？"

"没什么好酒，"周友辉答，"别墅里随便一瓶酒都比这儿的好。"

周友辉一说完，杨小三手往腰上一叉说："先说好了，两次黄牌就算你输了。离婚的人若是想喝酒了，还会在意牌子？"

周友辉听了，回了头，几分钟后走了回来，手里多了两瓶老白干，走到了杨小三身边，毫不客气地丢进了篮子。

回来的路上，周友辉开着车往山里走，杨小三靠在窗边看着夕阳。夕阳无限好，只是近黄昏。曾经幻想过自己的金婚能够跟丁聪一起看夕阳，竟然这么快就散了伙。幻想毕竟是幻想，实现起来真的好难。人人都说一个家需要经营，她自问已经下足了本钱，花尽了心血，没想到还是这么快就光荣破产。

"看什么?"周友辉回过头看了好几眼杨小三,发觉她一直很专心看着夕阳。于是问了好几次,见她没有回答,周友辉突然加大了嗓门儿。

"你这样子,是不是也该亮一张黄牌了?"杨小三吓了一跳,回过了神,转头看着周友辉。

"要认输趁早。"周友辉答。

"我认输?"杨小三说,"我的字典从来就没个输字。我结婚了三年,经营了三年。虽然只有三年,我却做足了三十年的功夫,所以我绝对有自信比你更清楚什么是婚姻。而你呢,有没有尝过离婚的滋味?没尝过的,怕是一辈子也体会不出来一个味儿。"

"你就这么断定我没尝过?"周友辉看着前方的道路,淡淡回答。

"那……"杨小三问。

周友辉不等杨小三问完,打断了她的话:"过去的事已经过去了,不想提了。"

到了别墅,杨小三找了围裙系上,开始熟练地做菜。周友辉靠在厨房门口的柱子上,饶有兴致地看着在厨房里忙碌的杨小三,没想到进了厨房的杨小三像是换了个人一样,镀上了贤妻的光芒。

"你这叫离婚的人?"杨小三发现了周友辉问。

周友辉一听,退了出来。拿了老白干开了瓶盖,倒了一杯。浅尝了一口,辣得喉咙发麻,看来这一次是要作茧自缚了。

一会儿,杨小三做好了饭菜端了上来,见倒着的老白干,端了起来进了厨房,拿着空杯子回来,递给了周友辉说:"你还是拿你的好酒,你那精品肠胃,喝伤了我可赔不起。"

见她这么一说,周友辉又想笑,杨小三见了,指着周友辉,说:"你笑试试看,别忘记了你现在是离婚的人。"

于是,周友辉起身去了酒窖,回来时拿了瓶红酒。

杨小三正仔细摆放着碗筷,见周友辉竟拎了一瓶红酒上来,于是停了手里的动作,一手叉在腰上,歪着头问:"你确定该喝红酒?那天我没记错的话,喝的是啤酒。看来我的离婚还真廉价了。"

周友辉没答,径直坐了下来,仔细地开着红酒,拿了两个高脚杯,给杨小三倒了一丁点儿,刚好没过了玻璃杯底,又给自己倒了满杯:"没有听过一句，水能载舟也能覆舟么？酒也一样，开心的时候喝，不开心的时候也喝。酒是一样的酒，进了人的肚子感觉不同了。离婚和结婚其实都是一个道理，总有一个人在追，一个人在逃。我没猜错的话，你一定是一个逃的人。为什么别人逃得都是轰轰烈烈，恨不得杀人放火，你却逃得这么窝囊？"

杨小三一听，心里有些憋屈，竟觉得眼睛里似乎有东西在形成，于是吸了吸鼻子，努力忍了忍，拿了筷子攥了一块鱼放入了嘴里："那你有没有听过一句话，吃着碗里的看着锅里的？婚姻对男人来说，就是饭菜，虽然每天都必须吃，却从不在意。如今这个社会，一桌同样的饭菜能吃上一年算个及格，能吃上十年，就相当不错了。而你二十多年了，应该可以颁个勋章了。如果我说真颁给你，你会愧疚么？"

周友辉听了，低头看着玻璃杯中的红酒，发了很久的呆，一仰头，整杯的红酒入了肚。

离婚状态的第二步——骂。有了酒胆，平日里不敢骂的脏话通通都说出来。周友辉几杯酒下肚，想说的第一句话竟然是："人的良心都是被狗吃了的，为了钱为了权，亲情爱情通通都不要了。贱，真贱！"

杨小三听了，觉着周友辉倒像真是入了戏了，于是问："你在替我骂他吗？那你错了，他不爱钱更不爱权，都快三十岁的人了，他就没学着算过钱。不说远了，家里有多少家当，恐怕到现在他自己都不清楚。"

周友辉听了，摇了摇头说："不是，我是在骂我自己。有时候心里不顺了，譬如就像你现在的状态，就得找一朋友，把心里的委屈通通骂出来，哭出来，就痛快了。"

杨小三答："你说的我倒是遇见过几茬儿，不过都是我当听众。可有一天我也遇到后，却没打算这么做，我骂这么多，他也听不见，他都不能不痛快，我怎么能痛快？若是我真想骂他了，定会当着他的面去骂。"

"你骂了吗？"周友辉问。

杨小三摇了摇头。

"为什么？"周友辉忙问。

"其实，我这人就这样，跟你这么有骨气地说，心里也是那么倔强地想，可真做起来，却没那么简单，其实那天在这别墅外，我冲着山谷骂过一次。后来就再也不想骂了。对他,我骂不出来。不像你,连对自己都下得了黑手。老实说,我第一次见人骂这么毒的话。我从来眼神就不好,所以我总觉得你刚才的表情不像是演戏。"

周友辉笑了笑,拿起筷子夹了一块鱼。酸甜中带了点辣味,咸味中有一丝的清香。周友辉第一次吃这种味道的鱼,于是问:"松鼠鱼?你放了什么?"

杨小三答:"茴香,我自己创新的做法。"

"很特别。"周友辉又夹了一块,第一次吃的时候,因为与往日自己吃过的松鼠鱼味道不一样,所以觉得不是特别可口,可吃第二块时,脑海里已经开始将这种味道储存起来,惦记着它的味道了。

结婚状态的第二步——唠叨。海誓山盟的话说一遍没问题,说一辈子,女人听不累,但男人却会说得累。所以,只有鸡毛蒜皮每天刷新的身边小事,才能让夫妻间说上一辈子不疲不倦。杨小三抬头问:"工作怎样,还顺么?有没有遇到烦心的事?"

周友辉听了,抬头问:"你觉得像我这种位置的人会有什么烦恼?"

"是人就总有烦恼,穷人为五块钱的面钱而烦恼,富人为五千万的利润烦恼。我曾经的他会为顶头上司的尖酸刻薄而烦恼,而你,我相信也有烦恼。我记得,在每天的饭桌上,我都希望我跟他之间,能够聊所有的东西,不仅是烦恼,还包括喜悦。婚姻就是分享,两个人一起分享悲喜,一起分享一个家,将来还得一起分享孩子。"

"你这么说,我就得检讨下我的婚姻。可能我跟她都是生意人,所以我的婚姻确切来说是一笔账,她的永远是她的,我的永远是我的。唯一算不清楚的,只有一样——我的儿子。"周友辉笑了笑,又喝掉了一杯红酒。

杨小三看了看周友辉手里的红酒瓶,自己还没喝几口,他已经几乎喝掉了整瓶,于是说:"看来,我们俩还真入戏了。我开始庆幸你拿的是红酒了,如果是白酒,是不是你又要在我面前现场直播了。"

"现场直播?播什么?难道那天我醉酒了,还发了酒疯?"周友辉一听问。

杨小三答:"看来我们周总应酬,都是一帮子猴子猴孙帮忙了。"

说完杨小三站了起来,转身去了厨房,端了一碗汤出来,递给了周友辉。

周友辉接了过来,低头一看,一些紫菜、一些蛋花、一些香葱,黑乎乎的汤，没有一点卖相。低头喝了一口，酸的。不是酸，而是很酸。周友辉放下碗，皱紧了眉头："你这是什么汤，你确定是人喝的？"

"确切来说不是给人喝的，是给喝醉的人喝的。"杨小三答，"你不是说起了要喝酒么，我就提早做了碗解酒汤。刚有些失手了，醋放多了些。"

周友辉一听，笑了："你也好意思讲。"

"那我们还玩这个游戏不？"杨小三问。

周友辉重新端起了碗，一口气喝完了，酸得牙都麻了，半天才缓过劲来说："你是不是又有你杨氏独有的解酒汤啊。"

杨小三点了点头："他喜欢跟朋友去大排档吃夜宵，酒量很小，喝酒属于直爽的人，逢喝必醉。所以，伺候他是常有的事。"

周友辉点了点头，答："继续。"

正说着，杨小三的手机响了，熟悉的电话号码，即使新手机没有输入他的手机号码，但在看到电话的第一秒就已经知道了是他，于是慌忙接了起来："喂……"

"是我，丁聪！"丁聪声音低沉地说，"现在能见个面么？"

"没问题。"杨小三答。

"那就半个小时后见，以前我们去过的那家星巴克。"丁聪说。

"好，我马上到。"杨小三挂了电话，抬头对周友辉说，"能不能送我一程？"

"他打来的？"周友辉。

杨小三点了点头。

周友辉本想劝她几句，却见她虽然表面上看不出多大的变化，却整个人像梦游后苏醒了一般，于是话咽了回去，起身拿起了车钥匙。杨小三跟在了他身后。

上了车，杨小三这才记着他喝过了酒，于是有些担心地说："还是我开吧。"

周友辉从驾驶座上下来，坐到了副驾。下山的路，杨小三开得很快，周友辉这下总算体会到她评价自己开车的技术"什么都缺就是不缺胆"。二十多分钟后，周友辉的酒劲吓回去了一半。

杨小三下了车，把钥匙直接塞给了周友辉，"谢谢"两字都还没说完，人已经奔了两米远。

透过落地的玻璃窗,周友辉坐在副驾上看着,夜色中用暖色调灯光点缀的温馨卡座,看样子他还没有到,杨小三选了个靠里的位置坐下。

此时,周友辉的心里第一次有了一种冲动,这是比惦记自己公司固定资产数据还要急切的心情。他惦记着这个女孩,他了解男人,更了解一个已经离婚后的男人,所以知道她会受伤,会带着笑容跑向一把钢刀。跟杨小三在一起,他心中最多的一句话就是提醒自己,他已经老了,而她还年轻。

虽然常年在泥潭的商场中,所有人性欲望中,无论合规的、不合规的,只要有钱,一切都会变得如吃顿饭喝杯茶一般正常,而对于周友辉,随波逐流、逢场作戏绝对是有的。而严格意义上红颜,他从未想过,也从未有奢望过。

他走下了车,锁了车门。A市的夜空飘起了丝丝的小雨,雨丝中,他走进了咖啡厅,漂亮的姑娘替他开了门,本想着带他入座,他摆了摆手,借着昏暗的灯光,坐在了杨小三背后的卡座。

几分钟后,丁聪走了进来。外面的春雨下大了,他湿漉漉的发丝滴着水。

杨小三见了,赶忙从包里拿出了纸巾,习惯地想去擦,手停在了空中,最终递到了他的手上。

丁聪接了过来,一边用纸巾擦着头发,一边坐了下来,问:"不好意思,下雨,路上有点堵车,所以来迟了,你一定等久了吧。"

他礼貌的口气,在杨小三与他认识的五个年头中第一次听到,听得杨小三有些哆嗦。

"没……没事。"也许是下雨降温了,杨小三的嘴像是合不上来,哆嗦得厉害。

"我……今天来是想跟你商量个事。"丁聪演练了好几遍的话,到了嘴边没有说出口,于是转了话题,"先点东西吧。"

丁聪点了杯蓝山,杨小三点了杯卡布奇诺。

"我今天去L市一家报社投稿了,"丁聪说,"电梯上还遇到了张敏。"

杨小三点了点头:"我知道,她跟我说了。"

说到这里,丁聪的眼神有些淡,说:"我一直以为自己的作品是最好的,千里马无论到哪里都能遇到伯乐。其实不是,我今天去了出版社才知道……我就是这么渺小的一粒沙子。"

"别灰心，热卖的《藏地密码》出版前被退过了十几次，只要努力总会找到伯乐的。"杨小三说，"你肯去找出版社，已经跨了第一步。"

见到丁聪事业上追求的改变，杨小三忍不住会联想着他感情的回归。

"可是，我等不了那么久了，她肚子里的孩子越来越大了……"丁聪咬了咬唇停了几秒，鼓起了勇气说，"我需要房子结婚，可作品没卖出去，我拿不出买房子的首期款。"

说到这里，杨小三终于明白了丁聪兜那么大一个圈子的最终目的，心中正冉冉升起的热火刚冒了个头，顷刻间又被盆冰水浇了个透。

"你……你是想要那套房子？"杨小三问。

丁聪低头着。

气氛僵了，杨小三不点头也不摇头，脸色却越来越青。突然间，一个黑影挡住了橘黄色的射灯，杨小三的手腕一疼，整个人被提了起来，拉出了咖啡厅。

入了春，很久没下过一场雨。干燥的空气中混搅着尘埃，今天一场等待已久的春雨终于落了地，竟下得这么大。周友辉开着车，雨刮器不停刮擦着玻璃，浑浊的雨水在车的两边留下了两条清晰的条痕。

离婚综合征人群，病入膏肓的唯一妙药——放弃。再好的东西是自己的时，打也好骂也罢总是自己的；一旦不是自己的时，哭也好求也罢，挽回了一时半会也好，终究会留一道疤在那里。有个很红的电影里有句台词，买个电器也只能保修个十年，何况是人，坏了就修。爱情能修？谈何容易！

入了山，杨小三不说话，低着头玩着手机，若是外人看，压根儿像是没有发生过事的人。周友辉偷偷瞄了她好几眼，忍不住想劝劝杨小三，思考了许久终于找到一句，学着杨小三平日的口气，说："都一纸宣判了成了定局了，你可想好了，这种男人想一次可就亏一次。"

平日里一丝不苟严肃的周友辉嘴里能说出这样的话，杨小三一愣，找不到回答的话，于是耷拉着头，往日在周友辉面前从来不吃半分亏的雄鸡，此般变成了一个斗败的公鸡。

"离婚是一个过程，就像一个项目，有开始就必须有结束，可以喝酒醉几天，可以找人烦上几天。但最后还是得自己走出来，就像刚才那样一走了之不解释。当机会低于百分之一，利润低于零以后，就得快刀斩乱麻，跟切掉身上的肿瘤一样。"周友辉答。

杨小三听了终于抬了头，眼圈红了，却没有眼泪，她看着周友辉答："你怕是经常站着跟下属说话的，所以腰都没有疼过。"

周友辉一听，踩下了刹车。车停在了山谷的山道上，周友辉不顾滂沱的大雨，走到了侧门，伸手拉开了车门，抓住了杨小三的手腕将她拉出了车。山里的雨比城里更大，山谷上更起了一层浓浓的雨雾，能见度很低。两人站在雨雾中，周友辉低头看着她，她明明不想面对他，却偏要抬着头倔强地望着他。

最后，还是周友辉败下了阵，他耸了耸肩，手抄进了裤袋，轻松地说："游戏不玩了，算我输了。"

他这么一说，杨小三终于低了头，转过身看着浓雾密布的山谷，淅淅沥沥的雨声像是自己碎成玻璃碴的心，正在哗啦啦地落。

许久，两人身上都湿透，周友辉站在杨小三身后轻声说："想哭就哭吧，没人看见，我只当是雨水罢了。"

周友辉的话刚说完，杨小三的泪掺杂着雨水流了下来。杨小三一生落过三次泪，第一次父亲去了，第二次结婚了，本咬牙想着这第三次怎么也不会是离婚时流，没想到熬到了最后，没迈过这道坎。

玻璃茶几上，两杯咖啡逐渐变凉，咖啡的浓香渐渐变淡。就像女人的体温，温热的时候是醇香，而凉了就是杯毒酒。丁聪坐在松软的沙发上，刚刚被雨浇透的短发此时已冰凉刺入骨髓。不知怎么，明明身在咖啡厅的他，一门心思地想点一杯啤酒。

男人的身躯挡住了头顶的光芒，从那黑暗的影子看，身高有一米八多，整整比自己高一个头，丁聪猜他一定有着宽阔的胸膛，结实的肌肉，整整比自己宽了一倍。而最最重要的是，他看见了那个男人拉杨小三时不小心露出的右手，一块劳力士顶级运动款的手表。而仅仅就这一块小手表就能解决他的燃眉之急，换上一套三居室。不是丁聪愿意把他跟自己比，这是男人的本性，由不得他不去想。

来的路上，他还在思量着怎么去面对杨小三，怕她对他还有着挂念，会说一大段让自己无法招架肝肠寸断的话，哪里知道想了一路，应急预案做了一堆，却独独没有预料到会是这般场景。任他千算万算，却没有算到他一直认为会在原地等着他的杨小三，眨眼间已经有人迫不及待拉上了她的手，就这么跑了。

一个小时后，他终于有了些力气，站了起来走出了咖啡厅。刚走出去背后传来急促的脚步声，他转了头，漂亮的姑娘跑到了他的眼前，对着他点了点头："帅哥不好意思，您忘记买单了。"

丁聪听了，无力地笑了笑，从裤兜里掏出了钱包。

半个小时后，丁聪回到宿舍的时候，身上已经没有一处干的地方了。他站在宿舍门口犹豫了好几分钟，就这么一犹豫，门口就积了一摊的水。当他推开了门，温暖的灯光照在了他落汤鸡般的身上，周娇娇走了过来。

"你做什么去了？怎么了，傻？我今天打学校的电话，说你请假了，去哪儿了？是不是去找那狐狸精了？"

丁聪很努力地堆起了笑容，他不想跟周娇娇说起自己去L市出版社的事。不为什么，只为了男人的尊严，若是周娇娇知道自己的稿子不仅被人退了，还被贬得一钱不值，她会用怎样讥讽的态度来嘲笑他，责骂他。突然间，他开始怀念从来对他都是放任的杨小三了。世界上最美的东西永远是自己得不到的，最好的东西都是自己失去的。可惜，丁聪明白得太晚了。

"我去了L市，看了个朋友。"丁聪说了一个谎。

"L市？你从来不去的！我怎么不知道你还有个朋友在L市？"周娇娇一脸疑惑。

"我很累，明天再告诉你好吗？我现在只想洗个热水澡。"一边说，一边走进了卫生间。门外，周娇娇喋喋不休的声音不停传来，不隔音的门板把所有的话一字不漏地传进了丁聪的耳朵。丁聪一把将水拧到了最大，哗啦啦的水声盖住了周娇娇的声音，丁聪叹了一声，缩成一团，整个人像突然间矮去七八厘米。

夜色浓了，一场春雨总算停了，山间的雨后漆黑一片，空气中弥漫着清新的泥土芬芳和野草淡淡的香味。杨小三深吸了一口气,用同样湿漉漉的袖口擦掉了脸颊上的水珠。她转过了头,发现周友辉竟一直站在自己的身后,一愣问:"你怎么不去车上躲雨?"

周友辉耸了耸肩答:"二十年没有这么痛快地淋一场雨了,今儿托你的福了。"

杨小三知道周友辉是在安慰自己,换往常她最听不得的就是这种话,定会反击回去。而此时听来却很受用,默默走回了车边,拉开了门,却迟迟没有坐上去。

"没事。"周友辉跟了上来说,"大家都淋湿了,得赶紧换身衣服才行。走吧,痛快是痛快了,带一身病回去就得不偿失了。"

周友辉开了车。他想了想,距离最近的是山上的别墅,但是夜深了,两人的衣服都湿了,这么一想,转头对着杨小三说:"我送你回家吧。"

杨小三听了,默默点了点头,单单是周友辉这一句稳重、考虑得体的话,就在她心里打了个 A 加。

周友辉一边开车,一边拿了纸巾递给杨小三:"先擦一下。"

半个小时后,杨小三下了车,本想着说几句感谢的话,偏偏赌气的话说得顺溜,而感谢的话却因为长期面对客户说得太多,反而说不出口。

周友辉笑了笑,说:"上去吧,赶紧洗个热水澡,好好休息。"

杨小三点了点头,转身上了楼。这是周友辉第二次看着杨小三的背影,不知怎么就是有魔力般的吸引力。甚至她消失的时候,他内心的深处还有些许的失落。四十多年的人生,他唯一成功的就是隐藏自己的内心世界,哪怕是对她的感觉,也深信会一直藏好。

别了杨小三,周友辉找了附近离自己最近的房屋,匆忙洗了个澡,换了身衣服。回别墅时已经凌晨一点,他才感觉到有些疲惫。上了床,掀开了被子,沉入了梦乡。

梦里,她落着泪望着自己。

一惊,梦醒了,一身的汗,身体滚烫。他直起了灌铅般沉重的身体拧开了台灯,摸了摸自己的额头,滚烫。四十多岁的身体非去做二十多岁人的事,"报应"说来就来了。

身边的人动了动，彭惠琴撑了起来，抬头问："怎么了？"

周友辉见彭惠琴醒了，沙哑的嗓音说："不好意思，吵着你了，睡吧，我回来时淋了点雨，怕是有点感冒了，现在就去吃点药。"

"你啊，多大的人了，"彭惠琴说，"也不知道照顾着自己。"

"睡吧，睡吧。"周友辉客气地一边说，一边起了身。走出房间那一刻，他回望了一眼床上躺着的彭惠琴，心中一丝的悲凉。早就听过二十多年的婚姻就是把爱情磨成亲情，而他更彻底，直接客气地变成了陌生人。

八点半钟，彭惠琴跟儿子周伟志吃完了早餐，仍旧不见周友辉下楼，正有些担心，见周友辉一手揉着头走下了楼。

"昨天见你回来那么迟，夜里还睡得不安生。怎么了？"彭惠琴问。

"昨天有个应酬喝了点酒，回来的时候淋了点雨，有些着凉而已，看你紧张的。"周友辉身体发烫，眼皮子沉得睁不开，为了不让彭惠琴担心，还是努力打起了精神。

"那坐下喝碗粥吧。昨日见了你一身的酒味，定是喝了不少吧。最近是不是公司的运作有些问题，怎么喝了这么多酒？"彭惠琴问。

"看你瞎猜的。"周友辉一边答，一边走到了餐桌前，本想坐下喝点粥，可低头一看着油腻腻的油条和瘦肉粥就没了胃口，于是答，"算了，今儿都迟了，没空吃了，一早还有一个重要的会议。"

说完，招呼儿子走出了门。刚出门，因为昨日夜里一场大雨降了近十度左右的气温，凉风一吹，周友辉眼前一黑，持续了两秒，伸手扶住了身旁的周伟志。

周伟志一脸紧张，问："爸，您真的没问题？"

周友辉摸出了手里的车钥匙递给了周伟志，说："今儿你开我的车，可别跟你妈说去，不然少不得又唠叨了。"

周伟志点了点头，上了车。过了一夜，驾驶座上依旧是湿漉漉的。周伟志皱了皱眉头，从抽纸盒里抽了几张纸擦了擦，抬头一看副驾座上也是湿漉漉的，正想伸手擦，却见平日里细致的父亲像没见着一般，已经一屁股坐了上去。周伟志见了，心里觉着有些怪异，却也不敢多问。

到了公司楼下，周友辉下了车。周伟志下车时，在停车场昏暗的灯光下发现了副驾位置的角落里有道浅黄色的亮光，于是弯了腰，找到了这件东西，是一只水晶编织成的泰迪熊手机吊坠，一件就算编一千个理由，也跟自己那四十多岁不看任何卡通并且没有孙女的父亲搭得上边的廉价装饰品。周伟志拿在手心里想了半天，最终装进了自己的包里。不管这个吊坠有怎样的故事，周伟志没有好奇心，但他担心的是吊坠接下来的故事，幸好是落入了自己手里，如果是母亲，家里就要上演一出谍战片。

会议前，周友辉从兜里掏了感冒药吞了几粒，高烧还没有退，嗓子火烧一般，他轻轻咳了一声，走进了会议室。会议持续了两个小时，走出来时，周友辉觉得自己的头又沉了几分，他面带微笑点着头通过了走廊，上了专属电梯。到了顶楼，径直去了卫生间。

卫生间里，坐在马桶上，他摸了摸额头，好像刚才吃的不是感冒药，倒像是发烧药，不仅没效果，反倒又烫了些。他揉了揉太阳穴，这么一揉，人就好像是睡着了。不知道过了多久，他一个激灵醒了，发现自己坐在马桶上，腿已经有些发麻了，于是站了起来，推开门走了出去。

门外豪华的汉白玉洗手台旁，秘书为周友辉准备的一大束香水百合前矗立着一个人。她斜靠在洗手台上，戴着一顶鳖脚的鸭舌帽，此时她正摘掉了帽子看着他。一见他走了出来，整个人像松了口气，用哀怨的调子对他说："你总算是出来了。我跟你身后进来的，一直不能确定是不是你，所以就在这里候了有十多分钟了，喂，你这人是不是年纪大前列腺有问题了，上个厕所需要十多分钟？"

周友辉一愣，脑海里第一个念头就是问自己，是不是烧糊涂了？又是男厕所，又是那个不该出现的人，到底是幻听还是幻影了？

第六章
他算是一张体面的牌

张敏和宋林昆一起走出了写字楼的电梯，今天约了一笔大生意，为此两口子已经奋战了好几个通宵，两个人都是一旦钻钱眼里就会忘我的人。结婚几年，两人同仇敌忾一致对外的事只有一件——赚钱。

大堂里远远见了一熟人，杨南。此时他正在跟一个人说话，看穿着应该是写字楼的保安，身材高大魁梧，足高了杨南一头。于是张敏迎了上去，一边走一边喊："杨二哥！"

杨南见到她表情有些异样，跟那个人匆忙说了几句，那人一听，头也不回地走了。

张敏一见，愣了下问："杨二哥怎么这么有空来我们这里啊？来了也不说一声，也好给我个机会请你一顿。"

"你的公司就在这里啊？"杨南笑了笑问。

"二十五楼，有空来坐坐？今儿是什么风把你吹来的啊？"

"哦，公司派我来找一客户。"杨南说完，偷偷看了看张敏，补了一句，"没找到，正在问保安，没想到就碰到你了。"

"那家公司叫什么名字？我帮你问问，我们公司在这里好几年了，上下都清楚得很。"张敏答。

杨南听了，顿了一顿答："不用了，刚问过保安了，说是已经搬走了，看来公司给的地址有问题。"

张敏不死心地问："我帮你查，你放心，绝对没问题。"

杨南听了，忙摆手说："别忙活了，你忙你的，我还有事马上就走。"

说完就慌忙抬脚要走。张敏看着觉着蹊跷，却也不好继续追问，刚走一步，就听见杨南在身后叫自己。

"怎么了？"张敏问。

"三儿的事你一定知道了吧，你要多劝劝她。你知道她的性格，一只纸老虎，很多事情都在死撑着。"杨南说。

"三儿出了什么事？"张敏问。

"她离婚的事你不知道？"杨南惊讶地问。

"离婚！"张敏一声大叫，整个大堂的人都听见了，她赶忙把杨南拉到了角落问同，"你说三儿跟丁聪离婚了？"

杨南听了很认真地点了点头。

"什么时候的事？"张敏问。

"怕是有一个多星期了。"杨南说。

张敏低头算了算日子，差不多应该是自己撞破宋林昆"好事"的日子，那个丫头竟然离婚了不说，还藏着掖着来安慰自己，心中免不了心疼地骂了她几句。

"大哥和卓阿姨知道吗？"张敏问。

"哪敢让他们知道？"杨南叹了一声，"大哥的性格你又不是不了解，小事变大事，坏事变丧事。"

张敏点了点头："我知道了，我好好劝劝她。她跟丁聪什么原因离婚的？"

杨南摇了摇头答："不知道，我问过，她不肯说。"

"她不说我也能猜到。"张敏答，"她那个性格，借她十个狗胆也出不了轨。倒是丁聪那人，平日见了像个温暾的老好先生，其实是闷骚型，我没猜错的话，肯定是他出了问题。三儿一直不说，估计也是照顾着他的面子。身在福中不知福的贱男人。"

杨南听了，干笑了两声说："那三儿就麻烦你多照顾了。三儿性格我了解，她越是跟平常一样，心里头越是难受。"

看着杨南的背影，张敏叹了一声，走回了宋林昆身边，见他此时正靠在柱子上，拿着手机聊着，像是聊到了动情之处，眯着眼笑得开心，于是怒气冲冲地走上去。

宋林昆见那架势简直就是"武松打虎"，于是慌忙挂了电话。电话刚挂，张敏就到了他身边，纤纤玉手在他面前一摊。

"什么事？"宋林昆一脸的茫然。

"你说呢？"张敏瞪着杏眼。

宋林昆听了，头摇得跟拨浪鼓一样："不知道。"

张敏从牙缝里吐了两字："手机。"

宋林昆一脸无奈，摸出了手机放在了张敏的手里。

张敏麻利地打开手机，翻到了通话记录，显示的是一个陌生的手机号码。宋林昆一旁赶忙解释："是顺和公司的林总。"

张敏拨了出去，电话通了，一个男人的声音传来。

张敏问："林总？"

对方点了点头答："是。"

张敏心里的石头落地了，寒暄了几句挂了电话，手机交还给了宋林昆。

宋林昆一脸委屈地说："我都说了，你怎么就不信任我了。"

"现在谁信任谁，你还能指望我信任你？再说，你明明是跟林总打电话，怎么见了我就挂了电话？分明是有鬼！"张敏说。

"我不是怕你误会么？"宋林昆说。

"是啊，现在你就怕我误会了？跟那女人上床的时候，你怎么就没有怕我误会呢？"张敏把"误会"两字说得像拐了一个弯，弯到宋林昆的心坎里了。

孔子曾经感叹：天下唯女子与小人难养也！难在哪里？一百个男人一百种的说法，但对于女人却只有一个答案——爱。可偏偏对于男人，权好找，钱好赚，真爱却难上加难。女人不知足，要了男人最难的东西，所以男人才会有了如此感叹，天下唯女子与小人难养也！

此时，周友辉的高烧已经烧到了三十八度，滚烫的额头，通红的脸颊。四十多岁的人怎么看也不像是情窦初开的害羞表情，充其量是酒后起色花花肠子，而真正的答案只有他一人心里最明白，推门看到杨小三那一刻，他的心跳已经如实反映了他的心情，胸口似乎形成了一团澎湃的漩涡，瞬间冲上了脑门儿。

幸好，他有一个足够的借口——发烧。

"你……你怎么在这儿？"周友辉稳了稳心神，心中的惊喜表现到了脸上只是惊讶。

杨小三手挽在胸前,没好气地答:"你以为我就喜欢这男厕,天天候着在这里遇上你了?我有件重要的东西掉了,咖啡厅我已经找过了,就差你的坐骑和贼窝了。"

"既然你都说贼窝了,贼赃落那里就该是我的了。"周友辉听了笑了笑,接着说,"你打个电话就行了,跟来了倒像是我不对了,整一个地下工作者接头。"

"你以为我想?你的电话,我问了好几个人,翻了好几个合同才打过去,竟然是你的秘书小刘,一口气问了我十几个问题,审了我八代祖宗,也没把电话转给你。于是就会议室去候着你了,候了你三个小时,进出都有跟班,你让我怎么下手?"杨小三的口气,此时俨然已经把周友辉当成了手下的贼,她想了想说,"你什么时候有空,帮我找找?"

"是什么样子的东西?"周友辉问。

"一个水晶编成的泰迪熊。"杨小三说完想了想,补了一句,"母熊。"

说完,又把手机递了过来,翻了照片给周友辉看,是简单的水晶珠子编织而成,值不了多少钱。看她如此紧张,这件东西定是有什么意义。周友辉嘴上反而骂了一句:"你是不是天生就是一个埋地雷的?离婚证的事刚混过去,敢情好,又埋了颗新的。你说以后我还敢让你坐我的车么?"

"你倒是八抬大轿抬我,我都不会坐了。"杨小三瞥了一眼,义正词严,昂着头答了一句。

周友辉一听笑了,虽然他很想跟杨小三继续话题,不知怎的,杨小三的话像灌了罂粟的迷魂汤般,让他欲罢不能。但他最终还是理智占了上风,说:"行了,东西我帮你找找。这会儿在公司不方便多说,我先出去了,你待会儿看着时机,找个机会出去,可别让人见着了。"

杨小三听了,点了点头。

周友辉推门走了出去,没走几步就见小刘迎面走了过来。正往卫生间的方向去,见了周友辉忙低头笑了笑,侧着身站在一旁等着他过去。周友辉一把拉着小刘就往回走,说:"走,进我办公室去,有点事商量。"

小刘一听尴尬了,忙答:"周总,稍等一分钟,我马上就来。"

"你才多少岁啊,这么年轻,肾功能就不行了?走,先去我办公室,先公后私。"周友辉不由分说，拉了小刘就往办公室去。

小刘听着，脸上的肌肉抽动，工作上经常听到先公后私的说法，可在上厕所这个问题上，他还第一次听到。

几分钟后，杨小三压低了帽檐走出了卫生间，走进楼梯间，走到了下一层，再坐上了电梯回了自己的楼层。出了电梯松了口气，将帽子摘了下来，此时手机响了，一条短信飞了过来，杨小三打开，一个陌生的号码：以后有什么事，就打这个电话，周友辉。

看到这条短信的那一刻，杨小三沉默了。手机突然间又响了，让杨小三吓了一跳，是张敏的电话。电话刚一通，张敏那一头已经开始破口大骂："你吃错药了？离婚这么大的事，经过我批准了么？……"

杨小三皱了皱眉，耐住性子听完了她一通牢骚，等她说累了，终于有点空隙了，她才有气无力地插了一句："老大，生米都煮熟饭了，离都离了，还说这些有什么意义？"

张敏一听，火更大了："到底是你离婚还是我离婚啊？我怎么发觉你这个皇帝不急，我这个太监急了？"

"每天离婚的比死人还多，你急得来？"杨小三答。表面是不痛不痒一句，仿佛压根儿没把离婚放在心上一般，其实心里就像一个还没结痂的伤口又被捅了一刀。她想忘记，一直在努力，好不容易费尽心思，把A市最热闹的步行街逛了数十次，脚底磨起好几个泡，这才取得那么一点点成绩，在昨儿见到丁聪那一刻开始，到他说出房子的事为止，一切宣告前功尽弃，如今张敏踩点如此准确，关键时刻又给了杨小三一刀。

"我马上过来。"张敏知道，杨小三嘴里越是不在意，问题越是严重了。

"不行。"杨小三果断拒绝。

"那我到你们公司来，守公司门口，看你见还是不见。"张敏答。

"那你就守着好了。"杨小三说。

"那我这就马上电话告诉你大哥去。"张敏使出了撒手锏。

"行了，怕你了。"杨小三叹了一声，"下午吧，公司门口的咖啡厅。"

"就这么说定了。"张敏挂了电话。

中午，周友辉头更热了，从抽屉里拿出了感冒药吞了几粒后下了楼。到了停车场，开了车门，仔细找了几遍，没见着，于是发动了车开去了别墅。一场大雨后，山区的道路有些积水，雨后的空气异常清新，泥土的清香，空灵的鸟叫，让人心旷神怡。弯道处，悬崖边，昨日跟她矗立的地方，周友辉忍不住踩了下刹车，车慢了下来，那一处的景色如一段回忆慢慢流淌，依旧落在了身后。

到了别墅，沙发上下翻了个遍，什么也没有找到。周友辉终于放弃了寻找，坐了下来。经这么一折腾有些疲倦，刚打算休息下，就睡着了。

一个小时后，周友辉醒了过来，出了一身的冷汗，烧似乎消退了些，人也精神了些，于是冲了个澡下山。路途中接了一个电话，韩云打来的，口气有些犹豫，支支吾吾说了半天也没把事说个清楚。周友辉想了想，约他来自己的办公室，可韩云却嫌地方高贵了别扭，周友辉于是约了他下午到公司旁边的咖啡厅见面，为了他的情绪，特意选了家廉价的店。

下午三点，周友辉进了店，选了个僻静的角落，卡座式样的位置，整个人往里面一坐，只露了半个脑袋在外面。他低头看了看表，到早了，于是公文包里摸了一叠文件出来，趁着空余的时间看一看。

张敏停了车，进了咖啡厅，本想着老规矩坐在靠近阳光的落地玻璃窗前，可想到今儿跟三儿聊的事，于是特意选了个靠里的位置。坐下没多久，杨小三就出现在了咖啡厅门口。张敏见了，冲着她挥了挥手。

杨小三走了进来："今儿怎么选这么个位置？"

"你说为什么？今儿我们谈的事情很光荣？"张敏骂了一句。

"你也知道不光荣了？你扯着嗓子吆喝着做啥？谁告诉你我离婚的事？就两人知道这事，丁聪和我二哥。丁聪肯定不会告诉你，他如果告诉你这事，你必定一菜刀抡过去了，肯定是我那八卦的二哥了。"

"杨小三！"张敏一听，大喝一声，"你到底明白不明白？你现在是离婚了！离婚了！你知道什么是离婚么？"

张敏一声大叫，把身后卡座里坐的周友辉吓了一跳。杨小三这个名字如闹钟般将他惊醒了。他侧身瞄了一眼，确定了是杨小三，此时正坐在了身后的卡座里埋头喝着咖啡。周友辉心中一笑，如此惊天地、泣鬼神的名字，果然是不会有重名了。

"离婚，"杨小三叹了一声，"就相当于是肿瘤了，可大可小，若是恶性的，切了不行，还得化疗，弄得人要变形。我的是良性的，切了就切了，好事一件。"

"你少骗我！"张敏骂了一句，"这么多年了，你的性格我还不明白？我是雷声大雨点小，你是会咬人的狗不叫。"

周友辉一听这评价，偷偷笑了起来。果然，物以类聚人以群分。两个人说话的口气差不多。

"真离了？"张敏不死心，问。

杨小三认真地点了点头。

张敏一听，一脸的委屈，伸手从桌上拿了面巾纸，心疼地递给了杨小三："难受了就哭吧。"

杨小三接了过来，拿在了手里，仔细地叠了起来。

张敏看了，接着说："什么原因离的？"

"找了个小的。"杨小三回答。

"这年头男人靠不住。"张敏骂了一句，"你就这么便宜他，同意离了？"

杨小三点了点头。

"你是不是傻了？"张敏伸手敲了敲她的脑袋，"钱、房子、车子怎么安排的？女人对付出轨男人的办法就是——即使得不到他的人，也得让他脱一层皮。"

说到这儿，杨小三终于抬起了头，惨淡地笑了笑，拿起了刚从张敏手里接过的纸巾，此时已经被她折叠成了一颗心，放在手心里仔细看了看，笑道："心肝脾肺肾都留下了又怎样，感觉没了，就是没了。我跟他在一起，就是周瑜打黄盖，一个愿打一个愿挨，怨不了谁。即使分了，也是这样……"

"放屁！"杨小三还没有说完，张敏打断了她。

张敏打穿开裆裤时就认识了杨小三，当时她是一群娃娃的头儿，而杨小三是一群娃娃的尾。经常都是她带领一群孩子闹腾，杨小三跟在身后默默扫尾。总之就是她点炮，杨小三擦屁股。一眨眼二十多年过去了，她还是她，杨小三还是杨小三，性子像冰一般冻住。

"离婚的事不能这么便宜了那小子。"张敏答，"从你第一天认识他，我就觉得那小子配不上你，一个穷书生，肩不能挑手不能提，偏偏还生了副清高的性子。只有你当块宝，宠上了天，让他不食人间烟火。我说过你几次了？你哪次不这么对我说,说他什么都不好,但有一点好就是放心,无论搁哪里都是你的人,这下敢情好了,现在男人都成了宝,这等'人才'也有人抢了,看你还有什么话跟我说?"

"别说了。"杨小三终于听不下去,放下了手里的咖啡杯。

"知道难受了?"张敏问,"你啊,跟着我这么久了,怎么就没有学到我半分。如果别人让我不爽半分,我就连本带利地立刻还上。"

"你厉害,成了吧?"杨小三白了她一眼,"我可告诉你了,这事就这么过去了,祖宗你可别给我折腾出什么事来。"

"嘿!"张敏一怒,"倒是我不对了,让我给你好好上一次课,错的是那王八羔子,有错你得找他闹啊,你怕啥?我做你的坚实后盾,要钱出钱要力出力。再说了,你大哥可是健美教练,他那小鸡崽的身材,抢个三圈半都没问题。"

"你敢把这事告诉我大哥,朋友都没得做了。"杨小三咬了咬唇,低了头,半天终于抬了起来,沉下了声音说,"你若是为我好,这事就真别提了。"

张敏抬着头,仔细看了看杨小三,长长叹了一声,问:"以后怎么打算的?要不要我这个姐帮你再张罗?趁着年轻,找个比他丁聪强一百倍的,气死那个王八羔子。"

"得了。"杨小三答,"你就别操心这个了,通过这事,我明白了个道理,要想自己过得舒坦就得转换个角色。"

"什么意思?"张敏问。

周友辉坐在背后,听到这里,已经猜到了杨小三接下来会说什么言论了。那天夜里第一次遇见杨小三时,以为她说的话是酒话,不值得信,却没想到今天偷听了两个人的谈话,才知道她倒像认真琢磨后做的决定。

"就说踢足球吧,什么不好当,非要当个守门员,只有守的份?偏偏这数目还不对等,你一个人守 N 个人来攻,所以啊,千算万算还不是一不留神,大门就被人破了。"杨小三说,"所以,这辈子我不打算再当守门员了,咱改做前锋了,见谁球门不稳,我就踢谁的门。"

张敏抬了下眼皮,说:"通俗点儿。"

"就是,这辈子我就决定改行做小三了。"杨小三义正词严地说。

"你不一直就小三么?这么多年了,还寻思着改名那旧事啊。"张敏笑了笑。

　　杨小三明白，张敏是猜到了她的意思，却不承认她的想法，以为她是气坏了脑子，所以故意调侃了她几句，让她消了这份心思，于是说："你以为我说笑来着，我就给你找一个看看了，打今儿以后的日子，我见一对拆一对，见一双拆一双……"

　　张敏听了，眼瞪得铜铃大："你跟姐说笑的吧？可别一次失败的婚姻，就把你变成李莫愁了？"

　　"我说真的。"杨小三答。

　　张敏笑了。她知道杨小三属于思维与众不同的人，有创新意识，但也有一个致命的弱点，就是纯粹的理论家，嘴上功夫厉害，实际做起来却畏首畏尾，成不了事。于是她答："是啊，你说的是真的，等你成了，记得到我坟前烧个纸钱什么的？"

　　"你倒是不信了？"杨小三问。

　　"信，信。那你能不能在我有生之年带一个过来？"张敏叹了一声，"为了那个男人不值得，你还是想点实际的，找个好男人，再嫁一次！以前孟母也三迁，现在好女都得二嫁了，不比怎么知道优劣？"

　　"算了，这事跟你说不通。"杨小三端起了咖啡杯喝了一口，"过些日子，我就找一个给你看看。男人都不是好东西！"

　　张敏摇了摇头："你知道你现在什么样？怨妇！若是你真放下了，就该把他忘得干干净净，找一个更好的男人让他难受，而不是像你现在这般破罐子破摔，图的只是口头上的痛快。"

　　"我就真找一个给你看。"

　　"有目标了没有？"张敏问，"姓甚名谁？"

　　杨小三其实心里早明白，张敏已经把她看了个透，知道自己是贼心大，嘴上提劲的人。可即便这样，她也不服气，本来就憋屈，加上张敏一激，于是昂着头，想也没想就把最近脑海里常常出现的人给卖了，她大声地说："姓周，名友辉。我公司的老总，有妻有子，符合要求了吧？"

　　杨小三一说完，身后坐着的周友辉手中一僵，咖啡杯落了下来，全倒在了裤腿上。

　　正在此时，一个人走了进来，就像一个土老帽儿第一次进咖啡厅一般，站在门口像在菜市场吆喝，叫了一声："周友辉！"

声音大得连坐在里屋的老板都探了头出来看，以为城管来查哨了。

张敏一听，又一愣，迷茫了，眯着眼看着杨小三。

杨小三一急，这破地方虽然是在公司附近，可她想过以周友辉的身份地位也不是会往这个地方跑的人啊，于是忙伸长了脖子，往门口看了看，陌生的老男人粗布麻衣，于是总算松了口气。

周友辉听到韩云的声音，慌忙缩下了头，也不敢答应，只顾拿着纸巾仔细擦着自己的裤腿。正擦着，手机响了，他慌忙想关机，可已经迟了。韩云循声已经走过来了，站在他的面前，大声地说："友辉啊，你不是这把年纪就耳背了，刚才我站门口那么大声了，你都没听到？"

韩云的话音一落，杨小三像屁股底下安装了弹射装置一般弹了起来，紧接着张敏也站了起来。

周友辉抬头看了看，总算是站了起来，看着三人，尴尬地笑了两声，答："认错人了，认错人了。"

于是，杨小三低头，搓着手，赶忙赔笑了两声，说："是啊，认错人了，认错人了。"

说完，不等张敏反应，用力把她拉出了咖啡厅。一路张敏侧着身，看着脸色像调色板一般变化着的杨小三，意犹未尽地笑了笑，这丫头挖了深坑跳了下去不说，还把自己埋了。认识杨小三二十多年，第一次见她这副模样，看来那个人真的是周友辉，真的是她的老板，真的是有点理不清的暧昧，这一笔糊涂账是要理不清了。

两人走后，韩云看了看她们的背影，再转头看了看周友辉。

周友辉的脸像抽了筋一般，看着杨小三的背影笑得怪异。直到两个人消失，韩云用力咳嗽了一声，周友辉总算是回了神，转头看了看韩云，说："来了啊，坐。"

"刚才你们在说什么来着？说我认错了人？"韩云问。

周友辉笑了笑："小丫头们认错了人而已，不提这事了，你不是找我有事么？坐下来慢慢说。"

韩云点了杯蓝山，捧在手里却没有喝，而是长叹了一声，许久，见周友辉没问，于是自己说出口："我想请你帮忙个事，我想在A市买套房子。"

"好事情啊。"周友辉笑着，淡淡地说。

"房子已经选好了，首期款已经交了。"韩云说。

"好事情啊。"周友辉又是同样一声感叹。

"可房子不是买给我老婆的，我在外面找了一个女人，甘肃来A市打工的，跟了我好几年了，最近一直在闹，想让我跟老婆离婚，不然就上门市来闹事，我怕啊，所以哄了很久，才同意了买套房子……"说到这里，韩云长叹了一声，眉头紧皱，像喝药一般，喝了口咖啡，抬头望着周友辉。

没想到，此时周友辉竟然保持着笑容，眼神聚焦到了远处，三魂七魄游走了四方，他点着头，依旧淡淡地说："好事情啊……"

韩云一听，呆了，问："啊……这……还是好事情？"

出了咖啡厅，张敏上了车，杨小三坐了进来，对着张敏说："开车送我回公司。"

张敏转过头，眯着眼笑了笑问："刚才的事能不能给个合理的解释？不会他早就在那儿候着你了？你是闷骚型的，不过这事我告诉你了，当小三这是青春饭力气活儿，不是你能干的。"

"你别瞎扯了。"杨小三叹了一声，"你就当我是聪明反被聪明误，夜路走多撞鬼了。这事就打住了，我跟他有关系，但不是跟你想的那种关系。"

"你就别描了，越描越黑啊。"张敏笑着发动了汽车。

杨小三闭了嘴，想着回到公司如果又不小心撞上了周友辉该什么办？挖地洞？跳黄河？还有没有更实际点的方法？

到了公司，杨小三推门下了车，头也不回地往里走。张敏降了玻璃，冲着杨小三大声喊一句："我等你的好消息。"

杨小三一听，怒气冲冲地回了头瞪了张敏一眼，一辈子改不了的破脾气，为什么就要去逞能？这下好了，周友辉那儿怎么办？杨小三恨不得有特异功能，冲着他脑袋一挥，就像汰渍洗衣粉一样把油污给去了。

可惜杨小三没有特异功能，周友辉没有汰渍洗衣粉，是福不是祸，是祸躲不过。

韩云起身要走，周友辉这才反应过来自己说错了话，慌忙地伸手拉住了他："你继续说，继续说，我这属于习惯性违章了。跟人谈生意谈惯了，别人说什么话，我脑袋里还没有想好，就一口应了，你可别在意了。"

韩云看他一副诚恳道歉的样子，也不像位高权重要调侃他，于是又坐了下来，叹了一声继续说："你知道我的情况，一个店铺也赚不了多少钱，勉强过日子是没有问题，再买套房子很难。"

周友辉听到这里，明白了韩云的意思，于是问："你是不是想借钱？"

听到周友辉如此爽快，韩云忙点了点头："还是你了解我啊，这还没有说你就明白了。"

周友辉低头想了想，问："多少？"

韩云犹豫了半天，咬了咬牙答："她想要靠江边的、一百平方米以上的大房子，我问过了，最低的也要一万多一平方米，首付至少要三十万。"

周友辉听了，从包里摸出了支票，拿了笔正打算写时，看韩云正一脸小心翼翼地看着自己，表情有些紧张，生怕周友辉反悔。周友辉笑了笑问："钱是小问题，你的家事我不想过问，但你要想清楚啊，怕到时候是竹篮打水一场空，赔了夫人又折兵。"

"我知道，只能走一步是一步了，老实跟你说吧，我现在真的是很后悔了，可那女人粘上了，就跟强力胶一样，怎么扔也扔不掉了。"韩云说完长长叹了一声，"早知今日，何必当初，我最怕的是儿子知道了会恨我一辈子……不说了，这钱你放心，我肯定会还你，只是可能时间会拖久一些。"

周友辉听了，点了点头说："钱的事，你也别放心上，也就三十万而已。"

说完，他起身走出了咖啡厅。韩云见了忙跟了上去，到了车旁边，点头哈腰送他走了。

周友辉坐在车上看着韩云，想着多年前在厂里为了一块钱加班费，不依不饶跟车间主任吵架的他，如今为了个小三，竟舍得放下身价，心中不免有些感叹，人啊，都是钱的奴隶。感叹别人时，周友辉难免嘲弄自己，难道自己不是？

张敏开着车慢慢驶出了巨人公司，刚才杨小三的话在脑海里怎么也挥不去，自己一直把她的话当作玩笑，但是如果她真的那么做了，该怎么办？周友辉的年纪可以当三儿的爹……正想着，拐角一下子蹦出了一辆车，张敏没刹住车，结实地撞上了。

张敏赶忙下了车，撞什么不好，一撞就一奥迪，而且还是车牌都没上的新车。

车门开了，西装笔挺的一男人走了下来，身材高大，却眉目清秀，斯文得很。下了车，他态度也挺好，只是看了看撞的地方，皱了皱眉。

张敏知道是自己的全责，于是赶忙道了声歉，问："公了？还是私了？"

"公了是什么？私了是什么？"周伟志客气地问。

张敏一听笑了，听口气像个被家里人宠坏的二世祖，刚刚开车的愣头青，偏偏这么有涵养，于是说："那就私了吧，我赶时间，这是我的名片。车修好了把账单寄过来吧。先说明了，也就是凹了点，超过了一万我可不认账的。"

说完，不等周伟志回答，拉开车门扬长而去。整个过程像颠倒过来，好像周伟志开的现代，而张敏开的奥迪 Q7 了。

中午，周娇娇打电话给丁聪，此时丁聪打了一份最便宜的素菜吃着，见是周娇娇的电话赶忙接了起来："娇娇，什么事？"

"我在你楼下，赶紧下楼来。"周娇娇说。

"现在？你怎么来了？"丁聪一脸惊讶，"什么事这么着急？"

"当然着急了，今天是最后一天，赶紧下来，我们一起去政务中心。"周娇娇下了命令。

"娇娇，这事能不能过些日子再谈？"丁聪眼神一淡，莫名有些伤感。

"你要是不下来了，我就马上上来。"周娇娇说。

丁聪听了点了点头，挂了电话，看着只有股咸味的菜，长叹了一声下了楼。

半个小时后，到了政务中心。期间周娇娇没有跟丁聪说一句话。丁聪知道，周娇娇是生气了，自己起码得哄上一天半天。下了车，丁聪伸手去拿周娇娇手里的包，被周娇娇狠狠打了一下，于是只好默默地跟在了她的身后。

房管局的窗口在四楼，也是所有楼层里最热闹的地方，人声鼎沸。周娇娇去了排号机，将号单递给了丁聪，说："拿好了，前面还有一百多个号。"

丁聪见周娇娇总算跟自己说话了，于是松了口气，接过了号单，找了一个空位让周娇娇坐下，赶忙跑去底楼买了瓶矿泉水递给她，周娇娇看了总算满意地点了点头。

等了将近两个多小时，丁聪没吃完午餐，肚子早饿了，但见周娇娇一直坐着没发话,他也不敢提议走。本来下午有一堂课,也只好打了电话跟人换了课,直到下午三点多总算轮到了。

周娇娇瞪了他一眼,丁聪磨蹭着走到了窗前。

"需要办理什么业务?"坐在电脑前忙碌的女人抬头看了一眼丁聪,问。

"房屋过户的手续。"丁聪答。

"身份证带没?复印件复印了没?"

"不是,我前些日子提交过过户手续的资料,现在想收回。"丁聪总算说出口了。

"麻烦你,有什么事情一口气说完行不行?"女人一听有一些不耐烦地说,"后面还有一百多个号等着呢。"

说完,女人要了他的身份证,转身走进了里面。几分钟后走了出来,手里拿了一叠资料,递给了丁聪,并指了指下角的签名栏说:"这里把字签了,看好啊,你要过户的那个人也没有来办理业务,这事也搁着了,要收回就麻烦了,得需要她来签字。你们啊,这房子的事商量好了再来办,别浪费大家的时间。"

丁聪听了,忙点了点头,签了字,拿了资料走了。

丁聪挤出了人群,周娇娇迎了上来,问:"办得怎样?"

丁聪指了指手里的资料,答:"办妥了。"

"那就好。"周娇娇挽了丁聪的手,说,"走吧,今天我回我妈妈家,告诉她老人家婚房已经准备好了,还有两个月的时间,足够我们筹备婚礼了。"

"婚房?这事能不能拖一拖?"丁聪有些为难。

"拖什么拖?肚子里能拖么?五一节结婚还得穿个大号的婚纱才能遮住。你不急我急!"周娇娇答,"我不管了,就给你一个星期的时间,就一个星期,把那个女人赶出我们的房子。"

"娇娇!"丁聪叹了一声。

周娇娇不听,径直往前走。丁聪追了几步,跟在她的身后。于是两人一前一后地回了窝。

下午六点下班时分,周友辉发了条短信给杨小三:"六点半,我在青江路路口等你。"

发完后，周友辉一直等着回复，等到了六点十分，依旧没回信。他本想着打过去，拨好了号码，却犹豫了。

六点一刻，周友辉下了楼，停车楼溜达了一圈，见着了那辆熊猫，于是笑了笑，上了自己的车，一直开到了青江路路口。

青江路是A市的环城路，南面出城的必经之路，也是到周友辉半山别墅的必经之路。周友辉约在这里，杨小三怎么也能明白他的目的。

到了路口，周友辉在路边停了车。此时夕阳西下，路上车流很小。周友辉从包里摸了支烟，靠着车抽了起来。一直抽了好几支，低头看了看手表早过了六点半。可他却不死心，又拿了支烟抽上。

七点多，夜幕低垂。远处车灯慢慢近了，减速，停在了周友辉的身旁。周友辉看了看熊猫车笑了笑，低头扔掉了烟头，抬脚灭了火星子，转身上了自己的车。

上车后，周友辉开了应急灯，亮了双闪，又看着倒车镜。车后，熊猫车过了几秒也跟起了双闪。周友辉笑了笑发动了汽车，缓缓地向半山别墅开去。

落日余晖，山间云雾如一缕白色的玉带绕在苍松翠柏之上。狭窄的山路上，两辆车一前一后行驶着，领头的保时捷卡宴虽然比后面的熊猫高了不知道多少个档次，却刻意开得很慢，生怕熊猫车丢了一般。

落日的最后一道光芒消失在了远处的山脉之下，两盏车灯先后亮起。周友辉停了车，走了下来，默默看着熊猫车驶入了院子。车灯灭了，周友辉上前，轻轻拉开了车门，杨小三走下了车。

杨小三站在车边，低着头想了许久。第六感提示着她，周友辉就站在她的身边，正默默看着自己。终于，当她有了勇气抬起头时，发现周友辉已经转身向别墅走去，杨小三跟了上去。

开了门，昨日被两人折腾得一片狼藉的餐厅，已经打扫干净。白色的餐桌上多了一个水晶的玻璃瓶，插了一枝香水百合。周友辉转过头见杨小三站在门口，平日里天不怕地不怕的莽撞个性，今天因为那一不小心从嘴里溜出来的"豪言壮语"，而多了点正常女孩的矜持，尴尬地站在门口，进不是，退也不是。

"进来吧。"周友辉柔声道，"自己找找，看你说的那件重要的东西在不在，白天我已经找过一次了，没见着。"

杨小三一听，一愣，问："你已经找过了？"

"中午找过一次了。"周友辉正拿出自己的茶具，走到客厅里，"本想着跟你说一声的，没想到在咖啡厅里遇见了。小丫头，我以为你那股子劲能在咖啡厅闹腾出什么惊天动地的事来。结果我是估计错了，你那些话啊，见你的第一次面时，就已经跟我讲过了，只是那时候的目标定得高，锁定了全世界的已婚男士。今儿才知道，原来你已经把目标给具体了，想拿我开刀了。"

说完，周友辉没忍得住，笑了。这下，原来想逗逗杨小三的目的黄了，倒是让犯了大错诚心悔过的杨小三激起无限的斗志。

杨小三头一昂，杏眼一瞪："你说你一个四十多岁的老男人了，什么地方不好待着，偏偏喜欢躲咖啡厅，一次不行，还是两次。是不是下次我去咖啡厅都得事先知会你一声，免得自己又在背后里说了些不该说的话。"

周友辉听了，笑了笑，开始泡茶："你说你一个二十多岁的大姑娘了，什么地方不好好待着，偏偏喜欢上了男厕所，一次不行，还是两次。是不是以后我去厕所前都先知会您老人家一声，免得撞了别人就不好了。"

杨小三一听，直溜溜地看着周友辉，周友辉眯着眼回望着她，没几秒钟，败下阵来。不知何时，两个人都爱上了这个游戏，连斗嘴都会如此地默契，对仗工整，一字不落，你嘲讽我，我奚落你，却谁也不会生谁的气。

"你天天都来这里泡茶？"杨小三问。

"有空的时候吧，来这里一个人喝上一壶再回家。"周友辉笑了笑，低头仔细泡茶，"这茶壶啊，跟人一样需要天天养。从我这茶壶养的程度，就知道我不是天天有好命来这里泡茶的人。"

"每天花一个小时，来回开十多公里就为了这壶茶？"杨小三指着茶壶问，"你真是好雅兴啊，饱汉不知饿汉饥。"

说完杨小三也不理会周友辉，开始低头在地毯上和沙发角上找着自己的东西。翻了半天，连墙角缝隙都仔细看了一遍，还是没找到。杨小三终于放弃了寻找，坐在了沙发上，抬头看着周友辉已经喝完了第二泡。

见杨小三放弃了寻找，周友辉拿了一个稍大些的杯子，倒了一杯放在了茶盘上说："先喝，一会儿再找，我今儿让人找到最大号的杯子了。"

杨小三低头看了看这个明显与其他杯子不配套的大杯，心里微微有些疑虑。可疑虑了几秒，她又彻底放弃了这个念头，自己赌气的一句气话既然已经捅开了，他也没解释些什么，表明他根本就没有把这句话往心里去。这么一想，杨小三立刻就轻松了，拿起了杯子喝了一大口。浓烈的香味竟然是玫瑰的味道。一个老男人，玫瑰味道的茶香，两种不搭调的东西在杨小三心里一汇聚，心里咯噔一下打了个寒战。

"那件东西对你很重要，对么？"周友辉突然问。

杨小三点了点头。

"你看你能不能说下具体的样子，钱是个好东西啊，虽然有些东西买不到，但我相信大部分的实物还是能够买到的。"

"我不劳你费心了。"杨小三答，"你要真这么上心，就该我心里忐忑了，倒真像是对你开刀了。"

"为什么会忐忑？"周友辉放下手里的茶杯，一脸笑容地看着杨小三。嘴角微微的弧度，一分不多一分不少，竟有些迷人的味道。

杨小三看得痴了，半晌反应了过来，面对周友辉赤裸裸的问题，头摇得跟拨浪鼓一般，慌忙地说："一则我没自信，二则你比我聪明，三则兔子不吃窝边草。"

这么一说，刚刚还恰到好处的魅力微笑立刻废掉，周友辉又倒在沙发上笑了起来。

杨小三已经见怪不怪，起身伸了个懒腰，也不理会正笑得失态的周友辉，径直走去了厨房，轻车熟路地拉开冰箱门，找了些食材，对着周友辉说："八点多了，早过了晚饭时间了。难怪肚子这么饿了，你平日里就喝茶不吃饭？"

"喝杯茶回家，也就大概八点半左右，每天也差不多这个时候吃饭。"周友辉答。

"真是个要钱不要命的主儿。"杨小三以自己的观点给周友辉下了个判决。

周友辉听了，又泡上了一壶茶，说："前些年我刚接手公司时经营情况不太好，熬夜是经常的事，那时候八点多能吃上晚饭算是不错了。日子久了，也就习惯了这么迟才吃晚饭了。"

"那我没猜错的话，你待会儿要回家吃饭了？我煮自己的面了。"杨小三说完，麻利地烧了一锅子开水，"反正回家也一个人，哪里煮面不是一样？你这儿更好，又替我省了几毛钱的电费了。"

周友辉听了笑了笑，没答。开放式的厨房，抬头就能看到在厨房里忙碌着的杨小三的背影。看着看着,他鬼使神差地从包里摸出了手机,调出了相机功能,对着背影连续拍了好几张照片。直到杨小三转了身,端了一碗热腾腾的面条走出来了,周友辉才像一个有偷拍狂的热血小青年,有些紧张地将手机塞进了包里。

芝麻油和辣椒的香味飘了过来。本来并没觉得饿的周友辉,一闻到味道肚子就开始闹革命了。他喝了几杯茶水,看着杨小三正埋头吃得开心,就更饿了,于是吞了吞唾沫下了命令:"帮我也煮一碗吧。"

杨小三一听,抬头看了周友辉一眼,答:"那今天咖啡厅里说的话一笔勾销。"

周友辉一听,笑了答:"我就没往心里去,看你下午的样子,怕你往心里去,才约了你。"

话说完,连周友辉也不信自己了,约杨小三的短信,他只花了不到一分钟做决定,不到一分钟编辑后发送,在这两分钟的思考时间里,他想过很多的理由,他很清楚,他刚刚说的这个理由绝对没有在这两分钟内。

杨小三听了却很受用,起身又煮了碗面条递给了他。

周友辉端了起来,用了不到五分钟的时间就吞下,也许他真的饿了。

晚上八点,两人开车下了山。到了青江路的路口分了手,一个往东一个往西,周友辉轻轻按了按喇叭,杨小三跟着也轻轻回应了一声。周友辉握着方向盘心情甚好,哼起了老歌。

第七章
婚姻里最欠缺的就是爱

到了别墅,彭惠琴已经准备了一桌子的饭菜。周伟志见父亲进了门,起了身。周友辉见了笑了笑,拉着儿子入了饭厅。

夜里十一点,周友辉回了卧室,彭惠琴体贴地替他脱掉了外套,问:"今天晚上见你吃得很少,是不是病了?"

周友辉摇了摇头答:"今儿碰到了一个老朋友,一起吃了点东西。"

彭惠琴应了一声,本想着继续追问是哪一个老朋友,可一想离婚证的事情怕是友辉已经知道了,自己临时去了董事会,也让他面子上过不去,这事还是缓一缓再提。于是她笑了笑,体贴地答:"这样要注意身体才行了,年纪大了,该保养的,就得保养了。"

周友辉听着点了点头,穿上了睡衣去了卫生间。半个小时后,他走了出来,发现彭惠琴靠在床上,正专心地看着书,他就明白了她的意思,她在等自己。

周友辉走了上去,掀开了被子。彭惠琴立刻放下了书凑了上来,手环在了周友辉的腰上,头枕在了他的胸膛:"你啊,平日里没见你怎么锻炼啊,可身材就保持得这么好。人人都说男人到了中年就会秃顶发福的,你倒是好了,一件没捞着。"

说完,她伸手轻轻叩着周友辉的胸膛。

周友辉笑了笑答:"你啊,这口气倒像是希望我秃顶发福了。我要是这般了,你会不会就让我这个老公光荣下岗了?"

彭惠琴听了啐了一口:"都这把年纪了,还老不正经。现在都已经老夫老妻了，说实在的，当年我跟你结婚，指望的就是一辈子的事。你想下岗，我还不依呢！"

说完，她的指尖慢慢地摸索滑动，往下游走……

两人结婚二十多年，彭惠琴如此主动还是第一次，这倒是让周友辉有些不自在了，喉咙有些痒，忍不住就轻咳了声，想说些什么，却又不知道说什么好。夫妻间的关系像一个苹果，青涩时酸苦味太多，熟透了就失了水分，干巴巴的没有情趣。最好的感觉就是介于生与熟之间，酸甜适中，就有份亲近又多份距离。而彭惠琴跟周友辉此时的感觉，就是个彻底熟透的苹果，几十年不变的"东西"，几十年不变的"运动"，任双方再努力，白开水泡的白米饭淡到了一块。

彭惠琴的手在周友辉下身游走。从来都是周友辉来取悦她，而这反过来的第一次已经做得够好，轻轻地抚摸，温热的皮肤相互摩擦，周友辉的欲望在她的手下很快膨胀，让她的自信心得到了满足，抬了头，妩媚地看了周友辉一眼。

周友辉笑了笑，成熟的女人，时间沉淀下来的是永远学不会的韵味。彭惠琴很懂得积累，并把这种积累在关键的时候展现给了周友辉。

周友辉吻了上去，浓烈的香水味，熏得他睁不开眼睛。吻后的唇上留下了油腻腻的油彩味道，周友辉忍不住皱了皱眉头，刚刚被挑逗起来的欲望突然间打了退堂鼓。他吸了一口气，一手揽住了彭惠琴的腰，驰骋了两下。兴奋的中枢神经带动了彭惠琴发出了高亢的喊声。就在那一刻，周友辉闭上了眼睛，如大海般广袤的脑海里此时出现了一处悬崖，熟悉得就像是那曾经在雨中矗立了许久的地方，前面是一个背影，而此时漆黑的一片，周友辉望着天，天空不仅没有月亮，连一颗星也见不着，黑如墨汁。

这样一出神，欲望有些软。彭惠琴似乎也感觉到体内的东西正在慢慢变小变软。她发出了不满意的轻哼，不停扭动着腰。

周友辉睁开了眼，眼睛上似乎蒙上了一层薄薄的纸，迷茫中，身下这个人闭着的眼睛正在慢慢睁开。

同样的温热，欲望没有变化，依旧在慢慢变软。他摸索着从床头拿起了手机，颤抖的拇指拨动着键盘，照片调了出来。她的背影，他直直望着这手机的屏幕，口中发出了自语……

周友辉的手握着手机，此时耳边传来了彭惠琴很久没有的兴奋的呻吟声，她也到了。而那一刻来临前，破堤而出的"洪水"连同一股悲凉侵蚀了他的全身，他感到从未有过的疲惫，于是他闭了眼，黑暗袭来，还是那处悬崖，还是同样黑暗的四周，他抬起了头望着天，长长一声吼叫，那一刹夜空中一个闪耀的北极星亮了起来。

事后，彭惠琴满意地趴在他的胸膛上问："我刚刚好像听见你在喃喃自语些什么，可听不太清楚，你在说什么？"

周友辉疲倦地将彭惠琴揽入怀里，笑着说："男人那时候能说什么都是些荤话，听了怕你往心里去了，还是不听见好。只要你满意了，比什么都好。"

彭惠琴听了，幸福地笑了笑，缩进了他的怀里。

全世界只有周友辉一人心里明白，那一刻他喃喃自语的只有三个字——"杨小三"，不仅如此，他终于明白，不管对错，不管缘由，不管该或者不该，她已经无可救药地走入了自己的心里。

别了周友辉后，杨小三开着车绕着Ａ市的环城路，到了油箱快见底了，才将车开回了自己的家。开了门，将全家包括储藏室的壁灯都全部拧开，然后呆坐在了沙发上。周友辉的神态动作像是病毒般侵蚀了自己的身体。

杨小三抓起了手机，拨通了张敏的电话。

张敏躺在沙发上接起了电话："舍得跟我打电话了？想跟我说些什么？"

"你说，如果想要忘记一些东西，该如何办才好？"杨小三问，"我今儿才发现，有些东西真的像电脑病毒一样进了你的脑子，怎么去也去不掉。"

张敏一听，撇了下嘴，答："那样的破男人，值得你这么对他么？找个更好的，一巴掌不仅能把他从你身体里拍出去不说，而且还可以拍到八百里外，永世不超生。"

"如果不是说他呢？"杨小三问。

"难不成真的是那个叫周友辉的？"张敏问。

杨小三低头，停顿了一下，说了个谎："不是。"

"不是男人，什么事能入你脑袋，还能变种成病毒的？"张敏摇了摇头，

"我不信了。"

"我问你事的,你怎么反过来问我了?"杨小三不悦地说。

张敏听了笑了,答:"那简单啊,格式化硬盘就行了。哪天想要格式化了,记得来L市找我,保证你满意。"

杨小三听了,猜她也没什么招,于是叹了一声,自己心里一冲动打了电话,说完一通后,也不知道说什么好,于是问:"你跟宋林昆怎样了?"

"怎样?"张敏答,"我今天把他赶到客厅睡了。"

"还没有好?"杨小三说,"你啊,你当婚姻是发射火箭啊,一级准备,二级准备……折腾多久才够?"

"我这一级准备二级准备才是正常的,你这一声不吭就把火箭发射的才算不正常了。"张敏说,"算了,不说这个了,你啊,放下心里的担子吧,我发动我广大的人脉关系,改天帮你寻个好的。"

杨小三一听,懒散地应了声说:"行啊,有家有室的最好。最好的境界就是别人帮我养男人,我只需要消费男人就够了。"

"你……"张敏面对如此惊世骇俗的言论,无语。

夜里,丁聪回了娇娇的家。毛琼芳又张罗了一桌子菜。丁聪刚落了座,周娇娇就提起了结婚的事。毛琼芳听了,低头仔细地想了想,转头问丁聪:"五一节还有两个多月,现在安排也还来得及,房子的事情怎样了?"

丁聪正犹豫着该怎么回答,周娇娇已经接过了话题:"早准备好了,丁聪学校分的房,六十多平方米的两居室。"

丁聪听了抬头,有些为难地看了看周娇娇。周娇娇见了,伸手在桌下狠狠掐了下丁聪的大腿。

毛琼芳点了点头继续问:"亲家那边有没有什么意见?我就这一个女儿,只要女儿过得好,我也就不图什么了,而且我是嫁女儿不是卖女儿,彩礼什么的就不用了。"

没想到毛琼芳竟然如此通情达理,丁聪赶忙点了点头。

"那就下星期抽个空,双方的二老见个面吧。"毛琼芳做了决定。

"妈,他父母都在乡下来一趟也不容易。过些日子再说,好吗?"周娇娇答。

毛琼芳点了点头,说:"你爸那边怎么也得去说一声,别的事我都顺着你了,可结婚这么大的事,怎么也得通知他一声。"

周娇娇一听,立刻多云转雨,一巴掌拍在了桌上,把坐一旁的丁聪吓得一哆嗦,以为是自己刚说错了什么话,赶忙站了起来。

周娇娇站了起来,低头看着母亲说:"有他没我,我一辈子都不承认这个爸。"

毛琼芳听了叹了一声。丁聪看了看毛琼芳,再转头看了看正气头上的周娇娇,心疼她肚子里的孩子,忙打了圆场:"娇娇,有什么事咱们坐下慢慢说。"

周娇娇赌气离了饭桌,丁聪跟了上去,体贴地替她揉着肩。毛琼芳也放下了碗筷,慢慢走了过来,坐在了周娇娇的身边,半晌叹了一声,似乎有话要讲,却因为碍着丁聪在场,而没有说出口。

丁聪见了,知趣地说:"你们聊吧,妈,刚听您说熬了一锅汤,我去盛一碗。"

毛琼芳说:"娇娇,他怎么说也是你的爸。况且已经过了这么多年了,妈都已经不在意了,只希望你能够过得好,上一辈的事不会影响到你的生活。其实他对我们已经很好了,他给你找了那么好的工作,你偏偏不愿意,非去商场里卖什么手机……他跟我说起过,他心里也不是个滋味。"

"他跟你联系过?说过多少次了,别跟那个人渣联系了,你就是不听。"周娇娇将手挽在了胸前,"反正我一辈子都不会原谅他!妈心软,但是我不会,永远不会……"

春日的阳光透过浅紫色的窗帘照了进来,浅紫色是丁聪最喜欢的颜色,窗帘是结婚那年两人一起选的,一直选了整整一条街才选到了满意的。温暖的阳光经过紫色后变成淡淡的玫瑰花色,杨小三睁开了眼,看着落在被子上的光芒发了好一会儿的呆。六十平方米的房子,几年的耕耘,当年播种下的爱情,已经酝酿成浓烈的记忆,但短短的一个月却已物是人非。

每当看见这些承载记忆的东西,杨小三不免总会想到丁聪。每每想到心中像多了几根刺,一阵阵地刺痛。而每到这时,杨小三又总会不自觉地想到了周友辉,那是一贴罂粟做成的镇痛剂,药到病除,痛没有了,却多了一丝淡淡的愁。

到了公司，迟到了两分钟。杨小三悄悄溜进了办公室，还好，黄世仁没来"巡房"。杨小三松了口气，刚一坐下，柳青松就凑了过来，递了一叠的资料给她："黄经理刚拿来的，让我们看看，下午就出发。"

"她来过？"杨小三一脸紧张，"有没有说其他的？"

柳青松摇了摇头。

素来都睚眦必报的黄世仁竟然没有抓住这个迟到的机会狠狠罚自己，杨小三不解，但翻开资料后，她就什么都明白了。原来不是不报，时机未到。A市下属的一个贫困山区，坐车也得八个小时才能到的地方，任谁都不会去，这种一般都是在男人中间以抓阄方式产生结果的事，竟然直接落在了杨小三一个女人的身上。看来，黄世仁气得不轻，直接给杨小三判了"重刑"。

柳青松初来乍到，并不知深浅，以为是一次表现的机会，凑了上来，一脸激动地问："老大，什么时候出发？"

杨小三深吸了一口气，苦笑了一声答："幸好落水前还能把你给拽下来了，起码有个垫背的了。那就把资料准备下，十点我们就出发。"

柳青松听了杨小三的话，也猜到这事好像没自己想得那么简单，本想着多问几句，又怕问烦了杨小三，自己没什么好果子吃，于是点了点头，缩回了自己的格子。

十点钟，杨小三申请了一辆越野车出发了。临行前两人回家收拾了些简单的衣物。一入山，最快也要一个星期才能回来。出门前，杨小三回头看了看自己的家，不知道怎的，竟多了份壮士一去兮不复还的悲凉，忍不住多看了几眼，关上了铁门。

S省的西面是横断山脉，自然保护区，山清水秀，同样也是穷山恶水出刁民的蛮荒之地。南面是江水冲刷的平原，土地肥沃，同样也是商家必争的枢纽地。两个地方的差距不仅仅是海拔，更多的是经济文化的差异。

从A市出发一路入山，海拔越来越高，空气越来越稀薄，人烟也越来越稀少。开车的师傅姓李，是巨人公司聘请的，因为经验丰富，所以每次入山都是由他来开车。今年见入山的竟然有一个一脸柔弱的女人，他也有些吃惊，入山后，有些疑惑地问："往里走，海拔可能会上四千米，我开这么多年的车了，还第一次见公司派女人去，你确信没什么高原反应？"

李师傅这么一问，连杨小三心里也有些打鼓了。她从未挑战过四千米的海拔高度，可现在是逼上梁山了，没什么退路。若是现在打了退堂鼓，不用想也能猜到回去后黄世仁肯定手起刀落，一点不心软地辞退自己，于是答："真有高原反应，你们就把我就地丢了。弄个因公壮烈了，还能给我妈留笔钱。"

李师傅一听，一愣，心里更不踏实了，于是问："我是不是听错了，你们确定你们是去山里办事的，不是去山里面自杀的？"

柳青松赶忙从后排探了个脑袋出来说："我们老大说笑的，我们当然是去山里办事的。再说，老大有事了，还有我在，保准照顾着她，不会出什么事的。"

师傅听了，想了想，说："我看你们两个都是第一次入山，所以保险一点，到下一个县买点氧气带上，怕有个万一。"

柳青松点了点头："这事包在我身上了。"

此时周友辉坐在顶楼的办公室里，阳光明媚。他起了身，站在了落地玻璃窗旁，斜靠在红木的栏杆上，一手拿着一个水晶的玻璃烟灰缸，一手点了支烟。对于男人来说，烟真的是很好的一个道具，可以掩盖很多东西。

烟很快抽完了，周友辉又点了一支，直到玻璃烟灰缸里装满了烟屁股，他才放下了烟，拿了手机翻出了照片仔细删除。手机里的东西，一个 DEL 键很容易就这么清除了，可在他自己脑海里的东西，再多努力也是徒劳。而现在，他确定自己唯一能做的就是隐藏，消声一切可以作为"呈堂证供"的东西。

今天是周五，下午丁聪没有课，他特地提早下班去了菜市场，买了只乳鸽给周娇娇补身体。二十块一只的鸽子，丁聪费了好大的决心一口气买了两只，拎着往家走。走到家门口，周娇娇开门走了出来，拉着他就往外走。

"什么事这么急？"丁聪问，"需要跑腿的事告诉我，你现在都两个多月了，医生说少走动些好。"

周娇娇停下了脚步，转过头对着丁聪说："那正好了，一起去收房子。"

"收房子？"丁聪听周娇娇这么一说，就像落进了冰窟窿，站在原地，有些窝囊地低着头，像是出轨的丈夫被妻子抓了个现行，正受着批斗一般。

"看你那孬样！"周娇娇伸手揪起了丁聪的耳朵，"房子是你的就该收回来，你要是不去，就是心里面还有她。那就趁着我们还没有结婚，这事就先说清楚了：要么就回去找她，要么你就去把那房子要回来。"

丁聪听了，叹了一声："行行行，听你的，但我先跟她打个电话联系下行么？"

周娇娇听了，点了点头。

丁聪拎着塑料口袋就想往家里走，却被周娇娇一把抓住："走什么走，要打就现在打。你别想着这事给拖过去了。这周末我就得住进去了，你那十多平方米的单身公寓，我已经受够了。丁聪你可听好了，我不舒服，你儿子也不舒服。"

丁聪一听，又矮了一截，他摸出了手机，打开了联系人名单，按着那个从"老婆"修改成"杨小三"的电话号码拨了过去。电话通了，提示不在服务区，丁聪松了口气，把手机递到了周娇娇的耳朵边。

"打家里的。"周娇娇下了命令。

丁聪赶忙又拨了家里的电话，没人接听。这下周娇娇才放弃了决定，说："那晚上再试试，房产证什么的都已经拿回来了，白纸黑字你的名字，又是婚前财产，连婚姻法都保护咱，我就不信她能抵赖不成？"

丁聪听着，咬着发白的唇，一声不吭走进了屋子，从袋子里拿出了已经扒光毛的鸽子，默默清洗起来。

山里出产铁矿，加之最近几年的水电开发，路上长年跑的都是些重车，路面压得破败，坑坑洼洼积水很多，海拔上了三千米后天空开始飘雪，能见度很低，地上又起了暗冰。师傅很谨慎，杨小三坐在副驾驶座上，睡得迷糊。

车转过了一个大弯，杨小三惊醒了，看到了窗外，发出了一阵惊叹。车窗外，满山的松树枝头正压着积雪，玉树琼枝、银装素裹，倒是跟A市的春意盎然有了鲜明的对比。杨小三很少看到积雪，看得入迷。

看了半天，杨小三转过了头，见柳青松正横躺在车后睡得迷糊，于是伸手拍了下他的大腿说："起来了，这么美的景色，过了这村可没这店了。"

拍了半天，柳青松总算是动了动，他伸出了手，揉着自己的太阳穴说："不知道怎么，我的耳朵里就像有人在一旁敲鼓一般，难受得要死。"

柳青松这么一说，师傅接了话："怕是你有一些轻微的高原反应了。现在刚好三千米，再过去要翻蒙山，最高有四千米的海拔，你受得了不？"

柳青松听了，刚夸下海口怕失了面子，于是努力打起了精神说："没事，没问题的。四千米，五千米都没问题。"

杨小三看了看他的脸色，说："你当发工资啊，四千五千都没问题。你自己掂量着，不行记得提早说。师傅，大概我们什么时候能够到 H 县？"

师傅摇了摇头："今天的天气不好说，搞不好要在山里过夜了。这一路的路况很差，跑了五个多小时了，连一半的路程都没跑到。我刚算了下时间，如果路况一直这样，顶多能开到蒙山的山脚，那里有个小镇，住宿条件虽然不好，但是勉强还可以歇脚。但是海拔也不低，差不多也有三千多米，夜里的氧气更少……也不知道他能不能受得了。"

柳青松听了，坐了起来拍了拍胸脯，努力装着没事说："你就放心了，大学好歹我一千米长跑还是达标的。"

说完，他张大了嘴，喘起了粗气。

周伟志虽然明面上说是营销二部的一个普通员工，但是享受的待遇比黄世仁还要高上几分。黄世仁为此特地将以前十多个平方米的资料室清理了出来，搬了过去，把自己的办公室给了周伟志。周伟志见了虽觉得不妥，但回头一想，跟一大帮子人待一个大间像坐牢房一般，养尊处优惯的他实在有些接受不了，所以面对黄世仁的恭维，也就欣然接受了。

所以才没几天，营销二部的所有人都知道，他是太子爷，好比一件瓷器，中看不中用的。从上到下没一个人敢安排太子爷做事的。而且，当杨小三让太子爷抱了一叠资料被处"极刑"发配边疆干活，而最终受到打击这一活生生的例子后，更没有人敢踏入太子爷的"寝宫"半步了。

周伟志待在二十多平方米的办公室里，很无聊，上了会儿网，看了会儿书，闲得发霉了，于是起身走出办公室透透气。

一出门，正好撞见了从黄世仁办公室走出来的刘海燕，这么一撞，刘海燕手里的资料"啪"一声掉落在了地上。

周伟志见了，赶忙弯腰去捡。刘海燕一见，也顾不得淑女矜持，尖声大叫一声："别动！"

这么一叫，倒是把周伟志吓了一跳，抬头看着刘海燕。

刘海燕惶恐地蹲了下来捡起了资料，说："对不起，对不起。这点小事怎么能麻烦您？"

周伟志一愣，觉得往日想法寻着机会在自己面前表现的刘海燕竟然像变了人一般，正想着，见她已经抱着资料走远了。于是他跟着刘海燕进了大间，前脚刚踏进去，大间里就像老鼠窝里来了只猫一般，立刻安静了。

周伟志走了一圈，竟没一个人搭理。直到他看到了杨小三的位置是空的，于是转头问了刘海燕："杨小三呢？"

刘海燕正忙着整理资料，听太子爷这么一问，赶忙停了手里的工作，带着温文尔雅的笑容说："托您的福，去H县出差了。"

周伟志听了，知道话里有话，也没有多问便出了大间。

下午六点下班时，因为自己的车进了修理厂，周伟志搭父亲的车回家。这让周友辉一门心思打算去半山别墅喝茶的事给废了。

周友辉叹了一声，拿了外套走出了办公室。每个人都有自己的无奈，都有约束自己的法则。记得二十多年前，在工厂里做第一线的技术工人时，车间主任对周友辉说过，想要活得率性，就得往高处走，高了，你说的话就是法则。而如今事实证明，越高约束自己的法则越多。反而在最底层无欲则刚，所谓的率性才会复活。想到这里，周友辉竟有些惦记着那段日子了。

周友辉下了电梯，走到车前，周伟志已经站在了车旁，于是按了下开关。周伟志径直地坐在了副座。车行了十多分钟，见周伟志一直没有说话，周友辉于是问："今天怎么了？工作上遇到不顺了？"

周伟志听了，想了想问："也不是，爸，我想问问H县在哪儿？"

"H县啊，"周友辉开着车说，"S省最穷的县，横断山脉上，县城的海拔不高，只有两千多米，可去那里只有一条省道，还得翻一座四千多米的蒙山，交通不便，除了些爱好摄影的人愿意去外，一般人都不会去。而且一般都是七八月份去，那里一年也只有这两个月没有积雪，风景也很好。"

"这个季节去那里会怎样？"周伟志问。

"这个季节啊？"周友辉答，"我也没去过，不过应该是零下十多度吧，肯定是积雪一尺多厚，怎么突然问起这个？"

"我们公司在那里面有项目？"周伟志问。

周友辉点了点头："别看 H 县又穷又偏的，却有两个宝。一个是水电资源，一个就是矿产。我们在那里面有个控股的炼钢厂，铁矿石直接用那里便宜的电变成钢材。前些年我就瞄准了这个市场，很早就进去了。所以，巨人已经拥有了 H 县百分之七十的钢材产量。"

周伟志点了点头。

"不错啊，看来你是在用心学。这才去营销部几天就看出个门道来，抓到了关键。"周友辉笑了笑说，"爸可是等着你接班了，现在看来日子是不久了。"

周伟志听着，却怎么也笑不出来。

山里的天黑得很早，不到六点已经暗得如半夜。李师傅松了口气，指了指远处有几盏昏黄的灯光的地方，对杨小三说："运气不错，总算是天黑前到了，不然的话只能把车停山上过夜了，这段时间路上有暗冰，再牛的师傅也不敢开夜车啊。"

杨小三点了点头，看着远处只有几盏灯火的地方，问："这就是你说的小镇，就几盏灯，能有多大啊？"

李师傅听了，笑了笑有些得意地说："你以为是 A 市周围小镇的规模啊？就算是 H 县，也没有 A 市周围的镇大。明天你去了 H 县城就明白了，一条街就一个宾馆，三家企业，除了开矿的那家外，就是我们公司开的。"

正说着，车进了小镇。果然小得够精致的，就沿着公路两旁建了一家旅馆、一家餐馆还有几间破败的小屋子。此时所有停车的空地已停满了各类的重车，李师傅找了很久才找到了个小缝隙，见缝插针地停了进去。停了车，李师傅回头对杨小三说："我先去办住宿，看着停车的样，怕是房间都不够。"

杨小三回了头，拍了拍躺在车后的柳青松。拍了半天，人总算是醒了，有气无力地问："到了 H 县了？"

"早着呢，才走了一半的路。今天就在镇上过了，赶紧起来吃点东西，明早再上路。"杨小三答。

柳青松一听只到了一半，差点一口气没有缓过来就晕过去。杨小三推开了车门，一阵凉风灌了进来，像带了刺一般，脸颊发疼。她赶忙拿了羽绒服穿上，用帽子把自己捂得严严实实。

见柳青松正摇摇晃晃从车上走下来，细胳膊细腿的，浑身打战。借着小店透出的灯光，杨小三见他本来就白净的脸上此时白得发青，与僵尸没两样，于是问："怎样？还受得了吗？"

柳青松一听，连勉强打肿脸充胖子的力气都没了，有气无力地说："胸口有些疼。"

"刚才还逞英雄。"杨小三听了摇了摇头答，又上车翻出了氧气袋递给他，"吸上。"

柳青松知道理亏，也不敢说话，默默地接了氧气袋。

此时李师傅走了回来，手里拿了一个号牌说："我就知道晚了，好不容易才高价抢了一个单间，我们男人就睡车里了，单间给你。"

杨小三接过来看了看说："算了，还是给他好了。你看他这样子，再在车上睡一晚，明天还能喘气么？你把他扶房间里去吧。"

李师傅上前将柳青松扶住，走了几步，柳青松一脸尴尬，回了头对着杨小三说："还是我睡车上，你一个女人，怎么办？"

"死不了。"杨小三白了他一眼，"但是我知道，你如果不去房间里就死了，自己选。"

柳青松点了点头，跟着李师傅一起往房里走。李师傅一路走一路笑着问："大学刚毕业吧？"

柳青松此时已经没有什么力气答话了，只是默默点了点头。

李师傅继续说："你们这些80后的大学生怕是没吃过这种苦吧？"

柳青松又点了点头。

"是那丫头带你的吧？泼辣不说，说话也带刀带刺。"李师傅下了判断，"像你这么个男子汉被她这么呼来喝去的，肯定心里头憋屈。"

柳青松听了却笑了笑，想着平日里骂到他狗血淋头的杨小三，此时却没眨眼地将房间让给了他，心中多了些温情，一个刀子嘴豆腐心的女人，就像他已故的母亲。他的母亲在他十二岁那年车祸去世了，父亲不到半年又娶了一个，从那时开始，他就缺失了那种能把关心藏在打骂之后、却又能如暖流入自己心坎的爱。

想到这里，他忍不住回头，看着站在寒风中捂着手跺着脚的杨小三，笑了笑说："李师傅，你不了解她，她只是嘴上厉害。"

剩下的半句，柳青松没有说，"其实，她有一个温柔体贴的心……"

十多分钟后，李师傅从小旅馆走了出来。杨小三看了看时间已经是晚上九点钟了，中午进山前路边吃过的面，早饿了，于是问："他怎样？"

"看样子够呛，进门倒床就睡了。"李师傅看了看杨小三，说，"要不你睡车上，我一个男人，常年跑长途的，随便找个地方将就一晚就行了。"

杨小三听了，答："明天翻蒙山，我俩的命都在您手里，您还睡车上吧。您就当我是为了自己的命着想。李师傅也饿了吧，只有一个餐馆，先祭下五脏庙吧。"

说完，不等李师傅点头，就往镇上唯一的餐馆走去。

此时正是餐馆热闹的时候，一路行车疲惫的司机们正三三两两坐在店里，要两盘花生米、二两老白干聊得热闹。杨小三到的时候，狭窄的屋里连个角落都没有。店老板拎了两把椅子出来，放在路边，杨小三搓着手坐了下来。

几分钟后，店老板搬来了一个火炉。杨小三冻僵的手立刻就凑了上去："老，老板，有什么……吃的？"

杨小三开口说话时，才发现嘴已经冻得发麻。

老板递了一个菜单过来，杨小三看看全是些肉类、罐头类，还贵得离谱，用在A市买两斤肉的价钱点了一碗素面。李师傅见杨小三点的素面，也不好意思点其他的。

老板拿着菜单走了，杨小三坐在路边的条凳上，手围着火炉。此时雪已经停了，冰凉的山风却刮得更烈了。杨小三伸手拢了拢帽子抬眼望着天，墨一般的夜，什么也见不着，屋内吵闹的行酒令传了过来，李师傅碰到了熟人进了屋子，杨小三坐在原地，好像掉进了深坑一般，越发孤寂了。她心中叹了一声，摸了手机低头一看，半格信号也没有，宣判她已经被现代文明隔离了。

丁聪走出了浴室，一边擦着湿漉漉的头发，一边向周娇娇走了过来。此时，周娇娇正坐在沙发上，一边嗑着瓜子一边看着电视。见丁聪走了出来，于是拿起手机丢进了他的怀里。

丁聪低头看了看手机，跟一只流浪狗般眼巴巴地看着周娇娇。周娇娇一见，不耐烦地答："看我做什么，打啊。"

丁聪犹豫了几分钟，总算拨通了杨小三的电话，对方提示依旧不在服务区。丁聪竟然松了口气，颤悠悠地将手机递到周娇娇的耳朵边。

周娇娇拿起瓜子继续嗑起来，不到五分钟她做了决定："明天周末，一早我们直接过去，就算跑得了和尚也跑不了庙。再说了，我们只是要这庙，和尚跑了正好。"

丁聪一听，心里不是滋味儿，原来这世界上的女人有很多种，差别竟如此之大。丁聪的第一个女人就是杨小三，从她的身上，丁聪否决了书上关于女人善变的结论。直到一次偶然邂逅认识了周娇娇，才知道就像中国制造一样，光鲜的外表后还有如此大相径庭的性格。

书房里，周友辉泡了壶碧潭飘雪。他喜欢的茶其中一种就是碧潭飘雪，有淡淡清香的茉莉味。那天为了杨小三，特地选了有浓烈玫瑰香味的铁观音，那是周友辉第一次喝这么浓烈的茶，唇齿芬芳之中望着她，就像那精致的茶点，下酒的小菜。

一壶茶，周友辉一个人一直喝到了十点多，忘记了身在家中，像在脑海里放一部自产自销的老电影，电影的主角是她，配角是自己。他拿起了手机翻出了杨小三的电话，正想着打过去，书房的门外传来了轻轻的敲门声。

"进来。"周友辉放下了手机，说了一声。

门开了，彭惠琴走了进来，坐在了他的身边轻声问："今儿怎么喝了这么久？"

周友辉听了答："公司的事细细琢磨琢磨，不觉就想了这么久了。呀，这都快十一点了，还好，你来提醒我时间，不然指不定想多久了。"

彭惠琴宠溺地笑了笑，说："你啊，几十年就这样了，一想起了工作没完没了的。"

周友辉笑了笑，挽起了彭惠琴的手走出了书房。

高海拔的开水只能烧到八十多度，煮出来的面都是夹生的。杨小三吃了几口，除了咸味找不到任何味道，为了肚子勉强吃完。

天冻得厉害，杨小三看着李师傅已经融入了司机的团队，于是起身去了柜台付账，此时突然想起了房间里的柳青松，他将近一天没有吃东西了，于是问老板："你这里有没有卖什么稀粥之类的？"

老板摇了摇头说："你也看到了，今天路况不好，这么小块地，来了这么多车，都停这里过夜，别说粥，连饭早就已经卖完了。"

杨小三低头想着买点什么好时，一眼看到了路边刚才自己围坐的火炉，于是转身回来，问老板："那你这里总有米吧，给我个小锅，我自己熬一点，到时候钱算给你就是了。"

老板在厨房里找了一口小锅，又去仓库里抓几把糙米丢进了锅里，递给了杨小三。杨小三低头看了看，一半的米粒一半的沙子，泛着浅黄色，她摇了摇头拿着进了厨房。山里的冰水，指尖刚碰到刺骨的冷就窜上了大脑。于是一咬牙，整个手泡进了水里，等洗完后，手已经冻得跟五根红萝卜一般了。

杨小三端着往火炉上一放，搓着通红的手坐了下来，一边暖手，一边拿了木勺熬着粥。

深夜的大山冷风呼啸，道路两边已凝结了厚厚的暗冰，温度降到了零下。杨小三跺着脚，恨不得整个人把火炉抱起来。高海拔加之低温，一锅粥熬了将近一个多小时，依旧米粒是米粒水是水。杨小三叹了一声，也不死心，依旧在寒风中守着个火炉。

夜里十一点钟，李师傅从温暖的屋里走了出来，喝了两杯后身体暖了起来，见杨小三还坐在屋外，忙走过来拍了拍她的肩膀："这外面天寒地冻的，赶紧去屋里暖暖吧。现在人也散了不少，有空地了。"

杨小三睁开了疲惫的眼睛，看了看李师傅通红的脸颊，闻了闻浓烈的酒味，说："李师傅，你这酒喝的，明天有问题么？"

"我啊，都习惯了。不打紧，倒是你。"李师傅看了看杨小三，"唇都冻成青色了。"

杨小三笑了笑，揭开锅，一锅稀粥，终于在她持之以恒三个小时的努力下熬成了。米粒的香味在这个环境里变得尤为诱人。杨小三拿了旁边放着的一次性饭盒装了一碗，递给李师傅："李师傅，趁热麻烦你拿给柳青松，他不能不吃一点儿东西。"

李师傅一愣："你在这天寒地冻地待了三个小时，就为他熬粥？"

杨小三明知道李师傅的话并没有说错，可她嘴上却没有承认，而是装着一副不在意的样子说："面太难吃了，只好自己动手熬了。熬多了点，你就带点给他。病人为大，我带他出来了，有个好歹不被他家人活剥了？小年轻刚参加工作什么都不懂，所以总得照顾着他。"

李师傅听了也不反驳，心领神会地笑了笑，端起了饭盒就往小旅馆去了。

望着李师傅的背影，杨小三轻笑了一声，准备起身，这才发现整个腿已经不是自己的，她低下头用被火炉焐热的双手揉着双腿，揉着揉着就想起温暖的被窝，自己睡觉的臭毛病，一条腿搭在丁聪的身上……这么一想心里一阵酸苦，越发用力地揉自己的双腿了。

李师傅敲了好几次小旅馆的木门，柳青松终于有气无力地答了一声。李师傅推门走了进来，见他正躺在床上，张大嘴喘着气，于是一脸的担忧问："怎样？不行的话，明早就下山。"

"没……没事，男子汉若是这点苦都受不了，一定……会被她笑话了。"柳青松答。

"你这么怕她啊？"李师傅笑一笑答，"看你见她跟老鼠见了猫，怕得命都不要了？"

"不跟你说这些，我……我们有代沟。这个是尊严问题。"柳青松一本正经地回答。

"是啊。"李师傅答，"老了，很多事情是不理解了。吃吧，她特意替你熬的。三个多小时守雪地里，我家那口子，结婚都二十多年了，我都不能肯定她会这样替我熬粥的。"

说完，李师傅起了身，推门走了出去。

柳青松捧着温热的饭盒吃了起来。一碗没有加入任何调味料的白粥，是他二十多年人生中吃到最美味的东西。

一碗热粥落了肚，身体暖了些，柳青松看着窗外。昏黄的灯下墨色夜空又开始飘起了雪花，他抓了外套撑着下了床，站起来的一刻，胸口的那块石头突然又沉了几分,几个踉跄,他又跌回了床上,大口喘气。

几分钟后,柳青松总算喘过气来,从口袋里摸出了手机,翻出了杨小三的号码,这才发现手机没有信号,柳青松一怒,将手机扔在了床上。

揉了十多分钟,杨小三的腿终于缓过了劲,刚起身,见李师傅走了过来,于是问:"送到了没?"

李师傅点了点头。

"他怎样?"杨小三问。

"反应不小,可那小子还死撑着。"李师傅笑了笑,"怕你来着。"

杨小三一听,笑了,答:"没办法,天底下最凶的就是母老虎了。明天看情况吧,如果不行了,就不死撑了,打道回府。"

李师傅听了点了点头:"对了,住的事我刚才已经解决了,我去几个老朋友那边挤挤,你睡车上吧。记得不能开空调,这一路过去要翻过蒙山才有加油站,如果山顶上没了油,那可就惨了。"

杨小三结了账,上了车,在后座躺了下来。三菱的越野车,杨小三一米六的身高只能蜷缩起来侧身躺在座位上,脱下来的短款羽绒服盖住胸口就盖不了脚丫子,雪地里冷风溜进来冻得瑟瑟发抖,一直到了凌晨三点多才迷糊睡去。

一早,A市依旧是阳光明媚。周伟志从梦中醒来,伸了伸懒腰,周末的早晨多了一分慵懒一分恬静。周伟志穿着休闲服下了楼。早晨的阳光下,周友辉拿着份报纸坐在阳光花房的藤椅上读着早报。

"妈呢?"周伟志问。

周友辉答:"出门去了,她们一帮子老太太们的事,可比我们还要忙碌的。"

周伟志点了点头,说:"我也要出门一趟,车行通知今天取车。"

周友辉听了点了点头:"去吧,以后开车小心点。"

周伟志听了点了点头,出了门。

周友辉放下了手上的报纸,走出了别墅,院子里种满了彭惠琴喜欢的黑色郁金香。周友辉在郁金香绕着的木椅上坐了下来,价格不俗、外观瑰丽的花却没什么香味。周友辉看了半天,跟哈巴儿狗般嗅了半天,最后微微叹了一声,从包里掏了手机翻到了杨小三的电话，彭惠琴的声音从身后响了起来："你啊，真是越老越会享受了。"

周友辉关了手机，转头见彭惠琴正从屋子里款款走了过来。

周伟志领了车，因为是巨人公司指定的修车店，所以修车费一万一，只需要签个字就OK了。签完字，客户经理毕恭毕敬将这个财神送到了车上。上了车，周伟志一眼就看到了那天张敏给自己的名片，想着钱自己已经垫付了，也得知会她一声，于是照着名片上的电话拨了过去。

张敏此时正在电梯上，她已经连续好几天将宋林昆赶出了卧室。前几天，他还能眼巴巴可怜兮兮来求自己几句，而今天一早起来，人已经不见了。打他的电话竟然没有接，这让张敏紧张了起来，不仅屋子角落翻了个遍，连宋林昆的老爹到他的发小的电话都打了个遍，正想着去公司寻人，刚出门，周伟志的电话就来了。

"找谁？"一见是陌生的电话，张敏没好气地问。

"你好，我是上次跟你相撞的车主。"周伟志很礼貌地回答。

"哦，车修好了？多少钱？"张敏问，"你告诉个数和账号，钱我直接汇过来。"

"不用了。"周伟志说，"我打电话来就是告诉你的。"

张敏心情本来就不好，听他这么说，也没有什么好脾气答话，于是轻笑一声："果然是有钱人啊，人民币都是当草纸用的。"

周伟志本想解释，刚说一个字，电话毫不客气地挂了。他一愣，摇了摇头，将手机丢在副驾座上，拧开了广播，出了车行。

广播里，磁性的声音正在播放天气预报"蒙山大雪，零下十一度……"

"零下！"听到这里，周伟志重复了一句，探出头看着窗外，无比耀眼的A市阳光。一处红绿灯，他拿起了手机翻出了杨小三的电话拨了出去，冷冰冰的机器女音：不在服务区。这么一听，周伟志的背脊梁在那一瞬间被人狠狠戳了一刀，生生发疼。虽然派她去那里的不是自己，但终究有他的原因。

第八章
用得最多的是谎言

　　山区的清晨，天蒙蒙亮已经听到了大型卡车的轰鸣声。柳青松从温暖的被窝里醒了过来，熟悉的感觉又来了，一块大石压在胸口一般，他撑了起来，借着晨光看了看屋内简陋的家具，一张床一把木椅一个小平桌，将弹丸之地塞得满满当当。

　　虽然睡了一觉，但身体依旧疲倦得很。扶着墙进了卫生间，简单的洗漱后，披上羽绒服走出了门。大厅里，李师傅正跟一群司机说笑着。

　　李师傅问："身体怎样？休息了一晚是不是要好些？"

　　柳青松听了，吸了口气，挺了挺胸膛，勉强打起精神说："没事，好很多了，今天爬山没问题。"

　　李师傅见他苍白的脸色，也没有揭穿，只是说："有什么事记得提前说，我在朋友那里拿了点药。"

　　说完，从包里摸了一张白纸包起来的药，塞进了柳青松的手里。

　　天放晴了，阳光没有遮挡地照了下来，屋顶上明晃晃的积雪尤其耀眼。没有工业烟尘污染的空气，像经过过滤后的纯净水，吸入肺里感觉甚好。李师傅径直向外走去，柳青松跟在身后问："老大呢？"

　　李师傅指了指远处那已经被大雪盖得像只雪糕一般的车子答："在里面。"

　　柳青松一听，心里有些难受，忍不住说："她怎么能睡那里？"

　　"那你说睡哪儿好？"李师傅看了柳青松一眼，也没有留半分情面，"小伙子，等锻炼好了你的身体再说这些话。"

　　说着两人走到了车子面前，柳青松扒开了积雪，看见了里面缩成一团、睡得正熟的杨小三。平日里对他横眉竖目、凶神恶煞的她，睡起来竟像只猫般楚楚可怜，光看到那微微颤抖的红唇，就在柳青松的心里激起了无比的英雄气概。

柳青松轻轻敲了敲玻璃窗，杨小三从睡梦中惊醒了过来，伸手抓了抓一团乱蓬蓬如鸡窝般的头发，打了一个长长的哈欠，拧开了车门锁。

"房退了没有？"杨小三眯着眼睛问。

柳青松点了点头。

杨小三一听，一巴掌就挥到了柳青松的手臂上："亏我在车上窝了一宿，把床让给你了。你倒是为我想想，这副尊荣怎么也得梳洗一下吧。"

说完，杨小三从包里摸出了梳子梳起了头。

柳青松坐在杨小三身边，一本正经地说："我没觉得啊，这样也挺好看的。"

杨小三一听一愣，这些日子虽然也听过柳青松的奉承话，而今天这句听来，总觉得有些别扭，于是歪着头看了柳青松一眼，从另外一边拉开了车门，走了下去。

杨小三的脚一落地，才发现因为长时间蜷缩，脚有些发麻，她一瘸一拐地走了好几步，总算是正常了些。正好此时，李师傅买了些热馒头走了过来，看着杨小三问："昨晚睡得不好？"

杨小三笑了笑："你们等我几分钟，我去找个地方洗漱一下。"

李师傅听了点了点头，向车走去。上了车，李师傅将手里的馒头递到了柳青松面前，手在空中停了半天却没见柳青松接，他低着头专心地在想着什么，于是大叫了一声："喂，小子，你想钱还是想女人啊，吃的都不要了。"

柳青松才回了神，慌忙接过了馒头，迫不及待地咬在了嘴里，青白色的脸颊不知道怎么，此刻竟然多了些红晕。李师傅看着，什么也没说，发动了车子。

马达轰鸣，积雪抖落了一地，车子动了起来。走了几步停了车，杨小三上了车。李师傅指了指储物盒上放着的馒头，杨小三抓了一个。

几分钟后，车驶入盘山公路。柳青松回头看着渐渐远去的山中小镇，每个人一生都会有几处值得自己怀念的地方，这个小镇就是他二十多年人生中第一次值得记住的地方。

每一座雪山在当地人心中都是一个神……他收了眼神，抬头看着远处，阳光下耀眼的雪山山顶……

蒙山的雪线高达三千五百米，蜿蜒的盘山路上了雪线，阳光就没了踪迹，浓雾沉沉，没走多远又开始飘起了大雪。汽车的液晶显示器上提示室外的温度已经低于零下九度。可能是昨夜车上没怎么休息好，受了点风寒，杨小三躺在座椅上一动不动，只要微微挪动，就觉得扯得胸口发疼。

半个小时后，车到了蒙山四千一百米的山巅，杨小三张大嘴连喘了好几口气，缺氧的反应很明显。连自己都这么反应了，怕是柳青松已经吃不消了，于是转过了头看了看他。此时，他正躺在后座上，一只手捂着头，嘴唇变成了乌紫色。

"怎样了？"杨小三问了几声，见柳青松都没有回答，于是用力推了推，柳青松这才有了反应，沙哑的声音答："头有点疼，像要裂开了一样。"

"快把药吃了。"李师傅赶忙说，"再过一个多小时就能下山了，到时候海拔降到两千多米就应该没事了。"

柳青松听了，从包里摸了包药，本想坐起来，试了好几次，身上竟没有一点力量。杨小三见了，松了安全带，挤到后面，将柳青松扶起来，一手拿着药，一手拿了瓶矿泉水："赶紧把药吃了。你要是死了，我向谁交代去？你家人不把我活剥了才怪了。"

即便在这种时候，杨小三嘴里说出来的依旧是不讨好的话。而此时入了柳青松的耳，他却觉得甚为可爱。他用劲全力笑了笑，拿起了药放入了嘴里。

吃完药，他没有一点儿力气，整个人靠在了杨小三的身上，头枕在了杨小三的颈窝，嗅到了杨小三独有的芬芳。即使他有一些力气，也不愿意动弹了，一只手揉太阳穴，一只手搭在胸口，眼睛直直地看着车子顶板，大口大口地喘气。

杨小三本想着回前排坐，可见他一副难受的样子于心不忍，就让他靠了上来。一只手伸了过去，替他轻揉着太阳穴，几分钟后柳青松总算沉入了梦乡。

周伟志的奥迪 Q7 缓缓驶入了彭家的老宅，走入别墅，彭惠琴正张罗着将丰盛的午餐一一摆上餐桌，见周伟志回来，对他说："你爸爸在书房，叫他下来吃饭了。"

周伟志点了点头，上了楼。推开书房的门，周友辉正拿着一本书，他走了过去，说："爸，妈让下楼吃饭了。"

周友辉点了点头，放下了手中的书。

"爸爸，我想去H县一趟。"周伟志说，"如果可以下午就想出发。"

周友辉站了起来，看着周伟志说："一个合理的理由。"

周伟志本想将杨小三因为自己去H县的事和盘托出，可转头一想，父亲刚刚才警告了自己要公私分明，于是想了想答："一则那边的风景很好，儿子想去看看；二则那里有巨人公司的项目，儿子感兴趣，想现场了解一下。"

周友辉听了笑了笑，拍了拍他的肩膀，说："走吧，一起下楼，别让你妈等急了。H县的事不急，现在还不是去的时候，过些时候吧，天气也好了，我和你一起入山去。好几年没去了，我这个遥控器也该去实地走走了。"

周伟志低着头，咬了咬唇，无奈地跟着父亲下了楼。

一个半小时后车下了蒙山。一山有四季，两千多米的海拔上，阳光重新露了出来。两旁的绿树代替了厚厚的积雪。杨小三降下了玻璃窗，温暖湿润的空气带着些野花的香味钻了进来。柳青松睁开了眼睛，一觉醒来后，身体恢复了很多。

杨小三见了，推开了他。

柳青松一脸的愧疚。

杨小三见了，白了他一眼："拿什么眼神看我，感动了啊？感动就签了卖身契，卖给我为奴为婢一辈子吧。"

这么一说，连开车的李师傅也逗笑了。

柳青松一听，眯着眼凑了上来，认真看着杨小三，直看得她发毛，这才一本正经地问："以身相许成不？"

虽然认识柳青松一段日子来，两人你一言我一语没大没小玩笑惯了，而这一句，杨小三怎么听都觉得别扭，她用不可思议的眼神看着这个在自己眼里始终是个孩子的男人，此时眼中竟然出现了从未有过的坚毅和成熟，于是，她呆住了。

气氛尴尬了，柳青松笑了笑，安静地坐在后座上。一个多小时后H县到了，果然如李师傅所描述的，抽一支烟工夫就能走完的一条小街，最高的五层楼建筑不是政府办公楼，而是电力公司和炼钢厂。

炼钢厂门外已经站了两个人，一见杨小三跟柳青松下了车，立刻就迎了上来，熟稔得像八百年世交一般套起了近乎："你们怎么才来啊，昨日就盼着了，盼到现在总算是到了。今年总公司让你们俩来啊，这么年轻，真的是长江后浪推前浪啊，不简单不简单。"

经过寒暄，杨小三知道高的叫陈凯，炼钢厂的陈总，矮的那个叫宋容风，是电力公司的宋总。两个公司都是由巨人总公司控股，总公司来了人，就把杨小三当作财神爷了。

杨小三属于干事绝对不拖泥带水的人，也不愿再多寒暄就直奔主题，从文件袋里一一取出了今年的购销合同递给了两人。这做法倒是让两位老总有些不适应，前些年来的哪个不是摆一副领导的架子，一直要折腾到酒桌上才真正谈合同的事。于是两人小心翼翼接过了合同，仔细看着条款。

杨小三没有架子，每问必答。柳青松坐在她的身后，仔细听着她说话。她很精通业务，没一个生僻的问题能够难住她。即便面对两个老总的刁难依旧落落大方，不卑不亢，让两位老总无话可说。

不到一个小时，第一份电价的合同已经谈妥了，宋总松了口气，夸赞了杨小三几句，拿着合同屁颠颠地走了。陈总看已经早过了午餐时间，于是按照之前跟宋总的约定，中午这顿由他来安排。于是放下了手里的合同，客气地对杨小三说："我们吃顿便饭，再慢慢谈。"

杨小三听了，转头问柳青松："你饿了没有？"

柳青松一听，即使肚子里早唱了几出空城计了，也不敢说呀，摇着头说："不饿。"

"那就继续吧。"杨小三答，"陈总，我们就长话短说，说关键的。我刚问了师傅，如果下午三点前出发，我们能够有时间赶回 A 市的。"

陈总一愣，这个完全不按常理出牌的女人，竟然不知签合同要雁过拔毛的道理，按照惯例最少也得狠狠宰他和宋总一顿，一桌野味山珍是在所难免的事。他想了想答："既然那么辛苦来了 H 县一趟，怎么也得领略一下我们 H 县的风土民情再走吧。你若是这就走了，我答应，宋总都不答应。我一早就跟他约好，今晚要盛情款待你们，怕是现在他已经去准备了，都是些在 A 市吃不上的野味，不吃，可真对不起宋总的一片苦心了。"

杨小三低头想了想，也不好明面上拒绝，于是答："先谈合同吧，谈完了看情况。"

吃完午饭，丁聪收拾了碗筷进了厨房。相比杨小三粗枝大叶的性格，丁聪的性格细致很多。家里的东西对于杨小三来说，就是一个没解的方程式，东西哪里用完了哪里丢，需要的时候到处去找。而丁聪最见不得的就是乱丢东西。所以结婚三年，杨小三做饭，丁聪洗碗，分工协作从来就没有变过。

而如今物是人非，洗碗的依旧是丁聪，坐在沙发上削苹果的人已经换了。丁聪洗完了碗筷，擦着双手走出了厨房。此时，周娇娇已经换好了衣服，跷着二郎腿，一边吃着苹果，一边下了命令："换衣服，出门。"

丁聪明白她的意思，默默走到简易衣柜前，换好了衣服。

周末，地铁难得没那么拥挤，半个小时后，丁聪和周娇娇到了房子门口。周娇娇瞪了丁聪好几眼，丁聪才磨磨蹭蹭走到大门前，用微微颤抖的拇指按下了门铃。

门铃响了很久，没见人开门，丁聪转头就想走，周娇娇一把抓住了他，从他包里掏出了手机："打电话给她。"

这个早春的周末下午，一年之中最美的季节。周友辉拒绝了几个应酬，却又借了一个应酬的机会，从彭家的老屋里开车出来了。一出老宅，离开古树的庇佑，温暖的阳光从车窗外照耀了进来，周友辉的心情好了几分，随手拧开了CD，放的是他所喜爱的轻音乐。

车行了半个小时，入了山。周末又赶上个好天气，所以 A 市拖家带口来踏春的人不少。山上少了往日的宁静，多了份喧嚣。就连那日雨中站过的悬崖，此时也有三个女孩站在那儿，摆着娇滴滴样照相。每一处景色对于不同的人，都有着不同的含义。在周友辉心中，那就是一个只属于他跟杨小三的舞台，所以看到窗外这番景色时，周友辉心里突然一空。

那不是彭家种满郁金香的花园，那不是巨人公司顶楼的办公室，那也不是半山别墅客厅里的那排驼绒的白色沙发，那只是一处悬崖，一处普通路边的悬崖，不是他周友辉的私人财产，人人都可以拥有它，就像杨小三！想到这里，周友辉第一次觉得有些无奈和彷徨。

车到了别墅，周友辉泡了一壶茶。不知道是什么原因，最近两天他很想来这里喝茶，每次都因为不同的原因没来。就因为如此，他才从未有过地迫切想来这里喝茶。而今天他来了，却失望了。没有她坐在对面的沙发上，转动着她乌溜溜有灵性的眼眸望着自己，茶回到了往日的味道，他回到了往日喝茶的心境。

杨小三的手机响了，连续二十多个小时不在服务区的手机，突然这么一响，倒是把杨小三吓了一跳，她一看丁聪的，赶忙对陈总点了点头，说："不好意思，我接个电话。"

说完，杨小三拿着手机走出了办公室，接通了电话，尽量保持着平稳的声音，客气地问："有什么事？"

丁聪一听，结巴了，答："我……你不在家啊？"

"出差了，在外地……"说完，杨小三又迫不及待地补充了一句，"今晚上争取能够赶回去。"

"那……"丁聪吸了一口气，答，"我明天再来……"

话没有说完，手中的手机已经被人夺了过去："没见你这么窝囊的，你是调情还是谈事的？"

一个尖细的女人声音传来，杨小三还没有适应过来，女人毫不客气的声音又响起："喂，姓杨的，别是找些理由不回家，告诉你了，房产证白纸黑字是丁聪的名字，婚前财产板上钉钉的事，想抵赖啊，那就法庭上见了。"

杨小三总算明白了是什么事，轻笑了一声答："虽然我跟他离了婚没了关系，但房子的事情自然是让房子的主人跟我谈。你是哪根葱哪根苗？我现在有事，等有空了，让他跟我约时间。哦，对了，忘记个事，你记得跟你的男人转达个事，说我恭喜他。"

"恭喜他？"周娇娇一愣，反问了一句。

"找了你这样个女人，能不恭喜他么？"杨小三说完挂了电话。刚一挂，电话马上又打了过来，依旧显示是丁聪的电话号码。杨小三苦笑了一声直接关了机。

周娇娇反复拨了好几次重拨键，依旧提示手机关机，一怒将手机扔回了丁聪的怀里，大声骂："这哪里来的疯女人，真没有一点点素质。我就不信她能躲到什么时候，走，我们去找锁匠开锁去，进自己的家门，难道还要外人同意不成？"

周娇娇说得正激动,旁边邻居家的门开了。学校分的房,旁边住的是同校的老师,自然跟丁聪很熟,探个头出来,见是丁聪,笑着问:"最近去哪儿了,怎么不见你回来?不会连自己钥匙都掉了吧?"

说完,还饶有兴致地从上到下打量着周娇娇。

丁聪就像被人戳了脊梁骨,慌忙打着哈哈,拉着周娇娇下了楼。

山里即使下了雪,雪山上吹下来的风依旧很大,还带着点刺骨的凉意。杨小三站在走廊上,低头默默看着手机,长发随风张扬。许久,身后多了一个人,轻轻拍了拍她的肩膀。杨小三回头见是柳青松,对他笑了笑,走入了办公室。

柳青松站在原地望着杨小三的背影,一头吹乱却无心去打理的长发,一双无法掩盖失去了光芒的眼眸,他竟笑了起来,跟着杨小三走了进去。

"陈总,我们还是先吃饭吧。"杨小三走进去的第一句话,"人是铁饭是钢,干革命工作也得先吃好。我饿了没事,当减肥,可不能饿了两个帅哥了,都是标准身材,瘦了一分也不好了。"

陈总一听笑了笑,答:"还是美女会说话,行啊,先吃饭。"

说完,陈总陪着杨小三一起下了楼,柳青松默默跟在了身后,心中有些说不出的兴奋,看来今夜是不用回 A 市了,虽然高原反应依旧顽固地侵蚀他的身体,虽然金窝银窝不如自己的狗窝,但他还是想待在这里,待在她的身边。

茶喝得越来越淡,周友辉的心情也越来越淡。于是他拿了手机,翻了杨小三的号码。第三次尝试给她打电话,此时在他的房子里,终于能够毫无顾忌地拨她的号码,可惜事与愿违,电话那头提示音响起——手机关机。

周友辉微微叹了一声,端起了茶杯喝了一口。第七泡后的茶已经淡如白开水,真没明白那天怎么会陪她喝到十多泡?他放下了茶杯,拿着手机,仔细编辑起了短信:"明知道你不爱喝茶的,偏偏想约你一起喝茶了。幸好你关机了,不然定会觉得我这个老人家难伺候了。"

短信发出去了,人彻底空了。

傍晚,天边最后一抹红云消失在了雪山之后,一辆吉普车缓慢地行驶在山道上,离开省道,蜿蜒的机耕道,坑坑洼洼的泥地,一路像坐摇椅一般。据陈总说,是宋总挖空心思找到的地方,说是酒香不怕巷子深,没想到这巷子深得赶上二万五千里长征路了。

颠簸了一个多小时,终于到了。杨小三胸口有点闷,有了反应,于是担心地看了看柳青松,果然,虽然他努力地撑着,但嘴唇早已变成了乌紫色。陈总在前面带路,杨小三应了几声,放缓了脚步站在柳青松旁边,在他耳边轻声问:"怎样?受得了么?"

杨小三这么一问,柳青松更是胸膛一挺,憋着那口气也装作毫无影响,说:"没事,放心了,挡酒的事包我身上了。"

说完,终究晚节不保,喘了起来。杨小三一脸担忧地皱了皱眉头。

这是一个半山腰的平台,建了一个石屋。地方不大,但是风景甚好,从这里可以瞭望到 H 县的全景。长江支流大渡河在这里绕了一个弯像一枚戒指,而此时淡淡的夜幕中,闪烁着灯火的 H 县就如这戒指上的钻石。

"山里这种美景,杨经理可是没有机会见到过几次吧?"

杨小三转过头,见着宋总正毕恭毕敬站在她的身后,于是笑了笑答:"是啊,我记得我读过的一本书上说过,人能够看到多远,心胸就会多宽广。很多事情想不通的时候,就该来这种地方。"

宋总听了,一句奉承话答:"杨经理好文采啊。我们这山里人,天天对着这美景,可说不出这么好的道理来。"

杨小三想想,别人挖空心思,想这么多奉承话也挺不容易的,于是笑了笑,走进了屋子。

桌上已经准备了一堆酒菜,光看油汪汪的飞禽走兽,杨小三就没了一点儿胃口,又不想浇灭了宋总的热情,只好坐了下来,生生说了句:"谢谢宋总,弄了这么一顿丰盛的午餐,就不怕我舍不得走了……"

宋总一愣,几秒钟后大笑了起来:"看来杨经理也是性情中人,女中豪杰,来来,尝尝我们山里人自己酿的玉米酒……"

说着,就替杨小三面前的酒杯满上了。

刚满上,杨小三伸手去拿,手还没有碰到酒杯,就被柳青松拿了起来,对着宋总说:"杨姐酒量不好,女孩子喝醉了很难看的,这杯还是我替她喝了。"

柳青松说完,正想举起酒杯一干而净,却被杨小三拦住。其实从接到丁聪那一通电话后,杨小三的小宇宙已经开始膨胀,没有周友辉这贴灵丹妙药在身边,她唯一想到的就是酒。所以已经做好了一醉方休的准备,她什么也没说,从柳青松手里拿过了酒杯一饮而尽。

宋总看着这种情形愣住,端着酒杯站也不是,坐也不是,酒杯还没有碰到,酒已经被杨小三抢着喝下去了。倒是旁边的陈总经验丰富,忙站了起来说:"杨经理果然好酒量,您都干了,我跟宋总能说什么啊,肯定是干了。"

说完递了一个眼神给宋总,两人一仰头喝了整杯。

宋总赶紧替杨小三满上,正准备替柳青松的杯子倒酒时,杨小三拦住了:"他高山反应,还是不喝了。闹出了人命,我就真的留宋总这里守孝三年了。"

宋总一听,一边笑一边将酒瓶子放下。

喝酒的人都知道一个常识,上了一定的海拔,即便是好酒也会变味,喝着不仅口感不好,入了肚子还特别难受。宋总跟陈总就是高原土生土长的地头蛇,酒量自然不在话下。可对于平原来的人,一斤的酒量到了这里也就变一两了。

这是杨小三第二次喝酒,她当然不知。不仅不知,还初生牛犊不怕虎喝起了急酒。话没说几句,杨小三就像是跟酒有仇一般连喝了三杯。这下,连跟着喝的陈总都有些吃不消了。

柳青松见了,想起了刚才杨小三接的那个电话,隐约听到了她说起离婚的事,前后虽然面部表情上没见什么变化,可行为上却一百八十度的大转弯。柳青松很容易就能够猜到些什么,于是偷偷递了个眼神给陈总说:"我们老大酒量浅,你们俩大男人就温柔点,温柔点。"

"是是是,杨经理好酒量,我们两个甘拜下风……"陈总说完放下了酒杯,攥了块野猪肉放到了杨小三的碗里,"尝尝我们这里的野味吧,这个在城里可不容易吃到。"

杨小三听着,又给自己倒了满杯,笑着说:"陈总,我说了你肯定不信,我这才第二次……第二次喝酒,真的是……"

说完,端起酒杯正要往嘴里倒,冷不防旁边柳青松一只手伸了过来,拿起了杨小三手里的酒杯,径直倒进了自己的嘴里。

陈总右手拿着筷子,愣住。陪酒数十载还第一次遇到了这种状况,自己没劝,客人先喝上了,不仅喝上了,还抢着喝了。他瞪着豌豆粒大的眼睛,看着柳青松将一杯白酒喝了个干净。

傍晚七点，周友辉起身走出了别墅，太阳落山后，习习凉风吹来，他叹了一声，穿上了 Jack Wolfskin 的休闲外套上了车。半个小时后回了家，推开门，熟悉的饭菜香夹杂着彭惠琴熟悉的香水味袭来，已经被茶水漂洗得发苦的胃竟没有一点点的食欲。

周伟志从楼上走了下来，犹豫地走到了周友辉面前，正想说什么，周友辉的手机响了，低头一看，H县电力公司的宋总，虽交情不深，但周友辉对他的性子了解甚透，无事不登三宝殿，这么晚，又是周末，来电话肯定是有什么急事发生。

"周总啊，真不好意思。这么晚还要打搅您，我先联系冯总的，可是他说这事严重了，得亲自跟您汇报。"宋总因为紧张声音微微发抖，像他这种山窝窝里的土财主，最怕的就是讲话，特别是跟自己的金主讲话。

"你直接说什么事好了。"周友辉拿着手机走到了沙发上坐了下来。

"是这样的，今天总公司来了两人，到H县签今年的购销合同。我们上午已经将合同谈妥了……"宋总一着急，说话找不到重点。

"说重点。"周友辉有些不耐烦地打断了他的话，连冯总都不能决定的事定然是不小的事，周友辉心里已经有些准备了。

"是这样的……"宋总犹豫了几秒，"谈好合同了，我们就一起庆祝庆祝，然后……就……就喝了点小酒。"

"这点小事不需要跟我讲，如果是他们狮子大开口了，回来后我会处理的，这点你放心。"周友辉答。

"不是的……是他们现在进了医院，其中有一个较重的已经进了抢救室，医生……要让家属签病危通知书。"宋总总算说出了口，"这，我们还真不敢签啊。"

"病危通知书?"周友辉一听，一怒，"喝酒喝成这样了? 他们到H县到底是去谈生意的还是去喝酒的? 混账! 还有你们，明明知道你们那气候条件，劝什么酒啊?"

"H县!"周伟志一惊，看着周友辉盛怒的样子，知道是出了事。

宋总拿着电话瑟瑟发抖，谁叫他跟陈总猜拳输了，这倒霉的电话让自己打。他战战兢兢，大气不敢出一声，直到周友辉怒气平稳些，才轻声问:

"周总，该怎么办才好？"

周友辉吸了一口气答："通知家属了吗？如果不知道，你联系下人事部的小方，查下他们的家属，先通知。要不惜一切代价先把人救醒了，其他的事是对是错，秋后算账。"

宋总听了憋屈得厉害，一大老粗也没忍得住直接就回了："这次我们还真没劝酒，他们俩敢情好抢着喝，连我跟老陈差点都没招架得住。"

"好了。"周友辉耐了性子，答，"这事也不说了，挂了电话立刻通知他们两个的家属吧。如果人没了再告诉我。记得，别让什么新闻媒体知道添油加醋说一番。"

"是是是。"宋总点着头挂了电话。

周伟志凑了上来，一脸担忧地问："爸，您刚在说H县是不是出什么事了？"

周友辉摆了摆手，叹了一声说："也不是大事，就两个不懂事的员工进了山里喝酒喝高了，这下好，快喝出人命了。能救活就救，责任也不在公司，公司履行的义务都履行了就够了。走吧吃饭，大周末的，也不提这些扫兴的事。明儿我陪你去城外的球场玩下，也趁机会多认识认识人。"

周伟志一听，有些急了，也顾不得该不该说，一句话就出了口："爸，去的那两人是我们营销二部的同事。"

周友辉的笑容一下子凝住了，心脏一紧，立刻想到了杨小三，心想着也就二十四小时不见，应该不是她才是，于是转过头，小心翼翼问了一个字："谁？"

"杨小三和柳青松。"周伟志答。

周友辉一听，心脏突然间停止了跳动，这"五百万"的机会怎么就让她给捞到了。半响他才回过神，尽量克制了自己的情绪问："他们俩怎么就去了？我记得杨小三是个女人，怎么会这个时间段派进山里了，哪个人安排的？而且公司有不成文的规矩，H县的业务从来就没有让女人跑过的。"

"是黄姚安排的。可我想……也有一部分我的原因。"周伟志低着头，"这事，我一早就想跟你说的……"

彭惠琴听到父子俩的声音，走了过来，见周伟志立刻停了声，笑着对周友辉说："回来了啊，正好今儿的菜不错，山珍都是新鲜的。"

周友辉脸上恢复了平静，答："怕是今儿吃不了，公司出了点事。有两个人在山里高山反应加喝酒，进了急诊室，下了病危通知书。"

彭惠琴听了，嘴微微一撇，笑了笑："我当什么大事啊，充其量就是死两个员工而已，赔两个钱就罢了。这什么时候了，难道还能进山里去？"

周友辉听了不答，转眼严肃地看了看周伟志，周伟志立刻明白，答："妈，这事有儿子的原因。一人做事一人当，我想过去。"

"当什么当？"彭惠琴答，"听妈的，这事就别想了，谁能没有个错什么的？就多花几个钱而已，咱家不是没有，况且现在你过去有什么用？天也黑了，山路多危险啊，我可不希望儿子为了俩员工伤了自己的身体……"

"话不能这么说。"周友辉打断了彭惠琴的话，"一则这事可大可小，二则，这也是儿子在公司立本的重要事，我跟他一起过去，你放心了，这路我走多次了，没问题。"

"你也跟着进山？"彭惠琴一听，第一时间心疼起来，"还得亲自进去。"

"人命关天。"周友辉答，"具体的细节我们车上聊，赶紧去拿几件厚的衣服下来。"

周伟志听了，转身上了楼。

彭惠琴跟在周友辉身边，有些怒气地说："儿子的命就不是命了？这么晚了进山，不要命了？你也不准去。就两个员工的命而已，没了就没了，巨人有的是钱，赔了就完了。"

听到这里，周友辉多年磨出来的修为竟然没沉得住气，第一次跟彭惠琴发了火："儿子多大年纪了，就要懂得对自己做的事负责。"

说到这里，周友辉心里也明白了，这事他小题大做了。细想杨小三进山的事和那天在电梯门口发生的事，他早就该料想会有如此后果。周伟志是怎样的人他心里明白，儿子这些年被宠着惯着，单纯得很，如果把责任全推在周伟志身上，明显不妥。但周友辉心里比任何时候都明白，他想进山去，唯一能够找到的理由就是儿子。而且最重要的，他竟然想也没想就把儿子推了上去，想到这些，他就觉得自己卑劣得应该扇好几个耳光了。

但是，现在不是责骂自己的时候……周友辉心中只有一个想法，进山。

此时，周伟志收拾了东西，见父母站在客厅看着对方，肯定是因为自己的事，于是走上前："妈，儿子大了，懂得分寸。"

儿子这么一求，彭惠琴心软了。

"去吧，注意安全。"彭惠琴答。

两人走出了别墅，周友辉叫来了小赵开车。上了车，周友辉又拨通了宋总的电话："情况怎样了？"

"还在联系。"宋总擦了擦额头的汗。

"我现在已经出门了，往山里来。"周友辉做了决定。

"您亲自来了……"宋总的腿微微颤抖。

周友辉虽觉得不妥，终究问出了口，说："你刚说，两个人其中一个进了急诊室，是哪一个？"

宋总听了一愣，答："救护车一起送进去的，我也不知道。"

"你怎么做事的？"周友辉一喝，宋总那边差点就跪在了地上，忙答："我马上就去问，马上。"

还是那个鸟不拉屎的小镇，还是那个风雪交加的夜，同样的时间同样的地点，时差二十四小时，周友辉站在公路旁的悬崖边上，打火机点着了烟，墨色的夜晚，他看着同样墨色的远处。

几分钟后，身后传来脚踏碎冰的声音，听脚步声已经知道是周伟志来了，周友辉没有回头，依旧默默看着远处抽着烟。

"爸，"周伟志站在身后，轻轻说，"这地方钱很好使，房间已经安排好了，只是简陋了些，爸会不会不习惯？"

周友辉抽了一口烟，将烟头扔在了地上，脚尖揉了揉，转过了身："有什么不习惯的？你当你爸真的啥苦也没有吃过？"

"爸，您说得是。"周伟志点了点头说，"外面风大雪大的，进屋子里吧。"

周友辉笑了笑，很突然地问："是不是有什么话想要对我说？"

周伟志一听一愣，忙答："没……也没什么。"

"说吧。"周友辉叹了一声，"这里没有旁人，父子俩没什么事不好说的。"

"我没想到，爸也会跟着我进山。"周伟志答，"刚进公司时，爸您还记得跟儿子说起过什么？您说公事是公事，私事是私事，不要把公司的事牵涉到家事上来了。当时儿子也告诉过您，我分得清楚。"

周友辉一声叹息没有忍得住，叹了出来，答："有话直说吧。"

周伟志吸了一口气答："我觉得在这点上，我比您做得更好。"

周友辉早知道儿子心里兜的是这件事，而且儿子聪明，岂有看不出来的事，刚刚一直在琢磨着怎样解决，藏着掖着反而是不好。正巧儿子来了，周友辉就故意让他挑明了这话题，于是他想了想答："我就知道你会这么想，其实，爸这么做是在为你考虑。你刚刚来公司，很多事无从下手对吧，这事是你在巨人做的第一件事，你明白我的意思么？"

周伟志听了，点了点头。

"那就好。"周友辉笑了拍了拍他的肩膀，"走吧，进去了。"

周伟志笑了笑，从兜里摸出了一个水晶的挂件，周友辉接了过来，远处小旅馆昏暗的灯光下，隐约能够看得出是一个卡通熊的模样，跟杨小三手机上的照片一样。周友辉是一个合格的演员，面无表情，略带疑惑地抬头正想开口问时，周伟志转身就走了。

如果骗子也能像英语考级一样的话，那些所谓成功的商人也许早就过了六级，甚至八级了。二十多年的商海泥坑摸爬滚打，周友辉学得最多，看得最多，用得最多的就是谎言。今天他在儿子面前说了谎，似乎知道些答案的儿子却没有问下去，这让周友辉心里很不安，夜里躺在狭窄的木床上，怎么也睡不着，满脑子挥不去的依旧是那张比自己年轻二十岁的面容。他老了，她还年轻，时间带来的距离远远超过了他们俩之间的距离。

午后，高原的阳光有些刺眼，杨小三睁眼的第一刻就是这么刺眼的阳光。她忍不住伸出了左手挡住了眼睛。此时身边有人站了起来，走到了窗边。窗帘被拉上，遮光的效果很好，屋内暗如黑夜。

杨小三看了下左右，刺鼻的味道，她猜到了自己在医院。刚醒来的她，脑子里还是混沌一片，明明见着是高大的身影，却依旧轻声地问："柳青松是吧？"

黑暗中熟悉而陌生的声音传来："不是。"

杨小三低头正在思索，紧接着灯被拧开了，周伟志走到了床边，低头默默看着杨小三。杨小三惊讶地张大嘴问："你怎么在这里？"

"不仅我来了，我爸也来了。柳青松还没有脱离危险期，他正在重症监护室。"

他，也来了。当听到这句话的时候，杨小三心里那个五味瓶就彻底翻了。明明他来了，就是自己搞砸了他才来的。可听到这消息时，她心里忍不住竟有些雀跃，渴望见到他。

"你的表情为何那么复杂？"

杨小三愣愣地看着周伟志。不知道为何，她能够扛住比周伟志眼神更严厉百倍的周友辉的眼神，却扛不住周伟志略带温柔的眼神。几秒钟后，杨小三败下了阵说："我知道事情搞糟了，也不用你们父子一起来找麻烦吧。"

周伟志笑了笑答："这件事有我的原因，我必须来。至于我爸，我想他也有他要来的原因，他从不做亏本的生意，只是我不知道，也不想知道罢了。"

周伟志话里有话，杨小三听了竟也觉得心虚，于是问："你刚说柳青松还在重症监护室，怎样了？"

周伟志笑了笑，坐在了床边的木凳上说："来之前只知道一个人病危，当初我听见了，想着也应该是你，来了才知道是他。一个大男人竟然这般不靠谱，女人没倒下，他自己倒下了。"

杨小三听了，咬了咬唇，半天才说："我没事了，我想去见见他。柳青松是替我挡酒才倒下的，都是我一个人的错，是我想喝酒了。所以真要罚，就罚我一个人吧。"

周伟志听了说："那这事你要亲自跟他说了。"

"我会去的。"杨小三点了点头，起了身，下了床。没走一步头就有些眩晕，脚下踉跄了几步，此时一只手伸了过来，轻轻扶起了她。杨小三觉得有些不自然，想甩开他的手，却见他态度很坚决，将她的手搭在自己的肩膀上，一手环着了她的腰。

出了门，下了楼。走廊的尽头就是重症监护室。H县即便是最大的医院条件也甚是简陋，走廊刺鼻的消毒水味道加上浓郁的腐臭味，杨小三忍不住皱了皱眉头。

走廊一排长凳上坐了一人，周伟志扶着杨小三走了过去，坐着的人一见两人走了过来，赶忙起身，恭敬地站在两人的面前。杨小三看了看是陈总，心中竟有些失落，于是慌忙掩饰了表情问："他怎样了？"

陈总赶忙答："还好还好，刚刚医生通知了，刚过了危险期。"

杨小三听了松了一口气，本想继续问周友辉的，想着周伟志在身边不妥，于是话到了嘴边咽了下去。此时，倒是周伟志像知道杨小三心里想什么一般，问了句："我爸呢？"

"周总刚听说小柳没事后，跟宋总去了公司。他说既然来了一趟，顺便也把公事一并处理了。周总啊，就是不一样，对人和蔼可亲不说，对工作那更是一丝不苟。"陈总明白周伟志的身份，太子爷就是将来的接班人，好不容易逮着了机会，一时得意忘形开始滔滔不绝讲了起来，"周总真是个好人啊，对待下属那没得说，他一听你们出了事，那是半夜就入山了，真让我们这些下属感动啊，以后就算是喝稀饭也要跟着周总了……"

一席慷慨表决心的话拍到了马蹄上，周伟志没有接话。直到一个护士走了过来问："你们谁是家属，病人醒了。"

周伟志扶着杨小三走了进去，此时，柳青松正躺在浅蓝色被单的病床上，脸色白得吓人。他很虚弱，唇干裂如旱灾下的稻田，一块一块的，看着杨小三蠕动了半天嘴，才说出了三个字："对不起。"

杨小三听了，挤了些笑容答："还好，你没事比什么都好，其他的，我们秋后算账吧。"

柳青松听了，很努力地笑了笑。

"你好好休息。"周伟志站在杨小三旁边说，"早点把身体养好了，才能说算账的事，对不对？"

柳青松点了点头。

几分钟后，周伟志跟杨小三走出了重症监护室，陈总迎了上来："刚才我问过医生了，医生建议还是赶快将病人送回A市去，一则医疗条件好些；二则下了高原，病情就会好很多。"

周伟志听了，点了点头答："这样吧，你跟我爸联系一下，尽快回A市。"

陈总点了点头，转身走了。

下午周伟志走了，来了一个二十多岁的小姑娘，脸颊上一抹高原红，笑起来憨憨的。别看她样子憨厚，做起事却很麻利，不让杨小三动一个指头，跟照顾自己爹妈一般体贴。杨小三闲来无事问她时，她很得意地竖了食指跟中指做了一个"V"。杨小三好奇地继续问了下去，小姑娘得意地答，两百块一天，真恨不得您能多住上几天。

这一说，杨小三望着她笑了，原来欲望对于不同的人有着不同的意义，像一个气球可大可小，一次高原之行，一场酒醉，一场生死边缘的行走，杨小三第一次问自己，一生追求的是什么？思量许久，没有答案，直到她见到了桌上放着的手机，开了机，周友辉的短信第一个发了过来。

第九章
一个吻用尽了所有的理智

那条短信，看时间应该是前天下午发的：

"明知道你不喜欢喝茶的……"

看完那一刻，杨小三终于明白了自己的欲望，她想见他，此时此刻，非常想见他。

第二天一早，杨小三去见了柳青松，脸还是苍白得没有一点血色，但是精神好很多了。柳青松见杨小三来了，什么也不说，只知道傻笑着。

笑久了，杨小三耐不住了问："笑什么？难道把住医院当成了公司的福利，把你乐成这样？"

柳青松还是在笑，笑了许久才答："你没事就好。"

杨小三一听，愣住。从离开小镇那一刻，她总觉得柳青松有些不对劲，一开始以为是高原反应没太在意。而此时当柳青松的话说出口时，她隐约明白，她与柳青松之间的感觉似乎有些变了味，那一个刚飞出大学的孩子竟什么时候有了雏鸟情节，她不幸成了那只护雏的母鸡。

杨小三想到这里，干笑了几声，也不知道怎么回答柳青松。坐了几分钟觉得屁股像长了刺一般，于是站起来回了自己的病房。虽然休息一天后已经好了很多，但小姑娘依旧坚持扶着自己的"财神爷"回病房，杨小三推了几次没推掉。

当杨小三推开年久失修的木门的那一刹那，高原明亮而干净的阳光通过窗户照了进来。杨小三一眼就看见了他站在窗边，阳光落满了他的肩头，穿着一件藏青色的羽绒服，戴着一条浅灰色的羊绒围巾。随着门开的声音，他转过了头，杨小三站在大门口，呆呆望着他。

两人谁也没有说话，爱真是个奇妙的东西。有种爱会让两个人在一起有说不完的话，而却有另外一种爱，会让两人相互凝望，谁也不愿意说一句话。

传来了轻微的敲门声，周伟志站在杨小三身后，轻轻敲了敲门。周友辉收了眼神，装作若无其事的样子，眼神停在了周伟志身上，问："事都办好了吧？"

周伟志点了点头："都办好了，随时可以走。"

"柳青松那边怎样了？"周友辉继续问。

"跟医生联系过了，没问题。必需的氧气和药物都已经按照医生要求搬到车上了。"周伟志答。

"那就走吧。"周友辉脸上没有太多的表情，说完径直就往外走。杨小三心里突然觉得一凉，他竟然没有对自己说一句话。实践证明恋爱中的女人很傻，杨小三此时压根儿就没有思考过，这是怎样一个尴尬的场景，怎样尴尬的关系。而周友辉不一样，越是他在意的东西，他越考虑得多，虽然听到她出事的消息时，一时冲动做了错误的决定，但他不后悔，至少现在他能亲眼确定她没有事，亲身证明她在自己心目中的位置。

周伟志转身出了门，周友辉慢慢跟着走出门，路过杨小三身边时，他装着不经意地转过头说："去收拾下自己的东西，一会儿我们就出发。"

杨小三听了点了点头。

周友辉笑了笑，慢慢走出了门。

十多分钟后，杨小三下了楼，小姑娘一直站好了最后一班岗，将她送下了楼。楼下一大一小两辆越野车，杨小三来时那辆破三菱越野车卖掉，估计刚够换周友辉那辆越野车的一个轮子。宋总跟陈总都来了，点头哈腰地跟在后面。

杨小三走了过去，默默站在周伟志身后。周友辉眼角看了一眼杨小三，面瘫一般的表情对李师傅说："开车门，让她进去坐着，外面风大。"

李师傅赶忙开了车，从小姑娘手里接过了行李，放在了车上。

几分钟后，柳青松下来了，看样子恢复得不错，他吃力地对着周友辉点了点头，正往三菱车上走，被周友辉叫住了："你坐我这辆车。我这辆减震效果好，四驱，后排也宽敞，你躺着舒服些。"

柳青松表情复杂，眼泪就像在眼眶里打圈一般，如果他身子骨好，怕是已经感动得冲上去抱着周友辉的裤腿喊亲爹了。

杨小三见柳青松上了周友辉的车，就从副驾下来，开了三菱车的后车门坐了上去，躺在了后排。也许是这两天输液加了些镇定类的药物，她觉得特别容易累。

几分钟后，车门响动，有人上了车。车开了几分钟，杨小三觉得无聊，打算用手机玩游戏，突然想起手机丢在前排的副驾，于是将右手抬了起来，拍了拍副驾的座椅："太子爷，我的包在前面，里面有我的手机，递给我。"

一分钟后，一只宽大的手将手机放到了她的手里。杨小三正想抽回手，手掌一沉，像又多了件东西，抬头一看，竟然是自己丢的水晶泰迪熊。她像触电一般从车座上弹了起来，剧烈的反应让她有些眩晕，她揉了揉太阳穴看了看副驾座上的人，不可能，不可能！幻觉，她又揉了揉自己的眼，瞪大了眼仔细看，没错，点缀着几根白发的黑发，硬朗的五官，除了周友辉还能有何人？

"怎么是你？"杨小三呆呆地问。

周友辉转过头看着她笑了笑，很官方的口气解释道："柳青松只能躺在车后，车就那么大，我只好来挤这辆车了，看来杨美女不满意啊。"

杨小三呆着没答，倒是李师傅把话头接了过去："哪敢哪敢，周总能坐这车是我的福分啊。您放一百个心，我一定认真开车，保证把领导安全送到A市，不辜负领导对我的信任啊……"

趁着李师傅讲着话，周友辉没有回头，而是偷偷抬起了自己的左手，拿着手机冲着杨小三晃了两下。

一分钟后，杨小三的手机亮了，一条短信飞了过来："身体好些了没？"

这句憋在周友辉心里很久的问候话，也是杨小三等了许久的话，延迟了十二个小时，终于通过一条短信传给了杨小三。

杨小三笑了笑，又躺了下来，双手拿起了手机，仔细回了过去："好得不得了，看样子是死不了了。"

短信很快回了过来："那样可真好了，谢谢你为公司省了一笔赔偿费。我代表巨人公司感谢你的付出。"

杨小三捂着嘴笑了笑，立刻拇指飞速编辑短信："看来是我自作多情！"

发送键一按，许久没有提示成功，杨小三仔细一看，信号没了。车已经驶出了H县，入了山。

杨小三一声叹息，没能忍住溜出了嘴。周友辉坐在前排听见笑了笑，忍不住回过了头，却只能看到两只脚丫子。许久，周友辉收了心绪回过了头，外表平静的他，心中却像吹起了一阵龙卷风般再也静不下来。

车行了三个小时，翻过了蒙山。下山路上车排起长龙。李师傅一看蜿蜒的车已经堵了好几里，于是叹了一声："又堵车了，怎么这么倒霉？这一堵，也不知道什么时候能通车。"

周友辉一听，心中竟有些乐，答："山里堵车是常事，急不来。"

李师傅听了，说："我这就下车去打听是什么事堵车。"

说完，李师傅下了车。车上一阵宁静，周友辉转头问："平日里见你话这么多，今儿怎么一句没见你说了？"

杨小三从车座上坐了起来，看着周友辉，刚开口："我……"

车门响了，李师傅坐了进来，说："听说是前面出了车祸，一辆货车在路上侧翻了，货掉了一地。要等将货清理了才能通车，看样子没七八个小时是通不了。"

"啊，七八个小时！"杨小三惊呼了一声，而她此时头脑里想的第一件事竟然是午饭，于是问，"那午饭怎么解决？"

周友辉一听，笑了，果然还是个小丫头，想到的就是吃的。于是拿起了自己的皮包，从里面拿出了仅有的两块巧克力，递给了杨小三。

杨小三一愣接了过来，呆呆望着周友辉。

周友辉笑了笑答："以前有一次忙事忘记了吃饭，低血糖晕了。那次以后，就习惯在包里放两块巧克力。"

杨小三一听，立刻将巧克力递还给周友辉："那我可不敢要了，你要这时候低血糖晕了……那我跟李师傅还能活命么？"

杨小三这么一说，李师傅呆了，也不知道该怎么接，大气都不敢喘一下，一脸紧张地看着周友辉。

周友辉看了，笑了，伸手将两块巧克力中的一块掰成了两半，一半给了杨小三，一半留给自己，剩下的一整块给了李师傅说："你是师傅，关键时刻还是要靠你。"

说到这里时，周友辉心里倒多了些舒畅，明明是分一块巧克力，却像分一块情人节的心型蛋糕一般得意。

李师傅一愣，接过巧克力更惶恐了。

下午六点，天空突然间暗了下来，山里的人都明白，这种天气意味着一场暴雪的来临。果然没过多久天空又飘起了雪花。天越来越冷，因为油的问题，车里不能一直开空调，杨小三裹紧了车上仅有的一床毛毯，蜷缩在车的一角，冻得瑟瑟发抖。

周友辉回头看了看杨小三，也没顾忌自己四十多岁的身体，一门心思想着把身上的羽绒服给她，偏偏又有李师傅在场，忍了许久，有些焦躁地看着前面望不到头的车流。

一小时后，天又暗了几分，雪越下越大，几乎所有的车都将灯熄灭了，寂寞的雪山中，宁静得似乎一根针落在地上都能听见。周友辉挪了挪有些僵硬的屁股，侧着身看了看远处，想着周伟志那辆车，仔细思量后，对李师傅说："伟志那辆车在我们前面出发，性能又比这车好，应该在前面，现在也不知道怎样了，这样等着也不是办法，还是我顺着路去看看好了。"

杨小三听周友辉这么一说，也坐了起来，这么冷的天，柳青松的身体一定会吃不消，于是说："等等，我也跟你……去。"

杨小三刚一开口，一阵冷风钻入了嘴里，牙冻得打了个颤。

"你去什么？"周友辉答，"冷成这样，自己都快顾不了了。"

李师傅听了，谨慎地说："周总，还是我去吧，这路上全是暗冰，一边又是悬崖，不熟悉路况的人走着很危险的。若是摔了一跤，可怎么办啊？"

周友辉听了，心里倒是一乐，细想起来倒觉得是自己给李师傅下了个套，支开了他，于是摸了摸下巴答："好吧。一路上小心，有什么事就迅速回来。"

李师傅听了，点了头，推开门下了车。

李师傅一走，车上的气氛却不知为何尴尬了。仅仅才一天时间，周友辉跟杨小三两人之间像两种物质起了化学反应，不如往日单处那么随意。两人都觉得有些不自在了，许久，黑暗中谁也没有说话。直到周友辉忍不住了，觉着似乎很辛苦换回来的两人独处的时间，浪费了有些心疼，于是想破了脑袋，竟勉强寻了荒唐的一个话题，于是没细想就说出了口："你们这些80后啊，跟我这种60后就是有代沟的。那日我酒桌上听一老朋友说起他二十多岁的女儿，说现在的小孩什么不好迷，迷什么穿越？我猜想大概你也迷吧？"

黑暗中，杨小三的声音幽幽地从后面传来，回答得很干脆，就两字："不迷。"

"为什么？"其实在问这一句的时候，周友辉几乎已经可以肯定从杨小三嘴里出来的答案，会是惊天地泣鬼神、与众不同的话。

果然，杨小三一字一句淡淡地答："穿越有什么好，回到古代当一皇后，有什么好呢？我也经常听见别人聊起这个，仿佛要是不知道几个穿越故事就OUT了一样，我就纳闷了，你说古代卫生巾没有，带护翼的没有，茉莉花香的更没有……"

说完杨小三就后悔了，嘴怎么就像豁牙的老太太关不住风？于是住了嘴，见周友辉不答，画蛇添足补了一句："错了。"

周友辉一听，头顶上就来了一雷击。纵使他纵横商场多年，想遍所有答案，也永远猜不到杨小三嘴里的答案。从问题开始，他的身体就开始像弓箭般拉满，直到杨小三的答案溜出口，毫无意外让他笑个满怀。他明白自己已经无法自拔地爱上这种游戏，一问一答的游戏，期待着她给自己带来快乐和魔力。

周友辉笑声停后竟然是一阵宁静，许久，他的声音幽幽传来，也两个字："谢谢。"

这突然冒出来的两个字，竟然让伶牙俐齿的杨小三第一次找不到回答的话，她选择了沉默。几分钟后，黑暗中传来一阵轻微的响动，似乎是衣服摩擦到真皮座椅的声音。似乎是一个巨大的影子起了身，紧接着，杨小三坐的后排座椅一沉，一个人坐了下来，杨小三下意识地缩了缩腿。周友辉坐到了后排座后，却一动不动也没有说一句话。

许久，杨小三耐不住了，轻声问："你……"

话还没有说出口，沉重的呼吸声音，淡淡的烟草味道，紧接着一阵温热就凑了上来，杨小三身体一抖，她知道那竟是双唇，还微微颤抖。两唇触碰，只有温度的交流，短暂的几秒时间，就匆忙分开了。杨小三没退，退的人是周友辉。如果说一个吻需要他来买单的话，几秒钟的时间几乎已经用光了他所有的理智。他想继续，骨子里、心尖上没有一处不告诉他想要继续的，可他心里明白，几十年的生涯他第一次遇到了自己买不下的东西。

鼻息依旧很急促，淡淡的烟草味没有消失，提示他在自己身边。她僵硬着身体，最终微微叹了一声，说出了口："对不起……"

周友辉听了，跟着也叹了一声，从杨小三的身旁退了回来，靠在了靠椅上。

杨小三听见周友辉靠在靠椅上的声音，知道他已经离开，松了口气，又靠在了靠椅的一角。

黑暗中，周友辉有些沙哑低沉的嗓音传了来："你把我的台词说了，你让我怎么回答你呢？"

杨小三听了答："刚才那一句谢谢，你也把我的台词说了，你让我又怎么回答你呢？"

杨小三说完，车厢里又是一阵宁静，周友辉不敢再起话头，他怕一开了头就会如开闸洪水，做完全套规定的动作，他吞了吞唾沫，宁静的空间，细小的声音竟放大到连杨小三都能听见。这让他更加尴尬，杨小三心里会怎样想？一个猴急的色老头，一个猥琐的变态老男人？这么一想，他真想变一只老鼠挖地洞了。

"介意……"周友辉清了清嗓子，"我抽支烟么？"

杨小三答："不介意。"

打火机亮了，微弱的红光印出了周友辉的脸庞，平日里如刀削般俊朗的面容，此般柔和了很多，他低着头，专注地看着火机，就像那个广告词形容的，男人有很多面。这一面如此性感百看不厌，竟别有一番味道。没过几秒，火苗子灭了，面容消失了。

一个火星子停在杨小三不远的地方，她目不转睛看了许久。

车门轻轻响动，门开了，冷风进来。李师傅回来了，他看了看副驾没有人，本想问一句周总去哪了，却闻到了车里的烟味，于是装着若无其事笑了笑说："周总，周经理的车就在前面几百米远。小柳情况还好，毕竟海拔没那么高了。我又问了问前面堵车的情况，已经有交警和清障车来了，估计半夜里能够清通。"

"那就好。"周友辉坐在后座答。

杨小三觉得周友辉坐在后座，应该跟李师傅解释一下，却见他没说，于是开口："我……"

刚说了一个字，周友辉已经猜到了杨小三要说什么，胳膊肘轻轻碰了碰她的腰，这种事越描越黑。

两个小时后，道路终于通了。车子陆续发动了起来，发动机的轰鸣充斥了整个山谷。车灯一个个亮了起来，杨小三趴在窗口，雪还在不停地下，她降了车窗，手伸了出去接起了几朵雪花，大自然的神奇力量，六边形美丽的外表。不知道花了多久的功夫打造，飘落到了人间，落到了杨小三的手里，几秒钟的时间匆忙融化……看着手里融化的积水，杨小三微微叹了一声，世间万物，之所以美丽，原来竟因为短暂。

凌晨三点，车终于回到了 A 市。即便是深夜，在繁华的 A 市，华光异彩的霓虹依旧在闪耀。一种从老少边穷回到文明世界的感觉，一种被丢在沙漠回到水里的幸福。杨小三觉得浑身疲惫不堪，虽然昨天睡了十几个小时，现在困得眼皮子像快要缝上了一般。

"先送小杨回家。"

李师傅领了命，开车到了杨小三的楼下。下了车，从后备箱里拿出了杨小三的行李。

周友辉坐在车里，恢复了僵尸脸说："你送她上去吧。"

李师傅听了拎着行李正打算往楼上走，却被杨小三一手拦住。

"不用了，"杨小三说，"我自己上去就行了。这都这么晚了，你们也赶紧回去吧，大家都累了，这点东西，我能自己拿上去。再说了，半夜让一个男人送我上去，邻居们见了也不好。"

李师傅听了，转头看了看周友辉，周友辉点了点头。杨小三拎着行李慢慢地走入了楼道，周友辉坐在车上，默默看着她的背影，想起曾经年少，第一次坐车时手伸出窗外，风从指间滑过的感觉。

李师傅上了车，等着周友辉的命令。周友辉没忍住，轻轻叹了一声说："走吧。"

昏暗的楼道，杨小三拾级而上。这是她第一次这么晚回家，她自嘲地笑了笑，一个人的家，有时候也有好的地方，什么时间回都成。从兜里摸出了钥匙，插入了钥匙孔，拧了一圈，不动，又拧了拧，纹丝不动。杨小三拔出了钥匙，仔细看了看，是自家的钥匙啊。于是，又试了试，还是不对。

杨小三这下急了。第一个反应时，两天没回的家难道被人窃了？

A市此时已经是凌晨四点半，变得异常宽阔的马路上已有早起的清洁工人，淅淅沙沙的声音传进了周友辉的耳朵里，就像不锈钢的刀叉刮过瓷盘一般，心里觉得有些焦躁，于是从包里又摸了一支烟，抽上。

几分钟后，三菱车缓缓驶入了彭家老宅。周友辉掐灭了烟，推开车门下了车，回头冲着李师傅抬了抬手。李师傅点头哈腰地笑着开车离开了老宅。不知怎的，周友辉却没有挪动步子，而是专注地看着车尾灯渐渐消失，这才叹了一声走入了别墅，周友辉心里多出了一句话，千里搭长棚，没有不散的宴席。

杨小三站在自家的门口，一把熟悉而陌生的铁将军将她毫不留情地锁在了门外。长达十二个小时的车程，她已经疲惫不堪，想到她那铺着蓝色碎花的床单，她都快睡着了。她不死心地又捅了几次钥匙孔，依旧开不了，杨小三长长叹了一声，这年头吃的喝的靠不住算了，男人老公靠不住也算了，现在就连个没生命的铁疙瘩也这么靠不住。

杨小三摸出了手机，借着微弱的路灯，寻找着墙上牛皮癣般的小广告。没几分钟，总算寻了个开锁的号码，正打算拨过去，却细细一想凌晨四点多，就算给得起价钱，也未必有人来。而且即便人来了，动静这么大，也会吵着邻居，于是打消了这个念头。

徘徊了几圈，杨小三打算下楼找间旅馆，走了几步又折了回来，想着自己若是走了，房子真出了什么事又该怎么办，还有三个小时就天亮了，于是干脆坐了下来，靠在自己的包上，仅几分钟的时间就沉入了梦乡。

柳青松敲了敲房门，几分钟后年迈的父亲披着外套开了门，见儿子脸色发青，嘴唇发紫，吓了一跳，赶忙问："青松，你去做什么了，怎么这个德行？"

柳青松笑了笑，拖着疲惫的身体走进了屋，倒在了沙发上说："爸，我现在还是个百分之百的大活人。可这次若不是你儿子命好，从鬼门关兜了一圈回来，现在怕是见不到了。"

柳父一听，神情紧张，摸了摸柳青松的额头："儿子，咋了？"

柳青松答："进山去工作，没想到我这般没有用，高原反应。连累了大家，幸好抢救及时，才救了回来。"

"这……这样危险啊，幸……幸好你现在没事。"柳父拍了拍胸口，"这工作这么危险，还是别做了，A市这么多公司，再找一家吧。"

"不了，反正现在我也好了，不打算换公司了。"柳青松笑了笑答，"而且人虽然是没事了，东西却少了一件。"

柳父一听，赶忙问："儿子，少什么了？"

柳青松听了不答，像是想起了什么，突然反问："爸，还有多久到清明节？"

"清明节啊，我算算，还有一个多星期吧，怎么了？"

"我想去见见妈了。"柳青松望着天花板痴痴笑了。

凌晨的第一抹阳光照进了屋子里，周友辉睁开了疲倦的眼。他拿起床头放着的手表看了看时间，他仅睡了三个半小时。四十多岁的身体已不如年轻时候般熬夜跟家常饭一样，他坐起来时身体有些发软，下了床走了几步，眩晕总算好些。收拾妥当，周友辉从客房里走了出去。

彭惠琴正坐在餐桌上，问："你昨夜几时回家的？怎么不多睡会儿？"

"不了。"周友辉走到了餐桌边，坐了下来问，"儿子呢？"

"睡着呢，这一次怕是把他累得不轻啊。"彭惠琴叹了一声，"友辉啊，这一次你是不是反应有些过度了？就几个员工山里出了点事，也用不着你爷俩都往山里去啊。伟志这孩子没吃过什么苦，你们这么一走，我真是担心得一宿没睡好。"

周友辉听了，拉着彭惠琴的手，彭惠琴顺势坐在了他的腿上，周友辉体贴地替她理了理耳鬓的碎发，轻声说："儿子总会长大，这一次也是他的学习机会。毕竟H县的生意，是巨人的重要原材料基地。"

"行行行……生意上的事，我说不过你。"彭惠琴说，"但是身体上的事情，我总有权利发表意见了吧。我见你黑眼圈，今天就别去公司了吧，好好在家里休息下。"

彭惠琴说完，周友辉正想着怎么开口拒绝，见周伟志走下楼来了。

"儿子，"彭惠琴站了起来，"看你的样子，心疼死妈我了。怎么不多睡一会？"

周伟志笑了笑答："今儿不是周末，当然是要上班了啊。"

说完，径直走到了餐厅，在周友辉的右手边坐了下来。

周友辉看着笑了笑，答："儿子像我啊。看来我的退休计划，不提前都不行了。"

彭惠琴听了，也不好再继续这个话题，只好摇了摇头，宠溺地骂了一句："你们啊，都是要工作不要身体的人。"

半个小时后，周友辉走进了车库，正在发动车，见周伟志走了过来，打开了自己的Q7车门。周友辉降了车窗喊："今天你别开车了，上我的车。"

车驶出了彭家老宅，周友辉一边开车，一边问："昨日你似乎有话对我讲，现在可以说了。"

周伟志听了笑了笑，摇了摇头答："现在没有了。"

"那就好。"周友辉说，"等你想起再问我吧。对了，这一趟有什么收获没有？"

"H县的水电定价机制很不完善，政府掌握着电价权。为了刺激地方经济，促进投资，我想政府对电价的控制还会持续很长一段时间，所以我觉得在H县应该加大高耗能的冶炼企业，并争取政策扶持和电价优惠政策，这样会有效地提高我们在H县的效益。"周伟志答。

"不错。"周友辉满意地笑了笑，"一天时间能够看到如此深层的东西，看来你是花了不少的心思。上班后去一趟人事部，升职做营销二部的经理。"

周伟志一愣，答："这……似乎不妥？我才去了营销部几天时间。再说了，黄姚怎么办？"

"我自会有安排，而且我相信我儿子会做得比黄姚更出色。刚刚你说的那一通话，已经证明了你的能力。爸现在不是用一个父亲的眼光来看，而是用一个上司的眼光来看。"周友辉说。

"爸……"周伟志半截话吞下了肚子。

周友辉回头看了他一眼,笑了笑答:"男子汉大丈夫做事,不能拖泥带水,关键时就应当当仁不让,明白吗?"

周伟志看了看父亲坚毅的眼神,点了点头。

清晨,周娇娇开了门。她推了推,发现外面似乎有一个东西顶着,于是一用劲,门开了条缝,杨小三跌落到了地上,嘴巴与地面来了个亲密的"狗啃屎"。

杨小三睡眼惺忪,揉了好几次眼,总算睁开了眼睛,站了起来,看着从自己门里走出来的陌生女人。

"你是?"杨小三问。

周娇娇一见,猜到是杨小三,于是手往腰上一叉,架势拿捏足了说:"你就是杨小三吧,总算回来了。正好你的破烂儿我已经整理出来了,放在卫生间,你赶紧拿走了,迟了我就当垃圾丢了啊。"

"你什么意思?"杨小三一愣问。

"什么意思?"周娇娇答,"你是装傻还是充愣啊,要不要跟你好好补补课?白纸黑字写了,这房子产权人是丁聪,问问你啊,丁聪是你何许人啊?你们现在有什么关系啊?你凭什么还占着这房子不肯走啊?"

杨小三一听,从兜里摸了手机,直接就拨了110。周娇娇一听她报警了,反而更得意了,手在胸前一抱说:"叫警察啊?你不知道我是'厦大'毕业的么?谁怕谁了?你干脆把法院里的法官请来好了,看谁在理,谁该滚谁该留?"

杨小三挂了电话,咬得嘴唇发青,一声不吭昂着头望着天,眼角倔强上挑,努力地不让自己落一滴眼泪。

十几分钟后,警车停在了楼下,一个二十多年的年轻警察走了上来。

半个小时后,车到了公司停车场。周友辉拔了车钥匙,正打算下车。一旁一直默不吱声的周伟志深吸了口气,肚子里憋了许久的话终于说出了口,却绕了十八个弯,问:"爸,当年您离开老家的妻女,来A市跟妈在一起时,是怎样的心境?"

周友辉听了,停下了手里的动作,拉开了车上的烟灰缸,开了车顶的天窗。从包里摸了一包烟，手里抖了抖，掉落出一支，他笑了笑，将烟递给了周伟志。

周伟志明白，这句话犯了父亲的大忌，却憋在自己心里许久，不说出来总觉得堵得慌，可这么一说，心口不堵了，嘴却堵上了，于是接过烟，大气不敢喘一声。

周友辉没有说话，拿了一支抽上。直到烟抽完了，掐灭了烟，微微叹了一声，转头对着儿子说："过去的事，爸已经很多年不想再提了。错了就是错了，同样的错，爸不会犯第二次。这个回答你满意么？"

周友辉这么一反问，倒是让周伟志有些尴尬了。他也不知道怎么回答，只好点了点头。周友辉见了，疲惫地笑了笑，拉开了车门下了车。

电梯里，手机响了。周友辉低头一看，熟悉而陌生的电话。虽然手机里以毛经理的名字存的号码，但已经有好几年没有响过了，此时打过来，周友辉有些吃惊。

十楼到了，周伟志欠了欠身走出了电梯。周友辉接起了电话，轻声地问："芳？"

毛琼芳很久没有听到周友辉的声音，今儿背着女儿忍不住打了电话。谁知周友辉一开口还是多年前亲昵的声音，若换作以前，少不了要激动，如今人老了心也死了，倒觉得像根刺一般，于是她用交代后事一般的口气说："今天打电话来是有件事情告诉你，娇娇要结婚了。"

周友辉一听，心里高兴，忙问："真的？时间真是快啊，一眨眼女儿就长这么大了。男方那边怎样？有什么需要我这边帮忙操持的？"

毛琼芳答："女儿像你，倔脾气，她宁愿去商场里卖手机也不愿受你的恩惠……"

周友辉点了点头："你的意思是……"

毛琼芳说："女儿也是你的女儿。结婚是一件大事，做父亲的总应该知道。婚礼的日子初步定在今年的五月一号。"

"明白了。"周友辉答，"如果可以，我希望能够参加女儿的婚礼。"

毛琼芳笑了笑："这样客气的话，倒是我这个做妈的不是了。我已经告诉你了，自然就是希望你能够来。"

"放心，我一定会来的。"周友辉这么说，毛琼芳连一句"再见"也没有说就挂了电话。周友辉拿着手机，女儿的婚礼本该是好事，他听了，却没有把刚才周伟志一句话在心中形成的郁结解开，反而绕得更深了。

警察是个二十多岁的小伙子，今天是上班的第一个星期，也是第一次出警。一大早110接警后，老经验的前辈一见，就明白是一个烫手的山芋，于是交给了这个愣头青。果然，上了楼见门外门内两个女人对峙，一只母老虎，一个金镶玉。于是他走了上去，架势拿捏够了，厉声地问："出什么事了？"

周娇娇听了，嘴角轻扬："当然是有人私闯民宅了。你来了正好，赶紧把人赶走，一大早的让邻居家见了，指不定说什么了。"

小伙子一听，觉得这事跟前来报案的内容不一，于是对着周娇娇问："你报案的？"

杨小三接了话题，答："我报的。我这几天出差，回来发现自己的门锁被人换了，不知道哪里来的疯女人住了进去。"

"你！"周娇娇厉声一吼，转过头对着小伙子说，"听见没有，这叫人身攻击，你们警察怎么就不抓人？"

杨小三一听，嘴一撇："说你一声疯女人就攻击你了？那全国每个人都该进去了，哪个人没骂过一句国骂，是不是？我没这么骂你，倒是给足了你面子。"

"这房子是谁的？"小伙子问。

"我一直住这里。"杨小三答。

"房产证上是不是你的名字？"周娇娇反问了一句。

听到这里，小伙子终于明白了这事的缘由。清官难断家务事，这些事自己还是能早脱身就早脱身，于是问："那房产证是谁的名字，人在不在，出来说明了。"

周娇娇听了，转身进了屋。几分钟后丁聪走了出来，埋着头，耷拉着耳朵，像受了批斗一般。

小伙子见了，问："这房子是你的？"

"是。"丁聪的声音低得蚊子一般，不敢抬头看杨小三。杨小三跟周娇娇对峙了将近半个小时了，事情到这个份上，杨小三在心里仍旧或多或少对丁聪抱有些希望，她不怀疑丁聪的人品，觉得丁聪断然做不出这种出尔反尔的事，开始还认为丁聪不在，这么一想底气也足了些。当看到丁聪慢慢走了出来，站在自己面前时，她呆了，原来丁聪也在房里，而且这么久竟不敢出来面对自己。

小伙子刚一开口："那……"

杨小三打断了他，说："警察同志，这一句我来问好了。丁聪，请你告诉我，这房子是谁的？"

丁聪一听是杨小三的声音，浑身抖了一下，低着头不吭声。周娇娇见丁聪的窝囊劲儿，便来了气，骂了一句："是个男人，你就抬起头，好好做你的决定，要一个还是要一双，做个了断，省得这么耗着。"

对面的门开了，邻居家被吵醒了，露出头来，见来了一个警察，心里一嘀咕，这丁聪人平日这么老实的，什么时候犯法了？

丁聪终于开了口，说："房子是我的，三儿，你还是搬了吧。男人说话都不靠谱，所以，以后记得他说过什么，一定要写下来公证，别再吃亏了。"

这一句话像是一个宣判，杨小三对丁聪几年的情分终于画上了圆满的句号，那一刻她发了誓，这一辈子再也不会对这个叫丁聪的男人抱一点点希望。

杨小三拎起了手中的行李，对着小伙子说："对不住，让你一大早来一趟。丁聪，知道你是好面子的人，还处处为你留着面子。现在一闹，怕是学校都知道了，你自己掂量吧。房子里我的东西，我下去找个人搬上车去。"

说完，她从自己手里拿出了钥匙，本想着把钥匙还给丁聪，回头一想钥匙已经被换掉了，于是苦笑了一声，下了楼。

丁聪总算可以抬头了，他看着杨小三的背影眼圈红了。周娇娇笑了笑，突然想起了什么，于是拍了拍丁聪的肩膀："哦，对了，还有车子，车钥匙她还没交出来。"

丁聪一听，一怒，用整个楼道都能听到的声音吼了一句："你再说一句看看，马上就给我滚！"

丁聪这么一吼，周娇娇呆住。从认识丁聪的第一眼开始，就料定了这个男人懦弱的性格会被自己吃得死死的，所以无论朋友怎么说丁聪配不上她，她依旧坚定信心选择了丁聪。通过自己父亲母亲的事，她脑海里形成了一整套的理论。在这个世界里男人只分为三类——能控、可控、失控。而丁聪绝对是属于能控类型的,她选择丁聪的原因就是主动权永远握在自己手里。

而今天,周娇娇第一次见到了丁聪失控,她心里开始有了一丝丝的惶恐。

杨小三下了楼,这时才发现胸口一阵阵地疼,她扶着栏杆,一步步走下了熟悉的楼梯。站在楼下的那一刻,她连回望的勇气都没有,自己咎由自取,只怪对丁聪还有那么一点点的奢望,这样也好,一套房子灭了杨小三心中的幻想,现实就是现实,昔日的爱情到最后还不如一套房子来得实际。可怜的自己,到了这般才把它看透彻了。

将行李丢进了熊猫车,杨小三开着车出了院子。反光镜里,她已经看到清晨的阳光下,一群老太太们正围着警察站在楼下,指指点点谈论着。杨小三笑了笑,毫不犹豫地踩下了油门。

半个小时后到了公司。出电梯口时,正撞上了刘海燕,刘海燕一看杨小三的样子,故作夸张地退了一小步问:"你哪位?"

杨小三没好气地答:"小三,收不收?"

刘海燕一听笑了:"这年头收什么都可以,哪个敢收小三啊。你这是咋了,蓬头垢面就算了,你这黑眼圈的,到底干啥去了?"

"选美去了,你看行不行,天然烟熏妆。"杨小三答,"山里两日游回来……不提了,老命都快没了。"

刘海燕一听一乐:"你们俩够本事啊,你是老命快没了,别人可是老命已经没了。"

"什么意思?"杨小三问。

"你们俩发配边疆,不幸落难。周总连夜入山,处理'后事'已经传遍了整个公司。今天一早,黄世仁就光荣了。大家一听这消息都偷着乐,说是辛苦了你一人,造福了千万家啊。腰不酸了,腿不疼了,连夫妻生活都和谐了,你说作用大不大?"

杨小三心里也没好受,没理会刘海燕,径直走进了办公室。

第十章
最厉害的侦探——妻子

这是一条 A 市最喧嚣最繁华的街道，最贵的品牌、最美的女人组成了这里最靓丽的风景线。街道的尽头有一间装修古典的茶楼，穿着高跟鞋逛了一整天的女人们喜欢在这里歇脚聊天品茗，但是这里却不是人人能进去的店，一次性充值五万才是这里的起步会员。这样高的门槛，能进到这里的人，要么是美得冒泡的年轻女人，要么就是像彭惠琴这种年过半百、家产丰厚不缺钱的资深女人。

彭惠琴刚走进门，就有人通知了老板娘顾太太。等彭惠琴走到二楼时，顾太太已经毕恭毕敬地跟在了彭惠琴的身后。彭惠琴回头看了一眼，眼皮子都没有抬一下，用慵懒的声音说："还是老规矩。"

"彭太太，您放心已经备好了。"彭惠琴是这里的老顾客，也是这里的贵宾，她一人的生意就能占到茶馆一年收入的百分之一，在顾太太的眼里，她是个标准的财神爷，就是让顾太太弯腰舔她的脚丫子，她也绝对不会有半分推脱。而且顾太太知道，彭惠琴的忌讳只有一个，不能随着夫姓叫她周太太，得叫她彭太太。这是茶馆里人人都知道的忌讳，也是人人都羡慕的忌讳。活到女人最高的境界，就得活得像彭太太这样，从上到下、从里到外、从人民币到姓都是自己说了算。

彭惠琴点了点头，说："我约了陈太太，一会儿她到了，你带她上来。"

"好的。"顾太太点了点头。

精心布置的竹屋的小间里，焚的是顶级香料，彭惠琴最爱这个味道。整个屋子的家具全是用金丝楠木雕刻成的，所有东西都是最顶级、最奢华的，人却不是。一个人快乐不快乐、寂寞不寂寞，从来就不是人身边的死物能够决定的。

十几分钟，木门被推开了，陈太太走了进来。彭惠琴抬了头问："怎么才来啊？"

陈太太笑着坐了下来："这不，一个朋友出了点事耽误了，怎么她们两个也还没到啊？"

彭惠琴没好气地答："都迟了快一刻了，少搓了好几把了，你打电话催催。"

陈太太挂了电话，笑着说："堵车，A市的交通是一天不如一天，越来越堵了。真不知道那帮子老头是怎么规划的路，我见着A市的路就没一条直的，都是些歪门邪道。"

"你啊，竟把你老头子的话拿来对我们讲，懂个啥啊。"彭惠琴叹了一声。

"怎么了？"陈太太听出了味道，问，"今天兴致怎么不高啊，你可当心了，到时候我们三个啃你一个。"

"也没什么，心里也不知道怎么的，总觉得有点不顺，但又不知道哪里不顺。"彭惠琴说。

"什么问题能难住了你这个铁娘子啊。"陈太太叹了一声，"不过到了我们这把年纪，钱不是问题，但除了钱，全是问题。"

彭惠琴一听，问："今儿怎么突然这么说？"

陈太太答："我这不是迟了么，是去开导了一个朋友，小时候一起长大的，年轻的时候找了一个国企搞技术的人，当时啊，那男人一穷二白不说，脾气还倔，颇有点不为五斗米折腰的精神。当时所有人都劝她别嫁这个'三无'男人，偏偏朋友就不信这个邪，调教了十几年，一穷小子被她调教得小有所成，开一家小公司，生意做得风生水起，一年有好几百万。哪里知道日子没好几年，外面就有女人了，这茬没防住，连人带钱跑了。"

彭惠琴听了，靠在太师椅上，淡淡地说："也就那样了，这种故事现在连报纸都不写了，太多了，看多了人就麻木了。"

"最终，我那朋友总结了一个经验，不能让男人反差太大，千万别指望男人在外万人敬仰恭维，回家却能被你呼来喝去。解决的方法有两点：第一别让男人升得太高，第二卑躬屈膝学着弯下你的腰。"

"谬论。你也不知道劝劝你朋友，这男人出轨的是出轨的，不出轨的是不出轨的。那要出轨的，街边五块钱也能去角落里打'野食'。"彭惠琴白了她一眼。

"那不好说了。"陈太太笑了笑答，"你当几十年前啊，男人往那一站，看着的都是捂得严严实实一样打扮的女人。现在诱惑大着，有句成语说得好，叫防微杜渐，不可不防啊。"

彭惠琴听着，若有所思地点了点头。

杨小三精疲力竭地坐在了座位上，身体抽空了不说，精气神也完全没了。许久，她深吸了口气，转头看了看旁边，空荡荡的，果然那小子竟没来上班。正想着给柳青松打个电话问问情况，电话却响了，又是那广东味的普通话，杨小三一听就猜到了什么事，果然，小伙子一字一句用听得费劲的声音说：

"您好，是杨小姐吧，您委托我的业务已经着手查了，但是在查的过程中遇到了一个小小的问题，需要跟您沟通下，您看现在方便吗？"

杨小三答："不方便，你稍等五分钟，她给你打过去。"

说完，杨小三也不等小伙子回答就挂了电话，看着前面镜子里熟悉的陌生人，叹了一声。她吸了吸鼻子，冲着镜子咧着嘴努力笑了笑，低头拨通了张敏的电话。

电话通了，张敏的声音传来，说："祖宗，你总算舍得给我打电话了，前几天天天关机。你真是去计划你的大业去了，连我这个朋友都不要了？"

杨小三一听，心里酸得厉害，却又不想跟张敏讲，一则那丫头脑袋里装点事定会闹得底朝天；二则自己在公司，若是没忍住一把鼻涕一把泪地哭诉，第二天就会上巨人公司的头条了，于是她吸了口气说：

"东莞那边打电话来了，说是查的时候遇到了问题，你赶紧打过去吧。"

"什么问题？"张敏问。

"我没问，谁知道你们谈些什么了。"杨小三轻声答，"就这样了，上班了。"

张敏挂了电话，歪着头琢磨着，杨小三的口气有些不对劲，按正常规矩，三句话她一定要跟自己抬杠两句，今儿竟一句也没有。正想着，杨小三把东莞的手机号码发过来了，张敏低头正打算拨，冷不丁撞上了一个人，肌肉像弹簧一般结实。张敏退了一步，抬眼一看，一米九的身高，二十多岁的样子，有着东北人黝黑的皮肤和憨厚的五官，穿了一身保安的制服，一见撞到了张敏，他赶忙伸手扶，手伸了一半，见张敏站稳，又赶忙缩了回去，低着头说："对不起，对不起。"

张敏见他这么恭敬客气，赶忙摆了摆手说："没关系，我自己看电话，没注意路，明明是我撞到你，怪自己怪自己斤两不够，所以该说道歉的是我。"

小保安一听，一笑，露出满口整洁的白牙。张敏见他走了也没在意，拿着手机拨了号码，私家侦探的声音传了过来，问："您是杨小姐吧？"

"是吧。"张敏回答，"什么事？"

"我们在查的过程中遇到了些麻烦，经过仔细思量，您委托我们查的内容怕不能全部给您了。"

"为什么？你说清楚些，什么麻烦？"张敏一怒问。

"那姑娘的背景不简单，我只能说这些。"私家侦探答。

"放屁，你查不出就是查不出来，少给我找理由。签合同时候你怎么给我拍胸口打包票的，现在说查不出来？告诉你，查不出来，一毛钱都别想得到。按照合同规定，你还得把首期款退给我。"

私家侦探一听，口气竟然淡定，仿佛遇到过此类事情早就已经应付自如了，他一字一句地说："杨小姐，您可是要想清楚了，您家老公可是个有头有脸的企业家，我们手里的资料不介意亲自送到L市来，到时候，不仅是合同款您要照付，我的来回车票您怕是也得给了。"

"你威胁我？"张敏一听，骂了一句，"咱们走着瞧。"

"那这样好了，我给你一个星期的时间，你把尾款打入我的账号，我把资料给你，比如那女人的手机号码，家庭住址什么的。"

"我要这些来有什么用，关键的东西你啥时候给我？"张敏问。

"对不起。"私家侦探说，"我们无法满足你的全部要求，就这样了，我挂电话了，请你好好想想利弊。"

张敏此番拿着手机，却好像拿着炸药包一般，胸口一疼，长长叹了一声，这真的叫损了夫人又折兵，自作孽。她咬了咬唇，一时没了方向，原地徘徊了几圈,正想着给杨小三去个电话,一抬头,突然间不远处竟见到了一熟人,从侧门进了大厦,径直走到了刚才自己撞到的小保安身旁,两人拍了拍肩膀,一起从楼梯走上了楼。

张敏一愣,转身进了保安室,指着墙上贴着的一张照片,问坐在监视器旁的保安:"他是谁?"

"他啊,叫方林虎,曾经是个特种兵。"保安转头看了一眼,眼角挑了挑不屑地补充道,"可惜是个逃兵。"

下午临近下班的时候,黄世仁走进了办公室,即使努力挤出了笑容,却掩盖不住心里的憋屈,她拍了拍手,办公室静了下来:"我呢,从今天开始就调动到楼下的行政部了,人老了都会有这一天,营销这条战线就交给你们这些年轻人了,我就安全着陆了,以后营销部的工作就正式交给周伟志了,大家知道他的分量,所以一定要像以往支持我一样支持周经理的工作。"

黄世仁的一席话又酸又涩,是人都能听出来。语毕不知道谁拍了巴掌,于是掌声热烈地响了起来。杨小三笑了笑,伸手勉强地拍了几下。这个世界无论在哪儿,都是成则王,败则寇。平日里被黄世仁数落最多、责罚最多的她,此时却不像平日里奉承黄世仁的人一样幸灾乐祸,而是有些同情黄世仁了。

周伟志上前,如平日里说话一般谦虚和简练:"今晚定了老房子酒店,大家一起聚聚。"

语毕,鸦雀无声。谁也没料到周伟志竟然如此说话,连基本的两句客套话都没有,更何况是滔滔不绝的豪言壮语了。半晌,杨小三抬手带头鼓了掌,随即掌声响了起来。

夜里十点,周伟志有些醉意地回了家,见父母正坐在沙发上聊着天,一面看着母亲喜欢的泡沫剧。周友辉转头见到儿子脸上的醉意,问:"今天部门迎来送往,一起聚餐了,对吧?"

周伟志点了点头。

彭惠琴听了,起身向厨房走去:"我给你弄点养胃的东西。你看你,平日里不喝酒的,怎么就喝成了这样。"

彭惠琴走后，周伟志走到了沙发前坐了下来。

"怎样？"周友辉问。

"儿子不大会说话，茶壶里煮汤圆倒不出来。在国内待得少，有些人情事故、礼尚往来的事不会做也不会说。"周伟志答。

周友辉听了笑了笑，伸手拍了拍他的肩膀说："慢慢来，这可是门深厚的学问啊，哪里是一朝半刻能够学会的？急不来。今天的聚餐还行吧，手下的人都还行吧？"

后面两句话是他低头想了半天，装着不经意的样子问的。

"还行。"周伟志答。

"聚餐定是一堆的奉承话，这也是种锻炼，提高点儿自己的分量，别让别人夸几句就找不到北了。"周友辉说。

"爸教育得是。"周伟志点了点头，说，"人差不多都来了，就连病着的柳青松也赶来了。只是一个人没有来，跟我说要去找房子，不然今晚就露宿街头了。"

"谁这么不给我宝贝儿子面子？连个理由也编得这么没有深度。"周友辉笑了笑，见儿子一脸紧张，定是今天的事处理得不太好，于是为了缓和气氛，他继续打趣说，"明天一早我就告诉廖总，立马把他给辞退了，给你在巨人扬扬威什么的。"

周伟志一听，一愣，问："爸，你说笑的吧，杨小三跟我说的时候倒是一本正经的，特地来请了假。"

周友辉一听，愣了几秒，转而笑着答："那当然是开玩笑的。人又不是机器，那机器坏了可以说换就换，说不定一家人几口就指望着工作吃饭，再差的人，也要给别人改过的机会，明白了么？"

周伟志听了，点了点头，笑了笑却什么也不说。此时，彭惠琴已经从厨房端了碗汤出来，周友辉看了看，拍了拍周伟志的肩膀，说："去喝你妈妈的爱心汤吧，记得在我们家，你妈就是墨索里尼，好喝不好喝都只能说好喝，我上书房去喝茶。"

周伟志点了点头，起了身。

周友辉微微叹了一声，觉着额头似乎有汗，于是习惯地伸手擦了擦，起身上了楼。

杨小三筋疲力尽地将熊猫车停在了一个廉价商务酒店的楼下，拎着行李走进了大厅。下班后，她奔波了好几处房屋中介，不问不知，随着A市的房价飞涨，房租也跟着涨成了天价，一间四十多平方米的单间竟然要二千元一个月。杨小三吐了吐舌头，脑海里飞快算起了自己的收入分配，反复算了好几次，这笔额外的支出会让她的工资成负增长，最快两年后就会花光积蓄，然后光荣破产。

杨小三走到了大厅的总台，递上了身份证，一天一百最便宜的标间，只能将就着住三天，再利用周末跑遍A市找一个便宜的窝住。

此时，杨小三的手机响了，一条短信，竟是周友辉："小丫头，忙什么？"

"开房。"杨小三回答干脆，图省几个字，完全没考虑此时周友辉是什么滋味。

周友辉反复看着手机上这条短信，觉得嗓子有些发干，伸手松了松脖子上的领带结子，低头想了半天，猜想是不是这丫头在家睹物思人，还是放不下那个男人，于是安慰了她一句：

"怕想起他是吧？跑去住酒店？物是死的，看不惯就都扔了，你不要的都收拾全了，我明早开车来收你的破烂儿。"

杨小三低头看了看，辛酸地笑了笑回复："你以为全世界的人都像你这样，无论工作生活爱情都成功？"

"我好奇你的成功标准是什么？"周友辉问。

短信发出后，很久才回过来，很长很长的一段："生活里能像一只懒猫，冬日的午后找一处安静向阳的石板，什么也不想地消磨时光；爱情中能像一只忠狗，找到一好人家，即便跟前跟后，付出能有回报就好；工作上能像一只憨熊，即使卧在那一动不动，也会让人敬畏。"

周友辉看着笑痴了，又回了一句，简单的几个词却蕴含着浓浓的情意："身体刚好别急着上班，好好休息。"

门轻轻地推动，彭惠琴走了进来，手里端着一盘切成小块的水晶梨。周友辉没能如往常一般注意到她，而是拿着手机像是想什么入了迷，眉毛舒展，嘴角微微上翘，淡淡的笑容，淡淡的情思。

彭惠琴一愣，几秒钟后，她伸出手敲了敲门。周友辉这才回过神，第一个反应竟是不合常理地将手机放进了包里。彭惠琴看了，装着不在意地走过去，坐在了周友辉的身边，问："是不是听到什么好消息了，能否跟我分享？"

周友辉清楚彭惠琴多疑的性格，若随便说一个理由她定然不信，追问下去反而会更糟，于是想起了今早毛琼芳的电话，拿定主意后，他一脸纠结，叹了一声将彭惠琴揽入了怀里说："我怕告诉你了，你会在意。"

"说吧。"彭惠琴答，"你若心里搁着事，我才会在意，两口子最重要的还是坦诚。"

"今天，毛琼芳打电话来。"周友辉说到这里顿了顿，看着彭惠琴的表情。

彭惠琴表情淡得没有变化，见周友辉看着自己，于是答了一句："你说吧，这么多年了，该过去的早过去了，你跟她之间，我知道你早就放下了，她的性子我也清楚几分，料想这么多年，她也放下了。"

周友辉听着，点了点头。

"她打电话来什么事？"彭惠琴问，"上次联系应该是几年前了，她女儿简直就是个没教养的野丫头。"

"这一次就是娇娇的事，她要结婚了，就安排在五一节。"周友辉说。

"这是好事啊。"彭惠琴听了松了口气，毕竟娇娇是周友辉的女儿，父女情无论怎么使劲也是斩不断的，"那你得备份大礼了。哎……偏偏她性子倔，上次工作的事，房子的事都没有给你面子，怕是就算备个大礼，她也不会收。"

周友辉听了，点了点头答："再说吧，反正日子还早。走吧，茶也喝得差不多了，回房间了。"

周友辉径直去了卧室的卫生间，掏出了手机，虽然有些犹豫，颇下了番决心，将那几段百看不厌的短信全部删了。

第二天一早，彭惠琴起床，见床头放着周友辉的手机，想了想拿了起来，仔细翻了翻记录，昨日夜里没有一个来电，写着毛经理的电话是昨日一早打过来的，明显对不上时间，心里一阵疑虑，周友辉醒了，彭惠琴将手机放在了桌上。

吃过早饭周友辉上班，彭惠琴跟只猎犬一般，拿着周友辉昨日的衣服嗅了遍，这个世界最厉害的侦探不是福尔摩斯，不是柯南，而是妻子，她们有极高的敏锐度，极具天生的分析能力，一有风吹草动，就会做出强烈的反应，进入备战状态，以宁可错杀一千不可放过一个的态度寻找老公的出轨证据。

这也许是中国男人的悲哀，也许又是中国男人的幸福。但是对女人来说，这是一件折磨自己甚过折磨别人的游戏，无论结局如何，输家都是女人。一场注定输掉的游戏，女人却前仆后继，从未停息。

若非打电话问清楚了路线，不然彭惠琴绝对没有想过，在A市一条很清幽的小街深处能有这样一家咖啡厅，一间二十世纪六七十年代的平房装修而成，外表破落，仅用圆木对外墙进行了简单的修饰。彭惠琴停了车，走了进去。

玻璃门一推开，霉味夹杂着廉价的熏香味扑了过来，彭惠琴忍不住皱了皱眉头。不远处沙发上站起来了一个人，冲着彭惠琴招了招手，彭惠琴看了一眼，走了过去。

"对不住啊，彭太太，这个地方是有点儿简陋，不过所处的地方不打眼，又清幽，很适合我们这行谈生意。"陈麻子眯着眼说。三十多岁的他，曾经扛过枪，退伍后当过保安，读的书少，口才却很好，有一次脑袋开了窍，干起了私家侦探。他人脉广态度好，没干几年就在A市出了名，游弋于A市阔太太之间，赚的是盆满钵满。

彭惠琴坐下，脸上一丝轻蔑，面对着陈麻子的热情，冷冰冰谈起了正事："听说你这行干了很久，很出色？"

"那是当然！"陈麻子一脸得意，唾沫星子飞溅，"你放心了，你提要求我查必究，究必果。我是正规的咨询公司，工商局有注册的，岂能是那些骗钱的小公司，钱收了，不会找个理由就不查了的。"

"那就好。"彭惠琴答，"你放心地查，钱的事好说。但是我需要的是明确的结果，别给我个含糊的答案。"

"这您就放心了。"陈麻子有些得意，滔滔不绝地说，"我是专业的，出轨这事，没查上千起也有好几百起了，只需要两件东西，手机号码和银行卡号。一个通信一个经济，两条线一查一个准。"

彭惠琴听着，觉得从陈麻子嘴里说出"出轨"两字刺耳得很，忍不住又皱了皱眉。

　　陈麻子干这行多年，察言观色的能力卓越，一看彭惠琴的表情，赶忙说："身正不怕影子斜，好男人无论怎么查也查不出问题的。"

　　彭惠琴听了，点了点头，从包里拿出了一叠人民币推到了陈麻子的面前："这是定金。"

　　陈麻子两眼发光，伸手就将钱拿了起来，大拇指在嘴唇上舔了一下，激动地数起来。

　　彭惠琴白了他一眼，不知怎的觉得有些恶心，于是想尽快结束这段对话，从包里掏了一个信封推了过去，说："里面是他的手机号码和个人银行账号。"

　　陈麻子放下了手里的钱，拆开信封看了看，点了点头："彭太太，这事包我身上了。"

　　"几时能够出结果？"彭惠琴问。

　　"最少半个月，最多不过一个月。"陈麻子回答。

　　彭惠琴听了，满意地点了点头。

　　今儿是周五，杨小三被赶出的第三天。一早春雨绵绵，离开了她心爱的蓝色床单，这几天杨小三睡得并不好，坐在座位上，双手的力量似乎还撑不起她那千斤重的脑袋。她耷拉着眼皮看着重叠的文件，明知道一堆的工作，却怎么也没力气去做。

　　几分钟后，身边的椅子动了动，又过了几分钟，椅子的轮子摩擦着地板转动着来到自己身边。杨小三不回头也知道是谁来了，高原回来，公司准了他两天病假，今儿终于上班了，偏偏遇着自己的坏心情，一句话也不想搭理，于是不等他说话，就说："有事一旁自己做，不知道自己查百度。没事就一边凉快着，别在我身边堵炮眼，姐心情不好。"

　　"老大，怎么了？"柳青松不知深浅，奢想着能哄杨小三开心，于是故意问，"两天不见，去哪家美容院瘦身了？效果这么好，赶明儿也说给我听，我介绍给我表姐。"

　　"你一个男人三八个啥，若是旁人知道了我是这般瘦身法，又有……"说到动情处，杨小三一下回神了，停了声，转过了头看着柳青松，"你两天没上班了,一堆事全给我了,你说我能不瘦下来么?"

说完,杨小三才注意到了,柳青松像换了一个人般。金黄色的中长发剪成了平头,染回来了原本的黑色,平日里一直穿着休闲运动服上班的他,竟换成一件深红色的休闲西服。这么一穿,人精神了不少,本来一个地痞流氓变成了一社会精英。

"你改性了?"杨小三问。

柳青松一听,有些得意,凑了上来,问:"怎样,喜欢么?"

"像!"杨小三答了一句转过了头。

"像什么?"柳青松来了劲,声音激动。

"会所的牛郎。"杨小三说完也不笑,转而说,"瞎起劲个啥,做事。"

柳青松一愣,成了石膏像。倒是路过的刘海燕听见,笑出了声:"你们俩上辈子定是对冤家,一个虐待狂,一个受虐狂。柳青松,她这么说,你也好歹给点正常反应啊。"

柳青松听了笑了笑,答了句八竿子打不着的话:"挺好。"

话音一落,刘海燕夸张地打了个寒战。

杨小三起了身,走出了办公室。走廊的尽头是经理的办公室,办公室的一边有一个小露台,半圆形的落地玻璃,能够看见窗外川流不息的高架桥。杨小三站在窗边,头靠在玻璃上,对着玻璃哈了一口气,在白色的蒸汽上画了个笑脸。

同样的位置,高了三十层,周友辉办公室的一角,也是个半圆形的落地玻璃窗,以前曾经放着一个雕琢精致的奔马,周友辉闲碍事让人搬走,闲暇的时候,他喜欢站在这突出的一角,一边抽烟一边看看 A 市远处的群山。造物弄人,即便能够站在同一点,却一个在上,一个在下,一个人看着远处,一个人看着脚下,整整相距三十层。就像杨小三跟周友辉一般,茫茫人海,不断总能相见,却整整相差了十八年光阴。

脚步声在杨小三的身后停下,温文尔雅的声音问:"在想什么?"

杨小三转过了头,是周伟志,五官的轮廓有着他的影子,于是笑了笑,答:"没什么,好些事多想无益,所以就找个清静的地方静一静。你不会因此扣我奖金吧?"

周伟志听了，笑了笑，摇了摇头问："房子找到了没？"

杨小三答："本打算不想的，偏偏你又提了。还没找到，明天周末打算花点时间再找找碰下运气。"

"有什么我可以帮忙的？"周伟志问。

"得。"杨小三答，"您一海龟，中国的地盘都没有踩热乎。"

说完，杨小三正打算走，周伟志叫住了她，杨小三回头，见他犹犹豫豫，嘴里的话憋着说不出口，于是说："一大男人，有屁不放，你想憋着就找一安静的地方自己憋着，我今儿心情不好，径直右转第一个门，里面的女人想听你说话的，一招呼就能有一打。"

"我想问你，你刚离了婚，啥打算？"周伟志问出了口。

杨小三一听，一愣，问："嫁你，收不收？"

周伟志一听，也愣了。

几秒钟后，杨小三不等周伟志答话，说："如果你要问我什么事情，就请直接问。如果你要想学着别人绕一大圈来问我，请你先学学技术。你这个弯绕的，跑题了八百里远。"

周伟志一脸愕然："你明白我的意思？"

"似懂非懂。"杨小三答得干脆。

"那你要怎么回答我？"周伟志问。

"我从不买彩票。我觉得世界上除了爱情外，没有百分百结果的事情我都不会去做。自从我离婚后，我就相信，将来爱情我也会这么去面对。所以，当你心中没有百分之百肯定的问题，就不要轻易问出口。"杨小三答。

"你真是个聪明的女人。"周伟志笑了笑。

"我可以走了吧？"杨小三问，说着也不等周伟志答话，径直走了。

入四月后，A市的天气一天天热了起来，八百块廉价租来的单间是个临近拆迁区的老房子。在A市现在已经鲜有这种青瓦的平房了，天一热，三十多平方米的空间跟个蒸笼似的。杨小三坐在屋子里，虽然有一台电风扇卖力吹着，身上的暑热却一点没有消掉。她低头把玩着手里的水晶泰迪熊，想的是当年熬夜几个星期编了一对泰迪熊，自己跟丁聪一人一只，它是个很好的证明，但这个男人已经彻彻底底走出了自己的世界。

此时杨小三心里想着的是那日雪山的车内,周友辉轻轻拉着自己的指尖,将泰迪熊放在自己手心的细节。眨眼那黑暗中淡淡的一吻,清晰浮现在了脑海,整个身体一热,竟有些微微发抖,它真的是个很好的证明,一个新的男人已经悄悄地进入了内心。

于是,杨小三拿起了剪刀,手起刀落,线断了,各色的水晶珠子落了一地。

桌上的手机屏幕亮了,杨小三放下了剪刀,低头看了看,深吸了口气:"哥,啥事啊?"

杨东没好气地答:"还知道叫哥啊,我都以为你忘记了你还有个大哥了。这多久了,没一个电话的。"

"平日里工作忙。"杨小三答,"回到家又老忘事。前日子出差了几天,才刚回来没几天。"

"你啊。"杨东叹了一声,"还有一个星期就到清明了,别忘了回来。让丁聪把你们那车也开回来,去公墓的时候,两部车坐着也宽松些。"

杨小三听着点了点头:"知道了,大哥。"

挂了电话,杨小三精疲力竭地趴在了桌上。

清明那天,一大早下起了蒙蒙细雨,天色黑压压如冬日的傍晚。杨小三将车开进了母亲的小区。停了车,拿了包,迎着雨丝,也不打伞也不奔跑,慢慢向母亲的单元走去。没走几步,头顶一暗,雨丝没了,抬眼一看,一把黑色的雨伞,伞下,杨南右手撑着雨伞,低头仔细看着她。

"二哥。"杨小三勉强笑了笑说。

"才一个多月没见,怎么瘦了这么多?"杨南一脸的心疼,"有事别自己一个人扛,心里什么不痛快了,跟哥讲讲。"

"没事,只是最近工作上的事很多。"杨小三拉着杨南往前走,"走吧,进去了,大哥怕是等急了。"

"离婚的事,你还打算瞒着妈跟哥么?"杨南并没有挪动脚步,站在杨小三面前,一脸严肃地看着她,"这事既然没有回旋的余地了,就早些说吧,这种事瞒不了多久。"

杨小三叹了一声:"走一步是一步了。今儿先陪妈去看爸,事完了再说。"

杨南听了摇了摇头，撑着伞跟着杨小三身后，走入了楼梯。

即便下着雨，上山的人依旧络绎不绝，这是冷清的多宝寺公墓一年中唯一热闹的时候，焚烧纸钱的烟雾融入淡淡的雨雾中，此时在杨小三的眼里，多了一种肃穆的悲凉，大哥大嫂扶着年迈的母亲走在前面，杨南撑着伞与杨小三并肩走在最后。到了半山腰，卓兰照旧会唠叨一会儿，杨小三站在不远处，一动不动地看着墓碑上被风雨侵蚀得一年比一年模糊的父亲的照片。

"在想什么？"杨南突然问。

杨小三摇了摇头。

"你骗不了哥的。"杨南答，"这事要自己调节，既然你这么利落地做了决定，就应该利落地放下，拖久了，感冒也变癌症了，你让哥怎么帮你？"

杨小三听了笑了笑，答："哥，谢了。"

杨南听了竟没有笑，一本正经地问了一句八竿子打不着的话："今后若是二哥出了事，你这个做妹妹的也得帮二哥撑着，不然二哥白疼你了。"

杨小三听了问："二哥，是不是有事瞒着我？"

杨南淡淡地笑了笑，笑容中隐约能够看到些愁思，他将手里的雨伞递给了杨小三，自己掏了包烟点上，深吸了一口，转过身看着远处的群山说："以后到了不得不说的时候自然会说，倒是你的事，什么时候跟大哥说？"

杨小三听了摇了摇头："不知道，说不说都没有多大的意思了。"

杨南听着摇了摇头，用宠溺的口气说："你啊，还是我跟大哥去说吧。"

说完，他深吸了一口，抽完了手里的烟，烟屁股丢了路边的草丛，被冲入雨雾。不远处，杨东和嫂子站在台阶上，正低头逗他们的儿子。

杨南走了过去，在杨东耳边轻轻说了两句。杨东一脸怒色地朝着杨小三的方向看了看，拉起了杨南的手走到了一边，两人站在雨雾中聊了许久。杨东最疼自己的小妹，所有的疼爱变成了严厉，而杨小三也最怕大哥，所有的怕换成了对他的敬重。她低着头站在雨中，替一门心思烧纸钱的母亲撑着雨伞。

半个小时后，卓兰站起了身，见杨东跟杨南已淋了个透，皱了皱眉说："我让你们俩来山上淋雨来的么？一年就来一次，也不过来跟你爸说几句。"

"妈，我们说的话，都被您老人说完了。"杨南眯着眼，装着轻松地回答。而杨东却一反常态，一句不吭，脸色阴沉地看着杨小三。

杨小三一迎接杨东的眼神，虽有着平日里看破红尘、无欲则刚的魄力，却偏偏在大哥的面前矮了几分，赶忙低着头不再敢看他。

"走吧，"卓兰说，"下山吧。你们俩赶紧回去换件衣服，别感冒了。"

于是杨小三扶着母亲，一行人下了多宝寺公墓。

此时山顶的另一面，一排排墓碑之中，一人撑着雨伞蹲在墓碑前，手里的纸钱已经烧掉了一半，墓碑前插上去的香烛已经被雨水浇灭了："妈，又是一年没有来见您了，爸爸还是不愿意来见您。您不要怪他，爸爸心里怎么想，儿子清楚。儿子如今已经不怪他了，所以妈妈您也一定不会怪他了。"

说完，柳青松深吸了口气，从手里扯了几张纸丢进了火苗子里。

"妈，告诉您一个好消息，儿子有了心上人了。若这番没有她，说不定儿子已经陪您了。她是儿子的上司，刚离了婚，但儿子不在意，儿子喜欢她，您一定也会喜欢她对么？她很像您，若是您在的话，你们俩一定会很谈得来，她也像您当年一般，常常骂儿子，却心底里疼爱儿子。记得当年，儿子年少不懂事，总觉得您对儿子严厉，当您去了，儿子才真正知道您每一次的骂都是为了儿子啊。儿子错过第一次，不想错过第二次。"

一阵山风吹来，夹着雨丝拍打在柳青松的脸上，纸钱燃烧的灰烬旋飞起来，柳青松默默地看了好一会儿，笑了笑，说："妈，下一次儿子一定带她来见您。儿子会努力的，您也一定会祝福我，对么？"

第十一章
以伤治伤， 傻到极点

雨越下越大，黑色的伞面溅起了无数的水花，晶莹剔透。

咖啡厅的玻璃窗上，已经形成了一层水幕，像在玻璃上形成了一条流淌的河。彭惠琴安静地坐在沙发上，与外表相反，此时她的心情异常焦躁。陈麻子打了电话来，口气谨慎地告诉她查到了，她一听心便揪在了一起，就像当年父亲不同意周友辉入彭家一样。陈麻子跟她约的是上午十点，她想也没想挂了电话，也不知道闯了几个红灯，来了咖啡厅才发现提早了一个多小时。

廉价的咖啡喝得彭惠琴舌头发麻，她又打了几个电话催。终于，咖啡厅的玻璃门滚动，尖嘴猴腮的陈麻子走了进来。

不等陈麻子坐下，彭惠琴忙问："查到了什么？"

陈麻子喘了口气，伸手从公文包里掏出一沓照片。第一张照片是在一个普通小区里照的，一栋十八层的电梯公寓。第二张是一个三十多岁的女人，三十多岁，皮肤发黑，有着北方女人的粗糙，穿着低俗。

彭惠琴看完照片问："这个女人是谁？"

"我慢慢给你说吧。"陈麻子喝了一口咖啡答，"我查过您爱人的手机通讯记录，联系人很多，社交圈子也很广泛，但经过查实，全部都是生意上和公司下属员工。对联系频繁的几个电话，我仔细查了下，都是客户和几个副总的。不过这个不能说明什么，不排除他有其他的联系号码，所以我又查了他的账户往来记录，除了必要的资金往来，发现了一笔最近才发生的记录，一笔三十万的资金，有您的爱人亲自签名，而用这个资金的人，显然没有什么经济上的常识，她直接用转账方式，首付了一套一百平方米的房子。就这个小区，户主的名字叫苏澈，是一个从甘肃来 A 市打工的小妹。我仔细查过这个人，都说她原本在北海道洗脚城做洗脚妹，年纪大了，就找了一个男人做小三。她曾经对洗脚城的姐妹说起过这个男人，说他是北方 M 县来的，做生意的，平日里对她很好，已暗地里照顾了她好几年了。"

M 县？彭惠琴一听，手抖了一下。周友辉就是 M 县来 A 市打工跟自己相遇的，彭惠琴胸口一阵阵发疼，她万万没有想到自己万般信任的老公竟然背着她包了小三，而且已经包了很多年，竟然是个洗脚妹，还是个庸脂俗粉的人。

"她……她现在就住在那里？"

陈麻子点了点头。

"现在带我去。"彭惠琴下了命令。

"这……按照我们这行惯例，是不可以露面的。"陈麻子一脸尴尬。

"我管不了那么多，现在就去，大不了我给钱。"彭惠琴一巴掌拍在了桌面，起了身往外走，陈麻子赶忙跟了上去。

吉利车和熊猫车一前一后到了海棠小区，前面的吉利停了车，三人下了车，杨小三回头对坐在车后的杨南说："你下车吧。"

"你不上去了？"杨南一愣，问。

"不了。"杨小三说，"大哥现在怕是在气头上，他顾虑着妈。过几天我再来找大哥，那时候他的气怕是消了，我好承认错误。"

"你当这是小事啊，我刚说起时，大哥那样你是没见着，怕是今儿你不上楼，这半年你就都别回来了。"杨南答。

杨小三叹了一声，正想答，副驾座的门被拉开，杨东一屁股坐了进来。

"哥？"杨小三战战兢兢地问。

熊猫车上，气氛诡异地宁静。终于，杨小三开了口，问："哥，你怎么不上去，妈会担心。"

杨东答："你也知道妈担心了？这么大的事，你竟然就这么瞒着家里。"

"这……点小事，我这不是怕你跟妈担心，所以……"

杨小三没说完，杨东打断问："离婚是小事的话，那你告诉我什么是大事？开车，我去见见丁聪。"

"哥，这事已经过去了。"杨小三答，"我跟他已经没关系了。"

"你若没哥，这事过去就过去了，也没有娘家人给你撑腰。"杨东一本正经地答，"但是你有两个哥，这事先不管对错，我这个做大哥的，怎么着也得见见他。别人我不清楚，可我这个妹子不是我自己夸的，那是打着灯笼都找不到的好女人，他丁聪有什么瞧不上的，让他亲口来告诉我。"

"哥……"

"别说了。"杨东说，"开车，去找丁聪。如果你不开车，哥就坐这车里不走了。"

"大哥，妈还在上面等着，不妥吧？"杨南坐在车后劝了一句，不劝还好，一劝，杨东不忍心在妹妹身上发的火，全落在了杨南身上："你也是，这么大的事，你跟三儿胡闹，到现在才告诉我，你的心里还有没有我这个大哥？"

杨南不敢开口了，偷偷地看了杨小三一眼，只见她双手紧紧握着方向盘，下唇被牙咬得发白，双眼没有焦距，只是直愣愣地看着远处。

几分钟后，车子里还是一阵宁静，终于，杨东叹了一声，说："三儿……"

杨小三打断道："哥，不说了，我开便是。"

一脚油门，三百六十度的转弯，熊猫车如失控一般跌跌撞撞地出了小区。

熊猫车停在了教师小区的楼下，杨小三停了车，转头看了看杨东。

杨东转头问："这是你们以前的房子，他住这儿，那你现在住哪儿？"

"不对啊，妹，当时你告诉我，他承诺的是他净身出户，房子车子都留给你的啊。"杨南一听，凑了上来问。

杨小三听了，递了个眼神，示意杨南别再说了。

杨东一见，一脸怒色地说："别使眼神了，该听的我已经听到了。你这二十多年的人是白当了，怎么连些保护自己的方法也没学到？哥前些年供你读的那些书都白读了？"

杨小三听着，低了头。

"哥，别再说了。"杨南赶忙地说。

杨东叹了一声，走了下车。没走几步，杨小三在身后，说："哥，要不这事就算了。反正也过去了，这男人我也看透了，现在知根知底离了倒是好事，我还年轻，再找个第二春也不晚。若是人老珠黄的时候才发现，就连个改嫁的机会都没了。"

"你？"杨东回头，本想骂杨小三一句，可见她眼圈通红，双唇发白，一脸憔悴的样子,却又不忍心骂了,于是又重重叹了一声说,"若是来前你跟我说这些,我可能会作罢,现在知道了房子的事,就不能这么作罢了,我这个做大哥的怎么也要走一遭。自己的妹子被人欺负了,不替妹子出气,还怎么做大哥?"

说完,袖子一挽,露出结实的肌肉,大步向楼上走去。

听父亲讲过,杨家祖上是一个大家族,传到爷爷这一代时就败落了,父亲这代时就更不用说了,杨家的老宅被翻了个底朝天。那时,年轻气盛的父亲烧掉了爷爷积攒下来的所有字画,爷爷一气归了天。这个心结一直就在父亲的心里扎了几十年,直到去世那一天,父亲还在思量着怎么去见天国的爷爷。而杨东作为杨家的长子,仍旧记得那天父亲枯槁般的双手抓着自己的胳膊,颤悠悠地告诉自己:"一个要照顾弟妹,一个要照顾家,家人比什么都重要。"

这一句杨东记在了心底,家是天,母亲弟妹是地,撑着的是自己。而今天从杨南嘴里听到妹妹的事,他很生气,但不是气自己的小妹,而是自己。妹妹的天塌了,自己不仅不在身边,连一把力气都没有使。

到了地方,杨东回了头,见小妹正低着头跟着他身后,心软了,按门铃的手抽了回来,对着杨小三说:"哥这回听你的,按还是不按,你决定吧。"

听杨东这么说,杨小三苍白的脸挤出一个惨淡的笑:"哥都到这里了,就按吧,反正迟早有一天。痛快不痛快对每个人都不同,我不想哥因为我心里不痛快。"

杨小三这么一说,杨南走上前,搂住了杨小三的肩,杨小三顺势靠在了二哥的肩头。

杨东听了,转头按下了门铃。

门开了,一个陌生的女人站在面前。杨东回头看了看杨小三,杨小三点了点头。周娇娇站在门口,仔细看着面前这个身材魁梧的男人,虽一句话不说,却给人一种说不出的压抑感觉,让她竟没有往日的利索,轻声问:"你找谁?"

话音刚落,杨小三上前一步,出现在了杨东身后。

周娇娇一见,一声轻笑:"我以为谁来着,敢情找了救兵来。"

"丁聪在不在?"杨东问。

"你是什么人?"周娇娇柳叶眉向上一挑,问,"他不见你。"

"他见不见,不是你说了算。你是他什么人?"杨东笑了笑,"要不要我猜下?"

说话间,丁聪已经走到了门口,轻声对周娇娇说:"娇,你回房里去吧,我跟他们好好谈谈。无论怎样错都在我。如果我能道貌岸然、义正词严地将他们赶走,这样的男人,你也别要了。"

丁聪这么一说,周娇娇一愣,呆立了几秒,松开了撑在门框上的手,走回了卧室。

虽然是清明节,A 市却安排了一个经济推进会。周友辉寻思着手里的几个项目都需要政府的政策支持,于是带了几个副总一起参加,想借着这个机会疏通关系。还是老样子,一个个官大爷上台滔滔不绝,一讲就是半个小时。

周友辉坐在台下听了一半,忍不住用手遮着嘴打了个长长的哈欠。正巧此时手机响了,他走出了会场,想着韩云不会有什么大事,随便说几句后,在走廊上抽烟提神。

"周友辉啊周友辉,你可害惨我了啊。"电话一通,韩云嚎了起来。

"出什么事了?"周友辉问。

"你啊,你啊,我真不该找你借那三十万,你说啊,我怎么偏偏找你借啊,报应来了啊。"韩云扯着嗓子嚎着,背景很吵,似乎有一群女人正围着他。

"嚎有什么用?"周友辉喝了一声,"都一把年纪了,你这破毛病怎么还没有改,身上就压不住一点事。具体什么事你总得告诉我,我才知道能不能帮助你。"

"帮我?"韩云带着哭腔说,"是害了我。你那个老婆杀到我的小三那里去了,惊动了保安,保安又把警察叫来了……"

"我老婆去你那里了?"周友辉打断了他的话,"什么时候的事情?她怎么会找到那里去的?"

"我怎么知道。你老婆的事你不知道,问我?现在这里都乱成一锅粥了,我下半辈子可是被你毁了。"韩云说。

"你把地址告诉我,我马上就过来。"挂了电话后,周友辉站在长廊上,胸口一闷,气却没有叹出来,生生地憋了进去。他抬头看了看长廊顶上白色的吊顶吸了口气,拿着手机走出了会议厅,给廖副总打电话吩咐了公司的事。

周友辉车开到小区时,小区的楼下已经围了不少人,三三两两地站在院子里，头望着同一个方向。周友辉停了车，见一单元楼下停着辆110的出警车，于是径直走了进去。到了十二楼，楼道里站着几个邻居，正指指点点说些什么。

周友辉推门进去，杂乱的屋内如红卫兵抄家后的狼藉，隐约还能见着简单的装修和全新的家具。几个还算成形的椅子上坐着几个人，两个头发已被抓成鸡窝的女人正相互对峙着，韩云捂着头坐在两人中间，彭惠琴此时正跟一个大盖帽站在房间的另一边，大盖帽一手拿着记录本记录着。

周友辉一看就明白了原因，彭惠琴转头见周友辉来了，一脸愧疚，鲜少的谦卑姿态，低着头说："你来了啊，对不起，我搞砸了你朋友的事。"

周友辉听了，努力挤了些安慰的笑容，轻声说，"这里我来吧，你回车上去，我处理完了就下来。"

彭惠琴点了点头，转身要走，大盖帽叫住了她："不好意思，我必须做好相关的记录。"

周友辉听了，转过头说："你是哪个分局的？冯队长最近好吗？好久没有联系过了，上次见面还是在新年的团拜会上。"

大盖帽一听，一愣，点了点头。

彭惠琴转身离去，周友辉看着她离开的背影，总算松了口气，当着面打了冯队长的电话，几分钟后，大盖帽什么也没有说，拿着记录本走出了门。

周友辉见三人还这么对峙着，正想开口，刚刚才关上的门被撞开，带来一阵劲风，一个二十来岁年轻的小伙冲了进来，不由分说对着苏澈脸上就一拳头，苏澈应声倒在了地上，小伙挥第二拳时，韩云已经冲到了苏澈面前挡住。

小伙怒目看着自己的父亲，咬着牙一字一句地问："你是要妈，还是要这个女人？"

"当然是要你们母子俩了。"韩云回答，"但是，她……"

"也不想放下，对不对？我没有你这么丢人的父亲。"小伙嘴角轻扬，轻蔑地笑了笑，说完搀扶着一旁的母亲起身，轻声说："妈，儿子听你的。你说怎么办，儿子就怎么办。"

"走吧，儿子。一把年纪了，妈丢不起这个脸。"

说完，两人出了门。人一走，苏澈就来了劲，尖叫着说："你怎么这么没用，他们摔坏了我这么多东西，找谁赔啊？事情闹得这么大，邻居怎么看我，以后我怎么待下去啊？这种女人还要她做什么，云啊，你说什么跟她离婚啊，我可都等了五年了，五年的青春啊，你可赔不起的……"

苏澈嘴一开，就像洪水一般来势汹汹停不下来。

"回卧室去。"韩云打断了她，"我们的事以后再说，现在有客人在，给我点时间。"

苏澈听了，看了周友辉一眼，又看了韩云一眼，扭着屁股进了卧室。

周友辉听了，叹了一声，手搭在了韩云的肩膀上说："这事是我对不起你。"

韩云一听，一阵轻笑："这事怪不了你，要怪只能怪我，作茧自缚，自作孽，活该啊。现在老婆儿子都不要我了，你说，这一把年纪了，竟然妻离子散，我的下半辈子该怎么办？"

说着，充满沟壑的老脸上开始流起泪水。韩云以前在厂里是出了名的硬汉，有次车床切了拇指，都没出一声，而今日竟在这种场合，周友辉见着了他的泪水。

"好好跟他们说吧，我想嫂子能原谅你的，不然刚才就撂下离婚的狠话了。那个女人看来也不是什么好说话的主，还是找机会打发了吧。"

周友辉一说完，韩云扬起了双手，开始狠狠抽自己耳光。周友辉伸手拦，没想到韩云下手竟如此狠，血已经顺着嘴角流了下来。

苏澈刚刚才装修好的房子，如今狼藉一片，碎玻璃碴子、破布落了一地。韩云蹲在地上，嘴角的血一滴滴落在了地上。周友辉蹲了下来，从包里掏了纸巾递到了他的面前。

韩云抬头看了周友辉一眼，手拿过了纸巾，擦的却不是嘴角的血，而是眼角的泪。

"我只问你一句，你认真回答我。"周友辉指了指卧室方向，问，"要老婆儿子，还是要她？"

"当然是老婆儿子。"韩云毫不犹豫地回答。四十多岁的男人，一路的打拼积蓄总是有的，正因或多或少有点儿钱，非份之想也会有的。可同样也是此般岁数，又快到知天命时候，孰轻孰重，男人比女人看得清楚。外面的野花摇曳妩媚，让他们流连忘返，但家才是他们的归属，变不了，也错不了。

周友辉笑了笑，推开了卧室的门走了进去。十多分钟后，他走了出来，站在了韩云面前，说："起来吧，事情过了，好好跟嫂子认错去，日子还得过，不是么？"

韩云一呆，问："你做什么了？"

周友辉淡淡一笑，答："你说呢？若是我，我就不会问了。"

韩云一听，叹了一声："这钱数额怕是不小，这辈子我怕是还不上了。"

"事到这份上也有我的责任，就别想了。"周友辉答，"钱还不还充其量是个数字，我们还能有几年光阴，人走了，钱是带不走。只是你欠嫂子的账，怕是还不上了。"

韩云点了点头，正想开口谢，却见周友辉拍了拍他的肩膀，一边往外走一边说："我不是在说你，是在说自己。我是过来人，也有笔还不清的债。"

说完长长叹了一声，走到门口时，身后似乎听见韩云说话，声音很小，只隐约听到了几个字："别步我的后尘……"

丁聪端了两杯水，放在了茶几上，自己搬来了一个凳子，毕恭毕敬地坐下，似乎有些局促和紧张，双手一直放在膝盖上。

杨东清了清喉咙，问："我这个妹子我知道，我跟二弟从小惯她，脾气是有些坏，但如果你还当我是大哥，就把话挑明了，虽然我这话说得有些晚了，但是我还是想亲口问你，这家你要还是不要？若是不要了，你打算留什么给我妹？"

丁聪蠕动着嘴，半天才说出了声："大哥，这事怪我。男子汉大丈夫做错了事，自然要弥补。我知道我伤了三儿，以我目前的能力也无法弥补。娇娇有了我的孩子，我顾了一头，顾不了另外一头。所以，我只能说对不起了。"

杨东一听，回头心疼地看了一眼杨小三，站了起来，一拳头就挥在丁聪的下巴上。这一拳把丁聪打得从凳子上滚了下来不说，连滚了几圈才停了下来。

周娇娇一声惊叫，从卧室里跑了出来，伸手扶起了丁聪，对着杨东说："想怎样？我报警了，这是谁的家，你们搞清楚点儿。"

杨东一听，一把推开了周娇娇，一只手拎着丁聪的领口就提到半空中，说："刚才我没听清楚，这是谁的家？麻烦你说一声？"

周娇娇见丁聪被提到了半空中，又一声尖叫，抓起了身边的座机就要打电话。杨南走上前，一把将听筒压下。杨小三拽住了大哥的手，说："哥，这事就算了，我不想追究了。"

岂知这一句进了杨东的耳朵，心里分外难受，不由分说一拳头又挥了过去。丁聪脱了手，滚到了角落，头撞在了柜脚，血顺着眼角流下。周娇娇见了，大声叫："你们给我滚，滚！"

"我没事，真没事。"丁聪见周娇娇神色紧张，忙安慰了几句，转头对着杨东说，"娇娇有身孕，你若是想好好揍我一顿，我们出去找块场地，我随便你打。"

杨东一听，提着拳头就上前了一步，这一次拳头没挥在丁聪的身上，杨小三站了中间："哥，要打打我好了，连个男人都管不住，连个房子都留不住，被人算计走了一切。你就一拳打我脸上好了，打醒我也好。"

杨东听了，眉头皱得更紧，举过头顶的拳头因为握得很紧而微微发抖。

"哥，你有气打我好了。你是我哥，我不怪你。你打这种男人，若是报了警，让你入了局子，我会更难受，所以还是打我吧。"

杨东一声叹息，拳头松开，推门走了出去。

杨南走了过来，扶住杨小三。杨小三笑了笑："二哥，我没事，不需要人扶着。走吧，人也打了，气也消了。"

说完，径直出了门，杨南对着丁聪一字一句地说："我妹跟我大哥不计较了，告诉你，我这里可永远没有完，等着瞧。"

周友辉走下了楼，一群看热闹的人已经添油加醋地夸张了好几倍，反复议论着。周友辉穿过人群，拉开了彭惠琴的车门。

"解决了？"彭惠琴问。

周友辉点了点头，躺在副驾座上，闭着眼，右手捏着鼻梁揉着。

彭惠琴见了，声音柔了下来："对不起，这一次是我太莽撞了，不该对你做的事有所怀疑……"

周友辉直了直腰，睁开了眼睛，嘶哑的声音答："没事，只要你放心了就好。"

"话又说回来了，那个韩云也不是个东西，一把年纪了学人家找小三，还这么不要脸，跑来跟你借钱！……"

"你先回家吧。"不等彭惠琴说完，周友辉疲倦的嗓音打断了她，"市里还有一个会，我从那边赶过来的。"

此时，彭惠琴明白，纵使周友辉一句话也没有责骂她，但此时在心中已经对她有了千般的怨恨，不然他不会这么离开，一句安慰的话也没有。

周友辉的车驶出了小区，初夏的阳光照了进来，暖暖的，晒得周友辉觉得浑身没有一丝的力气。路边的一切，对于周友辉来说都是明晃晃的，亮得刺眼，他将车停在了路边，拿了手机，号码一个个地翻，终于找到了她的号码拨了出去。

电话通了，周友辉柔声问："你在哪儿？"

杨小三拿着手机，站在熙攘的街头答："凤凰路上。"

"又在那条A市最繁华的路上。你也很累么？"周友辉问。

杨小三点了点头，声音仿佛从喉咙深处发出的："很累。"

"我也是。"周友辉低叹了一声，幽幽地回答。

杨小三拿着手机，抬头望着天空，落叶后的梧桐，翠绿的新芽也冒了出来，透过这种颜色看到的阳光竟是橙色。她笑了笑，摊开了手掌，接住了从树上飘落的一片嫩芽。

"你站在原地，给我半个小时行吗？我会开车路过凤凰路，若是能遇见你，就算是上天答应的，让你陪我一下午，可以吗？"周友辉问。

话音一落，一片宁静，几秒钟后手机挂断。正当周友辉发出一阵叹息时，一条彩信传了过来，那是一只苍白的手，手中安静地躺着一片翠绿的梧桐叶。看着它，周友辉终于笑了出来，发动了汽车，向凤凰路疯狂开去。

爱是那一瞬间的事，就像一条红绳绑住了两头。不爱，也是那一瞬间的事，就像一把剪刀剪断红绳。而从爱到不爱，或者从不爱到爱的过程，有时候很长很长，几年几十年，有时候却很短很短，仅仅是一条短信穿越的时间。

A市的凤凰路，就如那北京的王府井、成都的春熙路和武汉的汉正街，是一张城市的名片。几乎所有名牌的时装店都落户在这里，无论美丑的女人都喜欢去溜达一圈，无论身家多少的男人都会去打望一下。所以平日里即便不是周末，短短两公里的路都会拥满了人群。所以要在这两公里内找到一个人，要说难也不难，要说简单也不简单。

但几乎整个A市的人都知道，在凤凰路的中央有一棵榕树，仅有的一棵榕树。那是棵需要三个成年人手牵手才能围起来的榕树。上百年的树龄，A市的风水树，在A市浩浩荡荡的拆迁运动中独留下的一棵。巨大的树荫下，放着几张铁制的座椅，无论是逛街累了的时髦女郎，还是闲来无聊纳凉休闲的老人家，都喜欢在这里坐一坐。

周友辉停了车，推开了车门。抬眼，不远处婆娑的树荫，流光溢彩的阳光，一阵风吹来，树叶轻扬，褪下的翠芽盘旋在空中，很像宫崎骏笔下浪漫的童话世界。周友辉迈开了步子，慢慢走了过去，他已经看见，在被磨得锃亮的座椅上，杨小三正坐着，头枕着靠椅，长发顺着椅背落了下来，一根根发丝如杨柳轻扬般垂在身后，她仰望着天，一动不动看着阳光下轻轻颤抖的树叶。

周友辉走上去，坐在了杨小三的身边，一句话不说，仰着头靠在椅背上，以同样的姿势也看着天。许久，杨小三突然问："早上下过一场很大的雨，很大，你有没有觉得雨后的阳光特别干净？"

"嗯。"周友辉点了点头，眯着眼。觉得身上突然间很暖，一闭眼就快要睡着了。

"你说，如果这个世界没有雨，是不是就不会有阳光了？"杨小三问。

"不知道。"周友辉睁开了眼，转过头看着杨小三，轻轻地说，"我只知道现在这时候，我没有你，就没有阳光。"

杨小三一听，身体抖了一下，转头看着周友辉，发觉他正目不转睛地看着自己。眼神交汇，平日倔强的她竟一秒钟也没有扛得住，起身要走。周友辉伸出右手将她的左手拉住："既然给了我提示，让我见着了，就陪我坐一会儿吧，我真的好累。我保证一句话也不说了。"

说完，周友辉闭上了眼，安静地坐在了椅子上。

杨小三想了想，坐了下来，她抽了抽手，发现周友辉拽得很紧，没有一丝松开的意思。连续抽了几次，杨小三发现他越拽越紧。今天的他很执着，执着得像个孩子，也很冲动，冲动得失去往日的心境，不顾一切地做了出格的事。于是杨小三只好放弃了努力，将自己的包挡在了前面。

正如周友辉承诺过的，接下来的几个小时，他真的一句话也没有再说。

下午四点多，阳光慢慢淡了下来，周友辉终于睁开了眼，头枕在靠背上，转过头看着杨小三，见她依旧看着天空发呆，他轻轻地拉了拉手，杨小三转过头看着他，于是他笑了笑，紧接着她也跟着笑了笑。几秒钟后，周友辉松开了杨小三的手，说："突然间，很想喝几杯。"

"我也是。"杨小三点了点头。

"我醉了很难看。"

"我也是。"杨小三笑了笑。

"那……"

周友辉没有说完,杨小三已经回了答案:"好!"

此时,两个人都需要一块浮木,需要一种能够麻醉自己的工具,可谁都不愿意说出这个要求,却一味期待这个答案,于是干柴烈火一拍即合。

傍晚,周友辉半山的别墅,此时落日余晖使四周像渡了层金粉,三楼的露台上,平日里周友辉来得少,因此很少打理,显得有些破败。平台上几株枯败的植物,水池里几条要死不活的锦鲤。

周友辉搬来了两把躺椅。杨小三拎来了一打啤酒。山间归巢的鸟叫,觅食的虫鸣,几盘超市买来的下酒菜,两个寂寞的人喝着聊着,直到夜深深沉。从理想聊到人生,从啤酒喝到了白酒,两个似乎都醉了,却又都没有醉。

夜色中,一轮明月挂在了正中,脚下层峦叠嶂的林木。夜深了,谁都没有提议要走,周友辉看着酒杯中摇曳的"琼浆",突然问:"在你眼里,我是怎样的一个人?"

这是杨小三人生中的第三次醉酒,她很努力地抬起了头,很努力地睁开了眼睛,看着暖色灯光下的周友辉,好像就在自己身边几厘米远一般,她痴痴笑了两声答:"反正不是一两块钱能够买到的。"

"一两块?"周友辉一愣,继续问,"你知道我家产有多少么?"

杨小三的头摇得跟拨浪鼓一般,答:"我……说的……意思,你根本就没有明白,超市里,卖的那种最便宜的……一块钱一根的……火腿肠。"

"火腿肠"一出,周友辉最后的一份理性也被卸掉了。他走上前将杨小三从躺椅上提了起来,揽入了怀里。月光下,鼻尖碰到了鼻尖,细致如羊脂玉般的皮肤,明眸皓齿,红唇微微张开,周友辉毫不犹豫地吻了下去。

被山风吹到冰凉的双唇带着美酒的芬芳,周友辉刚触碰的那一瞬间就像一口吞进嘴里的哈根达斯,冰凉浸入,芳香在唇齿间荡漾。杨小三全身一抖,迷醉间睁大了眼睛看着他。周友辉离开了她,低头仔细看着她,像欣赏着一件精美的瓷器。一个吻的前奏,身体里每个神经细胞都被激活了,颤抖着,兴奋着。

周友辉捧起了杨小三的脸,一个更浓烈的吻,舌头窜入了口腔,没有浓郁的香水味，没有故作矜持的羞涩，这是周友辉从未尝到过的滋味，一个吻，二十多年了，他都快忘记了该有的滋味儿。从开始的那一刻，他的自制力已经告诉他，若是做不完全套是停不下来了。

杨小三脚下一颤，周友辉整个身体压了下来。落地的那一瞬间，周友辉自己着了地，杨小三落在了他身上。粗糙的地方定在自己的背上留下了痕迹，隐隐的疼痛完全敌不过身体的亢奋。明明年近半百，明明普通的酒水，明明没有致命的挑逗，却有着致命的吸引力，也许这就叫作水到渠成。

周友辉翻身将杨小三压在了身下，脱掉了外套，结实的肌肉露了出来，起伏的胸口，预示着胸中的澎湃。在他还有一丝的清醒时，给了杨小三一个询问的眼神，之后很努力地寻找着结果，却什么也没有看见，只见娇艳的红唇，迷醉的荷尔蒙气息。

这些日子无论与周友辉走得多近，杨小三总觉得两个人间隔着些东西。直到两人"坦诚"相对、紧紧相拥时，她终于明白他们之间有什么了——距离！酒精刺激，她无法思考很多的问题，一个吻挑起的热度就让她迷失了一切。原以为没有男人她也会活得很好，原以为自己的那个惊世骇俗的决定能做得易如反掌，而如今才明白，她做不到，此刻，她只觉得自己什么都不该去想，什么都不该去说。他就像灿烂的阳光，照耀到了她如臭水沟一般腐败的内心，她唯一知道的是抱着他，迎合他，缩小这所有的距离。

周友辉贴紧了她，一圈一圈的温暖，一层层的包裹，如他小时候最爱的糯米糕，即便是滚烫，也恨不得一口就吞了进去。如果说进入时，他还有一丝丝的犹豫，一丝丝的理智，进入后的他就完全被欲望吞没了。这是他几十年的生活中第一次爱得如此浓烈。双手拥着她，双唇吻着她，身上的部分紧紧地相连，每一个能够接触到她的地方，都要靠得近，不留一丝缝隙。

周友辉的双唇离开了她，望着她声音嘶哑："我放不下了，该怎么办？"

"好好爱我吧。"杨小三低吟，腰身顶了上去，双腿如青蔓绕在了周友辉的腰上。

周友辉压抑的一声低吼，身下开始驰骋。欲望和畅快从最深处的一点，如湖面中开始的涟漪，一圈一圈开始发散。

温热喷射而出，火热撞击在了深处。杨小三浑身战栗收缩，周友辉的身下一紧，释放出了最后一点欲望。许久，两个人紧紧相连，却谁也不想放开，直到新一轮的开始。

　　许久之后，杨小三问周友辉："那一夜，你心中想得最多的是什么？"

　　周友辉回答："你也许不信，可那时候我真的一直在反复问自己，那天是什么日子？是不是2012年世界末日，我想把人生最美的一天都留在这个日子里，即便换来明日的万劫不复。"

　　山风微凉，周友辉将外套盖在了杨小三的身上。杨小三枕在他的手臂上，大理石冰凉的地面只垫着一件薄薄的衬衣，两人躺在上面，谁都不愿多说一句话，谁也不愿意起身。身体的疲倦，酒精的挥发，沉淀在脑海里的每一个细节，都格外清晰。

　　此时满天星辰不知是否流了泪，不知是否沙迷了眼，杨小三总觉得今日的星辰格外闪耀，亮得刺眼。一阵山风，杨小三打了阵寒战。

　　"冷了吧。"周友辉不等杨小三回答，将她抱入了怀里。他的胸膛很暖，杨小三靠了上去，就像大冷天钻入了电热毯一般舒服。身体倦得要命，加上他走得很慢，很轻很轻地摇晃，像摇椅一般眨眼就入了梦。

　　梦是灰白色的，很短，眨眼杨小三就醒了，发现自己正躺在洁白的浴缸中，不冷不热的温水正将自己包裹着，他坐在浴缸旁，正呆呆看着自己："醒了啊，毛巾在你的右手边，洗一下再睡吧。"

　　半个小时后，杨小三裹着浴巾走了出来。卧室里，周友辉正拿着电话说着，见杨小三走了出来，挂了电话，走到了她的面前，几缕滴着水滴的碎发，他如至宝一般绕在食指上，轻轻挽在了杨小三的耳后："夜深了，你睡这里吧。车库里还有一辆车，这是钥匙，你明天开下山吧。"

　　杨小三点了点头，侧面的镜子中，他已经恢复了往日的模样，像玩了一场游戏后整理好衣服华丽地退场。杨小三嘴角轻扬，笑了笑，低头拿起了他放在桌旁的手机，十一点。她微微叹了一声，清明节终于快要过去了，好长的一天，发生了太多太多的事，心中庆幸的是丁聪给她的伤终于好了，结疤了，悲哀的是胸口却又有多了一道新伤口，以伤治伤，她傻到了极点。

　　周友辉将车钥匙递了过来，杨小三没有接。周友辉思量许久，将钥匙放在了床头的桌上转身离去。几分钟后，一声清脆的关门声，他走了。杨小三掀开了雪白的被子一角，躺了上去。柔软的质地，淡淡的百合香味让她突然想起一个半月前，也是从这个床上醒来的场景，当时担心的事今儿竟成了事实，还是自愿的。原来世间轮回，该来的迟早要来。

不知怎的，明明还困倦的身体，在周友辉走后，竟没了一点睡意。杨小三靠在床头，低头玩着手机。一格电，没坚持到十分钟，杨小三将手机丢到了一边，捂着脸深吸了口气。

门外一声巨响，大门开了。杨小三一惊，惊恐地看着门的方向。几分钟后，急促的上楼的声音，紧接着卧室的门推开了，周友辉走了进来，带来了一阵同样微凉的山风，他坐在了床边，一手将杨小三揽入了怀里，轻声问："你当初说的话还算不算话，如果算，就拿我开刀吧。"

杨小三一听，一愣，松开的手慢慢抬了起来，环住了他的腰。

许久，杨小三问："几点了？"

周友辉在她耳边轻声答："快到十二点了，你总算愿意跟我说话了？"

刚说完，周友辉的吻就落了下来，辛苦检查过一点痕迹没有留下的衣服，不到一分钟全部脱了下来。他搂着杨小三，那种带着他最爱的百合沐浴露香味的身体，以不合年龄的精力和冲动又开始了新一轮的"战斗"。

释放的那一刻，他从欲望中醒来，满身的汗水，每一个毛孔都极致地舒展。那一刻他觉得，他像是一只鱼跳出了水面。他笑了，低着头紧紧抱住了怀里的人。

第十二章
抽身时片叶不沾

张敏坐在自家的客厅，手提放在大腿上，一手拿着手机，一手按照手机上的账号将数字敲入了电脑。几分钟的操作，尾款转了过去，一万块对她来说不算是什么钱，但这场冲动造成的闹剧却让她心里分外难受。面对长期在这种战壕中奋战的骗子，早已经把她这种情况的女人摸了个透彻，所以她不得不妥协。即使是一万块没有换来她需要的任何东西，她只能默默认了，就像宋林昆对她的不忠，即使胸中万般不甘也无可奈何。

她笑了笑，关了手提，仰头望着天花板。

"老婆，很晚了，睡吧。"宋林昆出现在了她的身后，从沙发背后吻了吻她的额头。

"滚！睡客厅！"张敏站了起来，起身就往卧室走。

"老婆，你到底要闹多久？"宋林昆一怒，嗓门提得很高，问，"你还要不要过日子了？"

"日子怎么不过了？"张敏反问，"你告诉我，有没有什么可以让我心里不难受的？我的感受你永远不明白。有一天我也在外面睡个男人，你心里会怎样？会原谅我么？"

宋林昆看着张敏，很认真地点了点头："会！"

"放狗屁！"张敏答了一声，走进了卧室，门在身后关上。

一早下起了小雨，杨小三睁开眼就听到了这渐渐沥沥的雨声。每次听到这种声音，她总想着能钻回被窝睡一个回笼觉。她轻轻动了一动，搂着她的周友辉醒了过来。半睡半醒之间，他闻到发香，于是凑了上去，钻进了细致爽滑的长发中，怀中的人一抖，他突然清醒了。

两人四肢交错，像个连体婴儿。周友辉松开了手，杨小三抬头在他怀里望着他。周友辉低垂着眼皮，也回望着她。许久，还是周友辉败了，笑了笑，伸手替她理了理额头的碎发，刻意寻了个轻松的话题说："实践证明，不是一两块钱能够买到的火腿肠吧？"

杨小三一听，眼睛瞪得浑圆，嘴唇抖了几次，最终一句话没回，拉着被单去了卫生间。半个小时后，她走了出来，发现周友辉已经穿着整齐了，一套新的西服，湿漉漉的头发，定是已经在其他客房洗漱了。

"走吧。"他淡淡地说，"我先送你回家。今儿不上班了，好好休息。"

杨小三一听，心中一阵轻笑，看来昨天的一夜又是一场有偿服务，作为服务的报酬，她可以光明正大地休息一天。她默默地走出了别墅，周友辉从身后追了上来，拿着把雨伞撑上。上了车，杨小三低头一言不发，周友辉转头看了好几眼，心中的话始终没有说出口，他已经很努力地想调节气氛了，原以为像她这般大大咧咧、嘴上不留余地的性格，一夜疯狂后的尴尬定会一笑而过，却未想到竟是如此般尴尬的境地。

雨下得越来越大，车窗外白茫茫一片，什么也看不见。出了山，雨小了些，路边总算听到了忙碌的车流声和吆喝声。

"走错路了，去桐子路。"杨小三开了口。

杨小三总算说了话，周友辉心里堵的块石头挪了下窝，总算有个缝透了点气："我记得你住的是这个方向啊。"

"搬家了。"杨小三答。

"桐子路都是换房区和拆迁区，租给来A市打工的农民工。你怎么寻思着去那里住了？"周友辉一边开车一边问。问完了，耐心等着杨小三答案。可一等就足足等了十多分钟，不见答话，转头看杨小三靠在玻璃窗上，手撑着头发呆。周友辉犹豫了好几次是否开口问下去，可话还没有出口，杨小三轻轻地说："我到了，停车吧。"

周友辉踩下了刹车，杨小三推门下车。冷不丁手被周友辉拽住，回头看了他一眼，发现他用很认真很严肃的态度说："我说的事情，你考虑下吧。"

说完，他松了手，杨小三走下了车。

心里的话终于说出了口，周友辉扶着方向盘，透过车窗看着杨小三。她没有回头，默默地走入了一处即将拆迁的平房。背影消失，周友辉像突然间丢了魂一样，这一次他输大了，该怎么收尾连他自己心里都没有谱。他能给她什么？折算过来折算过去，无非只有一个字——钱。他回头想起刚刚才告诫儿子分得清楚的事，如今又该如何继续下去？

感情的十字路口，他第一次彷徨。

杨小三推开了房门，屋内的霉味传了过来。她精疲力竭地倒在了床上，习惯性地拿出手机，才发现没了电，于是从床头柜里翻出了充电器，一开机，好几条短信传了过来。

"妹，二哥帮你出了口气了。"杨南的第一条。

"妹，这段日子回家吃饭吧，妈很想你。"杨东的第二条。

"你死哪里去了，想跟你聊天的时候，总打不通你的电话，开了机记得来电话。"张敏的第三条。

"老大，你上班迟到了，我帮你请假了，说是你病了，去医院看病了。记得来的时候要这么说，别穿帮了。"柳青松的第四条。

看到这里，杨小三笑了笑，像是从梦里走了出来一般，而这种感觉只持续了不到三十秒。一条短信飞了过来，是他的："四十多年来，我承受过很多很多的压力，工作的生活的孩子的感情的，无论哪一次的压力，我都能扛过来。但是，面对你一句话不说的压力时，我……真的有些扛不住了。"

看完的那一刻，杨小三又在似梦非梦中迷了方向。

杨小三低了头，冷不丁看见简陋的木桌上，一个小纸盒安静地放在那里，她从床上站了起来，走到了木桌前拿起了纸盒，轻轻打开。一盒各色的水晶珠子，是那只杨小三花了一个星期才穿好的水晶泰迪熊的"残骸"。

低头看了许久，杨小三从抽屉里翻出了丝线，一颗一颗又穿上，正仔细穿着，电话响了。

"姑奶奶，你总算接电话了。"电话一通，张敏的声音就传了过来。

"手机没电了。"杨小三答。

"你的声音怎么了？"杨小三一贯说话的口气都是行云流水，速度快得跟子弹飞似的。而今天很慢，一字一句跟电脑答音一般，张敏不由有些担心起来，于是问："你该不是出了什么事了？"

"是啊，昨儿清明，能不出事么？"杨小三懒懒地答。

"昨儿原来清明啊。这么一想，心里面反而舒坦了，那些钱就当是烧给那些人渣了。"

张敏说完，本以为杨小三会问起，就顺着把心里的不快吐了，却迟迟未见问，转而一想，这丫头肯定是有事了，于是问："清明节，你到底做了什么缺德的事了，一大早的就这样。我下午有个酒会，不然我现在就杀到A市来找你了。"

"没事。"杨小三答，"你那技术就在L市好好待着，别给A市的高速路添堵了。"

"怎么了？"张敏听着不是滋味儿，本来是心里不顺，想找杨小三唠几句，听着她越来越不对劲的话，心里泛起嘀咕，让她这个能深藏情绪的人在自己面前失态，定不是小事。于是，自己的事搁了一边，张敏担心地问："是不是丁聪那边又怎么了？"

"离婚的事我告诉哥了。清明节，拜了我爸后，我哥去了他家，也顺便拜会了他一顿。"

"好事啊！"张敏一听叫了声好，说，"早该这么做了，残了没？"

"你怎么了？一开机就收你短信了。"杨小三突然间转了话题问，"刚听你说钱的事？是不是找私家侦探的事出了问题。"

张敏一听杨小三这么问，知道她是有意想避开话题，想了想也不继续问，却也不想自己的事去烦她，于是随意说了几句挂了电话，思来想去总觉得似乎有些不对劲，于是又拨了杨南的电话。

"听说昨日你们去砸场子了？"张敏开口一句话就把杨南给吓着了，低头又核对了下电话，才敢答："原来是张敏啊，你刚才是不是在说去丁聪那里的事？"

"是啊。"张敏问，"刚打电话给了三儿，觉着她有些不对劲，所以问问你。"

"我妹啊，唉！"杨南叹了一声，"有空你就来A市多劝劝她。平日里听她说话跟人精一样，其实做起事情来没一件不让我操心的，比如那房子的事吧，白白就便宜那姓丁的，明明是他做错了事，结果出门的是我家三儿。我回头想着这事就觉得窝火。"

"什么？房子归了丁聪！"张敏尖叫了一声，"天底下就没见她这么蠢的女人。"

"你少说她两句吧。"杨南说，"昨日我说送她回家，死活不愿意，夜里打电话又关了机，我倒是不担心她是个做傻事的人，是怕她憋心里伤了身子。"

"好，我明白了，过几天我就去A市看她。"说完张敏挂了电话。

巨人公司顶楼，一叠资料放在周友辉的面前。即便他沉下了心逼着自己看了几页，可内容全没记住，将资料往桌上一丢，摸了烟抽上。此时门铃响了，周友辉按了开关，周伟志走了进来。

"爸。"周伟志恭敬地站在了周友辉面前。

"不是告诉过你么，公司里还是叫周总。"周友辉答。

"不，爸。"周伟志答，"儿子想跟您谈家事，昨夜妈等您到了凌晨两点，我劝了好几次她才去睡了。今儿一早，我问她昨夜睡得怎样，她告诉我昨儿一宿没睡。她说您生气了，不愿意回家了。妈把所有的事情都告诉我了，我想，这事妈是不对，可她也是……担心您。"

"爸妈的事，你还是别掺和了。"周友辉打断了周伟志。

"妈性格要强，爸，您不是一直教育儿子，说男子汉要有担当，事出了，妈心里也难受……"

"好了，不用再说了。"周友辉又一次打断了他的话，"我今晚就回去。事情过了就过了，我没有生气的理由。昨日只是应酬上有点乏了，想一个人静静，去了山里的别墅住了一宿，瞧你们母子俩担心的。"

周伟志点了点头，起身要走，被周友辉叫住："既然你来了，就说点公事吧，营销二部还习惯么？"

"还好，今儿下午在L市有个酒会。"周伟志答，"上午整理下资料，中午吃了午饭就走。"

周友辉点了点头："那就好，就这样，去忙吧。"周伟志起身退了出去。

临近中午，A市最昂贵的写字楼最顶层最奢华的办公室里，周友辉终于看完了一叠资料，数据在他脑里转了一圈，不到十分钟又全消失了。

另一侧，A市拆迁区最廉价的出租屋里，杨小三终于穿好了水晶，一只可爱的泰迪熊变成一只憨态的乌龟。

周友辉叹了几声，资料重重地丢在了桌上。

杨小三摇了摇头，将小乌龟挂在了手机上。

手机响了，周友辉的电话。杨小三看了看，丢在了一边。过了几分钟，手机不响了。可过了几秒又响了起来，一个陌生的座机号。杨小三笑了笑，又丢在了一边。没过多久，短信发了过来。

"吃午饭了没？"周友辉问。

"没有。"

"为什么不吃？"

"不饿。"杨小三答。

"如果我现在能过来陪你一起吃午餐，会不会吃点？"周友辉问。

"不会。"

"我也没有胃口，想着如果两个胃口都不好的人在一起，说不定我们两个都能吃点？"

"我只想静一静。"杨小三答。

短信发了过去，许久没了回信。杨小三叹了一声，又倒在了床上。刚一躺下，电话又响起，杨小三低头一看是柳青松的："老大，您终于开机了啊。我还以为昨日清明你出什么事了。啊，不对不对，呸呸呸，老大下午来上班么？"

"不。"杨小三答。

"怎么了？"柳青松问。

"病了。你那嘴不是开了光的么？一说就准了。"杨小三答。

"真的？"柳青松担忧地问，"要不要做徒儿的来照顾您？山上您不是照顾了徒儿么？滴水之恩，涌泉相报。"

"你唱大戏啊。"聊了几句，杨小三也轻松了些，于是狗改不了吃屎答了一句，"这么感动，要不要以身相许啊？"

话一说出口，杨小三立马就后悔了。

果然，柳青松笑嘻嘻地答："只要老大愿意，徒弟立刻照办。今儿黄道吉日，诸事皆宜。民政局上班！"

"没工夫跟你闹。"杨小三收了口，正打算挂电话，却听见柳青松一头嚷了起来："老大，别，别忙挂电话，我中午就过来看你。"

"说了不用了。我刚才说的意思你没明白啊。"杨小三说，"你忙你的，我死不了,真死了也会提前通知你一声。"说完,杨小三挂了电话。

柳青松拿着电话思量了半天,抓了包提前下了班,去了公司背后的小街,胡乱买了些瓜果,临走前,突然间见十字路边有一个卖鲜花的,于是咬了咬牙来了个彻底,两块钱一朵的玫瑰一口气买了九十九朵,捧着一大束花华丽地招了辆出租车。

进山前,因为杨小三要回家拿换洗的衣物,柳青松顺道去了趟杨小三的家。他隐约记得是在一个教师宿舍,具体几楼不清楚。于是问了人,才知道她住在五楼。柳青松不顾旁人异样的眼光,一路挺直腰板就上了楼。

门铃响了很久,柳青松抱着一大束的玫瑰前所未有地紧张。终于门开了,踢踏踢踏的脚步声,一听就是个女人。柳青松沉浸在了自己的世界里,将自己埋在了玫瑰花后,将花递了上去,一紧张,话说反了,明明心里想说的是:"老大,我喜欢你。"结果出了嘴变成了:"老大,你喜欢我。"

周娇娇一愣,接过了花。柳青松紧张地抬了头,一看是个陌生的女人,问:"你是谁?"

周娇娇头一昂,反问:"你又是谁?"

"这是不是杨小三的家?"柳青松问。

"过去是,现在不是。"周娇娇从上到下将柳青松打量了一番,二十出头的愣头青,身板跟鸡崽子一样,看他刚才紧张发情的样子,倒像是喜欢杨小三得很。没想到那贱女人找男人这么快,刚走了一个就又找了一个,不仅如此,还年轻得处男一般。可惜,丁聪不在家上班了,不然让他看见,也死了这份心。

"她这么快就把房子卖了?"柳青松问。

"卖什么,房子本来就不是她的。"周娇娇噘起了嘴,"既然这种二手货你也喜欢,那就好好抱着了,别没事找事,带着哥哥来我们这里找碴儿,大家各过各的,别得了便宜还卖乖!正好,你来了就告诉她,车子,就算我们家丁聪念在以前的情分给她,不跟她一般见识了,若是再闹的话,别说车子了,一毛钱也得给我吐出来!"

柳青松打小就很有女人缘,对正常的女人脾气摸得很透,周娇娇没说几句,柳青松已经判定,这是一个能给男人找麻烦的自负的女人。联想着自己当初一句玩笑惹怒杨小三,到一次偷听得知她离婚,再到今天她无缘无故的休息……柳青松一下就明白，原来这个女人是杨小三不痛快的源头。于是，他不留半分口德地答："人家就是个二手女人，怎么着？我就喜欢，还爱得不得了，宠她上了天了。你呢？没人要，捡一个别的女人不要的二手男人，你得意个啥？"

"你！"周娇娇一怒，抬起手就想扇柳青松的耳光。柳青松右手抓住了周娇娇的手腕，左手将她手里的玫瑰接了过来，低头仔细地看了看，说："还好，还好，没有被这种人给糟蹋了。"

"你个流氓！"周娇娇骂了一句，"王八蛋，我要叫非礼了。"

"叫吧。"柳青松轻轻一笑，"让邻居都出来看看，到底我这个流氓好，还是你这个小三强？我不怕大家评理，我流氓，我光荣，你小三，也光荣对不对？那就宣传宣传，我不怕丢脸的。"

"你……"周娇娇被噎得一句话说不出来。

"你什么你？我姓柳名青松。想找麻烦冲着我来，敢动我的达令一根汗毛，你就试试看。你都说我是流氓了，我是流氓我怕谁啊。"说完，柳青松不屑地一笑，哼着歌捧着一束玫瑰下楼了。

周娇娇看着他那得意的背影，脸色乌青，嘴唇微颤。过了几秒钟，顺了口气关了门。坐在了沙发上，胸口一阵起伏后，她突然觉得小腹一阵如针扎地疼痛。疼痛持续了几秒，出了一身汗，她有些不安，赶忙拿了手机，给丁聪打了电话。

此时，工作五年，做人做事一向低调谨慎的丁聪，第一次被叫到副校长的办公室。他竟然连副校长的办公室在几楼都不清楚，问了人后，一脸忐忑地敲开了门。

"进来。"没有一丝感情的官腔。

丁聪勾着个腰，跟太监一般进去，见桌子前有一个凳子，就直接坐了上去，也不敢看副校长，埋头看着自己的膝盖。

"来了啊。"副校长仔细看了看丁聪后，轻哼了一声，将一封信丢在了丁聪的面前，"仔细看看吧。"

丁聪拿起信，是一个以学生家长名义写的检举信，例举了丁聪如何找了小三，并将糟糠之妻赶出家门的事。信的最后言辞凿凿批评丁聪道德败坏，不能为人师表，建议学校开除丁聪，信后竟有数十个家长签名。丁聪一愣，一脸茫然，总算抬头看了副校长，这才发现，副校长一脸怒气地盯着自己。

"校长……校长，"丁聪说，"写信的人一定是一知半解，根本就没有了解过事实的真相。"

听丁聪一说，副校长巴掌往桌上一拍："真相？谁给你说哪个是真相？事情都这样了，我问过了，连110都惊动了，早传播开了，还有什么好讲的？都现在了，该想的是怎样公关了！"

"校长，"丁聪一筹莫展，低着头，"这事我会处理，大不了我去找家长们，挨个儿解释清楚。"

"不用了。"校长答，"这学期你就暂时不忙教课了，避了风头再说，这事只会越描越黑。你一个大男人连这都不懂，这几年是怎么活的？搞男女关系？糊涂啊！现在的年轻人怎么就这么不学好？若不是看在你往日表现不错的份上，怕是早就让你卷铺盖走人。这年头请神容易送神难啊，你好自为之吧。"

丁聪点了点头，退出了校长室，两腿一软，他差点就摔了下去，幸好扶着了旁边的柱子，站了几分钟，抬脚刚要走，电话来了，低头一看娇娇的，于是忙接了起来。

"娇，怎么了？"丁聪尽量保持着正常的语气。

"你赶紧回家一趟。"

"现在？"丁聪面露难色，若是往日跟其他老师换一节课，请假离开一会儿并非什么事，但现在这节骨眼上，树倒众人推，谁还愿意与自己换课？

周娇娇一听，扯着嗓子就嚷了起来，说："姓丁的，如果你不马上回来陪我去趟医院，出了什么事，你可担得起？"

"怎么了？"丁聪这下急了，不仅脚发抖，连拿手机的手也开始抖了。也许是丁聪的命好，小的时候大事小事父母扛，结婚了，大事小事杨小三扛，自己是一点事都扛不起的，可好日子随着离婚到了头，连出了两件大事，他心里一慌，六神无主，慌忙答："你，你等着，我马上就回来，马上！"

柳青松下了楼，心情格外好，他是个单纯的人，好就是好，坏就是坏，爱憎分明，一根肠子通到底，见周娇娇关门时气急败坏的样子，他很受用，觉得为杨小三做了件天大的事。想着想着，就抱紧了玫瑰花，一边走一边给杨小三去了电话。

"老大，今儿我给你出气了。"柳青松有些得意。

"出什么气了？"杨小三躺在床上，没好气地问。

"我见到那女人了。"柳青松说，"一看就知道不是个好人。"

"你见了周娇娇？"杨小三一听，从床上蹦了起来。

"她叫周娇娇啊？"柳青松答，"果然人如其名啊，娇滴滴的样子，中看不中用的东西，只知道勾搭男人。"

"谁让你自作主张的？"杨小三答，"你跟我这么久了，我还真没看出来你是个算命的。既然你都说了人如其名了，那你帮我也相相，我是什么命？"

"这，老大……"柳青松听见杨小三口气硬了，知道是生气了，于是说，"我也是想来看看你，我马上飞过来，要打要杀，悉听尊便。"

杨小三一听彻底无语，恨不起来，也骂不起来。

中午，巨人公司的员工三三两两走出了大门，周友辉站在顶楼，看着楼下如蚂蚁般挪动的人群发呆。几分钟后，手机响了，周友辉看是彭惠琴的，于是借着落地玻璃的反光，酝酿了许久的情绪才接起了电话。

"友辉啊，怎么响了这么久才接电话？"彭惠琴问。

"刚才在看资料。"周友辉没有一秒钟的延迟，镇定地说完这句谎言。说完的一刹，他终于明白了一件事，二十多年了，他说了二十多年的谎言了。在她的面前，早已经把谎言当真话来说了。

"哦。"彭惠琴应了，却见周友辉并未像以前那样搭自己的腔，于是开口继续说，"你昨夜没回家，我很担心。不是说要回来的么，还给你备了点消夜什么的……"

"没事，昨儿累了，就在山上的别墅住了一宿。"周友辉答，"也没别的，你别担心了。"

"是不是昨日的事，你生我的气了？"

"都老夫老妻了，哪里有那闲工夫啊。"周友辉答，"你不要多心了才是，就这样，中午你吃饭吧，别误了时间，对胃不好。"

见周友辉这么一说，彭惠琴心里一下舒坦了，忙说："你也别忙得忘记了吃饭。晚上回来，我让厨子做你最爱吃的剁椒鱼头。"

"好。"周友辉应声挂了电话，再仔细地看了看屏幕，确定已挂了机，长长叹了一口气，虽然胃里空着，却一点胃口也没了。许久，他挪动了步子，走到了办公桌前坐了下来，伸手揉了揉太阳穴，揉着揉着，突然间，整个人像触电了一般站了起来，拿起了挂在衣架上的外套，径直就出了门。

中午一点，周友辉将车停在了尘土飞扬的路边，下了车，轰鸣的机械正在烈日下拆着一堆破败的建筑。走了几步，呛鼻的粉尘味让人窒息，周友辉小跑了几步，走进了上午杨小三进的小四合院。

进了院，里面倒是干净，不大的一个天井。左边的门窗紧锁，窗户上一层的灰。右边的门挂着个布帘子，周友辉走上前，轻轻敲了敲门。

"你真是飞过来的啊？这么快？"屋内杨小三的声音懒散地传来，紧接着，踢踏踢踏的拖鞋声响起，门开了，杨小三蓬头垢面出现在了周友辉的面前。

周友辉一愣，看着杨小三的样子，一惊问："你被人打劫了啊？"

杨小三直直地看了周友辉，抓了抓头，也不转头，也不尖叫，懒懒地说："是啊，姓周，名友辉。"

说完踢踏着拖鞋，也不顾周友辉，自己又转回了床上倒了下来。

周友辉坐在了床头，竟亲昵地拍了拍杨小三的屁股说："我劫你哪儿了？来自首了，你看着办？"

杨小三一愣，坐了起来："你……"

乌黑的眸子映入了周友辉眼内，怎么看都觉得不如往日黑珍珠般晶莹，像是隔了层什么看不清楚。

周友辉一脸心疼地将她搂入怀里："我这么说，是不是伤到你了？我想是吧，从你眼睛里，我已经看到了答案。我之所以这么说，是以为你会开心些。你知道吗，平日里我们这么说话时，我觉得是我这辈子最幸福的时候。我这么说，你一定又要以为是甜言蜜语哄女人的话了。你可知道，我今天才明白，我竟这么浑浑噩噩过了大半辈子……"

"如果你觉得是愧疚，没必要花这么多心思来安慰我，越安慰反而越愧疚，人还是自私点儿好。"杨小三答。

杨小三话音一落，周友辉胸口一疼。

门外传来了敲门声："老大，老大，你在不在？"

这个酒会是L市一年一度最重要的事，每年L市的大小头头儿都会云集最豪华的五星级酒店举办一次商务酒会，总结L市一年的经济指标，展望明年的光辉前景。大大小小的会议安排了一堆，都是务虚不务实，参会的人也是醉翁之意不在酒，没一个人认真去听那秘书写出来的经济数据报告。对于商家最重要的是利用这个平台认识和巴结权贵，争取政策优惠。

周伟志到的时候会场已挤满了人，参加这种会议的人对会议内容不清楚，但自己坐哪里却很清楚。论资排辈，座次是早就安排妥当了的。虽然在A市小有名气的巨人集团，到了L市充其量只是个小角色，周伟志寻了个地方坐了下来。

这一坐才发现，还有半个小时才开始，来的人三两个一堆站着聊天。周伟志第一次参加这种会，扫了一圈没一个熟人，只好跟个傻瓜一般呆坐在位子上。

突然，肩膀被人轻轻拍了拍，周伟志回头，只见一个身材修长的女人穿着一身得体的白色职业套装婀娜地站在他面前，只见她面容清丽，举手投足大方得体。可下一秒一张口就露了馅："果然是你这个二世祖冤大头啊，怎么你也来开会？我刚看你半天了，跟那傻帽儿一样，第一次吧，刘姥姥进大观园啊。"

周伟志一愣，想了许久，没想起这人是谁。

"记不得了啊，我的现代撞你的奥迪。你白白便宜了我，没让我出修理费。"张敏说。

"哦！"周伟志点了点头。

"想起来啊。"张敏答，"姐见你这么可怜，跟失物招领一样，就带带你吧，也算还了那笔账。你哪个公司的？"

"巨人。"周伟志礼貌地点了点头。

"巨人？"张敏一听竟然跟杨小三一个公司，于是看在杨小三的份上，多了几分好感，"大公司啊，A市的龙头，L市也能挂上号的。没想到你这么年轻就能代表巨人参加会议了。根正苗红？还是自学成才？"

周伟志一愣，一脸迷惑："根正苗红？"

"就是说，你乃皇亲国戚，走的是平常人没法走的捷径。"

"那自学成才？"

"草根起家，基层做起，凤凰男。"张敏答，"得了，你也别回答了。我一看你那样，就知道你肯定跟凤凰男也搭不上边。走吧，我带你去认识认识人。"

周伟志点了点头，欠了欠身，笑了笑起身。

杨小三转头看了看床下，再仔细地环看四周，这才开了门。门一开，一大束玫瑰出现面前，不由分说地塞进了杨小三的手里。杨小三接过玫瑰花，这才看到柳青松站在门外，脸憋得跟关公一般红，于是问："你咋啦，憋这样，是不是借厕所？"

柳青松站门外，一脸的不自在，低着头看着脚尖，半天憋出了三个字："来……看你。"

杨小三笑了笑："你来看我啊，怎么这表情？让别人看着了，还以为被我给坑了，欠了你八百辈子还不清的债。现在你看完了，我还健在，你可以走了。"

说完，杨小三回过头，眼角的余光看了看床下，床底下趴着的周友辉，估计一把年纪也没受过这种罪，她于是对着柳青松果断地下了逐客令。

"老大，我大老远地来了，你不请我到屋子里坐一坐？"柳青松可怜巴巴地看着杨小三。

"破庙哪里容尊大神，就一间破屋，没有坐的地方。"

"站着也行，"柳青松赶忙地回答，"接下你家地气也行。"

"你今天吃错药了？"杨小三将一大束玫瑰放在了桌上，回头看着柳青松，"都一点多了，你现在回去，不堵车还能赶得上上班时间。"

"我……我……我喜欢你。"柳青松低着头，胸中憋的话终于讲出了口。

杨小三一愣，双手挽在胸前，问："你今年贵庚？"

"二十二岁。"柳青松这下总算抬起头了，声音洪亮地报了数。

"我呢？"杨小三问。

"二十八岁。"柳青松明白杨小三的意思，说完赶忙补充了一句，"我妈说了，女大三抱金砖。"

"这可好了，一遇见我，敢情你一口气得抱俩金砖了，先练练身子骨再说吧。"杨小三说完，正想着关门，柳青松从门缝里挤了进来。

此时趴在床底的周友辉只能见到两人的脚，但对话却一字不落地入了耳，杨小三这一句话又让他笑出声，这一笑不打紧，头撞上了床板，发出了轻微的一声响。

柳青松竖起了耳朵,问:"你家里有人?"

"有啊。"杨小三答,"还是个男人。"

"你说我啊?"柳青松食指指了指自己,"你现在一个人住这里,拆迁区多不安全啊,是该有个像我这样的男人照顾你。怎样,认真考虑下?"

"你不觉得,在这种环境里说这话欠妥当?"

柳青松点了点头:"老大教育得是,其实我来前想过好久,规划了个年计划,先应该约你吃饭,聊天,看电影什么的,再找个浪漫的时间浪漫的地点说这些,可是,我这人急性子,一急就反过来了。要不你先应着,我们慢慢开始?"

这么一说,床下的周友辉一笑,头又撞上了床板。

"这屋子里真有人啊?"柳青松环顾四周,看着这仅有十多平方米的小空间。

"真有。"杨小三答,"你找找吧。"

柳青松昂着头,双腿就跪下了:"我不找,我话才刚起了个头。今儿我去了你原来的家,被个女人呛了。所以你别骗我了,我知道你心里难受。那种男人,不值得你掉一滴眼泪。书上都说了,治疗失恋最好的方法就是开始一段新的恋情。我相信,我就是你的灵丹妙药。"

一席话,倒不是一般的自信。杨小三深吸了口气,正打算回答,手机响了,竟然是丁聪的电话,心中一丝纳闷,发现竟不如往日那般激动,而且有些无奈,电话一通,丁聪在那头吼了起来:"杨小三!我知道我错了,千错万错,都是我的错,要打要骂就冲着我来,背后使刀,原来你就是这种人啊?我丁聪把你看成了好人,我还满心愧疚!"

"你什么意思?"杨小三沉住了气问。

"还问我什么意思?"丁聪答,"我工作快没了,娇娇住院了,有小产迹象!你现在满意了?"

"工作?小产?"杨小三问,"姓丁的,把话说清楚了。"

"说清楚?"丁聪笑了笑,"你现在心里一定是偷着乐,对不对?是不是很开心啊,整我整得走投无路了?还要我亲口告诉你,我多么落魄,没有你多么不行……"

说到这里，杨小三已经听不下去了，手机往床上一丢，低头对柳青松问："你对她做了什么？"

"哪个她？"柳青松一脸的茫然。

"起来吧。"杨小三笑了笑，"大悲大喜的，我一把老骨头可经不起折腾。为了我好，你还是先走吧，我跟他的事用不着旁人来关心。有人说，如果得不到一个人的爱，得到他的恨也不错。那这个人一定是大奸大恶的反叛角色，托你们的福，这个反叛我还真当彻底了。千般万般替人考虑，到最后，反而是我的不是。"

"他打来的？"柳青松问。

"起来吧。"杨小三见柳青松还跪着，于是叹了一声，"八百年没见过你这般孝子了。"

柳青松一愣，茫然无措地站了起来，轻声问："怎么了？"

杨小三摇了摇头，指了指大门。柳青松走了几步，回过头，看见杨小三站在床边，仰着头，看着琉璃的亮瓦。柳青松嘴角蠕动，慢吞吞地说："我……"

"别让我说'滚'字。"杨小三打断了他。

柳青松咬了咬唇，走出了门。门关上，阳光被挡在了门外，屋内又恢复了昏暗，床下窸窸窣窣的响动，人走了出来，停在了杨小三的身后，许久，一双手从背后环在了她的腰上。杨小三向后倒了下来，枕在了温暖结实的胸膛上。两颗孤独的心相遇时，谁也分不清谁是谁的浮木，知道只有相互的依偎拥抱，才会有足够的动力。

冗长的会议一直持续到了下午六点，几个领导模样的人先后上台讲了一通废话。周伟志环顾了四周，无一例外都低着头玩着手机。一直到了七点晚宴时分，听了一下午催眠曲的人仿佛从睡梦中醒了过来，养足精神准备在宴会中大干一场。

晚宴是在一个几百平方米的大厅举行，二十多桌酒席，除了主桌定了名单外，其他都是自由发挥，周伟志正犹豫坐哪里，冷不丁肩膀上又被人拍了一拍："我没记错，巨人主营能源吧，我带你去合适的地方。"

通常这种经济会议，有个显著的特点就是男多女少，特别是领导一桌，那就是麻将清一色。所以，张敏高挑的身材、靓丽的外表，即使一句话不说，也能引起大家的注意。周伟志跟着张敏的身后，见她如鱼得水地跟四周的人打着招呼，到了一张圆桌旁，已经坐下了七八个人。张敏点头含笑，将周伟志推了出来，将大小的头头儿都一一介绍给他。

寒暄完了，周伟志坐了下来，侧着身，略带了些距离在张敏的耳边说："谢谢你了，没想到你这么厉害，不知道的还以为你是组织部长呢。"

张敏一听，柳叶眉一挑，红唇轻启，轻声答："错了，不知道的只会以为我是组织部长的小三。"

周伟志听了一愣，噎住。张敏笑了笑继续说："你的情绪都写脸上了，怎么出来混啊？这几个都是A市管能源的，还不抓紧机会套套近乎？"

周伟志听了点了点头。

太阳渐渐落了山，小屋里的光线更加昏暗。周友辉包里的手机已经响过了无数次，他竟一次也没有接，坐在床边搂着杨小三，杨小三一言不发，周友辉也一句不说。两个小时过去了，周友辉搂着杨小三的手有些发麻。

"你还不走？"终于，杨小三出了声。

"怎么走？"周友辉答，"你不是压着我？"

杨小三站起来，身体刚离开了周友辉，有一丝儿的缝隙，周友辉一使劲，杨小三又落入他怀里。杨小三转头瞪着周友辉，周友辉笑了笑，一个吻迫不及待落了下来。他的吻很拙劣，像是受伤后正在慢慢学着重新走路一般，又很霸气，像他一贯的作风，即使不露声色也锋芒毕露。

吻毕，周友辉问："昨日我问过你，我停不下来了，该怎么办？现在你能告诉我么？"

杨小三摇了摇头，笑了笑："出门右拐有个小巷子，现在才六点，你再候上一个小时进去，就差不多了。"

"什么地方？"周友辉问。

"古称妓院，今天叫法很多，叫发廊？窑子？按摩院？……"杨小三答。

周友辉一听竟没有生气，只是一脸心疼地看着怀中的人，半晌，笑了笑答："若是旁人这么答，我定会生气了。话听起来侮辱了我，可我知道，话是从你嘴出来，答应我，别这么作践了自己。如果你心里有什么气，对我撒好了。反正这辈子我已经负了不少的女人，一屁股还不清的债，不介意再多上一笔。"

"我没指望你给我什么。"杨小三答,"你心中定也苦吧,所以我们才好聚好散。难过的时间,我们一起过也算值了。"

"这就是你的决定?"周友辉问。

杨小三点了点头,此时周友辉在心里有多少的分量,她怎会不明白。昨日她喝了酒,是醉了三分,但意识却是清醒的,若非她的心、她的身渴望着这个男人的安慰,她也不会就这样失了分寸,跟他一起疯狂了一夜。而当酒醒后,褪去了冲动,杨小三明白作为巨人公司的老总,作为董事长的丈夫,作为儿子的父亲,一个四十多岁男人该有的沉稳和睿智,昨日的冲动是他能给她的最大底线。

她曾酒醉,在他面前说过宏伟的计划;她曾好面子,在好友面前说过荒唐的目标。这些停在嘴上可以,而让她真的去做,却是难上加难。而且最重要的是,一开始她就输了。玩这个游戏的前提是没心没肺,那样才能真正做到抽离时片叶不沾。而如今,杨小三明白,自己无论怎样也无法做到。

他曾不顾安危连夜入山来看自己,他曾高潮来临前喊着自己的名字,而这些也许只是跟房子车子一样华丽的外表。他跟其他人不同,找个小三还得培养下情绪。他外表谦谦君子,却城府极深;他心思细腻,却爱恨深藏。杨小三看得透自己,却永远看不透他。

一场注定没有结果的游戏,杨小三选择了逃避。

而他却穷追猛打,似乎不愿意放弃。

周友辉起身,轻轻拍了拍躺在床底下弄的灰。杨小三起身将他送出了门。临行前,他想起了一件事,从包里掏出了一盒东西递到了她的手里,杨小三站在门边看着他的背影消失在尘土飞扬的工地上,竟显得格外地挺拔。

人影消失,杨小三低头看着手里的盒子:毓婷,七十二小时事后紧急避孕。杨小三一笑,泪珠子从眼角滚了出来。在这个世间有两种爱最美:一种是平凡的爱,六十年金婚,相濡以沫,这个容易被所有人接受;一种是无奈的爱,纵有千般理由万般距离不该在一起,却偏偏相爱,爱得无可救药,几乎所有的人都会一边唾弃却又一边偷偷回味。

第十三章
光芒万丈的二手女人

　　酒过三巡，一桌人喝了五瓶五粮液，张敏不仅酒量好，劝酒的本事也甚高，一桌子的人被她灌醉了一半，也许是张敏的保护，周伟志只喝了半斤不到，神智还算清醒。酒席散后，众人离去。周伟志见张敏跌跌撞撞正扶着墙根走，于是走上去扶着她。

　　"你带司机了没？"周伟志问。

　　张敏摇了摇头，眯着通红的眼睛答："没事，这点酒算啥，开飞机都成。没事，你别管我，我自己开车回去。"

　　周伟志皱了皱眉头答："算了，我有司机，你家住哪里我送你回去。"

　　张敏的手机响了，宋林昆的，今天因为同时有两个会，才和他商量好了一人跑一个地方，现在他打过来，定是他那边的会已经完了，准备来接自己。

　　"老公，你来接我啊？"张敏说，"刚好我这边也刚完，你在哪里，我现在就去大门口等你？"

　　宋林昆的嗓音沙哑而低沉："我去北京了。"

　　"你开玩笑的，对不对？"张敏笑了笑。

　　"不是，我已经到北京了，三号航站楼，刚下飞机。"电话中的背景声音响起，甜腻的女音说着：欢迎您来到首都北京……

　　"你去北京了！你敢去找她？是不是，是不是，我是不是听错了？不会的！不会的！你马上给我回来，马上……"

　　张敏一声尖叫，引来四周人张望。周伟志笑着欠身说："对不起，她喝高了。"

"我想,我们之间应该好好冷静一下。我已经很努力了,一个多月过去了,我发觉不是我放不下,而是你放不下。这样下去,你的日子不好过,我也不好过,所以……"

"混蛋!你给我马上滚回来,马上!马上!"张敏的声音尖利而高亢,反复重复着这几句话,拿着手机像拿着手雷一样,声嘶力竭地吼,噪音瞬间充斥了整个大厅。

周伟志瞬间愣住,赶忙去抢她手里的手机。可张敏跟护宝一样拿着它,几番争夺,周伟志抢了过来,发现对方早已经挂了电话。

张敏一把甩开了周伟志的手,发疯一般向大门口冲去。

周伟志跟着追了出去,只见张敏进了停车场,拉开了现代车的车门,手哆嗦着拿车钥匙,却怎么也插入不了。周伟志叹了一声,轻轻敲了敲车窗玻璃,见张敏像没有听见一般,几乎用了全身的力气用力插钥匙。

周伟志叹了一声,拉开了车门说:"你这样还能开车么?去哪儿?我让师傅送你。"

张敏像没有听见,低着头不停插弄着车钥匙,周伟志见了,一把夺过了张敏手中的钥匙。这下张敏才停了手里的动作,转头看着周伟志。

停车场的路灯照了过来,刚刚还靓丽自信的脸已经变了个模样,泪水蚯蚓般爬满了脸颊,精致的妆花了。

周伟志见了有些心疼,从包里掏了纸巾递给了张敏:"走吧,我的车就在前面,想去哪里跟师傅说声。"

张敏接过纸巾,一边擦着眼泪,一边默默走下车。奥迪Q7上,周伟志坐在了后排,张敏坐在了副驾,她默默系上了安全带。

"想去哪儿?"周伟志轻声问。

"机场。"张敏干脆利落地答。一个小时,她默不作声只是望着车窗外,不停用纸巾擦着眼泪。倒后镜中,周伟志看到了她通红的眸子。短短不到一分钟的电话,能将一个自信满满、风采奕奕的女人变得如此憔悴,除了爱人,他想不到任何的答案。在他心中,对这个萍水相逢的女人突然间产生了浓厚的兴趣,敢爱敢恨,真情流露,毫不做作。

机场到了,张敏走下了车。已经夜里十点,机场送走了最后一班晚点的飞机，宽敞的大厅很少有人走动，张敏一路狂奔到了登机口，十余个窗口只剩下了一个，此时一个小姑娘正清理着电脑。

"我要去北京的机票。"张敏说。

"对不起，今天最晚的一班已经在两个小时前起飞了。"小姑娘抬头看着这个脸上的妆花得像大脸猫一般的女人，保持着职业性的笑容。

"我不管，我马上就要！马上，我有钱，给多少钱都行。"张敏双拳砸在了玻璃橱窗上，一股浓重的酒味袭了过来，小姑娘下意识地用手捂了捂鼻子。

"听到没？"张敏疯了般地吼，"给我机票！给我机票！"

喊了几声后，她声音越来越弱，一个踉跄向后一倒，被追上来的周伟志接住。

小姑娘伸手正打算拿起电话，周伟志叫住了她："她喝醉了，没事，我们马上就走。"

张敏不知道哪里来的蛮劲，挣脱了周伟志，拿出手机拨通了宋林昆的电话，电话响了许久，不见接通。张敏一怒，将手机摔到了地上。

周伟志见了，赶忙弯腰去捡，竟被张敏一把拽住了手腕："坏了的东西，不要了，走！"

周伟志站了起来，愣在了原地，问："去哪儿？送你回家？"

"不。"张敏用手擦了擦眼角的泪，用力地拉着周伟志往外走，答，"找个最近的酒店，开房。"

华灯初上，窗外的路上车水马龙，流光溢彩。丁聪站在窗台上，迎着带着城市污浊味道的凉风抽了一支烟。烟抽到头，火星子灭了，他将烟头扔进了一旁的垃圾箱后，伸手从包里掏出了烟盒子，这才发现已经没了烟，于是将烟盒揉成了团丢入了垃圾箱，抬脚走入了走廊。没走几步，医院那特有的消毒水味道扑了过来。他忍不住捂了捂，加快了脚步，走到了尽头的一间病房。

一间普通的病房，两张床的空间，塞进去了四张床。周娇娇正躺在最里边的床上睡得正熟。

"她醒过了没有？"丁聪问了问旁边病床的女人。

女人摇了摇头。丁聪轻轻地站在了床边，手轻轻地压在了周娇娇的手背上，一动不动看着她宁静的面容。没几分钟，周娇娇睁了眼，看见了丁聪，问："怎么样了？"

"没事。"丁聪安慰了一声。

"孩子没事吧？"周娇娇问。

"没事。"丁聪答，"只是有一点流产的迹象，医生让输几天的黄体酮，没问题的，你别担心。你若是担心了，我们的孩子也跟着担心，这样会很影响他的发育。"

丁聪一边说，一边用手掌轻抚着周娇娇的额头。

"我……"周娇娇说，"她的男人……"

"我不想提了。"丁聪笑了笑，"所以你也别想了，好好养好了身体，五月你做我最美的新娘。"

周娇娇听了，甜甜地笑了。

从半山别墅开车下山时，周友辉看了看表，夜里十点多了，本想着只是到那儿去喝杯茶的，没想到喝着喝着茶就变成了酒。喝到微醺躺在了床上，重新换过的床单，怎么闻都是他喜欢的百合味道，于是一怒被子床单全扔到了地上，望着天花板发了一个多小时的呆。

直到酒醒下山，已经早过了承诺彭惠琴回家的时间。一路驱车到了老宅，已近夜里十一点。明明一夜未归，却觉得这个家生疏了不少，心情说不上来的复杂，没走几步，就像花掉了全身的力气般精疲力竭。

推开门，饭菜的香味依旧在，周友辉的胃有些隐隐作痛。

彭惠琴坐在沙发上，见周友辉走进来，起了身。

"你怎么还没有睡？你说熬夜长皱纹所以从不熬夜的，我有点事耽误了，你怎么还等着。"

"你不是说回来吃饭的么。"彭惠琴答，"怕是已经冷了，我马上叫人去热。"

"你还没吃饭？"周友辉低头问。

彭惠琴点了点头。

周友辉笑了笑，伸出手将彭惠琴揽入了怀里："我都说这事过去了。你怎么还如此介怀，我怎么不明白你的心思。你心里有我，才会如此在意。罢了，这是最后一次提这事了,以后都别提了。"

彭惠琴听了,幸福地点了点头。

"怎么,儿子呢,今天不在?"周友辉看了看四周,"回自己房间了?"

"还没有回来。"彭惠琴答,"他啊,跟你学上了。说是工作的事,还留在L市,明天才能回来。我担心他,刚打了好几个电话过去,答一句就匆忙挂了。他从小在国外长大,国内的事情一窍不通,性格又纯善,真怕他被人骗了。你也是,刚刚才去公司,就让他一个人去L市参加这么大的会议,你也不一起去。"

"你啊,儿子都这么大了,在你的眼里永远就一个孩子。不能让他一直都待在我们的树荫下,该到了磨炼磨炼的时候了。"说完,周友辉挽着彭惠琴一起进了餐厅。

L市机场周边大小的宾馆很多,但绝大多数都是中低档的小旅馆。张敏不由分说,拽着周伟志出了机场大厅,伸手就招了辆出租,冲着司机说了五个字:"最近的宾馆。"

司机一听心里一乐,敢情这两人多久没见面了,连一会儿工夫都等不及了。

反光镜里,周伟志见到了司机怪异的表情,本想解释一通,话到了嘴边又憋了回去。以张敏现在的情绪,跟司机解释那是点燃她的火药桶。

到了地方,张敏从包里抽了一张一百块递给了司机:"不用找了。"

司机乐得屁颠屁颠地接了过来,临走前不忘送了一句祝福:"玩得高兴!"

张敏开了车门下了车,周伟志赶忙跟着下了车,本想着好好劝上几句,可话没有开口,却发现张敏头也不回就往宾馆里走。于是他赶忙追了上去,伸手抓住了她的手腕。

"你醉了,我送你回家。"周伟志说。

"醉?早着呢。我两斤的酒量,还是混合型的。"张敏回过头笑了笑,打了一个酒嗝。

周伟志一愣松了手,可刚一松,却被张敏抓住,明明一副纤细的身材竟然有一股子的牛劲,跌跌撞撞将周伟志拉进了宾馆。

办好了手续，两人进了屋，张敏一把就扒开了周伟志的外套和衬衣，凑了上来。浓烈的年轻男人的气味，却跟宋林昆的味道完全不同。她看着周伟志的胸膛发着呆，片刻间泪就落了下来。刚刚还理直气壮、气势汹汹的态度瞬间就瓦解了。坚韧的女强人跟柔弱的小女人原来竟是一纸相隔，纸老虎破了成了只受伤的小猫。

"你真打算这么继续?"周伟志问，"别把我当柳下惠。"

张敏一听，整个人垮了，离开了周伟志的身体，慢慢走到了床头的一角，整个人缩成了一团，瑟瑟发抖。终于，她大声哭了起来。

这一哭，周伟志心都像捏碎了，他从未见到过女人哭成这样，于是二话没说就将张敏揽入了怀里。张敏挣扎了几下，顺从地停止了动作，头枕在周伟志的胸膛。

没过几分钟，周伟志就感觉胸膛上一股暖流，他明白那是女人的泪，他最怕见着的东西。

"我曾经对自己说过，如果有一天我出轨了，我就会问他，介意我出轨么?如果他回答介意，我就回答我也介意，只要你睡了一个女人，我就去外面睡一个男人。如果他回答他不介意，那我就回答我也不介意，今后各玩各的。如今……他找到了个女人，说不定现在已经睡在了她的身边，可我却怎么也容不下另外一个男人，连在你面前脱下外套的勇气都没有。"张敏说。

周伟志答："这不是你的错。"

"谁的错，重要么?"张敏抬起了头，眼眶里盈满了泪水，昏暗的灯光下，满眼闪烁着钻石般晶亮的光芒。

"你是个好女人。"周伟志低头看痴了，轻声答。

一个星期后，A市终于告别了一个漫长的春季，步入了炎炎的夏日。连续几日闷热的天气后，一场期待已久的大雨终于来临。街角的咖啡厅门口，一把花伞冲了进来，杨小三走进了门，咖啡厅的一角，张敏站了起来，招了招手。

"怎么瘦成了这样?"杨小三看着张敏，"脸盘子小了一圈，你别告诉我这身材也学着减肥了。"

张敏苦笑了一声答："知我者谓我心忧，不知我者谓我何求!"

杨小三知道，从小学开始语文就从未及格过的张敏，只有在心情不好的时候，才会无病呻吟说一些她自己也不明白的词，于是一脸担忧地问："怎么了？"

"我是来安慰你的。"张敏笑了笑，"你倒是好，一开口就关心起我来了。你怎样？看你的黑眼圈加眼袋的，你这么拼命熬夜想男人啊？"

杨小三听了，许久才答："一个星期没有上班了。"

"过去的就过去了。"张敏说，"别想了，一套房子就看清了一个男人，值了，若是跟他一辈子，老了才发现，那可连个改正的机会都没了，你说等你人老珠黄了，都成老妖精了，哪有男人肯收你，就只能慢慢熬着等上天来收了。"

"敏，你觉得，我能做个小三么？"杨小三突然问。

"小三？"张敏笑了笑，"开什么玩笑了，名字改不了，就像你的性子改不了一样。你还想着你的惊天大计划？你啊，也就是嘴上说说的份，有贼心没贼胆的人。跟你十几年朋友了，就没发现你是个爱财的人。你说你不图财，做小三干什么？"

"小三，就不能有爱？"杨小三问。

这一句让张敏心一阵抽痛，疼到她忍不住咧了咧嘴。好在杨小三自顾低头沉在自己的世界里，并没有注意到张敏的变化。

"小三怎么会有爱？都不是好东西。破坏别人的家庭，能干些什么好事？"

杨小三头埋得更低了，默默搅着咖啡。

"你不会真去做了小三了吧？"张敏问。

杨小三听了，头摇得拨浪鼓一样："嘴上说说而已，真想着做的时候才发现，这种活一般人真做不了。"

"傻瓜。"张敏说，"三儿，你记住了，丁聪那个男人就是个屁，过了就别想了。重新开始，重新找个正儿八经的男人，别用你那一套不知道从哪里得来的理论来指导自己，别一不小心，真的把自己下半辈子给毁了。"

"哦。"杨小三头埋得更低了。

张敏见了，叹了一声，轻声地说："宋林昆去北京了。"

"他去北京了？几时的事？"

"一个多星期了。"张敏一句话说完，眼泪就又下来了。这一个星期差不多天天以泪洗面，可泪流不完不说，泪腺越来越发达，稍微一点刺激泪水就开了闸。

"去找那小三去了？"杨小三轻声问。

张敏看了看杨小三，点了点头。

"你怎么打算的？你还是去北京找他吧，我都看得出来，他心里头有你。这种事该出手就出手，迟了怕就什么都没了。比如我。"说到这里她眼神一暗，转而深吸了一口气，继续说，"他这次赌气去了北京，可能是你逼得他太紧了，我早跟你说过……"

说到这里，杨小三赶忙闭了嘴，因为张敏已经抽泣了起来，杨小三伸手从桌上的抽纸中抽了两张递了过去。

就在杨小三递上去第十张纸巾后，张敏总算缓过了劲，吸了吸鼻子，抬眼看着杨小三："我想好了，决定把公司进行拆分，我要跟他离了。"

"你疯了。"杨小三答，"你忍了这么久了，不就是为了心里头还念着他么？既然这样为何不尝试着去努力补救？我这个不好的例子，你还是别步我的后尘了。你以前不是这么评价过么，你是藤，没男人会死。我是树，男人没我会死。所以别做这种傻事，要不，你看有这个需要么，我跟宋林昆谈一谈？或者我帮你去北京找他？"

"不用了。"张敏斩钉截铁地回答，"要去我早追去了。一个星期了，我扛着没给他一个电话，他竟然也一个电话没打，这情分算是彻底没了。所以，你别劝我了，再劝我，我跟你急。受了这么多罪，我是解放了，退一步海阔天空。"

"想好了？"

张敏咬了咬唇，点了点头。

杨小三额头顶了顶张敏的额头，说："你说，是这个世界变心的男人太多，还是我们两个运气太差了？这等好事竟然我们两个一同遇上了。"

"谁知道。"张敏答，"也许是这个世界世风日下，环境决定的。所以，女人该对自己好些，你看你成什么样子了，为那个男人不值得。"

杨小三听了，笑了笑，答了一句张敏似懂非懂的话："你连男人都没有分清，又怎知道我心里想的是什么事？爱这个东西来得快去得慢，本想着以伤治伤，会好得快些，没想到却偷鸡不成蚀把米。所以，很多事还是顺其自然好，千万别冲动。"

"你是在劝自己，还在劝我？"张敏一脸茫然。

"都是。"杨小三淡淡地笑了笑。

江边，临近中午，茶馆的生意异常好。这里可以听着淅淅沥沥的雨声，看着滚滚流淌的大渡河，喝一碗盖碗茶，这是A市人最惬意的事情。周友辉点了一碗老鹰茶，很久没有喝过这种劣等的茶叶，进了口觉得嗓子跟火烧一般。

过了几分钟，韩云走了进来，即便是撑了伞，身上的衣服也被雨淋湿了不少。他一眼就看见了坐在中央的周友辉，于是拉开周友辉对面的藤椅坐了下来。

"你总算舍得来见我了。"周友辉说，"电话约了几次，都推着说有事。怎样，家里的火灭了没？"

韩云听了一脸的担忧，犹豫了半天，才结巴说："那，钱的事，怕是一时半会还不了你了，我已经在努力了。我想过了，实在不行，我就把铺子卖了回老家去，反正孩子他妈也不想待在这个城市里了，她说生活质量是好了，精神却空虚了，花花世界诱惑太多，她不想提心吊胆过日子。"

周友辉听了，说："钱的事，我早就说过了不着急的。我电话约你不是为了钱的事，只是想关心下你家里的事，毕竟是因为我的缘故。"

韩云听了点了点头："还好，她表面上是原谅我，可她心里对我还是有恨的。"

"这事急不来。"周友辉叹了一声，"慢慢来吧，总会好的，人一辈子哪能不会犯错。"

"嗯。"韩云从包里摸出了烟，拿了一支叼在了嘴上，也顺手递了一支给周友辉。烟递过去才想起自己的烟差，没想到周友辉直接拿了过去，掏出了火机先替韩云点上。

周友辉深吸了口，浓烈的呛鼻烟草味，他没憋住轻微咳了一声，吐了一口烟问："你跟她彻底断了没？"

"断了，干干净净的。"韩云斩钉截铁地回答，"事情都这份了，撇得干干净净的才好。那种女人若是再有一丝的想法，立马又会缠上来，那我这下半辈子可就真完了，棺材本都没了。"

"你跟她就没有一点点感情？"周友辉问，"我在想，钱能够算清楚的事简单，但是如果有些感情在里面，怎么能算清楚？"

"一开始，我以为她对我是有感情的。"韩云低头抽着烟，火星子贼亮，他叹了一声继续说，"后来我才发现其实不是这样的，她一直就看着我的钱。这种女人压根就不是过日子的人，她也知道我们这些有家室的人到了这把年纪，没一个真愿意为了她抛妻弃子的，她所有的甜言蜜语无非都是为了钱。现在目的达到了，还不撇干净？"

周友辉低了头想了许久，笑了笑端起了茶杯，一大口苦涩的老鹰茶，似乎也浇不灭胸口的一团火。

下午两点，周友辉别了韩云，本想着送他一程的，他宁愿去挤那两块钱的公交，也不愿意再坐周友辉的车。他离开时的一句话在周友辉心坎里打了几个圈，他说："年轻的时候什么都想要。年纪大了，什么都不想要。年轻时候什么都觉得好，年纪大了，再好也好不过一个家啊。"

半个小时后，周友辉开进了地下停车场，紧跟着进来了一辆车，周友辉不经意从后视镜看到是杨小三的熊猫车。这一看不打紧，一脚刹车变成了一脚油门，差点撞上了停车场的柱子，连周友辉自己都吓了一跳。于是刻意开得很慢，直到一个宽敞的地方，熊猫车超过了他，径直下了地下三楼。

周友辉的车有专门的停车位，在地下二楼。他却没有停车，跟着熊猫车一起下了三楼。

杨小三停好了车，远远见着周友辉已经站在了电梯口，此时电梯已经到了，周友辉依旧站在电梯门口不动，背对着杨小三的方向看着空荡荡的电梯。几秒钟后，电梯门关了，周友辉这才上前一步又按上了按钮。看到这里，杨小三自然明白，他在等她。

杨小三默默走上前，站在了周友辉的身后。两人谁也没有说话，只看着同一个方向。透亮的电梯门，里面有他，也有她。几分钟后门开了，周友辉让开了路，示意杨小三先进去。杨小三犹豫了一下，走了进去，随后周友辉走了进来。

电梯上行，周友辉站在杨小三的身旁轻声问："这几天，还好么？"

杨小三点了点头。

"可我，一点都不好。"周友辉答，"中了邪一般。"

"那是你的事情。"杨小三说。

"解铃还须系铃人，"周友辉答，"能求一副解药才好。"

"那求到了么？"杨小三问。

周友辉点了点头，答："差不多快好了，脑子里有方子，只是想着该怎么说好。"

"那你还是别说了。"杨小三答，"这玩意全中国都还没得解，你又怎么会有好的方子。若是真好，你怕是又要发财了，明星大腕各界名流，没一个不来取经的。"

周友辉笑了笑。此时电梯门开了，门外站了一群人，可见了周友辉站在普通电梯里，没一个走进来，于是电梯门又合上。周友辉继续说："你很特别，所以连我都无法自拔。可有时候我又很矛盾，我多希望你是个普通的女人，起码我知道什么东西能让你高兴，什么东西能够留你在我身边。"

"你很自私。"杨小三答。

"男人都很坏。"周友辉答，"我也是个坏人。曾经为了功名利禄，抛妻弃女。如今也算功成名就，高高在上，家财万贯，却偏偏又想着追求爱情了，每次想着我都想扇自己耳光。"

"那你扇了没有？"

"想扇么？"周友辉弯下了腰，脸颊凑了上来。顿时那一夜熟悉的味道，包裹住了杨小三的全身，像芬芳的罂粟味道，沾上了一点就欲罢不能。杨小三退了一步，身体靠在了电梯壁上。

周友辉低下了头，轻轻吻了吻她的双唇。几秒钟后电梯的一声提示音，他笑了笑离开了，答："这病没法解。"

十楼灯亮了，杨小三走了出去。周友辉站在身后轻声说："放心，电梯里没有摄像头。"

杨小三一听，肩膀轻轻抽动了一下，无论何时何地，他依旧是他，清醒的头脑玩着一场他熟稔的游戏。在爱情中的人都会被爱冲昏头脑，智商下降到零，做什么都是不管不顾，实践证明他对自己似乎没什么爱。

进了办公室，周友辉从廖总那里要了营业二部的业务情况，仔细看了一遍，找到了杨小三的名字，于是将资料一放，按了铃。几分钟后，秘书小刘毕恭毕敬站在了周友辉的面前。

"你把营销二部的周经理叫上来。"周友辉吩咐道。

小刘点了点头，走了出门，十多分钟后，周伟志坐到了周友辉的面前。

"周总，有什么事？"周伟志问。

"总经理办公室少一个懂业务的，想从你那抽一个精通业务的。"周友辉答。

"您有中意的人选了没有？"

周友辉摇了摇头答："没有，平日里也没有留意营销的业务情况。这样吧，你去看看上个月你们部的业务情况，按业务优劣做个排序，抽前两名，先到办公室来先试试。哪一个合适了，就留下哪个。"

"爸！"周伟志换了态度，"爸的决定是不是有待商榷？"

"我在跟你谈公事。"周友辉一愣，沉了脸答。

周伟志头一抬，轻轻地答："爸，我是在给你谈家事。"

丁聪清点好了器具后，锁好了储物间的门。被调来管这些体育用具后，他的工作清闲了，整天面对些不能说话的篮球排球，烦心事少了不少，但与此同时工资也少了不少。一个月仅有一千多块，据说也是看在丁聪工作本分的基础上给的。前几天周末带的几个学生家长找来，一致说不让他再教孩子钢琴了，这一来，钱又生生少了一大截。

今天娇娇出院，他打算提前下班，先去菜市场买只鸽子炖上，再去医院接她。一大笔的医疗费，丁聪已经把仅剩的积蓄用完了，接下来的日子该怎么办，是丁聪不得不面对的问题。

他慢慢走出了学校，大门口远远地见着王瑾走了过来，他刻意绕了个圈躲开，不知道为什么，他觉得自己成了一粒老鼠屎坏了一锅汤。到了这个份上，嘴上说恨杨小三，剩下的却全是自责的悔恨。他明白杨南临走前的那句话，检举信一定是他做的。他有他的理由，毕竟离婚和房子的事是他做得太绝了，对不起杨小三，杨南这么对他，算是便宜了他。

出了校门，他摸了手机给乡下许久没联系的父母打了个电话，电话是母亲接的："儿啊，多久没打电话了，妈还说过几天跟你爸爸过来看看你啊。"

"妈，有件事跟您说，您听了千万别急。"

母亲一脸紧张地问："什么事？不会是工作上出什么娄子了？"

"妈，我跟三儿离婚了。"丁聪说。

"离婚！"母亲大声一喝，"离什么婚，妈不同意。"

"手续都已经办了。"丁聪说。

"你啊，长大了呀。这么大的事，你都不跟妈商量了？我这个儿媳虽然有很多的毛病，妈也很多方面不满意，可她对你还是很好啊，做事做人本分，操持家里也算勤俭。而且，你离婚了，让妈的脸往哪里放？街坊邻居若是知道了，不戳穿了我的脊梁骨。这事我不同意，我马上就来A市，我去找三儿，她有什么不对的，妈去说。两口子哪里有什么大矛盾，相互理解多沟通，这事就算过了。"

"妈，这事是儿子的错。"丁聪答，"儿子在外面找了个。"

"什么！"母亲说，"你这个不孝子，竟然学着人在外面找小三了。我倒要看看哪个狐狸精。我们丁家是绝对不准这种狐狸精进家门的，马上给我断了。"

丁聪犹豫了一下说："她已经有我的骨肉了，快三个月了。"

"怀孩子了？真的是你的么？"母亲问。

"千真万确。"丁聪答，"前些日子有流产的迹象，去医院住了几天，这才刚稳定下来。"

"那，我还是下午就坐车过来，怀孩子头三个月是最危险的，你也不说一声，这孩子真不懂事，妈马上过来照顾着，我是盼星星盼月亮盼着这个乖孙子。"

一听见孩子，母亲的态度来了个一百八十度的转弯，这也是丁聪预料之中的。对于丁母来说，孙子才是最重要的，而孙子的母亲是谁已经不在她的考虑范围了。母亲嘱托了几句后，挂了电话。丁聪将手机放进了裤兜，站在明晃晃的阳光下抬头望着天，竟有几滴雨珠落了下来，这就是常说的太阳雨。丁聪忍不住想起了杨小三，那一天，她就如这太阳雨一般，站在那里笑着哭。

周友辉起身从包里掏出了烟，走到了一旁的沙发上坐了下来，转头对着周伟志说："既然谈家事，就别坐办公桌上。"

周伟志走到周友辉对面的沙发上坐了下来。

周友辉点着了一根烟，叹了一声，说："心里想说什么，说吧。"

"是爸有话想跟儿子说吧？"周伟志答，"绕了这么大一圈，可儿子心里明白也看得明白。爸爸您还需要我点透么？"

周友辉深吸了一口烟，还有一大半烟没有抽完，他却伸手将烟头掐灭在玻璃烟灰缸里。刚掐灭，伸手又从包里拿了一支，点着。

见父亲一直没回答，周伟志耐不住了，问："儿子与她接触不多，但直觉告诉我，她是个好女孩。"

"儿子是长大了。"周友辉打断了周伟志的话，声音平稳中带着丝丝威严，"敢猜测我这个父亲的心思了。"

"爸爸，对不起。"周伟志答，"即使惹您生气了，儿子还是想说出来。您跟她之间不该有过多的联系。"

"你到底是不信任父亲。"周友辉笑了笑说，"跟你妈一样。我这个做父亲的到底是失败了。既然你这么说起，我就告诉你一个正常男人的心思。若是我真对她有心思，又何必大张旗鼓将她放在公司，还让她待在自己的身边？这不是大张旗鼓地告诉大家我跟她的关系？正常的方法，她应该辞职，我能给她套房子和丰裕的物质生活，这些难道我给不起么？"

"爸爸，我不是这个意思。"周伟志说。

"我知道你担心什么。"周友辉答，"从小你妈就把你送到了国外，本不想你回国了。可是因为家族的生意，你妈跟我好好商量了下，决定让你回国。国内很多事跟国外有很大的区别，有比国外好的，当然也有比国外坏的，你这么聪明，不需要我这个做父亲的——教你。"

"我听妈提起过当年的事。爸，你会不会像当年抛弃糟糠之妻一般，抛弃我跟妈？"周伟志吸了口气，抬头看着周友辉问。

那一刻，周友辉转了头，脸色一沉，多了怒色，声音一高威严了几分，说道："当年的事你根本就不知道缘由，所以不要妄下判断用抛弃一词。我做的每一个决定我自己会担当，不论是过去还是将来，包括你，我都会给你一个交代。这样的答案你满意了么?"

周伟志不敢与父亲的眼神对视,忙低了头。

周友辉见了,长长叹了一声,掐灭了烟头站了起来,走到窗边默默看着窗外,几分钟后,看着对面大厦耀眼的反光玻璃说:"你下去吧。"

周伟志默默退出了门,在电梯里掏了手机,翻了几圈通讯录,找到了张敏的名字拨了出去。

"今晚有没有空?"周伟志问。

"闲得很。"

"今晚我来L市吧,陪我喝点酒好吗?"周伟志问。

"乐意之至。"张敏答。

几天后,杨小三"一纸调令"从营销二部调到了总经理工作部,虽然没有官职,依旧是普通打工仔一个,但在公司很多人眼里这是一次重要的升迁,除了办公地点从十楼搬到了三十楼,更重要的是能够如祖国未来的花儿般围绕在周总身边了。

周伟志提议为杨小三举行了一次欢送会,席间柳青松喝了很多,酒席还未进行到一半,他已经醉得不成样子,不停用双手拍打着桌面,嘴里喊着什么旁人听不懂,周伟志只好找了一个人将他提前送回家。

酒过三巡,大家提议去唱歌。周伟志做东,一群人一哄而散,杨小三起身要走,却被周伟志叫住了。

"走吧,我送你回去。"周伟志说。

"不了,不麻烦你了。"杨小三答,"我自己坐公交车就回去了。"

"走吧,还是我送你。"周伟志说:"怎么说,我也做了你将近两个星期的上司,不会连这点面子都不给吧?"

杨小三点了点头,周伟志开车出了院子。

"桐子路。"杨小三说。

"我没记错的话,你不住那里。"周伟志说。

"现在住这里了。"杨小三答。

"新买的?"周伟志轻声问。

"不，新租的。"杨小三说，"不过，快要搬家了。房东来告诉我，那一片快要拆迁了，让我一个月内搬家。"

"哦。"周伟志问，"以前的房子不好吗？怎么寻思着搬家呢？"

"那房子现在不是我的了。"杨小三抬眼看了周伟志一眼，问，"你是送我回家，还是来查我户口的？要不要给你写个分析材料，最好还能来个经济评估，让你看看我的财务情况？"

"对不起。"周伟志道了声歉，"我只是随便问问，你别往心里去。"

"你有话对我说吧？"杨小三叹了一声，"我不喜欢男人拐弯抹角的，你直说吧，想问什么？"

周伟志一愣，握着方向盘的手一紧，几秒后，干笑了一声："也，也没什么，只是顺便问问。"

"错过这村没这店，拐过街角我就到了，在那停车。以后别找机会问我什么了，我没什么好跟你说的，当然工作上的事情除外。"

"你觉得我爸这人怎样？"周伟志一脚踩了刹车，问了出来。

一场大雨浇透了 A 市，火炉上蒸烤了一个星期的 A 市人终于有了一个凉爽的夜晚。晚上七点，纳凉的人陆续走出了家门，摇着蒲扇在小区的花园里散步。丁母丁父带着众人的目光，拎着大包小包上了楼。

门开了，丁聪开的门。

"妈，你们怎么现在才来啊。"丁聪说，"您不是说坐下午两点的车么，算来算去都过了五个小时了，我一直都在担心路上是不是出了什么事。"

丁母放下了手里拎着的一只老母鸡，喘了口气说："你还说呢，以为还像你开车过来的时候啊，从老家到你这里往返来回也就不到两个小时，要自己赶车，车晚点就不说了，几十公里的路倒了三回车。"

"妈，过几年我再寻思着买个车。"丁聪答。

"以前那辆车呢？"丁母问。

"给三儿了。"丁聪答。

丁母低头思量了几分，说："她也真是的，散了才看出本性，现在的年轻人啊，尽钻钱眼里了，也不知道体谅你。这男人啊，总得有个车方便，再说娇娇不是有孕了么,这来来回回检查的,怎么也得有个车啊。"

"妈说得对啊。"周娇娇走出了门,开口一声"妈",已经让丁母心里头一甜。她笑盈盈地,明明不明显的肚子偏偏要顶得很高,像插了战旗炫耀一般得意,"我就跟丁聪说了,车主的名字也是丁聪的,就要了回来吧。偏偏丁聪不愿意,脸皮儿薄,觉得愧疚。"

说完,丁聪还没有吭声,一旁一直默不作声的丁父却开了口:"你好意思开口,可我们丁家还不好意思开这个口,简直丢了姓丁的脸……"

丁父正想继续说,被丁母一把拽住了,打断了他的话,把手里的母鸡和鸡蛋递给他说:"去去去,把这些都拎去厨房!"

丁父接过了东西,看了丁聪一眼,离去。丁母笑了笑,亲昵地抓住周娇娇的手说:"别跟他一般计较,茅坑里的石头又臭又硬!你要保持好的心情,心情好了,自然肚子里的孩子就好了。"

周娇娇笑了笑,眼角带着几分轻佻看着丁聪。丁聪的心里却不是滋味了,转身进了厨房,站在父亲身后犹豫了许久却没有开口,丁父明知道儿子站在自己身后,却一声不吭,不愿意多说一句。

终于,丁聪开了口:"爸,对不起。"

"有什么对不起的?大不了被人戳脊梁骨。"丁父叹了一声,"到底是我们丁家对不起人家。几年前结婚的时候,你刚工作,家里的情况别说彩礼了,连套房子都没有,可别人不嫌弃我们家穷啊。那时候是我去见他们家的,人家就没开口要过一分钱,婚礼酒席什么都不要,只要你对他家闺女好。几年了,你说你做了什么?这样的好女人、好家庭,你对得起么?"

"爸,别说了。"丁聪垂下了头,"儿子心里明白。时过境迁,回头来看总是看得分明,可人是走不了回头路的。"

丁父叹了一声,掏出了烟管。

第十四章
爱情有毒

奥迪 Q7 停在了路边，周伟志关掉了音乐，杨小三手肘撑着玻璃窗，歪着头看着手机上的水晶挂饰。许久，她抬了头，发现周伟志正看着自己，于是笑了笑："这么紧张地看着我做什么，我对你父亲的评价对你很重要？"

周伟志点了点头："我看得出他很在意你，他是个好演员，即使他也刻意地隐藏。"

"你从哪里看出来的？"杨小三问。

"一听你出事了，他一门心思地就想进山，连身体都不顾。这多年来，我还第一次看到他这么紧张一个人。"

"出事的不是我，是柳青松，你怎么不怀疑他？"杨小三答。

"他是男的。"周伟志斩钉截铁地说。

"或许你想多了。"杨小三说，"离婚的时候我常常问自己，到底是什么原因，让他去外面找了一个？我对他不好？不是！我管得太严？也不是！后来，我慢慢才想明白了，说好听点是我对他太好，说不好听点是我太蠢了，让他觉得我是个可有可无的人，他无论怎么做，我都会在原地守着他照顾他，再后来，我的朋友也要离婚了，同样是男人在外找了一个，我又琢磨了原因，她也是对老公太好，细细想了想，又不是，兴许她是对老公太严了，她爱的方式执着了。"

"你跟我说这些是什么意思？"周伟志问。

杨小三笑了笑说："我是想说，也许每个男人找小三的目的是一致的，但导致的原因却不同。你怀疑的是你的父亲，你该去问问你的父母，问我做什么?"

"那你是承认跟我爸有关系了?"周伟志问。

"当然有关系,他是我的雇主,每个月的工资五千八,你说我该怎么评价他?暗地里听到过不少关于他的评价,大都在工作方面,这点不用我说,你也知道你父亲是怎样努力;坏的也很多,都是他的生活方面,说他老白脸,靠勾引女人当上总经理,说他白天服务于公司,晚上服务于老婆,还需要听么?也许你真该把这些话带回家给你母亲,这样起码让她明白什么叫有的放矢,而不是像你这般没头苍蝇般疑神疑鬼。你父亲对待公司的每个人都不错,其中有一半女人,你打算挨着问么?我想不是每个人,都像我这般有耐心地跟你解释。"

"我当初的判断果然正确,你真的是一个骨骼惊奇的女人,是个男人都会被你吸引的。"周伟志笑着答,"说了一通,你没有正面回答,反而说我跟我母亲的不是。这不关我母亲的事,就当是我多虑了。"

"离了婚的女人就是套上了 ST 帽子的股票,没吸引力的。"杨小三笑了笑,推开了车门,"我还是下车,前面的一段路车不好走,我走路过去了。"

说完,头也不回地走了。

第二天是杨小三正式去顶楼报到的日子,上班后她先去了营销二部属于自己的办公格子,发现平日里自己的日用品,已经被人整理得仔仔细细地放在纸盒子里。刘海燕走了过来,见了杨小三打趣说:"你徒儿昨日帮你弄的,你这个做师傅的高升了,他这马屁也拍得忒勤快了点。"

杨小三回过头,笑了笑问:"他人呢?"

"请假了。"刘海燕答,"听说昨日喝高了,今日竟起不了床。二十岁的年纪八十岁的身体,怕是天天在电脑前待到半夜闹的吧。"

杨小三点了点头。

"要我帮忙么?"刘海燕问。

杨小三摇了摇头:"也没什么事,又不是离职,只是挪个窝而已。"

说完简单收拾了一下走出了门,撞见了正往里走的周伟志。周伟志冲着杨小三笑了笑,说了句客套话:"怎么说都是咱们部门出去的人,好好干。"

杨小三看着周伟志,勉强地笑了笑,找不到什么话说,索性没回答。

出了电梯第一个办公室就是总经理工作部,三十楼与喧闹的十楼相比,因为仅有周友辉和为他服务的几个秘书而显得格外宁静。

杨小三走了进去，一百多平方米的空间里只放了几张办公桌和一排沙发，比起她以前的办公环境不知宽敞舒适了多少倍。一个三十多岁的男人迎了上来，很客气地说："你就是杨小三吧，你的办公桌已经准备好，我带你过去。"

男人说话简单利落，没有一句废话，也许这就是做秘书基本的素质。杨小三跟在他身后，来到最里面的一张两米多宽的白胡桃木的办公桌前，上面放着一台手提、一个打印机、几格空的文件盒子。男人放下盒子说："你先看看还需要什么告诉我。"

男人转身要走，杨小三叫住了他："喂……"

男人转过头笑了笑，很礼貌地答："他们都叫我小刘，我比你大，叫我刘哥吧。"

杨小三点了点头："我来主要做什么工作？"

小刘笑了笑答："总经理交代过，让你先熟悉熟悉环境，事情以后再说。"

杨小三坐了下来，低头整理着资料。将文件盒子一个个拿了出来，才发现盒子最下面放着一个纸盒，拆开竟然是一盆仙人球。盒子里一个卡片写着：放在电脑显示器旁吧，听说可以防辐射，记得别被它的刺伤着了，我的三儿很聪明，一定不会明明看得见有刺还冲上去的。别像我这么傻，那天明明看见他那么张扬的车停在路边，仍旧对你说了那么多傻话。

杨小三读完纸片一愣，原来，那天柳青松知道周友辉在屋子里，可他又为何没有揭穿？他心里什么时候开始有自己的？是那日在山里的小镇？还是那日在山腰中的小店？

办公室门被推开了，有人走了进来，几乎整个办公室的人都起了身。杨小三将手中的仙人球放在了电脑旁边，抬起了头，刘秘书站在周友辉面前低着头，问："总经理，您怎么亲自来了？"

"有份文件要得急，你帮我找找。"周友辉对小刘说，余光却偷偷看了看杨小三。那一刻他终于明白几个生意上的伙伴为何如此好此道了，这也许就是人的逆反心理，越是众人唾弃的毒苹果，滋味越美不胜收。

"周总，我马上就找给您。"刘秘书答。

周友辉答："要得急，我就在这儿等。"

趁着小刘找资料，周友辉在办公室转悠了几圈，跟几个人都说了几句话后，走到了杨小三的身边："营销部新来的吧？"

杨小三起了身，点了点头答："对。"

周友辉听了，像是对陌生人的态度说："听说你业务水平不错，推荐来自然有一定的本事。好好干！"

"谢谢周总。"杨小三欠了欠身，点了点头。

周友辉很满意地拿着资料走了出去，没几分钟杨小三的手机响了，一条短信：人前有那么点人样了。杨小三看了忍不住笑了，可笑容却戛然而止，酸涩的滋味泛了出来，她坐了下来，犹豫了好几次最终发了条短信：我在你身边是地雷，你这么聪明的人，还是尽快拆了吧。

刚发过去，短信又回了过来，一句简短的话：最危险的地方就是最安全的地方。

杨小三低低叹了一声，又发了过去：想人事，说人话。

几分钟后短信回了，很简单的四个字，却像四根针扎进了心窝：我需要你。

丁聪思量了许久，终于寻了个机会跟母亲开口了：钱！说的时候丁聪惭愧得想狠狠扇自己耳光。

没想到母亲一口就同意了，只是家里的积蓄不多，眼瞅着还有一个月就要举办婚礼了，虽然娇娇的母亲不在意什么排场，但是该有的东西七七八八算下来也得好几万。丁聪跟母亲合计了很久，就算把母亲的棺材本拿出来也差一大截。

眼瞅着快到中午了，丁聪去劳务市场转转，想找个兼职的工作。可在劳务市场待了快一个小时，像他这种要力气没力气，要技术没技术的文艺青年，适合的工作没一个。

面对白眼，丁聪慢慢走出劳务市场，他什么都没有了。尊严能换几毛钱？他自嘲地笑了笑，抬着千斤重的双腿往回走。从劳务市场回学校只有几站路，为了省点钱，他决定抄捷径走回去。

所谓的捷径是A市著名的酒吧一条街，与夜里的热闹相比，白日里冷清异常。每个酒吧都关门闭户，就像做了坏事见不得人一般。走了一段路，丁聪见路边支了张桌子，一个男人正坐在桌子旁，桌面上挂了个白纸，写着两字：招聘。

丁聪刚一停，坐在一旁的男人就来劲了，一脸热情地问："帅哥，想不想找工作？日薪，一天底薪一百五，小费另计。"

丁聪一听，脸一红，摇着头就走了。可没走几步，又停了转了身走了回来，怯生生地问："你招聘的什么？公……公关？"

男人一听笑得灿烂："您这身板，这年纪，就是你有心也没这个力啊。男人做这个可是力气活！我们是招弹钢琴的，每天晚上到店里弹几首哼几句，制造个调调就行了。"

"真的？"丁聪两眼亮光，有些激动，"我会弹钢琴，过了八级。"

男人眼皮子一抬："我不懂什么级的，夜里你来试试吧。行就签约，不行就算了。"

丁聪赶忙点头应下。

下午三点，阳光很烈，三十楼的阳光比起十楼来更烈。刘秘书起身拉起了百叶窗，杨小三看着地上被百叶窗斩断如铁栅栏一般的阴影，一时间有些走神。此时铃声响了，刘秘书急忙出了门，几分钟后走到杨小三身边说："今天晚上周总要与百胜公司的冯总一起吃饭，有些业务需要你陪同。你收拾下，三点半直接到地下二楼的停车场等。"

杨小三愣了愣，点了点头。三点半，她起身下了楼。

停车场上，熟悉的人已经在车旁立着了，见杨小三来了也没说话，径直拉开了门，上了车。几分钟后，杨小三磨磨蹭蹭上来。

周友辉见她低着头不说话，摇了摇头开动了汽车。车一直开出了A市，杨小三这才有点担忧地问："我们去哪儿？"

周友辉转头，看了她一眼，笑了笑，答："高尔夫球场。"

"高尔夫球场？"

"跟冯总一起，他这个人明明一手烂技术，一大老粗根本就不喜欢高尔夫，发了财后非得附庸风雅，每次聊点什么事就要去高尔夫球场，俗啊。"

"那周总，您是不是也像他一样，明明有家有孩子，明明不会给人将来，一夜贪欢后，非得学着这种风气，包个小三享这齐人之福？"

杨小三话音一落，周友辉的脸色沉得厉害，他踩下了刹车，车停在了路边，半晌蹦了八个字："没旁人的时候，请叫我友辉。"

"你不该这么没有理智,我们现在算什么?怕人查不出来是吗?"杨小三问。

周友辉一听,一声大喝,连杨小三都吓了一跳。从来都温文尔雅的周友辉,竟然会这么失态,他双手锤在方向盘上说:"她要查,让她查!"

周友辉双眉紧锁,双眼通红,直直盯着前方,杨小三知道是踩到了他的痛处,想想他必定很难过才会如此失态,于是不敢吱声。过了许久,周友辉才淡定了下来,笑了笑,轻声说:"走吧,冯总不太好说话,如果迟了怕又是一顿唠叨了。"

车行了十多分钟进了一处庄园,地方很大,建筑不多,却设计得很精致,仿欧式的哥特式建筑的尖顶小别墅,杨小三光看着广场不认识的车标,就能猜出出入这里的人该有多少身价。

刚进门,一个漂亮的姑娘迎了上来,腰弯得很低:"周总,您来了啊,冯总等了许久了。"

"好,我这就过去。"周友辉径直往前走,"你去把我的球杆带过来。"

"我?"杨小三站在身后问。

周友辉笑了笑,答:"没跟你说话。"

杨小三扭头,这才发现漂亮姑娘已经离开了。杨小三跟着周友辉,没走几步出了房子,后院停了一辆高尔夫球车,周友辉坐了上去,座位也就一米多宽,杨小三一犹豫,周友辉伸出了手将她拽上了车。

车开得很慢,大片的草坪湖泊和不远处的白桦林。阳光下凉风一吹,倒平添了份惬意。杨小三看了会儿风景,看见周友辉正专心开着车,平日里的西装换成了浅灰色的户外休闲服,戴上了一项白色的帽子,仿佛刹那间抓住了青春的尾巴。

杨小三看得痴,却见他嘴角弯了弯,没有转头,而依旧直直地看着前方,轻声说:"大凡钱堆出来的味道都长久不了。一个人的魅力不在外表,比如我,比如你。"

杨小三一愣,头转到了一边答:"你倒是不一般的自信。"

"我没有这个本钱,可你有。"周友辉转过头看着杨小三笑了笑,"你的魅力没一个男人会不着迷,我只是比其他男人好,先发现了,却又比其他男人差,比你早出生了十几年。"

杨小三听了，不知怎么嗓子里痒得厉害，就是出不了声。

十几分钟后，车到了地方，远远看见冯总正站在草坪上，身后跟着一人拖着球杆。周友辉走了上去，杨小三跟在他的身后。

冯总停下了手里的动作，转过了身："你这个人啊，明明是你约的我，偏偏我先到了不说，都打了好几杆了也不见你人来。"

"那就自罚几杆好了。"周友辉答。

"你当喝酒啊。"冯总一听笑了，拍了拍周友辉的肩膀，说完看到了杨小三，仔细看了看她说，"老周啊，啥时候风格变了，以前不都带男秘书的么？不怕家里那个闹革命了？"

"这不是跟你谈生意么？找个懂业务的来心里踏实。"周友辉笑了笑说："走吧，先切磋几杆再谈正事，怎么样？"

"好啊。"冯总点了点头。此时周友辉的球杆送了过来，他转身去拿，见杨小三跟了上来，于是转过头轻声说："你去那边伞下待着吧，阳光烈，点一杯你爱的可乐。"

说完拿了球杆，跟着冯总走远了。

杨小三已不止一次看周友辉的背影了，而这一次她的心很痛，如火烧一般。

快下班时，刘海燕轻轻敲了敲办公室的玻璃门，周伟志抬起了头，见她身体扭成 S 型，笑了笑说："进来吧，那么站着也挺累的。"

刘海燕吸了口气，踮着脚跟婀娜地走了进来："周经理，这是明天一早发出去的合同。"

周伟志低头翻了翻问："总经理的字还没有签，既然明早发出去，怎么交给我了？赶紧去办啊？"

"总经理不在办公室，我今天下午去过好几次了，刘秘书说总经理今天有约，临走前吩咐过不回公司。因为合同比较急，我就联系了三儿，想着也是我们这里出去的，让帮忙联系下周总，结果一问才知道，她跟周总一起出去了。所以我才没辙，只能请经理带回家给总经理签了。"刘海燕答。

周伟志一听，魂就不在了。直到刘海燕娇滴滴喊了好几次"周经理"，他才反应了过来，随便应付了几句打发刘海燕走了，他脑子里就再也看不进一点数据，坐在窗边一连抽了好几支烟。

直到下班时间，母亲的电话打了过来。

一声温情的"妈"，叫得彭惠琴心中舒畅，她笑着问："儿子，妈不给你打电话，你一定还跟你爸爸一样忙着工作。妈今天煲了好汤，可你爸爸有饭局，你下了班赶紧回家。"

周伟志一听，心里一涩，半天说不出话来。

见儿子不答话，彭惠琴担心地问："怎么了，儿子？"

"没事。"周伟志答，"儿子工作上可能有点事，怕是要辜负妈这锅好汤了。"

"你们父子俩都一个脾气，遇到了工作什么都忘了。算了，你忙你的，汤热着你夜里回来喝，免得你爸又说我阻碍你发展，耽误他退休的时间了。"彭惠琴说。

"我忙完了马上回来。"周伟志说完挂了电话，他起身走到了窗边，正值下班高峰期，路上挤满了车辆和人群。周伟志又点着了一支烟，烟没抽完，拨通了张敏的电话。

"喂，败家子？"张敏语调轻佻地问，"今儿怎么有空给我打电话？"

周伟志一下就听出了张敏的口气不对，忙问："你怎么了？"

"喝上了呗。"张敏笑着答。

周伟志皱了皱眉头问："这才几点？你就喝上了？"

"你们男人上床都不会分时间地点，我们女人喝酒当然也不会分时间了。"张敏答。

"你在哪儿？"周伟志问。

"喝酒能有几个地方，当然是酒吧了。"

"哪个酒吧？"周伟志问，"我马上过来。"

"你过来做什么？"张敏问，"你过来我还是会喝，你放心了，我很理智的，没开车过来，而且也吩咐了老板娘，我若是醉得不省人事，就把我丢在附近的酒店，不会弃尸荒野。"

"我过来陪你喝酒好不好？"周伟志问。

张敏打了一个酒嗝问："想泡我？"

"是我自己想喝酒。"周伟志笑了笑，顿了顿继续说，"顺便泡你。"

这里是一片外表看起来像二十世纪九十年代厂房的建筑，三层楼的房子，青色的砖裸露在外。若非杨小三亲自走进来，她永远不知道败絮其外、金玉其内的道理。她问过漂亮的迎宾女，这里真的是一座废弃的厂房改造的，但里面奢侈的装修整整花了上千万。

石门背后，汉白玉的地面，两座乌木雕刻的活灵活现的貔貅，高达八米的挑高，巨大的水晶吊灯垂了下来，星辰般璀璨。用玻璃和五彩霓虹灯组成的旋转楼梯，如两条水晶龙从底楼盘旋到了三楼。这里很容易让杨小三联系到丧葬业服务，因为这里也是一条龙服务，一楼茶楼，二楼餐饮，三楼KTV和按摩。这里美女如云，能舒舒服服将你伺候到底。

杨小三跟在周友辉身后，即使很努力去掩盖，也会不经意流露出惊叹。她一直以为将府楼就是A市最好的地方了，今天见了这里，才知道小巫见大巫了。一行人到了二楼，刚一到就有一个漂亮的女人迎了过来，周友辉侧着身跟她说了几句，女人将他们领入了一个包间。

入了座，直径五米的餐桌，加上杨小三只坐了四人。周友辉跟冯总寒暄着，偶尔说起国事偶尔又说起生意，杨小三听着无趣，低头专心地看着精致的餐具。不一会儿菜端了上来，与餐桌配套的盘子，也过分地宽大，真正吃的东西只放了一角，其余的都是中看不中用的装饰品。

菜品精致，却不下饭。杨小三埋头吃了许久，发现肚子里仍旧空荡荡的。回头看着周友辉喝着酒聊得正酣，于是放了筷子发着呆。她真不明白，这种场合周友辉为何非让她来。她什么也不懂，跟门神一般立着。想着想着，眼皮子就有点累了。

突然间似乎有人喊她的名字，杨小三一个激灵清醒了，睁开眼发觉桌上三个人都直愣愣看着自己，于是尴尬地正想说话，却见周友辉抬了抬手，门口站着的那个漂亮女人款款走了过来，耳朵递到了周友辉的嘴边。

周友辉吩咐了几句，女人点了点头，走到了杨小三的旁边说："杨小姐，请。"

杨小三一愣，转头看了看周友辉，周友辉笑了笑回答杨小三，却又像是说给冯总听："男人的话题，女人果然不感兴趣，看来还是您冯总讲得好，这谈事还是带着男秘书好。"

周友辉说完，冲杨小三点了点头。杨小三起了身，跟着女人走出了包间。上了三楼，进了一个房间。房间不大，布置得很整洁，熏着玫瑰香油。女人转身走了,不一会儿,另外一个女人穿上粉色的制服抱着一叠东西走了进来:"很高兴为您服务。"

"服务?"

"您点的顶级的 SPA 啊。"女人笑了笑,"您的是钻石 VIP 的客户,所以才能享受顶级的服务。"

杨小三笑了笑,叹了一声,躺了下来。

晚上七点,当张敏桌上的空啤酒瓶已经堆了六瓶后,周伟志在昏暗的灯光下总算找到了角落里的张敏。此时她已经喝到了八分醉,见周伟志来了,痴痴地笑了笑。

周伟志坐了下来,一句话没说,已经伸手拿了一瓶啤酒一口气喝完。

"您这是喝水,还是喝酒啊?"张敏手撑着下巴凑了上来问。

周伟志伸手擦了擦嘴,没答张敏的话,按铃叫了服务员再上两瓶红酒:"啤酒能醉得快么?一杯啤酒一杯红酒掺着,这才够劲。"

"你咋了?"张敏问。

"没怎么的,就是想喝酒了。"周伟志答。

"为情所困?"张敏继续问。

周伟志摇了摇头,眯着眼问:"你说,你有没有那特别想说的话,却不能说的时候?"

"有。"张敏答。

"那你怎么办的?"周伟志问。

"喝酒啊,醉了,该说的不该说的就都说了。"张敏笑了。

"不顾后果?"周伟志问。

"男人出轨的时候,几时顾过后果了?哪个男人出轨的时候,不知道老婆会肝肠寸断,可他们有没有想过老婆?"张敏眼里的泪又流了下来。这么近的距离,即使灯光昏暗,周伟志依旧看得很清楚,他忙伸出了手,轻擦着张敏的眼泪。

"你该对自己好些。"周伟志说,"你这么伤心了,他在北京可能压根不知道。"

"你说的道理我都懂。我以前给自己一个标准,就是好男人不放过,男人出轨不放过,出轨后财产不放过,简称三不放过。实践证明前一个简单,后两个做起来很难。"张敏答。

"你已经做得很好了。"周伟志笑了笑答,"若是旁人早没有气势了,哪里还能撑到现在料理着公司?"

"他一个电话也没有打来过。一开始我对自己说,他若是打了电话,我不接。等他急了,多打几次我才接。后来他还是没有电话,我就对自己说,他打来了电话,若是求我原谅了,我就再原谅他一次。可再后来,他依旧没有电话,我就对自己说,他只要打电话回来,我就原谅他。可是,他到现在……"

张敏的话没有说完,周伟志的唇已经迎了上去,舌头瞬间纠缠在了一起,美酒的芬芳,发酵了的浓情蜜意,那一刻,周伟志想起了刚才张敏说的那一句,"醉了,该说的不该说的,就都全说了"。她说的真的没错,不仅如此,醉了,该做的不该做的,全都做了。

这个世界上,有钱真不是坏事!杨小三曾经偶尔闲暇时也曾幻想过,若是中了五百万该怎么花,存银行?买几套房子当包租婆?在她的眼里,五百万是一笔很大很大的数目,即使她想遍了所有花钱的法子,也不能在有生之年把这钱折腾完。可是今天,当女人为她服务两个小时,让她觉得浑身舒适得每个毛孔都像新生了一般,她终于还是忍不住市侩庸俗问了价格:"今儿你给我做的这一套,多少钱?"

女人自顾低着头整理着那些瓶瓶罐罐的东西,头也没抬,淡淡地答:"三千八。您的账直接从VIP的账户中直接扣的,打了八折。"

那一刻杨小三第一次明白,原来五百万在特定场合是多么渺小的一个数字。杨小三低着头细细算着,已经是夜里十点,想来周友辉的酒席早就散了,手机也没有未接电话,这个时间即使他还没离开"销魂窟",也不打算再给他打电话,于是径直就往外走,打算自己回家。

杨小三没走几步,发觉身后有人跟了上来。走近了,脚步却慢了,默默走在自己身边。杨小三转了头,竟是周友辉,于是皱了皱眉:"你怎么在这儿?"

"那你说我该在哪儿?"周友辉眯着眼。

"一条龙服务,没有三四个小时下不来的吧。"杨小三答。

周友辉笑了笑,指了指茶楼:"别把男人都想成了这样,偶尔也给我这种例外的人一次机会。酒席早就散了,我等了快一个小时了。"

"你倒是好雅兴啊,上这种地方来喝茶。你说我能相信,全中国人也不信啊。"

"等你。"周友辉直截了当地说出了两个字。

杨小三听了,愣了愣,转过了头,手不自然地拉了包的肩带加快了脚步。周友辉赶忙跟了上去,没几步到了大门口,几个妩媚的女人见了周友辉都弯下腰,用娇滴滴的声音说:"周总,您慢走,欢迎再来。"

杨小三一听,几个大步奔了出来,惹得周友辉也没顾得形象,小跑几步也跟着出来了。

杨小三见周友辉跟在了身后,嘴角轻扬着说:"有钱真是好啊,地球都围着你转了。"

"上帝随便找了一个人问,你最痛恨什么?那个人一定会说,有钱人,我见一次骂一次,这些人都该下地狱!于是上帝笑了笑,继续问,那我给你一次机会,实现你的梦想,你想要做什么?那人一定毫不犹豫地答:做个有钱人!"周友辉笑了笑,意犹未尽地看着杨小三,"我等着你的反驳。"

"如果我跟你抬杠,你会更在意我的话,那从这一刻开始,你说的话我都不会反驳了。"杨小三答得干脆。

"算了,咱不提这事了。"周友辉从包里掏出了钥匙递给了杨小三,"我喝了酒,你开车吧。"

杨小三一愣,周友辉已经将钥匙塞进了她的手里了。

夜里八点,霓虹招牌一盏一盏相继亮了起来,这还是丁聪第一次在夜里走这条路,让他这个在A市生活了十年的人也不敢相信,A市竟然有一条如此热闹的夜生活街。丁聪走了好几圈才找到了中午的那个地方,总觉得同一个地方在白天和黑夜竟像是两个世界,一潭宁静的死水和一潭鬼魅的浑水。

丁聪推开门走了进去,酒吧里很暗,感觉眼睛像失明了一半,等习惯了黑暗,才发现里面的人已经坐得满满当当,完全不是想象的那种污浊的空气和垃圾的电子噪音。

"你来了。"男人慵懒的声音传来。丁聪这才发现,面前已经站了个人,是白天的那个男人,已换了紧身的黑色无袖T恤,身上有洞的地方全挂上了亮晶晶的装饰。丁聪心中一激灵，敢情这里的人白天夜里也完全不同。

丁聪怯生生地点了点头。

男人指了指角落里射灯下放着的一台白色钢琴："去弹几首你认为不错的，老板看看效果。"

丁聪低着头，也不敢看其他人，顺着墙根往角落里去了。开了琴，熟悉的感觉马上就回来了，像进入了自己的世界，手轻轻放在黑白的键盘上，音乐如流水般倾泻了出来。

车出了院子，杨小三转头问："周总，送你回家么？"

"陪我去半山喝茶吧，酒醒了，我自己开车回去好了。"周友辉答，"我不想重复自己的话，这是最后一次，没旁人的时候别叫我周总，生分了。"

杨小三轻叹了一声答："生分些，是件好事。"

周友辉一听，眉头拧紧不再说话。车慢慢地行驶，平日里开飞车的杨小三今日的风格倒是低调得很。半个小时后入了山，没有月亮，夜黑得墨一般，只能看到车灯下几米的距离。

突然间，许久没有说话的周友辉嘴里蹦了两字："停车！"

杨小三以为周友辉晕车，赶忙踩了刹车。自从上次他酒醉吐了，她已经在控制车速。竟没想到这样的速度他还是晕车了，于是停了车转头关切地看了看周友辉，没想到周友辉正直直地看着自己。

见周友辉没事，杨小三无法面对他包含着浓烈情欲的目光，赶忙转过了头，冷冷问："什么事？"

周友辉笑了笑："别装了，人在突然情况下的第一秒钟反应才是最真的，你转过头看我第一眼的表情已经出卖你了。"

"你在背台词啊？"杨小三反问，"没想到你还能有这种爱好。"

周友辉叹了一声答："这半个小时，我一直在思考着你刚才说的那两个字，生分。我们俩从认识到现在，不过区区两个月的时间，到底是什么魔力让我和你之间，由生分变成了如今无话不说的知己。上山容易下山难，在我没有搞清原因前，我承认很难回到生分这个起点上来。"

"所以，你不顾一切想把我留在你身边？这种错误的决定真的不像你能够做出来的。"杨小三问。

周友辉努力笑了笑，许久，默默点了点头。

"你认为有效？"杨小三问。

"有效？你就不会在这儿，我也不会这么隐忍了。"周友辉笑了笑，"四十多岁的人了，什么风浪没经过，偏偏过不了这坎。刚才在楼下喝茶的时候，我想好几次起身就这么走了，可想归想，还是候了将近两个小时。"说完，周友辉轻笑了一声，极其地哀婉，听得杨小三的心纠起来一般。

"小三没什么好下场。"杨小三答，"我知道我这人有个破毛病，就是嘴贱，跟你说的那目标信誓旦旦，挺是那么回事的。其实我告诉你，我这人雷声大雨点小，永远是说得到做不到，而且拆散别人的家庭，这种痛我受过了，我也不想别人再受这种痛。"

"这不是你的原因。"周友辉答，"这话我从来没有跟人提起过，不知道怎的，今天特想说出来。我想告诉你我的过去。我二十二岁那年大学刚毕业，回了老家一家国营的机械厂做技术员。那时候，一个车间就一个大学生，当成宝贝疙瘩。一进场就有好几个大婶帮我介绍女朋友。那时候我的思想也不知怎的，跟一帮老员工一样的思维方式，觉得厂子效益好，就在厂里找一个'门当户对'的，一家子日子殷实了。"

说完，周友辉从包里掏了烟，看了看杨小三，杨小三点了点头，周友辉点着了烟，吸了一口。

"于是，我很快就结婚了，她是厂里的正式职工，大我两岁。没多久，我的女儿也出生了，我当时觉得自己的人生很好，就这么一辈子下去就不错了。可好景不长，碰到了机制改革，厂里的效益越来越差，厂里提出减员增效，两个正式职工只能留一个，我辞职了，把工作的机会留给了爱人，自己下了海来到了 A 市。"周友辉降下了玻璃窗，向外吐了口烟说，"头两年完全不适应这里的节奏，这里讲的是钱啊，跟国有企业完全不一样，国有企业讲的是奉献。"

"后来你认识了彭惠琴，抛妻弃子，换了如今的地位。"杨小三打断了他。

"差不多情况就是这样的。"周友辉转过头看着杨小三问，"听到这里，是不是又重新定位我了，一个无耻的男人？"

"不会。"杨小三答，"起码你还知道无耻，无耻的人从来不会说自己无耻。"

"我想你待在我的身边，认识你前，日子过得不觉得累，可自从认识了你，一个人真的很累。"周友辉深吸了一口烟，掐灭了烟头，看着杨小三，"无论你怎么骂我无耻。"

周友辉这才发现杨小三眼圈红了，此时正呆呆地看着周友辉，极力忍着泪水。

周友辉一伸手，用力将杨小三揽入自己的怀里。顷刻间，努力堆砌好的防火墙就这么垮了，周友辉低头吻着红唇，心中的躁动越来越强烈，他双手深入了她的外套，顺着温热滑腻的皮肤摸索着，一直触到了胸前的柔软，刚触碰的一刻，他竟忍不住浑身战栗了几秒。

狭窄的车内空间，周友辉高大的身躯艰难地翻到了驾驶座上，他一边吻着，一边将靠背调平，整个人压在了杨小三的身上。这种更刺激的方式加上些酒精的余力，让他此时完全没了自控的能力，火苗开始烧遍了全身。

裙子被掀开，底裤褪了下来，"热土"的芬芳，有了第一次，周友辉这次连一秒钟都没有犹豫就冲了进去，那一刻尤其地美妙，美妙得值得他短寿十年去换取。他的膝盖跪在座椅的两边，双腿靠在方向盘上，每次的律动，车上每个有棱角的地方对身体的摩擦给他带来的不是疼痛，而是一种情趣、挑逗，让他的欲望更加坚挺和盎然。

身下的人呼吸急促，轻微的呻吟传到了周友辉的耳朵。他浑身战栗，顷刻间，压抑许久的激情破茧而出，他开始发抖，将杨小三紧紧搂入了怀里，两个人锁在了一起。许久，欲望淡了下来，他浑身有些发冷，即使别扭的姿势让他浑身不舒服，可他依旧不愿意放开她。

于是，杨小三头枕在他的颈窝，被他吻得通红的双唇轻启，轻声地说："你……又要为我买药了。"

话音一落下，周友辉哭了，滚烫的泪水顺着脸颊落了下来。

第十五章
这些标签性的物质

L市的小旅馆很多，特别是开在著名的天道酒吧旁边。这种小旅馆定位很明确，就是为了那些来酒吧找一夜情的人。所以整个房间的装修以紫红色为基调，浓郁的桂花香味，甚至连床头的避孕套、伟哥也体贴地备上。

张敏翻了个身，将洁白的床单裹紧，可下一秒她又被揽入了怀里。酒未醒，欲望也未消退。肉体与肉体的摩擦亦真亦幻，不想醒却又不得不醒。

周伟志翻过了身，将张敏从身后紧紧抱入了怀里。张敏挣扎了几下，发觉他搂得更紧了。张敏放弃了挣扎，轻声问了一句："你多大了？"

周伟志低着头吻了吻她的颈窝，答："二十四岁了。"

"你知道我多少岁了？"张敏问。

"不知道。"周伟志答，"若是想把这个理由作为什么条件，你大可不必说了，我在国外长大，没那么多的传统美德，只要你智力没有缺陷，大事小事能够自己做主自己承担，这就足够了。"

"你说你刚回国对么？"张敏问。

周伟志点了点头答："我没打算在国外定居，虽然是我父母这么替我安排过，可我想来想去，还是觉得回国内要好些，毕竟是中国人。"

"我是想说，国内这种事不需要负责的。"张敏说，"那一天是我错了，可最后你骂醒了我。而今天你和我都错了，走出这个房间，我们就谁也不认识谁好吗？"

"你最近不是在忙着公司拆分的事么？"周伟志岔开了话题。

张敏点了点头，想起身，刚一用劲，人又反弹回了他的怀里，于是问：

"你觉得我们现在这种状态适合谈公事吗？"

"我没谈公事。"周伟志答，"公司拆好了就离了吧，我是认真的。"

张敏一听，彻底呆了。

夜色正浓，车窗降了下来，群山中湿漉漉的空气窜了进来，周友辉低头吻了吻杨小三的额头，挪动了有些僵硬的身体，才发现关节那地方似乎已经磨破了，血已经流了出来，粘在了裤管上。

他玩了一场不该他这等年纪该玩的云霄飞车。下车的时候他才发现，不仅腿伤了，连腰也折了。他用了很大的力气才回到了副驾，刚一落座，整个人就废了一般瘫下。

黑暗中，手机的铃声响了，不是一部，是两部。

"你先接吧。"周友辉答。

"你先。"杨小三答，"孰轻孰重，我分得清楚。"

周友辉微微叹了一声接了起来："在谈事，快了……嗯，已经完了……大概一个小时就能回家了，嗯，好的……挂了。"

周友辉挂了电话，杨小三已发动了车："就到你的别墅了，先去洗漱下再回去，一个小时刚刚好。我真的很佩服周总，无论在什么情况下都能这么清醒，计算得一秒不差。"

"不是告诉你了吗，没有旁人的时候别叫我周总，我不喜欢反复重复自己说过的话。"周友辉答，"而且我觉得，你现在这种情况下这么称呼我，比骂我还难受。"

杨小三安静地开着车，十多分钟后，车到了别墅。下了车，进了屋，两人很有默契地去了不同的浴室。二十多分钟后杨小三走了出来，见周友辉已经换了身衣服，一点痕迹也没有留下。周友辉走上前，杨小三却绕开了他，径直往门外走去。

上了车，杨小三坐了几分钟后，周友辉才上了车，手里拿着一瓶空气清新剂喷了喷，连座椅上的痕迹都仔细地看一遍。

看着周友辉，杨小三笑了一声后，转头看着车外，泪水偷偷流了下来。自己的泪一贯坚强，从不轻易落下，偏偏遇上周友辉变了节，无论怎么忍，都总是会落下来。

深夜，酒吧里的人越来越少，丁聪一连弹了几个小时，手有些发麻，他揉了揉手指，打算休息几分钟。此时一个男人走了过来，将一杯五色酒放在了丁聪的钢琴架上。

丁聪抬起了头，仔细看着这个男人。三十多岁的样子，因为极瘦而显得颧骨突出，脸色苍白，乍一见不像个活物，这让丁聪吓了一跳。

这个人好像已经习惯了大家第一眼看到他时的表情，自然地笑了笑说："介绍下吧，我叫杜岱峰，是这里的老板。平日里朋友奉承我，喜欢叫我阿杜。你也可以叫我杜哥，自己看着办吧。"

"老板，好。"丁聪低了头，生硬地点了点头。

"你觉得我的酒吧怎么样？"阿杜问。

丁聪听了有些拘谨，其实自打从进酒吧起，他觉得自己来这里弹琴就跟街头卖艺讨生活的没两样，所以面薄一直低着头，眼里只有那黑白的键盘，其他的什么也不知道了。

阿杜端起了酒杯递给了丁聪："喝点吧，没什么度数。现在也没什么客人了，趁有空看看酒吧。我倒是第一次见你这种人，这是你工作的地方，环境总该先看看吧。"

丁聪小心翼翼地接过了酒杯，目光绕开了琴架看了看四周。酒吧不大，装修却很精致，以玻璃、镜子和金属等有光泽的材料装修。酒吧中央是个圆形的吧台，四周放着吧椅，再远处就是一张张小巧的半圆形沙发。

"发现什么没有？"阿杜问。

"挺漂亮的，装修不庸俗，还挺有些与众不同的味道。"丁聪答。

"还有呢？"阿杜穷追不舍地问。

"没了。"丁聪喝了口酒，"我嘴里说不出华丽的形容词，总之是很不错。"

"就这些？"阿杜问，"你再看看。"

丁聪转过身，又仔细地看了看，这次才惊讶地发现，虽然酒吧没什么客人了，但剩下的几对都是些男人，亲昵地靠在一起，低头说着话。丁聪看了一圈竟没有见到一个女人，他一呆，转过了头惊讶地看着阿杜。

"发现问题了？"阿杜笑了笑，"怎么看？"

"一没杀人放火，二没影响我生活。"丁聪答，"我无所谓的。"

阿杜一听，笑了喝了一口酒，答："那恭喜你，明天继续来上班吧。"

夜里十一点，周友辉开着车进入了彭家的老宅。下车时腰椎一阵酸麻，他伸手揉了好几下，疼痛稍微缓解些才进了家。客厅里，彭惠琴正专心地看着电视，见周友辉回来，忙起身说："喝酒了吧，我已经让人熬了粥。"

"不麻烦了。"周友辉笑了笑，"也没喝多少。儿子呢？"

"刚打了电话来，说L市的事没有处理完，今天就不回来了。"彭惠琴答，"你们两个天天为工作在外跑，可怜我这个老婆子在家兼职当门卫了。"

"是啊，这些年辛苦你了。"周友辉说，"我们这个儿子是块做生意的料，我的退休计划是指日可待了。"

"你啊，"彭惠琴点了点头说，"儿子今年都二十四了，也没见他往家里带过女朋友。我今儿跟陈太太聊起了这事，个个都夸我们儿子好，争着要给他介绍女朋友。"

"那也得我们儿子同意吧，现在的孩子都有自己的心思了。时间到了，自然会找到合适的，你也别操心了。"

"谁说的？"彭惠琴说，"儿子工作的事你说了算，可婚姻的事我说了算。儿子若天天跟你一般扎工作里去了，哪有时间认识些好姑娘？"

"行行行，你有理。"周友辉答，"儿子的终身大事就等你操持了，不过作为父亲我有个小小的建议，这事还是循序渐进，别学着那一帮太太们狂轰滥炸，让儿子审美疲劳，一不小心给你带个洋媳妇回来，可怎么好啊。"

说完周友辉起身往楼上走，彭惠琴跟着上了楼。

"我可没有偏见，洋媳妇也是女人，只要儿子喜欢！再说了，我可盼着有个混血的孙子。"彭惠琴说。

"行啊。"周友辉眯着眼，点了点头答，"我就等你的好消息了。"

彭惠琴上前了两步，挽起了周友辉的手说："聊着聊着儿子孙子的，这才觉得自己老了。"

周友辉听了，不知怎么，心里一咯噔，不经意地伸手又揉了揉依旧发麻的后腰。

周友辉忙完一切从卫生间走出来时，彭惠琴正在床头聊着天，她这么刚一说起儿子的事，半夜都耐不住开始打听起家境相同的"大家闺秀"了。周友辉笑了笑，掀开被子上了床，彭惠琴挂了电话，整个人靠了上来，她刚才定是抹了香水，浓郁的味道周友辉闻着有些发晕。

周友辉极力掩饰了心中的不快，笑了笑说："今天陪严总打了一天的球，身体有些累了，就改天吧。为夫可老了，不中用了。"

彭惠琴一愣，这是记忆中周友辉第一次拒绝她的邀请。

深夜，一盏盏霓虹灯悄悄灭了。繁华的街道上人群散去，恢复了白天的冷清。虽然已是夏日，深夜的风依旧有些凉意。丁聪走出了酒吧，打了个喷嚏，双手抄在裤兜里往外走。没有公交的夜晚，路边停着一辆辆出租，等候夜生活归来的人。

丁聪想了想，决定招一辆出租。上了车，尽管出租师傅一句话没说，表情僵硬得像黑桃K，丁聪总觉得师傅正用着鄙夷的眼神看着自己。

这样想着，他越发低了头，把衬衣当成了龟壳，整个人缩了进去。半个小时后，车到了地方，他交了钱做贼一般下了车。回家的楼梯上他已经下了决定，明天就去买辆自行车，骑车上下班。

到了家门口，丁聪轻轻地将钥匙插入钥匙孔，可就这么一插，门已经开了，母亲心疼地叫着他的小名："聪聪啊，怎么才回来啊？"

丁聪蹑手蹑脚地进了屋，轻声问："娇娇呢？"

"睡了。"母亲答，"她告诉我，你去做家教了。什么人家的孩子啊，学到这么晚？"

丁聪将手指放在了嘴边，轻声说："妈您就别操心，钱哪有这么好赚的。"

"对了，"母亲说，"五一节眼瞅就快到了，婚礼的事张罗得怎么样了？虽然你是二婚，可娇娇是大闺女，怎么也不能亏了她，况且她还怀着我们丁家的孩子。"

"妈，你放心了。现在有婚庆公司，用不着我们操心的。我已经去找了一家，这个周末就跟娇娇去看看。合同一签，事就定下来了。"丁聪答，"只是钱的事……"

"妈这边先垫上了。"母亲答，"你以前没什么积蓄，还是让那女人给拿走了？"

丁聪听了母亲这句话，眼睛突然间有点涩，人非草木岂能无情，在母亲嘴里,昔日对她百依百顺的三儿已经变成"那女人"了。半晌,丁聪声音沙哑地回答:"到底是我对不起她,而且儿子的本事,妈又不是不清楚,家里以前那点积蓄多半都是三儿赚的,这事不提了,钱就当我借你的,过些日子就还上。"

母亲无奈地点了点头,转身要走,又折了回来:"对了,你说你们俩都要结婚了,这亲家我们还没有见过,能不能约个时间见个面什么的?"

"好啊。"丁聪点了点头,"这眼看着就要到五一了,那就这周末吧。"

周友辉睁开了眼才发现,腰比昨日夜里更酸了,膝盖隐隐有些发疼。下楼的时候尽管极力地掩盖,彭惠琴仍旧发现了,于是关切地问:"你怎么了?"

"大概是昨日打高尔夫扭到了腰吧。"周友辉答。

"那可得去让周医生看看。"彭惠琴说。

"没事。"周友辉答,"也就一点小毛病,就不麻烦周医生了,一大早还有个重要的会,耽误不得。"

"是啊,工作重要。"彭惠琴瞪了他一眼。

周友辉笑了笑,将彭惠琴搂入了怀里。彭惠琴莞尔一笑:"你啊!对了,这个周末我约了陈太太给儿子介绍女朋友,帮我参谋参谋?"

周友辉一愣,问:"你这是什么速度啊,昨日夜里才说起,今儿一早就安排上了?要是联合国有你这速度,也就没有难民了。"

"你啊,一把年纪了,这嘴却越来越没有规矩了。"彭惠琴答,"最近些日子,你又跟哪个公司的老总经常在一起,发现你越发为老不尊了。"

周友辉的笑容一僵,这才发现原来杨小三的魅力早已经渗透进了骨子里,即使她不在自己身边,他也会在不经意间总会流露出跟她一起的那份自在、从容和放松。

L市是一个大晴天,昨夜半夜下了一场雷雨,一早走出宾馆时周伟志觉得身上有些凉意。他低头扣紧了衬衣的纽扣,似乎又闻到了她的味道。他给自己下了一个判定:着魔了,爱的魔。从缠绵那一刻起,他已经迫不及待地规划自己与她的将来了。结婚,孩子,他竟然将从未放在心上的事细细地想了一遍。

出门前,她让自己先走。一夜贪欢,周伟志有些疲累,奈何母亲的电话打来，他匆忙应了几句起了床。坐在回 A 市的车上，想着想着，忍不住又给她发了几条短信，奈何却石沉大海。他不死心，打算到了 A 市再打电话过去。

周伟志走后，张敏抱着枕头，迷糊间似乎又睡着了，隐约觉得有人在身边不停地喊着她的名字，许久睁开了眼睛，发现是手机响了，杨小三打的。

"昨日你打电话来过？那时候接电话不方便，啥事？"

"现在没事了。"张敏懒散地答了一句。

"那你现在有空没？"杨小三问。

"有吧。"

"那好，我开车过来找你，我今天就来。"杨小三说。

"啥！"张敏一惊，正想问，电话挂了。她叹了一声，起身揉了揉鸡窝般的头发去了卫生间。

路上，张敏透过车窗看着来往的车流，此时，周伟志的短信一条条发过来，张敏低头看了看，什么不好学，学一夜情，姐弟恋，够时髦的！这一跟头自己可摔得不轻啊。

张敏到了公司，看了会计财务报表，整理了相关的资料，去了律师楼。一切倒是顺利，公司的账务划清楚了，就等宋林昆回来签字。走出律师楼，张敏正犹豫着是否跟宋林昆打个电话时，杨小三的电话来了。

"我到了。"杨小三说。

"你真来啊？今天非假期非周末的，你竟也舍得全勤奖金来找我了，可喜。"张敏说。

"那见或者不见？"杨小三问。

"见，怎么不见？我心里也贱着，正好你也犯贱了，一起贱吧。"张敏答，"十分钟后老地方见。"

杨小三先到了这家甜品屋。还记得是几年前张敏的公司赚到第一桶金时，请了自己跟当时还是男朋友的丁聪一起光顾的。店还是一样，外表虽然破了点，还是当年的味道，可人却不一样，即使还有吃冰淇淋的味觉，却没有当年的心境。

几分钟后，张敏来了，两人一见面都吓一跳，俗话说得好，恋爱是女人最好的化妆品，可下一句没说，离婚是女人最利的杀猪刀。几日不见，两人都瘦了许多，脸色也有些泛青，两人站一块儿，多了分难兄难弟的悲壮。

见张敏坐下来，杨小三直接开了口："帮我介绍个男人吧。"

张敏一愣，刚挨着垫子的屁股又离了座位，问："你真病入膏肓了？有家有室的男人，当小三真这么好玩啊？自己也是受了伤的人，你这跟艾滋病人报复社会有什么区别？"

杨小三一听，眼神一暗，低声地问："你觉得我有做小三的能耐么？"

张敏一听，头摇得跟拨浪鼓一样。

杨小三苍白着脸色，惨淡地笑了一声："我也刚刚才发现心狠不下来。其实我不怕别人怎么说，只是自己的良心上过不去。"

"你真的上了？"张敏轻声地问。

杨小三咬了咬唇，点了点头："刚开始就想断了，想起当初因为离婚而出的那段豪言壮语，自己都觉得好笑，什么事都是说起来容易做起来难。"

"你还真当一回事了。"张敏坐了下来，"你恨丁聪找的那个女人吗？"

杨小三答："说不恨是假的，但后来我又想过，你说得对，我为啥要恨她？恨丁聪也好，恨自己也好，怎么也轮不上她。可如今我真的介入了一段婚姻无法自拔的时候，我才明白我真的该恨那个女人，就像现在恨自己一般。"

"现在什么打算？"张敏问。

"找个男人吧，没家室的、瞧得上我的。"杨小三笑着说，"把自己赶忙嫁了，二手女人有什么好挑剔的？"

"这不像你。"张敏答，"破罐子破摔，那也得看看对象。你那旁人修不来的性子是做不来。我看是算了，反正我也马上陪你了。"

"离了？"杨小三问。

张敏转过身，从提包里拿出了一叠的资料："财产股票公证，还有公司资产的分配方案……还有……离婚协议。"

"跟他商量过了？"

"没。"张敏低头细细地翻着资料，翻着翻着眼泪就下来，杨小三见了心疼，递了张纸巾过去。

"要不，再好好沟通沟通？"杨小三问。

张敏听了，拼命用纸巾擦着眼角不停摇着头。

杨小三见了，起了身坐到了张敏身边，将她揽入了怀里，轻声问："不就是个男人么？这一点不像你啊，你不是一直告诉我，谁让你不痛快了，你就一定让他不痛快。所以不必为这种男人伤心,我收回刚才说过的话,离了咱不怕,这几个月我不是过来了。大不了老了还没有人要,我们就凑一对好了,郊外找一个地方,修个房子,种种花、养养草什么的。"

张敏靠在了杨小三的肩膀上,泪水流了一地,脑子像要裂开了一般,明明想着宋林昆,却怎么都觉得他脸上多了副眼镜。

下午的时候,周友辉手里的事总算告一段落,他又仔细过了一遍,才将资料整理好放在了桌子一边。此时小刘走了进来,手里拿着一叠文件,需要周友辉签字。

"新来的人还适应么?"周友辉一边签字一边装作不经意地问。

"周总您说的是杨小三吧,她一早打了电话来请假三天。"小刘面露难色,"刚来就请假了,廖总今儿早上本想找她要个资料的,发现她不在就有些发脾气,发了话要加倍扣钱。"

"这样啊,她可能有什么事吧?这钱还是不扣了,谁家不会有点难事的。廖总也是的,为了这点事闹脾气,这事待会我跟他说去。"周友辉答。

小刘拿了文件转身要走,脚刚迈了一步,却又被周友辉叫住,只见他手里还拿着签字笔,想了许久说:"算了,廖总的职责就是分管人事的,这是他管的范围,员工请假扣钱的事也不适合我直接下指令,你还是按照廖总的意思办吧。"

小刘的职业素质也不让他多问。周友辉拿了手机,翻出了杨小三的电话,本想着拨过去,犹豫了半天,终究还是忍了下来。自从上一次韩云的事情后,周友辉再不敢在户头上进行资金流转了。此刻,他脑海里开始细细盘算如何动用公司的户口,给杨小三一些她并不在意的"待遇"。

夜里,L市又下起了大雨,空荡荡的豪宅里,沙发上、地毯上散落着无数个空酒瓶子,杨小三和张敏横躺在了沙发上,头碰着头,这是杨小三离婚以来喝得最痛快的一次酒,几乎把张敏家里存的好酒喝掉了一半,虽然头越喝越疼,意识却越来越清醒。

杨小三伸了伸腿,一个空酒瓶"哐当"一声,被踢落到了地上。

张敏努力地睁开眼,大声喊:"三儿,是不是门铃响了?谁来了?"

"谁来了咱也不开。"杨小三刚说完,手机铃声响了起来,她伸手碰了碰张敏的头,"喂,你的电话响了。"

张敏听了伸了身腰,答:"不对,好像是你的响了。"

"不接!"杨小三笑了笑,张敏跟着也笑了笑:"好,不接就是不接。今儿就算是总统打电话来了,我们也不接了。"

A市。周友辉拿着电话又打了一次,最终叹了一声挂了电话,开着车驶出了半山的别墅。晚上八点半,周友辉和周伟志的车一前一后驶入了老宅。周友辉下了车,见儿子像少了魂似的低头看着手机,于是走上前拍了拍周伟志的肩膀,问:"工作上是不是遇到了什么问题了?"

周伟志慌忙将手机放进了包里答:"没事,在等一个朋友的电话。"

周友辉笑了笑,留意到了儿子不自然的表情,却碍着儿子大了,所以没点透,转了话题:"走吧,你妈这会儿怕是已经等急了,从六点开始为你熬汤。"

周伟志听了点了点头。

进了屋,彭惠琴已经张罗了一大桌的菜。父子俩一落座,她就迫不及待把今天的成果进行了汇报:"这刘振豪有一个独身女儿叫刘婧,今年刚好才二十一岁,上个月也刚从加拿大回国。儿子,怎样?"

说完,将照片往周伟志面前一推。周伟志一听,一呆,不敢看彭惠琴,却用无辜的可怜样转头看着周友辉。

周友辉此时已经走了神,脑海里还在盘算着资金上怎么安全地洗几次后,在江边的好位置给杨小三买套房子,突然间发觉身边安静下来,回神一看,发现两人竟都直直盯着自己,于是问:"怎么了?两人都看着我?儿子婚姻大事我定不了。你妈前几日才对我宣布了政策,生活上的事她做主。"

"是啊,刘婧跟我们家门当户对。我看过照片了,相貌可人,懂三国语言,在麦吉尔大学的工商管理毕业,她家……"彭惠琴一听周友辉的话来了劲,滔滔不绝地讲了起来。

"这个我知道。"周友辉也许想掩盖刚才的走神,赶忙补充了一句,"刘氏集团跟我们合作倒是多,老刘做生意正直,老婆是政府那边的,打点得也不错。"

"对啊。"彭惠琴听得心花怒放,"你爸都说不错了,他可是不轻易说赞美词的人,趁热打铁,妈跟你约了周末见面。"

"不见！"周伟志回答得出奇地干脆，连一旁周友辉都有些惊讶，平日里对自己言听计从的儿子，突然间竟然直截了当地拒绝了。周友辉低头，联想到刚才在车库见到他神不守舍的样子，猜他是遇到了心仪的女人了，于是问："拒绝得这么干脆，是不是有了心仪的女孩子了？如果觉得不错，就找个机会带回家里来，让爸妈见下。"

周伟志想着张敏还没有离婚，这时候带回家，还没有进门就会被母亲赶出来，于是咬了咬唇答："还没，现在还没想找女朋友。"

"见个面而已，"彭惠琴说，"对不上了，妈再帮你张罗，这事不急。"

"妈，这事你就别瞎操心了。"周伟志答，"儿子自己会努力，争取这一年内就给你找个儿媳妇。"

说完，扒了几口饭，将碗筷往饭桌上一放，起身离开了。

彭惠琴张口要劝，被周友辉伸手拦住："你吃饭吧，我一会儿吃完后，跟他好好谈谈。"

彭惠琴看了看周友辉，想了想，父子间可能有些话会好谈一些，于是点了点头。

吃完了饭，周友辉去了书房，泡好了茶。几分钟后，周伟志推门走了进来。

"爸，你找我？"周伟志问。

"坐吧。"周友辉笑了笑，"也没什么事，前几天刚刚拿到了些好茶，想跟你一起喝。"

"爸，你知道的，我不爱喝茶。"周伟志说，"怕喝不出好的味道。"

"是啊，可你妈不知道你不喜欢什么。"周友辉说，"她也是为你着想。"

"那爸……"周伟志抬头问，"你从来不告诉我当年的事，当年你跟妈之间发生过什么？外公跟你有过什么约定，为什么他临死前会把我叫到身边，说了一通我听不懂的话。那时候我小，什么都没有记住，可是现在我大了，爸能告诉我么？"

周友辉脸色一沉："过去的事，我不想提了。"

"我不敢问爸现在还爱妈么，我只想问爸爸当年爱妈么？"周伟志问。

"父母的事不是你关心的。"

"我只是想告诉爸，儿子不会学你。即使儿子将来有一天在婚姻上没能如您跟母亲的意,您将儿子赶出家,儿子再穷,也不会为了钱选择一个自己不爱的女人。"周伟志说。

"放肆!"周友辉大喝了一声,"给我出去!"

周伟志起身,默默走了出去。周友辉低头泡着茶,泡好了一杯喝了一口,才发现水竟然是冷的,原来忘记了打开水壶的开关,一杯冷水废了一袋好茶,就像儿子的一番话浇灭了自己的好心情。

他放了茶杯,摸出了烟,抽到一半,灭了烟头,掏出了手机,寻着那熟悉的号码拨了过去。

周伟志走回了自己的房间,随手从书架拿了一本书,翻了几页丢到一边,拿起了手机翻到了张敏的号码拨了过去。

此时L市,客厅里漆黑的一片。玻璃茶几上,两个并排放着的手机同时响了起来,两个横躺在沙发的人翻了个身又睡着。

门锁轻微响动,宋林昆一手拎着行李,一手拿着钥匙走了进来。漆黑的房间里,浓重的酒味让他皱了皱眉。拧开了客厅的灯,散落一地的酒瓶,两个陈尸在沙发的醉鬼。宋林昆走上前,低头看了看张敏,又看了看杨小三,心里有些难受。如今大梦初醒,回过头来想起张敏时,才知道她这些日子大概心里不好过,幸好三儿在身边陪着。

两个星期不见,她的脸小了一圈,苍白的脸配着青色的眼袋,还是一样地倔强,宁愿自己委屈,也不愿意放下身价给他打一个电话。

他起身将张敏轻轻抱回了卧室,几分钟后,又抱了一床毛毯轻轻替杨小三盖上。他从心底感谢杨小三,不然张敏的性格不知道会闹腾到什么地步。看来,该请杨小三吃一顿饭好好感谢。

此时,桌上的两部手机又同时响了。宋林昆看了看,两部手机的来电显示很诡异,都显示着一个名字——无名氏。宋林昆有些疑虑,于是接起了张敏的手机,轻声地问:"喂!"

电话那头,果断地挂断。

宋林昆觉得有些奇了,不死心地抓起了杨小三的电话。电话通了,他闭口不说话,对方竟然也不说话,僵持了十几秒,宋林昆终于忍不住了,开口又是一声"喂",这下敢情好了,又是"啪"的一声,电话果断地挂了。

宋林昆头皮有些发麻，回头看看窗外，二十层的电梯公寓外，似乎阴风阵阵……打小母亲就告诉过自己，夜路走多了会撞到鬼的。回想自己这两个星期的经历，由不得他不相信，善有善报，恶有恶报，不是不报，时候未到。这段日子张敏是否发生了自己不知道的事情？他想着想着，竟瘫坐在了沙发上。

清晨，悦耳的鸟叫声在耳边萦绕不断，杨小三挥了挥手，声音依旧，持续了几分钟后，她终于睁开了眼，发现自己躺在沙发上，被子已落在了沙发下。她坐了起来，头像灌了铅水般沉重。揉了揉太阳穴，看到了茶几上的两个手机。

杨小三拿了起来，拿的是张敏的手机：无名氏？杨小三不禁笑了笑，扯着嗓门冲着卧室方向喊："冤家，你的电话。一大早的，还让不让我睡了？"

一分钟后，卧室的门开了，一个男人走了出来。杨小三一愣，定睛一看，竟然是宋林昆。

"她还在睡，昨日喝了不少酒，就让她多睡一会儿。"宋林昆轻声地说。

"什么时候回来的？"杨小三问。

"昨夜。"宋林昆答，走了几步坐在了沙发上。

"嘿，敢情好，你真把这里当宾馆了。"杨小三轻声一叹，"你老婆还真无辜，喝醉了，不明不白就这么陪你睡了一夜了，是不是待会再聊聊价钱什么的？"

"你啊，"宋林昆叹了一声，"一辈子说话都这个德行，亏得敏敏不计较，一直把你当最好的朋友。"

"那就跟你说点实在的，张敏的性格你了解的，睡熟了是只猫，睡醒了可是只虎了，你一声不吭地跑了又回来，咋打算的？"杨小三问。

"回来了，自然是要好好过日子的。"宋林昆答。

"过多久？"杨小三问。

"不会再出去了。"宋林昆答，"你不相信我么？"

杨小三笑了笑答："不相信。我连我自己都不相信，还能相信你。而且这事也不是我相信不相信的问题，问题是她相信不相信。作为她的朋友，她能快乐是最重要的。我也先跟你露个底，昨日我见她拿了文件，连公司都替你拆分好了，看样子是吃了秤砣铁了心，要跟你离了。"

"离婚！她想离婚？我不同意。"宋林昆一听激动了，有些焦躁，说话的语速很疾,"她从来没打电话跟我说起过这事,我不相信她会这怎么做的,她怎么可以这么做……"

"怎么可以?"杨小三听到这里,打断了他的话,"你都可以跟别的女人上床了,以她性格没跟其他男人上床,算是不错了。离婚是她决定的事,你觉得有把握拉回来么?"

"你一定要帮我,我怎么说也不会离婚的。"

"我刚才已经说了,她快乐是最重要的。她若是说跟你离了心里舒坦了,我也向着她。"

"人家都说:宁拆十座庙不毁一门亲。这么多年的朋友,你就见死不救?"

"那也要看是怎样一门亲了。你都让她要死不活的了,我还能见死不救?她说过了,她要想阉了你,我也得赶忙递上把刀来。我刚听她这么说时,也就是听着而已。可现在想来,你这么般回来,如今又这么般说法,她真要阉你,我就真会递一把刀上去。"

一早,周友辉坐在办公桌前,细细想了一遍今天该做的工作,可是想好了却迟迟没有动手,心口里堵着些事,工作怎么也开不了头。于是拿了手机,电话打了进来,毛琼芳的。

毛琼芳直奔主题,这么多年过去了,跟周友辉已经是两个世界的人,唯一的联系就是他们的女儿:"这个周末,我约了娇娇对象的父母见面,你有空吗?"

周友辉听着,问:"我能去么?"

"怎么说,你是她的父亲,这是女儿一辈子的大事。"毛琼芳笑了笑,周友辉客气的语气,她不是第一次听到,而这次客气得让她觉得有些可怕。

"只是女儿的脾气……"周友辉犹豫了半天说,"本来是件好事,怕我去了倒是让她不痛快。"

"我会跟她说的。"毛琼芳说,"时间地点就这么定了,到时候你来,也就是双方父母见个面,谈谈婚礼上的细节问题。"

周友辉应了,挂了电话,心里更加不顺了,他从未像对待自己工作一般认真去对待过自己的情感世界,从认识了杨小三后,他不止一次回头看自己的历程,没有一段感情投入过,没有一件事做得对,没一个人对得起。

他低头想了许久，摸了手机，翻出杨小三的电话打了过去："你在哪儿？"

"朋友家。"杨小三答。

"夜里回来么？"周友辉问。

"我可以理解你这句为大红灯笼高高挂里那句'二院点灯'么？"杨小三问。

"你知道我不是那个意思。"周友辉声音有些弱，"心里总不是滋味，好想跟你聊聊。"

"那您需要的是心灵伴侣。"杨小三笑了笑，"可我们之间已经做不到了，还见什么面呢？一见面又见到了床上，让我怎么抚慰你心灵的创伤呢？"

"你在伤我，知道吗？"周友辉苍白地笑了笑，"同时也在伤你。刀子戳胸口都会疼的，你为何这么喜欢把两头锋利的刀子一头戳我，一头戳你呢？"

杨小三一听，沉默了许久，电话断了。几分钟后短信飞了过来：今晚八点，别墅等你。

短短的八个字却像一大段晦涩难懂的思想，杨小三反复读了好几次才明白了过来。

宋林昆见杨小三折了回来，一副心事重重的样子，说："我这些日子在北京也不好过……"

杨小三打断了宋林昆的话："这些话你跟敏敏说吧，夫妻俩的事，外人插不上话，给不了意见。"

说完，她拿起了放在一旁的包走出了屋子。出了门，上了电梯，理了理头发，对着镜子里苍白的脸笑了笑，心中自嘲一句，怕是要抓紧些把自己嫁出去了，不然这么下去很快就老得不成人样了。

杨小三走后，宋林昆再也坐不住了，想去卧室里叫醒张敏。刚一起身，茶几上张敏的手机响了，来电显示又是"无名氏"。宋林昆接了起来，刚一声"喂"，电话又断了，宋林昆心里本来就有火，这一下火更大，对着号码拨了回去。

"你是哪位？找我老婆什么事？我是她老公，她不方便接电话不等于不接你电话，什么事我传达就是了。"宋林昆说。

这么一说完，电话那头又挂了。

"混蛋，一大早就寻我开心。"宋林昆骂了一句。

周伟志挂了电话，手机滚到了桌上，他双手捂住了头，搓起了头发，胸口一闷竟剧烈地咳嗽起来，于是起身倒了杯水，喝了一口，长长喘了口气，这才缓过了劲。身体最本能的反应诠释了张敏在他心中的位置，短短的相识相知到一夜激情、爱，等反应过来时，才发现已经回不了头了。

夜里，山间的别墅。周友辉停了车，看了看空寂的院子，深深地吸了口气。进了屋，一一拿出了茶具，找出了最爱的碧潭飘雪泡上。时间一点点溜走，过了十点，彭惠琴打来了两个电话，周友辉不死心，一口口低着头喝着茶，抽着烟。烟灰缸里的烟头越堆越多，茶越喝越淡，嘴也越来越淡。

窗外又下起了夜雨，淅淅沥沥的声音传来，默默喝茶的周友辉心里无论怎样压抑，却一直静不下来。

直到门铃响，周友辉触电般站了起来，忘记了门可以遥控，起身去开了门。

杨小三站在小雨中，发丝上的水珠儿断线般掉落。周友辉冲入了雨中，将她揽入了怀里。

不久，两人都湿透了。杨小三冷得颤抖，周友辉这才将她拉入了房，直接上了三楼卫生间，拿了浴巾，发现杨小三依旧呆呆站在卧室门口，于是上前替她擦着湿漉漉的头发。

擦到一半，杨小三抬头，晶亮的眸子一动不动地看着周友辉。

周友辉停下了动作，低头默默看着他。

终于，杨小三开口，声音有些微微颤抖："我，来了许久，一直不敢敲门，后来我跑到雨中……"

"别说了。"周友辉打断了她的话，"我看到你的第一眼就已经知道了，廊下看到了很多你的脚印。"

杨小三一听，第一次当着他的面流下泪，他还是那么冷静和从容，冷得比雨水更让她透骨。她浑身发抖，抖得越发剧烈。

下一刻，周友辉的吻落了下来，他尝到了红唇上的泪水，竟咸得发苦。

缠绵的吻让人窒息，瞬间演变成了压抑的爱欲。周友辉吸了口气，拉紧了浴巾裹住了杨小三后，转身去衣帽间拿了一叠衣服走了过来："换上吧，我让人准备的，都是些小款的男款家居服，湿的衣服换下来吧，感冒了就不好了。"

杨小三接过衣服，果然是男款的，质地却很好，丝质的柔软。她笑了笑，抱着进了卫生间。十多分钟后，杨小三走了出来，发现周友辉也换了同款的衬衣。他笑了笑，冲她伸出了手。

杨小三还未抬手，他已经上前一步紧紧抓住了她的手，拉着她一起下了楼，看了看已经凉透了的茶，又起身拿了袋新茶。

"碧潭飘雪，那一次你进山的时候，我就喝的这个茶。茉莉的清香就像你的感觉，不妖不艳，清香淡雅。"周友辉说。

"你在赞美我还是赞美茶？"杨小三抬头问。

"当然是你。"周友辉说，"茶叶再香也香不过你。"

"我不用香水。"

"为什么？"周友辉问。

"香水有毒，没听过吗？"杨小三淡淡一笑。

若是往日听杨小三这么一说，周友辉早已经笑出来了，偏偏今天笑不出来，低头默默泡着茶，泡好后，他抬了头淡淡地说："帮我煮碗面好吗？"

就这一句普通的话，让杨小三认为打造得固若金汤的防线刹那间又毁了。她站了起来，十几分钟后端来了两碗面条，一碗推到了周友辉的面前。

周友辉接了过来，从包里掏出了一个信封推到了杨小三的面前。

杨小三一愣，抬头看着他。他端起了碗用筷子一边挑着面条，一边笑着用眼神示意她拆开。

杨小三低头拆开，一串钥匙和卡滚落到了玻璃桌面上。房钥匙，车钥匙，银行卡，电话卡，所有作为一个中国式小三必须有的装备在一天内不等她开口，已经备齐。杨小三嘴角轻扬，挨着把东西放回了信封，封好了，丢进了包里。

"我以为以你的性子会不收，或者骂我一通。"周友辉吞了口面条说，"没想到竟然是这样一个反应。"

"我收或者不收已经跟我的名字一般，在你心里定性了，想改都改不了。"杨小三说，"既然这样，我又为何徒劳呢？即使退了结果一样，不如收着，指不定哪一天用得上。"

"这么说，你又是在拒绝我了？"周友辉问。

"我前半句是在答应你，后半句是在拒绝你。"杨小三笑了笑，"就像我的嘴里在拒绝你，身体却一直在答应你一般。女人有时候连自己也琢磨不透，你信么？"

周友辉一听，心里一阵酸。他叹了一声将杨小三搂入怀里："我会对你好的，我不想说那句没良心的台词：什么都能给你，就一样不给你。虽然是个事实，就像今天我电话里说过的那句话，两面锋利的刀，我不怕扎我的心窝，怕的是扎进了你的心窝。"

杨小三顺从地蜷缩在周友辉的怀里，她明白与周友辉的距离就是那一把刀，每距离近一步，刀尖也会近自己心窝一步。他近了一寸，同样自己也近了一寸，执迷不悟，不过如此。

杨小三的手机响了，张敏的电话。她看了周友辉一眼，周友辉点了点头，杨小三拿着手机走到了偏厅。

"你跟他怎样了？"杨小三问。

"我没理他，连一句话也不想听就来公司了，于是他跟到了公司，我就把公司拆分的资料连同离婚证一起丢给了他。"张敏答。

"你现在在哪儿？"

"能在哪儿？酒吧啊，现在想来想去，能够做的事情好像就剩下喝酒。"张敏答。

"你打算原谅他？"

"不，我脾气不好，忍了许久还没从第一次原谅中走出来，现在还要原谅两次，我做不到。而且原谅两次，就会原谅第三次，我没那么傻。"张敏低叹了一声，"现在，我连自己也原谅不了……"

"前一句说自己没这么傻，后一句就犯傻了。"杨小三笑了笑说，"原来天底下的女人都一样，口是心非，唉！"

"你的心情也不好？"张敏问。

"没事。"杨小三说，"活着挺好的，还是说你吧，既然打算离了，也就别拖着了，这么耗着不是个办法。"

张敏点了点头："知道了，你也是。等我离了，咱们俩就都解放了，就一起找男人去。这年头谁离了谁不能活啊……"

"你啊！"杨小三笑得很无奈，明明是不痛快，嘴上却又不服软，许久，她挂了电话。

张敏将手机放在了吧台上，端起了一杯酒一饮而尽。此时，身边第 N 个男人上来搭讪了，连搭讪的台词都像约好了一般，张敏不客气地回了一句，男人怏怏地走了，于是又给自己倒了满杯，正准备喝手机响了，周伟志打来的。

电话通了，许久不见对方出声，张敏纳闷了，问了一声："你怎么不说话了？"

周伟志松了一口气，说："总算是你接的电话，一直……一直很担心。"

"他接过？"张敏谨慎地问。

"是的，说是你老公。"周伟志答。

"那你说什么？"

"什么也没说。"周伟志答，"他回来了？"

"是的，昨日夜里回来的。"

"那……"周伟志有些紧张，本来不熟悉的普通话就更结巴了，"你还离么？"

"离。"张敏答，"事到了这步，不离也过不来。"

"那太好了……"周伟志一激动，心底里的话就蹦了出来。

张敏听了一愣，许久才慢慢地答："即便离了，我们也不能在一起，我跟你之间是有距离的。"

"多大的距离？"周伟志问，"别跟我提年纪，如果你觉得我床上技术不好你可以提。"

张敏笑了笑，答："比如我在 L 市，你在 A 市，这也算距离。我难受的时候，你能最快地出现在我身边么？"

"要多快才能满足你的要求？"

"越快越好，最近的日子流了太多眼泪，不想流了。"说着，张敏的眼泪就流了下来，于是她低头偷偷擦眼泪，此时眼前突然多了一双手，手里握着一张纸巾。张敏一愣，竟发现周伟志站在自己面前，一手拿着手机，一手拿着纸巾，笑着看着自己。

许久，周伟志凑了上来，在张敏耳边轻声问："这算不算快？"

第十六章
带着灵魂去恋爱

　　杨小三拿着手机走回了客厅，周友辉已经吃完了面条，正悠闲地泡着茶，见杨小三走了回来，将桌上的面条递给她："赶紧吃吧，面都糊了。这样的美味，我是一根面条没落下，你也要吃完啊。"

　　杨小三听了，笑了笑，低头吃起了面条。

　　周友辉喝着茶，突然装着不在意地问："谁打来的电话，这么紧张？"

　　周友辉这么一说，杨小三一愣，答："张敏打来的。"

　　"昨……昨日夜里，我给你打电话，接电话的是个男人？"周友辉已经尽量保持着平日的声调，低头专心地泡茶，可手指还是轻微地抖了一下，茶水溅了些出来。

　　杨小三听了，一声不吭，默默地将手中的面碗往桌上一放，转身在沙发拿起了自己的包，将刚刚才放进去的信封又拿了出来，放在茶几上推给了周友辉。

　　周友辉一愣，茫然地问："什么意思？"

　　"如果信封里是你要换的答案，我将它退给你，你买不起。"

　　周友辉彻底呆住了，他看着杨小三，却找不到一个词来形容自己的感受。

　　杨小三吃完了面条，起身拿起周友辉面前的空碗，周友辉一把抓住了她的手腕，将她拽入了自己的怀里。

　　杨小三抬起了头，眸子看着周友辉，问："你说我们之间到底算什么？明明就是了，为何我偏偏不想承认，你说我不是太矫情了？"

　　周友辉听着，心里扭得跟麻花一样，眼圈子一红，一动情，吻就又落了下来。

L市的酒吧正是热闹的时候，往来走动的人群谈笑此起彼伏，丁聪只顾埋着头弹着钢琴。他努力将自己沉浸在了音乐中，忘记世俗滋扰，偏偏越这么想却越无法做到。

不远处一个熟悉的声音传入了耳朵，丁聪想了许久却没想起来，但他非常肯定这个人是他的熟人。

于是，他抬头一看，熟悉得不能再熟悉的人，却又是一个完全无法让丁聪相信的场景。他一呆，钢琴声停了，紧接着手指一惊，又落回了键盘上，顿时，尖锐的一声高音持续响起……

一分钟后，阿杜走了过来，看着呆如雕塑的丁聪问："兄弟，你这是弹钢琴还是拉警报？"

同样又是这样一个深夜，又是这样一段冷清的山路，瓢泼大雨过后留下一个湿漉漉的世界，乌云渐渐散去，一轮明月挂上夜空。

"明天总算是个晴天。"周友辉抬头看了看天，握着方向盘的手轻轻抖了抖，眼角悄悄看了看坐在副座的杨小三，她正靠在窗边，一动不动地看着车外没答话。

"桐子路？那是A市出了名的乱地方。环境不太好，一个女人住那里始终是不太安全，还是搬了吧？需要什么尽管开口。"周友辉说。

杨小三听着，终于头转了过来，看着周友辉轻声说："那天也在这条路上，你对我说：'上帝问男人，你最恨什么人？男人答：有钱人。上帝又问：那我给你个机会，你想当什么人？男人不假思索回答：有钱人。'并要让我反驳你，今天突然间我就有了答案了：上帝问女人，你最恨什么人？女人答：那些不要脸的女人，勾引那些男人，开名车、秀包包，一个字：贱。上帝又问，那你想做什么人？女人不假思索答，当然是漂亮的女人，开好车、穿名牌，有人养、有人疼。"

周友辉听着，握着方向盘的手剧烈地抖了起来。

话音一落，两人竟然都沉默了。同样是斗嘴，同样是对仗工整的嘲讽，却没了往日的感觉，杨小三在嘲讽自己，周友辉在唾弃自己。语毕没有笑声，两人无言以对。

车到了目的地，杨小三下了车，头也不回地向那破落的拆迁处走了，周友辉握着方向盘，一直到手机响起。这时候谁会打电话来，周友辉不用想也知道，他努力笑着，用一通连自己说着都恶心的谎言一一回答完，然后挂了手机，深吸了口气，开车回了老宅。

推开门，进了屋，彭惠琴迎了上来，周友辉一时竟失去了往日的沉稳，有些控制不住表情，于是努力找了一个能让彭惠琴关心，并不会起疑的话题："儿子呢？这么晚了，怎么也没见着人？"

"他啊，说是公司有事，今日就不回来了。"彭惠琴答，"我发现儿子最近工作上很努力，到底是你会教育儿子啊，这才升了部门经理几天，就努力成这样了。"

周友辉低头想了想最近的业务，觉得有些不对，这几天并没有听说营销部有加班的活。他细想了下却说出来，笑着说："行啊，那我就快要退休享清福了。"

说完，他抬脚就往楼上走。彭惠琴跟了上来问："你最近怎么回来这么迟，现在可好，儿子也学你了。你们啊，工作再忙，也得注意身子。哦，对了，今天我下班的时候打电话给小刘，他说你很早就走了，我问他你是不是安排了什么应酬，他说没有。"

"哦，"周友辉笑了笑，"出门撞见了一老客户，拉着去喝了点酒。"

"这样啊。"彭惠琴说，"晚饭吃了没？"

"已经吃了。"周友辉答，"身子有些乏了，打算上去洗个澡，早点休息。"

小宾馆里，张敏靠在松软的枕头上，手里拿着不停震动的手机，犹豫着是否接。电话是宋林昆打来的，已经是第四十五个电话了。之前的四十四个，她一个未接。与此同时，浴室里传来了哗哗的流水声音，周伟志正哼着外语歌，张敏一句也听不懂，可曲调很缓，动情之处如男女间的情话。

周伟志推开了浴室门走了出来，张敏将手机丢在了床头柜上。

周伟志上了床，将张敏搂入怀里。温暖结实的胸膛给了张敏从未有过的安全感，他已经看到了张敏的动作，却也不掩盖，国外的观念让他很自然很直接地问："他打来的，对么？"

张敏点了点头。

"看你犹豫不决的样子，难道真的打算回头么？"周伟志问，"人应该往前看，错过了就永远错过了，补救不回来的。"

张敏微微一叹答："说别人的事理论一套套的，可你又何尝不是，何必执着这一次的感觉？你们男人是不是都一样，把女人都当成小猫小狗一般的宠物，看着可爱，觉得不错就抱回家了，结果没几天，就觉得它这不好那不好。可女人不是小猫小狗啊，有思想有感情的，你还是趁着没被家庭束缚，做点像你这种身份该做的事，多找些女人，寻个最喜欢的吧。"

周伟志轻轻拍着张敏的手臂答："我已经想好，如果你离了，我就把我跟你的事情告诉我妈。她如果反对，我就去找我爸，我爸人挺好，这些事他由着我的。"

"我离婚跟你没有关系。"张敏说，"本来对我来说已经是件够沉重的事，我几乎用了半条命来做这个决定，我不想再多一份重量。"

"既然你这么说，你就当我说错了。"周伟志答，"我不想给你压力，你慢慢想，我会等你的，无论什么决定。"

"如果一直没决定呢？"张敏抬眼看着周伟志。

"那我就替你决定。"周伟志此时，心中少有的坚毅。张敏呆呆看了他的眼神，泪落下来。周伟志慌忙一边替她擦着眼泪，一边说："对不起，我做不到。我真的想照顾你一辈子，真的，不会像对小猫小狗一朝一夕的爱，我不是一个玩得起的人，所以从一开始决定的时候，就没有把我和你之间的事当作游戏。"

听着，许久，张敏竟笑了起来。

周伟志心疼地抱紧了张敏，问："为什么笑？"

张敏擦了擦眼角的泪珠答："因为我高兴，我可以不再为他哭了。"

两天后的一个周末，丁聪起来时，发现父亲正在厨房张罗着一家人的早餐，他想给父亲打下手，父亲毫不客气地将他赶出了厨房。

吃完早餐，丁母穿上了家里最贵的一件衣服，而丁父却很随意地穿着那件洗得发白的蓝色衬衣，丁母皱了皱眉头，说："赶紧去换那件过年买的新衬衣，穿这样一件像什么话？别让亲家觉得我们寒酸。"

丁父心里本来有火，被丁母这么一说，干脆衣袖一挥："我们丁家就这么个状态，祖上十八代都是老实巴交的农民，既然你们嫌我碍眼，那我干脆就不去了。"

丁聪赶忙两头安慰，折腾了十几分钟，丁父总算答应出门了。两家约的是一个茶馆，也算是 A 市排得上名的地方，价格也不菲，这是两家人第一次见面，自然不能选太差的地方；二则丁聪也怕怠慢了娇娇的母亲，咬咬牙才定了这里。

丁聪囊中羞涩，就给父母点了好茶，给自己和娇娇点了最次等的茶。这么一来娇娇就不乐意了，噘着嘴，心里窝火，却碍着丁聪父母在，瞪了丁聪一眼。丁聪猜到回去怕又是一顿数落了。

不一会儿，毛琼芳来了，娇娇站了起来，扶着母亲坐了下来："妈，我来给你介绍，这是丁聪的父母。"

毛琼芳仔细看着两人，第一眼就觉得是老实人，衣着朴素，人也客客气气。这种家庭的孩子定是老实忠厚，毛琼芳打心底里满意。

丁母是个能言会道的人，没几句，两家人就热乎起来，亲家长亲家短地叫。不知怎的聊到了娇娇父亲，丁母多嘴问了一句："怎么没见着娇娇的父亲？"

丁聪一愣，正想把父母应付过去，却未想到毛琼芳却开口答："娇娇的父亲路上堵车，正往这里赶来着。"

突然间，一直安静坐在一边的娇娇竟然火山爆发了一般，站了起来，瞪着毛琼芳问："那个人要来？"

毛琼芳赶忙伸手拽了拽娇娇，一个劲递眼神示意：亲家的面前注意点。可娇娇的脾气非弄得鸡飞狗跳不可，加上刚才因为茶的事正窝火，于是也不顾丁家一家人在，抓起了包背在身上说："他来，我就马上走！"

毛琼芳一看慌忙说："娇娇啊，什么事咱们回家慢慢说，好不好？这里不是发小姐脾气的地方。"

"不好，你告诉我，他是不是要来？"娇娇瞪着杏眼，不依不饶。

毛琼芳拗不过，尴尬地点了点头。

"好，那我走。"周娇娇抓起了手里的包就往外走，谁都拦不住。丁聪一见，赶忙起身追了出去。丁母愣住，一脸疑惑地看着毛琼芳。正想开口，丁聪的电话打了过来，让她跟娇娇的母亲聊着，他一会儿就回来。

挂了电话，丁母抬着头，对毛琼芳笑了笑。毛琼芳一脸尴尬地笑："女儿脾气不好，还是你们家儿子脾气好，处处担待我家女儿。娇娇的父亲早年一直在外做生意，跟家里就生疏了。后来，我们俩感情不好离了婚，可女儿觉得是被父亲抛弃了，一直就不认这个父亲。"

丁母点了点头，偷偷给丁父递了个眼色。丁父见了，眉角微微抖了抖。

此时，一声洪亮的声音响起，周友辉意气风发地走了进来："对不起，这A市交通是越来越差了，一出门就遇到堵车。"

毛琼芳起了身，丁父丁母赶忙起来。周友辉一身笔挺的西服价格不菲，再加上手腕上的表，腰上的腰带，身价不知提高了好几倍。这一打量，丁父丁母吃惊得连话都说不出来了。从未听娇娇提起过她的父亲，今日见了，竟然是这么有钱的一个人。

"没想到，亲……亲家，这么年轻，玉树临风。"丁母嘴里也说不出什么奉承词。

周友辉听了，笑了笑说："您说笑了，什么年轻啊，今年四十六了，老了。"

"那是亲家保养得好啊，怎么看也就三十多，我第一眼还以为是娇娇的哥哥……"

丁母的嘴此时像漏了风的琴，丁父听不下去了，用脚踢了踢丁母，丁母这才反应过来自己说错了话，赶忙闭了嘴。

周友辉正打算开口，茶馆的老板亲自跑了过来，弯着腰站在周友辉的面前："真的是周总，您来了啊，不好意思不好意思，怠慢了。您怎么不让小刘打个电话来啊，我好早点替您准备着。您稍等，我这就让他们把您的包间准备好。"

周友辉笑了笑答："不用了，就这里了。你忙吧，对了，我存的茶叶还有吧。"

"有的，有的。"老板点头哈腰跟个哈巴狗一般，"马上就给您换上。"

明知今日是周末，可到了上班的时间，杨小三的生物钟仍旧准时将她叫醒。人醒后浑身犯懒，睁开眼，清晨的一缕阳光透过屋顶的玻璃亮瓦落了下来，在不远的衣柜上形成了一块不大的光斑。忘记了多少年前，杨小三跟着父亲回过老家，记得老家也有一块这样的亮瓦落下的光斑，当时最喜欢看着这光斑慢慢在老屋漆黑的地上移动。

杨小三看着看着入了神，直到手机铃声响了，张敏的，不知怎么的，一看到张敏的名字，心中竟然有些失落。

"快来，等你救命。"张敏的声音急促。

"怎么了？冤家！"张敏咋咋呼呼惯了，屁大点事情，从她嘴里出来也变成了关乎生死的大事。杨小三已经习惯了她夸张的表现手法。

"快来L市，我公司。"

"你到底怎么了？"杨小三说，"大清早的，总要给我个理由吧。你当汽油不要钱啊，A市到L市哪有那么容易的事。"

"宋林昆把我关公司的办公室里了。你再不来，我可就死在里面了。"

杨小三一听，从床上弹了起来，找着衣物穿上，一边说："那你等着，我马上就来。宋林昆现在在哪儿？"

"坐门口，已经坐了一宿了。"张敏答，"我已经九个小时没合眼。"

杨小三一听事情严重了，挂了电话，赶忙出了门，开了车直奔L市。

茶馆里，没多久，一个漂亮的女人端着精致的茶具走了过来，将茶具放在桌上，正打算泡茶，周友辉挥了挥手，女人点了点头，退了下去。

此时，周友辉的气场已经让丁母丁父说不出话来了，他们双手不自然地放在膝盖之间，像是见了首长一般拘谨。周友辉见了，笑了笑，一边开始动手泡茶，一边说："都快成一家人了，不必这么见外。对了，怎么没见俩年轻人呢？"

丁母听了一愣，不知道怎么答，伸手拍了拍丁父的腿。丁父轻咳了两声，抬眼看着毛琼芳。毛琼芳犹豫了好几秒："他们有……"

"是她不愿意见我吧？"周友辉笑了笑，打断了毛琼芳的话，对着丁母丁父说，"您看，对不住了，这第一次见面，我们的家事就让你们见笑了，我这女儿从小娇惯了，脾气大了点，幸好你家儿子不嫌弃。"

丁母一听，赶忙答："哪里哪里，是你们女儿不嫌弃我儿子，一个黄花闺女愿意嫁给我们离了婚的儿子。"

丁母一说，周友辉脸上的笑容收住，转头看着毛琼芳，毛琼芳此时也一脸惊讶地问："你们刚说什么，你儿子离过婚？我怎么没听娇娇提起过！"

"他们没有告诉过您？"丁母问。

毛琼芳听了，眉头一皱，毫不客气地答："这事如果是真的，那我们就得好好考虑下婚事了，我毛琼芳的女儿可不愿意嫁给一个有过老婆的男人。"

"这话说得就伤感情了，亲家。"丁母答，"我们家丁聪可也是为了你家女儿才离的婚。"

周友辉一听，眉头拧在了一起。停下了泡茶的动作，坐直了腰，双手交叉放在胸前，低着头细细想着什么。

"那你的意思是我们家女儿不对了？"毛琼芳声音提得很高，"既然这么说，这婚事还没正式定下来，就这么算了。我们女儿黄花闺女，不怕找不到好的。"

"那恐怕不行了，"丁母的脾气也上来了，说话也不像刚才一般客气，"你女儿肚子里有我们丁家的孩子了。"

丁母说到这里，丁父桌下踢了丁母一脚，打断了她的话说："咱们就不说这些了，最重要的是儿女们喜欢。都到这么一步了，咱们还是谈谈婚事的细节好了。刚才不是在说么，都快成一家了，别因为这点小事伤了和气。"

此时毛琼芳愣在了原地，脑袋一阵的轰鸣：孩子？她刚刚的气焰一下就灭了下去，咬了咬唇一句不说，抓起了包就要走，现在最重要的事，就是去问问女儿，出了这样丢人的事，几乎快要了她的老命。

周友辉伸手将她拽住，让她坐了下来："这样吧，我们的女儿没教育好，这是我们的责任。您看出了这么大的事，我们做父母的竟然不知道。这婚礼的事，我们改天谈也不迟，让我们回去好好跟女儿沟通沟通。"

丁父听了，忙赔着笑脸答："好好好，说到底，这事是我儿子的错，所以我儿子也一定会负责到底的。"

毛琼芳一听，更坐不下了，甩开了周友辉的手，头也不回地走了。周友辉回过头，冲着丁父丁母点了点头，保持着泰山压顶依旧从容的态度说："那就对不住了，下午还有点事，我就先走了，有什么具体的事情，我们就下回再聊。"

丁父丁母赶忙起了身，笑着点头。周友辉走了，丁母坐了下来，摸着精致的茶具，倒上了一杯，果然是好茶，跟自己茶杯里的简直有天壤之别。

此时，女人走了过来，伸手就要拿走茶具，丁母拦住："我还没喝呢。"

女人笑了笑答："对不起，这是周总私人的茶具，他已经走了，这么贵重的东西，按照规定我们得收起来。"

"这套东西很贵？"丁母问。

"当然，一套杯具好几万。"女人答。

丁母一听，惊讶得嘴都合不上了，结巴地问："请……请问下，刚才那个周总是什么人？"

"巨人公司的老总，A市的十大杰出人才之首，富豪榜的头名。"女人一边说，不经意地露出钦慕的表情。

丁母愣了愣，拍了拍一旁坐着的丁父："他爹啊，看样子是个有钱人啊，我好像是把我们的财神爷给得罪了啊。"

丁父一听，表情倒多些轻蔑，轻笑了一声，从包里摸出了纸烟抽上。

杨小三今天开车倒是找到了感觉，限定一百二十公里的高速公路，一辆破熊猫竟奔到了一百五十公里。车很轻所以很飘，方向盘像是遥控飞机的手柄一般轻盈。到L市的时候，临近中午，车停在了张敏公司的那幢写字楼停车场，杨小三上楼去。

大周末的，写字楼里冷冷清清没几个人。到了张敏的公司，大门敞开，唱着空城计。杨小三一直走到了最里面，才见着一道黑胡桃的门前坐着一个人。

宋林昆抬起了头，把杨小三吓得愣在了原地。宋林昆蓬头垢面，胡子近一寸长，他听见有人进来，才疲倦地抬起了眼皮，看着杨小三，沙哑着声音问："你来了？她在里面，就是不开门，你劝劝她开门好不好？"

"你们两口子唱的哪一出啊？"杨小三问，"霸王别姬？"

"她不愿意见我。这几天晚上也不回家，存心躲我。我知道她肯定放不下公司的事，所以就一直在公司候着，候到昨日总算是来了，却躲进了办公室，就是不愿意出来。"

"你就在这门口守了一夜？"杨小三问。

宋林昆点了点头。

"你们两口子都在做什么啊？别人离婚，你们也离，怎么离得跟难产一样？"杨小三问，"你到底想怎样？"

"我想跟她解释,我可以解释的,真的。"宋林昆站了起来,一本正经地说,"这一次我真的是知道错了,我发誓以后再也不会犯错了。我只希望她能够听我解释,原谅我。可无论我怎么打电话,怎么找她,她就是不愿意见我,只是把离婚协议书给我,让我签字。"

"她不愿意见你,我也没有办法。"杨小三答,"你这么堵着门也不是个办法,怕是她在里面也饿得够呛吧。"

"你劝劝她吧,让她见我一面,给我十分钟,不,五分钟也行。"宋林昆答,"一切我都可以解释的。"

"张敏的性格你又不是第一天知道,既然你都逼到这一步了,她还不愿意见你,你认为我劝会有用?这样吧,你想说什么告诉我,我替你转达。"杨小三说。

宋林昆长长地叹了一声,抓了抓头发,无奈地点了点头。

周友辉走出了茶馆,去停车场取了车。刚开出路口,就见到站在路口招出租的毛琼芳。于是,将车停在了她身边。毛琼芳看见周友辉,低头思量了几秒,拉开了车门上了车。

"去哪儿?"周友辉问。

"回家。"毛琼芳答,"我刚给娇娇打了电话,她说了回家再说。你要不要一起回……"

"女儿大了,有自己的主见了。"周友辉答,"我记得她以前挺乖的,又懂事,成绩又好。一切都是我的错,那一年我离开伤了她的心,她就变了,能让我不高兴的事她都喜欢做,每一次都逆我的意。"

"女儿这样也有我的责任。"毛琼芳答,"女儿到底不该走我这条路啊,偏偏事与愿违,她终究是跟我走了同一条路。"

"事情既然已经这样了,男的那边已经离了,女儿如果真的有了孩子,还能怎么做呢?只要男的对咱们女儿好,就这样吧。男的人品怎样?"

"还行,看着很老实的。"毛琼芳答,"细细想来,估计他离婚的事瞒着我,也是娇娇的意思。"

"那,找个机会让他来见见我吧,如果是个可用的材料,我能帮的就帮。"

毛琼芳苦笑了一下说:"女儿今天一听你要来,转身就走了,把人家老两口就这么丢下了。也不知道她脾气像了谁,没学着你也没学着我。我想可能是我把她宠坏了,她跟我说,即使街上去讨饭,也不会用你的钱。所以,她的事还是由着她吧。"

周友辉听着点了点头,不知道怎的,手却像跟方向盘有仇般紧紧地抓住。

杨小三轻轻地敲了敲门,门里没有任何反应。她用力又敲了几下,喊了一声:"敏敏,开门,是我。"

门内总算有了回应,张敏问:"他呢?"

"走了。"杨小三答。

"你没骗我吧?"张敏问。

"你不开门我就走了,清官难断家务事。"说完,杨小三抬脚就往外走,刚走了一步,门开了,张敏站在了门边,仔细地看了看四周。

"走了。"杨小三没好气地说,"看你的黑眼圈,昨日一宿没睡吧?"

"那你告诉我怎么睡?"张敏答,"他跟夜叉一样,昨日一夜都守在了门口。连保安都上来了好几趟了,都没把他赶走,就差打110了。"

"不就个离婚吗?全国几千万人离婚,有什么大不了的,见不得人了?"杨小三答,"你给了别人一纸宣判,也得给别人解释的机会啊。我就没见过不见面就能把婚离了的!该吵该闹,你就当着人面闹啊,这么一门心思躲着他,我真不明白你的意思。"

张敏低着头,咬着唇一言不发。

"我刚答应了他带话给你,不管你听不听,我还是说了。你没得说错,他去北京找那个女人去了。好了没几天,女人就提要求,钱啊,房子啊,反正口袋里的钱被折腾了不少。到最后女人逼着他离婚,他没有答应,逼了几次不欢而散,他就有回A市的心了,于是就跟那女人谈,告诉她,他心里有你,不会与你离婚。结果女人扯破了脸,她压根就不是什么女大学生,而是一个街上的混混,还有些黑社会背景,提了一堆的条件,不然的话就会找人来收拾他。于是他怕了,偷偷地躲回了A市。"杨小三一口气说完,叹了一声。

张敏依旧低着头,咬着唇一言不发。

"祖宗,你离婚离傻了啊?给点反应好不好?"杨小三问。

张敏摇了摇头,依旧咬着唇。

"那，我就不管了。"杨小三答，"你爱离不离，他爱闹不闹，我飞车这么开过来，我就再这么飞车再开回去，权当兜风了。"

"我有人了……"张敏终于说出了口。

杨小三一惊，问："什么时候的事？"

"就这几天。"张敏低着头。

"所以，你不敢见他？这速度快得也太离谱了！"

张敏默默地点了点头。

"你怎么打算？"杨小三问。

张敏吸了吸鼻子，站了起来："走吧，先去吃饱了肚子，有了力气再说。天塌了，也得有扛的身板。"

杨小三听了，挽起了她的手，一起下了楼。

楼下的快餐厅，两人点了份套餐，明明早已过了午餐时间，却没有胃口。杨小三耐不住了，问："他是谁？有家室没？"

杨小三明白，自己走的是一条不归路，身在其中也无法自拔，但她不希望张敏也跳进来。

张敏也放下了碗筷，笑了笑答："还好他没有家室，可我有。"

"你怎么打算的？"杨小三问，"离了跟他一起？"

张敏摇了摇头，答："我也不知道。"

"你们之间，有没有……？"

张敏挤了点笑容，抬起了头看着杨小三，反问了一句："你说呢？"

"你是不是因为宋林昆的缘故？不会幼稚地想要报复他吧？"

"如果是这样倒是好了。第一次拉着他去宾馆的时候，是有这个打算，可惜没成。可第二次没这个打算，居然成了。"张敏笑了笑，"这算不算报应啊，倒是应了那个约定，当时我跟宋林昆吵架时曾经承诺过，他出轨一次，我也出轨一次，大家扯平了，谁也不欠谁了，干脆就这么浑浑噩噩地过下去，结果，竟成了这般境地。"

"你爱上他了？"杨小三问。

张敏犹豫了几秒，点了点头。

"这么快？"杨小三不信，摇了摇头，"这才几天啊？"

"时间短，不能代表着爱得不深啊。况且这种压抑的爱像罂粟，越知道不能碰却越要去碰,知道丢不了时,就已经晚了。"张敏答。

"那先离了?"杨小三问。

"你看宋林昆的样子,一时半会儿能离么?"张敏叹了一声,"而且几年的感情说没就没了,谁信啊。即使心里受了伤,空了一半,有个人挤了进来。但对于他,不可能就像丢堆垃圾一样丢得彻底啊。"

"离不是,不离也不是。拖着,怕是越拖越痛苦。"杨小三答,"你还是跟他见个面,给他一刀吧,还来得痛快。婚姻上,女人总是牵绊太多,所以到最后总是个输家。你或许听过一个故事吧,我现在讲给你听听,说的是一群海盗抓到了一对热恋的情侣。海盗头子说,你们石头剪刀布猜拳吧,谁输了,谁就死,如果两个都出一样的,就两个都死。"

张敏听着,答:"这个我听说过,于是两个情侣就约好了出拳头一起死,结果最后,女孩出的布,男孩出的剪刀,女孩死了。"

杨小三点了点头:"故事重要的不是结果,而是过程。听到这个故事,对于女人,她们一般会认为是男孩想把生的机会给女孩,所以故意出剪刀,让女孩赢。而女孩却求生出了布,结果事与愿违,女孩输了。可男人不这么认为,他们会认为,女孩求生所以出布,男孩算准了女孩会求生出布,所以棋高一着,出了剪刀。"

"你说这话是什么意思?"

"我是想告诉你,千万别一厢情愿把男人想得太好,也不要一叶蔽目把事想得过于简单。"杨小三答。

张敏咬了咬唇不答,许久,拿起了筷子吃起了饭。杨小三见了,胸口有些闷,本想多说几句,又怕说多了张敏心里更闹腾,于是把话咽进了肚子。

吃完饭,两人刚出门就撞了一熟人,杨小三一脸的惊讶:"二哥,你怎么在这里?"

杨南一见杨小三,竟一脸紧张,又看到了旁边的张敏,忙笑了笑说:"原来过来陪敏敏啊。"

"二哥,来这里做什么?"杨小三问。

"哦,周末来看个朋友,结果他出差了。"杨南答,"你们俩慢慢玩,我这就回去。"

"我开了车来,正好也要回去了,我送你。"杨小三说。

"不用了。"杨南说,"还有点事,就这样了。"

说完也不等杨小三答话,匆忙走了。杨小三心里有些疑虑,总觉得今日二哥有些不自在,像是有事瞒着自己。

"我最近见你二哥好几次了,"一旁张敏答,"说是有业务在这幢楼上。"

"业务?"杨小三摸着下巴,心中的疑虑更深了。正思考着,包里的手机响了,周友辉的,张敏在一旁,于是挂断。可刚挂断,电话又打了进来,杨小三火了,直接关机。

这一切张敏看在了眼里,想着自己跟杨小三竟同时遇了感情的事,倒应了那句老话:福无双至,祸不单行。她于是问:"他打来的?"

杨小三将手机丢进包里,拉着张敏往大厦里走。张敏见了,停了脚步:"他是不是就是上次你说的巨人公司那个老总?好像叫周什么辉?"

杨小三一听,头立刻摇得跟拨浪鼓一样说:"巨人公司老总?你当我是十几岁的黄花闺女啊,人老珠黄二手货,值不了几个钱了。"

这是杨小三第一次在张敏面前撒谎,谎言出口后,满脑子是深深的内疚。

"你啊,就是喜欢作践自己,这样你很开心啊?"张敏叹了一声,"前几日我还在想,心里不痛快了,我们两姐妹好好地喝酒。而且现在我却不敢开口了,酒真是个好东西⋯⋯"

说着不知怎的,泪水就落了下来。

丁父丁母坐了公车,七倒八倒回到家已经过了午饭时间。丁聪开的门,丁母抬眼第一句就问:"娇娇呢?"

"去她母亲那边了。"丁聪答。

"她是有身子的人了,怎么能够让她一个人去?"丁母说,"你啊,也不知道好好照顾自己的媳妇。"

丁聪叹了一声,答:"娇娇死活不让我跟着,她的脾气我拗不过。今天的事对不起了,娇娇好像跟她父亲感情上有些问题,我以前也隐约知道,想着今天娇娇应该不会计较,却没有想到她反应如此大。她身体又不好,前些日子还进过一次医院,我真的担心出什么问题。所以爸妈还是多担待点,有些事情顺着她,这也算是为你们的孙子考虑。"

丁父听了,不点头也不摇头,挥了挥衣袖去了厨房。

丁母眯着眼笑得灿烂，点了点头，拉着儿子坐在沙发上，滔滔不绝地讲起了今天的见闻，最后她做了一个决定：娇娇的父亲是一个大公司头头，以后儿子一定会顺着这根高枝飞黄腾达，光宗耀祖。

丁聪没有答话。娇娇的父亲是个有钱人，丁聪虽然惊讶但没有激动，心里考虑的还是娇娇的身子，他对于钱财权力从未上过心，当然也不会对娇娇父亲的地位产生兴趣。如果娇娇不同意认父亲，他也无所谓，跟娇娇一起窝在这六十多平方米做一个普通的人。

丁聪默默进了厨房，看着父亲忙碌的背影，许久问："爸，我知道你心里不痛快，如果真的心里不痛快就跟儿子说。"

丁父专心做着菜，好一会儿，见身后没有动静，才转了身，发现丁聪还在，于是叹了一声答："我没什么好说的，你自己选的路，爸不是算命先生，算不准。只是爸以几十年的经验告诉你，大家觉得好的未必就好，大家觉得不好的未必就不好。你妈的想法未必是正确的，你要自己掂量。我也常常看电视，知道现在的人不把婚姻当回事，过家家，闪婚闪离的，你爸可丢不起这个脸。"

"爸，不会有下次了。"丁聪赶忙地说。

丁父听了，笑了笑："希望是吧，出去吧，这么窄的厨房，我一个人一会儿就弄好了。"

毛琼芳坐在沙发上，门铃响了，门外站着周娇娇。

几分钟后，周娇娇换了鞋，坐在了沙发看着毛琼芳问："不是您急着让我回来的么？现在我回来了，怎么又一句话不说了？"

"孩子的事，是不是真的？"毛琼芳问。

周娇娇点了点头，答："三个月了，丁聪的。"

"那他为了你离婚也是真的了？"毛琼芳怒气冲冲地问。

周娇娇点了点头。

"糊涂啊。"毛琼芳一巴掌拍在了茶几上，"这么大的事，你怎么不跟妈好好商量一下，就这么定了？还有你爸的面子……"

"别跟我提那个人。"周娇娇打断了母亲的话。

"那我问你，你这么恨他，不就是因为当初他抛下了我们母女么？"毛琼芳问，"妈这些年的日子你不是不清楚，你也经常骂小三，而且这几年被人暗地里嘲笑是小三，我们受到的委屈你不是不了解，不是没感受过，可你为什么偏偏却要这么做？"

周娇娇一听，站了起来，看着自己母亲，一字一句地答："这些都怪不得别人，要怪只能怪你自己，为什么当初不争！就因为我看清楚了这些，所以该我的东西，我就一定靠自己争过来。"

毛琼芳一听，跌坐在了沙发上。

吃完饭，闲聊了一会儿后，杨小三别了张敏，开着熊猫车回Ａ市。上了高速，思绪飞得很远，于是她微微叹了一声，扭开了音乐，放大了最大的音量，跟着音乐扯破嗓子，也不管搭调不搭调，一直吼。

这种状态一直持续了半小时，半个小时后车停到了应急道上，下了车，扶着栏杆看着天空，嘴巴张得老大，却一声也叫不出来。

许久，杨小三开了手机，一条条短信如鞭炮一般响了起来。短信的来源只是一个号码，内容只有一个字，累！

于是，杨小三低了头，想了许久，回了过去："在哪儿？"

短信很快回了过来，还是一个字："猜！"

杨小三心口有些发痛，回了一句："我猜不到，你打电话发这么多短信，不就是希望我去见你么？既然这样，就是给我理由不去了。"

短信又回了过来，还是一个字："等。"

杨小三咬着嘴唇回信："等不到怎么办？"

短信发了许久，总算有了回音，还是一个字："缘。"

杨小三看着，眼圈又红了，径直开回了Ａ市。

车到了Ａ市已是下午两点，一个夏日的艳阳天，往日热闹的街头如今人少了不少，只有几个不惧烈日的美女，正迈着猫步，婀娜地在街上漫步。杨小三停了车，如今这个季节的榕树，早已经由春天的翠绿变成了盛夏的深绿色。阳光在古树庇佑的地面上，落下了大大小小的光斑。

如杨小三猜到的一样，此时，周友辉正躺在不远处的铁艺椅子上，头枕在椅背上，闭着眼。一块不大的光斑正照在他额头上，那像百叶窗一般紧锁的眉头。杨小三站在他的身边不语，他没有发现，似乎想着什么入了神，眉头越来越紧。许久，杨小三伸出了双手，放在他的额头上方，挡住了那落下来的光斑。

一阵风吹来,树叶轻轻摆动,发出沙沙的细响。此情此景,谁也不愿意多说,有些时候爱需要表达,一言一语真情流露。有些时候爱需要体会,就像心灵的旅程。而这种爱,就像空气,即使不见面,不交流,旁人面前装作忘记,可当寂寞时才发现,它是何等重要。

几分钟后,周友辉抬起了手,紧紧抓住了放在额头上的手,默默看着杨小三。即便只有眼神交流,一整天的郁结竟消散了一半。

周友辉终于笑了,拉起了她的手,起了身,一直走出了古树的阴影。

世界上,每当一个女人被男人抛弃时,她只懂得咒骂那个抢走自己男人的女人。可曾想过,或者在出轨的男人中,有那么一部分,他们要求的不多,不是那众人艳羡的傲然身材,不是那娇艳欲滴的青春气息,或者只是一份宁静,一份释然。

下午,周娇娇回了丁聪的家,脸色白得吓人。丁聪一看,难免有些担心,不停问她身体怎样。周娇娇被问烦了,甩手直接进了屋。丁聪本想着跟进去,又怕越问越僵,于是没敢进屋。一直到吃晚饭的时候,娇娇才走了出门,脸色更不好看了。

丁母见了,心疼自己的孙子,忙盛了碗鸡汤,递给了周娇娇。周娇娇吃了几口,有些反胃,就放在了一边。丁母见了觉得可惜,赶忙说:"再喝几口吧,对身体好。你看你,身体这么弱,孩子怎么受得了。"

周娇娇听了,不温不火地回了一句:"到底是孩子重要,还是我重要?"

这一句听得丁母冒火,正想骂一句,见儿子不停给自己使眼色,只好忍了下去,转身进了厨房。丁聪站在周娇娇的身后,轻轻替她按着肩膀。

"跟妈说好了,她不会管我了。"周娇娇说了出口。

"哦。"丁聪点了点头。

"那个人的事,我不想再听,所以你也别跟你爸妈说起。而且我现在正式告诉你,你别想缓和我跟他的关系,我不会认他。结婚是我们的事,跟他没有一点儿关系。如果你想让他参加我的婚礼,那就有他没我,有我没他。"周娇娇答。

丁聪一听,直愣愣地站在了原地。

周友辉替杨小三选的房子在繁华的北面，着实花了一番心血，小区不大，清幽雅静，住的人不多，却非富即贵。小区最里处是六层的蝶式楼房，每三层楼一家住户，更有设计最独到的地方，每户有各自进出的门，谁也不打搅到谁。如此短暂的时间，周友辉就选到了这样有品位的房子，且连细节都考虑得如此周到，让人不得不佩服他的能力。

周友辉开的门，杨小三走了进来，蓝色基调的窗帘和家具。周友辉站在身后说："还喜欢么？知道你喜欢蓝色，所以特别留意了。这里的钥匙只有两把，一把我拿着，一把那天给你。底楼的车库里停了辆 Jeep 牧马人，我想来想去，总觉得这种车才符合你的性子，那辆破熊猫就淘汰了吧。"

杨小三一言不发，手指尖轻抚着羊毛的蓝色沙发面，从沙发的一端一直走到了沙发的另一端，坐了下来。周友辉跟了上去，坐在了她身边，她一身疲惫，像无骨的章鱼靠了上来。

"其实不必准备这么多，如果你想我陪你久一些。"杨小三答。

"房子的名字不是我的，转了几次手，而且需要一年以后才会转到你的名下。"周友辉答。

听着周友辉的话，杨小三的心里涩得厉害，伸出了手，不让他再说。掩耳盗铃的故事，她不是没听过，她如今像只鸵鸟，已将头埋进了沙子。

"你对她，你的老婆儿子……"杨小三停了很久，才继续说，"我不是个做小三的料，每次跟你在一起，我会想到因此带给别人的伤痛。每次一想到这里，我整个人都像是被扯开一般疼痛。"

周友辉眼神一淡，轻声地说："到了我这个年纪，才知道世间有三种东西难求。第一是真话，从我当总经理那天已经听不到真话，也不会说真话了。所以我跟她之间，同样也很久没有真话了；第二是人心，她在想什么，我猜不到。我需要什么，她也不知道；第三是知己，认识你以前，每次过年我都细细回想，一年有多少个日子能让我高兴，想来想去，屈指可数。可认识你短短的几个月，我一回想，这种感觉竟然已经数不清了。"

"你在给自己找理由。"

"那……我就不找理由了。"周友辉一把将杨小三搂入了怀里，吻落了下来。许久，他离开了杨小三，低着头细致地看着她，由心底里发出的肉麻的情话不由自主地说了出来，"我爱你。"

三个字一落，两人紧紧拥在了一起。

晚上七点，杨小三提出要回自己的窝，周友辉也不坚持，载着她出了小区，凤凰路上，杨小三取了自己的熊猫车，依依不舍地分了手，在一条东西走向的大街上，以榕树为中心，一个去了东，一个奔了西，注定了不相交的方向。

半个小时，杨小三回了自己的窝，瘫在了床上。短信来了，周友辉的："我快到家了，你呢？"

"到了。经常这么发短信，不怕留下证据？"

"你的号码信息被屏蔽了，查不到记录的。"周友辉将车停在老宅外的马路边，低头发了短信。

"你啊，真的是克格勃出身，不用到正途真是屈才了。"

周友辉看了看，笑了，她终于肯跟他说笑了，这让他心里的负罪感或多或少减轻了些，于是回道："保护你就是我最重要的事。"

许久，杨小三的短信回了过来："我倒是觉得你现在的地位重要些。你说得对，这个世界上真话难求，所以真话我就替你说了。"

周友辉看了，无言以对，默默思量许久，终没有找回一个答案。

夜里十一点，杨小三的电话响了，此时她正在发呆。而此时，周友辉肯定是在陪老婆，电话肯定不是他打的，是丁聪打来的。

"有件事想跟你谈，见了面再说。"丁聪说。

杨小三低头想了半天答："这么晚了，我想来想去，都没有想起我们之间还有什么话可以讲的？"

"我确实有件重要的事情要告诉你。"丁聪说。

"有事电话里说吧。"杨小三答。

丁聪答："电话里说不方便，我来找你。"

杨小三笑了笑："刚才我又仔细想了一遍，所有的家当里，也就那辆车值钱。若是这事，就电话里谈吧。车是你的名字，你要收回，就自己过来开吧。"

说话的那一刻，杨小三突然觉得看透了一切。

"我在你眼里就这么不堪么？"丁聪问。

"是。"杨小三未停留一秒，斩钉截铁地回答。

丁聪长长地叹了一声,答:"见个面吧,不是你我的,关于你二哥的,虽然我俩不是一家人了……"

杨小三住的地方,方圆几百米已没了路灯,一直要走出好远才能见到些卖烧烤的小店。杨小三选在这里与丁聪见面,一则图方便,二则也不想去他们以前常去的地方。杨小三先到,知道丁聪喜欢吃烤脆骨,就惯性思维为他点上了二十串。

半个小时后,丁聪才到,脆骨凉透了。杨小三发现热了回来的脆骨怎么吃都不香。丁聪吃了几根,抬眼看着杨小三,想起前些日子因为周娇娇住院的事,打电话来骂过她一顿。现在她明显瘦了一圈,心里忍不住想给自己几个耳光。

"有什么事说吧。"杨小三说。

"我现在在一家酒吧打工,替人弹钢琴。"丁聪说。

杨小三听着,心里酸苦得厉害。没有自己,丁聪才学会了走出家门,为家奔波,这不得不说是杨小三做人的失败。

杨小三笑了笑,答:"挺好啊,以前让你努力,你总是说日子过得舒心就好,不需要多少钱。现在懂得去努力了,我花了三年时间的努力,还不如她三个月对你的开导。你不是说要提二哥的事么?怎么说起你自己?你的事与我无关,还是不提了。"

丁聪听着,低声说:"人总是有了压力才有动力,我说这个是有原因的,本不想告诉你打工的事,因为我在打工的地方,碰到了你二哥好几次。"

"我二哥都成年了,又没有讨老婆,去酒吧玩玩再正常不过。"杨小三答。

"可……可……"丁聪结巴了半天,总算说出了口:"那酒吧是同性恋酒吧。"

杨小三一听,手中的玻璃杯落到了地上。

The Copy of Love

爱的复制品

梁 华 | 著

（下）

台海出版社

图书在版编目（CIP）数据

爱的复制品：全2册／梁华著.—北京：台海出版社，2017.8

ISBN 978-7-5168-1506-9

Ⅰ.①爱… Ⅱ.①梁… Ⅲ.①短篇小说-小说集-中国-当代 Ⅳ.①I247.7

中国版本图书馆CIP数据核字(2017)第183908号

爱的复制品

著　　者：梁　华	
责任编辑：刘　峰	装帧设计：天下书装
版式设计：天下书装	责任印制：蔡　旭

出版发行：台海出版社
地　　址：北京市东城区景山东街20号　邮政编码：100009
电　　话：010-64041652(发行,邮购)
传　　真：010-84045799(总编室)
网　　址：www.taimeng.org.cn/thcbs/default.htm
E - mail：thcbs@126.com

经　　销：全国各地新华书店
印　　刷：三河市人民印务有限公司
本书如有破损、缺页、装订错误,请与本社联系调换

开　　本：710mm×1000mm　　1/16
字　　数：450千字　　　　印　　张：36
版　　次：2018年9月第1版　印　　次：2018年9月第1次印刷
书　　号：ISBN 978-7-5168-1506-9
定　　价：68.00元（全2册）

版权所有　　翻印必究

第一章 | 焦虑的解药 // 001

第二章 | 你是选择抬头看繁星，还是低头看泥泞 // 023

第三章 | 欲罢不能欲罢不能 // 041

第四章 | 男人到底是种什么动物 // 061

第五章 | 这是我一生遇到的最大难题 // 078

第六章 | 我没信心等你那么久 // 097

第七章 | 丧心病狂的失意人 // 113

第八章 | 痛到体无完肤 // 132

目录
CONTENTS

第 九 章　放下矜持保卫婚姻　　// 150

第 十 章　是谁在谣言中推波助澜　// 168

第十一章　为了爱忍住千般委屈　　// 186

第十二章　只想永远留住你　　　　// 202

第十三章　爱到尽头覆水难收　　　// 215

第十四章　难道真的要成为第三者　// 227

第十五章　面对面较量的男人　　　// 244

第十六章　真的可以相爱到老吗　　// 261

第一章
焦虑的解药

这天夜里，张敏终于回家，她已经好几天没回来了。刚到门口，门开了，宋林昆站在屋内，不由分说就将她揽入怀里。张敏挣扎了半天，宋林昆却怎么也不肯放手，反而越搂越紧。

最终，张敏放弃了挣扎，轻声在他耳边说："如果你在五秒钟内不放开我，我就走，永远不回来了。"

宋林昆一听，赶忙放了手，扑通一声跪了下来："敏敏，原谅我吧。我发誓，这辈子若是再出去混，你就阉了我。"

张敏挤了点笑容，也不管跪在地上的宋林昆，径直走进了屋。宋林昆赶忙走到了沙发前跪了下来说："敏敏，我真的不会再出去找人了……"

"三儿已经跟我说了。"张敏答，"你那破事我不想再听，我就纳闷了，你到底想跟我说明什么？你被骗了，受伤了，所以再也不会出去鬼混了？你当我是什么啊，你家里的电器？你高兴就回来用着，不高兴了，就跑出去用别人的，我就活该在家里候着你？"

"敏敏，这次我真的错了。"宋林昆带着哭腔说，"以后再不敢了，咱们别离了好不好？一起过日子，经营我们的公司，再要个宝宝。"

"为什么你错了，我就该原谅你？浪子回头金不换？扯蛋！"

宋林昆听了，以为张敏是在试他，于是想也不想赶忙回答："你说过的，只要我原谅你，你也就原谅我。现在我宋林昆承诺，若是以后你犯错了，我也一定会原谅你的。"

"不用以后了，我已经跟人睡过了。"张敏答。

· 001 ·

宋林昆一听，苍白的脸上一愣，转而一笑答："你说笑的。"

"谁跟你说笑了？"张敏一本正经地答，"我像是在开玩笑的吗？"

宋林昆的笑容凝结住，许久才从震惊中醒了过来，一字一句像是从嘴里抠出来的一般："我……不信，你……骗我的。你就是想试探我，对不对？"

"信不信由你，还不只睡过了一次。你都有女人了，我就不能找男人？"张敏昂着头。

宋林昆一下从地上弹了起来，毫不客气地一耳光扇了过去，嘴里吐出了一个字："贱！"

宋林昆的一巴掌下手不轻，张敏右边的脸瞬间就麻木了，她看着宋林昆，竟笑了出来，答："知道滋味儿吧，有多痛，可以分享一下么？我想知道有多难受，是不是与我当初发现你跟女人在床上鬼混时一样？"

"疯子！"宋林昆骂了一句，转身要走。张敏在身后叫住了他，宋林昆停了脚步，却没有转身，他心里也没了方向，只是知道心痛得厉害，无法控制自己的情绪，为了避免再打张敏，他必须走出屋子，安静一会儿。

"明天上午九点，律师楼，我等你。"张敏在身后淡淡地说，声音苍白无力。

第二日上午的九点半，L市的律师楼，温律师此时正端坐在椅子上，面前放着一叠资料。他低头看了看表，抬头看着一声不吭的张敏，终于开了口："请问，他什么时候来？不好意思，我后面还约了人。"

张敏拨通了宋林昆的电话。电话响了许久，没人接听。她不死心又按了重拨键，反复了好几次，总算有人接了，却是一个陌生的冷冰冰的声音："屯门派出所，你是手机主人的什么人，麻烦你来派出所一趟把人带回去，喝了不知道多少酒，现在还没有醒。"

张敏挂了手机，脸一沉起了身，跟温律师寒暄了几句，离开了律师楼。一个小时后，张敏开着车到了派出所，交了罚款，总算领到了人。宋林昆身上脸上全是鸡蛋大小的青块，衣服上全是吐出来的秽物，臭气熏天。估计昨日夜里喝了不少酒，到现在酒还未醒，从民警手里接过他时，整个人压了上来，张敏差点没站稳。

张敏好不容易才将宋林昆扶上了车，衣服是完全报废了，用剪刀剪成了碎条，才将他的衣服脱了下来，又拿来热水毛巾仔细擦拭了好几次，总算擦出了个人样来。身体干净了，身上的青瘀更大更明显了，张敏数了数，竟有十几处，看着有些心疼。

张敏走到了客厅，心情越发沉重，明明才初夏，却觉得又闷又热透不过气，于是在客厅里来回走了好几圈后，才翻到杨小三的号码，正打算拨，回头想着她最近日子也不好过，自己的烦恼一旦倾倒给了她，她就会为自己担心，于是有些于心不忍。正犹豫着，电话响了，周伟志打来的。

周伟志心情不错，语气轻松地问："现在快十一点了，我没记错，按照正常的情况，手续已经办理完了吧。我工作马上就完了，开车从 A 市过来，正好赶到 L 市陪你吃午餐，我们好好庆祝一下？"

张敏听着，眼睛里的泪水又开始打转，声音哽咽，半天没有出声。

"怎么了？"周伟志感觉到有些不对劲，紧张地问，"是不是出了什么问题，没有离成？"

"嗯。"张敏点了点头。突然间，一双手伸了过来，紧接着一声响，手机砸向了客厅的液晶电视，玻璃碴子落了一地。张敏转过了头，见宋林昆正站在身后，一对血红的眼珠子正瞪得老大，一动不动地看着自己，苍白的双唇被咬破，血正滴落。

临近下班的时候，周友辉办公室的门响了，周友辉一边低头看着文件，一边应了声："进来。"

轻轻的脚步声走到了他的办公桌前，一叠资料递到了他的面前，他接了过来，一一签了字。签完了，抬起头，才发现来人是杨小三。即使一句话没说，仅仅看了一眼，周友辉心情甚好，放下了手里的文件，拿起了手中遥控器反锁上了大门，走到了杨小三身边，搂着她，低下头，轻轻一吻。

杨小三低着头一言不发。周友辉右手的拇指和食指捻了她耳边一缕碎发，轻轻替她绕在了耳背，请问："在想什么？"

"我在想，以后该少拿资料进来。"

周友辉笑了笑，眉毛轻抬，问："为什么？"

"怕影响了你赚钱。"杨小三答。

周友辉低头，饶有兴趣地看着她。

轮到杨小三纳闷了，于是问："不对？"

周友辉摇了摇头。

杨小三又问："心疼钱了？"

周友辉又摇了摇头。

杨小三继续问："那是什么意思？"

周友辉笑了笑答："我在想着，一天我需要签多少份资料才够？"

"这话真不像你这把年纪能够说出的。"杨小三下了判断。

"这把年纪才学会说这样的话，"周友辉意犹未尽地看着杨小三，"是迟了点。我记得以前学过能量守恒定律，这情话的程度叫作能量的大小，一辈子能够说的叫数量话。我相信每个人一辈子说的情话能量都是一样多的，可我现在才学会，数量自然有限，我就该在程度上努力琢磨琢磨。"

杨小三听了，终于笑了。久违的灿烂笑容像秋日的湛蓝的天空，让人心旷神怡。

周友辉去了旁边的隔间，把心爱的茶具拿了出来，优哉游哉地泡起了茶。泡好后，递给了杨小三一杯。杨小三接了过来，一饮而尽。周友辉问："味道怎样？"

杨小三答："茶的味道。"

周友辉听了笑着喝了一杯。此时已临近中午，三十楼的阳光没有遮挡地照了进来，落在沙发上，周友辉抬起头看着，觉得特别耀眼，也特别舒服。

"我想请你帮一个忙。"坐在对面的杨小三突然说。

周友辉一愣，几秒后，恢复了笑容答："不答应。"

"那就算了。"杨小三起身要走，周友辉一把拽住了她说："你啊，性子就是这么急，要走也得听我把话说完了。我只是想帮你将刚才说的那句话先去掉三个字，我就答应你。"

"哪三个字？"

"我，想，请。"周友辉一字一句地说。

杨小三一听："爱帮不帮。"

"说吧，什么事？"在杨小三的面前，周友辉一贯是输家，没坚持几句他就投降了。

"帮我查下我二哥。"杨小三犹豫了几秒,终于说出了口,三个字,"性倾向。"

周友辉听了,认真地点了点头,起了身,一把将她揽入了自己的怀里,嘴里蹦了两个字:"谢谢。"

杨小三一愣:"为什么要谢谢我?这句话应该是我说。"

周友辉低着头,许久说出了两个字:"信任。"

话音一落,吻已经上了来,柔情似水。

丁聪和周娇娇婚礼委托给了婚庆公司,压根儿不需要操心。学校的工作依旧轻松,每日里对着成堆的体育器材发呆。酒吧的工作进入了正轨,每天弹弹琴,非礼勿视,熬到下班,一百五十块到手。丁聪觉得这日子总算稳定了,等五一节婚礼办了,自己就可以安心等着宝贝儿子出生。

直到毛琼芳打来了一个电话,丁聪请假按时到了毛琼芳约的地点。丁聪去的时候,毛琼芳已经到了,坐在咖啡厅的一角。丁聪心里有些忐忑地走了上去,端端正正地坐了下来。

"妈。"丁聪恭敬地叫。

毛琼芳听了,心中却没有一丝喜悦,眉头紧锁,勉强地点了点头。

"妈找我有什么事?"丁聪问。

"娇娇任性惯了,现在已经是这样了,指责都没有挽回的余地了,我仔细想过了,还是盼着你们日子能够好好过。"毛琼芳说。

"妈,您放心,我一定好好待娇娇。"丁聪赶忙表态。

毛琼芳没有笑容,眉头锁得更紧了,说:"这句话,你对上一任的丈母娘说过吧,现在的人都有一个毛病,没一句真话。一辈子还挺长,这年头谁能看清楚那么久的事情。所以,既然你也不能保证它是不是真话,就别对我讲,好好用实践来证明吧。"

丁聪听着前半句,心里一紧,可听了后半句,心里的石头又落了下来。于是,认真地点了点头。

"我们家的故事,我相信娇娇没有告诉过你吧?"毛琼芳突然问。

"过去的事，娇娇不想让我知道。"丁聪答。

"她爸很有钱，你父母一定告诉你了吧？"毛琼芳继续问。

丁聪默默点了点头。

毛琼芳继续问："你怎么看？会不会想着这是个好机会，你能够顺藤攀高枝了？"

丁聪一听，头摇得跟拨浪鼓一样："我只希望娇娇和我们的孩子快乐，其他的物质财富对我来说，都是可遇不可求的东西，顺其自然吧，娇娇的决定就是我的决定。"

毛琼芳听了，满意地点了点头，说："那就好，我记住你今天说的话了。"

五一节前的一个星期，杨小三搬入了富丽堂皇的新家。倒不是她愿意，而是租的房要拆迁了，想来，与周友辉该做的都做了，不该做的也做了，即使自己有些矛盾，可在别人的眼里已经既成事实。房子空着也是空着，既然"落草为寇"，也得有个犯罪现场，于是，寻了个周末正式搬家。

东西不多，几个箱子往车上一丢。出门的那一刹那，不知怎的，杨小三有一种卖身青楼的感觉，于是回头再看了破屋一眼，免不了嘲笑了自己一番。

熊猫车驶入小区时，车入不了保安的眼，像是盘问贼一样盘问了一番才放行。到了地方，折腾了十几分钟，来回跑了好几趟，终于把自己的"破铜烂铁"搬进了屋子，之后累得倒在沙发上，寻思着，有钱真好，沙发躺上去比床还要舒服。

这么一想，就睡着了。醒来时已不知道时间，身上盖了一床薄被。杨小三一惊，立马坐了起来，这才看见对面的沙发坐着个人，一手捧着茶杯，一手捧一本书，除了周友辉还能有谁。

"你怎么来了？"杨小三眉头一皱，"按照国际惯例，不是周末都陪老婆的吗？"

周友辉听了笑了笑答："找了个理由就出来了。"

"你还真是会掐点，搬家时候不见人，搬完了你蹦出来了。"杨小三答。

"这儿该有的东西我都配齐备了，标准的拎包入住，你还需要搬些什么？"周友辉答。

"拎包入住。"杨小三一愣,反问,"那房租多少?"

周友辉听了,笑着起身坐到了她的身边,像变魔术一般,摸出了一小盒子递给了杨小三。杨小三一眼就猜到是枚戒指,没伸手接,嘴边的话憋了回去。

周友辉见了,开了盒子,很漂亮的一枚戒指,上面一颗"鸽子蛋"大的钻石。周友辉拿了起来,默默地看着杨小三,杨小三犹豫了半天,把右手伸了过去。周友辉不动,于是杨小三把右手缩了回去。停了一刻,周友辉伸了手将杨小三的左手拽了过去,对着无名指套了上去。

杨小三缩了缩手,低头看了许久,也不顾周友辉的面子,摘下放入盒子:"我一直不喜欢戴这些,总觉得不属于自己的东西不舒服。如果发现这种东西取不下来的时候,我就会发疯的。"

"你是个喜欢自由的人。"周友辉笑了笑,却没有生气。

"戒指,寓意就是个套字,上面的钻石就是个期限,寓意永久套牢的意思。你说说在这个世界上,有哪个男人的戒指上有钻石的?女人却傻乎乎地要钻石,还得瑟地比着大小。殊不知,钻石的意思是永久套牢女人,套牢不了男人。这个戒指你还是拿回去吧,我这个小三的职业是兔子的尾巴长不了。"杨小三笑了笑。

周友辉听着眼神一淡,答:"今儿我不想谈这些。"

"你心情不好?"杨小三问。

周友辉听着点了点头,答:"过几天就是我女儿的婚礼。"

"这是好事情。"

周友辉听着,苦笑了一声:"女儿不认我这个父亲,不让我参加这个婚礼。你说,我这个人生是不是很失败,纵有万贯家财,却不能随心所欲;纵有儿有女,却不能享天伦之乐;纵有红颜知己,却不能长相厮守。"

"你背诗啊?对仗挺工整的。"杨小三问,"知道人为什么会伤心,因为要求太多。你说散尽家产,看能不能随心所欲?你敞开心胸,看有没有天伦之乐?你懂得取舍……"

杨小三没有说出口,一个浓烈的吻堵住了她的话。

下午六点,周友辉起身出了屋子。他必须要回家,那是他的责任。走到门口,他突然想起了件事,拿起了包,从里面掏了份文件递给了杨小三。

杨小三看了看周友辉，他微微低着头，从容淡定，看不出任何的表情。杨小三一丝疑惑，拿了过来，里面一叠的资料，资料的第一页是一张男人的照片。二十多岁的样子，皮肤黝黑，穿着军装，英姿飒爽。

"这是谁？"

周友辉停顿了许久答："你二哥的爱人，资料就在后面，你慢慢看吧。"

"那就是说，是真的了？"杨小三问。

周友辉点了点头，见杨小三眉头紧锁的样子，忙安慰了一句："现在的社会很包容了，每个人都有自己的选择，我相信只要你二哥觉得幸福，你就应该祝福他才对。"

杨小三抬头，痴痴地望着周友辉问："只要幸福就应该祝福对么？那你什么时候才是幸福的？我想祝福你。"

周友辉一听眼就红了，他这个影帝级别的人，竟然没忍得住，一把就将杨小三搂入了怀里，他的力气很大，好像杨小三会随时消失一般。许久，他将杨小三抱上了二楼的卧室。

书上常常这么说，性是爱的升华。当爱飘忽不定，若即若离，随时会消失时，爱人之间就会有一种不安全感。而通常这种不安全感，唯一的解药就是性。越不安全了，越想做，可越做却越觉得不安全。

第二天，杨小三寻着周友辉给的地址，去了L市。将车开到楼下的时候，才发现这地方自己熟悉得很，没走几步，身后就传来了一串急促的脚步。杨小三刚一回头，正迎上张敏的眼睛像审贼一般看着自己。

"我在远处看了还不信是你，走近了真的是你？牧马人吉普，最便宜也得几十万吧，还是顶配。几天不见变化这么大？你啥时中五百万了？也不跟我汇报，找打！"说完，张敏用手敲了敲杨小三的额头说，"哦，不对，我想起来了，以你的性子，即使中了五百万也不会买这种车。你别告诉我真的上贼船了！"

张敏一激动就滔滔不绝，杨小三开始后悔开这辆车出门了。今儿一大早跟刘秘书请假，不到五分钟，周友辉的短信就过来了，什么也没问只留了五个字：开那辆好车。

张敏盯着杨小三时，杨小三一脸心疼地看着她说："才几日没见面，你的脸盘子小了一圈，看来我们俩的日子都那么不好过。怎么离婚没离成？"

张敏被说到了心坎里了，心一酸，眼圈子跟着就红了。

"怎么了？"杨小三问。

"没事。"张敏摇了摇头。

"这不像你的风格。"杨小三答，"是不是出什么问题了？他不愿意离？"

张敏点了点头，慢慢伸出了双手，衣袖往上一提，几处青色的伤痕露了出来。伤痕有深有浅，不是一次留下的。

杨小三心疼，问："他打的？"

张敏默默地点了点头，想着以往都是自己打宋林昆，打得他身上伤痕累累，他都从来不还手，如今竟然对自己下这么狠的手。男人的变化竟然如此大，连张敏也惊讶。

"那就离了吧，去医院做个伤痕鉴定，离婚的时候有优势。"杨小三说。

"我知道的，你放心。对了，你这次来 L 市，是不是来找我的？怎么不先打个电话。"张敏问。

"我有些其他事。"杨小三没将二哥的事说出来。

"那正好。你的事我还没有问个清楚，休想就这么走了。我现在有点事要出门，下午约个时间好好聊聊。"张敏说。

别了张敏，杨小三进了大厦，正是上班的时间，大厅里人来人往。杨小三径直去了保卫处，一个四十多岁的男人正坐在监控盘前，一边看着屏幕一边吃着花生。杨小三走上前，问："大哥，你好，请问这里有一位叫方林虎的人么？"

男人抬头看了杨小三一眼，答："有。"

"那他在么？我找他有点事。"

男人停了手里的动作，惊讶地将杨小三从头到脚看了一遍，问："你是他什么人啊？"

"我是他朋友。"杨小三答。

"他朋友？那小子平日里总是孤僻得很，从来就不跟人搭腔，没想到还有这么漂亮的朋友。"男人笑了笑继续说，"他今日中班，你再等等吧，一会儿人就来了。"

杨小三找了一排长椅坐了下来。

张敏停好了车，看了一眼车位旁边已停好的奥迪 Q7，走进了僻静的一家咖啡厅，角落里，她找到了周伟志。

周伟志起身，一脸的紧张："总算见到你了。"

说着也不顾是在咖啡厅，一把抱住了张敏。张敏挣脱了他，转头看了看四周。周伟志低头看着惊弓之鸟般的张敏，心中自责起来。过了几秒，周伟志心一横，又将张敏揽入了怀里，一手托起了她的下巴吻了下来。吻完了，张敏的泪也下来了。周伟志慌忙用拇指轻擦，一边擦一边心疼地问："怎么了，宝贝？"

周伟志二十四岁的人生，一大半是在国外度过。中西合璧的人生观，让他保守中带着些激进，平日里父亲的威严，母亲的羽翼保护，在他中规中矩的外表下，骨子里的叛逆一旦被激活，眨眼就能放大数十倍。他情不自禁地叫了一声"宝贝"，心中已决定，即便是所有人反对，他依旧不会放弃。

"他不同意离婚。"张敏答。

"那就递给法院判决好了，起诉离婚。"周伟志答，"你放心，无论怎样我一直会守在你的身边。这样好不好，我在 L 市买套房子，你先搬过去住好了。"

"我……"

"如果他不同意，法院可能会拖很久。我很自私，我不想你跟他住在一个屋檐下。"周伟志答。

"你觉得，我们能……"张敏嗓子发疼，努力地咽了口唾沫吐了三个字，"一起么？"

周伟志一听，顿时间像个刺猬般竖起了全身的刺，眼睛直直地看着张敏问："难道你改变了心意，不愿意离了？"

张敏的话还没有说出口，抬头就迎上了他一个浓烈的吻。那一刻张敏明白，那一夜的缠绵不是一场虚无的春梦，不是一次意外的出轨，他们有放纵的开始，却没有放纵的结束，不知不觉中两颗寂寞的心已经从肉体的愉悦升华到了精神共鸣，爱冉冉升起的时候，欲望之火将燃烧得更加浓烈。

此时在张敏的心中，她不停地问自己，能输得起吗？

上午十点多，方林虎左手拿着菜包子，右手食指套着自行车钥匙圈，哼着歌走进了保安室。"小方，你总算来了，美女等你很久了。"

杨小三听见了，赶忙站了起来，看着方林虎。二十出头，黝黑的健康肤色，礼貌地一笑，露了一口白牙。身上的保安服已旧，洗得发白，却熨烫得非常平整，给人一种很舒服的感觉。

"您好！"方林虎点了点头，"请问您找我有什么事？"

很客气的语气，"您"和"你"之间发音非常标准。

"我能跟你好好谈谈么？"杨小三问。

"对不起，我好像不认识您。"方林虎答，"而且我现在在上班，如果是很重要的事，麻烦您就在这里讲，如果我能帮您一定会帮的。"

杨小三没答话，旁边的男人抬起了头，替杨小三答了话："小方，你就跟着去吧，看你工作都好几年了，愣没一个女孩子找过，今儿好不容易候来了一个，我迟会儿下班，个人问题大于一切。"

方林虎听了，尴尬地笑了笑，双手有些不自在地放在身后，对着杨小三说："您别听他们胡说，您有事直接说。"

杨小三笑了笑，这孩子腼腆得很，也不会说话，于是答："我叫杨小三，杨……南的妹妹。"

话音一落，方林虎的笑容凝住，一脸惶恐。

"我们还是出去谈吧。"杨小三提议。

方林虎点了点头，默默地跟着杨小三出了门。

杨小三选了江边的一个露天小茶馆，僻静的一处角落。树荫下，两张竹椅一个茶几，放了两杯清茶，两人谁也不开口，低着头听着树上的蝉鸣。

"你想说什么就说吧。"方林虎终于开了口，"什么难听的我没有听过，既然你找到了我，就直说吧，我受得了。"

杨小三抬头看着那双清澈的眼眸，想要骂、想要劝的话竟一句也出不了口，许久，她自嘲般地问："听说你曾经当过特种兵，多少小伙子盼着能去，可惜你到最后竟做了逃兵？"

方林虎完全没有想到，杨小三竟然问的是这个问题。他一愣，呆呆地看着杨小三，慌忙答："是没错，我做过特种兵，当时入伍因为身体条件好，被挑选入特种兵。可惜我很没有用，不到一个月，就跑了。"

"为什么？"杨小三继续问。

这一问，方林虎又愣住。来 L 市工作，问他当过特种兵的人无数，问他当过逃兵的人也无数，唯独没有人问过他为什么当逃兵。听到杨小三这么一问，不知道怎么心里突然间有股暖流。

"不想说，就别说了。"杨小三说，"只是来之前有很多话想跟你说，可见了你却不想说了。见着现在气氛尴尬，于是随便找了个话题。"

"我第一次到部队时，得知自己入选了特种兵的时候，激动得一夜没有睡着，特兴奋那种，立马就联想到了美国大片里的那种英雄。后来我就去了，接待我的是我的班长，四川人，话痨一个，人很好，很关照我这个新兵。一个月后……"方林虎声音有些颤抖。

"不想讲就别讲了。"

方林虎吸了吸鼻腔，继续说："一个月后跳伞，我是新兵，没上飞机，班长去了。下午一班的人都回来了，唯独少了班长，我跑去问，没人愿意告诉我。直到下午，我分到了一个铁锹，副班长带着我去了一个地方，那时候，我才见到班长已经不成人形了，我只看到了衣服的碎片才认出了他。当时，是我一锹一锹把班长铲上推车的，回来我就病了，一个星期才下床，第一件事就是上飞机，我想也没想，就跑了。"

杨小三低着头，曾经听过无数次英雄故事的她，竟为一个不是英雄的行为感动了，心纠结在了一起，有些发疼。

"我是不是很没用？"方林虎问。

杨小三抬起了头，努力笑了笑："何必在乎别人的看法。"

说完，杨小三起了身，打算走。方林虎叫住了她，问："你来不是为了你哥的事？"

杨小三答："告诉我哥，那日他在父亲坟前跟我的约定，我终于明白了，我不怪他了。"

方林虎愣在了原地。

走出了咖啡厅，阳光灿烂，杨小三的手机响了，是杨南的短信，很简单的四个字：谢谢妹子。

杨小三突然觉得心情竟异常轻松，也许天底下的人都是这样，总会在宽恕别人的过错中找到解脱。手机又响了，是周友辉打过来的："怎样了？"

"没怎样。"杨小三答。

"人呢？"

"还好，健在。"杨小三答。

周友辉听到杨小三轻松的口气，心情一松忍不住笑了。杨小三听见周友辉久违的笑声，不知怎的入了迷。

"那就好。回来的时候，开车注意些，你那辆破熊猫上个月竟然有十七条超速违章。去过一趟L市，路上一共才设置了七个监控点，你十三次超速，差一个就凑齐纪录了。我前些日子托人去消违章时，你猜别人怎么说的，问这真的是熊猫么？"

杨小三一听跟着也笑了。挂了周友辉的电话，张敏的电话打了进来："事情办完了吗？中午一起吃饭吧？"

"又哭了？"杨小三问。

张敏没回答，而是转了话题问："你在哪儿？找一家火锅店吧，不知道怎么，今儿特想吃火锅。"

张敏有个习惯，心情好了吃甜食，心情不顺了最爱吃的就是火锅，而且越不顺吃得越辣。当杨小三走进火锅店，面对着厚厚一层油辣子时，已经明白了张敏此时的心情。果然，张敏眼圈通红，像红眼病。

"最近见你的次数不多，但差不多每次都在哭。再哭要瞎了，别怪我没提醒你。"

"瞎了好，眼不见心不烦。"张敏回了句。

"那行，你就闭着眼吃火锅给我看看。"杨小三说。

"你啊，认识了你这十几年，嘴里就没蹦过一句好听的。"张敏答，"对了，今儿早上在停车场见你和现在见到你，怎么像突然间变了个样？还有心情跟我抬杠？你老实交代做什么去了？为啥就没有一点点同情心啊？"

"我是想告诉你，闭眼能把一切事都解决吗？"杨小三反问，"离婚的事，怎么打算的？我听说有些人离婚得八年抗战，你不会跟他也来这一招吧？"

张敏低头，思量许久答："我想去法院，起诉离婚。"

"我那日见他，倒是有真心的悔意，真不打算原谅了？"杨小三叹了一声，抬头看着张敏，"离婚可大可小，你可想好了？"

"现在你来问我这个问题，是不是迟了点？"张敏抬头看着杨小三。

"也是，现在的离婚，谁说能够好聚好散？纯粹扯淡，不是仇人已经是阿弥陀佛。"杨小三答。

张敏点了点头，好像想什么入了神。杨小三问："想什么这么认真？是这个他，还是那个他呢？"

"你绕口令啊！他比我小四岁，从小在国外长大，没有中国男人的恶习，彬彬有礼，谦谦君子……"张敏说着入了迷，完全忘记了杨小三存在。

杨小三托着腮帮子，斜着眼抬头仔细地看着张敏，直到张敏从她的世界醒来，一惊："你怎么这么看着我？"

杨小三叹了一声答："女人善变，果不其然。他爱你吗？你们年纪差距这么大，而且是你大这么多，女人老得快，你确定跟他有未来？"

张敏摇了摇头，双唇紧咬，这个问题连她自己也回答不了。

杨小三又叹了一声："算了，不提了，先离了吧。你这样怕是也回不去了。没感情的婚姻就算是废了，留着也无用。"

张敏听了，点了点头："我想好了，先搬出去，现在他回了家，我不想跟他在一个屋檐下，免得又起争执。"

"嗯。"杨小三答，"既然他已经动手了，留在那个家也没什么必要了。你父母不在L市，你有什么事一定要打电话给我，多晚都行。"

高速路上，周伟志开着车，走神得厉害，好几次险些撞到了护栏。他意识到现在的状态不适合开车，决定将车停在了应急车道上，开了双闪灯，走到车尾，靠在车屁股上抬头看着天，将一整包烟抽没了，抽到舌头发麻，于是上了车，拿了瓶矿泉水，喝到了一半，一辆牧马人开过，在远处慢慢地停了下来。几秒钟后，车上下来了一个人。

周伟志一看，竟是杨小三，抬眼看了看近一百万的车，轻轻地叹了一声。

"车坏了？"杨小三走上前问。

"没，是人坏了。"周伟志答。

"那是要我修理车还是修理你这个人？"杨小三继续问。

"你会修理哪个？"周伟志抬起了头问。

杨小三笑了笑，答："走吧，带你一程。车就放路边吧，找个人待会儿来帮你开回A市。"

周伟志跟着杨小三走到牧马人前。一路上挺安静的，一直没人开口说话，倒是杨小三不自在了，想着这车不是自己这种身份开得起的，于是找了个借口，圆了谎说："朋友的车，借给我去L市办了些事。"

"哦。"周伟志点了头，他心中明明知道，却也没继续问。

快到A市时，周伟志才突然开口问："骗人的滋味好受么？"

杨小三一愣，方向盘一抖，车子轻微地晃了一下，她吸了一口气，答："这个你该问你父亲，他是专家。"

"现在，我就想问你。"周伟志很执着地问。

"我可以选择不答。"杨小三答。

周伟志笑了笑，问："女人说的话，大概能有几分可以信？"

杨小三转了头，看了一眼周伟志，发现他根本就没有看自己，而是低头看着自己手中的手机，于是笑了笑问："有女朋友了？"

"一半。"周伟志笑了笑答。

"另外一半呢？"杨小三继续问。

"候着。"周伟志答得干脆。

"有没有想过放弃？"

周伟志轻笑，转过了头看着杨小三问："那你呢，有没有想过放弃？"

这一问，杨小三愣住，一动不动地看着前面直直的路，许久，她转过了头，迎上了周伟志的眼神，没坚持到两秒，她立刻转了回来，眼睛看着前方。

到了公司，两人一起上了电梯，杨小三按了三十层，也替周伟志按了十层。电梯到了十层，周伟志没动，杨小三看了看他，他站在原地抬头看着电梯的显示屏，杨小三没多问，转了头。电梯门关上了，继续上行，到了三十层，电梯门一开，门外站了一个人。

"周总。"周伟志低下了头。

杨小三抬眼看了周友辉一眼,低着头,侧着身从他的身边溜走。周友辉眼角偷偷地看杨小三一眼,再转头盯着周伟志,问:"你找我?"

"是的。"周伟志毕恭毕敬地答。

"去我办公室谈吧。"

进了办公室,周友辉坐在了沙发上,周伟志默默地跟了过去,周友辉从包里掏了支烟,周伟志接了过来,点着,深深抽了一口,闷着不说话。

周友辉见了,问:"不是有事情讲么?怎么坐下了又不讲,有什么说吧。"

"爸,如果,我说的是如果你喜欢上一个不该喜欢的人,该怎么办?"周伟志问了句。

"既然都说是如果了,为什么要考虑?"周友辉听了微微叹了一声,"我当你跟我谈工作上的事情,结果你跟我谈的是儿女情长。我不告诉了你吗?工作的地方谈公事,既然你没什么公事跟我谈的,那就这样了,我一会儿还有个会。"

"那,您就别当儿子在说如果,就是喜欢上了,该怎么办?"周伟志执着地问。

周友辉沉默了许久,反问了一句八竿子打不着的话:"你觉得社会科学和自然科学有什么区别?"

周伟志一愣,想了想答:"一个是客观,一个是主观。"

"为什么这么说?"

周伟志答:"自然科学不会因为人的因素而改变,所以是客观的。"

周友辉笑了笑,答:"自然物质是客观的没错,一旦是人去研究,就形成了一整套的理论科学,那就是主观的了。你敢说,理论科学是真理么?"

"什么意思?"周伟志摇了摇头。

"世间的东西,分不了对错。"周友辉吸了口烟,看着眼前的烟圈笑了笑说,"对错都是由人来判断的,经过人大脑的东西,那就不是绝对的对错。"

"还是爸看得通透。"周伟志低了头,"谢谢,爸。"

周友辉露出了笑容:"你就权当我这个不会做爸的人在为自己辩解吧。走吧,一起出门,我要去二十一楼会议室开会。"

周伟志看着父亲坚毅的背影，嘴边的话绕了很久，终究是没有说出口。

傍晚，周友辉坐在沙发上，轻轻将杨小三揽入了怀里："今天你遇见伟志了？"

杨小三轻轻嗅着他独有的味道："高速路碰上的，车停路边，车没坏，人坏了。"

"怎么了？"周友辉问。

"恋爱了。"杨小三答。

周友辉听了，轻笑不答，眉头拧在了一起。

杨小三伸手摸着他拧在一起的眉头说："这把年纪还没有皱纹，多好，却非得挤出几道褶子。上阵父子兵，他是你儿子，爱得竟然也这么像，定是也爱上了个不该爱的女人，伤得连车都开不了。"

周友辉低头看着怀里的人，为什么她总能说进自己的心里去？话听起来分明是把刀，到自己这里却变成了情丝。

晚上八点，周友辉准时走出了门。上了车，手机一响：五一节早上十一点，娇娇的婚礼，正熙大酒店礼堂。

杨小三此时躺在沙发上看着白花花的天花板发呆，他走了，才发现屋子大了真的不好，空得有回音，是不是该买几只小狗小猫回来填充？手机响了，一条短信：五一节早上十点，海棠苑集合，新店开张做东，大家聚聚，杨东。

老黄历说今年的五一是个婚丧嫁娶诸事皆宜的好日子，所以结婚的人都扎堆在这一天。一早彭惠琴就起来，张罗着早餐。不仅如此，她还让周友辉将周伟志叫起来。昨夜，周伟志在QQ上跟张敏聊到了半夜，一早被父亲叫了起床，问了半天，父亲只是说母亲有事。按照惯例，母亲吩咐就是头等大事。

周伟志穿着随意的家居服，半睁着眼就下了楼。彭惠琴一见就尖叫了起来："你这样怎么行，赶紧回房间去，换一身精神的。"

"妈，这大过节的，公司又没事，你一大早的折腾我做什么？"周伟志满腹牢骚。

"今天妈总算是约到刘太太跟她女儿刘倩，上次她临时有事去了英国，所以推掉了，这次总算是约好了。"彭惠琴说起来一脸的兴奋。

周伟志一听，瞌睡立马醒了，答得相当干脆利落："不去。"

"上次你不是答应了，两边约好的。"彭惠琴说，"这可不是你说了不去就不去了，两家都是有头有脸的人物。"

周伟志转头看了眼周友辉，周友辉放下了手中的报纸，插了话："这年代了，孩子的事还是让他们自己张罗吧。"

彭惠琴一听，眉一挑看着周友辉说："上一次，你可不是这么说的。"

"今天我看儿子比起上一次来回答得要干脆，怕是有了主儿了，对吧？"周友辉将话递到了周伟志的嘴边，周伟志却低了头不接话。

彭惠琴一听，有些激动，忙凑了上来问："是不是真的，哪家的？什么背景？"

周伟志一听来了气，转身上楼："我去换衣服。"

彭惠琴问："儿子最近在公司是不是有什么异常了？我先说明了，我这里有原则的，公司里那些不三不四的女人，可不准入我们家的门。"

"儿子的事，由着他吧。找个他喜欢的，比什么都重要。"周友辉答。

"是啊，找个缺胳膊断腿的，或者站大街上卖笑的，带回家来，你敢接么？难怪儿子越来越难管了，原来都是你惯的……"彭惠琴数落了一通，见周友辉一句也没答，便问，"你跟我们一起去么？"

周友辉这才抬起了头，答："昨夜跟你说起过，今天娇……"

彭惠琴满脸不悦地打断："你去吧，意思意思就行了，别太上心，反正她也不领情，你对她贴心贴肺地好，她压根儿没把你当回事。"

周友辉挑了一套自己最喜欢的衣服穿上，站在镜子前直了直腰，露出了极具亲和力的笑容，于是满意地点了点头。车刚开出了车库，电话响了。

毛琼芳支支吾吾绕了好几个大圈，总算把话说清楚了：女儿的意思，你还是不要去了，不然喜事变丧事了。

这么一个帽子扣到了周友辉的头上，他足足愣了十几分钟。

今天是杨家兄妹团聚的日子，大哥做东，说要请大家下馆子。因为知道杨南和杨小三的性子，于是杨东早在一个星期前就已经下了命令，十点前必须准时到达海棠苑。

杨小三已经到了海棠苑的楼下，她特意低调地开了那辆破熊猫，刚停好车，就见到杨南走了过来。这是自从杨小三知道杨南的秘密后第一次见面，竟有些尴尬。杨南一改往日的态度，站在杨小三面前，低头沉默着。

"哥，"杨小三说，"我这关能过，大哥跟妈那里，你得掂量掂量了。"

杨南点了点头，双手抄在裤袋里，像从牙缝里挤出来一般，说了两字："谢谢。"

"哥，我一直在想，我们一家幸好还有大哥在，天天想着法子让妈高兴。如果只有我们俩，从来就没有做一件让妈高兴的事，这样下去非得活活地气死妈不可了。"杨小三说的时候，眼睛没有一丝的光。

杨南见了，有些心疼地拍了拍杨小三的头："妹子，别说这么不吉利的话，妈听了会不高兴的。走吧，赶紧上楼。"

大哥开的门，一身光鲜，一看就知道刻意拾掇过。母亲走了过来，笑着说："你们兄妹倒是好啊，每次都像约好的，快快进来，小丁呢？"

杨小三听着，嘴唇嚅动了半天，想着这事迟早要说，也该告诉母亲了，于是说："我跟他……"

刚开口，却被杨东打断，接着杨小三的话说："丁聪他忙啊，今儿早还跟我打了电话，说在外地出差，怕妹子解释您不信，特别打了电话让我来说。"

母亲听了，一脸的疑惑，说："算来已经半年没见着小丁了，不会出什么事了吧？"

杨东听了，赶忙递了个眼神给老婆孙末俪，于是孙末俪赶忙扶着母亲说："妈，您看您，就喜欢这么疑神疑鬼的，小丁那么大的人了能出什么问题啊。您放心，过些日子忙完了，他准来看您老人家。"

母亲点了点头，一家人这才算松了口气。

坐了下来，杨小三才听大哥杨东说起今日他破费庆祝的原因。原来杨东干了多年的健身教练，也有了不少的熟客，就有了自己当老板的念头，于是就在凤凰路上租了个二楼的店铺，办了家健身中心。现在一切手续都已经办好了，就等五一节后正式开张。

"哥，你也是，这么大的事也不早点说，我跟妹妹说不定也能帮上点忙了，多少也入点股什么的。"杨南说。

杨东一贯地老成严肃："你们俩张罗好自己的事，别给添乱就好了。"

杨南和杨小三两人心里都有鬼，忙闭口不敢再答话。

"你啊，每次都这个口气，一家人都怕你了。"孙末俪笑了笑打了圆场。

一家人聊了会儿下了楼，杨东想着这次新店开张是好事，于是破费了一番，在一个大酒楼定了个小包间。于是，一家人热热闹闹地上了车奔向酒店。

五一节这一天，几乎有近一半的中国人选择在这一天结婚、再婚或者离婚。究其原因，因为中国人的闲日子真的不多，好不容易抓了空闲，索性趁这个日子赶紧把个人问题解决了，再加上今年这老黄历，几乎全A市的人都奔酒店来了。

周娇娇凌晨四点就起来了，化妆做头发一直忙到了七点还没有完。丁聪见她脸色发白，一脸疲倦，有些担心，可当着众人的面却不敢吭气。按照婚庆公司的安排，周娇娇八点钟去了母亲毛琼芳的家，丁聪九点去接人，一直磨蹭到了十点，总算把人接了，往正熙酒店赶去。

一辆租来的马六轿车，新郎和新娘，加上伴郎和伴娘挤了四人，娇娇宽大的婚纱令狭窄的空间密得跟罐头一般，涂着厚重唇彩的嘴唇有些微微泛青，丁聪看到更担心了，关切地问："娇，没事吧？"

周娇娇此时的精神状态已经不太好，可想着这是自己一辈子的大事，不想落下遗憾，于是打起了精神答："没事，挺好的。"

到了酒店，两人须站在门口接待客人。没站几分钟，周娇娇就有些气喘，她伸手挽住了身旁的丁聪，整个人压了上来。丁聪感觉到了，忙转头问："娇，不行咱就休息会儿？"

周娇娇摇了摇头，这是她人生中最美的时刻，她需要享受。于是，她吸了口气，努力地挤出笑容。

周友辉慢慢地将车开出了彭家的老宅，十点半，距离婚礼的仪式还有近一个小时。作为父亲，没有什么比看着女儿步入婚姻殿堂更幸福的事了。他笑了笑，纵使如今钱能买到的东西越来越多，而这种幸福，对于周友辉一个万贯家财的人来说，竟然会如此艰难。他一边开车，一边拨了熟悉的号码，拨了一半却没有拨出去，手机丢在了副座。他不介意站在婚礼的最后一排，只要女儿高兴。

两辆小破车一前一后驶入了正熙大酒店的停车场。一家人刚下车，就听到不远处传来了热闹的鞭炮声，杨小三上前扶着年迈的母亲，母亲从白色烟雾中看到热闹的人群，转身对身后的杨南说："儿啊，咱们家就差你了。现在经济条件都好了，到时候妈做主，也给你搞个这么热闹的，怎样啊？"

杨南一听，不自然地低了头。杨小三看了他一眼，不经意地竟叹了一声。母亲耳尖听见了，于是疑惑地问杨小三："三儿，你哥结婚，你怎么不乐意了？是不是怪妈当年给你办的婚礼简陋了？"

杨小三听了回了神，赶忙笑了笑答："是啊，当然不乐意了，赶明儿让您再给我办一回得了？"

母亲一听脸一沉，答："都二十好几的人了，怎么还这么没正经的，这种事能有办第二回的说法？"

杨南心中微微叹气，当一种爱不被世人承认的时候，就像是在一个没有喝彩声的舞台上，高兴也好，悲伤也罢，无人知无人晓，这甚至比被别人骂几句打几拳更加难受。德国哲学家康德说过：既然我已经踏上这条道路，那么，任何东西都不应妨碍我沿着这条路走下去。

因为一家人出门早，所以到酒店时，离午饭的时间还有段距离，于是一家人也不急，跟着杨东慢悠悠地正往正熙酒店的大门走去，小孙子乐乐一个劲嚷着要看看新娘子，孙末俪答应小家伙的要求。

可没走几步，停车场边上一穿门童服的男人走了过来，冲着杨东点了点头："今儿是结婚的大日子，我们酒店就有两对新人。如果你们不是参加婚礼的就走侧门吧，直接能上三楼的包间。"

母亲素来喜安静，于是就应了下来，乐乐不乐意了，哭着闹着要看新娘子，于是孙末俪抱起了乐乐奔了大门口。

十一点半，参加婚礼的亲朋好友差不多已经到齐了，正熙酒店只有一个礼堂，同时需要接待两个婚礼，只能抓阄决定先后。丁聪的婚礼排在了第二轮，亲朋好友到了，都坐在餐桌前等着前一对婚礼结束了，才能进礼堂。虽然这个安排让周娇娇心里很不舒服，但也没法。

周友辉走下了车，豪华的酒店大堂外，除了一地红色的纸末，没剩下几个人。因为两个婚礼加起来上百桌人，绝大多数人相互都不认识。楼道里拥满了人群，也不管是哪对新人的亲朋好友，都聚在了一起聊天。不远处的礼堂，司仪正用着兴奋而高亢的声音，卖力调动着场内人的情绪。

周友辉挤了进去，此时礼堂里已拥满了人群，远处百合满天星装饰的台子上，一对新人正在相互凝视，含情脉脉地交换戒指，身后的背景是一幅沙画，灵巧双手正快速跳动，操作着流动的沙展现出一幅幅新人相识相恋的过程。

周友辉好不容易找了个角落，一脸幸福地看着，作为一个老总和父亲，他已经忘记了计较该有的位置。距离上次见周娇娇已经三年了，女大十八变，自己都不认识了。

周友辉一直看了十多分钟，直到婚礼快要结束时，司仪无意报出新郎和新娘的名字，周友辉这才知道，台上的新娘不是自己的女儿。那一刻，他全身剧烈地抖动了一下，脸上像被人狠狠抽了一鞭子，后面的话一句也听不清楚了。

人群开始慢慢散去，有人有意无意撞到了周友辉，路过的每个人都以奇怪的眼神看着这个呆立的人，周友辉心里已像是一只被人脱掉壳的乌龟溺在水中，水不断冲刷着他的伤口。

人群走光了，周围安静了下来，只剩下周友辉一个人站在角落。几分钟后，又有人陆陆续续地走了进来，礼堂里又热闹了起来。结婚进行曲响起，新人在伴郎伴娘的簇拥下，缓缓走了进来。雪白的落地长纱，空中飞舞的银色碎片，周友辉默默地抬起了头，竟没了刚才那般的心情，酸涩的味道像硫酸般一点点侵蚀着骨骼。

司仪的声音响起，挨着介绍着新人最重要的亲人。周友辉身旁不远处，一个女人的声音传来："新娘子没有父亲？"

另外的一个女人答："怕是已经去世了吧……"

后面的话，周友辉已经听不进去了，他逆着拥挤的人群，一步一步走出了礼堂……身后热闹的掌声又一次响起……周友辉人生之中听过无数次掌声，曾经很享受这种感觉的他，第一次觉得竟如此刺耳。

第二章
你是选择抬头看繁星，还是低头看泥泞

正熙酒店的三楼，小小的包间里，桌上已经上了好几道热菜。卓兰看了看时间转头对杨东说："怎么这么久了，末俪还没有回来？你打电话催一下。"

杨东点了点头，孙末俪抱着儿子乐乐走了进来。乐乐一脸的兴奋，孙末俪的脸上却不好看，眉头微微拧着，一副沉思的样子。

卓兰有些担心，忙问："怎么了？"

孙末俪赶忙抬起了头，挤了点笑容答："人太多了，挤得难受。"

酒席开始了，一家人说笑着评论着菜品。孙末俪趁着卓兰不注意，悄悄在杨东耳边说了几句。杨东的脸色一下子就变得凝重，放了筷子起了身，对母亲说："妈，您不是喜欢吃冰糖南瓜么？我去问问有没有这道菜。"

卓兰听了本想开口说不要，一向做事情稳妥的大儿子不等她开口，就已经失了分寸般跨出了门。她心里疑虑着，老大平日不是这么毛躁的人，正想开口问，孙子嚷了起来："奶奶，奶奶，新娘子好漂亮啊。"

卓兰分了心，逗着孙子说："乐乐以后也要娶这么漂亮的新娘子。"

乐乐点了点头，一脸得意地答："乐乐以后要娶好多好多的新娘子。"

这一句话把卓兰逗乐了，一旁的孙末俪听着有些着急了，怕孩子会继续说下去，忙夹了块鸡翅给乐乐。乐乐一见，赶忙啃上。孙末俪这才松了口气说："妈，小孩子说话没正经的，以后我慢慢教，慢慢教。"

正说着，杨东从外面走了进来，微微有些怒色，一声不吭坐了下来。卓兰更纳闷了，问："你们今儿怎么了？一个个这表情。"

杨东还没想好找个什么理由回卓兰，乐乐丢了手里的鸡翅，兴奋地替爸爸

答:"乐乐知道,乐乐刚刚看到姑夫了……"

话没有说完,孙末俪已经捂住了乐乐的嘴。这一下,卓兰火了,一拍桌子站了起来,大声问:"你们这是怎么了?"

这一下,全桌子的人都站了起来,一时沉默。

杨小三听到乐乐嘴里蹦出的半句话,心里咯噔一下就明白了,她用疑惑的表情看着杨东,杨东也正看着杨小三,偷偷地点了点头。

杨小三这下子清楚了,刚刚的婚礼就是丁聪跟周娇娇的婚礼,真是过年顶撞了菩萨,倒霉到底了,什么地方吃饭不好,竟让一家人撞上了。她低头想了想,清了下嗓子,也不顾杨东不停暗示的眼神,低头轻声说:"妈,我离婚了。"

"什么!"卓兰头一晕,"再说一次?"

"我离婚了,离了快三个月了。"杨小三一坦白,连这不该说的日期也坦白了。

卓兰眼前一黑,头脑短路,顺手抓起手边的东西就往杨小三身上扔。一只瓷碗直奔杨小三的额头去,擦了一条细长的血条子。众人慌了,杨东扶着卓兰,递了个眼神,让杨南把小三先扶出门。

杨南拉着小三的手奔到门外。没走几步,小三住了脚,额头已经渗出了血。杨南赶忙从兜里摸纸巾擦,一脸心疼地说:"这事情都过去了,就别再想着这种男人了,妈的身体和脾气,你比谁都清楚,这个节骨眼,你说这个做啥啊?"

杨小三面无表情地答:"谁说我在想这种男人了?我只是恨他捅我还不够,还一刀一刀地捅我的家人。"

说完,杨小三往外走,杨南赶忙跟了上来。杨小三说:"别跟着我,去陪妈去。多几句好话,我现在是不能跟妈说话,我怕我说得越多她越伤心。我没事,想一个人冷静一下。"

杨南犹豫了一下,知道妹妹的性格,于是没有坚持。

正熙大酒店是按照罗马建筑风格设计装修的,建筑的侧面是一排半圆形的阳台,被改造成了吸烟区,可在吸烟区吸烟的人仍然是少数。此时阳光正烈,相比开着空调的屋内,这里温度要高上好几倍,所以来阳台的人并不多。

周友辉走到了阳台,抬头迎着阳光站了许久,忘记了时间。终于,他拨通了熟悉的号码,人生病的时候,第一个想到的是去医院,因为只有医生才知道如何能减轻病痛。对于周友辉来说,受伤的时候第一个想到的是杨小三,因为只有她才能给自己带来疗伤的圣药——笑容。

杨小三看了看周友辉的电话号码,她不得不相信那是心有灵犀,在她正想着打给他时,他已经打了进来。

"在忙什么?"周友辉问。

"跟家人在一起。"杨小三答,"你呢?"

"我也是。"

"那你一定很开心了?"杨小三问。

"那你呢,开心么?"周友辉问。

"不。"杨小三摇了摇头。

"我也是。"周友辉叹了一声答。也许这就是缘分,夫妻间生活久了后会有夫妻相一样,两个相爱的人连心情曲线都这样一致。

"为什么?"杨小三拿着手机下了二楼,穿过长长的走廊,向着远处一抹强烈的阳光走了去,问,"是不是我的缘故?"

"不是。"周友辉笑了笑。

"大概是人心永远不知足,总有欲望。"杨小三答,"所以才会一直被人牵着鼻子走。这些我都知道,也劝自己要向阳光面走,偏偏说着容易做起来很难。"

"今天阳光真好。"周友辉轻轻叹了一声,又抬起头看着头顶的烈日答,"可是,也许是太烈了,多看一眼后,眼前就全黑了,像黑夜一般。"

杨小三答:"曾经我大学的老师告诉我说,若是在夜晚,你站在阳台看着窗外,可以看到满天繁星,也可以看到泥泞的土地。这只是决定你是抬头看,还是低头看。"

周友辉轻笑了一声,长时间看着烈日,眼睛出现了短时间的失明,黑暗中身后传来了脚步声,他本能地回头。黑色渐渐淡去,流光溢彩的光芒中,杨小三出现在了他的眼前,拿着手机,一身洁白的长裙,如落入凡尘的精灵。

心理学家讲过,千万别跟不相信不知晓星座的人用星座来算命。只有当一个人相信了星座,才会依照星座的提示来修正他的性格,专业的术语叫作心理暗示。杨小三不相信缘分,理工科思维头脑一根筋,认为男人与女人能够在一起生活，是一个随机而偶然的机会，是一个概率问题。全国有七亿男人，她只选一个，那每个男人能成为她老公的概率就是七亿分之一。而自从认识了周友辉，她开始相信缘分。缘分真的很奇怪，你越相信了，它来的就越真实。

她想周友辉了，他的电话就来了。想见他了，他就这么出现在了自己面前。那一刻，她什么也不想，奔向他怀里。周友辉伸手将她揽入了怀里，吻就落了下来，忘记了所有的痛。

许久，两人才分开。相互凝视，谁也不愿意说话。周友辉此时才见到了她额头的伤痕，一脸心疼，从包里摸出了纸巾细细为她擦着伤口。

两人身后突然间传来了一声闷响，似乎是一件沉重的东西落了地。转过了头，阳台的门口洁白的一团婚纱，一个女人趴在了地上一动不动。

周友辉一看女人的面容，跟毛琼芳一样的单眼皮，隐约与记忆中的样子重叠，他忙冲了上去，轻轻将她扶了起来，杨小三跟了上来，两人竟异口同声地叫了声"娇娇"。话音一落，两人抬头，相互疑惑地看了一眼，周友辉赶忙又低了头，连续唤了几声。

此时，从远处传来了急促的脚步声，丁聪奔了过来。原来婚礼仪式完后，娇娇觉得胸口很闷，想要出去透口气，丁聪本不放心，可亲戚朋友太多，就让她一个人去了。他等了几分钟后不见娇娇回来，一着急奔了出来。

丁聪刚奔出阳台就看见了杨小三，她正站在一个男人的身后。丁聪一愣，一低头就看到了熟悉的白色婚纱，见地上蹲的男人正抱着周娇娇。此时周娇娇已经昏迷，双目紧闭，嘴唇微张，脸色苍白。丁聪跨了一步上去，推开了周友辉，伸手将周娇娇揽入了怀里："她怎么了，刚才发生什么了？"

周友辉紧锁眉头说："先救人要紧。"

"谢谢了，她是我老婆，我自己会处理。"丁聪一边说，一边用拇指轻轻掐着周娇娇的人中。

周娇娇嘴里轻轻一声呻吟，又没了声音。

"我是她父亲。"周友辉义正词严地说，说完后，他拨打了120。

周友辉的话音一落，杨小三手里的手机落了地，呆了。两个男人同时抬起了头看了她一眼，却没说一句话。

丁聪对着周友辉尊敬地点了点头，心疼地问："她是怎么了？"

刚一说完，长长的白纱上出现了一点红色，慢慢地一圈圈散开，越来越大，血缓缓地从下身流了出来。丁聪失声大叫："娇娇……"

周友辉慌了，手抖得越来越厉害。

丁聪抱起了周娇娇，周友辉跟着走了出去，想起来跟杨小三说一句，可刚一回头，发现她失了魂一般站在原地。周友辉以为她是吓着了，又折了回来对着她说："你先回去，我忙完了再来找你。"

说完，他跟着走了，杨小三身体一松，跪在地上。

走廊上瞬间热闹了，人群一圈一圈地围了上来。

L市顶级会所的西餐厅坐落在L市标志性广场的一角，地王上建起来的一座高耸的六十八层摩天大楼。二楼采用全玻璃三百六十度的景观，靠窗的一个豪华包间里，四个人正优雅地吃着午餐，优雅得让人觉得他们是在表演。

彭惠琴的话不少，起了无数个头，却没有得到在场两个人的响应。刘太太的女儿刘倩果然长得可人，皮肤如羊脂玉一般白净，苹果般的小脸，一双大眼睛，像一个精致的瓷娃娃。彭惠琴越看越喜欢，恨不得明天就把这个外表、家景和学历都满意的人迎回家。

反倒是坐在旁边的周伟志明显表现出心不在焉，他盯着盘子的时间比盯着刘倩的时间要多。

终于，彭惠琴忍不住了，轻了轻嗓子，给对面的刘太太递了个眼神，刘太太心领神会，正想起身找个理由走。

此时，周伟志的手机响了，张敏。他于是冲着母亲和刘太太点了点头，走出了包间。周伟志一出包间，彭惠琴就笑着说："我这儿子啊，就是这工作一天到晚地放不下，什么事都跟他爸爸一样亲力亲为。"

"年轻人有上进心是好的，现在的人很少有这么上进的。"说完，刘太太的手在桌下轻轻碰了碰刘倩的腿。

刘倩优雅地放下了手里的餐具，微微笑了笑："我记得还是十年前在温哥华偶然一次机会见过伟志哥，现在都认不出来了。几年的国外生活磨砺，让伟志哥比起中国长大的那些男孩子阳光，气质上都高了几倍。"

一听女儿这么说，刘太太明白她的意思了。于是递了个眼神给彭惠琴，两个人都站了起来："那我们两人去逛街了，时间留给你俩，年轻人相同的话题多，我们两个就不掺和了，你们好好沟通。"

说完，两人就一起走出了餐厅。

周伟志找了个角落接起了电话，按照他培养起来的习惯接张敏的电话，他没有先开口，直到一个陌生的男声传来："请问你是不是张敏的朋友？"

周伟志一听，竟有些紧张，答也不是，不答又不甘心。于是耗了半天，直到对方不耐烦地补充了一句："你是周伟志么？"

周伟志听了，想了许久才答："是。"

"那就好。"对方像松了口气，"你赶紧来 L 市人民医院一趟。"

"医院？"周伟志一急，像鞭炮一般连问了好几个问题，偏偏一紧张中文就说不利索，乱七八糟说了一通后才发现，对方好像没有明白自己的意思，于是收了心神，问了一句最关键的："张敏怎么了？"

"她在办公室被人打了。"对方回答。

周伟志一听站不住了，冲下了楼，完全忘记了楼上还有一个人，径直上了车，一溜烟就直奔市人民医院了。

A 市的妇幼保健院顶楼，走廊尽头的手术灯终于灭了。没过几分钟，金属滚轮的声音清晰地从门后传来，周娇娇被推了出来，门外坐着的一排人焦急地站了起来。

"娇娇，娇娇！"丁聪喊了几声，没有回应。医生拦住了他："她半个小时后就会醒了。手术很成功，命是保住了，只是……"

丁聪答："没事，只要人没事就行。孩子的事是靠缘分，我们还年轻，以后会有的。"

医生一听，很诧异地看了一眼丁聪，转身对着身边的护士说了几句后，又回了手术室。双方父母觉得疑惑，都抬头看着丁聪，丁聪笑了笑答："没事，娇娇没事就行。"

五个人推车进了 VIP 病房。

周友辉的金卡往医院一压，周娇娇用的都是最贵和最好的。这一切，毛琼芳看在眼里，孩子没了，她最担心的是娇娇的身体。而同样的一切，丁母也看在了眼里，她不止一次惊讶周友辉的出手阔绰，悄悄地拍了拍老伴的手臂。娇娇不是她自己的，孙子没了才是她心里的痛，可一切改变不了，唯一可以安慰的是她能有个这么阔绰的亲家，能让那一直高不成低不就的儿子光宗耀祖一番。

周娇娇没醒，几个人坐在病房里谁也没说话，直到一个小护士走了进来，对着丁聪问："你是病人的爱人吧？请您跟我去一趟冯医生的办公室好吗？"

怕有什么问题，毛琼芳也跟着站了起来："我跟你一起去。"

丁聪忙答："妈，您别急，只是补些签字，医生不是说了吗，一切顺利。您就在这儿，我去了就回来。"

丁聪装出来的轻松表情一出门就撑不住了，整个人像垮掉了般，没走几步头有些晕眩，就蹲了下来。

冯医生见丁聪走了进来，忙将手里一叠的资料递了过来："你先看看，这些都是你签了字的。"

丁聪没看，又放回了桌上。

"切除子宫是你签了字的，当时为了救病人的性命不得已做的。这些事我已经跟你说得很清楚，为什么刚才那么说，你知道，医院也被闹怕了，所以必须要跟你说清楚。"

丁聪听了，竟然笑了笑，泪珠子就落了出来，从没来得及脱掉的新郎衣兜里掏出了几颗喜糖，递给了冯医生："冯医生，今天是我结婚的大喜日子，怎么也得给你几颗喜糖，谢谢你救了娇娇的命。刚才在场的都是老人家，你明白中国的一句古话……您放心，这事我比谁都清楚，我不会责怪医院。"

丁聪走出了办公室。长长的医院走廊，微暗的灯光。他拿了一颗糖放进了嘴里，无滋无味。今天五月一日，他生命中第二段婚姻开始，大概是他做的错事太多了，上帝给了他一个比死更残忍的惩罚，明明确确地让他记住了这个日子，以后每年的这个日子，既是他的结婚纪念日，也是他第一个孩子的忌日。

L市的人民医院骨科手术室外，急匆匆赶来的周伟志见到了坐在长凳上的方林虎，仔细打量着这个穿保安服的陌生男人，他有些疑惑，也无法判断出此人与张敏的联系，又不好开口就问，于是客气地点了点头说："我就是周伟志。"

"你好，我叫方林虎，张姐公司那幢楼的保安。"方林虎答。

"哦。"周伟志点了点头，"张敏怎么会这样了？严重么？"

"医生说没什么事，只是右手臂骨折了，左脚腕有些扭伤。"方林虎答。

"她怎么会这样？前几天都还好好的，是不是她走路摔的？"周伟志问。

方林虎摇了摇头："这事还是您亲自问她吧。张姐嘱托你来了，我就可以走了。现在我该下班了，张姐就交给你了。她心情好像一直不太好，麻烦你要多照顾。"

半个小时后，手术室的门开了，张敏被推了出来，不仅腿上、手上打上了石膏，头上也包上了一小块纱布。周伟志一脸的心疼："怎么搞成这样了，疼不疼？"

医生对张敏说："这一次，验伤报告还是需要做一份么？"

张敏点了点头，医生离去。周伟志一脸严肃地问："什么验伤报告？"

张敏努力笑了笑，额头的伤口有些发疼，说："先推我回病房吧。"

周伟志在张敏的面前蹲下，一本正经地说："你不说，我就去问那个医生，反正现在的医生给钱什么都会说。"

"今早他来过。"张敏答。

"他把你打成这样的？"周伟志一听，胸腔里全是熊熊的烈火，他握紧了拳头，起身就想去找宋林昆。

"他今天收到法院的传票了，所以来找我。"张敏点了点头，很努力地笑了笑说，"离就离了吧，记得前不久我跟一个好朋友说过，我若是离婚一定要搞得轰轰烈烈的，不搞死也得搞残他。如今，我倒是有些羡慕那朋友，她轻轻松松就把那段根本不值得留念的婚离了，多好。相反，我的想法反而害人害己。我现在不求再见是朋友，当个陌生人就够了。"

"刚刚那个小保安救了你？"

"周末公司没什么人，是他巡查时在桌子下发现了我，替我打了电话叫救护车。"

"你怎么不让他替你报警？"周伟志问。

"能有什么用？"张敏答，"更何况是家庭问题。再熬些日子吧，反正离了什么都好了。他以前不是这样的人，书上说过，一个人若是爱得越深，恨得也越深，失去后越发地控制不了自己的情绪。所以，倒是我对不住他了。"

"傻瓜。"周伟志答，"我去找他。"

"你找他做什么，去打一架么？"张敏说，"男人明明知道打架解决不了问题，却偏偏喜欢打架去解决问题。退一万步说，别看着你身材高大，他也练过散打，对你可不像对我，指不定有多少阴招，你打不过他的。"

"你怎么知道我不行？我一直在练跆拳道。算了，既然你这么说了，我随你。我陪着你好么？"周伟志声音柔了下来，"这几天什么都不做了，就留在L市陪你。"

张敏想了想，点了点头。周伟志手机响了，是彭惠琴的电话。他想也没想顺手挂了，电话又打了过来，周伟志直接关了机。

张敏看了看周伟志不耐烦的表情，问："谁打来的？"

"我妈。"周伟志答。

"电话都不接，你真是有了女朋友忘记了娘啊。"张敏此时心里其实不大顺畅，可偏偏在周伟志面前不想表露出来，怕他担心，于是故意用轻松的语调说话。

周伟志听着，眉头皱得紧紧的。

丁聪拖着沉重的身体，慢慢地走回周娇娇的病房。快到时却看着白色的木门深吸了几口气，努力地调节好情绪。丁聪明白母亲的性格，她心疼儿子更心疼孙子，如今孙子说没了就没了，他如果再皱眉头，母亲嘴里的话不用想也能猜到。

许久，他终于调节好，挤了些轻松的笑容，伸手推门。门刚露了一条缝，一个刺耳的撞击声传来，丁聪明显地感到有东西撞在了门板上。紧接着，碎玻璃碴子从门缝里滚落了出来。

丁聪心里一紧，急忙地拉开了门。门一开，周友辉站在那里，正伸出去手本能地去阻挡扔过来的物体，一见丁聪进来，侧着身走出门。丁聪看他高举的双手已经被利物割伤了，血口子很深，血流了下来。周友辉高举的双手挡着眼前，手腕上明晃晃的奢侈手表让丁聪觉得似曾相识，正想问，周友辉转身推门离开。

丁母一脸震惊地看着大门，见丁聪进来，这才递了一个怪异的眼神。娇娇已经醒了，哭得跟泪人一样，丁聪忙坐在床边，轻声安慰："老婆，老婆，别哭，别哭，孩子是个缘分。他去了，是跟我们没有缘分。你现在刚做了手术，身体重要知道吗？你刚刚做了手术，不能用力，伤口要是裂开了，该怎么办才好？若是刀口恢复不好，会很难看的。"

听丁聪这么一说，周娇娇转成了一阵阵的抽泣。丁聪看着难受，竟顾不得众人在，眼泪跟着落了下来。周娇娇抬头看着丁聪，哭得更厉害了。

毛琼芳偷偷地转到一边，擦了擦眼角的泪，本想着安慰女儿几句，可话还没有说，又扭过了头。调整了许久，总算平复了下心情，转过来的一刻，刚好见着丁母跟儿子递眼色。

于是，毛琼芳轻声说："你们先出去吧，我跟娇娇谈一会儿。这么多人在这里，一起陪着伤心，她的心情怎么会好起来？"

丁聪见母亲不停地冲自己眨眼，只好点了点头，跟父母一起走出了病房。

刚出病房，丁母就将丁聪拉到了一边："儿子，他们家是怎么回事？"

丁聪心里此时不好过，见母亲不关心娇娇的身体，反而关心起了她家的家事，有些火，但又不敢对母亲撒气，只好耐着性子答："妈，现在娇娇身体重要，其他的事以后再说。"

"怎么能以后再说？"丁母一本正经地说，"一开始我就不同意这桩婚事，后来我同意是冲着我的孙子去的。现在孙子没了，家境什么的当然要好好琢磨了。她爸一看就是个有钱的人，儿子，这是个好机会啊，对你的前途肯定是有帮助的。偏偏这个孩子心里不知道在想什么，她睁开的第一眼就直直地看着她爸，那眼神凶得像要把她爸吞了一般。后来，她妈喊了几声，她才收了眼神，问孩子没了？她妈点了点头，她竟然异常冷静，说口渴要喝杯水，于是她妈赶忙递了上去。谁知刚一递过去，她就向她爸砸了过去。儿啊，他们家到底有什么问题？这种家庭环境下长大的女人，怎么能进我们丁家，妈心里没谱啊。"

丁聪一听，心里的火怎么也压不住了，直接回了一句："妈，我跟三儿的离婚证已经办了，跟娇娇的结婚证已经领了，生米早就煮成熟饭了，我自己选择的，是好是坏我都认了，您就别再操心我的婚事了。"

丁母见平日里乖巧的儿子竟然敢顶嘴了，一怒之下，嗓门儿一下就大了，也顾不得在医院走廊，就吼了起来："妈都是为你好，现在人大了就不听妈……"

丁父走了上来，将丁母拉走。丁聪低着头坐在走廊的座椅上，思量了许久。为什么娇娇一醒来，对待周友辉竟然会有如此强烈的态度？娇娇不喜欢她的父亲，这个丁聪知道，但厌恶竟然达到这种的程度。丁聪细细地回想了今天上午的那一刻，他到阳台时，娇娇已经躺在周友辉的怀里昏迷了。那一刻到底发生了什么？而且杨小三也在？还有就是他手上戴的表，如此名贵，他应该没有见过才是，为何如此熟悉，好像在哪里见过？

想了许久，丁聪心里的问号越来越大，他坐不住了，推了门又走了进去。此时，娇娇的情绪已平复了许多，毛琼芳见丁聪走了进来，放下了手里的碗，说："亲家回去了么？"

丁聪点了点头。

"今天发生这么多事，也让他们二老累着了，真对不住。刚才我们家的事，让他们见笑了。"毛琼芳轻声说，"你多跟他们解释下，娇娇今天心情不好，希望他们能够理解。"

丁聪刚才见着母亲的眼神，知道毛琼芳的意思，愧疚地点着头："妈，他们没什么的，庄稼人直爽，但不会往心里去。您也累了，要不回家休息？"

丁聪双手握着周娇娇的右手，轻声说："老婆，今天是我们的大喜日子，我还忘记了跟你说一句重要的话，不知道现在说迟不迟。"

说完，吻了上去。周娇娇睁开了眼，看着丁聪。

"我爱你，老婆！"

两人竟都落了泪。

当杨南找到杨小三时，她已经蹲在阳台一角一个多小时了，全身缩成了一团，明明在烈日的阳台下却像在寒冬中发抖。杨南唤了好几声，见她竟然没有任何的反应，于是轻轻用手推了一推，杨小三摇晃了几下，杨南将她搂入了怀里。

"怎么了？妹子，你别吓哥，妈的气已经消了，她已经知道了不是你的原因，大哥已经解释了，要我来找你回去。"杨南说。

杨小三躺在杨南的怀里，像无骨的蚯蚓。许久，她终于有了些力气："哥，送我回家。"

"妈和大哥在楼上等着你开席，有二哥在，没什么。"杨南见杨小三这种反应，也吓坏了，这么多年他从未见过这个坚强的妹子如此神情。

"送我回家。"杨小三重申了自己的要求。

"三儿，"杨南说，"三儿，你听我说……"

"送、我、回、家！"杨小三用尽了全身力气，疯了一般吼出了四个字，引得周围人探出了脑袋。杨南意识到她的情绪失控，赶忙点头应着："好好，我马上开车送你回去。"

两人下了楼，杨南执意去取车，杨小三也没坚持。杨南去了停车场，趁机给杨东去了个电话。然后将车开到了酒店门口，杨小三说了地址。这是杨南第一次知道她的新住址，有些吃惊，那是A市的富人区，能住那里的非富即贵。本想着再问几句的，想了想终没有问出口。

半个小时后，到了一个豪华的小区门口，杨南再也憋不住了问："三儿，你确定是这里么？"

杨小三这才改变了僵硬的姿势，点了点头。

杨南将车开进了小区，小区的保安熟稔地看了一眼熊猫车，按动了开关。杨南从保安的态度已经肯定，杨小三是住这里。车进了小区，宽敞的林荫大道，错落的名贵花草，眼见一辆一辆豪车泊在路边，杨南心里刚刚肯定的答案又被推翻，提心吊胆地问："真的是这里？"

"前面，右转。"杨小三的声音低沉，没有一丝情感。

车快到住地时，杨小三低头从包里摸出了开关按了按，前面的车库门缓缓升了起来，杨南开着车驶了进去，五十多平方米的车库里停着一辆蓝色的牧马人。杨小三下了车，说："哥，我想一个人冷静冷静，你回去吧。"

看到这样令人震惊的情况，杨南怎么还会走？短短几分钟，他已经将从中彩票到杀人放火所有可以瞬间发财的方式细细想了一通，他跟在了杨小三的身后。

车库的尽头是电梯，杨小三默默走了过去，按了开关，身体斜靠在柱子上。

"三儿，这是怎么回事？"杨南厉声问，"这里的房子，两百万拿不下来吧，还有这辆车好几十万！你哪里来那么多钱？"

"借的。"杨小三抬了眼皮，看着焦急的杨南。

"借的？借谁的？借了多少？哥知道你不是爱慕虚荣的人啊。"杨南一听，更急了，双手抓住杨小三的双臂。

"已经还了。"杨小三答。

"还了？什么时候？"杨南问。

"刚才。"杨小三的脸上总算有了些表情，她耸了耸肩。

"怎么还的？你哪里来那么多钱？"杨南不死心，继续问。

"哥，让我静一下好不好？"杨小三答，"求你了。"

一个"求"字，杨南听着格外刺耳，这是三儿第一次讲。从来嘴上就没服过输的妹妹，定是受了什么刺激，这种刺激绝对不是母亲的那句话能够做到的。于是杨南叹了一声："我不放心你。"

"哥，我没事。祸害活千年，我肯定死不了的。"杨小三答。

"傻瓜。"杨南亲昵地骂了一声，"今晚哥哪里也不去，就陪着你。你跟他离了快半年了吧？离的时候就应该知道他肯定会再娶。只能说我们运气不好撞上了，不过你迟早要面对现实。这种男人就别想了，不值得。"

杨小三笑了笑："哥，我早不想了，他的名字我都快记不住了。"

"哥不信。"杨南答。

电梯来了，杨小三按了仅有的一个楼层数字：五楼。一分钟后，杨小三开了门，杨南走了进去，就被豪华的装修震住，仔细地看了好几分钟。等他反应过来时，杨小三已经上了楼。

"哥，你招呼自己吧。"杨小三消失在了楼梯尽头。杨南见状，立即将衬衣的袖子一挽，每个角落和抽屉，一点蛛丝马迹都没有放过，地毯式地搜寻。找了许久，杨南躺在了沙发上，没找到一件能够证明房间主人的东西，照片、笔记一个没有，这让杨南心里的疑惑更浓了几分。

杨东的电话打了过来，有些焦急地问："三儿怎么样？"

杨南思索了几秒答："还好，妈呢？"

"妈还好。刚才还唠叨三儿怎么不回去，晚饭把三儿带回来吧。"杨东说，"妈只是怪我们这么大的事竟然瞒着她。待会儿吃饭的时候让三儿多说几句好话，也就没什么事了。"

"哥，这事不能着急。"杨南答。

"怎么了？"杨东一听，紧张地问。

"三儿的情绪不太好，我想倒不是妈的原因，我下楼的时候，在婚礼礼堂外的阳台找到了她，她脸色一直不好，怕是因为今儿撞见了那男人的婚礼吧。"杨南刻意隐瞒了后来看到的一切，他觉得事情来得突然，若是贸然地告诉了杨东，怕又要引起一场轩然大波。

电话那头一阵宁静，杨东妥协了，点了点头："那你看着点三儿，这事也不宜拖久了，明天三儿一定要回来。"

杨南默默看着楼梯，一直乖巧如一弯清水的妹子，什么时候也开始有了自己的故事？

出了医院，周友辉才发现，天已经差不多黑了。一场阵雨过后，潮湿的大街，闷热的天气。周友辉降了车窗，点了支烟，烟抽了一半，手伸出了窗外抖了抖烟灰。他的胸口微微发疼，几乎要花去全身的力气去抵御那种疼痛。他想着自己的疗伤药，却每想起，胸口就越发地疼痛。发动机已经启动，等待着主人的命令，而此时却无奈地停在路边许久。

终于，周友辉掐灭了烟头，转动了方向盘。他想着她，那任何大师都无法调出色彩来的空灵眼眸，那想破脑袋也无法破解的活泼语调。车慢慢地滑动，直到手机响了。

"在哪儿？"彭惠琴问，"什么婚礼到现在还没有完？我刚打你的电话为何不接？你们父子今天都吃错药了，有没有把我放心里……"

喋喋不休的声音一直持续了十分钟，周友辉一边听着一边开车，脸上静得像潭死水，可车速却在不停攀升。

突然间，彭惠琴的声音停了，一个急刹，周友辉的头撞在了方向盘上。

电话静得厉害，彭惠琴的声音传来："你怎么了？"

周友辉抬头看着右侧头顶的反光镜笑了，笑得很难看，他声音低沉，尾音却拔高："婚礼出了点事，所以耽误了。"

一句话从嘴里出来，像是一把尖刀扎入了心窝，一种疼灭了另外一种疼。周友辉觉得胸口反而没那么疼了。

"出了什么事？"彭惠琴听出了周友辉的口气有些不对劲。

"没事。"周友辉说，"婚礼上人多，闹腾得厉害，所以一直没接到你的电话。"

他觉得这种感觉很好，于是毫不客气地又给了自己一刀。

彭惠琴点了点头："儿子越来越不像话了，今天跟他一起去 L 市见刘总的女儿。刘总女儿刘倩真是个标致的人啊，我一看就百分之百满意啊。可你猜儿子做什么了，我跟刘太太前脚刚走，他竟然就丢下人家女孩子走了，一句话不说，我打电话竟然一直不接，可急死我了。"

"有这事?"周友辉问。

"儿子这么大了,我还第一次见他这么失了分寸,我都不知道怎么跟刘太太交代。"

"我这就回来。"周友辉挂了电话,车子一个三百六十度的转弯,也不顾双实线,直接掉了头。

晚上九点多,丁母利落地熬了鸡汤,拎着保温瓶挤着公车来到医院,养了许久的母鸡本该给孙子补营养的,现在却是补儿媳妇的身子,心中难免有些窝火,脸色难免难看。做婆婆的,本身就是个纠结的矛盾体,很多心思是私心,可表面上要装成是爱心,结果弄得自己与别人都别扭。

快走到病房门前,丁父看了丁母的脸上,实在是有些看不过去了,于是将保温瓶接了过来,说:"事到如今,你也别想太多了,儿子、儿媳妇都还年轻,有的是时间。"

丁母说:"本以为明年就能抱孙子了,还特地找人算过了是一个男孩。没想到竟是这样的身体,连个孩子也保不住。之前听儿子说起这门婚事,我就反对。"

丁父听了,摇了摇头说:"都这样了,你就少说几句。你这样子,亲家看见了会怎么想,你不为他们想,也得为儿子想想。"

一听到儿子,丁母总算勉强收了点愁容。

门内,儿子脸色有些苍白,毛琼芳低头正看着娇娇。

"亲家,我们熬了点鸡汤。自家养的下蛋母鸡,营养那个好啊,正好给娇娇补补身子。"丁母说。

毛琼芳赶忙将保温瓶接了过来:"您看您,真是麻烦您了。"

自家的母鸡够肥,鸡汤上面一层厚厚的油。毛琼芳当着二老也不好说什么,拿了一个碗,仔细将油捞了出来,剩下的鸡汤才用另外的碗装起来。

丁母一看不乐意了,庄稼人节俭惯了,而且认为鸡汤的营养就在这油里,鸡越好这油水就越足。本来就心疼这下蛋母鸡,见毛琼芳浪费,哪里还忍得住,忙说:"我这鸡都是自己养的,没有吃任何的饲料,这油可是好东西,怎么能不要了呢?"

"这油胆固醇高,平日里我们家炖鸡,油不会要的。况且娇娇现在身体弱肠胃不好,还是不吃好,而且鸡的营养全在汤里,不浪费的。"毛琼芳答。

"你那种鸡,怎么能跟我养的鸡比?"丁母听了,大着嗓门儿毫不客气地回了过去。丁聪一听,赶忙起了身,连哄带拽就把母亲拽出了病房。

"妈,你就少说两句。"丁聪说。

"我说得有错么?城里人这么清高?我这个鸡……"丁母滔滔不绝地讲了起来,直讲到丁聪脑袋一片空白,耳边轰鸣,终于耐不住了,大声地打断了母亲的话:"妈,儿子很累了,您能不能站在儿子的立场上想一想?"

丁母一听,愣住,嘴巴张得老大,许久,转身进了病房,几分钟后,拽着丁父走了出来,看了一眼正站在走廊上抽烟的丁聪,转身离去。

L市的医院,繁忙了一天的地方总算安静下来。周伟志守着张敏,她终于睡着了,即使睡着,也是眉头紧锁。

周伟志轻轻起身,推开门,从包里摸出了手机,打算找一个理由给母亲解释,刚一开机周友辉的电话就打了进来。

"爸爸。"周伟志客气地。

"终于舍得开机,舍得接电话了?"周友辉问。

"有点急事,不便接电话。"

"你啊,又不是不知道你妈的脾气。"周友辉说,"现在在哪儿?什么时候回家?"

"爸,我今天不能回家了,我来L市了,有点急事,会在L市多待几天。"周伟志答。

"出了什么事?"

"一个朋友病了。"周伟志想了想答。

"朋友?"周友辉反问。

周伟志吞了吞唾沫,似乎不是在回答周友辉的问题:"以前不明白爸的心思,现在突然间明白了。爸,您说爱重要,还是理智重要?"

周友辉呆住。不远处的路灯昏黄,参差树木的阴影落在了他没有表情的脸上,他停了车,许久心中才有了答案,说:"有理智才有这个世界一切的荣耀,但没了爱,荣耀又有何用?"

"爸,你没有回答我的问题。"周伟志很耐心,这个回答带着周友辉的睿智,却不是他要的答案,"爸选的是荣耀么?哦,对,我好像忘记了一个重要的条件,还有根时间轴对吧,时间不同选择就不同。"

"我现在马上回家。"周友辉的声音冷得厉害,头脑也注入了寒冰般的冷静,"我还有半个小时到,来我书房好好谈谈。"

"爸,这几天恐怕不行。"周伟志回答得很干脆。

出人意料,周友辉没有发火,而是用平淡的声音说:"那等你回来了再说,赶紧给你妈打个电话解释一下,该怎么说不用爸爸教你了吧?"

挂了电话,周友辉不知为何又连续叹了好几声,心里寻思着老祖宗留下的话很有道理,喜不成双,祸不单行。娇娇的孩子,自己的外孙子,说没就没了,她难道看到了自己跟杨小三在一起?但思来想去,这么多年周娇娇早不把他这个父亲放在心上,又怎么会把这种事放在心上?刚才在医院,她那歇斯底里的举动,明显在发泄对他的不满。

那个孩子,是因他而没的。周友辉脑海里一瞬间闪过这个念头,寒气从脚底窜了出来,他浑身抖得像筛糠,赶忙将车停了下来,手抖得几乎抓不稳烟。

接二连三抽了几支,心情总算是平复了下来,又发动了汽车,缓缓行驶在马路上。哲学家讲过不能用现象去解释现象,那只是个偶然,绝非必然。除非他能够听到周娇娇亲口讲。想到这里,他拨通了杨小三的手机。

关机。于是车子转弯,向着杨小三的住处奔去。

电话又响了,毛琼芳的。周友辉一句"琼芳",两人的距离瞬时就又远了几丈。

"小丁说,他见到娇娇时,她跟你在一起。你们到底发生了什么?我刚问娇娇,她咬着唇却什么也不说。如果……我说如果,娇娇的孩子是因为你而没有的,你欠我们母女的几辈子能还清?"毛琼芳问。

"不管你信不信,我发现娇娇的时候,她已经倒在地上了。"

"这个我们先不说,我不是告诉你么?婚礼你别来了,娇娇有身子,急不得。你又为何来了?"毛琼芳问。

"娇娇也是我的女儿,作为一个父亲,我只是想在后面看看这场婚礼,无论曾经怎样,我到底是她的父亲。"周友辉答。

"你们当真没有争吵过?"毛琼芳问。

"这个，你可以去问问旁人。"周友辉明白，周娇娇晕倒时，只有他和杨小三在场，为了良心，他为自己做了辩解，说，"事到如今，我心里又何尝不痛？女儿一醒来就把我赶出病房，我心里何尝好受？你电话一来就责骂我，我心里是何滋味？我是人，即便一身荣华，即便手握权力，我也是人，一个做过错事的前夫，一个不称职的爸爸，一个人赎罪需要机会，可你们二十多年了，何尝给我一点机会？一个人背负着内疚而没有赎罪是很累的，我知道娇娇在惩罚我。我一直以为我能扛的，只要你们高兴，可现在……"

周友辉说不下去了，一个急刹车，停了下来。

电话的另一头一阵宁静，许久，挂断了。

又有电话打了进来，周友辉觉得精疲力竭。随着阅历的增加，人会很容易地戴不同的面具，父亲的、丈夫的、老总的……且收放自如，可如今，周友辉才发现戴面具原来是个力气活儿，他没了力气："我在路上，快回来了，有什么事晚上再说。"

"晚上？现在几点了，还不是晚上？儿子现在是脾气大了，你也给他撑腰，刚给我打电话，你猜他怎么说，他说是你同意了的。"彭惠琴说。

"是我答应的。"周友辉没喝一杯酒，突然间却有了酒胆，"他多大了？二十四了，还是你怀抱里的婴儿么？由着他吧。"

"有你这么当爹的……"彭惠琴喋喋不休。

周友辉竟然打断了彭惠琴的话："今天我不回去了，去山上住一宿。"

周友辉抬头看着十字路口 LED 的显示屏上跳动的数字，忽明忽暗的路灯下，一滴一滴的雨点开始落了下来。十字路口对面，灯火正明的十层建筑，正是两个多小时前走出来的地方——A 市妇幼保健院。繁华的大街，熙攘的人群，他竟花了两个小时徘徊在了他人生的十字路口。雨越下越大，向东还是向西，他茫然不知所措，最终，车子向南面山上驶去。

第三章
欲罢不能欲罢不能

丁聪好说歹说才将毛琼芳劝回了家。她一个人张罗了一场婚礼，加上出了这么大的事，身体早有些熬不住了。周娇娇还躺在病床上，丁聪只将毛琼芳送上了出租车，就匆忙折了回来。

周娇娇已经醒了，眼睛直愣愣地看着窗户，黑色的眸子特别深。

丁聪此时兜着的事太多了，可有件事却不得不说，刚才毛琼芳问起周娇娇在阳台上是否跟她父亲有过冲突时，从周娇娇咬着牙一言不发的反常态度，丁聪已经猜出了阳台上必定发生了什么事。周娇娇这么快醒了，也许她根本就没有睡着。想到这里，他再也憋不住，于是问："老婆，阳台上发生了什么？为什么杨小三也在那儿？"

话音一落，周娇娇眼神中闪过了一丝暴戾："这是最后一次，以后不准再问我！问一次，我急一次。"

"娇娇！"丁聪一脸的担忧。

"我很累，不想听了。"周娇娇转过了头，又直愣愣地看着窗外。

许久，丁聪一声长长的叹气。

"没了孩子，你在怨我？"周娇娇的声音幽幽传来。

"娇娇，你想哪里去了。"丁聪答。

"你都没有正面回答我的问题。"周娇娇笑了笑，"人的第一反应就是你真实的反应。你能告诉我，你离开她是因为我，还是因为我肚子里你的骨肉？"

"你身体能恢复才是最重要的。"丁聪答。

周娇娇一听，笑了，苍白的脸上竟显得有些诡异。她的声音无力，比往日显得柔弱了几分,她说话很慢,却让人听着胸口微微发疼:"我记得第一次见到你的时候是在一年前,我跟朋友一起去学校看望老师,途中路过教室,那是个秋天,风很凉,已经过下班的时间,走廊上一个人都没有,我听到了你的琴声……很美,很美。"

"娇娇……"丁聪轻轻吻了吻她的额头。

"你老实告诉我,我们还会有孩子么?"周娇娇突然问。

丁聪一听,全身僵住。他弯下了腰,用脸颊轻轻蹭着她的脸颊,低语:"孩子是上天给的,有没有是缘分。"

话音一落,丁聪感觉到了脸颊一阵湿润,周娇娇落泪了。女人,即使有钢筋铁骨,即使有铜墙铁壁,终究逃不过一颗玻璃心。

杨南躺在高档羊绒编织的沙发上,松软的质感让人一倒下就睡着了。直到手机响起,他轻声问:"这么晚还打来?"

"我也刚回来不久。"方林虎说,"上次你跟我说起的叫张敏的,你妹的朋友,今儿一早,我在她办公室救了她。"

"她怎么了?"杨南问。

"我也不太清楚,按照惯例去楼层查看的时候,发现门开着,屋里像被人打劫过,我正打算报警,发现她倒在地上,一地的血。我当时就慌了,要报警,她却拦住了我,让我给一个男人打了电话,然后我送她去了医院,没多久,那个男人就来了,挺年轻的,一脸斯文。"

"张敏人怎样了?"杨南问。

"人倒是没事,好几处骨折了。"方林虎答。

杨南低头想了想说:"张敏是我妹最好的朋友,不过我妹最近日子不好过,这事暂时别告诉我妹。张敏父母都在外地,你就多个心照看着。她老公没在身边?"

"不知道,好些日子没见到她老公了,倒是今天来的男人对她挺体贴的。"杨南一听,心里有谱了。

杨小三躺在床上,本以为会睡不着,寻思着找一瓶浓烈的酒灌下,好什么也不想,第二天醒来就当一切都没有发生过。可事与愿违,她一上床竟然就睡着了,第二天醒来时已经是早上八点,头疼得像要裂开了般,明明滴酒未沾,却有宿醉的感觉。

  杨小三躺在床上，胃里很空，隐隐有些发疼。本打算起床，却又像要睡过去了一般。手撑着床下了地，才发现人像是在水里泡了一般都化成了水。

  杨小三下了楼才发现，杨南横躺在沙发上睡得正香。她轻声唤了声哥，没有反应。于是，拿起了沙发一头的抱枕丢了上去。

  杨南从沙发上弹了起来，看了一眼杨小三，长吁了一口气："你醒了啊，吓我一跳。"

  "哥，昨夜没走啊？"

  "走？我哪里敢走，你那个状态，加这么一个销金窟。"杨南说，"我昨天就想问你了，这是怎么回事？"

  "朋友的房子借给我住。"杨小三答。

  "昨天你可不是这么跟我说的。"

  "我说什么了？"杨小三答，"饿了没有，我给你煮一碗面。"

  杨南一听，把手里的抱枕丢给了杨小三，一脸严肃地说："先坐下来，问题交代清楚了再走。你心里兜着些什么事说出来，别把哥当外人了。"

  杨小三抱着个抱枕，慢慢坐了下来，头埋在了抱枕中间。

  "我找了个男人。"杨小三总算吐了一段话。

  杨南不答，继续看着她。

  "他有老婆孩子。"杨小三嘴里又吐了一段话。

  杨南也不答，眉头紧锁，继续看着她。

  "他大我十八岁，有个女儿跟我差不多年纪。"杨小三的身体微微发抖。

  杨南神情严肃，紧咬着下唇，一动不动地看着她。见她不再说话，于是叹了一声："你平日里的大道理一套又一套，怎么会这么糊涂？做小三啊？我知道与丁聪离婚你心里不好受，但是也不能这么自暴自弃啊。这房子，这装修，这电器，真的是你想要的？你若是真想要这些，哥不拦你，妈那边我担着；你若不是求这些，马上跟我走！"

  杨小三笑了笑，摇了摇头："你既然这么了解我，为何还这么问？"

  "你爱上了那个男人？"杨南一惊，问。

  杨小三默默地点了点头。

  "那你怎么打算？"杨南说，"我说将来？做小三没将来，除非你能狠下心来。你能么？而且即使有一点，你真的转正了，你真会幸福？"

杨小三不答，许久，动了动有些僵硬的身体，摇了摇头说："哥，做这种事会有报应的，我知道错了。"

杨南听着，一脸心痛地到了三儿的身边，说："傻瓜，既然做不了，就别做了。天底下的好男人多得很，我的妹子这么优秀，不怕找不到更好的。这事过去了，睡一觉全忘记了。我们现在就收拾东西走，跟他划清界限，钱再多也买不了幸福。"

"哥！"杨小三眼圈红了。

"怎么了？"杨南慌了，说："自从爸去世后，我就没见着你哭过，你别吓哥了。"

"哥，昨天的婚礼，我见到了他女儿，她站在丁聪的身边，穿的是洁白的婚纱……"杨小三声音微微颤抖。

杨南一愣，嘴巴张成了O型，许久，他回了神，问："换句话说……"

杨小三竟笑了笑，答："我成了丁聪的后备丈母娘，还是地下的……"

一早，山中下起了一场大雨。雨中一阵浓雾，彭惠琴抬头，浓雾的别墅只能依稀地看到一角，她很少来这里，一个鸟不拉屎的地方，道路又窄又破弯道又多，几乎要一个小时才能到。她永远无法理解周友辉每次花费大量时间精力来这里的理由和心境。停了车，彭惠琴扭着腰耐着性子按了几次门铃，没人应声。于是，又回头走回车库，确认了周友辉那辆迈巴赫。

彭惠琴拨打了周友辉的手机，循着声音发现，手机正安静地躺在周友辉的副座座椅上。她心里一恼，挂了电话，径直走到了别墅大门，掏出了偷偷备下的钥匙开了门。刚一推开门，浓烈的酒味就传了过来，夹杂着呕吐秽物的味道。

客厅茶几上，放着各色的空酒瓶，周友辉躺在地毯上，一只脚在地毯上，另外一只脚搭在沙发上，嘴角还泛着白沫，地毯上一摊秽物。彭惠琴一见慌了，也顾不得难闻的臭味，抓着周友辉的肩膀拼命摇了几下。

周友辉依旧昏迷，嘴边的白沫又呕了出来，彭惠琴一声尖叫，慌忙打电话叫了救护车。

半个小时后，救护车就到了，当一大堆仪器绑定在周友辉双手双腿上时，他似乎醒了，微微张开眼，瞳孔慢慢地聚焦，看到一片流光溢彩不停转动的光，他努力抬起了手，手立刻就被人握住，暖暖的。他笑了笑，嘴里好像说了一个字，而下一刻又失去了知觉。

一大早，毛琼芳就来了医院。丁聪坐在床边，正趴在床头睡着。周娇娇见母亲进来，正想动，毛琼芳赶忙上前一步："你别动。"

周娇娇轻声说："他一夜没睡，刚睡着了。"

毛琼芳满意地点了点头，将保温瓶放在了桌上："用枸杞炖了点鸽子，趁热吃吧。"

"妈，一大早的，您就熬好了汤，"周娇娇问，"昨夜没睡么？"

"怎么睡得着啊。"毛琼芳叹了一声，手机响了，一个陌生的电话号码。想了想，拿着手机走出了病房。

"喂，你找谁？"毛琼芳问。

"我找的就是你。"彭惠琴不客气地答，"我的声音不会听不出来吧？彭惠琴，不认识了么！"

"你有什么事？"毛琼芳没好气地问。二十年前对方的嚣张跋扈，她已经领教过了。

"有事？你说什么事？昨日我家老周可是高高兴兴、好胳膊好腿去参加婚礼的，昨夜一宿没回来，一早我在半山别墅发现他的时候，他就躺在地上，一个人喝了十多瓶酒，现在还在医院躺着。"

"他不是你男人么？"毛琼芳一听周友辉出了事，想起昨夜自己给他的电话，心里一紧，看来真伤得他不轻，心中多了些愧疚，可偏偏又见不得彭惠琴趾高气扬的态度，于是口气硬了起来，毫不客气地回答，"你自己的男人自己看着，问我做什么？再说了，昨日我压根儿没让他来参加娇娇的婚礼。"

"那你们昨日到底做了什么？他现在还在手术室，你好好地解释解释！"彭惠琴问。

"我为什么要跟你解释？我跟他是什么关系？当时你的约法三章我还记得清楚。"毛琼芳答，"一纸协议你定的是终身，你忘记了？"

彭惠琴像被人扇了一耳光，久久无法释怀。她匆忙又拨通了电话，见电话通了，连忙开口："你敢挂我的电话了？你的房子、你女儿当年上大学的学费，还有你们家那套老宅子，哪一分钱不是用的我彭家的钱？老周没事还好，有事,我要跟你那不知天高地厚的女儿没完。"

说完,不等毛琼芳说话,挂了电话,胸口的气总算是顺了。

毛琼芳将手机放进了包里,无奈地笑了笑。二十几年了,她的性格还是这样,看来老周这些年的日子也不好过啊。他是一个会隐忍的人,什么事都憋在心里,每次见着他都如见着一潭深不见底的湖水,但一颦一笑,怎么看都是无奈。

丁聪正在给娇娇喂汤,毛琼芳走了过去,将碗接了过来说:"你回去休息吧,也累了一宿了。"

刚说完,娇娇开口了:"你还是回去休息下,换一件衣服吧。"

这一句提醒了丁聪,他才发现为婚礼而特意定做的新郎服如今已皱巴巴的,新郎胸花依旧还别在胸口上,此时看来竟格外刺眼。

丁聪刚一出房间,眼泪就没用地落了下来,一直冲到了走廊尽头,压抑地一吼,拳头结实地挥在了钢筋水泥的柱子上。

L市的医院,这一夜张敏睡得很熟。她已经忘记了多久没有这么优质的睡眠了,周伟志一直守在自己的身边,让她觉得世界格外地宁静。一睁眼,发现天已经亮了,清晨清澈的阳光落了下来,他正趴在床头睡得正熟。张敏伸出了没受伤的左手,刚接触到他柔软的发尖,周伟志的手机响了,他从梦中惊醒,第一眼看见了张敏,笑了笑,上前轻轻吻了吻她的前额:"醒了?"

张敏幸福地点了点头。周伟志低头看是彭惠琴的电话,本想着挂断的,张敏说道:"接吧,别因为我把家里的事给耽误了。"

"妈。"周伟志睡得不好,嗓子有些发哑。

"在哪儿?"彭惠琴厉声问。

"L市。"

"马上给我回来。你爸病了,现在还没有清醒。"彭惠琴说。

"爸病了?"周伟志一听急了,"什么时候的事?昨日电话里还好好的。"

"回来再说。"彭惠琴下了命令。

周伟志一脸的担忧,张敏知道他在担心自己,于是关切地说:"你回去吧,我没事,你放心。等出院了,我就去A市找你,好不好?"

周伟志勉强点了点头,嘱托了几句,才出了病房,仍旧放心不下,嘱托了护士几句,这才离去。

丁聪走到了公交站，才有了些心思细细想着这二十四小时内发生的事，杨小三为什么会来参加自己的婚礼？娇娇为什么会在她面前昏倒？为什么那个自称周娇娇父亲的男人也在场？为什么娇娇醒来第一件事情会把杯子扔向这个她不肯承认的父亲？还有最重要的，以他对周娇娇性格的了解，为什么事后，她对昨日的事只字未提？这样想着，丁聪心中的疑惑越想越大，于是不等公交车，招了辆出租车直奔正熙大酒店，找到了那日负责礼堂的领班。

"我想问问，昨日是否见到阳台发生了什么事？我老婆昏迷了，我想知道到底发生了什么。"

领班一听笑了，答："今天一早就已经有人来问过我了。"

丁聪一听，更加疑惑："你怎么回答的？"

"昨天婚礼刚结束，走廊上人很多，天热，压根儿就没人会去阳台，我路过时好像见两人在，好像是一男一女，应该是对情侣，挺亲热的。后来就听见有人在喊出事了，等我从礼堂走出来时，阳台上已经挤满了人。"

丁聪听了，点了点头："你看清楚那两人长什么样子吗？"

"这我就没有留意了，你知道的，那一天两对新人婚礼，哪记得住这么多面孔。"

"对了，你今儿早不是说有人来找过你么，那人长什么样子，问了些什么？"

"哦，一个男人，身材瘦小，只是问昨日婚礼发生了什么事。"领班答。

丁聪走出了酒店，疑惑又深了几分。情侣，一男一女？周友辉跟杨小三认识？想到这里，他的头摇得跟拨浪鼓一般，这是他最不愿意看到的结果。车一路走着，丁聪看见街角一个巨大广告牌，外国男人戴着一块手表，背景同样是一块缀满钻石的手表。一个念头在他脑海一闪，他痛苦地摇了摇头。

到了家，他敲开了门："妈，你见过娇娇的爸吧？"

丁母一脸疑惑，点了点头。

"我记得你说过，他是哪个公司的老总？公司叫什么名字？"丁聪问。

丁母抓了抓头皮："哦，想起来了，名字很怪，对了，好像叫巨人。"

丁聪心里一紧。他早该想到的，难怪那天母亲提起的时候，他会觉得名字特别的熟悉。巨人公司，杨小三的公司。难道他们真有一腿？那一刻，丁聪觉得要癫狂了,不会是真的,她不是这样的人,更不会用这种方式报复自己。他一定要把这事查个水落石出。

距离五一劳动节已经过去了三天。杨小三的电话没有因为周友辉响起过一次。一大早从车库里开出熊猫车后,杨小三停了车,看着蔚蓝得没有一丝云彩的天空,发了好一会儿呆。她给了二哥承诺,一个星期的时间离开他。眨眼过去了三天,他没有一个电话,杨小三也舍不得给他打一个电话。离开两个字,即使她头脑酝酿了千百次,但终究说不出口,于是她给了自己一个很好的借口,他不打电话,她就不说。离开不需要轰轰烈烈说出来,就这么默默淡了,挺好!

直到杨小三前脚踏入了办公室,后脚听到了消息,才明白为什么他没有一个电话。刘秘书说,他病了,历史上第一次因为身体而没能来上班。二十多年兢兢业业的他,说倒下就倒下,随即公司因为他的倒下乱成了一锅粥。

彭董亲自来公司主持工作,一窍不通的她,几乎把所有的副总折磨得几近崩溃。就因为这样,秘书们都忙碌了起来,每个人几乎都没有时间聊天。如今才知道,巨人可以没有任何人,包括彭董,但不能没有周友辉。

忙碌的空隙,周伟志进了办公室。此时只剩下杨小三低头打印着资料,听见了脚步声,礼貌地点了点头,周伟志觉得仿佛刹那间与她的关系疏远了不少。

周伟志将资料递给了杨小三,吩咐了一项任务。抬脚要走,却被杨小三叫住。可当他回头时,却发现杨小三低了头,欲言又止。

周伟志笑了笑:"周总没事,只是酒喝太多伤了胃。当天晚上就清醒了,身体恢复得不错,今天一早就出院了,再养几天应该就能上班了。"

杨小三一听,一句话不经意就溜了出来:"你这是什么心态?"

"我也不知道。"周伟志笑得很苦涩,"爸说过,针不扎自己身上不知道疼。于是我就试了下,果然很疼。我刚学会一句古语:己所不欲勿施于人。国学博大精深,无论厚度还是深度都不是西方几百年文明能够比拟的。"

"那你有什么打算?"杨小三问。

"这句话该我问你,你怎么打算的?那天我爸为什么喝成那样?"周伟志问。

"大概每个人心里都有不痛快的时候吧。"杨小三笑了笑,"人都很奇怪,喜欢自寻烦恼。"

周伟志笑了笑答："既然这样，三千烦恼丝，有空应该理一理，顺一顺，藏在心里太多了，总有一天会理不出个头绪来，反而把自己埋了，比如我爸。"

"你在劝我放弃？"

"西方人看人是二维的，对一个人的评判，感情是感情，事业是事业，绝不会因为感情出了问题，而影响了对他事业的看法。比如克林顿。而中国人不同，对一个人的评判是一维，感情事业夹杂在一起下判断。实践证明，我是个典型的西方人。对于父亲来说，他是个好父亲，对于公司来说，他是个好总裁。其他的，轮不到我去判断，你自己掂量。"

"是什么让你改变了观点？"杨小三问。

周伟志笑了笑，一脸的幸福却又不答。

今天是周娇娇出院的日子，丁聪去接时，毛琼芳已经到了，以娇娇身体不好为缘由，直接将她接回了自己家。丁聪见娇娇没有反对，也就顺了她的意思。去结账的时候，被告知已经付款了，一直担心钱不够，总算是一块石头落了地。

毛琼芳刚一到家，就一头扎进了厨房，给娇娇熬上了炖品。丁聪一眼看见了毛琼芳放在茶几上的手机，犹豫着拿了起来，联系人里上下找了好几遍，也没见着周友辉的名字。他不死心，又看了一遍，找到了一个写着"老周"的号码，翻开通话记录，结婚那天，有过两次通话，于是，在心里默默将号码记住了，将手机放回了原处。

几分钟后，毛琼芳走了出来，看着表情有些不自在的丁聪问："有事？"

"没。"丁聪搓了搓手，低着头。

"娇娇呢？"

"睡下了。"丁聪答。

"娇娇有我照顾，你还是赶紧回学校吧。别误了正事。"毛琼芳说。

丁聪出了毛琼芳的家，明晃晃的阳光，眼前突然一黑。这种黑暗持续了几秒钟后，一个激灵，又回过了神。

杨小三回到家已经是八点多。自从得知周友辉病了，她就一直恍惚，恍惚着上完了一天的班，恍惚着下班。因为不敢开车，又恍惚着坐了地铁，恍惚坐过了一站又一站。

推开门，精疲力竭地躺在了沙发上，许久拿起了手机，给他跟自己单用的手机号码发了条短信："病了？"

短信回了过来，也只有两个字，可听起来却有些疏远："好了。"

杨小三低头回了四个字，显得更加疏远："注意休息。"

短信又回了过来，还是四个字，像是客气的陌生人：谢谢关心。杨小三笑了笑，或许真的可以这么继续。现在，她急切想要发短信的心情，因为他平静地回答而淡了几分。握着手机没有放下，过一秒他的短信又来了：我想你。

那一刻，杨小三心中的火苗又燃烧了起来，比刚才发短信时的冲动更烈。原来，月老的红绳是有弹性的，像一根任性十足的弹簧。她与周友辉明明努力地已经爬了很远，可绷直的弹簧又使两人回到了原点。

短信很快回了：我也是。

"明天，我来找你？"周友辉问。

"你的身体重要。"杨小三答。

"你不想我来，对么？"

"不想，但是你还是会来。我们什么时候都爱上说假话了？"杨小三问。

"对不起，最近发生了很多事。我不想因为我的心情影响到你，所以一直没有来找你。"周友辉答。

"既然开了口，明天我等你。我也有话要告诉你。"

周友辉发了最后一条短信，他身体刚恢复，病来如山倒，何况这种号称满清十大酷刑之一的洗胃。直到现在，他浑身仍然疲倦得厉害。此时，彭惠琴走了进来，端着一碗温热的粥，她看了看周友辉苍白的脸，一脸心疼地说："躺着吧，我喂你。"

周友辉笑了笑，摇了摇头答："睡了好几天了，也该走动走动了。"

"你啊，工作重要还是身体重要？几十岁的人了，怎么连这点还没有看明白。"

"公司的事我清楚，好些细节上已经出了些问题了。"周友辉撑着力气，笑了笑说，"放心，我的身体自己知道，我也不想你这么辛苦，你才去了一天，都这么憔悴，多了条皱纹。"

女人很好哄，周友辉素来都明白。可在他心里却有一个例外，不是不会哄，而是不想哄。

彭惠琴听了周友辉的一番话，心里舒坦了许多，多了些女人的情怀，笑了笑答："你啊，光知道体贴着我，却不知道关心自己。婚礼的事过去就过去了，儿女都大了，很多事由不得做父母的，别为了这些不爱惜自己的身体。"

彭惠琴的一番话，周友辉就明白她已经找人调查过婚礼上的事。周娇娇流产，她肯定已经知晓。她素来很在意自己与毛琼芳来往，所以也不想多争辩。

知道彭惠琴查过婚礼后，周友辉有些莫名地紧张。细细一想，才明白这种恐惧源于杨小三，于是，他慌忙拿起了电话，将一切关于杨小三的电话和短信核了一遍，这才放心地关了电话。他精疲力竭地倒在了沙发上，这才发现比刚才更累了。

这几天忙完了家里的事，周伟志心里一直挂着张敏，每天都要去好几个电话。一早，周伟志又打过张敏的电话，张敏关了机。起初周伟志以为是手机没了电，也没太放在心上，又打了好几次，依旧提示关机。直到晚上，他觉得不对劲，这几天每天两人都会聊上好一会儿，她不可能不知道自己会打电话。于是，周伟志打通了医院护士站的电话。

"我是病人张敏的家属，你能否帮我找一找张敏，我有点急事找她。"

护士稚嫩的声音："哦，她今天一早就出院了。"

周伟志心一紧："我昨天还跟她联系，没听说出院这回事啊。"

"哦，是她爱人接她出院的，她好像一开始也不愿意出院的，可她爱人说了几句后，她就答应出院了。"护士答。

周伟志心里一着急，如热锅上的蚂蚁站了起来，原地转了好几个圈。明知道打不通，偏偏不停打，提示依旧是关机。他想了想，又打去张敏的公司，电话响了许久，没有人接听。周伟志这下没辙了，将手机往兜里一放就打算直奔L市，此时彭惠琴刚刚从楼上下来，见他一脸焦躁正往外走，于是喝住了他。

"这么晚了，去哪儿？"

"L市，有重要的事要办。"周伟志没停下脚步。

彭惠琴火了，自己的话被乖巧的儿子当成了耳边风，于是说："不准去。什么重要的事需要在晚上办？"

"妈，我必须去。"周伟志答，"我回来再跟您解释。"

"我说不准去就是不准去。"彭惠琴答,"你是什么身份的人,能跟那些没有教养的人学么?别丢了彭家的脸。你爸就是例子,不是因为女儿丢了颜面,能这样么?你也不好好琢磨琢磨?才回国多久啊,别跟着些不三不四的人学坏了,让我们操心。"

周伟志站住了,答:"妈,爸喝酒喝成这样,您觉得错在他女儿,可妈您有没有站在爸的立场想过,他能喝成这样,真的单单只是为了他女儿的原因?我现在出门,那是您觉得不对,可我觉得那是我必须去做的。您掌控了爸一辈子,爸愿意;可您想掌控我一辈子,对不起,我不愿意。我现在开始有些理解爸了。"

说完,不等彭惠琴回答,周伟志走出了大门。

儿子的一席话,让彭惠琴直愣愣站在了原地。

杨小三躺在沙发上,一条一条地删着周友辉的短信。几条短信花了一个小时还没有删完,直到电话来了,是丁聪的,她见了,竟浑身一哆嗦。

"能见一面么?"丁聪的口气竟如此地客气,让杨小三有些意外。

"哪里?"杨小三问。

"就以前我们常去的咖啡厅吧,半个小时够么?"

"行,半个小时后见。"杨小三挂了电话,松了一口气。二十八年的生涯中,她自我评价是小错误不断,真正的大错误恐怕就这一次。自那天后,杨小三脑海里一直浮现出那被鲜血染红的白色婚纱,这让她多少有些谴责自己。该来的始终要来,躲也躲不掉,她得为她犯的错而受到惩罚。面对丁聪的电话,她竟然很坦然,这也许也是她的性格。她明白那天周娇娇的样子,恐怕她肚子里的孩子凶多吉少。她跟周友辉一起的对话,周娇娇到底听到了多少?与周娇娇的流产是否有联系?以周娇娇的个性,是否全部都记在自己的头上?还有一个最关键的问题,也是她最不愿提及的,这件事情周友辉到底知道了多少?

杨小三咬了咬牙站了起来,胸膛挺得笔直。她不怕算账,要活就不要这么累。若是真的是她错了,要真正算清楚,那也是五五平分,她一半,丁聪一半。

出门时,杨小三这才发现,离与丁聪约的时间已过了一刻钟,到了车库里才想起,她那辆破熊猫车停在了单位,此时车库里只剩下那辆牧马人,想了想,也顾不了太多上了车。

刚出了小区，竟一声炸雷，豆大的雨点就落了下来，A市的交通陷入了一片混乱。杨小三的车一路堵到咖啡厅，比约定的时间迟到了一个小时。

淋着雨冲进了咖啡厅，找了一圈，这才发现坐在玻璃窗边的丁聪。杨小三坐了下来，丁聪头也没抬，低头不停搅着咖啡。

"对不起，堵车，来迟了。"杨小三从桌上抽了张纸巾，擦了擦脸上的雨珠。

"好贵的车。"丁聪看着窗外，笑了笑说。

杨小三不想解释，这种事越解释越累，她声音低沉地说："找我有什么事，直说吧。"

"没事，只是想问问你，你怎么会在我的婚礼上？"丁聪抬头问。

丁聪这一句给了杨小三一个明确的信号，周娇娇或许没事，或许什么也没说。于是她心里犹豫该怎么回答，平日里伶牙俐齿的她竟然愣住。直到服务员走过来，她这才回了神，还没来得及回答，丁聪开了口替她点了："卡布奇诺。"

杨小三无语。

"那天阳台上，只有你、娇娇，还有……"丁聪抬头看着杨小三，见她眼神似乎有些闪烁，他看在了眼里，轻声继续问，"还有……娇娇的父亲周友辉，你认识么？"

"我认识娇娇，抢走我老公的那个人。"杨小三绕开了话题。

这个回答已经让丁聪心里有了谱，杨小三不仅认识周友辉，而且很熟，不然也不会刻意掩饰，他装作不在意地点了点头。服务员将咖啡端了过来。丁聪轻轻抬手，假意帮杨小三端咖啡，却不经意将咖啡碰翻了，泼在了杨小三短裙上。杨小三慌忙起身，抖了抖裙上的咖啡，去了卫生间。

杨小三一走，丁聪迅速拿起了她放在座上的包，翻出了手机，上百个电话号码，压根儿就没有周友辉的名字。丁聪本想核对从毛琼芳那里找来的号码，可一想时间不够，于是按照那个号码发了条短信过去："在忙什么？"

十几秒钟，短信回了过来："在想你。"

丁聪像被人一剑刺中了心脏，无力地瘫倒在了座上。

十多分钟后，杨小三回来，桌上只剩下还冒着热气的两个咖啡杯，丁聪一句话没有留下就走了，杨小三回想起他刚才说的每一句话，心中隐隐感觉不安。

周伟志飞车赶到了L市医院已经是夜里的十一点,将护士挨个问下来,总算有一个小护士将张敏的病历翻出来,找到了她的地址。周伟志毫不客气地给小护士一个拥抱,转身飞奔出了医院。

周伟志寻着地址找到了房门,深吸了口气按下门铃,许久不见有人开门,周伟志不死心,拇指放在门铃上,一直响了五分钟,门总算开了。一个陌生的男人,身材瘦小,满身的酒气,斜眼看着周伟志。

"你是什么人?"宋林昆答,"我不认识你,警告你,你这样是骚扰我,我报警了。"

"敏敏在不在?"周伟志问。

"你就是那个野男人!"宋林昆从上到下看了周伟志一番,伸出手拉着他衬衣的一角说,"嘿,都是名牌啊!哪家的公子哥啊,玩够了清纯玉女型,也想换换口味玩玩少妇了?"

"你说够了没?"周伟志问,"我再问一遍,敏敏在不在?"

"我老婆在不在关你屁事?"宋林昆答,"我告诉你,一天不离婚,她一天就是我的人。你个王八蛋……"

话还没有说完,拳头已奔周伟志的脸上来。周伟志反手将宋林昆手腕拧到了身后。宋林昆哪里服气,发了疯般手脚并用撕打,两个人扭打在了一起。

几分钟后,身材矮小的宋林昆就落了下风,躺在墙角痛苦地哼哼。周伟志站了起来,用手擦了擦嘴角的血丝:"强扭的瓜不甜,况且开始是你放手的。这么好的女人,丢了是找不回来的。"

说完,周伟志推开了卧室门,发现张敏正躺在床上,双手双脚各缚一条领带,嘴上被贴上了胶布。周伟志一惊,完全没有想到斯文的宋林昆竟会疯到如此,于是赶忙上前,扯掉了胶布和领带,将张敏紧紧搂入了怀里。

张敏哭了出来,用尽了全身力气抱住了周伟志:"林昆他以前不是这样的,真的不是这样的。身边的每个人都说我脾气坏,因为我生气的时候什么也不管,拿他撒气,可怎么打他,他都不会还手,笑着看着我。可没想到,如今他变了个人一般……"

心理学上讲,人都有两面性。在外面强势的人,在家里一般比较低调。在外面低调的人，在家却可能很强横。这叫能量守恒定律，人总要有情绪宣泄的地方。

第二天，周友辉上班了。一早起来，大概是身体还没有完全恢复，躺在车后睡着了，睡得很沉，直到小李提醒到了公司，他才醒了过来。刚走几步，彭惠琴的电话就到了，周友辉应了几句，挂了电话进了电梯。

电梯上行，门一开，门外站着一人，竟是杨小三，一身浅蓝色的长裙，倒是多了份女人的妩媚。杨小三抬头见了周友辉，竟直愣愣地看着他，仿佛忘记了正在公司。

许久，杨小三反应过来，赶忙低头侧身进了电梯。周友辉本想聊几句，回头一想电梯门口有摄像头，于是叹了一声，走出了电梯。

周友辉进了办公室，第一件事就是给杨小三发了一条短信："晚上见。"短信回了过来，一个字："好。"周友辉一见，沉重的身体好像遇见了灵丹妙药而药到病除。

中午，医院顾主任来了电话："周总啊，我是跟您汇报周娇娇的情况。她的手术很顺利，恢复很好，昨日已经出院。关于手术的方案，我想我跟您好好说下，当时情况很急，而在同时发现了子宫肌瘤……"

"多谢，顾主任。"周友辉答，"您的医术我还信不过么？治疗费我稍后会让人汇到医院的账户，你的部分直接汇到你的个人户头。"

"周总客气啊。"顾主任见周友辉这么称赞，于是话锋一转说，"这一次说实在的还多亏了我。大出血啊，幸好送到医院及时，加上您的安排，药和设备什么都用最好的，当然还有我的技术这才保住了条命啊。"

周友辉听着，心里发苦，忍不住叹了一声。

"周总，您保重身体，身体最重要。"顾主任安慰道。

挂了顾主任的电话，周友辉拨通了毛琼芳的电话，问："娇娇怎样了？"

毛琼芳的声音平淡得没有一点褶子，轻声说："以后你还是别再打来了，我跟娇娇怎样都与你没有关系了。"

"我只是关心你们母女俩。"

"你还是关心你该关心的人吧。"毛琼芳毫不客气地挂了电话。

周友辉苦笑了一声。

下午五点半,周友辉忙完了一切,正准备离开公司。彭惠琴的电话又来了,他像按照预案一般找了理由搪塞过去。彭惠琴没有多疑,嘱托了几句挂了电话。周友辉心里的石头落了地,拿起包出了门。

周友辉开车直奔杨小三的住处,门铃刚一响,门就已经开了。杨小三直直站在门口,周友辉想都没想就走了上去,一把抱住了她。杨小三冰冷的身体没有任何的回应,像根木头一般直直站着,周友辉于是松开了手,这才发现她竟然哭了,她珍贵得如二十四K黄金般的泪水,在并不伤感的情形下莫名其妙落下了。周友辉想来只有一点:几天不见他,想了。

周友辉慌忙用手擦着她的眼泪,像哄一个孩子般问:"怎么了?不哭不哭,我不是来了么。"

周友辉刚这么一说,发现杨小三的泪水更多了,怎么看都觉得像是把刀子一条条在自己身上刻出来的。

"怎么了?"周友辉抱着杨小三,"不哭了好不好。再难我们都能过去对不对?这不像我认识的杨小三啊,天不怕地不怕的个性去哪里了啊?是不是我做得不够好,让你伤心了。你说出来,我能做到的,一定做到……"

杨小三打断了周友辉的话,递上了红唇,夹杂着泪水的吻,酸涩得厉害。

吻毕,周友辉低头回望杨小三。她流过泪水的眸子异常清澈,看得他心都碎了。

"你到底是来了,我们分开吧。"杨小三努力笑了笑说。

周友辉一愣,半晌问:"你说什么?"

"分开吧。"杨小三一字一句地说,"我们之间的距离太大了,你不是个能够玩小三的人,我也没有能够当小三的命。我们都动了真感情,玩不起的。早点分开了是好事情。"

"我不答应。"周友辉回答得斩钉截铁。

"你要怎样才答应?比我相貌身材好上千倍百倍的都有,你有钱,什么样的女人找不到?趁着我们之间还不生厌,就这么和和气气地散了吧,这样对你我都好。"杨小三答。

"你说吧,说什么我都听着。"周友辉竟突然间轻松了下来,走到沙发上坐了下来,拉着杨小三的手说,"三儿知道吗?这几天你知道吗?我真的很累,每次我想到的第一个人就是你。我好不容易来了,不管你是什么原因说出这些话,我都当没有听见。"

男人有时候很无耻,也很幼稚。掩耳盗铃的错误,连周友辉这么聪明的人也会犯。

"你烦些什么?"杨小三低头问。

周友辉细细想了很久,一用劲将杨小三拽入了怀里:"那天婚礼上的女孩,就是我跟前妻的女儿,那天是她的婚礼。她在我们面前晕倒了,肚子里的孩子没了,那是我的亲外孙啊。我去了医院,她醒来的第一件事,不是叫我声爸爸,而是扔着玻璃杯要我滚。当时我走出医院,心里很难受,本想来找你,可开了两个小时也没有开到这里。于是,我去了山上,醉了。第二天,我老婆发现了,她又开始查我了。"

"你活得真累。"杨小三忍不住说。

"当女儿向我扔玻璃瓶时,当我老婆告诉我她查到的事时,我以为我的难受来自于她们。后来,我从昏迷中醒来时,觉得我是个无耻的人,每次安慰自己说,做的一切都是为了老婆儿女,实际上都是为了自己。直到今天终于见到你,我才知道一切忧虑的来源。女儿见到了我和你而昏迷,我怕她是我们俩在一起的阻力;我老婆开始查,我怕终有一天会查到你。我从来就不是个好男人,若是如今定义的话,只是个入了情网的傻男人。"

周友辉眼角一红,泪落了下来。杨小三扎进了他的怀里,许久,发现他竟睡着了,眉宇间仍旧保持着微微皱折,几天来心力交瘁,眼角多了丝皱纹。杨小三本打算起身,却发现即使在睡梦中,他也紧搂着她。

他终于醒了,发现怀里的她似乎睡着了。刚一动,怀里的人就醒了。

"我该回去了,你洗了早些睡吧。"

杨小三不知怎么的,倦怠得要命。最近些日子,她发觉自己越来越嗜睡,经常就能睡着了。她揉着太阳穴,几个小时前那场酝酿许久的分手戏,好像在梦里而从未发生过一般。她一句绝情的话,永远抵不过他一通掏心掏肺的话。

周友辉吻了吻她的前额,整理了压皱的外套:"我走了,傻瓜,我们都不是冲动人,分手的话,能够说岂能会留到现在。以后的事以后再说,如今只有我们在一起才能分担痛苦,那就顺其自然吧。"

"你在自欺欺人。"杨小三答。

"你不也是?"周友辉笑了笑答,"我喜欢看你笑,更喜欢听你说的话而笑。开心一天就赚一天，别想太多。"

说完他伸出了手，将头埋入她的秀发之中。许久，终于依依不舍地放手，推开门走了出去。

杨小三一动不动地目送他离去，这似乎证明她诉求分手的失败，只要爱还在，情未断，勉强提出分手，只像劣质的烟火，即使分外明亮，也就是昙花一现。这种样子的烟火，不是结束的钟声，倒是爱情调味剂。

他消失在门口，杨小三心中，空得像半夜的足球场。

几分钟后，门铃突然间响了，杨小三毫不犹豫地冲了上去，开门，伸手抱着了他。

可他怎么突然间矮了一大截？怎么突然间瘦了许多？怎么突然间浑身冰凉，浑身不停颤抖？杨小三慢慢抬起了头，雨水正如断线的珠子从他头发丝上滴落，发白的唇微微颤抖，带着深黑色眼袋的眼睛正直直看着自己，眸子中的火烧得正烈。

丁聪一阵怪笑，杨小三本能地想要挣脱他，可他却一把将杨小三紧紧抱住，用似乎扭曲的声音说："我该叫你什么好来着？让我想想。"

杨小三抬起了头，他的表情扭曲得竟有些狰狞。

丁聪抓住了杨小三的手臂，指甲仿佛都陷入了她的肉里："哦，对了，妈？对不对？对不对？"

他开始疯狂摇着杨小三，杨小三胸口有些闷，头有些晕眩。她努力想挣脱丁聪，却发现他越抓越紧，她使不上任何的力，于是大声喊："你给我放手，再不放手，我喊人了！"

"喊啊，喊吧？我正寻思着怎么闹大一些。"丁聪笑着说，"等警察邻居来了，你跟大家说，你怎么会有一个这么大的女婿？我不怕吃牢饭。"

丁聪抓着杨小三的双手走进了屋子，一脚将大门紧紧关上，杨小三清晰地看见，一丝丝的血正在从他的嘴里流出来。

丁聪将杨小三扔在了沙发上，紧咬着双唇，许久，终于开口问："你是跟我离婚前就认识他，还是为了报复我跟他的？"

杨小三抬起头望着丁聪，答："你怎么难受就怎么想好了！"

话音一落，丁聪又抓住了杨小三的双手。

"你疯了！放开我！"杨小三开始用力挣扎，努力想甩开丁聪。被丁聪牢牢抓住的手腕已经不像自己的,而丁聪完全顾不得她的感受,依旧牢牢抓着她。

"我猜,你是想报复我才用这样的方式,对不对?"丁聪又是一声怪笑,"丈母娘啊,你跟他一定睡过了吧?"

杨小三瞪着铜铃大的眼睛,以陌生的眼神瞪着丁聪。

丁聪看着她惊恐的表情,感觉分外刺眼,于是抬起了头,快要流出的眼泪又这么堵了回去:"你要惩罚我,恭喜你成功了。你想要挽回我的心,恭喜你,你也成功了。"

说完,一用劲,将她推倒在了沙发上。紧接着,他毫不客气地压了上来,粗暴地扯着杨小三的衣服。杨小三这才反应过来,以前连拣到别人家东西都不敢留的丁聪,这时候竟然……她开始拼命扭动着身躯,往沙发后面缩。丁聪全然地不顾,不到一分钟时间,已经将杨小三扒了个干净,他看着熟悉的身躯,开始扯自己的衣服。

杨小三的一只手恢复了自由,慌乱之中抓了一个抱枕向丁聪扔去,一脚踢到了丁聪的关键位置。

丁聪抽搐,可这种痛远没有心里的痛厉害。每个男人都有很强的占有欲,这种欲望在特定的时候表现得尤为激进。对于丁聪来说,离婚与否,在他心里杨小三始终还就是自己的私人财物,不容别人占有。

丁聪将抱枕丢在了一边,用整个人的重量坐在了杨小三的腰上,抓住她的两只手,固定在她的头上,一手将自己的领带扯了下来,紧紧拴上。完成了一切,他低头饶有兴趣地看着身下的人,竟大声笑了起来。

杨小三脸涨得通红,骂:"你放开我,你这个王八蛋!你清楚自己在做什么?"

"你说的是我?清楚得很,我告诉你,到现在为止,我一滴酒也没喝过。"说完,他伸手,指尖轻轻地在她的身体上游走,"多美丽的身体,真奇怪,我怎么以前一点没有觉得?还是我妈妈说得对,这东西要跟人抢着吃才香,对不对?"

说完,他压了下来,用舌尖轻轻舔了舔她胸前的"小樱桃"。

杨小三浑身战栗,开始拼命扭动着身体:"放开我!我要叫了!"

"叫吧!我不介意,让大家来看看。他也许还没有走远,你要不要让他回来？听说这是个高档社区，住的都是有素质的人，正好我让街坊邻居都看看什么叫豪门，豪门里的人到底多么龌龊。"

说完，他又笑了笑，伸手抽掉了自己的皮带，褪下了裤子。

杨小三嘴唇发白，瞪着丁聪："你再动我一下，我发誓这辈子都不会让你好过。"

丁聪听了，答："是吗？你已经让我大半辈子不好过了，还怕什么呢？哦，对了，忘记告诉你了，托你的福，娇娇这辈子都不会有孩子了，我丁聪这辈子都不会有自己的孩子了。你高兴了吧，你还有什么方法可以让我过得坏些吗？我是不是该付出报酬了？"

杨小三一听，一阵电流穿过，丁聪已经深深地刺入了进来。一阵剧烈的疼痛，杨小三开始浑身剧烈地颤抖，她无力地垂下了头放弃挣扎。

丁聪起身，他低头看着身下的人，笑了笑："妈，爽么？"

一瞬间，他心里一阵躁动，颓废下的感觉竟如此美妙。

杨小三头转到一边，丁聪把她的头拧了过来,："看着我，喜欢这个称呼么？不管你怎么认为，我觉得很好，我爱上这种感觉了。"

他伸手解开杨小三，领带留下的红印分外地深。

杨小三毫不客气地给了他一巴掌。丁聪伸手摸了摸微红的脸，把另一边脸凑了上来："还有这边，继续。"

杨小三又挥了一巴掌，打得丁聪的脸上瞬间起了五条红印。丁聪笑了笑，一巴掌挥了下来打在了杨小三的脸上，这一巴掌同样不轻，杨小三的嘴角瞬间就流出了血，她看着丁聪："你真的疯了！"

"疯了？"丁聪笑着答，"这样才更好玩不是么？就好像你现在竟然没有为我流一滴眼泪……"

杨小三的手又挥了过去，在空中被他抓住。

"我以为离婚了，你那么干脆就走了。没想到你竟然一直还在我身边。太好了，未来的日子越来越有意思了。人有时候真的很奇怪，突然之间，我好像就找到我的人生目的了，以前的日子真窝囊。我想通了，以后我们一定要好好地把握，对吧？"丁聪抬了抬眉角，轻佻地看着杨小三，"妈？"

杨小三一听僵住。

丁聪起身穿上了裤子，头也不回地走出了房子。

第四章
男人到底是种什么动物

已是半夜，高速路上，车速一直控制在八十公里。张敏已经安静睡在了车座上，疲倦的她几乎是一挨着车座就睡着。周伟志不时回头看一下，每看一次，心里就跟那猫爪子抓过一般。

一个多小时后，A市唯一一家五星级的酒店，周伟志开了一个房间后回到车上。张敏已经醒了，正打算起身，被周伟志拦住。他弯下腰，将她抱出了车，用腿关上了车门。

"我能……走，伤的不是腿。"张敏轻声说。

"我看你伤的该是脑子，他都成那样了，你还跟他走？"周伟志答，"离婚的事进展得怎样了？"

"等通知，按照流程先要做一次调解。"张敏答。

"公司的事就别管了，在A市先住下。"周伟志说，"既然都已经闹开了，也不怕什么影响了。最重要的是你的身体，那个人已经没什么理好讲了。"

周伟志不顾众人的目光，一直将张敏抱上了楼。顶楼的顶级套间，观景玻璃窗能够看到整个A市的全貌。周伟志将张敏轻轻放在了躺椅上，手指轻轻抚摸着她手臂上厚厚的石膏："疼么？"

张敏摇了摇头。

"那就好。"周伟志笑了笑，"我这个人打小就没有什么脾气，同学说我是橡皮泥，长大了后，说好听的，我是可塑性好，说不好听的，我是缺乏主见。无论读书工作都是父母一手帮我安排，一开始我抵触，日子久了成了惰性。父母不安排的事，我压根儿没心思去做。如今，认识你，爱上你，是我做的第一件不是由父母安排的事……"

张敏打断了他,说:"你父母有什么反应,不用想都知道,我跟你之间的距离,连个白痴都看得出来,若是明说了,你父母能同意么?"

"那你就当我是白痴吧。"周伟志笑了笑,头枕在了张敏的膝盖上。回国好几个月了,他的中文依旧不怎么好,脑海里华丽的中文词语没几个,就连说点情话也没什么水准,但此时的张敏却感动得想哭。征服一个女人最好的机会就是在她受伤的时候,时机对了,一句简单的话,也胜过搜肠刮肚的一堆甜言蜜语。

夜里十二点,周伟志依依不舍地离去。这家五星级酒店一半的股份是巨人公司的,他如果住在这里,这个敏感的信息一定会传到父亲耳朵中。张敏如今还没有恢复自由身,他们这段感情还没有到可以公开的地步,他思前想后,还是决定离去。

"我得回去了,找个人来照顾你。今天晚上有什么事记得给我电话。"周伟志低头吻了吻张敏,正想走,突然想到了什么,于是去了卫生间,几分钟后,他折了回来说,"你的手不方便,我放了水,如果不介意的话,我帮你洗澡。"

张敏没有拒绝,她太喜欢在周伟志怀里的感觉了。女人就是这样,一旦有依靠,很快就会丧失一切防御能力。看着水雾中的周伟志,张敏低下了头,爱不是来得太快,而是自己跟不上节奏。

雨越下越大,风也越来越急,呼啸的风带着冰冷的雨丝吹进了客厅里。没过多久,杨小三赤裸的身上已经被淋上了一层细密的雨滴。她突然一个激灵,不停地颤抖,发现四肢像不是自己的,不受自己的控制。即使冷得哆嗦,她都不想起身关窗。

突然间,手机响了一声,显示器亮了,几秒钟后又暗了下来。杨小三一动不动望着天花板,继续发呆。

几分钟后,短信又来了。杨小三手撑着沙发垫起身,手竟有些发抖,手腕处的瘀伤已经乌得有些发紫。站了起来,刚走一步,身体里有液体从大腿根部一直流到脚踝。杨小三突然间觉得有些恶心,于是扶着沙发,干呕了好一阵子。

手机提示声音又响了,第三条短信来了。杨小三撑起了腰,走了两步拿起了手机。果然,是他发来的。第一条:"我马上就到家了,雨下得很大,记得你没有关窗,睡前记得关上。"第二条:"已经睡了么?但愿是一个好梦。"第三条:"真的睡了么?希望梦里有我。"

看完,杨小三竟放声哭了出来,眼泪决堤,就像是这二十八年亏待了她一般,压抑到了今天终于有了发泄的地方。一边哭,一边干呕,到后来,趴在了桌子上不停地干呕。

临近午夜,周家父子在同一时间回家,周伟志先停下了车,让父亲的车先进了院子。

周友辉下了车,站在车库门口,耐心地等着周伟志下车。

"你怎么也这么迟回家?"周友辉问。

"如果我说是工作,肯定骗不过您,但同样的理由说给妈听,她定然不会多问什么。"

"这回答蹊跷。"周友辉笑了笑,递了根烟过去,"是不是有什么话要跟爸说?"

周伟志抬起了头,问:"爸,您不是也这么晚回家么?若是换成我问您,您该怎么回答?"

周友辉一愣,没有回答,用力地吸着烟。

"这个家,让你很累吗?"周伟志继续问。

"你是不是想对我说,让你也很累?"周友辉反问。他最擅长的说话方式,就是把别人丢过来的包袱原封不动地丢回去。

"我今天顶撞妈了。"周伟志答。

周友辉明白儿子的心思,掐灭了手中的烟头,搭在了周伟志的肩膀上:"走吧,爸替你解释。不过你得答应爸,时机成熟了,让爸见见你这位朋友。"

周伟志点了点头,跟着父亲一起向大门走去。彭家的老宅对于两人来说,越来越像个牢笼,他们开了话头,虽然谁也没给出答案,却心照不宣。

第二天一早,杨小三睁开眼就发现全身像被卡车碾压过一般,她揉着太阳穴起了身,一阵眩晕后,熟悉的感觉又来了,她冲进了卫生间,一阵接一阵地干呕。呕完，看着镜子里煞白的脸庞，她扳着手指算起了自己的生理期，反复算了好几次，她属于天生不拘小节的人，生理期从来就没有记住过，思来想去，也就该这段时间来。于是她下了判断，就算迟了两天，那也是情绪影响所致。昨日不堪回首的情景，也许让她心理负担太重，所以肠胃出了毛病。

这么一想，杨小三简单地收拾后出了门。即使天塌下来，还是得活着，该面对的总要面对，无论是丁聪还是周友辉，无论是过去，还是那无法预测的未来。

到了公司，脚一落地，杨小三觉得下腹一阵胀痛，瞬间出了一身冷汗。她坐回了车里休息了好几分钟才缓过劲。下了车慢慢走了几步，斜靠在电梯墙上，擦了擦额头的虚汗。电梯缓缓上升，杨小三感觉到了一阵阵晕眩，狭窄的电梯空间开始高速旋转，她揉了揉太阳穴，这一揉，头顶的灯明转得更快了。突然间，她眼前一黑。

隐约间，杨小三听到了电梯门开了，似乎有人进来了，是个男人，声音很轻很温柔，不停叫着自己的名字。紧接着，身体又飘了起来，剧烈地摇晃……周围的一切刹那间安静下来。

杨小三再次睁开眼时，发现自己躺在了医院病床上，身边放满了监控的仪器，眼前有一个人凑了上来，激动地看着自己："你终于醒了？"

"你送我来医院的？"杨小三问。

柳青松点了点头："我在电梯里发现你的，你晕过去了。"

"几点了？"

柳青松答："下午三点了，你睡了整整六个小时，我已经替你跟公司请假了，况且你是晕倒在公司的电梯里，好几个同事见了，所以也没人说什么。"

杨小三听了也没说话，柳青松微微地叹了一声，这些事情，怕是已经知道了。她于是想起身，可一动，眩晕的感觉又来了，柳青松赶忙扶住她说："都这个时候了，你应该好好休息。"

杨小三一愣，问："你这句话什么意思？"

"恭喜你，你有孩子了，一个月了。医生说，这是最危险的时期，你应该注意自己的身体。"柳青松一字一句地说。

"孩子？一个月？"杨小三表情僵住了。

医生走了进来，看了看一脸呆滞的杨小三说："你醒了啊，你还是别太紧张，第一次做妈妈？放心，孩子没有事。你们小两口也要注意，有了孩子，头三个月夫妻生活就必须停止。你这个当爸爸的，以后要记住了。"

医生走后，柳青松折了回来，见杨小三仍旧保持着刚才的姿势发呆，于是上前轻声问："是他的，对么？刚才为了方便，我擅自做主说是孩子的父亲，你千万别介意。"

杨小三听了，嘴唇动了动，却没有出声。

"你别想太多了，操心多了会对孩子不好……"柳青松说。

"别说了，让我一个人……静静。"杨小三打断了他。

丁聪一夜未归，丁母打了好几次电话，他都没有接。

早上九点，门铃响了，丁母去开门，发现丁聪站在门外，全身湿漉漉的，带着浓重的酒味，白衬衣上全是泥点和秽物。丁母赶忙扶住了他，一脸关切地问："你怎么弄成这副样子？你可别吓妈啊。"

"妈，我没事，看你担心的。"丁聪笑了笑，"昨夜碰到了朋友，喝酒喝高兴了，忘记了时间。我先去洗个澡，一会儿有一个重要的事情要办。"

"你真没有事？"丁母看着儿子的神情，总觉得哪里不对劲。

丁聪摇了摇头答："不仅没事，还开心得很。"他笑了两声继续说，"说不定儿子会让你过上好日子了。我今天才明白了，这个世界什么都不重要，最重要的是钱。只要有钱，什么好女人买不到啊。"

丁母一听，赶忙捂住了丁聪的嘴："这话千万别让你爸爸听见了，不然他发起脾气来，可有你受的。别说这些丧气的话，妈知道这段时间你心里不好受，你要想开些，你们都还年轻，以后日子还长着，孩子的事从长计议……"

"别说了。"丁聪打断了母亲的话，"我去洗澡了，洗完了就出门。"

半个小时后，丁聪换了身干净的衣服走了出来。丁母端了碗稀粥递给他："你昨夜喝了不少吧？胃里肯定没什么东西。"

丁聪接过了稀粥，吃了起来。

"过几天就把娇娇接回来吧。我跟你爸商量过了，事情也过去了，娇娇是城里的孩子，跟我这个农村里的妈有些代沟，我也不想你夹在中间为难，我们过几天就回乡下去了。"

丁聪叹了一声。

"听人说过流产后要休养一年，让娇娇好好养好身体，明年我等你们的好消息。到时候不用你说，我都要过来照顾我的孙子。娇娇的样子一定好生养，相信妈的眼光。"

丁聪默默地点了点头，喝完了稀粥，他出了门，拨打了那个熟悉的电话，铃声响了好几声，卓兰客气的声音问："您好，请问你找谁？"

"伯母，我是丁聪。"丁聪答。

卓兰一怒："你还打电话来干什么，你害得我们家三儿还不够惨么？"

"卓伯母，我有一件非常重要的事情要跟您讲。"

在海棠小区，住的多数是老头儿老太太，平日里闲来无事，有大把的时间照顾小区里的花草树木。因此这里的夏意最浓，道路两旁种满了四季桂花和月季，昨日的一场雨后，院子里充满着清新的空气。丁聪走在林荫道上，深吸了口气，不知怎么，感觉特别舒畅。政治上讲当国内矛盾无法调和时，就只能用对外战争来化解矛盾。同样，当内心的痛苦无法修复时，只能让别人的痛苦来修复自己。

昨夜，丁聪酒醉后睡得很沉，不清楚自己是在哪里，也不知道谁挪动过他，只知道醒的时候是躺在路边的人行道上，距离他喝得烂醉的大排档只有十几米的距离，而身上多了十几块的青瘀，还好，对于他这种什么都没有的人，上帝还是发了发善心，身上稍微值钱的东西都还在。

想到这里，他笑了笑，没走几步，就到了卓兰家的楼下了。仔细算算，他已经半年没有来这里了，抬头看了一眼三楼的阳台，刚刚洗好的被子正滴着水。他笑了笑走了上去，选的时间不错，杨东一家都上班了，只有老太太跟放暑假的孙子在家。

按了门铃，传来了脚步声，卓兰开了门。他看着卓兰，客气地点了点头："伯母好。"

卓兰紧紧地皱着眉头："进来。"

屋子内还是老样子，没什么变化。连过年为了哄老太太高兴买的那套青花瓷茶具还静静地放在茶几上。卓兰见丁聪盯着茶具，于是轻咳了一声问："要喝水么？"

丁聪摇了摇头。

"那，你想说什么就直说吧，过些时候我儿子就要回来了，你知道他的脾气。"卓兰说。

"我跟三儿的事……"

"三儿的事，我已经知道了，你不必再说了。你叫了我几年的妈，如果你想要说的就是这些，那你现在可以走了，我们杨家不欢迎你。"卓兰说。

"那伯母，我也就不跟您寒暄了，我晚上在一家酒吧打工，不巧遇见了个熟人。"丁聪笑了笑说，"我见他跟他的朋友在一起很亲昵，应该不只是朋友那么简单。"

"有话直说，不必拐弯抹角的。"卓兰说。

"我打工的地方是个同性恋酒吧。"见卓兰皱了皱眉头，丁聪说，"您先别急着鄙视我去的地方有多龌龊，我可以堂堂正正地告诉您，我是去打工赚钱，而您的儿子是去消费的！"

卓兰一听，呆住了。半晌，瞪大了眼睛，用颤悠悠的嗓音问："你是什么意思？"

"我的意思你应该明白，而且我已经告诉过三儿了，她没有告诉过您么？"丁聪笑着说，"我一直以为您老早就知道了，还说您思想真很前卫，不在意这些。"

"你给我滚。"卓兰一怒，拍了拍桌子，"三儿走了眼，认识了你这种人。我们家的事轮不到你这个旁人说三道四。"

丁聪慢慢地起身，轻轻地拍了拍裤腿上的尘土："一路走来的时候，见着了几个熟悉的街坊，刘大爷还问我怎么这么久没有来看您。看来大家都还不知道三儿跟我的事。您看，大哥都在我家里闹了，害得我工作也快没了，我是不是也在您这里宣传一下？再顺便把二哥的事也一并宣传宣传？"

"你！"卓兰冲了过来，用力打着丁聪骂，"你滚，你这个人渣，我们家三儿怎么瞎了眼，认识了你这个东西？"

丁聪听着也不还嘴，等卓兰打累了，这才用手擦了擦嘴角的血丝："你问我是什么东西对吧？你得好好问问三儿了，她到底做了什么？我的儿子没了这笔账找谁算去？她这一辈子都算是还不清了。"

卓兰一阵心绞痛，手扶着桌子，摸索着拿起了茶杯，手哆嗦得厉害，一杯水洒掉了一半。水还没有喝到嘴里，杯子已经落地摔了个粉碎。

杨小三身子乏得厉害，一躺在床上，不经意就又睡着了。醒来的时候已经是下午了，落日余晖照进了房间里，胃空得厉害，正想起身，有人从门外进来，带着浓烈的饭菜香味，紧接着，手轻轻将她扶了起来。

"你刚睡着了，我想你醒来会饿，所以去买了点饭菜。"柳青松将手里拎着的保温盒放在了桌上。

"现在几点了？"杨小三问。

"快六点了。"

"医生说我什么时候可以出院？"杨小三问。

"哦，医生说没什么问题了，随时都可以出院，手续我替你办好了，刷的医保卡，所以你也不用跟我谈钱的事。刚才我见你睡得这么香，就没有叫醒你。"柳青松说，"先吃点东西吧，吃完了我送你回家。"

柳青松端起了饭盒，油腻的味道传来，杨小三胃里又是一阵翻腾，于是摇了摇头答："我没什么胃口。"

"你不吃，孩子也要吃，对吧？"柳青松说，"如果你是因为他的缘故，现在就打电话让他来吧，这时候应该下班了。"

杨小三听了，摇了摇头，伸手接过柳青松手里的饭盒。柳青松却没有松手，拿起了勺子，将油腻的肥肉一点点挑出后，将一点碎肉末加了一点饭菜，喂了过来。

杨小三看了一眼，张了嘴，勺子轻轻地喂进了她的嘴里。

"谢谢你。"

"老大，客气了。"柳青松用轻松的口气答。

饭吃了一半，杨小三的电话响了，本以为是周友辉打来的，结果是大哥的电话，杨东的声音沉重："本来妈一直不让我打电话给你，可现在不得不打了，妈病了，在医院。"

"在医院？哪家医院？我马上过来。"杨小三问。

"市中心医院，三楼心脑血管科。"杨东答。

挂了电话，杨小三抬起头问柳青松："这是哪里？"

柳青松答："市中心医院，五楼，产科。"

杨小三愣了许久，慌忙下床，穿上外套急匆匆出门。柳青松见她一副紧张的神情，于是担心地跟了出去。

上了楼，杨东正拿着电话在角落里反复拨打着，一抬头见杨小三竟然已经到了门口，没想到她竟然如此神速，也愣住。躺在床上的卓兰一脸的倦容，看到杨小三，转头责骂了杨东一句："不是告诉你了，别让三儿来么？"

"妈，您病了，是个小事么？"杨小三坐在了床边，"没事吧？"

"妈没事。"卓兰一脸心疼地看着杨小三，"妈老了，有点小毛病是正常的。你看你啊，这几天不见又瘦了一圈，妈看着心疼啊。"

"现在的人都讲苗条，我是在减肥啊。"杨小三看着身边的杨东，"哥，妈是怎么了？"

杨东见母亲不停地递眼神，笑了笑说："也不是大毛病，妈在家里晕倒了。刚已经检查了，说是冠心病，平日里要注意。"

"三儿，别听你大哥说，哪有么严重。"卓兰打断了儿子的话。

"二哥呢？"

杨小三一问，杨东跟卓兰都沉默了。杨东见门口站了一个人，正往里张望，于是上前问："你找谁？"

"哦，哥，他是我同事柳青松，刚送我来的。"杨小三看了一眼柳青松说，"现在我没事了，你回去吧。"

柳青松点了点头，却没有走的意思，磨磨蹭蹭地站在门口。

"进来坐。"杨东说。

柳青松一听，像得了圣旨一般就蹿了进来。

从病房里退出来，杨东将杨小三拉到了一边，神情严肃地问："杨南的事，你是不是清楚？"

杨小三一愣，转而又轻松地笑了笑："二哥的什么事啊？你知道二哥是个闷葫芦，从来不跟我说啥的。大哥说的什么事？"

"我这么个态度问你，你难道还猜不出吗？"杨东反问。

这一问，杨小三又呆住，直直地看着杨东。

"难道是真的？"杨东问。

"大哥怎么突然这么问？"

"丁聪来过了。"杨东说。

"他来做什么？"杨小三一脸紧张。

"妈不让说，我想了想必须跟你说。他跟妈说起杨南的事，你怎么这么糊涂啊，知道了还瞒着我？现在可好，妈知道了，让我打电话叫老二回来。这时候我怎么敢让他回来？就只好先拖着。"

"丁聪说的？"杨小三又问了一遍。

杨小三一听，不由分说转身就要走，却被杨东一把抓住："你冷静点，这是找他算账的时候吗？现在最关键的是怎样把妈这关过了。丁聪说了一句，妈就气成这样。事到如今，你这般反应，事情多半是真的，杨南的脾气在妈面前能服软么？"

"那我跟妈解释去。"杨小三答。

"你添什么乱，先让妈冷静下来了再说。你现在老实告诉我，你知道的关于老二的事。"

"二哥是有一个男……男……"杨小三终于把下半句憋了出来，"朋友，在 L 市，我去见过，一个保安，东北人，人挺老实的，还不错。"

杨东一听杨小三的口气，眉头拧紧，沉着脸说："你这口气，当是在介绍男朋友，说人品？现在唯一的办法就是在妈问清楚前，让杨南先跟那男的断了，妈问起的时候，我们就可以说没这种事。你二哥是牛脾气，怕是他认准的东西，十头牛也拉不回来。既然你都说这男的人品不错，正好，待会儿我们一起去 L 市找他说清楚。"

"哥，真的要这么做？我觉得我们应该尊重二哥的决定。"杨小三问。

杨东火了，吼道："你知道自己在说什么？这种有辱门风的事，就算爸现在在天上，也会被你们气得吐血。"

杨小三一听，胸口一挺，看着大哥问："这种事就算有辱门风了？大哥，是不是两人即使是真心相爱的，但有碍世俗有碍风化有碍某些多事人的嘴，就该背上那十字架，被人咒骂被人唾弃，永远不在一起？"

杨东一听急火攻心，挥起手一巴掌就扇了过来。杨小三没躲，柳青松从身后跑了过来，一巴掌扇到了他的脸上，看似轻轻的一巴掌，打到柳青松的脸上，火辣辣地疼。

杨东看着这个从身后冒出来的人，怒气冲冲地问："你什么时候来的，谁让你在我身后听的？你这种行为搞不好要挨打的。"

"已经挨了。"柳青松捂着脸，"你放心了，我只听到了一点点，而且我什么也不会说的。真的不会，绝对不会。"

"让开。"杨东瞪着柳青松。

"杨大哥,你不能打她,三儿的身体……"

杨小三一把将柳青松推开:"一边去,我们家的事你少掺和。要么走远点,要么回去。"

柳青松又上前一步,站在了两人中间:"亲兄妹,有话慢慢说,我看这医院也不是说话的地方,人来人往的,你们说的又是些见不得……机密的事,楼下有个咖啡厅,挺安静的,我做东,边喝边聊。"

柳青松这么一说,杨东的手放了下来:"我现在去跟妈说有夜班,你待会儿也说晚上加班,我们一起去L市。"

看着大哥离去,杨小三耳边一阵轰鸣,又有些发晕,晃了一下,柳青松赶忙扶住她。看她脸色煞白,正要开口,杨小三的手机响了,丁聪的。

"怎样?"丁聪笑着问,"家里热闹吧?"

"你个混蛋。"杨小三骂了一句。

"混蛋也是托你的福,速成的。"丁聪答,"你不是很想报复我么?当我的丈母娘滋味好受吧?要不要我也把这个消息跟你妈分享?"

"你到底想怎么样?"杨小三问。

"我还没有想好。在我没有想好前,我不痛快,我就让你们一家不痛快。"丁聪笑了几声,不等杨小三答话,挂了电话。

"怎么了?"柳青松扶着杨小三,"你的脸色看起来很难看,不要紧吧?"

杨小三咬着嘴唇,摇了摇头,答:"你先回去吧,我能够处理。你在这里已经是添乱了,刚才你听到的,就搁心里吧。人人都把这事当作丑事,我家也不例外。"

说完,她笑了笑,此时已是傍晚,落日余晖竟分外地壮烈。杨小三看了许久,转过了头,发现柳青松竟然没有走。

"我给你讲个故事吧,愿意听么?"柳青松问。

"讲完了你就走么?"杨小三反问。

柳青松点了点头:"故事讲的是有一天,一只兔子掉进了粪坑里,不停扑腾求救,它的朋友猪来了。于是兔子对猪说,快去拿一条绳子丢下来救我。猪赶忙去找了绳子,将一整捆全部都丢了下来。兔子一看就骂了:你这只猪啊,谁叫你把绳子全丢下来的,绳子的一头你要拿着啊。猪一听就跳进了粪坑,抓住了绳子的一头。"

"讲完了？"

"虽然我这只猪不是你最聪明的朋友，但是却是能为你舍弃一切跳进粪坑，同甘共苦的朋友。"

"傻瓜。"杨小三骂了一句。

"你有孩子的事，打算告诉他么？"柳青松问，"他是孩子的父亲，现在这样的处境，是到了需要为孩子打算的时候了。"

杨小三听了，轻轻地摇了摇头，不答。

"你恨他么？"柳青松问。

杨小三又摇了摇头："女人就是这样，明明看得见一个男人的坏，爱上他后，偏偏就不愿意去想了。"

"那……你怎么打算？"

"过些日子再说吧。二哥的事你也听见了，肯定不会完。他们三个总有一方得要妥协，可他们都不是能够妥协的人。"杨小三叹了一声。

"别想得太多了。"柳青松心疼地说，"心情要放松，你现在不是一个人了。"

"差不多要忘记了，你又提起了。"杨小三微微地叹了一声，"你啊，还是那么不会说话，什么时候才能成熟些呢？"

"我会努力的。"柳青松点了点头。

杨东从远处走了过来，看了柳青松一眼："你怎么还没有走？"

柳青松答："三儿今天身体不好，所以我陪着她。"

"走吧。"杨东看了三儿一眼，"妈那儿你不用去了，趁着天还没有黑，我们去L市。"

柳青松犹豫了一下，也跟了上去。杨东看着柳青松还在，说："你这人怎么跟苍蝇一样，赶都赶不走啊。"

柳青松忙说："这事情我已经知道了。您放心，三儿的事就是我的事，我不会说的。今天三儿身体的状况也不好，是我开车送她过来的，现在还是我开车送你们去L市吧，你们俩也可以好好休息一下。"

杨东回头看了杨小三一眼，见杨小三点了点头，只是一脸疲倦，又像要干呕的样子，杨东叹了一声："身体不舒服？"

杨小三赶忙摇了摇头。

"老实告诉我，你跟那小毛孩到底什么关系？"

"他是我同事，刚进公司没多久，我带他跑项目。"杨小三答。

杨东点了点头："那还好，我看他年纪也才二十出头吧，你二哥已经是这样了，我不希望你也闹一场惊天动地的爱情。"

杨小三惨淡地笑了："女人是湾清水，水下是男人的泥潭。男人看得透女人，却装着什么也看不透。而女人明明看不透，却装着什么也看得透。这样活着，累么？"

杨东一愣，猜到了她心里有些疙瘩，却以为她是在担心杨南，于是安慰了一句："人活着就应该遵循规矩，顺其自然就不会累。逆水行舟怎能不累？哥就你这么一个妹妹，当然希望你幸福。你跟丁聪离婚，一开始我也觉得你太浮躁了，脾气倔，现在看来，倒是个好事，丁聪那种人，不值得你去爱。"

"哥，在你眼里，什么样的人才值得去爱？"

杨东不知如何去回答。

杨小三苍白地笑了笑："他家财万贯，风流倜傥，他谦谦君子，是不是就值得我去爱了？"

这一问，杨东又呆住，想了许久答："最重要的是你喜欢他。"

这一说，杨小三又笑了："哥，我看得出二哥和他很相爱……"

杨东无言以对，看着远处的落日，呆了。

鏖战了一个下午，周友辉把几个副总留在了酒桌上，终于从将府楼脱身，刚走了几步，就发现有脚步跟了上来，回头一看，是周伟志，于是问："酒桌上的都是A市大大小小的头头儿，好不容易才能把这几路神仙请过来，你该多利用才是，以后免不了跟他们打交道。"

"重要是重要，不过我有更重要的事情要做。"周伟志回答得很干脆。

周友辉听了，若有所思，想了许久终于开了口问："哦，对了，今儿一早冯经理打电话跟我说起，你昨日去枫叶酒店开了一间贵宾套房。"

周伟志点了点头答："我追出来也就是跟爸说这件事，一天的事情多，也没有机会见着你。酒桌上也不便说，我的一个朋友来A市玩几天，我替她开了个房间。"

"国外的同学?"周友辉故意抛砖引玉,等着儿子的答案。

"不是,回国后认识的。"周伟志答。

"那我猜得没错,你现在也是急着去见她了?"周友辉问。

"是的。"周伟志答。

周友辉继续走,周伟志默默跟在身后,跟了一段距离,周友辉停了脚步,也没有转头,轻声说:"如果觉得合适了,就带回家吧,让你妈帮你参谋参谋。"

"若是妈不喜欢呢?"周伟志一句反问,间接回应了周友辉的判断。周友辉思量了许久,说:"不看又怎么知道?再说,能跟你过一辈子的人,当然要是你自己来做决定了。父母的意见只能做个参谋。"

"爸的意思是不管怎样,你是同意了?"周伟志掩饰不住的喜悦之情。

周友辉似笑非笑地点了点头:"我有事先走了,如果你觉得这样舒服的话,就这么认为吧,这是爸欠你的。"

周伟志从身后第一次看着父亲笔直的背影竟如此沉重,脊梁上似乎扛下了整个家庭的责任。

周友辉终于有了空闲,打了几个电话给杨小三,手机一直关机。不打还好,一打,他已经迫不及待地想飞到她住的小区。车子奔出了停车场,也不顾已经喝了几两白酒。

半个小时后,周友辉的车总算平安到了地方。天色已暗了下来,灯火已然亮起,而杨小三的楼竟是漆黑一片。于是匆忙上了楼,按了几次门铃,没人应,掏了钥匙开门走了进去。

周友辉拧开了灯,凉风吹来,他笑了笑,摇了摇头,她还是忘记了关窗户。他于是走了过去,轻轻地关上窗户。坐在沙发上百无聊赖,又不死心地拨了几次电话,还是关机。眼看着时间慢慢在流逝,到了该回家的时间,可心又不甘,怎么也不想走,犹豫了许久还是黏在沙发上没有离开。脑海里来回想了许久,心情越来越烦躁,于是点了支烟抽上,这下,周友辉发现不对了:地上不知何时多了一根很长的烟屁股,一看就是没抽几口就扔掉的,浅黄色的廉价烟头。周友辉捡了起来,仔细地看了两遍。他猜得不错,十块一包的普通大众最喜欢的牌子。

周友辉用力地吸了一口烟,将烟掐灭在烟灰缸。他越想越不对劲,起身拧亮了沙发旁的台灯,沿着沙发的角落仔仔细细地看了一遍。沙发中间偏后的位置,一片污渍引起了他的注意。他伸出手摸了摸,似乎是最近才弄上去的,污渍还未干,带着点潮湿和粘腻,用食指粘了一点,轻轻一闻,神情立马就变了,眉头深得可以夹紧一片树叶。他忙拿起了手机,拨打了小刘的电话:

"杨小三今天有没有来上班?"

这倒是把小刘问得一头雾水,老总亲自过问一个小秘书的行踪,该怎么答呢?思量几秒,他决定如实回答:"她今天一早来上班的时候,晕倒在了电梯里,被送到了医院。"

"晕倒?送医院?这么大的事,为什么没有告诉我?"

周友辉一怒,声音严厉得让小刘两腿发软。一直兢兢业业谨小慎微的小刘已经很久没有见周友辉发这么大的火了。可周友辉这么一问,连他这个做了将近十年的秘书,自认为对老板素日习惯都透彻的人,都不知道该怎么回答了。一个小秘书的晕倒是大事?除非……他心中难免按照惯例开始联想。

周友辉也从失态的状况清醒过来,知道自己这一句已经坏了事,赶忙补救说:"小刘,难道你不知道,现在舆论控制很重要,人员出了问题是一件大事件。像富士康一样,难道是要到了有人跳楼我才知道?她现在人怎样?谁送去医院的?"

"应该是营销部柳青松吧,他下午给我打电话帮杨小三请假。"小刘回答。

"他怎么说的,人没事吧?"周友辉问。

"没……没问。"小刘开始结巴了。

周友辉一听,气提到了嗓子眼,开口就想骂他,幸好被理智憋了回去。恐怕小刘心里已经开始猜想着他跟杨小三的关系了,自己再骂一句,不等于火上浇油么。他于是深吸了口气,想足了理由后说:"想来人应该没事。明天上班让她来我办公室一趟,我有一份急件在她那里。"

高速路上,柳青松开着车,杨小三躺在后座上。也许是刚怀孕,她特别渴睡,迷迷糊糊又快睡着了。杨东怕柳青松开车精神不集中,有一搭没一搭地跟他聊。不聊还好,这一聊,平日里从不关心国家大事的柳青松就像听了安魂曲一般,昏昏欲睡。

直到柳青松的手机响了,杨小三迷糊地睁开眼:"到哪儿了?"

杨东答:"还有十几公里就到收费站了。"

柳青松一手开车,一手从包里摸出了手机,周友辉打来的。想了想,手伸到后面的杨小三面前:"老大,你的电话。"

杨小三一愣,疑惑地把手机拿了过来,一看来电显示,才明白了柳青松的意思。

杨小三对着手机看了许久,挂断了。刚挂,电话又打了过来,杨小三直接关了机。

杨东疑惑,转过了头问:"谁的电话,怎么小柳给了你,你却还不接电话?"

"哦,生意上相当难缠的一个客户,下班时间不想跟他磨叽。"杨小三回答。

杨东不再多说话。

杨小三正想将手机还给柳青松,想到周友辉是个何等执着的人,她的电话一天不通,他一刻也不会消停,指不定再过半个小时打到柳青松的手机也不为过,于是从包里掏出了手机,开机。

刚一开机,N个短信提示,电话就打了进来。幸好杨小三开了静音,于是赶忙挂了电话,发了短信过去:说话不方便,稍后联系。短息立马就回复了过来:在哪儿?杨小三答:车上。他又回了过来:哪辆车上?杨小三知道他的脾气,偏偏不吃这套,于是回复:地球上的车上。

短信一发,许久没有回复,杨小三都以为他已经不再执着找她,而是回家了,没想到过了十几分钟,短信来了,很简单的两个字:等你。杨小三吸了口气,刚想回复让他别等自己,短信又发了过来,还是特别温馨的两个字:在家。

杨小三一看,眼不中用地红了。在他心里,何时已经将她和他的"露水鸳鸯窝"当成了神圣的家?想到这里,她笑了笑。家到底是个什么东西?有些人明明有很多个房产却没有一个家;有些人穷得买不起一套房子,却能有一个温馨的家。杨小三突然觉得这世界对她格外垂青,明明她奢求的并不多,却慷慨地给了她很多。

车到L市,杨小三指向了张敏公司所在的写字楼。下了车,杨东就急着拉杨小三往大厦里走。到了保安室,杨小三看方林虎并不在,忍不住松了一口气。

杨东看了杨小三一眼，又不依不饶地问："他叫什么名字？"

杨小三憋了许久答："方林虎。"

杨东进保安室，几分钟后走了出来："走吧，他今天不当班，他住的地方离这里不远，我们走过去。"

"哥。"杨小三停了脚步，"要不这事再缓缓？你不是已经跟二哥沟通过了？大家都冷静冷静，我觉得这也不是一时半会儿就能够解决的，你说我们这么就去了，恐怕不妥当吧？"

"什么叫不妥当了？什么叫不急？"杨东反问，"妈都这样了，还不急？荒唐！走，马上去找他，我就看看到底是个什么样子的人！"

杨东拉着她的手正往外走，突然间，冷不丁蹿出来一个人，一身的瘀伤，竟不顾疼就给杨小三跪下，声嘶力竭地喊："三儿，你来了啊，你终于来了啊，是不是敏敏原谅我了，让你来找我了？她在哪儿，快带我去。"

突如其来的一幕，让杨东跟杨小三都呆住了。

杨小三看了半天，才认出了这个憔悴得像换了个人一般的宋林昆。杨东也停了脚步，仔细看着这个人，似曾相识，可怎么想不起来了。许久，他终于打破宁静，反问了一句："敏敏的老公？"

杨小三点了点头："也许现在还是吧。"

"你怎么弄成这德行了？"杨东上前一步，将他扶了起来。

"敏敏被一个男人带走了。"宋林昆像梦游醒了一般抓住杨小三的手问，"你肯定知道那个男人是谁？你告诉我，我要去找他。我让他还我的敏敏，我要宰了他！"

"敏敏没跟你在一起？"杨小三问。

宋林昆头摇得像拨浪鼓一般，眼泪就下来了。这是杨东第一次看到一个男人流泪，还是在大庭广众之下，他忍不住皱了皱眉头，男人哭起来很难看，他忍不住鄙视了一番。

"既然敏敏已经选择了，你就放手吧，一开始不是你的错吗？"杨小三答，"有些错犯了是回不了头的。"

"我不会答应离婚的。你肯定在骗我，你知道她在哪里，对不对？"说完，宋林昆抓着杨小三的胳膊摇晃着。大厅瞬间就热闹起来，人群围了上来。

第五章
这是我一生遇到的最大难题

　　五星级酒店的顶楼，A 市南面最高的一座建筑。大凡来 A 市视察的领导都会下榻此处，据说这里的总统套房连淋浴用的水龙头都是镀金的，一个要好几万。此时，张敏临窗而站，一只还能稍微活动的手里端着杯红酒，一仰头，大半杯的红酒倒入了嘴里。

　　身后轻轻响动开锁的声音，随后脚步声起。一分钟后，人走到了她的身后，伸出手将她手里的玻璃杯夺了过去："都是个病号了，怎么还喝酒？"

　　张敏笑了笑，因为酒精刺激下红润的脸颊，笑起来竟特别美。

　　周伟志将高脚玻璃杯放在了一边，从身后环住了张敏的腰，头枕在了她的颈窝，轻声在她耳边问："想什么啊？这么入神？"

　　"刚接到电话，按照程序明天去法院调解。"张敏说，"以前有个生意上的伙伴也起诉离婚，一个漫长的过程，跟二万五千里长征一般，整整上诉了两次，耗了一年半，终于离了婚。你猜，他离婚后跟我说什么？他说，这一辈子都不会再结婚了。"

　　周伟志一听，将她搂得更紧了："明天我陪你一起回 L 市。"

　　张敏摇了摇头："还是我自己去吧，我那朋友告诉我，离婚是要面对面给别人一刀，起码也得告诉别人是怎么个死法。我想，说不定我们好好谈谈，起诉离婚变成协议离婚了。"

　　"对不起。"周伟志低头吻了吻她的耳根。

　　"不关你的事，有些事是个量变到质变的过程。我跟他已经质变了，回不去了。即使没有你，这个婚我还是会离。"张敏答。

周伟志点了点头："希望明天一切顺利。"

张敏的手机响了，是杨小三的电话，她问："祖宗，这么晚了，找我有什么事？"

"你现在在哪儿？"杨小三问。

"在哪儿？"张敏转头看了周伟志一眼，"能在哪儿，在家啊。"

"在家？你若是在家，这个牛皮糖就不会跪地上了。你是不是跟你的那个他在一起？"杨小三问。

张敏听了，点了点头答："是。"

"你这刀是不是能够磨得锋利点啊？"杨小三叹了一声，"你是割一刀割不动，然后就喘口气休息一下，又来一刀，你这么搞，还让不让人活了？我看到宋林昆的样子了，他好歹也是个总经理啊，我今天见了他吓了一跳，一大好青年的，怎么就变一盲流了？"

"你去L市了？"张敏问。

"是的，刚去你们公司那幢楼有点事，出来就撞见了，跟八百辈子冤情一样，把我当了包青天，一见面就跪下了。这哪里像个男人？你还是赶紧回来，找个地方好好聊聊，好聚好散。行不行了，祖宗？"杨小三问。

"正好，明天法院调解，你陪我行么？"张敏问。

杨小三应了。挂了电话，宋林昆凑了上来，一脸关切地问："怎样？她愿意见我了么？"

"明天不是法院调解么？"杨小三答，"她明天回来，你们好好聊聊吧。宋哥，你那样对她的时候，她都没有提离婚，表明她心里有你。也许她使性子给你撒气，可表明了她在意你，有时候恨也是种爱。可当你又去找那女人时，她就死了心要离婚。我说句你不乐意听的，你跟敏敏的这段婚姻怕是挽不回来了，还是放手吧。起码到最后，你能给敏敏一点自由。"

"谁说的！"宋林昆说，"你乱说，敏敏离开我，根本就不是我的问题，她那么爱我肯定会原谅我的！都是那个男人惹的祸，都是那个男人！"

宋林昆说着，眼珠子红了，抓起杨小三开始摇。杨东一看不对劲，想冲过去时，已经有人奔过去挡在了宋林昆跟杨小三之间。

宋林昆一巴掌狠狠扇在了柳青松的脸上，柳青松捂着脸，这下好了，一天挨了两巴掌,一边一个,总算是平衡了。情绪失控的一巴掌打得柳青松耳膜轰鸣,他极力地站稳了脚跟,推开了宋林昆,拉着杨小三就往外走,杨东拦住了宋林昆。

几分钟后,杨东走出了写字楼,见柳青松扶着杨小三正站在台阶上,于是走了过去:"现在的人不知道都怎么了,毛躁!婚姻是能够毛躁的事么?"

说完,径直往前走去,杨小三忙跟了上去。柳青松想了想,毕竟是杨家的家事,自己跟上去不妥。

走了十多分钟后,杨东到了一幢楼下,径直上了十楼,在一间出租屋前停住,伸手按了好一会儿门铃后,门开了,意料之外的是,开门的竟然是杨南。

"二哥!"杨小三站在杨东身后一惊,叫出了声。

"进来吧。"杨南神情淡定,像是早为这个可能会出现的情景做好了演练。

很简陋的一个出租屋,一室一厅约有三十多平方米,屋内的家具很简单,也很简陋。一张床、一张桌子、一个衣柜,唯一的一个装饰品是墙上的一幅照片,杨南和方林虎在海边照的,两人靠在一起笑得灿烂。而此时杨东看来,却分外刺眼。照片已经证明了一切,他刚刚来前心里还带着侥幸,现在都不用问了。

杨东一脸阴沉,在沙发上坐了下来:"他呢?"

"有什么要说的直接问我好了。"杨南直着腰,抬着头,眼神看着杨东身后的白墙,竟有种视死如归的表情。

"断了。"杨东很严厉地说。

"不。"杨南回答得很果断。

"那就断了兄弟情分。"杨东说。

两个人一见面就似乎有深仇大恨的样子,杨小三也急了,赶忙站在了两人中央,叫了一声:"哥!"

杨东对着杨小三说:"你可想清楚了,你叫的是哪个哥?"

杨家人说话都一个德性,心里有什么说什么,没考虑过一丝后果,没留半点的余地。

"大哥,记得小时候二哥成绩不好,嚷着要休学,爸一怒之下要跟他断绝父子关系,你怎么做的?"杨小三问。

"三儿，你别说了。"杨南答，"我很早前就知道会有今天。所以，很多事我都已经看得很开。你也别怪大哥，这种事不容于世的。"杨南说。

"二哥不是在爸的面前跟我说，有一天你有什么事时，我一定会站在你这边么？这一次是因为我起的，如果你因此跟杨家脱离了关系，那我也要跟大哥当年一样，跟着你。"杨小三答。

"傻瓜！"杨南说。

杨东听着，用严厉的口气说："妈一听到这个消息就冠心病住了院，她心脏一直就不好。我一直哄着她说，那个人不是个东西，见不得人好，所以来骗她的，你们俩既然都这么决定了，明天跟我到妈面前去说清楚，然后再去爸的坟前说一遍。"

杨南脸色有些泛白，没有了刚才的坚毅，许久才轻声问了一句："妈怎样？身体没问题吧？"

杨东答："身体好不好，你不知道自己回去看看？现在走还来得及。"

杨南低着头，不语。几分钟后，门轻轻响了，方林虎推门走了进来。

杨东用鄙夷的态度从头到脚将他看了一遍，方林虎像是习惯了这种眼神，对着杨东笑了笑："杨哥，你好。"

"我不想多说了。你家里也有高堂兄妹，也轮不到我这个外人跟你讲了。你觉得你们有信心偷偷摸摸一辈子么？就连两夫妻都扛不过七年之痒，你们一没凭证，二没孩子血脉，三没世俗的包容，如果你们要执着，我这个做大哥的也无可奈何，但我希望你们好好想想你们的将来和给双方家庭带来的影响、后果。"说完，杨东叹了一声走出门，又转头对杨南说，"过几天妈身体好出院了，你自己掂量回不回家。"

杨小三走上前，说："哥，对不起。"

杨南笑了笑答："大哥迟早会知道我的事情。倒是丁聪竟然变成了这样，你离开了是件好事，可你咽得下这口气，哥咽不下，我收拾他的时候，你可别插手。"

"二哥，都这样了，你还替妹子考虑。"杨小三说完，看了看方林虎，"你怎么打算的？"

杨南一屁股坐在了沙发上，从包里摸出烟抽上，这种事在谁身上都是个没有解的公案。

"二哥，我不逼你了。"杨小三说，"你慢慢想想，大哥和妈那边我会尽量去说服的。可你知道，这是原则性的问题，我没有能把黑说成白的口才。"

杨南闷着头继续抽烟。他抽得很快，几口就抽完了一支，又从包里摸了一支。杨小三见了，知道自己不走就是给他压力，于是出了门。没走几步，身后传来了脚步声，方林虎跟上来，替她按了电梯。

"谢谢你。"方林虎对着她笑了笑，满口的白牙即使在幽暗的楼梯间，也让杨小三突然间感到了一缕夏日的阳光。她挤了点笑容说："二哥就拜托你了。他是个闷葫芦，平日里都是他关心我多，而自己的事都憋在心里。我看得出你在他心里的位置。大哥是他最钦佩也是最怕的人，他今天竟然敢为了你顶撞大哥，心里肯定不好受。"

方林虎用力点了点头："我可以像南一样叫你么？"

杨小三点了点头。

"三儿，谢谢你。"

杨小三心里一酸，仿佛突然间看到了自己的未来。

方林虎看出了三儿的心事，怕是也有心结在，于是又挤了个笑容："你也可以跟着南叫我虎子。"

那一刻，杨小三看着他犹如那树荫中落下的千缕光芒，不禁想起了那凤凰路上的榕树，那榕树下坐着的他。

柳青松担心着杨小三的身体，问了保安地址，找到了楼下。刚到就见杨东下楼，一脸阴沉。柳青松迎了上去，本想问几句杨小三的状况，可没敢开口。

杨东站在一边，掏了烟抽上，一边抬头看着天空。

十几分钟后，杨小三总算是走了下来，柳青松忙迎了上去，一脸关切地问："怎样？"

杨小三摇了摇头。

杨东叹了一声，烟屁股往地上一扔："回A市。"

杨小三总算是松了一口气，气一松，眼前一阵发黑，脚步又有些软，幸好身后一暖，柳青松扶了上来。

三人一直走回了停车场，杨东转头一看，柳青松弯着腰，像奴才伺候主子一样小心翼翼扶着杨小三，于是眉头一皱，说："你们俩是不是清宫戏看多了，一个太监加一个太后，成何体统？"

杨小三一听，赶忙将手抽了回来，柳青松赶忙挺直了腰。杨东这么一说，让柳青松心中突然想起了几个月前将府楼的一幕，回想当初的场景竟分外甜蜜。等他反应过来时，见两人已经上了车，这才慌忙跑了几步追赶上去。

到A市已经凌晨十二点，路上已经少有车辆，柳青松将杨东送回了家。杨东一下车，他就一下轻松了，连流动的空气都通畅了不少。柳青松转过头："我现在送你回家吧，想来你现在一定不在原来那儿住了吧？"

杨小三点了点头，难怪他刚才执意先送杨东，说的是顺路，其实在替自己掩盖。明明是一个大大咧咧不懂事的男孩，什么时候已经开始这么细腻地为人考虑了。杨小三突然想起了白天他讲的那个故事，原来爱的魔力真的不可小觑。她笑了笑，轻声说出自己的地址。

杨小三没有让车开进小区，柳青松一脸担心，却没有提议将她送进小区。嘱咐了几句，看着她下了车，却不急着把车开走，而是一直看着她的身影消失在黑夜里，这才开动了汽车。车是一早送杨小三到医院时向公司借的，他保证过今晚必须还回去，看来今天夜里他要在公司过了。

杨小三走到了楼下，抬起了头，自己住的五六楼漆黑一片，心中微微叹了一声，这里到底不是他的家，这么晚了，估摸他早就回自己的家了。于是，走进了电梯。

开了锁，推开了门，一股浓烈的烟味熏得她呼吸不过来。黑暗中，火星子停在半空中，燃烧得正烈。杨小三刚要开口，黑暗中一缕幽暗的灯光亮了起来，照亮了他的背影和绕在四周的烟圈。他伸手拿起了茶几上的手机，沙哑的声音答："我不回去了……没什么原因……不用等我了，有什么事，明天再说……挂了。"

屋里又恢复了漆黑一片，凝重的气息压抑得人喘不过气。对于杨小三来说，他有一种跟大哥一样的气场，即使不说一句话，也让她的心像只兔子般折腾。许久，见他不说话，杨小三站在原地没有动，直到浓烈的烟味呛着她，半空中的火星子才灭了。

几秒钟后，他站了起来，走到了窗户边，推开了窗。一阵风吹了进来，屋内闷热的空气充斥着仲夏夜的凉风。

"回来了?"他沙哑的声音问。

"你怎么还没有走?"杨小三问。

"你希望我走吗?"他反问。

"无论我希望或不希望你走,最后你都会走,所以对已经决定好的事情,我就不想花脑子去想了。"杨小三觉得身上乏得很,却不想开灯,走到沙发上躺了下来。不一会儿,柔和的灯光亮了起来,他在离杨小三不远处的沙发上坐了下来。

"你今天在电梯里晕了?"周友辉低着头,看着不远处问。

杨小三点了点头。

"没什么事吧?"周友辉继续问。

"没事。"杨小三答。

"真的没事?"周友辉抬起了头,转过头看着杨小三。

这时杨小三才发现,他竟有些少见的憔悴,眼神似乎少了往日的神采。杨小三仿佛一眼就看出了他心里隐藏的东西:"想问我什么就直说吧。"

一片宁静,双目对视,许久,终究是他败下了阵,示意杨小三过去。杨小三挪了挪身子,舒服地靠在了他的怀里。淡淡的烟草味还有他独有的味道,宽阔温暖的胸膛在差不多靠上去的那一刻,就快睡着了。这就是这个男人给她的安全、宁静和厚重。好像什么麻烦事,到了他的身边就不再成事了。

周友辉右手轻轻拍着她的肩膀:"你没回来之前,我一直在想我们之间该是怎样的关系?家庭的关系?不是!情人的关系?不是!金钱的关系?也不是。却每一样占了一点,你说我该拿你怎么办呢?我心里有个问题想问你,从发现了开始,我就憋在了心里,恨不得马上清清楚楚明明白白地问你。可是等了你四个小时,见到你的一刻,我却不敢问了。亲爱的,我遇到了这辈子最大的一个难题了,我怕你离开我。"

"离开是迟早的事。千里搭长篷,没有不散的宴席。我们都要慢慢地去学着面对事实。"杨小三答,"今天晚上我去了L市,我大哥知道二哥的事了。"

"解决了么?"周友辉问。

"有解决的办法么?"

"你确定是在问你二哥的事么?"周友辉答,"我可以让他们移民,世界上很多地方可以让他们结婚的。"

杨小三轻笑一声:"一纸凭证真的重要么?爱能够得到身边亲人朋友的祝福,这才是最重要的。"

周友辉沉默了,许久,他清了清嗓子,轻声地问:"你是不是在埋怨你要的我给不了?所以……所以你才那么做,对不对?知道吗?这时我真希望你能够问我要点钱买东西,至少我拿得出来,才可能要一些东西回去……"

这就是他的商人理论,他毫不犹豫地把这个概念移植到了感情上。说完,许久没有回音,轻微的呼吸声音响起,周友辉低下头,才发现她已经睡着了。长长的睫毛微微地颤抖,娇艳的红唇微张,美丽年轻的容颜,这已经是属于他的东西,可他偏偏贪心不足,里里外外都不想放过。

第二日,杨小三睁开了眼,一个好梦扫走了昨日的疲倦,她惬意地翻了个身,落入了他的怀抱,周友辉的吻已经落了下来。

杨小三问:"你怎么还没有走?"

"希望我走么?"原则上的问题,周友辉完全没有平日里该有的风度,固执得如同个孩子。

"这是你的房子,要走也是我走。"杨小三想起身,却被周友辉一把揽入了怀里。杨小三看着他说,"敏敏今日要去法院调解,离婚的事闹得很僵,我已经答应陪她去了,今儿怕是又要请假了。"

"我批准了,不必跟小刘说了。"一声批准就像皇帝宠幸了妃子后的册封一样,看得出来他心情比昨晚好了很多,"L市?"

杨小三点了点头。

"你精神不好,我开车送你过去吧。"周友辉说。

"公司的事怎么办?"杨小三问。

"先放放吧。"周友辉答。

杨小三想了想,也不多争辩。第一次一起起床一起洗漱,杨小三觉得挺怪异的,可哪里怪异却又说不上来。七点半,出了门。周友辉开车,杨小三坐上车后,给张敏去了电话:"我出发了,要不要我来接你?"

张敏答:"我们在L市的市中级人民法院门口见吧。"

一个半小时后，杨小三到了法院。下了车，周友辉探出脑袋嘱托她说："有什么事打电话，完了事，我过来接你。"

杨小三走进了市中级人民法院大厅，人来人往，跟赶集似的。也许是有了身孕，见了人多就胸闷，突然间想起了母亲的病，于是给大哥去了个电话："妈的病怎样了？今天我有点事，怕要下午才能去医院。"

"你忙你的，工作要紧。妈这边没事，一早我跟医生沟通过了，再观察两天也就可以出院了。妈情绪也还算好，二哥的事我糊弄过去了。妈说了等出院听二哥解释，我也给他发短信了，他给你打过电话没？"杨东问。

"没有。"杨小三摇了摇头，"多给他几天时间吧。"

杨东叹了一声，挂了电话。杨小三知道他心里也不是滋味，长兄为父，大哥为家里操碎了心，况且这些事能说清楚对错么？

杨小三刚挂了电话，宋林昆走了过来。他定是经过一番拾掇，头发剪了，胡子剃了，换上崭新的衣服，锃亮的皮鞋。除了尖尖的下巴外，往日的风流倜傥仿佛又回来了。

"你来了啊。"宋林昆对着杨小三点了点头，"她呢？"

"快了吧。"

宋林昆有些紧张，开始整理起衣服，整理完后，问："今天穿得怎样？"

杨小三笑了笑，他那状态越来越不像是进行离婚调解的，倒像是来相亲的。为何男人都是这种德性，拥有的时候不在意，在意的要么是失去的时候，要么就是得不到的时候。

几分钟后，张敏走了进来，一眼就看到了杨小三，也看到了她身边的宋林昆。正想着是否要过去时，宋林昆已经发现了张敏，几步就跑上前："敏敏，你总算来了。"

张敏不答，侧了身，走到了杨小三的面前，杨小三一见，忙说："走吧，这儿人多，怕是要排号吧。"

说完带着张敏往里走，宋林昆跟在了身后。

十几分钟后，周友辉驶出了市中区，上了高速。他将车停在了路边，拨通了电话："老李啊，是我，要麻烦你帮我查个事了，对，也不是大事，就是查个人。"

周友辉挂了电话，摸出了支烟，又接了几个工作上的电话，觉得烦躁，索性关了机。突然间，听到了车窗玻璃在响，似乎是有人在敲打自己的车窗，于是睁开了眼一看，周伟志正站在车外："刚看着车牌，还不信是您。"

"你怎么来 L 市了？"周友辉问。

"嗯，送朋友来的。"周伟志答。

周友辉听了，就猜到他指的是谁，低头想想，随便找了个理由把昨日没回家的事一并解释了："昨天 L 市有个会，应酬晚了，就在 L 市休息了一晚，今儿一早打算赶回去的，上了高速觉得倦，打算歇几分钟再走，这么巧就撞上了你。"

周友辉开了车门，周伟志坐了上来。两人也不谈工作的事，抽起烟来。一根烟快要抽完时，周伟志鼓起勇气气说："爸，什么样的儿媳妇你才会满意？"

周友辉一听笑了："不是说过了么？你找媳妇，不是我找儿媳妇，重要的是你喜欢。"

"爸，我找到了我喜欢的，她今天来 L 市离婚，我送她去的。"

话音一落，周友辉手里的烟落了，将他的裤子烧了个洞，烫得发疼了才反应过来，慌忙拍了拍腿上的烟灰，转过头，严厉地看着周伟志说："你说的是真的？"

周伟志认真地点了点头。

佛教中的因果，所谓因缘和果报，根据佛教轮回之说，前世种什么因，今生受什么果；善有善报，恶有恶报。听到周伟志这么一说后，周友辉反复思量自己这一生到底犯了什么错，辜负了多少人的眼泪，才会有此因果。明明自己已沉醉于泥潭中无法自拔，如今连儿子也如此不幸，作为一个父亲，他应该说什么？可作为一个感情上的失败者，他又有什么资格说些什么？于是他转头，看着周伟志认真的表情，许久吸了口气，重重地叹了一声："回去说吧，累了。你开车回 A 市，一堆的事情。"

工作这个借口就是好，无论什么时候，都是周友辉无偿的保护伞。

按照规定，杨小三坐在门外长廊的凳子上，没过多久，就听见了房间里传来激烈的争吵声，于是忙推门进去，看到张敏和宋林昆两人已经拧在了一起，张敏的一头秀发此时正拽在宋林昆的手里，宋林昆另外的一只手举过头顶，拳头挥得很高。张敏打着石膏的手挡住宋林昆的胳膊，另一只手往宋林昆脸上挥了过去。一个四十多岁的女人正站在两人对面，慌神地拨打着电话，一边喊："冷静，冷静……"

杨小三冲了进来，挡在两人中间："什么事不能靠嘴说么？你一个男人动不动就打女人，以前的风度往哪里去了？你啊，一个女人，少林寺出来的么，动手不动口。"

说完杨小三就开始去掰开宋林昆的手，掰了许久，宋林昆总算是松了手，咬着牙看着张敏说："我是绝对不会同意离婚的，除非你真的舍得把我阉了，不对，即便是阉了，我也要耗你一辈子。"

杨小三转头看张敏，正想开口，只见她眼睛一翻，人就倒了下去。杨小三还没有反应过来，一旁的女人尖叫："还不快送医院，这调解不用做了，你们直接走起诉程序吧。"

宋林昆赶忙抱起张敏冲出了房间，杨小三赶忙跟了出去。

L市的医院，宋林昆在走廊上来回走动，走得杨小三心烦了，于是说："你现在烦有什么用，这么多年了，你都不了解敏敏的脾气，她遇强则强，你还硬碰硬？既然这段感情你还想要挽回，就不知道低个头认个错，慢慢说么？打有用么？我今儿第一眼看着敏敏手上有石膏，我就在想是不是你干的，现在看来我不用问了。"

"我这不是急么？敏敏现在是被那个男人迷昏了头了，我说什么她也不听……"宋林昆一脸焦急。

医生走了出来，宋林昆紧张地问："医生，敏敏怎样了？"

"你是她爱人吧？"医生问。

宋林昆点了点头："是，她怎样了？"

"没什么大问题，你做家属的要注意了，这是关键的时候，怎么能让她受刺激呢？我看着她手上还有伤，不会是摔过吧，以后你要小心些。"

"医生，我……是没有听明白，敏敏她生什么病了？"

"哦，没病。你还不知道啊，她怀孕了，一个多月了。"医生答。

话音一落，宋林昆陷入了深思。杨小三心中一紧，知道不妙，还未开口，只见宋林昆一下脸色大变，一拳头挥在了走廊的窗户玻璃上，大叫了一声："混账！"

玻璃碴落了一地，宋林昆手上出了血，一股股地往外冒。医生脸色都白了，他行医十几年，这种事告诉家属后，从来都是喜笑颜开的，头一次见这样反应强烈的人，于是慌忙转头问杨小三："他这是怎么了？"

杨小三上前一步，看着正不停往下流血的手腕，刚要开口，却见宋林昆手一挥，转身头也不回地走了。看着那一路滴着血迹的路，杨小三的胸口又一阵发闷。

十几分钟后，张敏被护士推了出来，紧闭着眼。杨小三一脸紧张地看着护士，护士笑了笑，轻轻地说："没事，大概是太累了，睡着了。没什么大不了，那边有休息室，躺一会儿就可以走了。"

半个小时后，杨小三的电话响了，她赶忙走出了休息室。

"我快到公司了，你那边怎样，事情还顺利么？"周友辉问。

"我在医院，朋友……"说到这里，杨小三鬼使神差地说了实情，"她怀孕了，孩子不是她老公的……"

"清官难断家务事，这些事得他们自己解决。"周友辉答。

"若是你，你会怎么做？"杨小三突然问。

"一定要我回答么？"周友辉反问。

杨小三点了点头。

"两条路：第一不离婚，留在老公身边，那就看她老公的态度，若是介意，孩子留不得。第二离婚，看她的那个男人的态度，若是男人不要她，孩子还是留不得。"周友辉回答得条理清晰，分析合理，像是在做一条算数题。女人习惯感性思维，男人善于理性思考。女人往往明白男人考虑方案的合理性，男人通常知晓女人情感的敏锐度，但偏偏喜欢站在事情的两极，你坚持你的，我坚持我的。

"哦。"杨小三轻声答了一声，挂了电话。这就是他的答案，足够冷静，足够睿智，也足够冷血。

周友辉隐隐觉察出杨小三话里似乎套话，还来不及思考，手机响了，周伟志的:"爸,我有急事,就暂时不回 A 市了,您帮我跟妈解释下吧。"

周友辉听了,看了一眼后视镜,周伟志的车在后面亮了下双闪后,下了高速。

"那好,你自己小心。"

杨小三走进了休息室,发现张敏已经醒了,正拿着手机讲着,见杨小三走进来,匆忙挂了电话。

"醒了?"杨小三问。

张敏点了点头问:"宋林昆呢?"

"走了。"杨小三答,"一拳头碎了块玻璃,五十块钱的赔偿,还没有交就走了。"

张敏点了点头。

"不想说点什么?"杨小三问。

张敏摇了摇头。

"孩子是他的么?"杨小三叹了一声问。

张敏点了点头。

"事到如今,你考虑了怎么办?"

"我已经打电话给他了,他正赶过来。"张敏答。

"你,真的爱他么?"杨小三问,"确定了他是独身么?他人品怎样,是不是能过一辈子呢?"

"你问的三个问题都很难,我看不透,摸着石头过河,现在的人都是在深水区,连石头都摸不到了,只能靠感觉了。"张敏笑了笑,"走一步是一步吧。"

"傻瓜。"

杨小三安静地坐在床头,默默看着张敏。此时,树上知了叫得正欢,盛夏的阳光正烈。杨小三从不相信命运,因为她认为只有不相信才不会低头。从那深冬的夜晚丁聪提出离婚开始,过了漫长的春天,再到这么一个焦躁的夏日,到底是什么时候,她竟然开始相信命运?

两人双目对视,各有心事,都那么疲惫,谁也不愿意多说一句话,只把恼人的知了声当作了催眠曲。

许久，手机响了，柳青松打来的："今天身体好些了么？"

"还好。"杨小三答，"没别的事吧？"

柳青松答："只是想问候下你，你跟他说了吗？孩子的事？"

"还没有。"杨小三答。

"若是……有了孩子，也许他会为了孩子，给你个名分什么的……"柳青松说。

"别说了。"杨小三打断了他，"既然没有其他的事，我挂了。"

"你……好吧，你多保重些身体，现在不是一个人了，知道吗？"柳青松支支吾吾，废话说了一堆，可最关键的话一个字也没有说出。

杨小三应付了几句，赶忙挂了电话。刚挂，电话又打了过来，丁聪的，于是直接挂断。刚挂断，电话又响了，杨小三用力按着键盘按钮，又挂断。这一次电话没再响，却有一条短信发了过来："听说伯母住院了，你说我是不是该去看看她老人家？毕竟她也当过我三年多的妈，我也该尽半个儿子的孝道。"

杨小三一看，直接拨了过去。

"你到底想怎样？"

"不想怎样，就是一想着这些日子发生的事，心里不痛快。我以前不知道，现在突然间就明白，自己不痛快了，就要让别人跟着一起不痛快。所以给你打电话了，怎样？你现在的滋味儿怎样？我告诉你吧，听到你声音的时候，我感觉舒服多了。"丁聪答。

"要动你动我，别去动我家人。"

"看样子，你那个情人还不知道你的前夫如今是他的女婿吧？我以为你会说，可你竟然一句没提。我很惊讶，那个老头子到底有什么魅力，能让你在短短的日子竟然对他死心塌地？你以前不是最恨这种女人吗？破坏别人家庭的小三？我想破了脑袋也没明白你会去做小三！"

"你这么说，就不在乎你老婆的感受么？"杨小三反问。

"她？那天婚礼上她就知道了，可她却一个字都不说。家丑不能外扬，我怕啥呢？反正无论在哪里我都是个受害者，可以要求你们这对狗男女付出代价！"丁聪说。

"你变得真可怕！"杨小三说。

"变了?"丁聪笑了笑，咬着牙，一字一句地说，"才开始而已，那天从你那儿出来后，我喝了一个通宵的酒，醉生梦死里，我发了誓要一点点把我失去的东西给抢回来。当然……"丁聪又笑了声，"这东西里，当然也包括你。"

杨小三揉了揉微微发疼的太阳穴，楼道上一阵急促的脚步声传来，高大的身影越来越近，如此熟悉。杨小三定睛一看，周伟志！不死心，又揉了揉眼，是周伟志，没错！近了，他神经紧张，抬着头一路专心地看着房门号，压根儿没有注意到走廊边的杨小三，最后，他抬头确认了门上的号码后，推门进去。

那是张敏的房间，张敏之前说过的只言片语出现在了杨小三的脑海里："他没有家室，可我有……"

"他在国外长大……"

这么一想，杨小三拼命地开始摇头，双腿微微颤抖。她一步一步地向门口走去，每一步都那么小心翼翼。短短的几米，终于走到了。她轻轻地推开门，屋内传来了亲昵的低语声。周伟志正坐在床边，抱着怀中的张敏轻声说着什么。那一刻，杨小三眼前突然一黑，身体一软，眼见人又要往下落，她赶忙扶着身旁的柱子，深吸了一口气，反复对自己说："不要晕，不要晕，一定不能晕。"

她跌跌撞撞地扶着墙，走了好十几步，见到了一个房门，伸手用力地推开了门走了进去，也管不得是谁的病床，见有张空床就躺了上去，身体舒服了些，于是她一边喘着粗气，一边拨通了柳青松的电话："L市医院，我……刚刚看了，是1109房间，快来找我。"

说完，她觉得浑身累得要命，眼前一黑，就什么也不知道了。

再次睁开眼已经是晚上了。昏暗的灯光下，杨小三第一眼就看到了柳青松，他正一脸的愁容地看着自己。一见她醒了，就凑了上来："你总算是醒了。你不顾孩子，也要顾着自己的身体啊。"

"我现在在哪儿?"杨小三问。

"能在哪里?当然是医院，也幸好是在医院。"柳青松答，"你放心，孩子还在，就是得输几天液，医生嘱咐了，要注意休息。"

"L市的医院?"杨小三问。

柳青松点了点头。

"有没有人来过?"杨小三继续问。

柳青松摇了摇头。

"手机呢?"杨小三问。

"不停地响,我没有接。"柳青松将手机递给了杨小三。

电话一半是张敏打的,一半是周友辉打的。拨了张敏的电话,听声音精神状态挺好:"祖宗你去哪里了?接个电话人就不见了?我们等了你好一会儿。"

"有点急事,赶回A市了。"杨小三答,"你怎样了?他来了吗?"

"来了,现在我已经跟着他来A市,他说过些日子就张罗套房子,可惜我现在不能来找你。他紧张得很,不准我出门。等身子好些了,我就过来找你。"张敏答。

"你……现在有了孩子了,怎么打算的?"杨小三问。

"他说他会负责的。"张敏笑了笑,"你听着了肯定会笑吧,这么大把年纪了,还能相信比自己还小四岁的小男人的话,但是我偏偏就信了。"

杨小三笑了笑答:"他是个能值得依靠的好男人。"

张敏一听,疑惑地问:"你没见过,怎么会这么说呢?"

"我猜的。他一听说你住院了,这么着急地来了。可惜我有急事走了,不然的话,真的应该见一见才是。"杨小三说。

"行啊,等我身子好些了,就来找你。"张敏答,"那就这么着,不然他又要唠叨说手机辐射大。"

杨小三挂电话的一瞬间,表情放松了下来,疲倦得连眼皮都抬不起来。

"你别想太多。"柳青松坐在一旁轻声地说,"身体重要。"

杨小三努力笑了笑:"你还是那么不会说话,劝人都不会,翻来覆去的就那两句,跟老太婆一般啰唆。"

"你刚打电话给谁了?我看着你心情挺复杂的,不会是为了这个事情……"柳青松吸了一口问。

"没什么事,你别瞎猜,只是给一个朋友打了电话而已。"杨小三答。

柳青松眼神突然有些异样,犹豫着需不需要继续话题。

杨小三见了,说:"想说什么就说吧,现在我有什么承受不了?没有比现在更难的时候了,我不一样好好地活着?还能喘着气,骂你几句。"

"刚刚我来的时候看见周伟志了，他正小心翼翼地扶着一个女人下楼，那个女人我见过，是你的朋友，对不对？"

"周伟志发现你没有？"杨小三一脸紧张地问。

"没有。"柳青松答，"他只顾着看着那个女人了。如果你刚才电话里说的是真的，那个孩子是周伟志的？"

杨小三沉默了，柳青松似乎比平日更有观察力和分析力。她笑了笑，不打算再瞒着他了，有一个人能够分担自己的压力，心中的滋味也会好受些。于是她竟用平日里调侃的语气说："你说得没错。我还记得，大学那会儿跟敏敏许下的诺言，说将来我们两个如果有了孩子，如果是一男一女，就定娃娃亲，亲上加亲。你说这要是真的，我们以后的孩子……该怎么办才好？"

"那，你才躲着她？那这孩子……"柳青松问。

"我怎么知道？"杨小三笑了笑，"真希望是个梦啊，醒来一切都是假的。他没爱上我，我没爱上他。"

女人都是口是心非，说这句话的时候，杨小三心里想的依旧是他，如果真的是一场梦，跟他在一起的每一个片段都是杨小三这辈子永远珍藏的宝。

柳青松突然站了起来，双手握住了杨小三的右手，轻声说："我们……结婚吧。"

杨小三看着他青涩的脸庞已有了不符合年纪的坚毅，她心中微叹了一声，这个"粪坑"，他终究是毫不犹豫地跳了下来。

门外一阵响声，杨小三轻笑了一声说："如果你这算是求婚的话，让护士们见着了，还认为我得绝症了。"

柳青松听了，一脸深情地看着杨小三："谁说的？你不答应，我就这么跪下。"

"电视里都这么演的，医院里求婚的通常都是些脑袋不好使的男人，求婚的对象都是些什么癌症末期的。你头脑这么好使，怎么寻思着求婚？"杨小三笑了笑答，"我知道，我的日子不好过。不过你放心，为了孩子我能活下来，也会把孩子生下来的。"

"你想一个人？"柳青松问。

杨小三不答，其实，柳青松说的是个办法，也是此时她脑海里正思考着的方法。杨小三看过很多书，里面的女主人公，无论是小家碧玉还是大家闺秀，不论是性感的女人，还是清纯可人的少女，痛苦的时候都会玩失踪。跑到一个没有钱没有温情的地方去虐待自己，最后男主人公疯狂地四处寻找，感天动地来个浪漫的邂逅。可小说是小说，现实是现实，想到这里，她忍不住笑了笑。她可以走，即便只有她一个人，也能够活下来，养活即将生下来的孩子。她有离开他的决心，因为从一开始他就不属于她。可她也明白，人也许可以走，情却带不走。无论是亲情还是爱情，都是足以致命的。人是社会的动物，有了情才会是人，才会有太多放不下。

"在想什么？"柳青松打断了她的思绪。推车声路过房间渐渐远去，柳青松捧着她的手竟跪下。

"起来吧。"杨小三说。

"答应了？"柳青松的眼睛里闪着光芒。

"你怕是平日里闲书看多了，你当婚姻很好玩，痴情好男人那么好当？我没那么好，你也无须那么好。"杨小三笑骂了一句，"你呀，傻！赶紧找个好点的女孩，省得我这个做长辈的操心。"

"我想告诉你我们家的故事，我妈在我很小的时候就去世了。"柳青松说，"那时候爸办了个小型加工厂，爸跑销售，妈做财务，日子过得殷实，在那几年也算是有钱人了。后来，爸在外面找了一个，三天两头地不回家，妈知道了，跟爸吵了一架，吵得很厉害，两边的家属都来了，爸执意要离婚。那几年，你知道离婚是多大的事，家里丢不起这个脸，所以婚没有离成，爸从此没有回家。那时候我上小学六年级，一天回家，门反锁上了，怎么也打不开，后来有人来了，报了警。警察来了，随后爷爷奶奶、外公外婆都来了，外婆抱着我只知道哭，我从外婆手指缝里看到了妈从屋子里被人抬了出来，身上盖着块白布……那一天，我没了妈，同时也见到了一年多没见到的父亲。"

柳青松说完，低头不语。

"为什么跟我说这些？"杨小三问。

"我只是想告诉你，我比你想象得成熟。还记得那一天，我跟你讲起的那个兔子与猪的故事么？讲的时候，我已经告诉你我的决定了。我真的不后悔，路是我选的，无论过去怎样，我相信只要你伸出了手，我就有勇气陪你走完一辈子。"

"你恨小三对吧？你是不是想拯救我这只迷途的老羊？"杨小三问。

"你老么？"柳青松摇了摇头，"如今女人都会保养，一个比一个看着年轻。你是小三么？小三都是认钱不认人，有了孩子做尚方宝剑，要的东西可多了，你呢？不仅一件没要，还替他着想不愿意说出来……"

"我很累，不想听了。"杨小三打断了他，闭上了眼睛。

空气凝重，柳青松不死心，依旧跪着，这是个漫长的求婚，他一定要等着答案；这是个无奈的求婚，一个乱透了的状态和一个最好的解决方式，等待着杨小三去选择，是伤害近在咫尺的他，还是伤害远在 A 市的他，折磨着她的良心。

手机响了，周友辉的，杨小三心中一痛，原来一切命运都是上帝安排的，这个时候，偏偏他打来。她淡淡地笑了笑，将手机递给了柳青松："他的，你接吧。"

那一刻，就像是女孩接受了求爱的玫瑰一样，柳青松一脸的灿烂，兴奋地吻了吻杨小三的额头。

"你怎么一直不接我的电话？"电话一通，周友辉耐不住火气，提高了嗓门儿。

"对不起，我是柳青松。"柳青松低头看了一眼躺在床上的杨小三，见杨小三疲倦地闭上了眼，他拿着手机走出了病房。

"哦，小柳啊，还在外面跑项目么？"周友辉赶忙换了口气，"这么晚了，你跟小杨在一起啊？这不，我有份文件在小杨那里，你能不能把电话给她，我亲自跟她说。"

"她现在累了，已经休息了。如果没什么重要的事，我明天替您转达。"柳青松答。

周友辉的心口开始发疼，他握紧了手机，焦躁不安，声音急促，也顾不得太多，直接问："你们现在在哪儿？"

"在我家！"柳青松一字一句地答。

第六章
我没信心等你那么久

这边，电话突然间断了，周友辉用力将手机砸在了地上，一部上万块号称最坚固的手机，刹那间肢解成了数块碎片。他精疲力竭地从浅蓝色的沙发上站了起来，环顾他在不久前幸福地为她和自己打造的小窝，一步一步慢慢走了出去，心空得像要死了一般。

周友辉已经忘记了是怎么回家的，等他清醒过来的时候，已经站在家门口。暖色的灯光，彭惠琴身上熟悉的香水味。她看着周友辉，一脸的担忧："老周，你怎么了？脸色怎么这么难看？"

周友辉步履蹒跚，仿佛没听见她的话，径直往楼上走。

彭惠琴急了，跟在身后，不停地追问："是不是公司出了什么事？还是你的宝贝女儿怎么了？儿子到现在还没有回来，不会出什么事了吧？"

"你别多想了。我只是太累了，让我休息下吧。"周友辉总算出了声，说完，推门进了书房。彭惠琴正想跟进去，却见周友辉回过了头，一脸倦意地说，"让我安静会儿，就这样了。"

说完，他竟毫不客气地关上了书房的门。彭惠琴站在了门口，二十四小时内，周友辉竟一反常态地两次触及她的底线。他一句不解释，竟然没有回家，这次竟然将自己关在了门外，连关心都没放入眼里。陈太太的理论一点不差，男人真的是宠不得。上次抓小三的事让彭惠琴耿耿于怀，一直对他有些愧疚，这些日子看着他为他女儿的事奔波，由着他经常半夜回家，将近一个月没有碰自己，结果，他却越来越放肆，让她无法容忍。

她走下了楼，拨通了陈麻子的电话："帮我查下我老公。"

"还查啊?"陈麻子头脑发懵,"前日子不是查过了?还有那一次,婚礼的事情也仔细查过了,没什么问题啊。"

"这次我把对公的账号给你,仔细查一下。还有那天婚礼的事,再查一下,周娇娇为什么会晕倒?事情没那么简单,孩子早不没,晚不没,偏偏结婚的时候没了,而且还是在他面前没有的。"彭惠琴说。

"对公的账号?"陈麻子有些为难地说,"你知道的,对公账号,还是巨人这种大公司,我们这种小私家侦探是不可能查到什么的。"

"这个你放心,我是巨人的董事长,会给你一切便利。"彭惠琴说。

"好,我立刻帮您查去。"陈麻子挂了彭惠琴的电话,叹了一声,这有钱人定是没有为吃喝拉撒操心过,整天没事寻思找些事,白白便宜了他这种人。彭太太出手阔绰,傍上了她,今年就是个丰收的年。一想到这儿,他乐呵呵地从酒柜里拿了瓶老白干,就着包花生米,一边哼着京剧,一边喝起了小酒。

挂了陈麻子的电话,周伟志就推门进来了,也是一脸疲倦,不过精神挺好。一进门就直接上了楼。彭惠琴本想等他下楼来仔细地问问,可一等半个小时也没见人,于是起身要往上走,又见他下来了,换了身衣服,手里拎着一个行李箱。

"你这是做什么?"彭惠琴问。

"妈,我有些重要的事,要到外面住几天去。"周伟志答。

"什么重要的事需要住外面去?"彭惠琴问。

"一时半会儿说不清楚。过些日子,我跟您慢慢解释。"周伟志一边说一边就要往外走。

彭惠琴一把拉住了行李:"不说清楚就不能走,什么事是在我们彭家解决不了的?"

"妈,真不好说。"周伟志叹了一声,"爸回来了么?"

"你爸回来了,跟你一个德行。我说你们父子俩最近是怎么了?魂不守舍,都不着家。你心里还有没有我?"彭惠琴说着,联想起刚才周友辉那样的态度,闷气直接撒在了儿子的身上。

周伟志担心着张敏的身体,同时又恼自己没有照顾好张敏,一边欣喜自己有了孩子,又担心着孩子的将来。多种感受掺杂在一起,被彭惠琴一呵斥,气没顺下去,也没顾情面,直接回了一句:"妈,你管了爸一辈子了,现在又这么管儿子，您有没有想过，我们俩什么事都得顺着您的意思办，那我们离您该有多远呢？"

彭惠琴一听，手一松，周伟志拉着行李走了。

周友辉再次到公司上班时，时间已经过去了好几天。一贯尽心尽责的老黄牛为何突然消失了几天，官方公布的消息是他病了，上次的病没有好彻底，一劳累又病了。在公司上下传得沸沸扬扬的版本很多，流传最广最绘声绘色的是他包了个小三，被彭惠琴发现了，被打得三天下不了床。

当这个消息传到了周友辉的耳朵里，他只是笑了笑，苍白的面容少了英气，好像刹那间老了好几岁。

临近中午，他走进了秘书办公室，第一眼就看见杨小三的位置是空的。其实，这几天他已经好几次打过她的手机，电话要么不接，要么就是柳青松接的。他也不止一次避开彭惠琴，悄悄地将车开到了他们的小窝，都没见着她，没有她在，他连跨都不想跨进去，将车停在楼下，一等就是好几个小时，可无论怎么等，杨小三都没有回到这个家。

他隐约记得前几日让杨小三做过一份文件，于是想好了借口，他走到了小刘面前要这份文件。小刘翻了翻，找到递给了他。他笑了笑问："怎么是你做的？不是小杨在做吗？"

小刘低着头，答："她跟您一样的，也病了。秋天快要到了，天气变化快，周总您要多注意身体。"

周友辉拿着资料，欲言又止。回到了自己的办公室，资料完全看不进去，于是翻了翻通讯录，找到了柳青松的号码，犹豫了好几次，终于还是拨了过去。

"喂，您好，营销部，请问您找谁？"柳青松客气地问。

"我，周友辉。"周友辉声音低沉。

"周总？"柳青松的破毛病又来了，没有大事见不得大人物，心开始扑腾得厉害，轻声地问，"请问，有什么事吗？"

尾音微微颤抖，完全暴露了紧张的情绪，没有那日医院里接周友辉电话时的从容。

周友辉笑了笑，姜还是老的辣，他波澜不惊地说："来三十楼吧，正好现在有空，来坐一坐吧。"

柳青松没用地结巴了。

柳青松第一次上了三十楼，走进了巨人公司最豪华的办公室。轻轻敲了敲门，门自动开了，周友辉并没有坐在办公室宽大的靠椅上，而是已经坐在沙发上，低头泡着茶。见柳青松进来，抬了抬手，示意他坐到自己的对面。

柳青松坐了下来，松软的沙发却像长了刺刀一般难受。两人沉默了很久，周友辉仍旧低头仔细地泡着茶，每道工序都有条不紊，没有一丝差错。倒是对面的柳青松一直忐忑不安，几次想开口，又生生憋了回去。

周友辉泡好了茶，递了过来。柳青松双手恭敬地接了过去，看了周友辉一眼，小心翼翼地喝了下去。喝完后，他将杯子放在了茶具上。

周友辉终于才开了口，问："抽烟么？"

"不，谢谢。"

"刚戒的？"

"不，一直就没有抽。"柳青松答。

"那天，三儿晕倒了，是你送她去的医院吧？谢谢了。"听见周友辉这么一说，柳青松顿时轻松了下来。

这一句亲昵的话，完全没顾及两人此时的关系，倒是让柳青松有些吃不消了，他完全不明白周友辉脑袋里想什么，于是直愣愣地盯着周友辉。

周友辉眯着眼，低头又给柳青松倒上了一杯："尝尝吧，大红袍。她不爱喝这个味，每次都被我逼着喝的。"

周友辉直白地说明了他跟杨小三的关系，亲昵地叫她"三儿"，这完全超过了柳青松的认知。对于他这种人，小三的话题不都是该藏着掖着么？想到这里，柳青松吸了口气问："为什么要跟我说这些，你不怕么？"

"三儿信任的人，就是我信任的人。她把电话给你了，我当然要相信你。"周友辉答。

"三儿跟我在一起了。"关键的时候，绝不能掉链子，柳青松鼓足了勇气，直截了当地回答。

"是吗？"周友辉淡淡地笑了笑问，"那她在哪儿？让她来告诉我吧，她那个脾气难道会怕当面对我讲？她难道还不了解我，你来告诉我，我会信么？"

柳青松问："三儿是个多好的女孩，跟你在一起，你不觉得会废了她一生么？"

"人每天都会呼吸空气，每天都会吃很多的美食，喝很多的酒，穿很多的漂亮衣服。你能说你吸进去，吃进去的东西，都是废的么？"说着，周友辉抬头看着远处，仿佛在自言自语。

"可她是人，不是东西。"柳青松一脸严肃地回答。

"错了。"周友辉微微叹了一声，点着了一支烟，抽了好几口后答，"她对于我来说，就是空气，就是食物，就是衣服。没了她，我活不了。"

听了这一句，柳青松打了一个冷战，他左思右想没有明白，一个快五十岁的老男人会对他这样一个普通的男雇员说出如此直白的话。他直直地看着周友辉。而周友辉保持着他的那份从容，心思似乎已飞得很远。

丁聪拎着一袋水果，走进了毛琼芳的小区。毛琼芳开的门，一脸的热情："小丁，你总算来了啊，一早我就在念叨着你什么时候来。"

"路上堵车。"丁聪答，"娇娇呢？"

"在卧室里，正忙着上网呢。"

"妈，你忙，我自己去就行了。"丁聪答。

毛琼芳点了点头说："那我去厨房做菜去，正烧着红烧肉。"

丁聪走进了卧室，周娇娇正趴在电脑旁，一边听歌一边聊天，她没有回头，一边敲打着键盘一边问："来了啊？"

丁聪点了点头。

"你爸妈都走了么？"周娇娇继续问。

"走了，乡下的农活离不开，地荒着也怪可惜的。"丁聪说了一句善意的谎言。

"哦。"周娇娇点了点头，坐在了丁聪的身边，头靠在了他身上，轻声问，"孩子的事，你爸妈怎么看？"

丁聪淡淡地笑了笑："爸妈都开明，只要我们过得好，就好了。"

他又说了一句善意的谎言。

"谢谢你。"周娇娇在丁聪的怀里落了泪。

丁聪抱着周娇娇，看着天花板，一个宏伟的计划正在他的面前徐徐张开，窝囊了二十八年的丁聪，从孩子离开他的那一天，很多曾经相信过的，突然间全被推翻，女人充其量只是他手中的棋子。这个世界，男人可以追求的东西还有很多。

夜里,杨小三躺在病床上,看着吊瓶。也许是看久了,眼睛有点花,感觉不像是吊瓶里的水滴,倒像是眼里的泪滴,于是伸出手擦了擦。

门开了,柳青松推门走了进来:"今天好些了么?"

杨小三点了点头,勉强笑了笑。

柳青松仔细地看了看她的眼圈,知道她刚才又哭过,于是心疼地说:"傻瓜,劝你的话说了千百次了,怎么没一次听的?你以前告诉我的话,我可是百分之百记在了心里,百分之百地执行了的。你怎么就不能学学我这种执行力呢?"

杨小三笑了笑,用力地点了点头。她其实真不想哭的,原本以为自己忍得住,却没有想到眼泪会骗人,竟把自己都骗住了。

"你这样来往在 A 市和 L 市,挺辛苦的。"杨小三答,"今天医生告诉我,明天就可以出院了。"

"那就好。"柳青松点了点头,"那明天我请假吧,跟你一起回 A 市。"

杨小三听了,点了点头。

正说着,杨东的电话打了过来:"这几天都不见你的人,去哪里了?妈今天出院,问了我半天,你这个周末要记得回家一趟了,发生了这么多事,妈哪里受得住,你赶紧回来说些好听的。"

"对不起,哥,这几天公司工作临时安排出差,明天就能回来了。"杨小三答。

"你的声音怎么有气无力的,病了?"

杨小三吸了口气,尽量提高声调说:"只是累着了,没事。对了,二哥回家了么?"

"还没,妈一直在催。"杨东摇了摇头。

"再给二哥些时间决定吧。"杨小三说。

"你啊,也得给家里分点心才是。老二那边,你也帮忙劝劝。"杨东叹了一声,"他若是不断,妈这边压根儿走不通,这道理他不是不知道。长痛不如短痛,断了也就痛几天的事,痛完了日子照样过,地球照样转。每天有多少人分手啊,若是都像老二这样,那人还能活么?"

杨小三笑了笑答："哥，针不扎自己身上，真不知道疼。"

"你啊。"杨东笑了笑，"大哥是白疼你了，从小到大你就偏向老二。不过我可说好了，老二那边是没得争。好了，就这么定了，周末回家吃饭，一起陪咱妈乐呵乐呵。"

挂了电话，杨小三一直沉默不语。柳青松坐在床边看着她，许久，憋出了一句话："今天，他找过我了。"

"问你什么了？"杨小三抬起了头问。

"什么也没问。"柳青松犹豫了半天，答，"他只是说了一句，我明白他是故意让我转给你的。他说：没有你，他活不了。"

杨小三一听，低着头咬着唇，直到咬到嘴唇发白，她终于抬起头直直地看着柳青松，一字一句地说了五个字："我们……结婚吧。"

柳青松陪着杨小三出院那一天，没有出太阳，天气闷得厉害。担心着杨小三的身体，租了辆雪铁龙，杨小三上了车，也许是这几天医院里闷坏了，也许是自己已经决定了，微风吹着，杨小三觉得整个人比前些天轻松了些。

到了 A 市，柳青松问："你的新家地址？"

杨小三低头看了看时间，下午三点，他应该不会在那里，于是就报了地址，柳青松开了去。保安见是熟面孔，于是放行。车进了小区，柳青松陪着杨小三上了楼。一路走来，柳青松心想着周友辉对杨小三果然是出手阔绰，光看着楼下停车场里的车就知道。

杨小三开了门，将近一个星期没回家，家具已经积上了一层薄灰，看得出他没有来过，也没让人打扫过，说不定是在气自己。杨小三坐在了沙发上，微微叹了一声。抬眼一看，茶几上放着一张纸，于是拿了起来，刚劲有力的钢笔字写着一段柔情似水的文字：

远观近视总相宜，最旎疏的风景，不会孤独存在，花开最美之际，仅为一山之春，你的存在亦只能为一个能洞穿你的理喻、理解你的古怪、宽容你的另类？心里满满地装着了你，是横亘心坎的美景，我可用今生看个够吗？一种情不自禁的爱恋，自幼少无知到略懂人生一二，四十六年的生命匆匆，静静审视这一段倏然而至的情感，三儿，如你所感，我的心也许是平静或冷静，我只是站在远处悄悄当做不在意的观望。直到抑制不住内心的渴望，拥抱你，心情飞扬，那是心中久远期盼的温馨。

谁说男人的心是钢筋做的，柔软的地方从不会轻易示人？只到了伤心处，方才真情流露。

"他写的？"

杨小三这才反应过来，柳青松还没有走，于是转过头说："帮我找个房子吧，我想尽快搬家。"

柳青松笑了笑答："这个简单，不用找了，我妈以前给我存过一笔钱，于是我爸拿着这笔钱很早就替我买了套婚房，装修好后就一直空着，你若不介意，随时可以搬过去。"

"那就现在吧。"杨小三点了点头，收拾来收拾去，还是当初被丁聪赶出来时的那几包东西。柳青松拿着前面走了，杨小三跟了出去，临行前悄悄将这张纸仔细折好，放进了口袋。

关门的一刹那，杨小三的心仿佛真的死了。

第三天，杨小三上班了，同一天，周友辉为一个重要项目飞去了德国。两人没有见面，连一个电话也没有。周友辉的迈巴赫刚刚驶出公司，杨小三的熊猫车刚刚驶入公司，停车场上擦肩而过，似乎是谁也没有见着谁。

上飞机的那一刻，周友辉的一条短信发了过来："我给你一点思考的空间，请你给我一个了解原因的机会。倒车镜里的你很憔悴，我想那是因为我的原因吧。你需要我怎样做，你才会快乐？再见的时候请告诉我。"

杨小三看着短信，沉默了很久，终于删掉。

周五临近下班的时候，杨东打来了电话。

"我是要提醒你这个糊涂鬼，今天晚上一家人吃饭，妈等着你，记得早点回来。"杨东说完后，停了许久，杨小三以为他没话说了，正准备答应一声挂电话，却又听见他补了一句，"我也给老二发了短信。"

"嗯。"杨小三点了点头，"哥，这事逼不得。"

杨东点了点头："知道，就这样了，下班了就回来。"

还有一刻就下班了，周友辉去了德国，顺带把小刘也带了去。这几天总经理办公室的人一个个都成了无主孤魂，闲得发霉。直到现在杨小三才终于明白了，十几号人都是跟着周友辉这个轴心在转，毫无疑问，一个人的能力跟他的魅力永远成正比。

杨小三整理了一下手里的资料，下了楼。到了十楼，电梯门开了，进来了两人，一个是周伟志，身后跟着柳青松。柳青松一脸的关切，周伟志一脸的疑惑，两人都想开口，回头看了下彼此，又都闭了嘴。

杨小三先出了电梯，没走几步身后脚步声传来，杨小三以为是柳青松，回了头才发现是周伟志。他看着杨小三，一本正经地说："聊聊。"

柳青松已跟了上来，杨小三对着他说："一起？"

柳青松一脸兴奋地点了点头，周伟志一脸疑惑地皱了皱眉。

杨小三把车钥匙递给了柳青松，柳青松熟练地去开了熊猫车，周伟志开了奥迪Q7跟在了身后。从杨小三和柳青松之间的态度看，他们的关系突然间突飞猛进，周伟志的眉头皱得更深了。

找了一家咖啡厅，周伟志替杨小三点了杯卡布奇诺，倒是一旁的柳青松自作主张换了杯橙汁，而一贯我行我素风格的杨小三竟没有反对，周伟志心里就更加疑惑了。

"想找我谈什么事？"杨小三想着回家吃饭的事，也不想拐弯抹角。

周伟志欲言又止，抬头看了一眼柳青松。柳青松明白了意思："我去趟卫生间。"

刚起身，又被杨小三一把拉回了座位上。

"有什么直说吧，青松不是外人。"杨小三淡淡地说。

"既然你这么说，我就直说了。"周伟志摇了摇头，叹了一声说，"那天我跟妈吵架了，搬了出来。第二天我回家取一件东西，老张告诉我，我爸跟我妈在书房吵得很厉害，我不清楚是什么事，只知道从我记事开始，他们从未吵过架。于是我去书房，看到爸很生气，责骂妈为什么一天到晚，疑神疑鬼地请人来查公司的账目，如果不信任就直说。妈理直气壮地答，人正不怕影子斜，如果他没问题，自然不会怕别人查。然后爸把手里的一叠资料对着妈扔了过去说：查，查，你查个够。说完，转身就走出家门。"

"这是你们的家事。"杨小三的口气依旧保持着平淡。

"爸一走，几天都没有回家。妈像疯了一样，拼命砸东西，连爸最心爱的茶具也被砸烂了。后来爸就回家了，一句话不说，由着妈打骂。等她骂够了，打累了，他才走进了书房，收拾他的茶具残骸。"

"我，我想，我还是尿急了，去卫生间吧。"柳青松又站了起来。

"不用了。走吧，我得回家，你送我一程。"说完，杨小三拿起包，起了身对着周伟志说，"你爸肯回家，一切总会好的。你啊，好好对你心爱的人吧。"

说完，不等周伟志回答，走了。柳青松对着周伟志笑了笑，赶忙跟了出去。

柳青松开着车，将杨小三送到了海棠小区门口。杨小三下了车，说："车你开回去吧。"

"我要不要跟着你一起上楼去见见伯母？"柳青松问。

"不急。"杨小三答，"家里的事一茬儿接一茬儿，我得让我妈喘口气再说。"

此时已经接近晚上六点，过了夏至，白天越来越短了，天已经黑了，昏暗的路灯只能照亮直径一米的距离。杨小三一直走到了楼下，黑暗中一个声音幽幽传来："三儿……"

黑暗中走出一个人来，是二哥杨南。人倒是没有什么变化，只是精神头差了许多，双手抄在裤兜里，距离还有几米，杨小三就闻到了他身上浓烈的烟味。

"几时回来的？"

"许久了，忘记了时间，一直在楼下等你。"

"怎么不上去？"杨小三问完了觉得不妥，又补了一句，"走吧，一起上去。"

两人一前一后上了楼梯，走到一半，杨小三轻声说："哥？"

"嗯？"

"以后少抽烟，心里不痛快找妹子说。"

杨南沉默了。

卓兰开的门，一见着门外站着老二跟三儿，顿时心花怒放："我说吧，你们俩兄妹的感情好，每次回来都像事先约好的一样。"

两人笑了笑，一前一后进屋。杨东正在摆着碗筷，一见杨南回来了，一激动，筷子落了地，母亲赶忙捡了起来说："看吧，这屋好久没热闹了，连筷子都乐得要跑。"

一顿饭吃得其乐融融,谁都刻意回避着丁聪和方林虎。那是杨家的地雷,在将来许久的日子里,都不会去提及两人。直到一顿饭快要结束,卓兰看着一直低头默默吃着饭的老二,说:"老二啊,你也老大不小了,妈这段日子帮你好好挑了几个不错的姑娘,你抽空见见?"

话音一落,异常安静,一家人都小心翼翼地看着杨南。杨南若无其事地扒着饭,吃完几口后,抬头看着一家人,努力地笑了笑,答了一个字:"好。"

话音落下的那一刻,一家人都松了一口气,只有杨小三的心里沉甸甸的。她看了一眼杨南,杨南用鼓励和安慰的眼神回望她,看得杨小三心尖儿都酸了。

此时,地球的一端,德国的杜伊斯堡,中午一点。日头正烈,离开了谈判桌的周友辉,走到了会议室的一角发着短信:现在你那里应该是傍晚了吧,晚饭吃了吗?今天是个周末,心情一定很好吧?跟着朋友一起逛逛街吧,正好替我去凤凰路看榕树的叶子是否还是一样的茂盛?突然间,想了。

短信编辑好了,却没有发送,而是仔细地存了下来。

周伟志考虑过了,因为张敏有了宝宝,新装修的房对宝宝健康不好,所以寻了许久才找到了这幢房子。听中介介绍,这本是间新房,倾尽所有刚刚装修好,新婚姻法下来,女朋友执意要改房子的所有权。结果这么一闹,两个人的问题变成了两家人的问题,吵了两个月,房子的事没定下来,婚事却吹了。房子放了一年,男的终究没筑巢引凤找到个好的,于是一狠心决定卖了。

房子靠江,坐东朝西,二十一楼,每天都能够看到江面上的日落。两人看房子时正好是傍晚,一见着这样的景色,就毫不犹豫地定了下来。虽然周伟志家底丰厚,可这却是他二十四年第一次真正有了自己的家,那兴奋劲儿就别提了,终究管不住自己的手天天买东西,从吃的到用的,从装饰的到日用的一应俱全。

而今天回家,他破天荒地竟然一件东西也没有带回来,张敏正躺在阳台的躺椅上看落日,火球般的落日烧红了一半的天空,张敏看得入神,周伟志轻轻走到了她身后。

张敏闻到了淡淡的烟草味,转过了头,笑了笑问:"回来了?"

周伟志点了点头，蹲了下来，耳朵轻轻贴在了张敏的肚子上。许久，他抬起了头，望着张敏。

张敏笑了笑问："听到了什么？"

周伟志摇了摇头答："真不知电视里演的都是在听什么？"

张敏笑问："那你觉得应该听什么好呢？"

周伟志站了起来，坐在了张敏的身边，低头吻了吻她的唇："感觉和幸福。"

张敏窝在了他的怀里，许久问："怎么突然间说起了这些？"

周伟志答："今天去见了个朋友。"

"哦。"张敏点了点头，"但是，我怎么感觉你见了朋友后，心情有些不好了，出什么事情了么？"

"我也不知道为什么。"周伟志轻轻叹了一声，"不知怎的，她是个挺特别的人，从来见不着她伤心烦恼，好像什么愁事到了她的嘴里都成了无关紧要，风轻云淡。"

"那不是挺好？"张敏笑了笑答，"人就要有这份洒脱。"

"可她越是这样风轻云淡，我见着了，越是为她心疼。"周伟志一句话不经意说出了口，说完了才觉得说错了，赶忙补了一句，"对不起，我说错话了，你千万别误会。"

"她在你心里的位置很特别？女的？"张敏小心翼翼地问。

周伟志点了点头答："你别误会，她已经有了一个心上人，但却是一个永远不值得她去爱的人。"

"哦。"张敏点了点头，面对周伟志的坦白，她仿佛没放在心里。想想若是几个月前，她定会不依不饶地追问到底，人总是在经历过后才会长大。

"不谈这些了。"周伟志说，"吃了没？彭阿姨来过了没？"

"早来过了，晚饭早已经做好了，我吃了些。"张敏答。

"要多吃点才行。你要明白，你可不是一个人在吃。"

"哦，对了，"张敏想起了件事，于是说，"这几天身体也恢复得差不多了，明天我想出去见个朋友。"

"就是你一直提的那个 A 市古灵精怪的损友？"周伟志问。

张敏点了点头。

"那什么时候去？我送你。"周伟志说，"上次的事我还没有好好谢谢她，可惜我到的时候她已经走了。"

张敏点了点头，突然一想，于是笑了笑说："我现在才想起来，一直忘记告诉你了，我想说不定你们认识，她也在巨人公司工作。"

"我在巨人的时间没多久，也不一定认识。她叫什么名字？"

"名字很特别。"张敏笑了笑，"你可别当着她的面取笑她，她叫杨小三。"

当杨小三的名字从张敏的嘴里说出来时，周伟志的疑惑刹那间全解开了。为什么他赶到医院时杨小三会消失？为什么她会突然对自己提父亲的事如此冷淡？为什么父亲会失去方寸跟母亲吵架？一切缘由尽在此。世界上总有那么巧的事，有些巧合是缘分，可有些巧合却是场悲剧，比如现在，张敏和杨小三竟然是朋友。

那一刻，周伟志呆了，杨小三每一个从容淡恬的表情都出现在他的脑海里，他从未像如今这般心疼过一个人，心疼着她的心境，心疼着她的付出，更心疼着她每一句看似清淡的言语。许久，他才从那种感觉里抽了出来，将张敏搂得更紧了。

"你怎么了？"张敏一愣，抬眼望着他。

周伟志笑了笑，浓烈地吻了下来。一吻完毕，张敏又问："你怎么了？"

他笑了笑，答："我觉得，我应该用一辈子真心地去爱你，才不会辜负上天的缘分。"

周伟志并没有将杨小三说出口，用"上天"两字代替了她。

夜里，张敏睡了。周伟志慢慢走出房间，发了条短信："我和敏敏有你这样一位朋友，该是几世修来的福气？"

短信很快回了过来："或者该说，你跟敏敏有我这样一位朋友，该是前几世造了多少的孽！"

周伟志低着头回复了过去："爱上他不是你的错。"

短信又很快回来了："他生了你，也不是你的错。"

周伟志回复："上天很公平，一定会给你一个最好的男人。"

短信回了过来："已经给了，只是出了错，延迟了十几年，我没有机会抢到。"

周伟志回复："傻瓜。"

她又回了过来："彼此。"

周伟志站在落地玻璃前，看着远处江面的零星灯火笑了笑，回了一句："如果没有父亲，我想，我一定会爱上你。"

许久，短信回了过来："如果可以，我还是愿意做你的妈。"

周伟志看着短信，笑了笑关了手机。

杨小三关掉了手机，手托着下巴靠在车窗上。杨南坐在一边问："你在跟他联系？"

杨小三笑了笑答："不是，是他的儿子。"

"他找你麻烦了？"杨南关切地问。

"不是。"杨小三答，"相反，我给他找麻烦了。"

杨南微微叹了一声说："还……还是断了吧。"说到了自己的伤处，他的尾音微微发颤。

杨小三转过了头："二哥也别想了，你跟虎子断了？"

杨南点了点头。

"我跟他是断了，我现在已经不想了，所以你也别想了。"

杨南听着点了点头。

公交车到站了，杨小三起身："我就在这里下吧。"

杨南看了看她，问："搬家了？"

杨小三起身说："断了，当然是要断彻底。"

说完下了车。公交车缓缓开动，路灯下杨小三拉长的背影，杨南只看了一眼，赶忙扭头，眼泪没用地流了下来。

一个星期后，周友辉回国。站在舷梯上吹着潮湿暖风，想着半个月没见着的人，他没有直接回家，而是风尘仆仆赶去了公司。到了办公室已经是临近中午，因为时差的关系有些犯晕，想着这会儿杨小三还没有上班，就在办公室里躺了会儿，可这么一躺就躺了两个多小时。醒了后精神好了许多，于是翻了些资料，找到了杨小三处理的部分，按了门铃。

几分钟后，小刘走了进来。周友辉看了有些失望，于是问："刚才我吩咐小杨进来的，怎么是你来的？"

"她去十楼了。"小刘恭敬地说。

"十楼?"周友辉问。

小刘犹豫了一下,还是说出了口:"我也是刚才听到同事告诉我的,说杨小三跟十楼营销二部的柳青松好上了,他们也不避讳了,营销二部签字的手续,经常交给杨小三。"

周友辉摇了摇头答:"公司里少传些无中生有的事,你让她赶紧来我办公室一趟。"

小刘莫名其妙挨了批,觉得有点憋屈:"这事不靠谱,我不敢讲了。我刚回来就听见大家在讲了,现在这个人的问题都成了秘密,整个巨人公司的人都知道她要结婚的同时,才知道了她早已经离婚。"

"结婚?"周友辉一愣,不相信自己的耳朵,"你说谁结婚?"

"杨小三和柳青松啊!杨小三倒是不吭声,只是柳青松来了办公室好几次,说是好事将近,杨小三也不否认。因为是年纪相差大的姐弟恋,所以公司一下子就传开了。"

周友辉眉头皱紧,挥了挥手:"你先出去吧。"

小刘刚走,周友辉就拨了杨小三的电话。电话通了,两头都很安静,最终还是周友辉开口说:"来我的办公室一趟。"

说完,不给杨小三拒绝的机会,挂了电话。十多分钟后,轻轻的一声敲门,周友辉匆忙向前开了门。杨小三站在了门外,半个月不见,她又瘦了,脸上没有一点点血丝。周友辉一伸手,将她拉进了办公室,关了门,将她压在身下,吻了上去。

意外的是,杨小三没有反抗,也没有迎合,只是默默地呆立着,睁着大大的眼睛看着周友辉。当周友辉睁开眼后,看着她那双无助的双眼,于是心一痛,问:"你要结婚是真的?"

杨小三点了点头。

"为何?"周友辉问。

"你能娶我么?"杨小三反问。

周友辉牙咬得很紧,握紧的拳头用力捶了好几次实木门,答:"下辈子吧,下辈子我一定娶你。"

杨小三看着他,笑了笑答:"那你一定要抓紧。若是碰巧现在就发生变故,碰巧孟婆打盹忘记给你喝忘魂汤了,碰巧阎王爷打鸡血马上把事给你办了，投了胎，也得二十二年后才能再站在我的面前。那时候我已经五十岁了，我没有信心能活那么久，恐怕也等不了你那么久。"

一句话让周友辉再也没忍住，泪水流下。周友辉松了手，转过身向着落地玻璃窗走去。人还没走到窗边，身后轻轻一声关门声，杨小三已经走出了办公室。周友辉的心抽动了几下，哆嗦着掏出了烟，放入了嘴边，又摸了打火机，打了好几次火苗子都没有点燃。最终，打火机掉了下来，烟也掉了下来。周友辉靠在玻璃上，反而笑了。许久，他转过了身，玻璃的茶几上多了一个信封，他走了过去，拿起来轻轻一抖，钥匙、银行卡落了一地。世俗的东西终究没有拴住她的心。她要的，周友辉这辈子也给不起。

杨小三没走几步，电话来了，张敏的。想了许久，还是接了起来。幸好不是在张敏的面前，但即使嗓音的伪装也几乎要了杨小三的命："身体好些了么？"

"我现在住在 A 市，他给我买了套房子，在江边。A 市比 L 市的空气好了很多，日落特别漂亮。"张敏说。

杨小三笑了笑，听着张敏的口气，觉得她心情很好，于是轻声问："他对你好么？"

"挺好的。只是他有时候过分专制了，我一直说抽空约你出来的，他老是说身体好些再说，所以就一直在家里养着，都快成猪了。"张敏笑了笑，"反正我不管了，周末有空没，我来找你？"

"周末？"杨小三想了想说，"还有好几天，到时候再说吧。你现在是有宝宝的人了，别一天一门心思往外跑了，过了头三个月再说吧。"

"行行行。"张敏答，"你啊，这嘴巴啥时候跟老太太一样了。对了，你可得加油了，快点找个好男人把自己嫁了，生个宝宝。别忘记了，我们两个可是有婚约的，你可得抓紧了，若是我生个女儿，可别让我女儿熬成了老姑婆了。"

杨小三应了几句，打算挂电话，却被张敏叫住："你跟那个有家室的人断了没？"

"断了。"杨小三答，"以后别再问。"

虽然杨小三不刻意去想，但是每每听到，心都痛得要命。

第七章
丧心病狂的失意人

　　转眼到了周末,杨小三接到了大哥杨东的电话,说是晚上的家庭聚会有重要的事情宣布。杨小三问,他却说是晚上吃饭的时候才讲。挂完电话,杨小三想着,既然是有喜事,那就连带把自己这"丧事"一起办了,起码老妈的心脏能够负荷,于是给柳青松打了电话。

　　等到下班,停车场里,柳青松已经候在那里了,明明三十八度的高温,他的衬衣竟然连风纪扣都扣上了,笔直地站在熊猫车旁。杨小三一声不吭地走了过去:"赶紧上车吧,让别人看着了还以为我这熊猫车请了个司机。"

　　柳青松憨笑了一声开了车门,几分钟后出了停车场,一辆迈巴赫不知道何时悄悄跟在了后面。杨小三见了,轻轻地说:"停在边上吧,让他先走。"

　　于是,熊猫车慢慢靠边,没想到,迈巴赫也停了下来。柳青松转过了头,看着杨小三,杨小三沉默了许久,迈巴赫绕开了熊猫车,一溜烟走了。

　　车到了海棠小区,杨小三下了车才发现,柳青松从车后面拿出一堆礼物,为家里的每个人都买了件东西,她看着有些心酸,从未想过这不懂事的大男孩,能够为了自己变得如此细心。

　　"谢谢。"杨小三找不到表示感动的词语,听上去客气得要命。

　　柳青松听了,双手拎着礼品,挤了些轻松的笑容。

　　老房子的隔音效果很差,还未到家,杨小三就听到了屋里热闹的人声,像是来了客人。按了门铃,开门的是二哥杨南,只有面对杨小三时,他才露出了疲倦的笑容。他看了看拎着大包小包的柳青松,再疑惑地看了一眼杨小三。

　　杨小三笑着点了点头。

杨南的眼神一淡，明明笑着，却有着说不出的悲凉。

"妈，今天热闹了，三儿也带朋友来了。"杨南接过了柳青松手里的礼品，拍了拍他的肩膀。

客厅里，一家人都在，卓兰的旁边坐着一个陌生的女孩子，二十一二岁的样子，皮肤有些黑，眼睛不大，扎着马尾，显得特别精神。卓兰一见柳青松，忙站起来问："这不是三儿的同事么？上次生病时来过。"

"阿姨，好记性啊。"柳青松见机赶忙拍马屁。

"怎么这么客气啊，来玩带什么礼物啊。"

一旁坐着的杨东看出了端倪，皱了皱眉头。

卓兰平日里冷清惯了，加上今天心头的郁结解了，也没多想柳青松来的目的，将杨小三拉到了沙发上，说："来我给你介绍下，陈果果，老二的女朋友。"

杨小三一听，僵硬地笑了笑说："我是家里最小的，他们都叫我三儿，你以后也这么叫我吧。"

陈果果腼腆得很，没敢开口。卓兰着急了说："都快一家人了，就不必局促了。"

陈果果一听，头埋得更低了。

卓兰笑着说："老二啊，我看你也年纪不小了，就赶紧把事情定了吧，挑个好日子把事办了。果果，怎样？"

陈果果这才说了话，乡音很重，一听就知道应该是县城的，她摆着手轻声说："这事不急……还是，杨哥……定吧。"

陈果果说完，一家人都看着杨南。杨南低着头，仔细削着一个桃子，一边削一边说："只要双方的父母同意，果果同意，我就没意见。"

说完，他将削好的桃子递给了陈果果。陈果果接了过来，脸都红透了。

多好一个女孩子啊，纯得让人心痛，杨小三看着心里一阵抽搐。一旁的卓兰却完全没有注意到杨小三的表情，她高兴地说："那就这么定了，三儿啊，你就直接改口叫果果二嫂好了。"

杨小三始终不明白，国学中困扰中国人几千年来的问题，为什么家庭的和谐就等于要满足长辈的一切要求？她爱自己的母亲，但不等于就得百分之百遵从母亲的决定。她低头想着，并没有回答卓兰，气氛一下尴尬了，一旁的柳青松见了，把给家里人买的礼物拿了出来："伯母这是给您买的按摩器……"

发完了礼物，众人笑了笑，气氛终于又缓了过来。柳青松一得意，嘴开了闸收不住，说："果果，对不起啊，今天不知道你来了，所以没有给你买礼物，下次吧。"

陈果果抬起头，腼腆地笑了笑，杨小三接了话："青松，你刚叫错了，妈刚不是说了吗，你该改口叫二嫂了。"

话音一落，全家人都呆了。

卓兰的笑容还凝在了脸上，她一动不动地看着杨小三。杨东第一个站了起来，说："妹，这事能开玩笑么？小柳，你别介意啊，我们家开玩笑随便惯了，你千万别往心里去。"

"哥，我这样像在开玩笑么？"杨小三抬起了头。杨东从一进门已经发现了她跟柳青松不对劲，现在见她竟然当着母亲的面说起了婚事，心里急了，一边打了圆场，一边一个劲递眼神让杨小三别再说了。可杨小三偏偏不理杨东的情，转头对卓兰说："妈，我跟小柳好上了，他是真心待我的。"

卓兰听杨小三这么一说，才彻底从震惊中醒了过来，她站了起来，低头看着杨小三，小心地问："你再说一次？"

这一次，柳青松抢着答了："伯母，请您把三儿嫁给我吧，我会好好待她一辈子。"

卓兰看着柳青松那张稚嫩的脸，二人年纪的差距不用问也能猜出来，她一句话不说，推开杨东转头就进了厨房，拿出了一个擀面棒，对着杨小三就打去。这一下热闹起来了，一家人有去拉卓兰的，有去护着杨小三的。卓兰的脾气倔起来谁也拦不住，她一棒打在杨小三的身上，发出结实的一声响。

柳青松一见，挡在了杨小三的前面："伯母，我是真心待三儿的，真的！"

卓兰听了，挥舞着擀面棒，打在了柳青松的背上。柳青松一阵钻心地疼痛，浑身抖了一下，将杨小三抱得更紧了。

杨南拉着杨小三说："走吧，我们阳台上好好聊聊。柳青松，你说要娶三儿，就好好跟我妈和大哥说说，你为什么想娶三儿，拿什么娶三儿。"

今天正好是十五，月朗星稀，预示着明天是个好天气。杨南将阳台的门合上，见杨小三像只无骨的章鱼，趴在阳台的栏杆上。杨南抬头看了看天，说："月亮真漂亮啊。"

杨小三继续低着头发呆。

"你都没有抬头看一眼。"

"哥？"杨小三轻声地问，"哥，你为什么选她？"

杨南低着头，轻轻笑了笑："因为妈喜欢。你呢？为什么选他？别说跟我一样的理由，我怎么看柳青松也不是妈喜欢的类型。不过看得出来，他在意你。不会是你真的对他……"杨南已经将想要表达的意思说明白了，转头看着杨小三，只等她回答。

"我有孩子了。"杨小三淡淡地答。

杨南的身体明显地抖了一下，一脸震惊地问："他的？"

杨小三转过头看着杨南，认真地点了点头。

"他知道吗？"

杨小三笑了笑，摇了摇头。

"柳青松呢？"

杨小三默默地点了点头。

杨南听完后，抬眼看着月亮，轻声地说："人这辈子很多时候都由不得自己。我以前常常怨母亲，怨这个社会，可自从虎子离开我后，我就明白了。从来到这个世界到离开都是由不得自己的，其他事哪里还能跳出这个框？"

杨小三笑了笑："哥，会祝福我么？"

"那要看是祝福哪个方面。"杨南转过了身，腰靠在了栏杆上，从兜里摸了支烟，"像我们这种爱，得不到祝福的，所以……久了也习惯了。倒是我的妹妹，你不一样，为什么偏偏选了条这样的路？二哥废了，不希望你也废了。况且，我没打算要孩子，……那是个生命啊，谁不希望一辈子在阳光下长的？可你能给他一辈子的阳光么？"

"我相信，柳青松会是个好父亲。"

"他真的不介意？"

杨小三认真地点了点头。

"所以，你为了孩子跟他结婚？"杨南神情严肃地问，"你爱他么？"

杨小三笑了笑，直起了腰抬头看着杨南，同样神情严肃地问："那，你爱果果么？"

那一刻，杨南哑口无言，低头狠命吸着烟。因为吸得太急，开始剧烈地咳嗽起来，杨小三赶忙拍了拍他的后背。杨南咳了几声后，终于缓过气来。

"哥跟我一样，平日里嘴上说得绝，却做不得半点坏事。"杨小三说。

"你啊。"杨南答，"罢了，哥自己都不是个东西，也不配教你该怎样做个东西，以后的事以后再说吧，不过，哥还是提醒你了，这婚若是结了，就别走回头路了。结婚是一辈子最重要的事，而离婚是一辈子最痛苦的事。若是错了，这辈子也就完了。"

"哥，你也是。"杨小三直直地看着杨南，清冷的月光下，他苍白的笑容竟有一丝的凉意。两人不再说话，转头看着月亮，透亮的盘子挂在树梢上。不知怎的，两人都想起了心中的那个人，这么一想，都痴了。直到身后玻璃推拉门响动，杨东出来，招呼二人进屋。

夜里十点，杨小三起身要走，卓兰心里不悦，但也没有挽留。杨南挽着陈果果，杨小三挽着柳青松。柳青松提议送送二哥，于是四人一起坐进了熊猫车。杨南做的是广告业，为了上班方便，租的房子选择在一环内，半个小时不到就到了住处，两人挽着手下了车，杨小三一看他们的背影亲昵得像热恋的情侣，不知怎么，反而没有往日的羡慕心情，却觉得分外碍眼。杨南就像一面镜子，令她想到了自己。

柳青松正打算开车，杨南返了回来，站在车窗边，想了想说："就定在九月吧，妈那边我去说，你……等不得。"

杨小三听了，默默地点了点头。

杨南走后，柳青松开着车，装作不在意地问："二哥说的是什么事？"

"婚事。"杨小三答。

"真的？"

即使昏暗的路灯下，杨小三也看到了柳青松因为兴奋而闪亮的眸子。

"二哥……"

杨小三的手机响了，丁聪打来的："亲爱的，好久不见？我想你，你还好么？忘记问候你了，你最近一直在躲我，对不对？我去过他给你的那豪华窝，可惜你都不在，不仅你不在，他也不来了。"

"我们之间没什么好说的了。"杨小三答，"从今以后，我和你一点儿关系也没有。"

"怎么可能？"丁聪笑了几声，"妈，你一天跟他在一起，一天就是我的妈，我怎么可以忘记？我要时时刻刻记住了，每天都要拿出来好好折磨自己，告诉我当初我多么窝囊，你有多么多么值得我去爱！"

"疯子！"杨小三骂了一句，一旁的柳青松一脸担忧地转过了头。

"这样就受不了了？还有更好的戏在后面，我发觉我越来越入戏了。"丁聪说，"哦，对了，忘记问了，二哥的事情怎样了？我看着伯母气得不轻啊。你说，若是她知道你跟你前夫的老丈人搞上了，她老人家会是什么反应？"

杨小三吸了一口气，努力用轻松的语气说："恐怕要让你失望了，我刚刚决定九月就要结婚了。新郎不是他，我也不屑有你这样龌龊的儿子。"

杨小三说完，电话那边一阵安静。许久，杨小三正想挂电话，丁聪的声音传了过来，一改刚才玩世不恭的口气，一本正经地问："新郎是谁？你别想骗我，我告诉你，你一辈子都是我丁聪的，如果你不想你妈知道一切，最好乖乖地跟着我。"

"这就是你的目的？"杨小三一声轻笑，"身体么？以前免费的你不要，现在要收费了，你倒是千方百计不撒手，是不是男人都这么贱？"

"管你怎么说！"丁聪答，"我连信仰都没了，还怕你骂两句？"

"我结婚了，任你到处去说，又有几人会信？他的身份地位你该知道，再说你是他儿子。"杨小三停顿了一秒，继续说，"你老婆的爹！你若是想说，自便吧。"

说完，杨小三挂了电话。柳青松一脸担忧，正想开口，却被杨小三挡了回去："若是不想让我难受就别问了，谢谢。"

丁聪挂了电话，从卫生间里走了出来，拿着手机的手竟有些发麻。酒吧里正是最热闹的时候，几乎每个位置上都坐着一对情侣，细碎的声音依稀传来，像麦田里啃食粮食的蝗虫。

丁聪默默地走到了钢琴旁，右手轻轻摸着冰凉的黑白键盘，爱像变了质的牛奶，即使强行喝会拉肚子，他依旧不愿意撒手。现在连他也不明白了，杨小三如今在自己心中到底是什么位置？恨到了头就是爱，丁聪已刻骨铭心。

指尖舞动，陶醉在音乐中的男人最有魅力。他第一次在这种环境下，哼起了歌：

"我怎么会舍得你走，这一去竟是几个秋冬，请你好好珍重，无须挂念我太多。我的爱和从前一样，这承诺当是万般重要，尽管容颜会老，这一生无以为靠。我还是爱你到老，我不会让你苦恼，也许我始终无法释怀，我会假装一切都好。我还是爱你到老，我不会让你苦恼，也许你已经把我忘掉。我还苦苦地寻找，寻找到老。"

那一句"我还是爱你到老"，唱得百转千回，动人心扉。

一曲完毕，一个酒杯放在了钢琴上，一个四十多岁男人猥琐的脸出现在了丁聪的面前："唱得不错，我喜欢，请你喝杯酒。"

丁聪正想着该怎么拒绝，阿杜走了过来，拿起了酒杯对着男人说："刘总，您的心意，阿杜接下了。小丁不是圈子里的人，是我请来弹钢琴的，您老多担待了。"

男人快快地走了，阿杜拿着酒杯转过头对着丁聪说："唱得不错，没想到你还有副这么好的嗓音。请了几天假，娶了老婆就是不一样了，唱首歌都这样煽情。"

丁聪低头不语。

"我猜刚才是唱给你老婆的吧？"阿杜问，"你若是抬头看看，就会发现你已经迷了全场了。刚才那首歌叫什么名字？"

"老歌，林隆璇的《我还是爱你到老》。"丁聪答。

"不错，再唱一遍吧。"阿杜笑着下了命令。

十一点多，酒吧里人渐渐少了，丁聪揉了揉肩，从钢琴台上走了下来。阿杜端着一杯酒走了过来，手里拿着一个红色的信封。丁聪接了过来，打开一看，一叠人民币，他疑惑地看着阿杜。

阿杜笑了笑，将手里的酒杯递给丁聪："一个客人给你的，说你唱得不错。"

丁聪低了头，默默地将信封放进了兜里。

阿杜看着，笑了笑问："怎么不多问几句，收钱倒是干脆？你之前的几任也遇到过客人打赏，却神情紧张，问了半天也不敢收钱。"

"钱是个好东西。"丁聪答，"什么都买得到。况且，上面也没有写名字，给我的为什么不收？"说完，他喝掉了一半阿杜递过来的酒，剩下的一半故意倒在了衬衣上，将空酒杯递还给了阿杜，转身离开了酒吧。

午夜，丁聪骑着自行车刻意在外面逗留了一会儿，才回到了教师小区。锁了自行车，低头闻了闻身上的酒味，满意地上了楼。开了门，客厅里漆黑一片，他轻轻地走进了卧室，意料之外，周娇娇并没有睡，电脑上聊着天。丁聪走上前，坐在了她的旁边："老婆，怎么还没有睡？"

周娇娇转过了头，一股浓烈的酒味，她忍不住用手掩住了鼻子："你不是去补习了么？怎么才回来？满身的酒味。"

丁聪笑了笑，起了身答："我这就去洗澡。今天补习完了，就跟着孩子的家长喝了点小酒。"

说完，脱掉了衬衣和裤子进了卫生间。周娇娇起身拿起了衬衣和裤子，一搜，一个红色的信封露了出来，周娇娇赶忙打开，一叠的人民币，整整两千块。

周娇娇一怒，衬衣裤子往地上一扔，拿着信封就要冲到卫生间。可到了门口，却迟迟没有推门。她想到了许多，这是她第一次面对婚姻的压力，做一个守墓的人远远比做一个盗墓的人要难上许多倍。婚姻需要经营，一点风吹草动去捕风捉影，是个男人都会跑。于是她拿着红信封折了回来，原封不动地放回了裤子里。

睚眦必报，是她做人的宗旨。孩子的事她不会忘记。每一个指间染血的人，都是她周娇娇一辈子的敌人。她不好过，自然别人也不会好过。别人给她一寸，她一定要还他一丈。但如今，永远不会有孩子的她，还有一件最重要的事，守好自己的老公，守好自己的婚姻。

杨小三终于回了自己的窝，也就是将来柳青松的新房。房子不大，比起周友辉给的可以说是一个在天上，一个在地下。六十多平方米，两房一厅，纯白色的基调，能看出柳青松对爱情的执着。

柳青松将杨小三送到门口，站在门外犹豫了半天，见杨小三没开口挽留他，微微叹了一声，转身离去。

看着柳青松的背影，杨小三心中的负罪感又多了好几重。

杨小三走进了屋子，没有开灯，在松软的布艺沙发上躺了下来，双手拿着手机高高举在头顶上。周友辉是一种具有强烈依赖的精神药物，此刻她有些失控，想要给他发短信。终于写了一条短信：我真的是九月结婚？发的对象是二哥杨南。许久，短信才回了过来，杨南回复的速度永远比不上周友辉。周友辉是一个二十四小时为她待机的男人，无论杨小三几时发短信，他总会第一时间回过来。无论什么时候，他都像个魔咒，让她不知不觉地想起他。杨南的信息写道："决定了再做！祸不单行，喜不成双。有什么哥陪着你。"

看着短信，杨小三的手微微颤抖。

日子过得很快，眨眼夏日已匆匆溜走，周友辉习惯了去看凤凰路上的那棵榕树，杨小三习惯了一大早泡一杯清茶。榕树的落叶落了一地，资料上说孕妇不能喝茶。结果，周友辉再也不去榕树下，杨小三泡了清茶却不能喝上一口。

九月，忙碌的季节。周友辉做了几个大方案，钱赚得不多，为的是让自己忙碌起来，基本上每天忙到半夜才回家。

九月，收获的季节，柳青松拿着烫金的喜帖开始给同事们发传单，新娘子的名字：杨小三。

九月，恋爱的季节，张敏一直待在 A 市，每天看日出日落，闲淡的日子，每天能够想着他，她便已经很满足。

自从那次吵架后，彭惠琴发觉与周友辉的关系越来越淡。虽然他每天都回家，每天对她都是客客气气，可夫妻生活却屈指可数，每一次都是彭惠琴主动要求，他从不拒绝，提刀上阵，匆匆忙忙像完成任务一般，做了几次后，连彭惠琴自己也觉得索然无趣。

直到陈麻子的电话打来，他的语气很兴奋，似乎是查到了什么。彭惠琴想也没想，拿着包就出了门。还是上次那家隐蔽的咖啡厅，彭惠琴却完全没有那一次的从容，她心里已经有了一个底，周友辉的行为已经明确告诉她，他应该是出了问题，而彭惠琴只是想知道问题的程度。

犹豫再三，彭惠琴推门走了进去。

陈麻子已经来了，正坐在角落，一见彭惠琴，忙站起来招呼。

彭惠琴还没有坐下，就着急问："查到些什么？"

陈麻子从包里掏出了一叠资料，递给了彭惠琴说："公司的账务查了许久，可能，我说可能，您那位非常怕别人查到些什么，所以经过他手里的钱，都非常仔细。我查了许久，一开始都没有头绪，幸好，您给的权限和找来的会计师，我才查到……"

"快说。"彭惠琴不耐烦地说。

"有一笔三百万的款项，周友辉没有任何货款和合同为支撑，只是单单以合作一个项目的方式，给一个叫乐为的公司拨了过去。"

"乐为？"彭惠琴想了想，她若是没记错的话，乐为公司的老总乐启新与周友辉的私交很好，周友辉平日里最喜欢的就是跟乐总一起喝茶。而乐为公司是一家做家政的劳务公司，怎么也跟巨人谈不上合作。想到了这里，彭惠琴一脸紧张，继续问："然后呢？"

"乐为是个小公司。"陈麻子继续说，"公司的账目往来资金量都很小，所以三百万对这个公司来说是一笔很大费用。于是，我花了不少的时间和精力反复查，动用了不知道多少的人脉关系……"

"钱不是问题，说重点。"彭惠琴打断了他。

"最后，这三百万绕了好几圈，买了北面的一套房子和一辆车，余下的现金挂在了这个人的名下，不过却一分未动，这是户主的资料。"陈麻子递了上去。

彭惠琴低头看了一眼，完全不认识的一个男人，于是转头问："房子你去过了没有？"

陈麻子点了点头："这点您可以放心了，我去房子那儿蹲了将近半个月，没有一个人去过。房子空着，我又问过了那里的保安，他说前些日子有个女人住过，后来不知道怎么突然间就搬走了，再也没回来过。"

"叫什么名字？"彭惠琴问。

"姓杨，具体的名字，保安不知道，因为屋主的名字不是她，保安也不好多问。"陈麻子答。

彭惠琴深吸了口气，一言不发。

陈麻子看了看，继续说："那天婚礼的事，我又重新去核查。这一查才发现，那天新娘子晕倒时，阳台上一共站着三个人，一个据说是新娘子的父亲，还有一个说是个女人，年纪不大。我去调了当天的监控，因为阳台没有安装摄像机，只能看到走廊上的情况。视频证实了，那天新娘被抱出阳台后，有一个男人去了阳台，几分钟后将一个女人扶了出来，开车离开。"

"能查到这个女人的身份么？"彭惠琴问。

"暂时还不能。"陈麻子抬眼看了看彭惠琴后，赶忙补了一句，"多一些日子，就应该能够查到了。"

"那好。"彭惠琴面无表情地起了身,"我等你的消息。"

说完她离开了咖啡厅。上了车,心情久久无法平静,她突然想起了一句话,男人掌握世界,而女人通过掌握男人掌握世界。可那是女人天真的想法,能想要完全掌握男人,真不是件容易的事。

午夜,丁聪又是很晚回家,又是一身酒味。今天意外的是客厅里亮着灯,周娇娇没有躲在卧室,而是安静地坐在沙发上。

丁聪进了门,看着她一愣:"老婆,这么晚了,怎么还在客厅?你身体还没有恢复,这眼瞅着到了秋天了,温差大,要注意身体才是。"

周娇娇指了指身边的沙发,丁聪走过去坐了下来,看着娇娇。突然间,周娇娇的眼泪就落了下来,钻进了丁聪的怀里。

"怎么了,老婆?"丁聪问。

周娇娇抬起了头,泪汪汪的眼珠子动情地看着丁聪:"我今天去了学校,才知道你因为我们的事被贬去了器材室当管理员。后来……后来……我又跟你去了酒吧,那是个同性恋酒吧啊,我一听急了,就混了进去。发现你在那儿弹琴。我一开始很怕……所以,问了好些人,都说你只是在那里弹琴的……"

丁聪低着头答:"老婆,别担心,我只是去赚钱,我这个做老公的没有本事,没法让你过上好日子。"

周娇娇摇了摇头,咬着唇,丁聪轻轻拍着周娇娇的头,露出了一丝笑容。

一个冗长的会议后,周友辉起身揉了揉酸麻的腰。仅仅这个小动作,眼前就拥上来了几个人,嘘寒问暖地关心他的身体。他应了几声,走出了会议室。回了自己的办公室,刚坐下电话响了,是老李的,口气有些犹豫:"算是有点眉目了。"

"什么事能够逃得过你老的法眼?"周友辉说,"有什么难处,尽管说。"

"那个小区住的是什么人,你肯定比我还清楚,都是些得罪不起,又有很多个人问题的人,所以要那天晚上的录像带,着实废了些功夫。可好不容易要到了,竟然发现偏偏缺了那天晚上的。于是我找了保安才知道,那晚雷雨把监控淋坏了,第二天才修复。后来我又问了几个当值的保安,只有一个人说,当晚确实有一个奇怪的男人要进小区,可他说不出找谁,保安就没让进。后来在外面晃悠了许久，风大雨大的，保安就没太注意了。"

"没查到人？"周友辉心中有些懊恼。

"只知道他个子不高，瘦小，二十七八岁，看上去很斯文，我又问过小区里的人，只有个保姆记得一个男人在小区的路上来回晃悠……"

周友辉皱了皱眉，挂了电话，办公桌上的电话又响了。

"周总，您好。"前台廖秘书的声音，"楼下有一位女士执意要见您。她没有预约，但我怎么劝，她都不愿意走，非得要见到您。"

"你一贯知道分寸的，这种小事情需要来问我么？直接联系小刘就是。"周友辉没好气地回答。

"可……"廖秘书一脸的委屈，"我已经告诉过小刘了，可她说这个事情非常重要，需要我跟您亲自汇报。这位女士说，她是您的女儿……"

周友辉一愣，半晌，问了一个很白痴的问题："她姓什么？"

既然是他的女儿，不用回答也知道，当然姓周。廖秘书一愣，猜着周总的意思应该是问名字，于是忙回答："姓周，叫娇娇……"

电话那边已经没了声音。周友辉走下了楼，大堂里见到了周娇娇，他尽管很刻意掩饰表情，却没有掩盖住眼神里的兴奋："娇娇，你怎么来了？"

"有事相求。"周娇娇站了起来，神情严肃地回答。

"那……走吧。"周友辉答，"你在门口等着我，我去停车场开车，找一个好地方，我们父女俩好好聊聊。"

"父女"一词一出口，周友辉的心中耐不住澎湃起来，这些日子的失魂落魄早已经超过了他的心脏负荷，如今总算能有一件让他高兴的事。他竟失了几十年的修养，慌忙如一个愣头小伙。

"不了。"周娇娇淡淡地答，"还是去您的办公室吧，我想跟您谈点公事。"

周友辉一愣，直直地看着周娇娇，却见她不卑不亢，没有妥协的余地，于是只好点了点头。到了办公室，周友辉泡了最好的茶，递给了周娇娇。周娇娇没接，周友辉捧着茶杯，尴尬地停在半空中许久，放在了面前的茶几上。

周友辉坐了下来，一脸和气地问："娇娇，有什么事？"

"我来是向你讨债的。"周娇娇反问，"可以不可以？"

周友辉一听脸色铁青，问："债，什么债？"

"人情债，我没出生孩子的债。"周娇娇答。

周友辉听了，胸闷得厉害，深吸了一口气，发觉胸口更疼了，于是长长叹了一声："你有什么要求？说吧。"

"帮我的老公安排一个工作，要体面的。"周娇娇一字一句地答。

周友辉轻笑了一声，问："就这个要求么？"

周娇娇点了点头："这个算利息，我跟你之间的债，你一辈子都还不清。我从来就没有你这样一个龌龊的父亲。"

"龌龊"一词，周友辉听得格外刺耳，突然间他站了起来："你走吧，对你来说，这里太龌龊了，容不下你。"

周娇娇一听，跟着站了起来，比周友辉矮上一截的她，气势上一点不输："帮不帮忙，随你。"

说完，她推开了门走了出去。

周友辉跌坐在了沙发上，周娇娇走后，他才感到了后悔，虽然被骂得一脸狗血，可对周友辉来说，起码比不同他说一句话好许多。至少，周友辉知道女儿的心里有他，她倔强的脾气因为那个叫丁聪的男人而改变了。即使被周娇娇骂了一通，周友辉也得毫不犹豫地帮忙。

柳青松的父亲在得知儿子订婚的情况下，连一句反对的意见也没有，这让一直忐忑的杨小三尤其惊讶。于是柳青松的婚事在没有任何阻挠的情况下，由他好事的后妈紧锣密鼓地筹措着。这一家子都是自来熟，热情得让杨小三也有些招架不住。

婚礼定在了九月九日，卓兰一开始计划是国庆，被杨南直接否掉，为了杨小三那还能隐瞒住的身材，杨南坚持九月办，为此他自己的婚礼安排在了最繁忙的十月一日。街坊邻居知道后一个个都来道贺，可不知道怎的，独独杨家人笑不出来。

杨小三肚子里的孩子眨眼已经三个多月了，小腹微微有些凸，孕期反应也越来越大，整日犯困的她，差不多每天有一大半时间在睡觉。上班时也许是周友辉的安排，杨小三分配的事很少，大部分时间都趴着睡觉。两个月的时间，她几乎从来不进周友辉的办公室，即使有资料要送，也是找人代劳，刻意地疏远比无意地亲近更容易让人怀疑，整个办公室的人都看出了二人的异样。

可故事中的两人充耳不闻，像是两只鸵鸟一起撅起了屁股，将头埋进了沙土里。

九月八日，杨小三婚前的一天，一大早彭惠琴接到了一个陌生的电话，连续打了好几次，一个男人的声音有些沙哑，听着很不舒服，彭惠琴想尽快打发了，问："你是谁，找我什么事？"

"我是周娇娇的老公，有些重要的事情想跟你聊聊。"丁聪答。

"周娇娇？"彭惠琴觉得名字很熟悉，才想起来是毛琼芳的女儿。想着可能这个男人不清楚两家的关系，以为攀了高枝，想在她身上讨点好处，于是很不客气地回答："我跟这家人没有任何关系，别希望能讨到什么。"

说完彭惠琴正想要挂电话，却被丁聪叫住："我想要告诉你的事情，不是关于周娇娇的，而是周友辉的，你有没有兴趣？"

"你什么意思？"一说起周友辉，彭惠琴满身的刺就立马竖了起来，像只猎狗般嗅着味道。

"我想问问你，他有了个情人你知道吗？"

彭惠琴一听，立马决定："约个地方，我们见面聊。"

张敏跟宋林昆开庭时间安排在了九月八日，周伟志请了假，陪着张敏一起去。因为身份尴尬，临行前他依旧不放心，让张敏打了电话约了杨小三。杨小三来了，也同时跟了一个小尾巴柳青松。三人寒暄了一通，倒是张敏迷糊了，问了一句："你们都认识？"

杨小三挽着张敏的手："怎么不认识？小周同志跟小柳同志同一天进的巨人，公司暗地里称呼他们为：妖孽与太子爷。"

杨小三这么一说，一旁的柳青松不乐意了："谁是妖孽？"

杨小三反问："你说呢？难道你是太子爷？"

这一段话为的是缓解张敏紧绷的神经，所以张敏听了，紧张减轻了不少，也没有细想几人之间的微妙关系。杨小三看张敏的表情，松了一口气。两人一起上了周伟志的奥迪Q7。因为张敏有三个月的身孕，周伟志开得很慢，到了L市已经是上午十点，四人匆忙进了法院，周伟志请的律师早已经候在门口了，手里拿着一叠资料，将周伟志拦住，说他的身份尴尬，建议不让对方找到把柄为好。

周伟志只好将张敏托付给了杨小三，他站在门外，焦躁地等了一个多小时，人总算走了出来，先出来的是宋林昆和他的律师。宋林昆看了周伟志一眼，一句没说转身走了。杨小三扶着张敏走了出来，张敏脸色有些发青。周伟志见了也不敢着急问，而是将律师拉到一边。

律师摇了摇头答："本来以为材料很充分了，可没想到对方竟拿出了你跟张敏的证据，甚至包括张敏有孕的资料。宋林昆坚持称自己是受害者，但是会原谅张敏，孩子不能没有父亲，希望两人一起抚养孩子……"

"放屁，明明是宋林昆找了个女人。"周伟志也顾不上面子，骂了一句。

"可你有证据么？我也问过张敏了，她说过曾经找过人查，可没有查到一点有利的证据，只好不了了之。你知道的，法院要讲证据，空口无凭很难判断的。"

"那……判决离婚的希望怎样？"

"不好说，一半一半吧。"律师叹了一声。

"如果不行的话怎么办？"周伟志一脸焦急。

"那就需要等半年后再上诉。"律师答。

"还要等半年！"周伟志一声大叫。

"这还算顺利的了。"律师无奈地摇了摇头。

周伟志低头想了许久，转身往宋林昆走的方向追了出去。

停车场，宋林昆看见站在自己面前的周伟志，停下了手里的动作，抬头看着他："你想怎样？又想打人了么？我可告诉你了，那日你打我的证据，可惜我没有保留下来，若是今天你这里打了我，我可警告你了，有摄像头，这官司你就更别想打赢了。"

周伟志看着宋林昆，一字一句地说："直说吧，想要什么？钱，开个数吧？"

宋林昆一听大笑起来，昂着头挑衅地问："钱？你认为我缺么？"

自从周娇娇提过要求后，这几天周友辉就一直不在工作状态，索性开车去了山里，本想喝茶的，结果却莫名其妙拿出了酒。一不小心喝多了，车是开不了了。

很快，他丢下工作消失的信息已经传到了彭惠琴那里，连续打来好几个电话问。问烦了，周友辉干脆就把电话放在了一边，让彭惠琴说，自己拿着酒瓶子喝。

一直到下午两点，一个电话打过来，显示是L市的座机，陌生的号码。此时周友辉已经喝高了，打着酒嗝接了电话。

"请问是周友辉吧？"一个男人陌生的声音，"你有个儿子叫周伟志对吧？"

"是的，请讲。"周友辉忍不住打了个酒嗝。

"您的儿子今天在法院门口打架，现在在我们派出所，按照规定进行罚款或者治安拘留七天的处罚，您看您什么时候来一趟派出所？"

"打架？拘留所？"周友辉觉得在梦中一般，乖巧的儿子连一句骂人的话也不愿意讲，什么时候打架了？他连续问了好几遍，得到的答案都是肯定的。挂了电话，拨打儿子的电话，已关机，于是第一时间给L市的公安局冯局长去了个电话。

联系好后，他匆忙抓起了外套出了别墅。秋日的凉风一吹，酒劲上来了，有些上头，晕得厉害。他努力摇了摇头，几分钟后，头疼缓了些，这才上了车。

平日里习惯了酒后开车的周友辉，本以为这一斤混合酒后劲不会太大，也许他高估了自己的身体，低估心情的影响。上了路才发现，弯曲的山路变成了一条灵活的蛇不停地扭动着。

一个急弯后，周友辉发现眼前的路竟然莫名其妙地消失了，车冲出了栅栏停在了空中。随后开始自由落体，几秒钟后，车重重地落在了岩石上，剧烈的碰撞使车上的十六个气囊顷刻间打开，雪白如泡沫般将周友辉裹在了其中。

那一刻周友辉还有意识，头上的液体开始缓缓地顺着额头落下。就在此时，不远处的角落里手机响了，周友辉努力动了动全身，发现能动的只有一个食指。剧痛袭来，他沉入了黑暗。

彭惠琴端起了咖啡喝了一小口，看着对面一脸书生气的男人："既然来了就直说吧，我这人不喜欢说废话。"

丁聪整个人靠在沙发上，很自信地答："我们很快就会认识了，而且还会越来越熟悉。"

彭惠琴最讨厌过分自信的人，于是毫不客气地答："我从来就没有跟下等人做朋友的兴趣。"

丁聪不气，反而笑着说："谁说是朋友？严格意义上说，我们还是亲戚。我现在的老婆是你老公的女儿。如果你能满足我一点点的愿望，我会告诉你更深的秘密。"

彭惠琴一听，杏眼一瞪："你什么意思？我从来就不喜欢别人跟我提条件，更不喜欢别人威胁我。有话你就说，有值得的消息，我自然不会亏待。彭家从来就不缺钱，如果你想骗我，那我就丑话说在前头，即使你是那个女人的女婿，我也一样不客气。"

丁聪听了，笑着往后一靠，身体躺在椅背上，跷起了二郎腿，伸了伸腰，吸了口气，轻松地说："那我就直说了，可是我先得提醒你，悠着点，别气坏了身体……"

"说！"彭惠琴毫不客气地打断了他。

"就是……我的前妻是你老公的情人。"

彭惠琴当场愣住，手里的咖啡杯落了地。

丁聪看着笑了笑："不信啊，要不要我告诉你她的名字，你自己查？这种事再聪明的狐狸都会露出马脚，何况是您这么厉害的猎人。"

彭惠琴总算从震惊中醒了过来，她一拍桌子："告诉我，她的名字。"

"那，满足我一个小小的要求怎样？"丁聪问。

"跟我谈条件？"彭惠琴本来就是在火头上，"你都说了是你的前妻，我难道这点都查不出来？别给你三分颜色，你就开染坊了。"

"我既然这么说，自然有你能够答应的理由。"丁聪笑了笑，"这是双赢的。"

"说！"彭惠琴答。

"我刚刚告诉了您两层的关系。我之所以这么清楚告诉您，因为两个关系是冲突。第一个关系，我是您的女婿；第二个关系，我是您情敌的男人。如果您承认第一个关系，自然就不会有第二个关系了，我要进巨人集团。"丁聪说。

"她叫什么名字？"彭惠琴一脸严肃地问。

"杨小三！"

彭惠琴一听，觉着这名字甚为耳熟，却没想起来在哪儿见过。正思考着，手机响了，陌生的电话号码，对方很客气："您好，是彭董吧，我是L市公安局的冯局长,刚才周总给我来了电话,说起令郎的事,现在事情已经处理好了。可我回电话给他,他却一直没有接电话。因为需要他到派出所签个字,比较急,所以就打到您这里来了。"

"什么事?"彭惠琴感到隐隐的不安。

"您还不知道啊,是件小事,年轻人精力旺盛打架而已。您也别急,已经处理好了。"

"我儿子打架?"彭惠琴不相信自己的耳朵。

"是啊。没事,双方破了点皮而已。"冯局赶忙解释。

"好,我马上过来。"彭惠琴关了电话,抬头看着对面一脸轻松的丁聪,起了身,一脸鄙夷地说,"我会查的,也会自己考虑的。只是我觉得奇怪,如果这事情是真的,你的女人跟老丈人好上了,你会是这样的态度?你这种底层的男人我见多了,告诉你,我认识的人里面,你是最无耻的一个,你的心都被钱买了。"

说完,彭惠琴拿着包,扭着腰走了。

彭惠琴一走,丁聪的脸顷刻间换了模样,他苦涩地笑笑,看着玻璃窗外忙碌的街头,像一座雕像般僵硬。

彭惠琴赶到 L 市的派出所时,已经是下午四点。彭惠琴大步流星地走进了派出所,趾高气扬的态度,压根儿没把所里的人放在眼里。直到看到了坐在角落里头上包着纱布的儿子时,走了过去,毫不客气给了他一巴掌。

周伟志从民警口里得知母亲要来,先让柳青松开着自己的车将张敏和杨小三送回了 A 市。

挨了打,他一声不吭。本来他跟警官要求跟父亲联系,万万没想到母亲来了,等着他的绝对是一场旷日持久的打骂。

派出所人多,彭惠琴耐着性子没再打骂,转头对一旁的警察说了几句,于是警察点了点头,将她领入内间的小办公室。几分钟后彭惠琴走了出来,脸色铁青,看了周伟志一眼:"走。"

说完,她径直走了出去,周伟志起了身,忍着脚踝的疼痛。巨人公司的公子进了局子,据说还是因为女人,彭惠琴的脸色要多难看有多难看。若是姐妹们知道了,背地里不知道该怎么笑话她,骄傲的她怎么能受这种气?今天不知道是什么日子,犯了什么冲,不顺心的事一件接一件。

上了车,她坐了副驾,周伟志坐了后排,小李开了车。车驶入了高速公路,彭惠琴越想着气越不顺,于是她又给周友辉打了个电话,电话通了依旧没人接听。彭惠琴一怒,手机丢进了包里。一转头,发现周伟志正低头发着短信,因为手上有伤,用没受伤的食指和拇指艰难地写着,还傻傻地笑。

　　彭惠琴眉头一皱,不由分说将他手里的手机抢了过来。再一看,几条短信都是给一个叫署名 Darlng 的人发的:

　　"我已经出来了,正在回 A 市的路上。"

　　Darlng:"那就好,没事吧。"

　　"没事,我马上就到家。"

　　Darlng:"我等你……"

　　彭惠琴一怒:"她是谁?这段日子你在外面住,你爸爸跟我说,是你长大了想独立生活。老实跟我说,你是不是在外面有女人了?你现在怎么学着跟你爸爸一个样子!越来越大胆,竟然两个人合谋起来骗我?"

　　周伟志抬头看着彭惠琴,正想着把跟张敏的事和盘托出,电话响了,彭惠琴看也不看就接了起来,没好气地问:"什么事?"

　　"你好,请问是彭惠琴么?周友辉是你的爱人,没错吧?"

　　"是,有什么事快说,忙着呢。"彭惠琴没好气地答。

　　"我是 A 市交警中队的,周友辉的车出了车祸,翻下了悬崖……"

　　彭惠琴只听到了"车祸"两字,脑子里一阵轰鸣,就晕了过去。

第八章
痛到体无完肤

明天就是九月九日，取其谐音长长久久，杨小三却总觉得刺耳，像是嘲讽。还有不到一个月就到国庆了，一早起来的空气中似乎就能闻到颓废的味道。杨小三看着窗外的梧桐，一阵秋风吹过，扫落了无数的落叶。眨眼秋天就来了，就像她与周友辉的爱，春天里发芽，夏日里成长，秋风中落败。看着梧桐，想着那棵榕树现在也是这般萧条了吧？可惜，她自己连走过去看的勇气也没有了。

门铃响了，杨小三走到了门边，杨东一家三口来了。

"这地方还真不错。"大嫂开了口，"按照地址找了半天才找到，清幽得很。这地段价格不便宜吧，他买的？"

杨东神态严肃得很，杨小三倒有些紧张了，转身去倒茶，大嫂忙拦住了她："你大哥就那个脾气，别理他。今天是他来帮你，一大早就让我们过来，看看有什么能够帮忙的。"

"大嫂，你放心，青松家的人很好，什么事都是他们在张罗，我不想太张扬，青松也很理解，只请了些亲戚朋友。"杨小三笑了笑。

"你看你啊，脸色这么不好。"大嫂答，"一会儿我带你去做个美容吧，一辈子只有这……"

言多必失，说了一半，杨东轻咳了一声，大嫂忙停了声。

杨小三正想答自己不在意，门铃又响了，张敏站在了门外，她循着地址花了一个多小时才找到，一副魂不守舍的样子。一进门见杨东一家子在，招呼后什么也不愿意说，有些拘谨地坐在了沙发上。

杨东以为张敏是来帮忙的，于是说："敏敏，明天你可得好好帮着她了。"

张敏一听，一惊，直愣愣地盯着杨小三，昨日见她跟柳青松来，隐约觉得两人关系密切，却也没有密切到这个份上。杨小三明天结婚？这么大的事竟然对她隐瞒。这么一想，本来心里就不顺的她，大声地问："结婚！这么大的事，我怎么不知道呢？"

杨东也愣了。杨小三和张敏自小如连体婴儿，不分你我，如今结婚之事连张敏都不知道，着实让杨东吃惊不小。

杨小三看了张敏一眼答："二婚有什么值得庆祝的？只是青松那边，他父亲执意要张罗，我就只好应了。"

张敏一听，笑答："我们俩，不说是一对姐妹还真没人信。一起离婚不说，一起还找了个小男人。可惜没一起要孩子，不然的话真是奇了。"

张敏这么一说，杨小三表情有些掩饰不住了，低了头，孩子的事还是过些日子再提。她拉了拉衣角，宽松的衣服遮住了微微凸起的小腹。

昨日，张敏等了周伟志一夜，他没有回来，只是匆忙来了两个电话，告诉她家里有点事，最近几天忙可能不会过来看她。张敏想着定是大事，周伟志才会忙得回不来，于是也跟着着急。可无论她怎么问，周伟志就是不说。问急了后，他有些焦躁和不耐烦。张敏越想越急，在 A 市又只有杨小三一个朋友，于是一大早找了过来，本想跟她好好聊聊，却得知她第二天就要结婚了。

生米不仅煮成了熟饭，还都吃了下去，杨小三的性格张敏了解，决定的事情都是深思熟虑的，既然她选择了柳青松，就一定有非选择不可的理由。事到如此只能祝福她，而张敏心里关于周伟志的话也生生憋了回去，于是二个女人开始聊明天婚礼的事。

A 市的医院。手术室前，彭惠琴焦急地来回走着，周伟志坐在一旁的椅子上，一昼夜未睡的他，胡子已经长了出来，加上一个鸡窝头，没了往日的风度，憔悴得像个流浪汉。

周友辉的手术已经做了十多个小时了，几乎集中了 A 市最好的医疗条件和最好的医生。他脑部受了重创，没有一个医生能够保证手术一定成功。

看着母亲焦躁的样子，周伟志本想着说几句，可无论他怎么说，彭惠琴却不愿意多说一句，甚至连一眼都不愿意看。周友辉的车坠落山崖，他的手机交给了彭惠琴，最后一个电话记录是打给 L 市公安局的冯局。彭惠琴一个电话过去，事情的经过全部就清楚了，周友辉是赶往 L 市的途中坠崖的。再加上周友辉喝过不少的酒，属于醉酒驾驶。彭惠琴气儿子是正常的，儿子打架为的是个女人，在气消前她一句话都不会跟儿子讲。

下午两点，手术室的灯灭了，周友辉被推了出来。

"医生，怎么样？"彭惠琴和周伟志围了上去。

"手术顺利。"

两个人终于松了一口气。

九月九日，柳青松和杨小三的婚礼在白芙蓉酒店举行，只有十桌的宾客，没请司仪没请乐队，婚礼简单却庄重。悠扬的乐曲声中，两人手挽着手踏在红地毯上。

九月九日，周友辉在一片洁白中醒来，抬头看着面前模糊的人影，问的第一句话竟然是说："今天几号？"

彭惠琴一脸激动，凑了上来在他耳边轻声说："九月九号，已经昏迷了快四十个小时了。"

周友辉闭上了眼，似乎有阳光照了进来，一片洁白中，他仿佛听到了悠扬的结婚进行曲。穿着婚纱的她一定很美……前方，新郎正对着她微笑，转瞬间，周友辉又沉入了黑暗……

眨眼到了国庆，是杨家人最忙的国庆。杨南的婚礼结束，一家人已经忙得快断了气。可杨东却不是闲得住的人，最后一天的晚上，他提议一家人一起在家吃饭。因为多了陈果果和柳青松，原来的桌子小了，可卓兰看着却很乐，一家人一起吃饭，是最幸福的一件事，她话也多了，大多时候她一个人在说，儿女们在听。

手机响了，杨小三听见的是张敏的哭声。

"怎么了？"杨小三问，"你先别哭啊，有什么事？你现在是有身子的人了，也不顾着孩子。"

"我本来不想找你的，你新婚。可我不知道找谁说好，心里乱糟糟的。我终于明白伟志为什么不来见我了，原来那天伟志的爸为了来 L 市接他，出了车祸……"

张敏还没有说完，杨小三的手机已摔到了地上。她神色慌张，抖动的双手抓起手机，也不顾张敏还在说什么，直接问道："他怎样了？"

"伟志的爸？"杨小三这么一问，把张敏问愣住了。

"他怎么样？"杨小三又问了一句。这一问，她才从仓皇中回过神，又补了一句，"他如果没有事，周伟志才不会责怪到你。"

"哦。"张敏点了点头，"说的是手术很成功，已经醒了。"

"那就好。"杨小三松了口气。

"三儿，你说，我跟周伟志还会有将来么？孩子将来怎么办？"张敏问。

杨小三安慰道："会有将来的。我向你保证，孩子会有个好父亲，你会有个好老公。"

杨小三发现自己的情绪已经控制不住，于是匆忙结束了话题，精疲力竭地挂上了电话。

屋内还是刚才那般热闹，饭菜的香味，温馨的言语，杨小三坐了下来，柳青松紧张地看了看她，她努力地笑了笑。

柳青松见她脸色比刚才白了几分，一脸担心，右手伸到桌下，轻轻握住了杨小三的左手。许久，他抽了手，轻轻拍了拍她的手背，给她搛了块鸡肉。

卓兰本来还对这段婚姻有反对意见，此刻见了满意地点了点头。柳青松年纪虽小，可对三儿真是实打实地好。男人无论有钱有权都不重要，最重要的是心疼老婆。

小三看着碗里的鸡肉，努力地吃了一口饭，却发现嗓子眼像有块石头堵住，怎么也吞不下去，反复了几次，胃里一翻腾，冲进了卫生间，连午饭吃的一并都吐了出来。柳青松跟了进来，不停地拍着她的后背。一家人都听到了她惨不忍睹的呕吐声。折腾了几分钟，杨小三终于不吐了，柳青松搀扶着她坐在了沙发上。此时，她嘴唇泛青，脸色蜡黄。

卓兰见了，一脸担心："三儿啊，你这是怎么了，吃坏了肚子？"

杨东赶忙去卧室找了些治肠胃的药，递了过来："怕是这几天降温快，凉了胃，赶紧把这些药吃了。"

杨小三低着头不说话。

柳青松吸了口气答:"妈、哥,你们别忙活了,三儿这不是病了,是身孕,快四个月了。"

他本就考虑过,今天要将这件事告诉父母,尽管三儿很瘦,但将近五个月,也越来越明显了。依照杨小三的意思,他很谨慎地将日子少算了一个月。

"有孩子了!"卓兰惊讶地叫了一声。即使这孩子是在结婚前有的,但当这种喜事来到时,就压根儿没有细想了,高兴得合不拢嘴。

一家人乐起来,开始讨论起孩子的将来。只有杨南站在角落里,一声不吭地看着一脸疲倦的杨小三。他明白,这个从不为命运低头的妹妹为啥结婚,竟然比自己还要无奈。

深秋,天高云淡。在铺满落叶的林荫小道上,漂亮的特护推着轮椅上的周友辉走着。秋风萧瑟,即使有着暖暖的阳光,吹在身上依旧有些凉意。特护停下了脚步,体贴地替周友辉盖上了毯子。周友辉点了点头,轻声道谢。道路的尽头,周伟志正走过来。

"你去吧,我儿子来了。"

特护点了点头,转身离开。

"爸,今天身体怎样?"周伟志接过了轮椅,推着周友辉继续走。

"怕是要过些日子,才能恢复自由身啊。"周友辉笑了笑答,"一辈子都是闲不住的人,这次被迫闲下来了,才发现闲下来的好。公司最近怎样?"

周伟志笑了笑,抬头看着远处的杨树,说了一句入周友辉心坎的话:"爸不是刚说了闲下来好吗,还问公司的情况?公司妈在张罗。妈需要多尝尝您的艰辛,不然怎么会知道您的好?"

"你啊。"周友辉叹了一声,"让你回国的决定似乎是对的,还没到半年,你就成熟了。"

周伟志不答,低着头默默地推着轮椅。

一个经济学家曾经讲过,要让人民幸福,有四个产业不能够市场化,其中一个便是医疗。杨小三特地选了一个上班的日子来医院做检查,才发现连验血的队伍都从门口连绵数百米一直排到了门外的草坪,她站在了队伍的最末端。

柳青松在小卖部买了瓶矿泉水,发现站在烈日下的杨小三,一脸的担心。

"老婆，你去旁边找个阴凉的地方坐着，我来排吧。"他刚说完，发现四周满是人群，哪有能坐的地方？于是柳青松想了想说，"算了，你再排几分钟，我来时看见门口有卖那种塑料小凳的，我去给你买一个。"

说完，不等杨小三回答就跑了出去。

周伟志推着轮椅，一直从 VIP 区推到了拥挤的"贫民区"。人群一下子多了起来，不远处的化验区，喧闹声此起彼伏。周伟志这下才反应过来，准备调转轮椅。

此时，周友辉突然问："你跟那个女人怎样了？"

周伟志停了手下的动作，低头沉默了。

"那天的事，你还欠我个解释……"周友辉慢慢地说，"具体的事冯局已经跟我讲了，我还是想亲口听你讲。我这几天精神才算缓了过来，是时候认真听听了。父子间不能一直像谈生意一样，总是说半句留半句，你说对么？"

周伟志吸了口气，许久后答："爸，您能让我再多想几天么，这是儿子第一次爱上了个女人，冲动了。对不起，爸……"

周友辉突然抬起了右手挥了挥，指了指前方不远处热闹的人群问："那个是不是杨小三？"

周伟志看了过去，杨小三六个月的身孕，穿着一件浅蓝色的外套，一手撑着后腰，一手擦着额头的汗水。

周伟志明白了父亲的意思，他惊讶着杨小三的变化。柳青松和杨小三"奉子成婚"的事早已经在公司里传开，只是父亲没在公司，自己绝口不提。周伟志想来想去，不知怎么回答，周友辉却开了口："是她，没错……"

说着，他低着头沉默了很久，掏出了手机，周伟志以为他会打电话给杨小三，却没想到电话通了，一个男人接的电话。

"顾医生吧，托你个事……"周友辉的声音越发沙哑，周伟志站在身后听着，心中竟多了丝酸楚，从小他就知道，天塌下来会有父亲顶着，现在才发现，要做这样的父亲该有多难。

杨小三站在队伍后面，拥挤的人群中，一股股汗臭味传了过来，她忍不住皱了皱眉。抬头看了看前面，蛇形的队伍丝毫没有挪动，后面又多了几十号人。正看着，一个小护士走了过来。

"你就是杨小三吧?"小护士问。

杨小三疑惑地点了点头。

"哦,是这样的,你的病例出了点问题,请跟我来。"小护士说。

杨小三面露难色,都已经排了十多分钟了:"要不你再等等,我老公一会儿就回来了。"

"这恐怕不行,需要你马上过去。"小护士答,"排队的事不用你担心,大家应该能理解的。"

身后的大姐听了,倒是深明大义地说:"去吧,丫头,我帮你看着。"

杨小三想了想,跟着小护士去了。小护士带着她径直去了VIP区。杨小三跟走了几分钟,发现不对,赶忙地问:"请问我们这是去哪里?"

小护士回过头,笑了笑说:"马上就到了,到了你就知道了。"

几分钟后,来到一幢五层的小楼,人特别少,加上装修很好,显得特别干净整洁。杨小三走进了一个屋子,种满了绿色的植物,中间放着一个实木的桌椅,一个穿着白大褂四十多岁的医生坐在中间。

小护士介绍:"这是我们产科的顾主任。"

"顾主任?"杨小三刚开口,电话响了,柳青松打来的:"老婆去哪儿了?我回来怎么见不着你了。"

"我在……"杨小三抬头看着顾医生。

顾医生和蔼地笑了笑:"产科VIP区,让他顺着路一直走进来,D区的五层小楼就是了。"

杨小三把顾医生的话重复了一遍,挂了电话。

"以后你的检查就在这里做吧,什么问题都可以问我。"顾医生说完,也不等杨小三答话,从一旁护士的手里接过了档案,自言自语地说,"快六个月了啊,各项指标都还正常。只是你的体重偏轻了,平日里得加强些营养啊。"

杨小三似乎没把顾医生的话听进去,而是问了一句:"顾主任是只给有钱人看病的吧?"

这一句问话,把行医二十年的顾医生问得愣住,他放下了手里的材料问:"你怎么会这么问?"

"我听人说,专家号是有钱都排不上的,特别是VIP区的。我没什么钱,也没什么关系,您为什么会替我看病?"杨小三问。

顾医生没有生气,反而笑了,问:"照这么说,我这个医生是没有医德了。小丫头片子伶牙俐齿的,以后的宝宝一定跟你一样了。不说这么多了,今天是例行检查。"说完他低头在纸上写了单子,交给身边的护士。

杨小三想了想,觉得能有这个能力的怕只有周友辉。昨天上班还问过小刘,他还在医院下不了床。

门开了,柳青松气喘吁吁地走了进来,一见杨小三,总算松了一口气。

巨人公司的顶楼办公室,彭惠琴已经焦头烂额。面对成堆的文件,她恨不得一并丢火堆里烧了。对面的三个副总喋喋不休地说着枯燥的数字,吵得她头大。她一怒,一堆资料分成了三份,三个副总分别抱了一份回去。彭惠琴叹了一声,精疲力竭地倒在了座椅上。

手机响了,陈麻子打来的电话:"有结果了,还是老地方见么?"

"忙,没那闲工夫,我只要个结果,你直说便是。"彭惠琴不客气地答,"你放心,钱我一定会给的。"

陈麻子一听,忙说:"彭总,您说哪里去了?我还不放心您么?"

"说结果!"彭惠琴打断了他的话。

"对,您估计得没错,这个人就是杨小三,我拿着照片去了小区问了保安,证实了确实就是住在那个小区的女人。我也把您爱人的照片拿去问过保安了,证实他也经常出入小区。偶尔也会跟那个叫杨小三的女人一并出入,但是两人在一起的时间并不长,没多久就再也不见来往了。我也查了杨小三现在的地方,她搬入了一个东面的贫民小区,跟一个叫柳青松的人住在了一起,小两口是今年九月刚刚才结的婚。"

陈麻子的话音一落,彭惠琴彻底垮了。其实她的心里早已经有了个底,这次周友辉出轨是真的,只是自己不信,直到从陈麻子的口中说了出来,她才知道已经无力去反驳。她曾经是个小三,从别人的手里将周友辉夺了过来,她只知做一个"摘花者"的努力和成就,却不知被盗者的无奈和心酸。如今风水轮流转,这种辛酸她尝到了,痛到体无完肤、无药可医。

父亲出车祸已过了一个多月，周伟志每天仍旧会给张敏打来几个电话，但是聊的话题都很浅，无非是身体怎样？吃得好不好？宝宝怎样？除了这些，似乎就没有别的话题。张敏不敢提那日车祸的缘由，不敢问他父亲的身体状况，周伟志不敢提心中的苦闷，更不敢承诺自己越来越抓不住的未来。

一场车祸，乱了两个人的心。爱可以战胜任何的情感，但前提条件是要按顺序来。

周伟志请的保姆赵阿姨很热心，衣食住行什么的压根儿没让张敏操过心。公司的事情越来越少，她也不在乎，倦怠得外界一切事情都懒得去理会。那一次周伟志怒打宋林昆后，宋林昆再没有来一个电话，让张敏悬着的心多少有些放了下来。

终于，张敏等来周伟志的一条短信："原谅我对爱的冲动，我思来想去，觉得我们需要一些时间来冷静。爱是两个人的事，而婚姻是两家人的事。但请你别放弃我，当我处理好一切，我会堂堂正正地娶你。"

张敏落了泪。

周友辉终于出院了，最好的条件和最好的医生产生的治疗果然不同，鬼门关边溜达了一圈回来，只是人稍稍瘦了点，精神上稍微差了点。出院那天，彭惠琴和周伟志一起去接他，刚进家门，闻讯来的生意上的伙伴和几个副总就来到了，前前后后招呼了好几拨，一直到了下午终于清静下来。

拜访的人走后，三人坐在客厅，竟异常安静。许久，周伟志才起身打算上楼，却被彭惠琴叫住，表情严肃地说："因为你爸最近身体不好，你的事一直没有提起。现在是不是该把你的事好好跟父母讲一讲？"

周伟志一听，一屁股又坐了回来，双手伸在膝盖间，头低了下来。

周友辉知道儿子的苦处，不禁又联想到自己，心里头越发不是滋味儿，于是开了口："琴啊，儿子的事，觉得该讲的时候自然会讲。可能是时间还不够，让他自己再琢磨琢磨吧。"

彭惠琴并没有采纳他的意见，说："都这样了，还能不管？这么大的人了，竟然还为一个有夫之妇在大庭广众下打架，我花了不少的工夫才总算把事情摆平了。你说说，这事如果传出去了，丢不丢彭家的脸？你若不去救他，怎么会出这么大的事？"

"妈，我喜欢她。"周伟志终于开了口。

"喜欢?"彭惠琴轻声一笑，"喜欢的人多着呢，一辈子时间这么长，能喜欢多少个人，连自己都不会清楚。如果什么事都由着你一句喜欢就能恣意妄为地做，那这个世界不乱套了?"

彭惠琴看似在说儿子，其实也在说给周友辉听。经过了生死的周友辉，突然间仿佛把一切都看得很淡，曾经的仓皇和压抑，对于现在的他来说像是无关痛痒的东西。他没有看彭惠琴，而是转过头看着对面的儿子："那她喜欢你么?"

彭惠琴和周伟志都愣住了，许久，周伟志打破了僵局，认真地点了点头答："喜欢。"

"那就找个时间带回家里来吧。"周友辉说，"这一句我记得没错的话，已经第三次跟你说了，可你就是不听。是好是坏，也带回来给我和你妈看了才定啊。我跟你妈不是不明事理的人，如果你们俩相互喜欢，她那边也能处理好，爸没有意见。"

这一句话让彭惠琴心里的火苗子立刻就窜了上来，连带把自己圈了进去，彭惠琴深吸了口气，只好接着周友辉的话说："是啊，那就带回来我们看看吧，可丑话说在了前头，妈要是看着不行的话，赶紧就断了。"

彭惠琴的话分外刺耳，本来有周友辉辛苦地开了条通道，被彭惠琴的一句话不痛不痒地堵上，断与不断就在于她的一句话。周伟志一声不吭，许久，他抬起了头，刚要说话，却被周友辉打断："人在医院里住了这么久，好些日子没喝过茶了，这不一回家，就想泡一壶好茶了。走吧，儿子，陪爸到书房喝杯茶吧。"

说完，周友辉起身上楼，周伟志看了彭惠琴一眼，一声不吭地起了身。父子俩一走，彭惠琴的气堵到了嗓子眼，一伸手将茶几上的水果盘掀翻在地。

书房，周友辉认真地泡茶，周伟志坐在一旁发着呆，直到周友辉递了杯过来，周伟志才像醒了般："爸……"

周友辉摆了摆手，一脸的疲倦。他端着茶杯喝了一口后，整个人靠在了椅背上。

许久，两人一句不说。直到一壶茶凉透，周友辉睁开了眼说："以后的事，以后再说吧。再聪明的人也看不了多远，我也是。这个社会再坏的人都有良知，伤别人同时也在伤自己。"

说完，他挥了挥手，周伟志咬着唇起身离开，走到门口，发觉母亲正站在门外。

彭惠琴尴尬地笑笑，说："茶怎么喝得这么快，正说给你们拿些茶点的。"

周伟志笑了笑，回头看了一眼正坐在椅子上的父亲，微微地叹了一声，第一次开始心疼父亲。

彭惠琴将茶点一放："儿子的事……"

周友辉打断了她："儿子的性格其实像你，凡事执着得很，却又外强中干少些韧性，看得出他动了真情，所以逼不得。"

彭惠琴无话可以辩驳，只好说："不管怎样，那种女人进不得我们家门。"

周友辉不答，低头又泡了壶茶。泡到一半，他细想了一件事，于是说："哦，对了，出事那天早上娇娇来找过我，想给她爱人谋个差事，我这么一病事就给耽搁了。我想过了，决定在分公司里找一个普通的管理岗位给他，你看怎样？"

彭惠琴听了，笑了笑答："这些年你也给娇娇介绍过了好几次工作，她都没有接受。既然她好不容易开了口，就得安排个好的差事。她的爱人对吧，那让他来巨人的总部吧，怎么说也是你的女婿，总不能亏待了。"

周友辉一听，愣住。从未如此深明大义的她，竟然同意女婿来巨人总部。他心中有些隐隐不安，医院的一个多月时间里，她是否察觉些了什么？

夜里，丁聪准时来到酒吧，他喜欢上了这里的环境，不是想象的那么嘈杂、乌烟瘴气，反而有一种宁静和淡然。他越发觉得只要在钢琴的几平方米范围内，就是他丁聪的世界。在这里他可以自由地弹奏他喜欢的乐曲，不管别人听或者不听，喜欢或者不喜欢。没有掌声的舞台，多的是份闲情和优雅。

几曲完毕，阿杜走了过来，问："听说你干完今晚就不干了？"

丁聪点了点头。

"怎么了？我这个小庙容不下下你了，还是嫌收入少了？我们可以谈的，我可是难得碰到你这么安静和随意的人。"

丁聪摇了摇头："找了份正经的工作，过些日子就有的忙了。"

阿杜一听，拍了拍丁聪的肩膀，说："行啊，那哥们儿我就不打搅你发财了。不过，这里永远欢迎你。再弹一次上次那歌吧，为我！"

丁聪点了点头，手指放在黑白的键盘上，流畅的钢琴声响起，微微低沉的嗓音唱起了那首缠绵的歌。他已经很久没有给杨小三电话了，每一次打之前，都是那一刻心里突然就想起了她，特别想，想得抓狂，于是忍不住要打，可电话一通，味道全变了，什么话狠就说什么，什么难听讲什么。电话一挂，她的痛苦不用猜也知道，而自己心里却比黄连还要苦。于是，他最近一直没有打电话给她。他会慢慢努力，一步一步走到杨小三的面前，她的情人，她的爱人，一个个亵渎他的人，都要为此付出代价。

午夜，杨小三从睡梦中惊醒，一身冷汗。她拧开了台灯，觉得嘴里有些苦，于是下了床去厨房倒水。柳青松听见了响声，从客厅里走了出来，关心地问："老婆，这么晚了？怎么了？"

杨小三摇了摇，答："没事……"

正说着，手机响了，本以为是骚扰电话，响一声便会挂了，没想到一直在响。杨小三一看是周伟志的，脑海里瞬间就蒙了，第一直觉认为是周友辉出了事。

"伟志，这么晚了，出什么事了？"

"敏敏在你那里吗？"周伟志的声音激动得发颤。

"最近几天没有联系。怎么了？"杨小三问。

"我今天晚上一直给她打电话，发觉她手机关机。本来以为她跟保姆出去溜达了，可到这时候手机还关机，家里的座机也没人接。打电话给保姆，保姆说敏敏今天让她回家休息。我一听就急了，赶了过来，发……发觉她走了，连日用品都带走了……"

"走了？"杨小三一惊，以敏敏的性格，这么悄悄一走，定是下了决心不再回来了。

果然，如杨小三所预料，张敏最终还是走了，带着肚子里的孩子和她那倔强的性子，无论周伟志怎么找都没有能找到她，只剩下空荡荡的房子。

杨小三和柳青松赶到时，周伟志正在发呆。许久，周伟志才发现杨小三，抬起熬红的双眼，一字一句地问："她会不会回来？"

杨小三摇了摇头："我不知道，但我知道有一个人一定会让她回来。"

"谁？"周伟志问。

"宋林昆。"杨小三答，"认识她多年，她决定的事从未改变过。离婚的事，她一定会再回来起诉的。"

"没有其他办法了？"周伟志问，话一出口，又拼命地摇着头，"我不是让她等我么？可她为什么就不多等等？昨天爸妈才同意我带她去家里。"

杨小三笑了笑，反问："你也说只是带她去见他们，之后呢？你给她的能有多少？她那个性子也许会把你家搅得天翻地覆，你不会不清楚，所以你才如此思前想后，举棋不定，始终不能给她一个肯定的答复。如今她替你决定了，你应该高兴才是。"

"我要去找她。"周伟志答。

"我是你，我就不会去找。"杨小三答。

"为什么？"周伟志抬头看着她。

"没有她，也许只有一个人活得差。有她，一群人都活得差。等你能够让一群人不会因为她活得差的时候，再去找她吧。"杨小三答，"你也许真该向你爸学一下，什么时候该做什么不该做什么，他总是想得很清楚。"

周伟志看着她，问："他那样，所以你才这样的么？昨日我看着他为了你疲倦成那样，就在想，我这辈子永远不要像他那么累。"

杨小三转了身，一边往外走一边说："张敏的幸福就拜托你了，她是我这辈子唯一的朋友。"

周伟志看着她的背影，眼圈红了。

周友辉上班的第一天，最意外的事情莫过于彭惠琴的出现，明明对公司的事从不上心的她，并没有因为周友辉的上班而撒手，她跟周友辉一起来到公司，进了董事长的办公室。

上午十点，前台的秘书通知周友辉，楼下一位姓丁的男士找他。有了上次的经验，秘书第一时间打电话询问周友辉。周友辉乍一听名字，没想起来。仔细一想，应该是娇娇的爱人。

门开了，丁聪站在了门外，周友辉一脸笑容地招呼他坐下。这是他第二次见丁聪了，不知怎的，总觉得与第一次见面时相比变化挺大的，至于变化在哪里却也说不上。

"娇娇最近怎样？"周友辉第一时间不是问工作，而是关心自己的女儿。

"很好。"丁聪回答得简单，让周友辉有些失望。他还奢望着因为丁聪工作的事缓和一下他们父女间的关系。

周友辉微微叹了一声，谈起了正事："你以前是做什么的？上次听娇娇妈说起过，你在学校里是做老师的。"

丁聪毫不客气地打断："当老师赚不了钱，没钱养活老婆。现在的女人都是奔钱跑……"

丁聪的一句话间接伤害了他的女儿，周友辉隐隐觉得他跟娇娇之间的感情似乎出了问题。

丁聪见周友辉不答话，于是低着头，轻轻笑了笑，随意地从包里掏了烟出来，拿了一支叼在了嘴上，抬头对着周友辉说："低档烟，怕您抽不惯，也就不给您了。"

周友辉摆了摆手，那一刻他的目光突然停留在了烟盒上——骄子。那一刻心像被点击了一般，几秒后恢复了常态，这种烟是大众的牌子，抽的人很多。

就在此时，门铃响了，周友辉遥控开了门，杨小三推门走了进来。得知周友辉今天病愈出院，她竟鬼使神差地找了一份文件来找他签字，想着就是能看他一眼，虽然通过别人的嘴，她已经知道周友辉恢复得很好，可她宁愿相信自己。

杨小三已是六个月的身孕，人胖了些，脸色也红润了些。周友辉看着，一时忘了情，想着才几个月不见，恍若隔世一般，胸中压抑已久的冲动化成了胸中浓浓情意。杨小三低着头，抬眼看了他一眼，发觉他正直直地看着自己，立马又低下了头，两人谁也没说话。

此时，轻轻的一声咳嗽，周友辉反应过来，丁聪坐在自己对面，于是问："是找我签字吧？你先出去，我现在有客人，过几分钟你送过来吧。"

杨小三正想转身，一个熟悉如梦魇般的声音响起："三儿，真的是你啊。不仔细看我都认不出来了，这才几个月不见，变化这么大？什么时候怀宝宝了？这等好事，怎么都没有通知我一声，我好好祝贺你一番啊。"

杨小三抬起了头，惊讶地看着丁聪。

丁聪站起了身，饶有兴致地看着杨小三，也不顾周友辉在面前，继续问："几个月了？谁的孩子？"

面对丁聪的轻佻，周友辉眉头皱紧，却碍着自己长辈的面子没开口，直到丁聪问起孩子的事，周友辉忍不住了，有些严厉地说："小丁，看来你得习惯习惯尊重人。小杨的爱人也在巨人公司，你这样的口气传出去了影响不好。"

丁聪一听，笑了笑，对着周友辉点了点头："对不起，主要是很久不见了的缘故。"

说完，他顿了顿，饶有兴致地看着杨小三。杨小三瞪着眼看着丁聪，对着他轻轻地摇了摇头。这种感觉，让他突然间很有成就感，于是笑了笑，继续说："爸，不好意思了，容我跟您介绍下，这位杨小姐，姑且说是您的秘书吧，是我前妻。以前跟她说话随便，所以今天才在您面前失礼了，我跟您道歉。"

丁聪话音落下的瞬间，周友辉心中所有的疑惑全部解开。自以为能够掌控全局的他，其实是一个人蒙在鼓里。自以为能够保护三儿的他，最终却是三儿在保护他。沙发旁骄子的烟头和丁聪意外的婚礼，以及彭惠琴大度地让丁聪进巨人公司的目的，一切都解开了。

原来，傻的不是她，而是自己。原来，错的不是人，而是命运。

但，即便如此的打击，周友辉依旧如一棵挺拔的翠柏，他挺了挺腰，站在了两人面前，一字一句地说："小丁，你去找廖总，你的岗位已经安排好了。"

丁聪看着他那如木偶般强撑起来的表情，笑了笑，手抄进了裤兜，走出去。他没有去找廖总，而是径直走进了办公室。小刘一见来了个陌生人，于是客气地站了起来，问："请问你找谁？"

丁聪笑了笑答："我是你们周总的女婿，今天第一天上班，请多关照。"

小刘一愣，转而恢复了笑容，点头答："您太客气了。"

而当他说完这句，面对丁聪突如其来的一句问话："杨小三是秘书吧？她的爱人是谁？我看着肚子挺大了，几个月了？"

小刘再也挂不住了，嘴角明显地抽了抽。

办公室的门一关，周友辉整个人就垮了，平时深思熟虑的他竟然连基本的程序都忘记了，没去反锁门，而是第一时间将杨小三揽入了怀里，没几秒，他竟然就哭出了声，哭得连杨小三都恨不得捅自己两刀，责骂为啥让他处在如此尴尬的地步。

许久，他用哽咽的声音问："你早就知道了？结婚那天娇娇是看到了，你也看到了？所以你离开了我。"

杨小三在他的怀里沉默了。

周友辉开始发抖，似乎很冷，他将杨小三用力搂住说："我知道，是我做错了很多事，所以被罚是应该的，可你不该为了我的错买单。柳青松你本不愿意嫁对不对？我一直不放手，你才决定了的。"

"别背台词了。"杨小三笑了笑，"你身体刚好，别想太多，好好休息才是。丁聪已经疯了，一个疯了的人，疯话不用放在心上。"

周友辉愣了许久，突然间，他好像想到了什么一般，慌忙问："孩子是不是我的？你肚子里的？"

"你忘记了，药是你给我的。"杨小三一听，又笑了笑，抬起头，清澈的眸子看着他，伸出了手轻轻擦了他眼角的泪，"四十多岁的人了竟然还会哭，再难的事能难倒你么？"

周友辉看着，低下了头，冰凉的红唇，如美艳的罂粟花，哪怕是只剩下一秒，他也毫不犹豫地附了上去。

十几分钟后，杨小三走出了办公室，顺手将门关上。门刚一关，一转身就碰见了周伟志拿着一叠资料走了过来。杨小三伸手拦住了他："让你爸静静吧，这是此时他最需要的。"

"出什么事了？"周伟志一脸紧张。

"若是我是你，就不会问了。"说完，杨小三抬脚要走。

周伟志站在杨小三身后突然说："为什么这个世界，好女人与好男人总是不能凑成一对？"

杨小三听了，转过了头答："若非如此，让谁来忍受她任性的破脾气？"

周伟志听着，觉得这一句似乎说的是张敏跟自己，细想，似乎又不像。

董事长的门被轻轻推开，丁聪笑着走了进去。彭惠琴正坐在宽大的皮椅上闭目养神，听到了脚步声，于是睁开眼看了看丁聪："你来了啊，怎样？新环境适应么？"

丁聪点了点头，答："董事长，您找我来有什么吩咐？"

"我如你所愿，让你进了巨人。如你所承诺的，那个女人什么时候会心甘情愿地离开巨人？"彭惠琴问。

丁聪笑了笑答："很快。"

丁聪走后，廖总推开了彭惠琴的办公室。平日在下属面前挺得笔直的腰立马就佝偻下来，眼睛笑得快眯成了缝，站在彭惠琴面前，双手交叉放在双腿间，低头问："彭董，您有什么事吩咐？"

"坐吧。"彭惠琴抬了抬眼皮，有些厌恶地看了看廖总奴才般的面容，答，"廖总，您是巨人的老员工了，我记得爸爸当年最器重的就是您了，以后巨人还得仰仗您啊。"

这一句说得廖总有些惶恐，忙坐了下来，恭敬地问："彭董，您太客气了。没有老董事长，也没有我的今天。您有什么需要尽管吩咐，我定当竭尽所能。"

彭惠琴笑了笑，继续说："那我就不拐弯抹角了，总经理工作部的杨小三，我没记错的话，上次来公司的时候她还在营销二部，怎么这次我发现她当秘书了？是你调她过来的么？"

见惯了风雨的廖总，从彭惠琴的寥寥数语上已经看出来了端倪。这次周友辉回了公司，彭惠琴却没有走，两个人一起出现在公司，这是巨人公司好些年没有的状态，更何况最近有些传闻，让他很容易想到了周友辉和杨小三的事是不是已经惊动了这位"皇太后"，于是赶忙将自己撇了个干干净净："前些日子，周总嫌总经理工作部都是文职，需要一个懂专业技术的，于是就从营销部里选了个业务水平好的。如果我没记错，当时周经理是推荐了杨小三。"

"周经理？哪个周经理？"彭惠琴问。

这倒是把廖总问迷糊了，怯生生地回答："就是您的儿子，周伟志周经理啊。"

彭惠琴一听就火了，难怪父子俩最近老是站在一起，儿子的丑事，周友辉帮着他，原来两个人成了一条线，没把自己放在眼里。可廖总在，毕竟是家丑，彭惠琴忍住了气。

廖总是一个很会见风使舵的人，在一分钟里就已经想好了对策，这是个机会，得好好把握，博取彭惠琴的信任："彭董，您若是觉得杨小三业务水平不行，我找个机会开了她就是。"

彭惠琴眉头一皱，摆了摆手："公司经营上的事，都是周总定夺，我不插手，你也别做些无中生有的糊涂事，出去吧。"

廖总一听，赶忙转了身，这马屁看来是拍错地方了。

彭惠琴低着头，仔细地想了想。那次捉奸误会让她吃了亏，吃一堑长一智，何况彭惠琴这么聪明的人，所以这一次没有冲动。几十年的夫妻生活，她了解周友辉虽然表面对自己百般依顺，可若有一天真是将他逼到了死角里，他也是个不管不顾的人，况且现在儿子也帮着他。除非杨小三自己放手，否则，她是不会动手的，因为这样逼走的不是一个人，恐怕会是两个人或者三个人。想到这里，她脑海里闪过了一个念头，以周友辉这样有原则的人，这么不顾底线地帮着儿子，是否另有原因？于是，她又拨通了陈麻子的电话。

对于陈麻子来说，这是件天大的好事，生意一桩接一桩，他开始天天盼着彭家多出点事情。

第九章
放下矜持保卫婚姻

周友辉坐在沙发上一直抽完了一包烟，当他发现没了烟，正打算起身去拿烟时，突然想起了顾医生，于是忙给顾医生去了电话。

"您好啊，老周，上次的钱已经收到了。"顾医生笑着说，"您真是太客气了。"

"哪里。"周友辉问，"这不一件事没消停，我又有事情要麻烦你了。"

"但说无妨。"顾医生答，"就是再忙，我也得先帮您办了。"

"上次托您照顾的杨小三，身体怎样？"

"您放心，母子都很健康，只是母亲的身体差了点。不过不打紧，您放心，我在帮她调养着。"顾医生答，"哦，对了，是个儿子。"

"儿子？"周友辉竟有些走神了，许久才反应了过来，继续问，"孩子几个月了？"

"六个多月了。"顾医生回答。对于老客户，他非常具有"职业道德"，知无不言，言无不尽。

"能够推算出怀孕的具体日子么？"周友辉继续问。

顾医生跟周友辉合作多年，当然也同时跟很多社会精英合作，这类的事也心知肚明，知道分寸。所以周友辉也没有拐弯抹角，而是直接问了。

"你等等，我翻下资料。"顾医生打开电脑，调出了相关的资料，"哦，找到了，最后一个例假的时间是四月二十五日，也就是说排卵期是四月九日，受孕的日期应该在九号前后。"

周友辉默数了一下，那天在车上，应该是四月八日，两人都很动情，心里没想过怀孕的事。周友辉早就猜到的答案此时被证实了，杨小三岂会不知周友辉的睿智，一句"药是你给的"，只是为了给他一个台阶。想到这里，他整个人都垮掉了。以至于电话那边顾医生连续叫了好几声，他都仿佛没听见。

许久，周友辉才出了声，一字一句地答："顾医生，以后杨小三母子的事，都由你一个人照顾。若是有任何人想要调查她的情况，你知道该怎么回答。"

顾医生赶忙应声："这点您放心，我这方面是专家。"

周友辉点了点头，挂了电话。

临近下班，柳青松给杨小三去了电话，临时有一个客户接待。挂了电话，坐了电梯下楼。想着自己已经六个月的身孕，还是不开车为好，于是直接到了大厅，打算打的回家。

深秋，天已经黑了，街灯亮了起来。没走几步，仿佛有个人跟了上来。杨小三一转身，发现丁聪竟默默地跟在了身后，于是停了脚步："你想怎样？"

"孩子是谁的？"丁聪问。

"你管不着。"杨小三回答，"反正不会是你的。"

丁聪一把上前抓住了杨小三的手："我再问一遍，孩子是谁的？我刚刚问了你的同事，他们说你五个月了，我算过了时间刚好。你最好老实回答，这种事纸能包住火？难道我查不出来么？再说，孩子总会出生的，到时候一化验什么都知道了。所以，我劝你现在老实告诉我。"

"柳青松的！我现在的老公。"杨小三努力甩了甩丁聪的手，"这个答案你满意了吧？整个公司的人都清楚，我跟他是奉子成婚，不信的话你就再去问问。我劝你马上放开我的手，这是在公司大门口，大家都知道你是周总的乘龙快婿，你不会想弄点什么花边新闻吧？"

"柳青松？我宁愿相信那孩子是他的。"丁聪歪着头，斜眼看着杨小三，眼珠子一转，一字一句问，"你是不是就是为了维护他，才跟柳青松结婚的？"

"你在做什么？"一声大喝从远处传来，紧接着跑上来了一个人，一手打掉了丁聪握着杨小三手腕的手，"我想，应该叫你姐夫吧，竟然在公司门口做出这样的行为，你以为我们周家人这么好对付？"

"你是？"丁聪问。

"我叫周伟志,你叫丁聪,对吧?我刚刚才接到通知,你来我们营销部工作了,还是我姐推荐的,看来我那个倔强的姐姐为了你,倒是什么都愿意做啊。可是,有些人怎么好像不领情面?刚一来就在公司门口做出这么出格的事?"

丁聪抬头看了周伟志一眼,说:"这是我的家事,由不得你插手。"

"家事?"周伟志笑了笑,"那你得跟我姐说去。"

丁聪看了周伟志一眼,又转头看了杨小三一眼,对着她笑了笑,说:"行啊,几日不见,魅力见涨啊。"

说完,也不理会周伟志,怏怏地走了。

杨小三低着头,对着周伟志说:"对不起,这一次让你……"

"你客气了。他这样做任由谁都看不过去,若是在公司门口闹大了,对大家都不好。赶紧回家吧,眼瞅着要下雨了。"周伟志的态度客气得像个陌生人。

杨小三也没多想,转身走了。

周伟志松了一口气,走到了隐匿在夜色路边中的一辆黑色凯迪拉克前,拉开了车门,坐了进去。

"妈,对不起,我来迟了。"周伟志说。

彭惠琴降下了玻璃窗,对着司机说:"老李,开车吧。"

车子缓缓开动,彭惠琴从包里拿出了手机,给陈麻子发了条短信:"杨小三有了五个月的身孕,她应该在医院有建档,帮我查一下孩子的父亲。"

陈麻子一看,乐了。真是上天显灵了,自己刚这么一求果然灵验,这才多久周家又出事了,生意又上门了。

夜里十点,柳青松带着满身的酒气回家,好不容易应付了一个难缠的客户,酒量好不说,还一个劲地给他灌酒,他险些有点招架不住。杨小三开了门,看着他满脸通红,赶忙将他扶到床上,拧了热毛巾替他擦了擦脸。

柳青松睁着朦胧的双眼看着杨小三,轻声唤着:"老婆。"

杨小三答了一声:"看你喝的,下回喝酒别这么豪爽了,酒席上的酒都是喝一半混一半。我现在去给你熬点醒酒汤。"

柳青松一把抓住了杨小三,力气很大,倔强地说:"老婆……"

"在。"杨小三又答了一声。

柳青松仿佛很享受这种感觉，他又连续叫了好几声"老婆"，杨小三不再回答，低头看着柳青松那青涩的脸庞，心微微地发痛。柳青松一用劲，将她搂在了怀里，嘴唇压了上来，刚一接触，腹部顶到了杨小三的肚子，柳青松的酒醒了，他睁开了眼说："对不起……"

杨小三听着，心痛得更厉害了。

第二天一早，柳青松从睡梦中醒了过来，宿醉让他觉得头疼得厉害，他忍不住揉了揉太阳穴，刚一揉，一只温暖的手从侧面伸了过来，替他轻轻地揉了起来。柳青松抬头，看着杨小三正坐在床边，对他笑了笑。

"青松，我们离开巨人好不好？"杨小三问。

"好，我听你的。"柳青松毫不犹豫地点了点头。

第二天刚好是周五，杨小三来得很早，在办公桌前仔细地看了看那盆放在角落的仙人球，幸好柳青松送给她的是盆仙人球，天生就是让人忽略的，不然像她这般无视，若是别的花草恐怕早就枯死了。杨小三打开了自己的电脑，开始敲打辞职信。半个小时后信写完了，她仔细地装了信封，走到了小刘的面前。

此时小刘正忙着写一份报告，见杨小三手里拿着一个信封，于是停了工作问："什么事？"

"我决定辞职。"杨小三将手里的信递了过去。

小刘一愣，笑了笑答："生孩子不用辞职的，你放心，公司产假方面很人性化的，三个月的假期，一切都能搞定。"

"对不起，刘哥，我还是决定辞职。"杨小三将信放在了小刘的桌上，转身走了回来，坐在了自己办公桌前，明明没有花什么力气的事，却让她开始大口喘气。

两个小时后，廖总的办公桌前安静地放着两张辞职信，杨小三、柳青松在同一天递了辞职信，碰巧也是彭董过问起杨小三的第二天。廖总眯着眼想了半天后，拿着信封屁颠颠地上了楼，径直去了董事长办公室。

此时，小刘拿着刚整理好的一份文件，叩开了周友辉的办公室。周友辉接过了文件，一一核对着数目。许久，犹豫不决的小刘终于开了口："周总，有句话我不知道该不该讲。"

周友辉一听，放下了手里的笔，刚要开口，手机响了，顾医生打来的，于是看了小刘一眼，小刘忙退了出来，周友辉接起电话："顾医生有什么事，请讲。"

"今天一早就有人来问过杨小三的情况，人刚走又来了一个人，自称是她的爱人，也要打听她的情况。"顾医生说，"不过您放心，现在她的资料我都收了上来，没人会透露的。"

"谢谢。"周友辉答，"你放心，稍后的相关费用，我会一并打过来的。"

周友辉叹了一声，他估计得没错，他们都关心着这个孩子，而且反应如此迅速。幸好自己动作快，预先通知了顾医生。想到这里，他心里越发烦躁，恨不得能守在杨小三身边寸步不离。于是，胡乱签完了手上的文件，按铃叫了小刘。

几分钟后，小刘走了进来，接过了文件转身要走，周友辉叫住了他："你刚才不是要跟我说什么？"

小刘低着头，支支吾吾半天没有说出口。周友辉本来心情就烦躁，见小刘这样表现气不打一处来，于是怒斥了一句："你若是不想告诉我，开始就别开这个口！"

小刘一听慌了，赶忙答："对不起，周总，我刚才是想告诉你，今天一早，杨小三向我提交了辞职信。"

周友辉想都没有想，直接回了一句："不准！"

小刘一听，立马呆住，半晌才缓过了劲："对不起，我马上去廖总那里拿回来。"

"你已经递给廖总了？"周友辉眉头紧锁。

小刘一见周友辉严肃的脸，知道是做错了，忙找了理由说："廖、廖总是管人事的，所以……"

"别说了。"周友辉打断了他，"出去！"

小刘脸都白了，他怎么也不明白，平日里温文尔雅的周总，即使生意出错损失几十万上百万，也没有像今天发这样大的火。他立刻明白是踩到了周总的痛处了，于是一句话不说，弯着腰诚惶诚恐地退了出去。

小刘刚走出去，周友辉就急忙拨通廖总的电话，响了许久没有人接，又拨通了他的手机，总算接了起来："周总什么急事？能不能稍等一会儿，我现在有点事。"

"廖总，也没什么大事，杨小三今天递给你辞职信，立刻退回去。她在公司干的这段日子表现不错，我不喜欢这样的人才流失了。"周友辉一字一句地说。

周友辉说完，廖总赶忙地捂上了手机，抬起了头看着坐在对面的彭惠琴："彭董，电话是周总打来的，要我退回杨小三的辞职信。"

彭惠琴一听怒了，一把将桌上的文件扫落在了地上："你回答他，已经将辞职信交到我手里了，要拿，让他自己到我这里来拿。"

廖总听了，战战兢兢地回答了周友辉，他挂了电话，抬头看着彭惠琴："彭董，您还有什么吩咐，我想周总应该知道……"

彭惠琴摆了摆手，阻止了廖总，还没说话，手机响了，陈麻子打过来的，于是挥了挥手，让廖总退了出去："你查到了什么？"

"这个……"陈麻子装着有些犹豫。

"别让我再说一次，钱少不了你一分，快说。"彭惠琴不耐烦地说。

"周伟志的事查清楚了，他前些日子跟一个女人曾经在枫叶酒店开过房间，所以留下了身份证记录。那个女人名叫张敏，是L市一家服装公司的老板，前些日子跟老公因为离婚闹得沸沸扬扬，住了好几次医院。到现在她老公不同意，这婚至今还没有离成。查她的时候，我还发现了一个有趣的事情，张敏父母都在国外，国内只有一个要好的朋友，你猜猜她这个最好的朋友是谁？"

彭惠琴没好气地答："我没闲工夫跟你玩这种游戏，而且她的朋友我也没兴趣。若是我知道了，还会花钱请你去查？别吊我胃口，直说！"

陈麻子听出彭惠琴今天的口气很硬，想是她最近怕是因为老公的事心里不痛快，于是也不敢卖乖了，赶忙答："她就是杨小三，正是你让我查的周友辉的……"

彭惠琴一时间呆住。

陈麻子知道彭惠琴的忌讳，故意将情人两字隐去，停了几秒继续说："你说啊，这父子俩……竟然找了一对好姐妹，跟拍电影一样巧。"

"这些事，不是你评论的。"彭惠琴继续问，"杨小三的事你查得怎样了？"

"这个……我跑遍了A市所有的医院，都没有查到她的资料。我就纳闷了，按理不应该啊，你告诉我，她怀孕都五个月了，怎么也要去医院做备案检查才是。后来我不死心，挨着医院又找护士问了一圈，费了不少劲，才问到了她找了一个叫顾鹏的主任医生。我一打听这个人，才发现他了不起啊，是这方面的专家，他的号黑市花钱都买不到，听说只给些权贵人看，我猜杨小三应该没这个能耐吧？"

"说重点。"彭惠琴问，"你问到了没有？"

"没有，无论我怎么问，再多的钱砸下去，他就是不说，说是这行有职业操守，客户的信息是保密的。见他的鬼，职业操守这年头早就没了。我想是有人事先打过招呼……"陈麻子说。

不等陈麻子说完，彭惠琴已经砸了电话。她倒在了皮椅上，看着扫落在地的杨小三的辞职信，从地上捡了起来，撕了个粉碎。

此时，杨小三坐在办公室里整理着私人的物品，小刘走了过来，轻声问："在收拾东西？去意已决？"

杨小三点了点头。

小刘笑了笑，答："不急。"

"为什么？"杨小三问，"辞职信你没交上去？"

"交了。"小刘答，"若是早知道你那张辞职信是个山芋，就应该让你亲自去交的。这事不急，还得等头儿们批了才成。现在，你还是安心做好你的工作吧。"

杨小三手机响了，周友辉发过来的短信："晚上七点，半山别墅见一面。"

杨小三正想着怎么回复，短信又发了过来："你若不答应，我现在就到办公室来，拉你走。"

他的固执是出了名的，注意面子也是出了名的，说出如此的话，不顾及影响，怕是出了件重要的事。看来，他已经拿到了自己的辞职信了，杨小三笑了笑，低头发了条短信："不用再说了，我现在辞职了，对你对我都好。事情已经过去了，就让它过去吧。我想回到以前天不怕地不怕的杨小三，你也该回到以前那处乱不惊，处处深思熟虑的周友辉。"

"事情没你想得那么简单，晚上见。"他的回复还是那么坚决。

彭惠琴坐在沙发上，从包里掏出了小镜子，仔细地看着自己的容颜。再高档的化妆品也挽留不住流逝的青春，施再多的粉也遮盖不住眼角的皱纹。面对出轨的老公，女人总喜欢找到岁月这个借口，日益衰老的容颜就是导致丈夫离自己远去的刽子手。其实,女人何尝想过,真的只有这一个刽子手么?

许久,她放下了手中的镜子,从地上捡起了刚刚丢掉的手机,重新装上,转了一圈,终于问到了周娇娇的电话。

周娇娇此时正站在柜台前,跟一个客户推销着最新款的手机,一个陌生的电话打了过来,末尾数五个九,这么牛的号码,周娇娇犹豫了几秒接了起来:"请问你找谁?"

"我,彭惠琴。"即使在如此落魄状态下,彭惠琴的口气依旧是一副高高在上的样子。

彭惠琴刚一说完,电话毫不客气地被挂断了,无论再怎么打,周娇娇都没有再接电话。彭惠琴一窝火,将手机丢在桌上。可没几秒钟又重新拿了起来,为了周友辉,她必须收起她的骄傲,于是她低头发了条短信:"半个小时后,白杨路的咖啡厅见。我有一个关于你丈夫的好故事想跟你分享,若是错过了,怕你一辈子都会后悔。我现在就过去等你,记住只给你一个小时的时间——彭惠琴。"

发完短信,她理了理刚才因为烦躁而弄乱的头发,站了起来,昂起了她那永远高贵的头,雍容华贵地走出了办公室。

半个小时后,彭惠琴安静地坐在了咖啡厅的一角。她一改往日的风格,提前了半个小时到。她点了杯蓝山咖啡,却不放糖也不放奶。端起咖啡杯喝了一小口,苦得让她忍不住皱了皱眉头。她心想,再苦也没有心里苦吧?于是她笑了笑,忍不住又多喝了一口。

十多分钟后,门开了。正如彭惠琴预料的,周娇娇到底是来了,她背着包风风火火地走了进来。彭惠琴记得上次见她的时候已经是二十年前,所以周娇娇现在的样子彭惠琴并不认识。此时是上班时间,咖啡厅的人并不多,可当周娇娇一出现在门口四处张望,彭惠琴看着她那眉宇间与毛琼芳几分神似的样子,就猜出了是她,于是对她挥了挥手。

周娇娇走了过来,一屁股坐了下来,彭惠琴比她想象中要年轻,铜臭味却是跟以前一样。她不客气地看了彭惠琴一眼,直接问:"有什么事?快说。"

"先点杯咖啡吧。"彭惠琴抬了抬手,过来了一个服务员。

"不用了,跟你这种人在一起,多一分钟都觉得恶心。"

"是吗?"彭惠琴风度依旧,她笑了笑答,"我倒是不这么认为。我想跟你说的事，应该很长，所以我建议你还是先喝一杯消消火。这样吧，来杯菊花茶吧。我怕你的火气太大了，对身体不好。你的身体才刚刚恢复，出了那种事得注意保养才是，女人不保养，老得会很快。"

周娇娇抬头看着彭惠琴："你葫芦里到底卖的什么药？是不是丁聪去你公司了，你不乐意？这事你找你男人说去，那是他同意的，你别找我麻烦。"

彭惠琴笑了笑答："你刚好想错了，你男人没告诉你么，刚好相反，是我建议丁聪去巨人公司总部的，还给他安了个好位置：营销部。"

"你良心发现了？"周娇娇反问。

"是啊，以前觉得你脾气躁，现在看来不仅燥，还单纯得很。"彭惠琴笑了笑，说，"我是觉得你怪可怜的，那日你结婚，竟然发现了老公的前妻跟自己的爸搅在了一起，还拖累得孩子都没了。真可惜啊，听说你这辈子都不能有孩子了。"

"你！"周娇娇站了起来，"我的事用不着你管，你是不是心里头不舒服了，来我这里找平衡。哦，也对啊，你的老公找了小三，性生活没了，荷尔蒙分泌不均，所以就提前更年期了！"

彭惠琴一听，脸色煞白，几秒钟后恢复了从容的态度，不急不慢地说："别忙着走，关键的事还没有告诉你。你是没孩子了，可丁聪是个独子，他们家能要你这只不会下蛋的母鸡么？"

"八婆，这事用不着你关心。丁聪对我好着呢，怕是有人得不到老公的爱，就来寻思着拆散别人吧？"周娇娇答。

"是吗？"彭惠琴端起了咖啡杯，说，"可我这里知道的消息是，你虽然没有了孩子，可有人有了孩子，听说还是你们家丁聪的。你说这样，你在丁家的位置还有没有保证？"

"你什么意思？"周娇娇脸色凝重，重新坐了下来，抬头问。

彭惠琴笑了笑，喝了一口咖啡。

周娇娇迫不及待地问："你这话是什么意思？谁有了丁聪的孩子？"

"当然是丁聪的前妻杨小三。听说才五个月，你自己琢磨琢磨吧，好像日子有些不对啊。"彭惠琴答。

周娇娇一听，竟笑了起来，说："我当是谁啊，原来是那个贱人。我说你怎么说这些，原来想出了这招借刀杀人。杨小三不是跟你男人有一腿么，我们家丁聪早跟她没来往了,你说这些谁信啊?"说完起身要走。

彭惠琴放下了手中的咖啡杯,不急不慢地说:"到底是不是,不是我说了算的,你好生回家问问你的老公吧。"

周娇娇一听,眉头皱了起来,心中疑虑,可嘴上却不服气:"我相信他,不像你,连自己的男人都守不住。"

"你说的是不是你妈当年的事情?"彭惠琴笑着反问,"当年的事情,你怎么没好好地问问你妈,到底是谁的错,谁不要了谁?活该了我们老周,这么多年默默替她背了抛妻弃子的名声。"

"你什么意思?"周娇娇问。

"你自己理解。"彭惠琴笑了笑,"不是急着要走么?赶紧吧!要求证的事这么多,你得忙一阵子了。"说完,她低着头搅动着咖啡。

周娇娇眉头紧锁,拿起了背包,走出了咖啡厅。

傍晚,天开始下起了雨。一阵秋雨一阵凉,山风从车的缝隙里倒灌了进来,竟有些刺骨。面对周友辉的执着,杨小三到底来了。他的话永远像一个魔咒,即便原地跳了多次,终究没有蹦出这个圈。杨小三唯一想到的就是来之前找一个好理由。要离开巨人了,算是离开前的最后一次见面,互道分别,永不相见。

雨越下越大,杨小三开得很慢,为了单独见他,她挑战了六个月身孕开车的记录,为此跟柳青松磨了好一阵子,他才有些心不甘情不愿地答应。杨小三到别墅的时候已过了七点半。停了车,发现他的迈巴赫早已经停在了车库里,地上的车辙子已经干透,表明他已经来了许久。

杨小三下了车,轻轻地按了按门铃,第一声还没有响完,门就已经开了,仿佛他就站在门边一直候着。

周友辉犹豫了几秒,本想着拥抱她而伸出的双手,最后接过了她手中的雨伞。

沉默着,杨小三坐在了沙发上,周友辉转身去了厨房,几分钟后,端过来一杯温热的牛奶,杨小三接了过来,捧在了手心,冰凉的手掌觉得特别温暖。

"趁热喝了吧,对你的身子好。"他笑了笑坐在了杨小三对面,开始泡茶。

杨小三点了点头,慢慢喝着牛奶。直到喝完了,周友辉才抬起了头,一脸心疼地看了看她,用有些责骂又有些愧疚的口吻说:"天底下不是都有这个理么?天塌下来该是男人顶着,你这么做,让我情何以堪?"

说完,他低着头不语。

"第一,天没塌,第二,即使塌了也不是你头顶的天,第三,退一万步是你那处的天塌了,也不是你一个人顶得住的。"杨小三笑了笑,"这样的结果对谁都好。"

杨小三心里苦涩,她比谁都明白,这样的结果只对一个人不公平,就是柳青松,一个深爱自己的男人。

"孩子,"周友辉深吸了一口气,"是我的!"

经过调查确认后,他不再用疑问句,用了一个肯定的词气说了出来。

"别给自己揽事了。"杨小三明白,周友辉从来不说没有把握的事,他用了如此肯定的词,肯定是已经查清楚了,所以她并没有辩解,而是微微叹了一声,"这年头的人不都是喜欢自扫门前雪么?"

"你想留着孩子?"周友辉抬起眼,一动不动地看着杨小三。

"无论怎样,我会生下来。我的错,不想我孩子的生命来埋单。"杨小三答。

"你的决定就是我的决定。"周友辉回答得干脆,"所以,为了孩子,你必须留在我的身边。"

"我自己的孩子,我会照顾好。"杨小三答,"柳青松说过,他会疼这个孩子。我们离开了巨人,远离了是非,孩子会活得很好。"

"我能查到的事情,我太太肯定也能查到。"周友辉叹了一声,"唯独你跟孩子在我身边,我才会放心。我并不奢望什么,你已经有了你的决定,我已经明白要去习惯。如果你还信任我,孩子,我会用我一辈子的努力去保护他。"

"我不相信,人会狠到那一步。我什么也不要也不争,自然能留一个空间。"杨小三笑了笑,"丁聪到了巨人,第一次见面,就当着你的面说出了我跟他的关系,他是冲着你来的,所以我在只会让你更尴尬。"

周友辉微微叹了一声,答:"直到我知道丁聪是你前夫时,才明白我太太为什么一改往日的脾气,力荐他来巨人本部。我本以为她是心中愧疚,现在想来,她定是早已经知道你和丁聪的关系。我太太的性格我了解,二十多年前,她瞒着我去了老家S县,为了灭掉我的想法,跟我前妻签了协议。"

"协议?"

"协议说,她提供娇娇读书的所有开支和我前老丈人房款,换回的条件是我的前妻跟我离婚,并永远不得以儿女的名义来往。"周友辉苦笑了一声,"这么多年了,都不想提了。那年头还年轻,觉得自己像是头羔羊被人论价卖了,而事业上却终于可以放心地大干一场了。那时候,也许是我觉得责任多于爱情,所以,选择了后者。"

"男人的要求永远比女人多。"杨小三笑了笑。

"顾医生是我安排的,他是个值得信任的人,你以后只能去找他一个人。"周友辉说。

"果然,那天是你安排的。"杨小三说。

"孩子应该是六个多月大,我问过了,你们对外说的是五个多月。"周友辉答,"是你的意思么?"

杨小三点了点头,她的目的很明确,只是为了护着周友辉。周友辉再也忍不住了,将她揽入怀里,轻声说:"如果我知道还有这样一个好女人等着我在,我宁愿一直独身到四十六岁。"

杨小三看着他:"那你一定会后悔,拥有的都不会珍惜,就像你,拥有了万贯财产,所以你就不珍惜了。"

周友辉一笑,在他的眼里,她永远这么冰雪聪明,容不得他否认。一个吻落了下来,许久舍不得分开。

别墅里,两人没有待多久,各自心里都有些牵绊,绕来绕去都是为对方考虑。八点半,两人出了门,周友辉看到了熊猫车,明白她自己开车来的,心中不免多了自责,只想着山里僻静,却没有考虑到她的身体,于是坚持开车送杨小三回家。杨小三看他如此坚持,并没有推脱。

雨停了,空气异常清新,看着雨后的夜空,周友辉终于开了口:"为了孩子,请你留在我身边。"

杨小三不答,默默地看着窗外。

"当我什么都好,这事……"

周友辉说了一半,杨小三终于开口打断了他:"别说了。"

话音一落,两人都沉默了。

下了山,进入了市区。车行过凤凰路,杨小三突然开口说:"停车。"

周友辉一愣，忙停下了车，转头发现杨小三已经拉开了车门走了下去。

"虎子？"杨小三喊了一声。

方林虎转过了头，看见了杨小三。几个月不见，隆起的腹部已经表明是位准妈妈了。于是他笑了笑，走了过来问："当妈妈了？"

"你来A市了？"

几个月不见，虎子完全变了一个人，再也没有当初稚嫩憨厚的表情，取而代之的是一种玩世不恭的放荡，极其前卫的发型，发尖上还喷上了淡蓝色发膜，左耳上戴着一颗黑曜石的耳钉，穿着紧身的咖啡色机车皮衣。杨小三心里觉得不安，径直问他的近况。

虎子点了点头："来了好几个月了。"

"二哥知道吗？"

"我们说了的，各自过各自的生活。"

"那个人是谁？"杨小三指着不远处一辆奥迪车上的四十多岁男人。

"朋友。"说这一句的时候，虎子口气有些轻佻。

"二哥不会答应你变成这样。"杨小三答，"别这样，行吗？二哥知道了，会很难过的。"

"别告诉他。"一提起二哥，杨小三发现虎子的眼眸子恢复了当初的清澈，他慌忙地摇了摇手说，"我都多大了，自己的事自己知道的。"

"你跟那个人是真的么？"杨小三继续问。

"现在珍珠是有，真的哪儿有？不说了，他等着我。"说完，他转身要走，却又转了头，一本正经地说，"别告诉南。"

说完，转身跑开。

杨小三一动不动地看着他上了那个男人的车，心中越发有些不安，此时周友辉走到了她身后，轻声说："每个人都有每个人的选择，他选择的路，只能他自己来承受。"

杨小三转过了头："你认识他？"

"照片上见过，你让查的。"周友辉答，"关于你的一切，我都会记在心上。"

杨小三一听，眼圈又红了，一阵风吹来，秀发扬了起来，周友辉一脸的心疼，手指细致地帮她一缕一缕理顺了，轻轻将它绕在了耳后。

车到了地方，周友辉降下了车窗，一直看着她上了楼，这才放心地离开。到家停好了车，深吸了口气推开了大门。客厅里，彭惠琴正跟周伟志聊得开心，很久未见的场景，让周友辉一愣，呆立在了大门口。

彭惠琴见了周友辉回来，于是站了起来，说："你正好回来了，我在跟儿子说他的事。我说啊，前些日子他说起要带女朋友回来的，怎么过了这么久没后话了？"

彭惠琴对儿子的女朋友来了个一百八十度的转弯，周友辉吃惊不已。他也看得出，周伟志也觉得吃惊。

"妈说，"周伟志掩饰不住内心的激动，"让我尽快带敏敏回来见你们。"

周友辉总觉得心里有些疑惑，这种时候彭惠琴竟然提出了这个要求，总觉得她心里藏着些什么。他于是笑着点了点头，却也不管表露出来的态度对方是否相信。

半个小时后，周友辉将周伟志叫到了书房，递给他一支烟："能不能把你女朋友的事讲给我听听，既然要带回家了，我心里该有个谱。"

因为彭惠琴点了头，周伟志兴致很高，开始介绍着张敏。

周友辉的表情没有什么变化，一直疑惑地低头看着茶杯。

周伟志想，现在杨小三已经结了婚，跟父亲已经没有什么瓜葛了，于是补充了一句："哦，对了，天下就有这么巧的事，敏敏跟杨小三还是朋友。"

听到这里，周友辉心里一咯噔，一下啥都明白了，立刻就想明白了彭惠琴卖的什么药。他心中一叹，二十多年夫妻，算计到了这个地步，看来这段婚姻也只剩下了貌似坚固的空壳。

"就这些么？"周友辉微微地皱了皱眉。

周伟志心情一好，有些得意忘形，一时口快将秘密说出来："我跟敏敏已经有孩子了。"

周友辉一听，眉头皱得更深了。彭惠琴这招一方面拉拢了儿子，一方面又在自己跟杨小三之间下了一道栅栏。换句话说，如果他接受杨小三，就会失去公司，失去儿子，失去女儿。前一个他已经不在乎了，而后面两个失去，却是致命的。造化弄人，若是早知道爱了不该爱的人，是否还会落到如今这般被动的地步？

烟抽完了，又点了一支，周友辉陷入了沉思，直到儿子喊了他几声，他才掐灭了烟起了身，说："走吧，也坐了这么久了，怕是你妈早已经等着我了。"

周友辉径直去了卧室，彭惠琴正敷着面膜。周友辉坐到床边，有些精疲力竭，他吸了一口气，淡淡地问："是不是有些话想问我？"

"没有。"彭惠琴回答得干脆。

"那我问你好了。"周友辉叹了一声，"儿子的事，你派人去查了？"

"嗯。"彭惠琴点了点头，"想要嫁入我们家，当然要好好地看看来历。还不错，父母在新加坡做生意，人也还行，也算名牌大学毕业……"

"这些都不是你关心的吧？"周友辉反问了一句。

"是啊。"彭惠琴笑了笑，"关心的和不关心的，还有你不想让我关心的，我都关心了。"

周友辉叹了一声答："儿子的事，还是由着他决定吧。我们之间的事情，找我就行了。"

"你这是什么意思？"彭惠琴问。

"我知道我做错了很多，错了就该还债，如果可以，请你都算在我的头上。"周友辉一字一句地说。

"你想要我怎样？"彭惠琴问。

"辞职信在你那里吧，廖总也是老糊涂了，没明白流程。这些事应该我审查了后，才递到你这里。"周友辉给了彭惠琴的面子，没有点破，两人在被窝里，竟说起了"两家话"。

"就一个辞职信，对吧？"彭惠琴说，"也不用你拿了，我早就猜到了你的决定，所以已经替你撕了。不过，我也有事跟你商量。"

"说吧。"周友辉一听，她肯定是要与自己谈条件了。

"儿子在公司已经不少日子了，也成熟了不少，我想让他做巨人的副总，没问题吧？"彭惠琴问。

周友辉笑了笑："当然。"

"营销部的经理空了，就让丁聪来做吧。毕竟是你的女婿，一家人，怎么也得照顾。"彭惠琴说。

彭惠琴应该早就猜到，他肯定不会同意杨小三辞职，说不定会抛开一切跟她扯破脸，于是她顺水推舟以退为进，讲起了条件。

于是周友辉笑了笑点了点头。这已经是他想到的最好结局了，如今他已经没有奢望和杨小三在一起，只要看着她过得好，孩子能够平安出生，叫他声"叔叔"，他已经很满意了，于是周友辉点了点头。

见他起身往外走，彭惠琴问："你去哪儿？"

周友辉转过了头，看了看她笑着说："今天我还是睡客房吧，刚谈了点公事，觉得像在办公室一般累，所以想换下环境。你睡吧。"

说完，他不等彭惠琴回答，转身走出了门。

夜里，周娇娇很晚才回家，神情有些恍惚，丁聪见了有些担心，于是问："娇娇，怎么了？工作上遇到了不顺心的事？"

周娇娇不答，直接进了卧室，丁聪跟了上去，正想推门，却发现门已经锁上。敲了好几次门，周娇娇没有应声，丁聪一气拿着外套就出了门，本想找一个大排档喝点小酒，七拐八拐竟然到了酒吧，进去径直点了杯烈酒。没过多久，酒杯递了过来，丁聪抬头一看，发现是阿杜。

阿杜冲着他笑了笑说："这杯酒我请。如果想报答我，弹一首怎样？这年头像你这样的人不多，都这么久了，也没寻到一个满意的，好几个熟客都问过我，说是不是酒吧要倒闭了，连个弹琴的都请不到。"

"那你怎么回答的？"丁聪问。

"弹琴的好请，只是满意的不好请，千军易得，一将难求。"阿杜答。

"你抬举我了。"丁聪端起了酒杯，走到了钢琴旁弹奏了起来。

杨小三回了家，柳青松开的门，见到她的一刻，松了一口气，忘情地将杨小三搂入了怀里。许久，他松了手。

杨小三抬眼看着他问："你怕我不回来了？"

柳青松点了点头。

杨小三答："这里始终是我的家。"

"那我们还用辞职么？"柳青松问。

杨小三鼓起了勇气看着柳青松，问："不辞职了，可以吗？"

柳青松看着那似乎润着眼泪而闪烁的眸子，心立刻一软，点了点头。

杨小三的手机响了，来电显示是宋林昆，他定是来问张敏行踪的，于是不等他问直接说："我不知道敏敏去哪儿了，但我知道她心里肯定是受了伤，躲起来一个人疗伤了。所以，我劝你还是不要去打搅她。"

杨小三这么一说，宋林昆竟然笑了："看来，你是误会了，我找张敏不是为了去打搅她，我想过了，我跟她之间已经没了感情，如果这么一直闹下去，对她对我都不好。我已经决定离婚。今天我打电话来，就是想让你联系一下张敏，看她能不能回来签离婚协议书？"

杨小三不相信自己的耳朵，又问了一遍。可话一出口，她心里又已经有了答案，宋林昆口中已经不叫敏敏了，而是改成了张敏。这个世界，善变的男人总是第一个进入角色。

"我也希望张敏幸福。"

宋林昆的话让杨小三多少有些感动。可到后来从别人口中得知，他已经在最短的时间内找到一个刚毕业的清纯女秘书时，她就什么都明白了。她真的是高估了宋林昆，原来男人与女人间的离婚战争是可以速战速决的，解决的制胜武器有两种：一种是钱，对大部分女人有效；一种是女人，对大部分男人有效。

挂了宋林昆的电话，还没来得及拨打张敏的电话，周伟志的电话就打了进来，从未有过的兴奋劲儿，跟放鞭炮一般说，今天父母同意见张敏。杨小三笑了笑，想起周友辉说起过，这事情来得突然，恐怕原因不会那么简单。可回头一想，彭惠琴要对付的是自己，虽然周友辉的担心不是没有道理，但不管怎样，对于张敏，结果总是好的，至少他们能够有情人终成眷属。于是，她笑了笑答："那恭喜你们。"

"你能联系到敏敏么？她还是关机。"周伟志说，"我恨不得马上就带她去见我父母。"

"我试试看。"杨小三笑了笑继续说，"对了，还有一个好事情要告诉你，宋林昆同意离婚了。"

"真的！"周伟志乐了，"那太好了，终于守得云开见月明了。"

"行啊，一年不到，你的中文水平见长。"杨小三挂了电话，细想着两个电话，困扰敏敏的问题解决了，心底里为她高兴。想到这里，她忙上网给敏敏发了封邮件。有时候，看似复杂的问题，纠结在一起的乱麻，只需要轻轻一点就圆满了。但自己能奢望有这样的结局么？看着显示器，杨小三呆住了。

杨小三的电话响了，张敏从新加坡打了过来："你的邮件我收到了。"

"你快回来吧。"杨小三笑着说，"双喜临门，我可想着看你穿婚纱的样子。你不知道这段日子,你那位无论是上班还是下班都像吃了兴奋剂一样,追问你的下落。你怎么这么久才联系我啊?可急死我了。哦,对了,还有个喜事,他升职做了巨人的副总了。怎样,心里美吧?"

听着杨小三的话,张敏表现出异常的冷静,换作以前,怕高兴得已经直接订下午的机票了。她轻声问:"他还好么?"

"当然。"杨小三说,"他天天念叨着等着你回来,赶紧回来吧。你先给他打个电话吧,我怕他若是知道你去了新加坡,说不定飞过去接你。"

"信里的内容我都看了,我还有些事要处理,下个月我回国,你来接我吧。"张敏并没有继续关心周伟志的事,"到时候,我们见面聊,暂时别告诉他。"

第十章
是谁在谣言中推波助澜

周娇娇一改往日的性格,在丁聪面前沉默不语,每天按时去上班,按时回家关上门。周娇娇的改变,似乎并没有让丁聪放在心上,他习惯每天晚饭出门去喝点小酒,再醉醺醺地回来,倒在沙发上就是一夜。直到第四个周末来到,周娇娇一声不吭地回了娘家。

毛琼芳开门,见周娇娇一人走了进来,探头往外看了看,没见着丁聪,于是紧张地问:"小丁呢?怎么没有一起回来?"

周娇娇面无表情,像失了魂一般,被母亲这么一问,一个激灵才醒了过来,反问:"什么?"

毛琼芳看着周娇娇的状态,担心地问:"你们吵架了?"

周娇娇摇了摇头,很干脆地回答:"没有。"

"哦。"毛琼芳半信半疑地点了点头,转身去厨房,"妈今天做了你爱吃的凉拌鸡,等着!"

"妈,别忙了,我有些事情想问你。"

毛琼芳一愣,看着周娇娇一脸的严肃样子,双手在围裙上擦了擦,坐了下来。

周娇娇吸了口气,一本正经地问:"妈,当年爸为何要离开我们?"

毛琼芳一听,又是一愣,她完全没有想到事隔二十多年,周娇娇还是提起那时候的事。当年周友辉离开时,娇娇还不到两岁,本想着等娇娇年纪大些再逐渐告诉她。可等着她慢慢长大了,自己的心态也变了,等娇娇问起时,只告诉她,父亲离开她们是因为一个女人。也许因为自私的原因,不想再失去娇娇，于是很多细节没有讲。周娇娇也从来没有问起过，在她的人生观里，就把父亲和陈世美结合在了一起。于是，周娇娇的恨就由毛琼芳播了种，外婆又无意施了肥，从此恨意茁壮成长。而面对娇娇的恨，周友辉就是催化剂，从来都是默默地受着，没有一点点的反驳。再往后，就再没一人敢在娇娇的面前提及周友辉了。

毛琼芳微微叹了一声，如今娇娇问起，给了她一个机会讲出当年的事，于是她笑了笑问："你还记得舅舅吧？"

"舅舅？"周娇娇低头想了想，"记得我只有几岁的时候，他就去了。"

"他是抽白面去的，那时候你刚出生没多久，花钱的地方很多，偏偏又碰到单位减员增效，双职工只能留一人，你爸为了我们母女，就辞了工作下海去了A市。你舅舅那几年刚高中毕业没考上大学，家里替他张罗了好几个工作，都没有干上一个月，就跟着街上的混混儿染上了毒瘾。"毛琼芳叹了声，又回想起当年的一幕，"那时候，大街小巷都谣传要开征遗产税，于是你舅舅就偷偷游说你外婆，将那套房子过到了他的名下。没几天，就有人找上门来，说舅舅已经将房子卖了，要将你外婆外公赶出屋子。外婆于是急了，慌忙来找我。我当时一慌也没了主意，于是将远在A市打工的你父亲找回来商量。我执意要将存的钱和房子押出去，赎回你外婆的房子。你爸不答应，说积蓄和房子是为你将来准备的，积蓄可以不要，他可以赚，但是房子不能没有。可我坚决不听，为此，跟你爸大吵了一架，当时我心里只想着一件事，不能让你外公外婆一把年纪没房子。后来，你爸一气之下，一个人回到了A市，我用钱换回了祖宅。一得知房子有了，你舅舅就又回家了。他跪在你外婆面前赌咒发誓说，再不碰毒品了。那半年，他真的像变了样，开始去找工作赚钱。一家人都认为，浪子回头金不换。我打电话给你爸说，你爸不信。他说染了毒的人，不是一般的毅力能够转变的，而你舅舅没有这个毅力，事实证明你爸是正确的。半年后，你舅舅又一次偷偷地把房子卖了……这一次，无论我怎么打电话给你爸，他都不愿意再回来了。后来我都快失去信心时，彭惠琴来了，一身珠光宝气，一看根本不是我们这个阶层的人。她告诉我，房子可以保住，以后你读书的钱也会有，但只需要一个条件，跟你爸离婚。"

"所以，你离了？"周娇娇瞪着母亲，问，"你就为了钱把爸卖了？"

毛琼芳点了点头："那时候，一家人都指着我，我不得不这么做。"

周娇娇听了，直愣愣地站了起来，推开门走了出去。对父亲的恨存在了二十多年，原来竟然是这样一个结果。她看着天空，秋雨落了下来，她冷笑一声，冲进了雨雾里。几分钟后，她听到了毛琼芳在喊她的名字，追了出来。周娇娇却什么也不想听，手捂着耳朵越跑越快。

周娇娇回到家时，浑身已经湿透。不顾邻居异样的眼光，她双手握成了拳头，一步步地走回家里，头发的水珠子落了一地。丁聪开了门，见到她的样子一惊，赶忙抓着她的手往屋里拉。

"你这是怎么了？淋成这样？不要身体了？你这几天到底是哪根筋不对了？你要发脾气就在家里发，整成这样，邻居看到了会怎么想？"丁聪一怒，忍不住骂了一句。

周娇娇一听，抬起头瞪着丁聪，任随丁聪怎么拉，就是不进屋："你嫌弃我了？不下蛋的母鸡就不要了？"

"你说什么气话？"丁聪答，"你自己心里明白，这些日子我说过嫌弃你的话吗？"

"你没说过，心里却这么想过。你老实告诉我，杨小三肚子里的孩子是不是你的？"周娇娇问。

"我懒得跟你说这些。"丁聪转身就要往屋子里走，"站大门口闹，丢不丢人？"

"我不怕丢人，就要你回答我，是还是不是？"周娇娇不依不饶，一把抓住了他。

"你非得要问个明白吗？"丁聪一怒，甩开了周娇娇的手，转身进了屋子，拿了一件外套走了出来，"这个房子你进去，我出去。"

说完，他推开周娇娇就往外走。刚下了几步楼梯，迎面就撞上了一个人。丁聪正想骂，却见父母拎着一包东西，正站在楼梯下。

"爸、妈，你们怎么来了？"丁聪的表情柔和下来，赶忙伸手接过了父亲手里的东西。

丁母还没有从震惊中醒过来，直愣愣地发着呆，丁父却挤了点笑容，有些结巴地说："你妈听说你升职当了经理，执意要过来看看。这不，大周末一早就坐车过来了。"

说完，他伸手拽了拽僵直的丁母。

周娇娇转头看了看二老，一句不说，一声不吭地进了屋子，拿了换洗的衣物，进了卫生间，换好干净的衣服走了出来。一到客厅，就见着三个人跟三尊大佛一般，神情严肃地坐在沙发上一动不动。周娇娇转身去了卧室，简单地收拾了几件衣物，提着包走出来。

丁聪一见周娇娇要走，赶忙要拦，丁母一旁喝住了他："要走就让她走，家是旅馆么，想来就来，想走就走的？日子还过不过了？"

丁母这么一说，周娇娇更来了气，一甩手，头也不回就走了。

丁聪见了，没有追，反而又坐了下来。丁父见了，急问："还不去把你媳妇追回来。"

"爸，没事，娇娇的脾气就这样，她肯定是回她妈家了，过些日子我再把她接回来就是了。"丁聪答。

丁母轻轻地咳嗽了一声，神情紧张地问："妈问你，刚才我在楼道里听到的是不是真的？"

丁父拉了拉她的手："老婆子，现在不是问这些话的时候。"

"现在不是时候，什么时候问？"丁母一怒，用高八度的声音说，"你们丁家要绝后了！我们还蒙在鼓里。"

"妈，对不起。"丁聪低着头答，"我不是有意骗着您的，只是想着过些时候慢慢再告诉您。"

"那就是说，这都是真的了？"丁母问。

丁聪默默地点了点头。

"那杨小三怀孕的事也是真的了？"丁母问。

丁聪听着，咬着嘴唇，低着头闭口不答。丁母看着，心里有了谱，于是叹了一声："看来上天对我们丁家也不薄，总算让你有了个孩子。我听你说起过杨小三又嫁人了，但不管怎么说，这孩子如果是你的，怎么着也得把孩子要过来。"

"妈，这事以后再说。"丁聪答。

"几个月了？"丁母问。

"六个多月了。"丁聪低头算了算，答。

丁母扳着指头算了算，快了，过年的时候就能抱上孙子了。人啊，总是善于为自己着想，明明正牌的媳妇刚刚才冲出了家门，可想到孙子，丁母的眼睛立刻就乐得眯成了缝。

那日吵架过后,周娇娇已经一个星期没有回家了。丁聪一直以为她在娘家,可是,当他到毛琼芳家时,才知道周娇娇根本没有回娘家。

毛琼芳一听,这才急了,出于对女儿的愧疚,她一直想等娇娇冷静了再打电话给她,却没想到娇娇失踪了。于是开始联系娇娇,周娇娇不接电话,只要打过去就毫不客气地挂断,最后两人同时收到了一样的短信:我想冷静一下。

十二月,A市下起了第一场大雪。杨小三捧着一杯热牛奶站在三十楼的窗边,窗外雪花飞舞,银装素裹的世界。日子过得很快,一眨眼宝宝还有几天就有八个月了,他一定是个健康的宝宝,在肚子里像是怎么也待不住了。

周友辉一丝不苟地履行着他的承诺,每一次的检查都是顾医生亲力亲为,不让旁人插手。办公室里,小刘基本已不安排杨小三任何的工作,连廖总那边的工作,都是小刘顶上去做。

巨人公司关于周友辉出轨的消息越传越疯,好几次公开场合有好事者问起,周友辉一笑而过,倒是彭惠琴顶不住了,没再来公司。一次电梯里碰到周友辉,杨小三忍不住开口说:消息是你推波助澜的?他低头默认了。不在乎自己的名声,为的只是让把声誉看得极重的彭惠琴离开公司。他成功了,杀敌三千,自损三千,可他一笑而过,毫不在乎。

杨小三的电话响了,一个陌生的号码,沙哑的女人声音:"我是周娇娇,我想见你一面。"

杨小三一愣:"我跟你好像已经没什么好谈的了。"

"我生命中最重要的两个人都拽在你手里,你觉得,我们之间有谈的么?"周娇娇轻声问。

这一问,突然间杨小三很可怜这个因为自己而失去生育能力的女人,她只是让自己失去了家庭,却付出了如此的代价,这是杨小三欠她的。最终,杨小三应了她的约。

周娇娇约的地方竟然就是凤凰路中心榕树旁二楼的一家咖啡厅。杨小三的出租车一直开到楼下,司机是个热心肠,见雪天一个大肚子孕妇出门,下车时不忘记提醒雪天路滑,注意脚下。

杨小三进了咖啡厅,屋子里有暖气,屋内屋外温差很大,她脱下了外套拿在了手里。周娇娇已经到了，正坐在靠窗的位置，杨小三走到她面前坐了下来，她才转过了头，没有看杨小三的脸，而是直直地盯着她凸起的肚子。

杨小三注意到了她的眼睛没有了往日的神采，应该是多日没有好睡眠，眼珠深陷，形成极大的黑眼圈。她也许在想她的孩子，杨小三心中微微叹了一声，坐了下来。

"A市好多年没下过雪了，一下竟然这么大。"周娇娇开了口。

"是啊。"杨小三应了一声。

"时间过得真快，当时趾高气扬地赶你出门时还是春天，眨眼就是你要来赶我出门了。真是风水轮流转，三十年河东三十年河西啊。"周娇娇笑了笑。

"不会的，好马都不吃回头草。"杨小三答，"我都已经结婚了，我们各有各的家，自己经营自己的，谁也不再认识谁了。"

"看来我是看错人了，我一直以为你不是个虚伪的人。"周娇娇又笑了笑，"当初你说话也是这个态度，离得干脆，走得也干脆，那时候我挺傻的，就这么信了你，觉得你是个好欺负的主儿。结果没想到傻的竟然是我自己，现在，你报复成功了？竟然还这么有本事，把我爸牵了进来。"

"我不想解释。"杨小三答，"我想到了这个时候，无论我解释什么你都不会相信。事情走到了今天，我不想再提了。"

"你不提？"周娇娇又轻笑了一声，"你当然不想提了，该收拾的你都收拾了，我还一门心思地想着怎么为我的孩子报仇，你倒是好了，一招接一招，一步步要逼我走进绝路。"

"那是你想的。"杨小三答，"我只想告诉你，无论是丁聪还是周友辉，他们都是你的。"

杨小三感觉到了周娇娇的敌意，觉得没有谈的必要了，于是起身要走。意外的是，周娇娇并没有答话。

走到咖啡厅门口，周娇娇追了上来，用似笑非笑的表情歪着头看着她，问了一句："人还是心啊？"

杨小三还没有来得及答，只见她轻轻一推，杨小三的身体顿时失去了重心，四周的景物开始旋转，下体剧烈的疼痛传了过来，她下意识地捂住了腹部。

漫长的几秒钟，她从楼梯上滚了下来，血从她的额头落了下来，视线开始变得模糊，下腹开始抽搐，一股温热的东西流淌出来。身边有人尖叫起来，刺得她耳膜都要破了……她伸手一摸，手掌全是鲜红的血。一片血色，她似乎看见了那棵许久未见的榕树，玉树琼枝，美得不可方物。

傍晚，从新加坡飞过来的飞机徐徐降落在了跑道上，因为大雪而晚点三个小时。周伟志明知道飞机要晚点，依旧提前来到机场，一等就是四个多小时，终于，广播里通知飞机降落了，他兴奋地站了起来，冲到了出站口。

没过多久，张敏拉着行李走了出来。几个月不见，她的肚子又大了些，走起来有些吃力。一见她，周伟志不仅脑袋，就连嘴巴和四肢都激动得"死机"了，忘记了走上去。直到张敏发现了他，走过来看着他，他才回了神，一把将张敏抱住。张敏的肚子已经很大了，周伟志一抱才发现，还没把张敏揽入怀里，她的肚子已经顶到了自己。他笑了笑，低了头问："几个月没见爸爸了，想爸爸么？"

"是个女儿。"张敏笑了笑答，"还没到八个月，什么都听不见。"

"是啊，是啊。"周伟志直了起腰，宠溺地刮了刮她的鼻梁，"以后等她出来了，我得好好教育才行，别学着她妈妈，一声不吭就不要爸爸了，害得我这几个月没一天睡安稳。"

周伟志接过了行李箱，张敏看了看他身后："三儿呢？"

"她昨天就说过，她不来。"周伟志笑了笑答，"她可不愿意做探照灯。"

刚说完，周伟志的手机响了，是柳青松打来的，于是接了起来。本来还保持着笑容的脸，神情越来越严肃，最后眉头一皱，挂了电话。

张敏一看，紧张地问："是不是出了什么事？"

周伟志点头答："三儿滚下楼梯了，现在医院。"

此时，彭惠琴站在别墅三楼的玻璃窗前，看着草坪上的积雪发呆。手机响了，陈麻子的："杨小三刚才被送进了医院，听说是从咖啡厅的楼梯上滚了下来。"

彭惠琴听了，笑了笑，一句没说挂了电话，还不到七个月吧，那孩子存下来的希望应该不大。周娇娇到底还是做了，只是她整整浪费了一个月的时间。每一个为爱疯狂的女人，从来都不会认真去想要做的一切，她们往往都会在冲动中开始，在懊悔中结束。

当周伟志跟张敏赶到医院时，手术室门口已经站了很多人。柳青松一家，杨东、杨南一家，卓兰也来了。而最意外的是周友辉也来了，他站在手术室的一侧来回地走动。周伟志方才还在疑惑，为什么柳青松会打电话告诉自己，见到父亲后，他总算明白了。

门开了，一群人拥了上去，周伟志上前拦住了正要前去的周友辉。

周友辉抬起头，通红的双眼看了周伟志一眼。那一眼，让周伟志心中一痛，他忍不住同情父亲，本想着开口安慰几句，想来想去找不到任何的词语。这种复杂的感情在父子之间心知肚明，却无法出口。

顾医生被大家围住，他疲倦地擦了擦额头说："你们别急，手术一切顺利，大人小孩都没事。孩子只有四斤不到，因为早产必须进恒温箱，还没有脱离危险期。大人出血量大，暂时没有醒，需要在重症监护室里度过十二个小时的危险期。"

医生这么一说，所有人松了口气。周伟志对父亲说："人没事，我开车，咱们走吧。"

周友辉挥了挥手，看了看站在身后的张敏，这是第一次看到未来的儿媳，竟是在这种场合下，竟是如此失态。他直了直腰，尽量恢复了冷静，对周伟志说："你们留下来照顾，她是三儿的朋友吧，这个时候，三儿也希望她在。"

说完，不等周伟志回答，头也不回地转身离去。

"这是怎么回事？"张敏站在了原地，看着这一幕，"刚才那个是你的父亲？看他的样子很紧张。三儿……他跟三儿什么关系？三儿有孩子了，什么时候的事情？这么重要的事情，为何她一直没对我讲？"

"你十万个为什么啊？"周伟志勉强地笑了笑，"现在不是问的时候，三儿需要人照顾。"

张敏听着，抬起了头，一脸怒色地问："你们是不是瞒了我什么？"

眼见张敏的火气就要烧了起来，周伟志赶忙拉着她走到了一边，这才慢慢地说："三儿跟我爸在一家公司，也算认识……"

"别说了。"张敏看周伟志犹犹豫豫的表情，前后一联系，她立刻就明白了，杨小三曾经说过，她爱上过一个有妇之夫。又想那日在医院，明明是她陪着自己，却突然间跑了。现在一想，张敏豁然开朗，这个傻丫头，竟是为了成全自己。命运竟如此捉弄她们，爱上不该爱的人不说，两个好朋友爱上的竟然还是父子俩。她紧咬着双唇,问了个最关键的问题:"那孩子是谁的?"

周伟志答:"孩子应该是柳青松的吧,单位里都传着两人奉子成婚。"

张敏听着,回头看着手术室外的两家老人,沉默了。

这一夜,周友辉没有回家,家压抑得让他窒息。他也没有回半山别墅,那个窝里装满的回忆也会让他窒息。他放弃了开车,用双脚丈量着A市马路的长度,一直走到双腿发软才停了下来。看了看四周,竟然不知不觉走到了这里,大雪纷飞,榕树的枝丫已落满了积雪,压着厚厚积雪的铁艺椅子,已经与背景融在了一起。周友辉走了过去,伸手扒开了椅子上的积雪,坐了下来。这个雪夜,他知道了什么是孤单。他做了父亲,却注定又不能当一个好父亲。

深夜,彭惠琴又一次站了起来,看了看手上的时间,已过了十点钟。她微微叹了一声,默默地看着窗外,他今夜怕是不会回来了。她拿起了手机,拨通了电话,他果然不接,正想着继续打,电话打了过来,彭惠琴一激动,以为是他打的,拿了起来才知道是陈麻子。

"我来医院问了,护士说,抢救得及时,大人小孩现在都没有事,我问了才知道,孩子都将近八个月了,和之前你给的信息有差距。"陈麻子利索地答。

电话那头,彭惠琴挂了电话,将手机往桌上一丢,倒在了床上。

生活是一本账,记录收入支出,两者相减等于盈利;爱情是一本账,记录爱和被爱,两者相减等于付出。

雪夜,周娇娇回到了离开了两个星期的家,门是婆婆开的,脸色相当不好。周娇娇没有理会,拍了拍肩膀上厚厚的积雪走了进去。屋子里只有老两口,周娇娇问:"丁聪呢?"

丁母白眼一翻没答,丁父赶忙说:"接了个电话,出去了。"

周娇娇一听,转身去了卧室,反锁上了门。

丁母一看,气不打一处来:"她这什么态度?什么态度?"

丁父赶忙拦住了她:"你就少说两句。"

丁母一听更来气了,声音高了好几度,像是故意说给屋内的周娇娇听的:"当初啊,我就劝过儿子,这种女人要不得,他不听。现在好了,成了个不下蛋的母鸡,留着还有什么用?"

门打开，周娇娇冲了出来，对着丁母一巴掌挥了过去："你这种心里只有儿子的自私女人！这是我家，凭什么由你来说三道四，你们马上给我滚！"

说完，她冲到了门口，拉开门发现，丁聪正直直地站在门外。

周娇娇还没来得及开口，丁母已经嚎着奔了儿子那边。无论道理上谁对谁错，打了人性质就变了。出乎意外，丁聪并没有安慰母亲，而是径直走到了周娇娇的面前，表情严肃，一字一句地问："我去过那家咖啡厅，看了监控录像，人是被你推下去的！"

"是！野种，留不得。"周娇娇咬着牙答。

丁聪一巴掌扇了过来，他下手很重，周娇娇不仅倒在地上，还滚了好几圈，一直滚到了角落，头磕在了桌角。

丁母一见事情闹大了，慌忙拦着儿子："儿子，冷静，冷静……"

周娇娇艰难地站了起来，摸着已麻木的半边脸，擦了擦嘴角的血，瞪了丁聪一眼，转身冲出了屋子。

午夜，毛琼芳披着衣服出来开门，发现女儿蓬头垢面地站在门外，半边脸肿成了馒头。她慌忙把女儿拉进了房间。可无论怎么问，女儿一句话也不说。毛琼芳拨打了丁聪的手机，手机一通，立马被挂断，慌乱之下，她又拨通了周友辉的电话。

周友辉抖落了一身的积雪，黑暗中，手机屏幕显示毛琼芳的电话，他想了想，还是接了起来。当他想要说话时，这才发现嗓子疼得说不出一句话。

"女儿出了事，你现在能来一趟么？"毛琼芳问。

第二日中午，杨小三睁开了眼，隔着玻璃窗熬了一宿的人终于松了一口气。恒温箱里，皱巴巴的小生命开始了均匀的呼吸，柳青松隔着玻璃拍了一张照片。彩信很快传到了张敏的手机上，柳青松想了许久，终究也传了一张到周友辉的手机上。

短信的声音惊醒了睡梦中的周友辉，一条彩信，是自己的孩子！即使什么也看不出来，却总觉得孩子的这个部位长得像自己，那个部位长得像她。看着看着，忘记了自己在哪里。

直到毛琼芳端着早餐走了出来："你醒了啊，不好意思，昨夜这么晚让你过来，没睡好觉。"

"娇娇怎样?"周友辉问。

毛琼芳摇了摇头答:"还是不愿意开门。"

"那些都陈年往事了,你不该告诉她。反正这么多年了,我也不计较得失了。"周友辉叹了一声。

毛琼芳笑了笑,答:"就算退一万步,你跟她都不介意了,说心里话,我也介意。说出来心里反而好受多了。可我万万没想到,她竟然这么大反应。"

周友辉正打算回答,手机响了,老李的电话:"周总啊,您昨天让我查的事情,我已经查到了。咖啡厅的录像显示,有人将杨小三推下了楼,而且……"

"而且什么,是谁?"周友辉问,"这个人跟她有没有关系?"

"没关系。"老李叹了一声,继续说,"不过跟你有关系,是你的女儿周娇娇。"

周友辉一听,竟眼前一黑,手机落了地。

周友辉再次醒来,已经躺在了医院的床上,刚睁开眼,高跟鞋的声音就在不远处响了起来,由远及近到了自己身边。彭惠琴低下头看着周友辉,轻声说:"你总算醒了?医生说你心脏有缺血的症状,我们都老了,最应该注意的是身体。年轻人的想法,还是让年轻人去完成吧。"

周友辉闭上了眼,许久,才答了一句:"若是想我们继续到老,你最好什么也别说,什么也别再做。"

这是周友辉第一次正面做出强硬的回应,纵使她心里对他还有爱,可嘴上也不会服气,于是用很强硬的口气回过去:"权力、金钱、儿女,哪一样你会舍得为她放弃?"

"那……就试试看了。"周友辉紧闭着眼,不愿意多看她一眼。

过了许久,周友辉以为彭惠琴已经走了,睁开了眼,才发现她一直看着自己。

一见周友辉睁开了眼,彭惠琴的表情柔和下来,轻声说:"那时候巨人还不是真正的巨人,一家很小的公司,捉襟见肘,眼看着就要倒闭,是我爸选了你,巨人才有了起色。我爸喜欢你的一切,就是不喜欢你的家世,你有老婆,做不了他的乘龙快婿。是我不怕,一点一点地努力,可当我真正得到了你,我爸却不乐意了,生生想要拆散我们。那时候,正好你家出了点问题,毛琼芳不停地打电话来让你回去，我拦住了你。你还记得，当初我是怎么问你的吗？"

"对你来说，什么最重要？"周友辉答。

"你自己选择的路，现在反悔了？"彭惠琴问。

"我不爱毛琼芳。"周友辉答，"如果能够回到过去，我也很想再问问自己，我是不是还会做同样的决定？"

彭惠琴听着笑了笑，转身离去。

第二天，周友辉挣扎着上班了。进办公室的第一件事，就是打电话给丁聪。十几分钟后丁聪走进来，周友辉用冰冷的语调说："坐！"

丁聪坐了下来，看着他问："什么事？"

"第一，周娇娇是我的女儿，你让她不痛快了，就是让我不痛快。第二，孩子的事，不准再找人去查了，你跟她已经离婚了，她跟你再没有一丁点儿关系。不管你是什么目的来巨人，若是你想继续混下去，就好好记住两句话。不然，即使你是我的女婿，我对你也不会手下留情的。"周友辉说。

丁聪一听笑了，反问："那我该叫你什么呢？孩子又该叫我什么呢？"

"你叫我什么，我无所谓，娇娇从来就没认我这个爹。孩子如何叫你，叫我，都一样。"周友辉说，"既然你心里有了答案，就老实点。"

丁聪一愣，他从未有想过，平日温文尔雅的周友辉突然间变了性子，狠话说得比谁都厉害。

周友辉见着他不答，挥了挥手，说："出去吧，好好待娇娇，她在她妈妈那儿。"

丁聪点了点头，走了出去。

周友辉人一松，瘫在了椅上，他拿出了手机，看着照片里那还未睁眼的小生命，刹那间仿佛给他增添了勇气。

午后冬日的阳光正暖，杨小三抱着孩子，这是孩子第一天走出恒温箱，也是她第一次抱孩子。一丁点大，皱巴巴的脸，一点都看不出来像谁。杨小三看着他，忍不住笑了起来。

张敏走了过来，安静地坐在了床前，轻声问："孩子是谁的？"

杨小三一愣，收了笑容，转头看着张敏一脸认真的模样，轻声答："当然是我的。"

"我都知道了。"张敏一字一句地说，"不，应该说在手术室外看到伟志的爸那焦躁不安、通红的双眼时，我都猜到了。"

"孩子的爸是柳青松。"面对张敏，为了减轻她心中的负担，杨小三说了谎。

张敏一听，表情一松，拍了拍自己的胸口，转而觉得失态，忙岔开了话题问："你是怎么摔下楼的？听说是有人推的。"

杨小三摇摇头："我哥跟我妈已经在折腾了，你就别瞎起哄了。别再提了，反正孩子跟我现在都没事。"

"你不怨恨？"张敏问。

杨小三摇了摇头，笑了笑："每个人所处的位置不同，对待事物的态度就会不同。一般女人遇到男人被小三勾走，想的都是把这小三活剥了，恨自然有恨的理由。"

张敏一听，叹了一声，骂了一句："傻瓜，我们两个啊，看来都不及格，正房不像正房，小三不像小三，活活便宜了我们爱的男人。"

杨小三一听笑了，默默地看着怀中的孩子。

眨眼孩子满了月，柳青松给孩子取名叫豆丁。柳家和杨家商量好了，在将府楼给小豆丁办满月酒。早上十一点，柳青松和杨小三抱着孩子出了门，张敏一个人也来了，杨小三看了半天，却没有见到周伟志。

阳台上，杨小三问："敏敏，周伟志呢？"

张敏笑了笑答："暂时不想见他。"

"你不见，孩子也得见啊，还有不到一个月就要出生了。"杨小三看了看张敏的肚子。

张敏一脸严肃："不知道怎么的，见着他，就想起了你为我做了那么多……"

杨小三没好气地打断她："你有气往我身上撒啊，你跟他气什么……"

后面的话，杨小三没有说下去。两人沉默了许久，张敏说："听伟志说，他最近的日子很不好受，人瘦了很多。"

杨小三不答，默默地看着几个人争着抱孩子照相，眼圈一红，却笑了笑说："你们赶紧结婚吧，不抓住了，一溜烟就没了。"

张敏低了头，顶着杨小三的额头。

杨小三轻声问："你们俩打算什么时候办？"

张敏低头笑了笑，许久，她才抬起了头，反问了一句："三儿，你说这个世界上的男人都有真爱么？"

"当然。"杨小三点了点头，"只是男人不同，真爱都有个期限，或长或短，反正永远没有女人希望得那么长。"

说完她眼神一淡，趴在栏杆上，迎着有些刺骨的凉风。

"走吧，外面挺凉的，你刚坐了月子，吹不得凉风。"

张敏拉起了杨小三的手走进屋，屋内热闹还在继续。柳青松已经喝高了，满脸通红，却兴致正浓，挨个给大家敬酒。卓兰将怀里的孩子交给了杨小三。这么小的孩子，似乎已经懂得认娘了，就往杨小三的怀里拱。张敏看着喜欢，忍不住逗了逗。孩子被她一逗，立马笑得灿烂。

卓兰见了，于是笑着说："你们俩打小就这么要好，这回又一起有了宝宝，今儿趁着热闹，豆丁就认你做干妈，以后大了多个人疼。"

张敏还没来得及开口，两个声音同时响起："不行。"

卓兰一愣，回头看着柳青松和杨南，一脸疑惑地问："为什么？"

两人都答不上，憋得脸通红。柳青松反对还能说得过去，可杨南反对倒是让她糊涂了，卓兰不满地问："老二，你妹子的孩子你反对个什么劲？你跟果果也该努力了，都三十岁的人了，赶紧把孩子要了，趁着妈身体好能帮你带带。"

杨小三偷偷地看了看陈果果，她脸色很难看，紧咬双唇低着头，于是说："妈，孩子这事是缘分，欲速则不达，随缘吧。而且，我们豆丁还指望着你带呢，你就这么着急揽二哥的活了，还让不让我们活了？"

"你这张嘴啊。"卓兰笑了笑，看着一旁的柳家父母说，"我这女儿啊，家里随意惯了，说话经常没大没小的，让您二老见笑了。"

聊了几句后，卓兰又把话题兜了回来："敏敏不愿意做豆丁的干妈啊？"

张敏一句话让全场的人都噎住了："不做！我跟三儿约好了的，我肚子里的可是个女儿，当然要做豆丁的媳妇了。"

话音一落，谁也没搭腔，杨南皱了皱眉看着三儿。杨小三咬着双唇，抬眼看了看柳青松。柳青松笑笑，低头看襁褓里的豆丁。

眨眼到了年三十，张敏的宝宝像是算准了时间，选择在这天半夜降生。陪着柳家二老吃完了年夜饭，杨小三赶到了医院。柳青松本打算陪着，被杨小三拦住，让他陪着二老，豆丁也得他帮忙看着。

周伟志已经站在产房门口焦虑地等着。杨小三走了过去问："怎样了？"

"进去一个多小时了。"周伟志一脸的担忧。

"放心，没事的。"杨小三安慰了一句。

此时，走廊尽头高跟鞋的声音传来，周伟志转过了头，发现母亲彭惠琴来了。

"妈，您怎么来了？"周伟志问。

彭惠琴却像没有听见一般，对着杨小三问："你怎么来了？"

"她是敏敏的朋友……"周伟志说。

"这个不用你说。"彭惠琴打断了周伟志的话，"马上在我眼前消失！别让我说第二遍。"

杨小三抬头看了彭惠琴一眼，不知怎的，她没有生气，却想起了去年这时候丁聪和她离婚前的场景，当时自己也是这般心境吧？想到这里，她竟有些同情彭惠琴了，一句没说，转身离开。

半夜，又是除夕，医院里没什么人。空荡荡的走廊，走起路竟然会有回音。杨小三默默地走到了电梯间，伸手要按开关，电梯门却自动打开。门内，周友辉正笔直地站在里面，几个月不见，他似乎老了些，眼神写满了疲倦，杨小三抬头看着他，他也直直地望着她。两人相对无言，眼神交汇却胜过千言万语。

十几秒钟后，眼看着电梯门又要关上，周友辉慌忙按了开关，走了出来。杨小三点了点头，侧着身走了进去，电梯门徐徐关上，两门的缝隙中，是他坚实的背影。也许是眼花，杨小三发觉他的身体竟微微有些发抖。门终于关上，可不到一秒，电梯门又重新打开，周友辉冲了进来，迅速地按了开关，门关上的那一刻，吻已经落了下来。

双眼迷蒙，亦真亦幻，所看见的她每一个细节，都揉碎了周友辉的心。许久，周友辉离开了她的嘴唇。

杨小三抬起了头，轻声问："为何你又要进来？"

此时已经到了底楼，周友辉松开手，笑了笑答："与其让你看着我离开，不如让我看着你离开。"

话音一落，两人的眼圈都有点红。杨小三慌忙地转过了身，走出了电梯。

电梯门缓缓地关上，周友辉靠在了门上，轻轻地按了楼层。

已过零时，曾经被灿烂烟花装扮的夜空，此时已经恢复了冷清。依稀的星辰，有些清冷月光，迷人的除夕夜，一个偷来的吻，让杨小三在回家的路上细细品味，暗自幸福一番。

医院的停车场，昏暗的灯光下，杨小三打开了熊猫车的门。车子一发动，杨小三吓了一跳，这才发现停车场不远的一处角落里竟蜷缩着一个人。明亮的车灯一晃，他遮住了脸庞，杨小三已经认出了他："虎子？"

那人用手挡着脸，一个劲地摇头："你认错人了！"

杨小三越发肯定是虎子，车灯的映照下，他的手苍白，像枝干枯的树枝，薄薄的一层皮下面，清晰可见一根根血管。想起几个月前的虎子，跟大哥一般魁梧的身材，如今怎会变成这样？杨小三一急，伸手去抓他的手腕，还没有碰到他，却发现他拼命地往回缩，声调异常激动地说："别碰我，别碰我！"

深夜，声音听着越发诡异。杨小三缩回了手，说："好，好，我不碰你，不碰你。你别捂着脸了，我已经认出来了，虎子，你怎么了？"

虎子慢慢地将双手放了下来，他瘦了很多，颧骨有些凸出，眼珠子深陷，像变了个人一般，不仔细看，很难将他和几个月前的模样联系在一起。即使在这样一个大冬天，虎子额头上竟是一层密密的汗珠子。

"三儿。"虎子的嗓音变得很粗，他像是用去了全身的力气，轻轻叫了杨小三。

"今天除夕，你怎么没有回家？"杨小三问。

虎子笑了笑答："我家里人早就不认我这个儿子了，好些年都没有回去过了，怕是已经忘记我了。以前……算了，不提了，现在一个人过年也挺好。"

"你是不是生病了？怎么这么晚了还在医院里？"杨小三一脸担忧地问。

虎子低着头答："没事，一点小病，过来拿药，有点累，就打算坐一下，结果没有想到这一坐就坐到这么晚了。现在怕是家里人等着你吧，赶紧回去吧。"

"你是不是有什么事？"杨小三继续问。

"没有。"虎子答。

"你肯定有事。"杨小三看着他说，"你看着我再说一次？"

虎子一听，叹了一声，答："那你可以不告诉南哥么？"

杨小三答："你已经第二次这么问我了，我后悔那一次为什么要听你的话，你到底出了什么事？"

"一切都是我咎由自取，怪不得别人，更怪不得南哥。"虎子答。

"先起来吧。"杨小三说，"你家在哪里？我送你回去。"

虎子点了点头，站了起来。杨小三才发觉他更瘦了，一米九的身高，瘦得跟排骨架子一样，精神状态也很不好，走起路都像用了全身力气，显得特别疲惫。

杨小三开着车过了一条街，在一个很老旧的小楼房前停了下来。虎子下了车，催促着杨小三走，杨小三却跟着虎子进了小楼。楼道里没有路灯，只闻到了浓烈的霉臭味。杨小三拿出了手机照着地面，跟着虎子进了房间。仅有七个平方米左右的地方，除了放下一张床，一张桌，就别无他物。床上只有一床薄薄的棉被，唯一的家电是放在桌上的一个小电饭煲。

杨小三皱了皱眉头问："你怎么弄成这样？上次见的时候挺好啊。"

虎子笑了笑，露出了他唯一没变的雪白的牙："家里也没有茶，也就不给你倒水了。"

此时杨小三发现了桌上一角放着数瓶药，见虎子迅速将药挡在了身后，她神色严峻地问："你是不是得了那种病？"

虎子抬起了头，点了点头。

"什么时候的事？"杨小三问。

"好几个月了。"虎子摆了摆手说，"你别急，你放心，这病是离开南哥后才得的，只怪自己太放纵了。三儿，你千万别怪南哥，这事怨不得别人，路是我选的，后果我自己来承受。而且我也想好了，我这种人留在世上也是祸害，于是上天才打算带走我。我已经想通了，所以，你千万千万不能跟南哥说。"

杨小三一听，刚刚憋回去的眼泪又流了下来，她吸了吸鼻子，看着虎子那装出来的笑容，问："爱，真的会让人变得这么傻吗？"

虎子没答，依旧是笑容。杨小三的手机突然亮了，一条短信飞了过来，周友辉发过来的，是两张照片，第一张透明的恒温箱里，一个健康的女婴正甜甜地睡着，第二张是张敏躺在周伟志的怀里疲倦地笑着。

杨小三思量许久，发了条短信："有事相求，还记得方林虎么？他生病了，能帮助他么？"

短信很快回了过来，一个字："好。"

走出出租楼的时候，已经是凌晨两点。杨小三搓了搓手，将羽绒服的风帽戴在了头上。走了一段路，她抬头看了看星空，明明是月色依旧，却越发觉得清冷。街道上早已没了人，空气中还依稀残留着烟火的味道，提醒人们这是个除夕夜。

到了停车场，短信的提示声响了，周友辉发过来的："今晚的月色真好。"

"那是你的心情好，恭喜你当爷爷了。"杨小三回了过去。

"这么晚了，还没有睡？"周友辉问。

"睡了就接不到你的短信了，你为何又要发呢？做人真的矛盾，对吧？"杨小三问。

"不，我决定做的每件事都是有意义的。"周友辉答。

"譬如？"

"给你发一条短信。"周友辉回答。

"那是什么意义？"杨小三问。

"你我都知道，又何必一定要问呢？"周友辉回答。

"我曾经看到过一本书上写过一句话，说不出口的爱最美。"杨小三说。

"那我宁愿它不够美，那样我可以对你堂堂正正地在阳光下说出口。"

第十一章
为了爱忍住千般委屈

周友辉抬起头,看了一眼月亮,将烟头揉灭,进了走廊。没走几步到了VIP病房,他轻轻推开门进去。门里,彭惠琴正坐在床边,表情严肃地看着周伟志和张敏。

周友辉走了上去,也许是刚刚跟杨小三聊了几句,他心情很好,笑了笑说:"这是怎么了?刚才不是有说有笑的,怎么我就出去抽支烟,就严肃成这样?"

"没什么事。"彭惠琴冷冰冰地回答,"只是我太心急,不合适的时间提不合适的事,不过这事早晚都要解决。罢了,你们好好想想。伟志,我跟你爸回去了,我刚问过了医生,说明天才能抱我的乖孙子,我明天一早过来。"

说完,她转身走出了门。周友辉一脸疑问地看了看周伟志,周伟志笑了笑答:"爸,大过年的,您还是跟妈回去吧,没什么大事。"

周友辉想了想说:"好,不过你不说,爸也能猜到几分,这事不急,慢慢来。"

当周友辉消失在了门外,张敏一脸疲倦地问:"为什么不告诉你爸?"

周伟志低头亲吻着张敏的额头答:"爸心里够苦了,我不想自己的事烦他。"

杨小三发动了车,柳青松的电话打了过来:"老婆,在哪儿,张姐怎样?"

"生了一个女儿,挺可爱的。"杨小三答。

"那你现在在哪儿呢?"柳青松问,"我爸让豆丁今晚陪他们,明天再过来接,我已经从爸家里出来了,刚走到楼下,再过来接你?"

"傻瓜,现在几点了,车在我这里。"杨小三笑了笑,"你在楼下等我,我一会儿就到。"

"得令,老婆。"柳青松幸福而响亮地回答。

凌晨三点,杨小三和柳青松回了家。一路都是柳青松不停在说话,杨小三听着,渐渐地柳青松发现,杨小三的心情有些差,走神得厉害。快到家时,他忍不住开口问:"老婆,怎么了?"

这时候,杨小三反应过来自己失态,于是答:"没事,只是今日去医院后,在停车场撞见了一个朋友,才发现他现在过得很不好,心里觉得不舒服。"

杨小三本以为柳青松会继续追问是谁,却发现他笑了笑,一句没说进了卧室。这就是柳青松与杨小三的相处之道,只要杨小三不说,他绝对不会去问,他的纵容和溺爱让杨小三越来越愧疚。

半个小时后,柳青松从浴室里走了出来,擦着湿漉漉的头发,往客卧走。没走几步,主卧的门开了,杨小三穿着睡衣站在门口,对他说:"进来吧。"

柳青松一愣,问:"真的,老婆?"

杨小三笑了笑:"你都叫那么久老婆了,可我没做过一件老婆该做的事,是不是很不称职?"

柳青松一听就像那百米赛场一般,冲到了杨小三的面前,紧紧抱住,吻了下来。他的吻有些拙劣,没有若即若离的挑逗,纯粹的力度加上毛躁的舌头乱搅一通。吻毕,他的胸口起伏,脸色潮红,低头看着杨小三,发现杨小三一脸窘态,知道自己鲁莽了,于是赶忙说:"凡事还是不能光看,不实践永远都是纸上谈兵,我会努力改进的。"

杨小三笑了笑,轻轻摸摸有些发麻的双唇,刚要开口,却听他拍了拍胸口大叫了一声:"亏了。"

杨小三听了,问:"什么亏了?"

这么一问,柳青松的脸变得跟烤熟的鸭子一样,半晌他才低头,轻声说:"刚,刚在浴室里解决了一次。"

杨小三一听,笑了,很酸涩的笑,笑完了,她抬起了头,踮起了脚尖递上了吻。一个由杨小三引导的吻,滑腻腻的舌头,轻触他的舌根,瞬间像通了电流,他紧紧地搂住了她,两个舌头纠缠在了一起。

两人纠缠着进了卧室,柳青松的手伸入了杨小三的睡衣,这是他第一次接触到女人光滑的肌肤,而且是他最爱的女人。这种兴奋几乎让他心脏都停止了跳动,于是,他猴急地脱掉了衣服,彻底把平日里在网上学的功课抛于脑后,什么前奏,什么步骤,通通记不得了,他脑海里只出现了两个字:占有。这方面男人通常都是无师自通,一当忘情,就不是大脑能够指挥的。

一位专家曾经研究说,一个成熟男人可以一个月没有性生活,为了所爱的人可以再加一个月。但像柳青松这样生活在心爱女人身边,半年没跟她发生关系,用专家的话解释,他铁定是一个不折不扣的同性恋了。可他不是,究其原因,仅一个字,爱。如果用什么来形容,只能说这是个痴情男人。

爱如果可以通过考级的话,柳青松已经过了专业八级。那一刻,他明白自己的努力和付出终于得到回报了,积蓄的欲望终于进入她的身体,被她层层包裹。温暖的感觉,真真切切地感觉到,来回的驰骋如奔跑的骏马,极度释放。甚至在那一刻,柳青松唯一能够想到的,如果精力足够,就把传说中的七十二式一一演练。

年轻的生命就是不一样,如果对于柳青松来说,感觉就像草原上骑马般畅快,对于杨小三来说,他是一匹脱缰的野马。他完全不像周友辉一般顾及着自己的感受,没有前戏,加上杨小三对于柳青松是愧疚多于喜欢,即使吻得再久,都像是在完成艰巨的使命。没有投入感情的身体自然不会撒谎,如实地没有反应,干涩的通道,突然起来的异物,疼得杨小三皱紧了眉头。

随后就完全不是杨小三能够控制的了,他仿佛有用不完的精力一般,折腾得她骨头都快散了架。

许久,他终于消停了下来,杨小三长长地吁了口气,艰难地动了动身体,却发现他并没有动,身体依旧压在自己之上。

柳青松喘着粗气说:"这感觉太好了。"

"你是第一次?"杨小三小心翼翼地问。

这一问,柳青松并没有生气,也许是因为终于得到了杨小三,他心情很好,所以一脸得意地答:"是啊,俗称的处男。怎么办?童子身被你破了,你可得负责。"

杨小三好奇,问:"那你以前怎么解决的?"

"这个啊?"他手撑着床,将头轻轻枕在杨小三的胸口上,一脸得意地说,"没认识你以前当然是有珍藏版了。认识你后就简单了,光想着你用手就够了。"

柳青松得意地说着,杨小三脸色变了,因为她发现在她体内的东西,又开始变得异样了。果然,不到一分钟,他贼贼地一笑说:"我们再来一次吧?"

彭家的老宅,周友辉走进了卧室。此时已是凌晨,天空微微泛白。看着不符合年纪的娇滴滴的彭惠琴,周友辉轻声问:"都快天亮了,怎么还不睡?"

"既然是天亮了,那就不睡了。"彭惠琴答。

周友辉一听明白了,他解开了睡衣的纽扣,掀开了被子的一角钻了进去。温暖的被窝,浓郁的香味,女人的身体贴了上来。他翻身压了上去,伸手要关床边的台灯。

"不关。"彭惠琴说。

不等彭惠琴回答,周友辉已经关掉了台灯,黑暗中,他一边刺激着彭惠琴的身体,一边偷偷刺激着自己身体。终于,急忙地进入了彭惠琴的体内,但满脑子里想着的都是她。一阵低吼,他释放了,像是完成了一件重要的任务,他精疲力竭地倒在了彭惠琴身边。

两人沉默了许久。

"这就是你想要的幸福么?"黑暗中,周友辉幽幽地问。

"你知道,这是我想要的幸福,就够了。"彭惠琴轻声答。

大年初一,杨小三被刺耳的手机铃声吵醒了,刚一动,才发现柳青松像只八爪鱼一般牢牢地贴在自己身上。不仅如此,这么一动,痛得后腰酸麻,她皱了皱眉,用力地推开柳青松,发现他睡得正熟。这也难怪,昨日临睡前,他依旧像吃了兴奋剂一般精神。

手机没有消停,杨小三一用力,终于推开了柳青松,总算是够到了床头柜上的手机。电话一通,大哥就吼了起来:"三儿,几点了?一家子都到了,就差你们三个了。妈从一大早就念叨外孙,你还不赶紧回来。对了,先透露给你，咱们可是包了一个特大的红包，慢了我就充公了。"

杨小三昨夜被折腾得够呛，忍不住打了一个长长的哈欠，睡眼惺忪地答："知道了，哥，马上就来。"

"还没有起床？你知道现在几点了吗？下午三点了，你们昨晚偷牛去了？"杨东问。

"哥，昨夜敏敏生了个女儿，忙到了半夜。"杨小三答。

杨东点了点头："行了行了，我就挂了，你赶紧收拾了过来。妈今天下厨，我得当下手去。"

杨小三又打了一个长长的哈欠。电话一挂，刚才好不容易装出来的一些精气神又恢复到了刚才的状态，瞬间就趴了下来。这一趴，才发现是个温暖人肉枕头，竟糊涂得什么也没想，舒服地迷糊了过去。

突然间，杨小三感觉一道电流在脑海里一闪，人立刻清醒，手撑着柳青松的胸膛坐了起来。柳青松已经醒了，一双贼溜溜的眼睛正一脸幸福地看着她。

"老婆早。"他坏笑着望着她。

杨小三忘记两人此时坦诚相待的状态，柳青松抬了抬手臂，示意杨小三躺到他怀里。可杨小三却像入了定一般，一动不动地看着他。于是，柳青松手撑着床坐了起来，顺带递上了一个缠绵的吻。

一吻完毕，杨小三已经在他的眼神中看到了情欲，于是慌忙说："三点了，爸妈等着我们。"

柳青松依旧坏笑地看着她。

"那就赶紧起床。"杨小三伸手要去抓床边的衣服，被柳青松拦住，下一刻她已经被压在了身下。

"今天……要回……"杨小三只有机会说了半句，下半句没有说，因为他已经急不可耐地进入她的身体。

傍晚七点，杨小三抱着豆丁走进大门，面对卓兰有些怒气的脸色，她偷偷伸出了手在柳青松的腰上狠狠拧了一下。初尝滋味的柳青松不知轻重，连续打了几个哈欠，也有点吃不消了，走路都有些飘，冷不防被杨小三一拧，一个踉跄，跌跌撞撞就进了大门，幸好被杨南扶住。

"我说妹夫，你这是做啥啊？过年一进门就想磕头了，不会也盼着我妈给红包啊?"杨南打趣。

　　杨南这么一说,全家人都笑了。柳青松尴尬地站在一旁,红透了脸,一边抓着头,一边眼巴巴地看着杨小三。

　　饭局后,三个男人去阳台抽烟,大嫂去厨房帮忙,杨小三跟陈果果本来打算帮忙的,偏偏弹丸之地的厨房容不下太多人,被大嫂推了出来。两人只好坐在客厅,果果一边看着电视,一边嗑着瓜子。

　　"豆丁真可爱。"陈果果看着,一脸羡慕。

　　"那你们得抓紧了。"杨小三答,"我们豆丁也希望有个妹妹,对不对?"

　　她逗着豆丁,豆丁笑了,杨小三看着入了神,突然间发现豆丁的眼睛特别像他,笑起来的时候尤其像。

　　"三儿。"陈果果打断了杨小三的思绪。

　　"二嫂,什么事?"

　　"我,我不知道该不该问?"陈果果低着头,有些为难。

　　"一家人了,没什么好介意的? 想问什么尽管问吧。"杨小三答。

　　"南,是不是以前曾经有个喜欢的人?"陈果果问。

　　"为什么这么问?"杨小三反问。

　　"我发现……他好像心里总有个人,对我若即若离的。"陈果果答。

　　"二嫂多想了。"杨小三挤了点笑容,安慰道,"我二哥既然决定了娶你,就定不会再接受其他人,这个你放心,二哥的性格我了解,他是个有责任心的男人。"

　　"可……"陈果果低着头许久,深吸了一口问,"夫妻间的那事,不应该很正常么? 我们结婚半年多了,次数一只手就能算得清楚,你说这个正常么?"

　　说完她脸上微红,低头看着双手。

　　杨小三噎住,半晌没有找到理由。陈果果见杨小三没有回答,以为是自己问得唐突了,赶忙笑了笑说:"对不起,不该跟你说这事,这本来就应该是我们夫妻间的事。可能是我魅力不够吧,身边的人都说我太土了。"

　　"怎么会?"杨小三笑了笑,说了一句善意的谎言,"二嫂你放心,慢慢来吧,二哥需要一段时间来调整,我二哥性格独立,毕竟一个人生活了三十多年了,突然间多了一个人,不习惯吧。"

每个人都会有自己在意的人，为了在意的人能够幸福，总会去伤害一些无辜的人。这也许是人生的一种无奈，这种无奈越来越多，差不多已经淹没掉了杨小三生命中所有的色彩。

陈果果听了，默默点了点头。杨小三看着，恨不得扇自己几个耳光。

夜里十点多，杨小三总算寻了一个机会与杨南独处。他站在阳台上抽着烟，杨小三近距离侧面看着他，才发现这半年他瘦了很多，眼角还有了鱼尾纹，即使笑起来也觉得十分疲累。

"二哥，"杨小三在杨南身后轻轻地叫了一声，"二哥心里可还放着他？"

杨南一愣，笑容凝住，看着远处又开始猛抽烟："你呢？"

"有。"杨小三毫不犹豫地答。

杨南笑了笑，答："这事情做起来才发现太难，平日里总想让自己能够忙一些，让脑海里充斥着那些成堆的数据，这样才能稍微克制不再想他。"

"你想再见见他么？"杨小三问。

"不见了。"杨南笑了笑，"分开的时候已经说好了，永远不会再见了。如果这段婚姻只是为了掩盖我是个 GAY 的身份，而继续跟他在一起，我就对不起果果了。所以还是不见了，这辈子跟他就算是个回忆。"

"那，哥后悔么？"杨小三继续问。

"后悔什么？后悔认识他？还是后悔跟果果结婚？我都不后悔，我始终不能给他想要的，所以离开他是正确的。"

"但，你也不能给果果要的一切。"杨小三叹了一声，看着远处，"哥，你知道吗？我们辜负的是两个爱自己的人啊。"

杨小三忍不住想起昨夜见到出租屋里的虎子，话几乎已经到了嘴边，终究还是忍了回去。她想起来临走前虎子湿润的眸子，他求自己不要告诉二哥。他们都了解二哥的性格，若是他知道该有怎样的反应。

彭惠琴从护士手里接过孙女，升级做奶奶了，心里多少有些激动。周友辉和周伟志站在一旁，笑看着孩子。趁着彭惠琴的喜庆劲儿，周友辉开了口："琴啊，孙子出世了，我看还是找个好日子把事办了吧？因为是后补，我建议请些亲戚朋友热闹热闹就行了。"

彭惠琴一听，脸上晴转雷雨："我昨天已经说得很明白了，孩子是我们彭家的，当然是要留下。可孩子的妈，怎么说我还得考虑一下能不能进彭家。她这种人不就是图个钱吗？多少她开个价，我给就是了。"

说着，她低头逗孩子。虽然一开始，张敏和周伟志的婚事是对付周友辉的筹码，可如今时过境迁，这个筹码就显得不重要了，让张敏进彭家，彭惠琴是一百个不愿意。

周伟志一听，一脸的怒色，开口就要说话，被周友辉拦住了。他轻轻地摇了摇头，示意儿子别说话："孩子刚出生，我们以后慢慢再说，慢慢再说……"

彭惠琴看了周友辉一眼，又看了周伟志一眼，一句话不说，抱着孩子出了病房。

大年初五一早，丁聪拎着大包小包送父母回家。这个年过得不是滋味，周娇娇没有少给丁母脸色看。可丁母见儿子对媳妇百依百顺，心想着儿子的体面工作都来自于周友辉，于是忍了又忍。这天底下的人和事，都是有了对比才知道好坏。想起去年过年，杨小三顺着自己的百般要求，才发现前后两个媳妇，竟然是一个天上一个地下。儿子偷偷跟自己说得明明白白，一切来自于周娇娇有钱的爹，所以丁母只能忍住。

丁聪一直将父母送到了公交车站，候车室里，对脸色一直不太好看的丁母说："妈，等年过完了我就买一辆车，到时候你想来 A 市就打个电话，我来接你们，就不用再挤长途车了。"

丁母眉头一皱说："你知道妈要的不是这些，只要你过得好，妈就是走路来看你也无所谓。这几天，妈也瞅着你没舒心地笑过一次，就寻思着你过得不是滋味儿，妈看着心疼啊。好工作好前途自然是重要，但也要人过得高兴……"

"妈，您说哪里去了？儿子过得挺好的，别瞎猜了。"丁聪打断了母亲的话。

"孩子的事，你即使不让妈说，妈也得说。妈在心里憋了很久了，现在娇娇不在这里，你就老实告诉妈，杨小三的孩子是不是你的？听你说孩子已经提前生了，那赶紧去跟她说清楚。如果孩子是你的，就应该跟着你。她一个女人,又是二婚,带着孩子总是不方便,而且重要的是个男孩啊,怎么能让丁家的孩子跟着别人姓?你不好意思去要,妈替你去要……"丁母说。

丁母还没有说完,被丁父打断:"到底是我们丁家对不起她,如今还想去要孩子,这样的事说出去了,我们会被人戳脊梁骨的。"

丁母听了,回头冲着丁父一顿骂:"你这么说是我不对了?说来说去,还不是为了你们丁家的血脉,家里现在供着一只不下蛋的母鸡,请神容易送神难,怎么也得考虑将来啊?怎么着,你还有意见了?"

丁父听了,重重的一声叹息,将手里的行李一放,转身去了洗手间。丁聪赶忙安慰母亲:"妈,这事急不得,您放心了,儿子心里一直想着这件事,等时机到了,孩子如果真的是我的,不仅是孩子,娘儿俩都得回到我身边来。"

"真的?"丁母瞪大了眼睛看着丁聪,"家里那个怎么办?这样妥当么?若是你爸知道了,非把我们俩骂一通。"

"妈,您就放心了,儿子会处理好的。"丁聪笑了笑。

年假一休完,上班第一天,周友辉就按照杨小三的要求,请了 A 市最好的医生将虎子接到了医院,虎子得到了很好的照顾。

在一整套检查结束后,医生严肃地告之虎子的情况后,杨小三的心情又沉重了几分。这种病一旦染上,等于判了死缓,指不定哪天一场小感冒就会夺走性命。根据虎子检查的结果,前期因为没有得到好的照顾,身体状态是雪上加霜,治疗效果很不理想。医生保守地估计,日子剩得不多了,最多三个月。

杨小三一听,泪就下来了,反而是虎子不停地劝她,劝来劝去又回到了老话题,求杨小三别告诉杨南。这些话也渐渐成了以后每次杨小三来看他的规定语言,一来二去的好几次,杨小三竟不敢去看虎子了。

阳春三月默默地来了,因为有周友辉用身家来做赌注,几个人在知道答案后,竟保持着微妙的平衡。但即使这样,他们的婚姻却依旧如摇摇欲坠即将倾倒的大厦,没有感情的支撑,勉强地维系着。

这是一年之中最忙的季节,巨人公司开始了一个大项目,与德国公司合作,利用政策在 H 县建一个高新技术区,建设一系列的高新技术孵化公司,将 H 县出产的矿石冶炼成的铝锭，利用当地丰富的水电资源进行高科技的深加工后，制成铝箔销往德国。周友辉一开始就对此项目倾注了所有的力气，投入了大量的资金和人力。德国人以一贯严谨的态度提出了几近苛刻的要求，在一次技术攻关问题解决后，德国公司对巨人公司的工作态度和工程的推进很满意，同意了合作项目。接下来就等着相关手续，再签订协议注入第二批资金。周友辉得知消息后总算松了口气，于是大发慈悲，安排项目的相关人员度假，具体事宜交给廖总负责，他自己则带着成果飞往德国。

到了德国，周友辉跟德方公司详细谈了第二阶段的合作计划和细节，没想到一切顺利得出奇。本来计划十天时间，不到五天就全部完成。工作一结束，闲散反而是周友辉最怕的，忍不住又会想起她。于是刚出了会议室就忍不住拿出手机，从加密的文件夹里调出她和宝宝的照片，一看就是好几个小时，直到一个多年不见的老朋友郝董打来了电话。

老郝是当年一起创业的前辈，知遇之恩周友辉一直谨记，并把他当作了自己的老师："你这个大忙人啊，一眨眼这多少年不见了？早把我这个老朋友忘记了吧？今天怎么有空打电话来？"

郝董笑了笑，答："你啊，还是老样子，一接电话就埋怨我的不是。我知道你想我了，所以刚一回国，就先给你打了电话。"

"你回国了？"

"是啊，前脚刚落到首都机场，后脚就给你第一个打了电话。这次回国我会在北京待上两三天，有没有兴趣一起聚聚？"

"还真不巧，我在德国。"周友辉一想，反正德国的事已经完了，于是又补了一句，"您难得回一次国，好不容易逮着了机会，我怎么能够错过啊，再忙也得见啊。这样吧，我马上就飞回来，咱们哥儿俩在北京好好喝上两杯。"

"别误了你的大事吧？"老郝笑问。

周友辉答："跟您见面那才是大事。"

老郝听了心里很舒坦："正好，我明天也还有点事要忙，忙完了差不多你也就到了，那到时候见。对了，我还带回来了两瓶红酒，咱们一定得好好喝上几杯。"

周友辉立马订了机票，去机场的路上，彭惠琴的电话来了，体贴地问：

"德国那边谈得还顺利吧?"

周友辉早已经明白彭惠琴的意思,这个时间打来,定是已经知道自己的行程。事到如此,他也不像往日那般兜着圈子去哄她。两人心里都明白,于是直接答:"是的,顺利,现在正去机场。老郝打了电话回北京,约我喝几杯,就不忙回 A 市了。"

彭惠琴心中的疑问解除了,于是轻松地答:"那就好。"

"那我挂了?"周友辉不客气地挂了电话,又忍不住叹了一声,对坐在副驾的小刘说,"你先回 A 市吧,我去北京是陪着老朋友叙旧,不用你陪了。"

"好的,周总。"小刘赶忙应声。

彭惠琴完全没有料到周友辉竟然连一句客套话也没有,就如此利落地挂了电话。她也明白电话打过去,周友辉就知道自己的意思,所以没有好脸色。她将手机一丢,突然失去了方向一般瘫在了沙发上。

十几分钟后,门外传来了一群女人的声音,没多久,陈太太带着两个牌友,拎着大小的购物袋走了进来。

"今天运气不错,觅到了几件自己满意的东西。"陈太太一屁股坐在了彭惠琴身边,点着了一支烟,一边抽一边问,"今天是怎么了,脸色不太好?是不是你那未过门的媳妇又给你填堵了?"

彭惠琴在她们之中好比骄傲的女王,什么东西她都要最好的,什么事都是她对。难得有了一件让她掉面子的事,陈太太怎么能轻易放过?于是话带着刀子,看似是一句体贴的话,却带着刺往彭惠琴心窝里去。若是换作往日,彭惠琴即使心里再怎么不舒服,起码面子上会撑下去,肯定要把话打回去,还会奚落陈太太几句。可今天却没了精神,没忍得住微微叹了一声。

陈太太见了,赶忙端起桌上的茶:"是谁又惹了我们彭董?来,喝杯茶,消消气。"

彭惠琴接过了茶,却没有喝一口。陈太太见了,忙招呼另外两人上了桌。彭惠琴明显不在状态,一个劲儿地输。第一次赢了这么多钱的陈太太,乐得几乎合不拢嘴。一直打了一个多小时,陈太太终于忍不住开口问:"今天你是怎么了?这么好的牌都没看见?"

"你说，男人该不该管？"彭惠琴苦笑了一下，一边装着若无其事的样子问。

"管，怎么不管！"陈太太答，"这年头这个风气，男人就是非管不可。"

话音一落，牌桌上的另外两人也都附和："该管，周围的姐妹那都是血一般的教训。"

彭惠琴一听，又低低地叹了一声："我怎么觉得，男人是越管却越往外跑，越来越管不住了？"

"凡是都有个度，管也要管得恰到好处，管得不留痕迹。"陈太太笑了笑，"这是门相当高深的艺术，可不是一般人能够掌握的，反正我们是达不到这个级别。"

另一位太太接了话题打趣说："对啊，如果哪个能人能总结一套理论，办个培训班，保证天天爆棚。"

彭惠琴若有所思地点了点头："不管吧，那是失控的飞机回不了家。管吧，那是上天的风筝，一拉线就断。"

话音一落，几个人都笑了起来，都说彭惠琴好文采。只是彭惠琴心里才明白，那种酸楚不是别人能够体会的。

第二天下午，飞机徐徐降落在首都机场。春季的北京，凉意还未退，站在舷梯上，干燥的冷风吹来，周友辉的脸像刀割一般。

这是杨小三第一次来北京，平日里常常形容北京是祖国的心脏、遍地的黄金，仿佛来北京一趟就能镀上金身，可等杨小三到北京几天了，最大的感受就是拥堵，出门一趟大多时间就堵在路上，换句话说，北京人一大半的人生都这么浪费了。

这一次公司安排旅游度假，据说是周总的意思。每个部门都有一到两个名额，也许是猜着她与周总说不清道不明的关系，这种好事最后竟然轮到了她的头上。她本打算一口拒绝，偏偏柳青松知道后，一个劲说公司出钱不能浪费了。柳青松肯定见自己心情一直不好，所以让她出来散心。他的豁达和体谅，杨小三岂有不知？于是越发地愧疚，不想逆着他的意思。

到了机场，杨小三才发现旅游的人里竟然有丁聪，于是就更懊悔。第一天去了长城，领头说比赛看谁第一个到，杨小三刻意走在最后，丁聪也刻意地跟着杨小三，幸好他一句话不说，只是默默地跟着。第二天去了故宫，杨小三去哪儿，丁聪也都默默跟着，就是一句话不说。第三天杨小三终于耐不住，推说身体不舒服窝在宾馆。

位于西三环的这家宾馆，是多年前周友辉跟一个生意上的朋友合办的，投资额并不大，在五星级酒店遍地开花的北京，这个宾馆只能用小巧玲珑来形容。后来那个朋友撤了资，巨人公司开始独立经营这个宾馆，效益一般，却成了巨人公司在北京的办事处。

第三天，杨小三睡到十点才起床，突然想起明天就要回A市了，心里惦记着豆丁，巴不得马上就飞回去。屋子里转悠了好几圈，终于决定去附近转悠一下，看能不能给豆丁和柳青松买点东西。这么一想，就拿了包出了房间。

杨小三刚走到大厅，就见到几个穿着整齐的服务员在经理的带领下，齐刷刷地站在门口。还没有弄清怎么回事，周友辉就大步流星地走了进来。杨小三一愣，赶忙低了头。倒是周友辉依旧是八百年不变的神态，似乎看到了杨小三，似乎又没有看见，就从旁边走了过去。身后，宾馆经理屁颠颠地跟了上去。

杨小三忍不住回头看了一眼，在这遥远的北京，意外地看到了周友辉，让她心情立刻莫名地好了起来。北京的春天异常干燥，空气中弥漫着土星子的味道，吹在脸上，跟磨砂纸一般。杨小三将外套的拉链一直拉到了头，捂住了半张脸。一直走了十多分钟，也没见着一个正儿八经的店。正想着大概是路走错了，打算回头。刚一转身，身后喇叭声响了起来，一辆奥迪已停在了身后，车窗慢慢降了下来，一个熟悉的声音传来："上车。"

也许是出门在外，也许是远离那些让她牵绊的人，不知怎的，杨小三心情甚好，几乎没有多想就上了车。

"今天沙尘暴，就你还在街上溜达，你当这是风景秀丽的A市啊。"上了车，周友辉看着她，笑了笑说。

"要去哪儿？"杨小三问。

"你打算去哪儿，我送你？"周友辉问。

"也没什么事，随便逛逛。"杨小三答。

周友辉开动了车，半个小时后到了一幢建筑楼下，杨小三抬头看了许久，怎么也不像是个卖东西的地方，正犹豫着，周友辉已经将车开进了地下停车场。

"这里是买东西的地方吗？"杨小三问。

"不是，我约了个老朋友叙旧。"周友辉答，"既然没什么事，就陪我一会儿，而且给豆丁的礼物应该我亲自选，我怕待会儿寻不到你，或者约不到你，所以就自作主张拉你来了，待会儿我们一起选。"

他还是老样子，什么决定都替杨小三定了，滴水不漏。

顶楼的餐厅，杨小三见到了周友辉的老友，一个五十多岁的老头儿，留一把胡子。他仿佛跟周友辉熟得不能再熟，看到后面跟了个女人，就毫不客气地说："小周啊，怎么着如今你也走哪里都带上秘书了？"

周友辉笑了笑，答："她不是秘书，叫杨小三，路上遇见的朋友。刚答应她一件事，又怕待会儿见不着了，干脆带她就一起过来了。"

听见周友辉这么一说，老郝这只老狐狸又怎么会不明白，饶有兴致地从上到下看了看杨小三，意犹未尽地笑了笑。这是认识周友辉二十年来，第一次看到他身边出现老婆以外的女人，这个女人对周友辉来说一定很特别。

寒暄了几句，两人坐了下来。老郝快十年没有回国了，虽然爱国情绪浓厚，却又有一种恨铁不成钢的情结。所以一坐下来，就开始滔滔不绝讲这几年国内形势发展，管理水平的落后等等。讲了半个小时，杨小三坐在一旁，困得眼皮都睁不开。迷糊中看见周友辉依旧保持着笑容，温文尔雅的态度，津津有味听着这些枯燥的东西，杨小三不得不佩服他的毅力。

终于，杨小三打起了瞌睡。老郝终于坐不住了，清了清嗓子，提高了嗓门儿说："现在的年轻人真的是一点不懂得居安思危！"

杨小三惊醒了，瞪大了眼睛看着老郝，又转头看了看周友辉。周友辉靠在沙发上，手撑着下巴，一副幸灾乐祸的笑容。

"你跟我说说，怎么样才能提高一个企业的营销业务水平？"老郝对着杨小三突然一问。

杨小三一愣，手指着自己："你问我？"

老郝似乎存心要给杨小三找麻烦，周友辉知道老郝的性子，竟然也没有开口，保持着刚才的姿势。

杨小三瞪了周友辉一眼，转过了头看着老郝，深吸口气后，一本正经地答："PMP。"

"PMP？"老郝一愣，这几年管理类的新理论看了不少，还从来没听说过PMP。他是个很大气的人，于是耐着性子，虚心地问："请问PMP是什么理论？哪国的哪位学者提出来的？"

"拍马屁，国产的。"杨小三答。

一旁的周友辉一听，嘴角微微一抽。

"那如果这招没用呢？"老郝来了兴致，一门心思想要杨小三难看，又继续问。

"MPPMP。"杨小三答得更干脆了。

"这又是什么意思？"老郝不死心，继续问。

"猛拍拍马屁。"杨小三答。

周友辉肩膀抖了抖，手从下巴偷偷移到了嘴。

老郝一愣，五十多岁的男人出现了孩子般夸张的表情，于是他继续问："如果这招还没有用呢？"

"PMMPPMP。"杨小三答。

老郝一听，靠在了椅子上，也不问了，看着杨小三，耐心等着她的回答。

"频密猛拍拍马屁。"杨小三答。老郝还没有任何反应，一旁的周友辉却再也忍不住笑出了声，老郝也一改往日严肃的表情，笑了出来。

笑完后，老郝说："看来啊，你把她带来是没有错了。这丫头说话跟我小女儿一模一样，说出点什么噎死个人。老周啊，看来我们还是不聊这枯燥的话题了。"

周友辉笑了笑，点了点头。

"最近我女儿在学MBA，竟然问我些稀奇古怪的问题，其中就有这么一道测试题，我事先不能告诉你们测的是什么，说了就不准了，你们先回答问题，我帮你们测测。题目说的是路上有一百块钱，你会怎么办？A捡起来，放自己兜里。B捡起来，去追失主。C捡起来，交警察。D不关心，绕开走了。"

说完，老郝看着两人。

周友辉低头思考了几秒，答："选 D。"

杨小三一愣，反问："我也要选？选 A。"

老郝笑了："这个测试题，我问过很多人，选这两个答案的人是最少的。你们俩还真有意思，竟选了两个极端，这题是测人的闷骚指数的，我不说，你们肯定猜不到吧。小周你选的 D，闷骚指数 200，自己琢磨去吧。而小杨选的是 A，闷骚指数 0，在你的世界里只有骚没有闷。怎样？测得准不准？"

老郝的话一落，本以为两人都会笑，没想到周友辉默默看了看杨小三，杨小三默默看了看周友辉。许久，周友辉才尴尬地笑了笑，杨小三跟着干笑了两声。

"看来，是测对了。"老郝笑了起来，于是话题一下子竟轻松了起来。不一会儿菜端了上来，老郝跟周友辉喝着酒，聊得甚欢。

七点，晚餐才吃完，两人跟老郝分手去西单，逛了大半个小时，杨小三碰过的东西，周友辉毫不客气地扫了货，眼瞅着他手里的东西越来越多，只好提前作罢。上了车，快到宾馆时，杨小三要求提前下车，回过身从车后纸袋里拎了一件。周友辉也不争辩，由着她的性子拎了东西。

周友辉变魔术一般掏出了一个小盒子，递给了杨小三："我送给豆丁的。"

杨小三一愣，接了过来。周友辉一声不吭地开车走了，看着渐渐离去的车，杨小三低头打开了盒子，一个极其通透玉雕刻的小兔子，上面刻着豆丁的名字。杨小三想，这块玉一定不是周友辉今天买的，应该是他早已经准备好，只是一直没机会给她，所以一直揣在身上。

第十二章
只想永远留住你

杨小三走回了宾馆，此时已经有一群人回来了，大部分人都是些二十多岁的年轻人，精力旺盛，计划着北京行的最后一天找一间酒吧，打发一夜。

杨小三本不想去，被几个人上纲上线地说了一通，硬生生地拉上了。这是宾馆旁边一间很小的酒吧，只有四十多平方米，二十多号人一去等于包了场。杨小三选了一个角落坐了下来，没多久就发现身边多了一人，竟然是丁聪。她皱了皱眉正想起身，没想到丁聪一把将她拽住。因为杨小三坐在角落里，灯光很暗，旁人竟没有发现这一幕。

"就这么坐着吧。"丁聪的嗓音有些沙哑。

"你也有难受的时候？"杨小三转头看着他，"没人会同情你，你自找的。"

丁聪笑了笑，依旧没有松手："我喜欢。"

两人就这么坚持着，突然间人群一阵欢呼，好几个人已经拥了上去。丁聪见这阵势，才总算松开了手。

簇拥下走进来的竟是周友辉。他一来，本来热闹的场景竟然沉闷下来，大家都谨慎地看着他，有几个大胆的开始猛拍马屁。

周友辉看到了杨小三，也看到苍蝇一般跟在杨小三旁边的丁聪，于是径直走到了两人对面坐了下来。丁聪起身点了点头："爸。"

周友辉笑了笑，答："你坐我身边来吧，正好有些事好好聊聊。大家也不用拘束，今天也别把我当总经理，就当个朋友，你们该怎么玩就怎么玩，出来就是放松的，别跟在办公室一样。"

这么一下命令，人人都像领了圣旨一般又疯了起来。周友辉跟丁聪聊了几句，余光却偷偷看了杨小三好几次。

不知谁提意玩起了老掉牙的游戏——真心话大冒险。周友辉见人群欢呼起来了，于是停了声，第二茬轮到了杨小三。一个女孩站在中间，一脸得意地问："杨姐，你要选真心话？还是大冒险？"

杨小三搓了搓手，毕竟是玩，不能扫了大家的兴，她的性格天不怕地不怕的，所以就直接说："大冒险。"

"那好，你现在就去当着大家的面，亲周总一下！"

女孩话音一落，全场立马沸腾。杨小三的脸成了猪肝色，不敢看周友辉一眼，赶忙改口道："那我换成真心话好了。"

"那行，你若现在改成真心话，就需要回答三个问题。"女孩说。

此时，杨小三隐约觉得上当了，开始懊悔玩这个游戏，只好点了点头答："好。"

话音一落，好几个人起来争着要问，一个二十多岁的男子问："公司里人都在说你跟周总的关系密切，我们都好奇，是怎么个密切法？"

杨小三一愣，转头一脸茫然地看着周友辉。

此时，坐在一边的周友辉站了起来，轻轻一声咳嗽，立马安静下来，连问问题的男子也点头哈腰道歉道："对不起，周总，对不起，因为您说要把您当朋友……所以玩得过火了……"

"跟我道什么歉？"周友辉笑了笑答，"跟谁说还需要我教么？"

男子一下明白了，赶忙对杨小三说了一通客气话。所有人大气都不敢再出一声，安静得连掉一根针都能听得见。

正在此时，没有说话的丁聪突然站了起来说："不是有三个问题么？那就换我来问一个，小杨心里最爱的人是谁？"

丁聪的问题一出口，又静了下来，大家全都直直地看了过来，有人盯着杨小三，有人却偷偷地看着周友辉。

杨小三低下了头，咬着唇一声不吭。虽然到现在，她都没有正儿八经问过自己这个问题，但从丁聪的嘴里问出时，她想也没有想就给出了答案，仿佛很久之前它就已经很自然地存在，从未有过动摇。对于他的爱，那是一个寂寞的过程，偷偷地来，偷偷地存在，但这个答案却永远无法说出口。平时伶牙俐齿的她，几乎不用多费劲就可以找到无数个理由糊弄所有人，可她却意外地不能开口，一直咬到嘴唇发白。

一分钟尴尬地过去了，周友辉表情轻松地起了身，理了理褶皱的西服，调整了些许的情绪，打破了僵局，很不理智地替杨小三解围："看来我这个老年人在这里，大家好像是都放不开吧，我还是先走，你们玩个痛快。"

说完，也不等大家说些客气话，起身往外走，几个人忙跟了出去，毕恭毕敬地将他送出了门。周友辉就是这样的人，无论在哪里都有威慑的气场，他一走，所有的人都松了一口气，瞬间恢复了热闹。

杨小三拿起了一瓶喜力，开了瓶盖喝了起来。几分钟后，同样的一瓶喜力递了上来，也不管她愿不愿意，很不客气地碰了碰她的瓶子。杨小三转过头，正见着丁聪仰头将一瓶喜力全部喝进了肚子："他们统统不知道那个问题的答案，可是我知道了，我想他肯定也知道了？对不对？"

"别自以为是。"杨小三答。

"你是我的。"丁聪倔强地看着杨小三，"他永远得不到你，永远。知道我为什么这么自信么？因为我可以肯定他连一句话也不能对你讲，所以他注定是输家。"

"你喝醉了。"杨小三淡淡地答。

"我没醉，清醒得很。"丁聪说，"我一辈子从来就没有这么清醒，明白自己想要的是什么，要该怎么隐忍，怎么努力。他以前不也跟我一样是个穷小子么？攀龙附凤的才混到了今天，不是么？他有什么本事？他能做到，我丁聪也一定能够做到。"

说着，他凑到了杨小三的面前，杨小三谨慎地往后一退躲开了。丁聪明显地很懊恼，伸出了手一把抓过了杨小三的头，一个霸占的吻就印了上去。

即使是在角落里，也已经有人看见，不知谁吹了一声口哨，瞬间爆发出了一阵惊呼。杨小三站了起来，一巴掌对着丁聪扇了过去，在场的所有人都呆住了。杨小三穿过了人群，走了出去。

有钱人跟没钱人的区别就是，有钱人的故事永远比没钱人的复杂。当在场的人从震惊中醒来时，故事的三个主角都已经匆忙离开了酒吧。人虽然已经走了，留下的谈资却已经超过北京的景色，够他们回到A市津津乐道好些天。

杨小三走出了门，北京的夜空，比起A市来单调了许多，连颗星星都见不着，漆黑的一团让杨小三觉得有些压抑。她默默地走回了宾馆，倒在了床上一动不动。

此时电话响了，柳青松的："老婆玩得怎样？"

杨小三勉强地整理了一下心情，答："挺好。"

电话里传来了豆丁咿咿呀呀的声音，柳青松笑着说："老婆明天就要回来了吧，豆丁跟我都想你了。"

杨小三听着豆丁的声音，心情瞬间好了很多，笑了笑答："我也想你们。"

"明天几点的飞机？我去接你。"柳青松说，"我啊叫作茧自缚，明明是我鼓励你出来的，才几天啊，就想得不行了。"

杨小三听着，深吸了一口气答："明天就回来了。我保证，再也不丢下你和豆丁出来了。"

那一刻，柳青松感动得差点拿不稳手机。

挂了柳青松的电话，来了一条短信，周友辉的：我在门外。

杨小三默默看着，第一时间走到了门边，手握在了门把上，却迟迟没有开门。许久，她蹲了下来，肩靠在了门上。

时间溜得很快，眨眼半个小时过去了，一条短信又传了过来：我还在门外。

杨小三低头看着手机，直到她的手上出了汗。时间很快又溜走了半个小时，第三条短信传了过来：我一直在门外，而且我知道，你也一直在门后。

看到这条短信，杨小三的整个防线垮了，她站了起来，没再犹豫一秒打开了门。

门外，周友辉站得笔直，直直地看着他。熟悉的人，熟悉的感觉，扑面而来的火热，就在目光相对的那一秒钟，杨小三的整个身体已经被火烧了个透彻。周友辉跨上前一步，将杨小三揽入了怀里。

当爱就放在你最近的地方，仿佛伸手就能碰到，却偏偏隔了一层玻璃，怎么努力，能够触及的只是冰凉。杨小三对于周友辉就是这样的感觉，越得不到，爱得越发浓烈，像妖艳的罂粟花。一旦有机会触碰到了，就是致命的诱惑。抱着杨小三的那一刻，周友辉的脑海中只想着一句话：若是可以换回两人相拥的时刻，他宁愿短寿十年。

层层的壁垒一旦找到突破口，情欲就会排山倒海般倾泻而下。那一刻两人的脑海里什么都没有想，什么伦理什么道德，什么责任什么名誉，通通抛开。

杨小三踮起了脚尖，周友辉吻了下来，这种感觉的美妙胜过光怪陆离的事业巅峰。

吻，如果能够再长点，杨小三希望自己的肺活量能够再大一点；吻，如果能够再浓点，周友辉希望自己的欲望能够再含蓄一点。可惜谁也没有坚持那么久，这种爱压抑得太久，两人还没有来得及脱掉身上所有的束缚，周友辉已经将裤子褪掉了一半。

进入之后，他却一动不动。不是情欲问题，只是那一刻，周友辉的心突然间停了跳动一般，他浑身战栗，竟落下了泪。

杨小三睁开了眼，仔细地看着他许久，轻声地说："爱我。"

说完，杨小三迎了上来，动了起来。

周友辉一用劲，将杨小三抱了起来，身体靠在了墙上，律动起来。爱是性极好的调味剂，即便是一盘看起来秀色可餐的菜，也需要爱来调味。爱让人留连忘返，百吃不厌。

肉体上的愉悦，可以通过好的技术和有效的外部刺激来达到。与柳青松的几次，杨小三承认那年轻的身体和冲劲能给她带来生理上正常的反应，而与周友辉一起却完全不同，明知不可为的事，却在见到他那一刻变得理所当然，甚至在见面不到一分钟后，就已经迫不及待地上床。明知会唾骂自己的迎合，却在他深入之后变得势在必行，甚至觉得一次远远不够，想要无数次，十分钟不够，想要他永远留在自己的体内。

那种爱超越了身体，超越了伦理。

杨小三躺在他的怀里，一场激烈的爱让他们乏得厉害。许久，杨小三以为周友辉已经睡着了，却听见他轻声地问："睡了没？"

杨小三摇了摇头。

"累么？"周友辉问，却又不等杨小三回答，继续说，"我觉得好累，真想放下这一切。"

"有些事放下了未必能够解决。"杨小三轻轻地挪了挪身体，靠在周友辉怀里，"如果换作我，我就不会做那种傻事。"

"那我们刚刚做的就不是傻事了？"

周友辉一问，两个人都沉默了。许久，杨小三的声音传来："那……以后……算了，这些话即使说出了口，都是些屁话了，即使说一百遍，见了面还不依旧是这样，我们俩怕是都无能为力。"

"我不怕被人骂，反正已经习惯了。"周友辉答，"我只是不忍心别人伤害你。"

杨小三听了，笑了笑，抬起头看着周友辉："我想，我妈是不是当年有未卜先知的能力，知道我这辈子就有当小三的命，所以就起了这个名。小三啊，刚提起这个名字，全国就能号召上千万的妇女来打我了。"

"这都是男人的错。"周友辉说。

"别给我承诺。我不想要你的什么承诺，更不想你为了要给我承诺，而去用一生的经营去换取。浑浑噩噩活着未必是一件坏事，况且我现在有豆丁。"说到这里，杨小三的身体微微抖了抖，深吸了口气继续说，"还有柳青松，我对他的愧疚和对你的爱一样深。"

周友辉听着，眼圈又红了。他死死地抱住了杨小三，仿佛她下一秒就会突然消失在他的生命里一般。

凌晨一点，周友辉走出了杨小三的房间。她已经睡了，睡得很沉。为了不让人怀疑，周友辉收拾停当，才轻轻地走出门。他先从门洞里看了看外面，见走廊上没有人走动，这才放心地推门走了出来。

他刚刚轻轻地关好了门，一个声音从旁边幽幽传了过来："爸，我的女人滋味儿不错吧？"

周友辉身体一抖，惊恐地看着身边，丁聪正站在门旁，身体悠闲地斜靠在墙上，一手拿着一个装满烟屁股的纸杯，一手拿着一支烟。

周友辉恢复了往日的从容，问："你想要什么？"

丁聪笑了笑，直起了身，将烟头在杯子里掐灭："果然，跟爸这么聪明的人讲话，就是不用费时间。我想要巨人的副总位置，爸给么？"

"到底是什么让你变成这样？"周友辉问。

"你说呢？要不要我和你换换位置，你来感受我心里的一切？说不定换作你，你做得要比我更无耻更疯狂！"说完，丁聪笑了笑，转身离去。

第二天一早，周友辉接到了老郝的电话，说临时有事，必须回新西兰了。周友辉昨天大半夜才回房间，翻来覆去也没怎么睡好，一听老郝要提前回国了，就提议去送他。

一见面周友辉才发现，老郝待的时间不多，买的东西倒是不少，于是帮忙

——搬上了车。

搬了十多分钟才搬完,周友辉气喘吁吁地说:"你回一趟国,我瞅着就是鬼子进村来扫荡的。"

老郝笑了笑,有些惋惜地答:"可惜啊,新西兰海关的规矩多,要不还会带些特产回去,老家那酱牛肉啊,每次回来都闲不下肚子。"

两人说笑着上了车,眼瞅着就要分手,老郝忍不住开了口问:"怎么那丫头今天没有和你一起来?那丫头是个开心果,跟她聊会儿,我都觉得年轻了好几岁。"

周友辉笑了笑,低头一边帮他整理着行李一边说:"你当她是我的人啊,招之则来,挥之则去?她有她的事,昨日只是碰巧撞见了,能一起吃一顿饭。她能以那种状态聊聊天,我都当福利一般,你还琢磨着天天有啊。"

说完,周友辉就知道有些失言了,忙画蛇添足地补了一句:"开玩笑的。"

老郝意犹未尽地笑了笑:"你小子的心思,我能看不出来?是不是我还很无辜地当了次灯泡?"

"你啊,一把年纪了,在国外每天挖空心思研究经济就算了,怎么把这一套阳奉阴违的话也顺带学了。"周友辉笑了笑,没有回答老郝的问题。

老郝听了,心里更加有了谱,拍了拍他的肩膀,说:"认识你多少年了,让我算算,十几年了吧?老实告诉你,我就昨日看着你像个人样。"

周友辉一愣,拎着行李呆住,许久才回了神,发现老郝正眯着眼看着他笑,于是,轻轻咳嗽了一声,恢复了神态自若的样子问:"都是有家有室有儿有女的人了,很多事情想想也就罢了。"

老郝一听,拍了拍周友辉的肩膀说:"你骗得了我?几十年的朋友了,我看你不是想想那么简单吧?"

老郝把窗户纸一捅破,周友辉无奈地耸了耸肩,叹了一声:"果然是,还是瞒不住你这只狐狸啊。那你告诉我,该怎么做好?"

"怎么做我不知道。"老郝答,"不过啊,我有一条好的建议。"

"什么建议?"周友辉急切地。

老郝看他突然间像个孩子般无助,笑了笑答:"这事速战速决,拖久了对谁都不好。"

说完,他推着行李车走进了航站楼。周友辉愣在了原地。老郝说得没错,细数自己这几十年来物质权欲上追求得太多，何时曾经相信过爱？直到遇见了她。这一年来，又一直舍不得放弃，顾虑太多，不仅伤害了自己身边的人，更害了她。偏偏造物弄人，自己能给她的很少，如果正确来评判，他给她的，除了一个意外降临的生命，就剩下一个小三的名分。这么一想，周友辉就心痛不已。

　　不知过了多久，周友辉的手机响了，他一惊，从思绪中醒了过来，是那家传染病医院的冯主任打过来的。冯主任打给他原因只有一个，而且绝对不是好消息。

　　"冯主任，一早有什么事？"

　　"哦，是这样的，有一件事现在我必须通知您，您上次送过来的那个叫方林虎的患者现在病危，情况非常不好，我建议您让他的家属来见他最后一面吧。"说完，冯主任叹了一声，"他曾经告诉护士一个电话，说是他的姐姐，托我们联系。我本以为可以联系到他亲属，可没有想到打过去，一听说方林虎这个名字，直接就挂了电话。本想着不麻烦您的，可事到如今联系不到他的家人，他的一切医疗费用又都是您在支付，所以只好给您打过来了。"

　　"知道了。"周友辉眉头一皱答，"我马上就回来。"

　　今天是北京之行的最后一天，上午是自由活动，下午六点飞回 A 市。在周友辉怀里，杨小三睡得很熟，醒来时已经是上午十点，温暖的阳光照了进来，满屋子满被单都还残留着他的味道，可睁开眼却发现床边空空，早已经没有他。杨小三起身进了浴室，几分钟后手机响了，是周友辉。正犹豫着该不该接，电话断了，一条短信迫不及待地发了过来："方林虎病危，速回电话。"

　　杨小三一看，慌忙打了过去，焦急地问："虎子病危是不是真的？不是说活上十年没问题么？是不是医生有问题啊？不可能啊，这让我怎么跟二哥交代啊？"

　　"冯主任是这方面的专家，具体的情况还是需要回去才知道。"周友辉低沉的声音说，"我刚在机场已经定了中午十二点的飞机，现在回来的路上，半个小时后就到，你赶紧收拾行李下楼。"

　　杨小三挂了电话开始整理行李，她的手竟不受控制地微微发抖。半个小时后下楼，周友辉的奥迪车已经停在了楼下，杨小三拉开了车门坐了上去，车慢慢驶出了宾馆。

此时，在宾馆的大厅里，丁聪正坐在沙发上，一边抽着烟，一边目不转睛地看着车屁股后的白烟，他的嘴角轻轻抽动，摸出了手机拨了过去。

周友辉开着车，手机响了，是丁聪的。他皱了皱眉，毫不客气地挂断，没过几秒手机又响了。周友辉看也没看挂断后关机。这一次，他的手机不能再响了，而是轮到杨小三的手机响了，她低头一看丁聪的，联系周友辉刚才的表情和动作，隐约觉得刚才的电话是丁聪打的，想了想，于是接了起来。

"把电话给你身旁的那个他吧，告诉他，现在如果不接我的电话，我就直接打给他老婆。"丁聪的声音冷漠如冰。

"你想怎样？"杨小三皱了皱眉问。

手机已经被周友辉夺了过去，用极其威严的声音说："你当我跟你说的话是在唱歌么？这是我的底线，你再打一次骚扰她，我对你不客气。"

丁聪一听，轻声一笑："爸，我怎么敢不把你的话放进心里？只是你一直没接我电话，我只好打她的。"

"有话就说。"周友辉说。

"也没什么事，只是提醒你做事别这么张扬，开车接她做什么？幽会还是私奔啊？这里虽然是北京，距离 A 市上千公里，可我在这里，看到的和听到的，总是会带回 A 市的。"

"你的事回去了我自然会处理，这个答复，满意了么？"周友辉反问。

"那，好。"丁聪又笑了笑，"我就等你的好消息了，祝你们玩得开心。"

丁聪还未说完，周友辉已经挂了电话。丁聪整个人瘫在了沙发上，谁说报复是一件很有趣的事？为何到了现在，自己处处占了上风，非但没有快乐，反而越来越痛苦。

挂了电话，杨小三问："你们之间有什么事瞒着我？"

周友辉一边开车一边答："能有什么破事，我跟他之间能有什么扯的？他当我是爸，我不当他是女婿，却不得不承认他。"

"你还是这样，明明感觉你在回答我的问题，可细细一想，你却什么也没说。"杨小三答。

周友辉一手握着方向盘，一手将杨小三揽入怀里："放心，我不会让他伤害你第二次。"

两个小时后，飞机降落在了 A 市的机场，杨小三走下了舷梯，周友辉拎着行李走在后面一起出了机场。一个半小时后到了医院，重症监护室里，杨小三见到了已是油尽灯枯的虎子，眼泪就止不住地往下落，她慌忙摸出了手机，要打电话给二哥。此时，躺在一堆仪器中的虎子看到了她，似乎要抓杨小三的手，情绪突然变得非常激动。护士赶忙走过来，看着仪器上的参数安慰了几句后，对杨小三说：

"你们别让病人太激动了，他一直在等着你来，熬了这么久已经不易了。他刚刚这么激动，应该是不想让你打电话，你就顺着他吧。"

杨小三接过了周友辉递过来的面巾纸，擦干了眼角的泪。虎子一双无神的眼直直地看着，张大的嘴像溺水的人一般。

杨小三明白了他的意思，轻轻摘下了他的氧气罩，耳朵凑到了他的嘴边。

"我的事别……别告诉你……二哥。我的骨灰，撒到……江里吧。"虎子用尽了所有的力气说完了最后的一句话。

杨小三含着泪，咬了咬牙，点了点头。

虎子疲倦地闭上了眼睛。走出了重症监护室，冯主任走了过来，摇了摇头说："准备后事吧，也就这两天的事了。"

"没有办法了么？"杨小三站在周友辉身后，一脸急切地问。

冯主任一脸沉重地摇了摇头："即使送到最好的医院，也回天乏术。"

杨小三一听，身体一软，坐在了走廊的椅子上，轻声问："我该告诉二哥么？"

"告诉了，虎子会嫉恨你。不告诉，你二哥会嫉恨你。死者为大，还是不要告诉了吧。"周友辉叹了一声答。

"虎子是个好人，想想他最后的日子说得最多的一句话便是：别告诉我二哥。"杨小三抬起头，呆呆地看着天花板说，"我知道，这个世界上很多很多爱一开始便是错的，可为什么明知道是错的，忍不住会去同情这种爱？"

周友辉点了点头："没人能够有资格去评判两个相爱的人，即使他们伤害了许多的人。"

"那我们是不是太自私了？为了自己的爱，伤害了爱我们的人。"杨小三转过了头，看着周友辉。

"自私的不是你，是我。"周友辉笑了笑，低头轻轻吻了吻怀中的杨小三，

"若是有人骂，都是骂我的。世人都喜欢骂小三，其实真该骂的是我们这些男人，守着个家，守着份真爱不容易，偏偏不知道珍惜。"

"你一开始也不知道以后会遇见我。"杨小三想起了当初自己幼稚的苹果论，一心想找个没被咬过的苹果。现在看来真的是傻到了家，没有比较，又怎知道真爱在哪里？

"傻瓜，别哭了。"周友辉仔细擦着杨小三眼角的泪，"以前都不哭的，认识我之后，开心没增加，偏偏眼泪越来越多。是我没做好，平白惹了你这么多的眼泪啊。"

"别给自己揽事了。"杨小三缩进了周友辉的怀里，"你会送虎子最后一程么？"

周友辉紧搂着杨小三，点了点头答："一定会。"

夜里八点，周友辉将杨小三送回了家。上了楼，房间里漆黑一片，柳青松不在家，杨小三摸出手机，打算给柳青松打电话，门开了，柳青松抱着豆丁走了进来，将手放在了嘴巴上，指了指豆丁，于是两人蹑手蹑脚地将豆丁抱回了床上，又关了门走出来。

"你们去哪儿了？"杨小三问。

"去接你了。"柳青松笑了笑，"今天问了你们的行程，说是晚上的飞机，于是我跟豆丁就想给你个惊喜，结果，飞机到了，他们才告诉我说你提前走了。"

"你怎么不先打个电话？"杨小三问。

"说了要给你惊喜的。"柳青松故作轻松地笑了笑说，"结果扑了个空。"

杨小三听了，心一酸问："你怎么不继续问下去了？我为什么提前回来？"

柳青松咬了咬唇："不问就不问了。"

说完他起了身，走进了卫生间。杨小三看着他的背影，心又酸了。

杨小三没有想过这一天来得这么快，第二天电话铃声将她从睡梦中惊醒，电话还没有接，她已经隐约猜到了是虎子的事。果然，是周友辉打来的，声音低沉地告诉她，虎子去了。

这天碰巧是周末，杨小三一边穿衣服，一边对柳青松说要出门。柳青松睁开眼，懒懒地看着她许久，什么也没问，只是淡淡地说："早点回来。"

杨小三一听，愣住。柳青松又笑了笑，手撑着身体，轻轻在杨小三的唇上吻了吻。杨小三回吻了他，两人扭在了一起。

洗漱完后，杨小三选了一件黑色的小西服出了门。周友辉的车已经开到了小区门口，安静地停在了那里。杨小三上了车，看着窗外，这才发现竟是个绝好的天气。三月的艳阳天，阳光不烈，照在身上暖暖的，江两边的油菜花已经开了，金黄色的一片，引来了无数踏青的人群。

殡仪馆，杨小三没有勇气看虎子的最后一眼，在门外的青石板上静静坐着，直到半个小时后，远远看着周友辉捧着骨灰盒走了出来。那一刻，杨小三不能自已。

周友辉一直安慰了许久，杨小三这才收了声，气氛很闷，一直没有说话，两人去了江边，租了一个快艇到了江中央。杨小三将买来一只纸扎的船放在甲板上，将虎子的骨灰慢慢倒在了纸船上。周友辉拿着小刀在纸船的船底轻轻扎了几个窟窿，将纸船轻轻放入了水流中。水流得很快，打了几个漩涡，眨眼就已经走了很远。杨小三情不自禁又流了泪，看着越来越模糊的纸船，最后船沉了，只剩下那一片金色油菜花。

虎子走了，杨小三似乎看见了他临走前的笑容。爱是唯一能够带走的东西，它才会让死亡变得如此从容。

"别哭了，再这么哭，眼睛恢复不了了。"周友辉用拇指轻轻替她擦掉了眼泪。

"你说，我们的未来会不会也是这样？"杨小三抬起了头，眼睛里全是泪。

周友辉低着头，轻轻吻了吻杨小三答："不会，一定不会。"

回来已经是下午，周友辉提议去吃饭，杨小三摇了摇头说没有胃口，于是两人去了医院，冯医生将虎子的遗物交给了杨小三。盒子里是简单得不能再简单的东西，一张磨损厉害的旧相框，是虎子和杨南的合影；一部手机，除了杨南的电话和短信，其他已经被虎子删得一个不剩。

"需要把他的手机号注销么？"周友辉站在身边轻声问。

杨小三听了，摇了摇头："放着吧。起码让我知道，虎子在这个世界上还能遗留些什么，也给二哥留点希望。"

杨小三低着头又仔细看了看两人的合影，才装进了盒子封好。两人一直忙到了傍晚，从早上一直到现在没有吃东西，回来的路上，周友辉再次提议去吃点东西，被杨小三拒绝，说是想豆丁了。周友辉知道她心情不好，也没有强留。一路上，两人都沉默不语。

到了楼下，周友辉停了车，转过头看着失魂一般的杨小三，这才开口。淡淡的一句话似乎看进了杨小三的心底，这也许就是两人相处的方式，感觉对了，即使一句话不说，也能理解："放心，我们永远不会像他们一样，因为有我。"

杨小三听着流了泪。周友辉伸手要替她擦，被推开。已经到自家的楼下了，她不想让柳青松和邻居们看见。

开了门，柳青松正坐在沙发上逗着豆丁，见着杨小三抱着一个盒子回家，眼睛还肿着，于是一脸担忧地问："三儿，这是怎么了？是不是出什么事了？"

杨小三摇了摇头，努力地笑了笑答："一个朋友去世了，我去送了他最后一程。"

柳青松一听，想问是哪个朋友，可话到了嘴边，却没有说出口，而是安慰了一句："人死不能复生，多想也无益了。"

杨小三点了点头，将豆丁抱了过来。已经快半岁的他，伸出胖乎乎莲藕般的手，咿咿呀呀叫着。杨小三亲了亲豆丁，忍不住又落了泪。

第十三章
爱到尽头覆水难收

周友辉回到了彭家老宅，一进门就看见彭惠琴脸阴沉地坐在沙发上，一看就知道有话要讲。他于是微微叹了一声，走到了沙发旁默默坐了下来。

"回来了？"彭惠琴问了一声。

周友辉点了点头，从包里摸出了烟点着。

"一大早去哪里了？"彭惠琴问。

"送一个朋友。"周友辉答。

"那今天暂时不提，前几天，你为何从德国没有直接回来，转机去北京？"彭惠琴问。

"不是已经告诉过你了么？"周友辉吸了一口烟答，"为了见一个老朋友。老郝，你不是以前见过么？要不要你给他打个电话证实？"

"什么老朋友要去北京见？来A市不行么？"彭惠琴说，"我问过了，公司里组织的休养也是去北京，而且名单里有那个不要脸的女人。我就纳闷了，你到底是去见老郝，还是去见那个女人？"

周友辉抽了最后一口烟，按灭在了烟灰缸。他站了起来，居高临下地看着彭惠琴说："看来我们之间多说无益，既然你都已经查到了，何不查得彻底一些，就无须多此一举来问我了。"

"那一次在医院，你答应我过什么？这么快就忘记了？"彭惠琴问。

"是我没有做到。"周友辉答，"你想怎样就冲着我来吧。想怎样都行，巨人始终是你的，就算是现在让我放弃一切，我也会同意，而且非常乐意。"

"一个那样的女人值得你这么做么？"彭惠琴的声音微微发抖。

"一个这样的男人，又值得你这么做么？"周友辉叹了一声，"惠琴，现在我们都老了。"他转身要走，彭惠琴叫住了他。

周友辉转过了头，笑了笑，答："既然你对我不放心，你决定吧，以后，这一切都别问我了，你自己去证明，我什么也不会说了。"

"那，丁聪的事怎么解释？你从北京回来就向董事会提议升他做副总？"彭惠琴问。

"你不是把他当作你的一只狗么？现在成了狼，你该高兴才是了。"周友辉慢步走向了楼梯，"罢了，你定吧，事情到了这步，我一切都放下了。"

说完他头也不回地走上了楼。彭惠琴明白，他的心已经死了，自己费尽心思挽留的不过是皮囊而已。她却不甘心，即使周友辉只剩下了个躯壳，从上到下也得是她的。可是，周友辉的一席话让她越发不安。金钱和权力，似乎再也拴不住自己深爱的这个男人。

周末是卓兰的生日，按照往年的惯例是大哥做东，一家人替老人家做寿。周五下午接到大哥的电话，杨小三第一时间想到的就是回家会碰到二哥，她从未像现在这样惧怕见到二哥，这么一想跑了神，大哥说了好几声，杨小三才回过神来。

下午五点半，柳青松载着杨小三先去接了豆丁，他特意给老人家买了礼物。柳青松从杨小三一上车就感觉她神色有些不对，车到了小区，终于忍不住了，问："老婆，我看着你有些紧张，是不是你家里出了事？"

杨小三赶忙摇了摇头答："没事。"

说完，她竟然也找不到一句理由，面对柳青松，杨小三一直心存愧疚，连骗他的勇气都没有了。

此时，杨小三突然想起了那日在别墅谈起二哥的事，周友辉说的两个字，信任。如今她才真正明白了这个词的含义：亲密的爱人间的信任，就是能把自己全部交出去给对方。她对柳青松永远做不到这点，即使她明白，就是把二哥和虎子的事情告诉他，他一定也会像周友辉一样理解，可她却依旧会藏在心里，只字不愿意提。

家里的气氛还是往日那般热闹，二哥和果果已经回来了，带了一堆礼物。乐乐又长高了不少，也淘气了不少，满屋子都能听见他的声音。杨小三第一眼就看到了二哥，笑容保持得很好，但心里一酸，赶忙扭头到一边。

热热闹闹吃完了饭，也许是杨南刻意寻了个机会与杨小三独处："三儿，今天是怎么了？"

"没怎么。"杨小三答。

"怎么觉得从进门开始，你就在刻意想躲我？"杨南问。

"多虑了。"杨小三忍不住叹了一声，知道杨南必会问到底，想了想说，"哥既然选了这条路，就对果果更好些吧，她毕竟是要陪你一辈子的人。"

杨南笑了笑，一声不吭，许久，他才转过了头，问了一句八竿子打不着的话："他好吗？"

"谁？"杨小三一脸的紧张，以为杨南会问虎子的事，可细想不可能啊，二哥压根儿不知道自己跟虎子有联系。

"会有谁？你心底的那个。"杨南淡淡地答。

杨小三松了一口气说："他有他的世界，天天忙着他的工作，很少有空闲的时候。忙碌的感觉，他应该很充实，所以压根儿没把我放在那个位置。"

杨南笑了笑，继续说："哥很羡慕你，你起码还能看见他。我呢？他像是消失了一般。我猜，他一定在躲我。"

"他躲你，也是为了你好。"杨小三深吸了一口气说，"所以二哥该活得更幸福，这样他才会高兴。你不是告诉过我，你们已经约好此生都不再相见？多想无益，心里也该放手。"

"好了，咱们不提这些了。"杨南耸了耸肩，站了起来，"都过去了，人生挺短暂的，上一半别人为了我而活，剩下的一半就该我为别人而活了。"

杨小三想到了虎子的一生，到了最后也是为了二哥而活，不由眼圈红了。

"三儿，怎么了？"杨南轻声问。

"没事，只是想他了。"杨小三答。

杨南听着，笑了笑，幽幽地答："我也是。"

杨小三一听，泪就再也忍不住。自己的眼泪是越来越不值钱了，无论什么时间什么地点，就会落下来。

一直到了晚上九点，杨南和陈果果走出了家。杨小三却没有跟着他们一起出门，这让杨南多少有些意外。上了公交车，趁着陈果果打电话时，杨南偷偷拿出了手机，向八个月没有联系过的手机号码发了一条短信，只有两个字：

"想你。"

短信发出后,没有像杨南预料的马上回复,石沉大海一般。直到深夜,杨南失眠了,辗转反侧中,脑海里挥之不去的都是虎子的笑容。他起了身,到了卫生间,拿起手机,终于违背了当初的诺言,拨打了那个熟悉的号码。

手机已关机。杨南不死心,又拨了几次,还是关机。也许这么晚了,他睡了。杨南这么想着,又仔细编辑了一条短信:"当初许下了诺言,对不起,我连一年都没有坚持到,我想见你。"

想念一旦开了头,就会像细菌一般蔓延开来,无法自控。这个微凉的寂寞夜晚,杨南从未像如此般想他,他甚至想冲到那空旷的大街上呼唤他的名字。可惜,他只是默默地把冲动放在心底。

明天去找他吧!杨南做了决定。

一个星期后,令人意外的是,彭惠琴没有驳回周友辉的申请,丁聪顺利升职为巨人集团的副总。这个消息几乎让全公司的人都吃了一惊,一个没有任何经验没有管理能力的音乐老师,靠着是周总的女婿,进公司没几天就坐上了直达电梯,成了副总。

周友辉特意留了一手,让丁聪分管后勤,说白了也就是个闲职。当人事宣布后,丁聪也不管别人怎么讲,依旧风风光光地走入了副总的办公室。他坐在宽大的皮椅上转了一圈,笑了笑,拿出了手机给母亲发了条短信。

也就在同时,周伟志敲开了周友辉办公室的大门。

仿佛知道周伟志会来,不等他说话,周友辉已经遥控开了门。

周伟志慢慢走了进来,看着父亲坐在沙发上抽着烟,于是走过去坐了下来,着急地问:"爸,我怎么很久没有见你泡茶了?"

周友辉笑了笑,答:"现在没了泡茶那份心境,勉强泡了,倒觉得浪费好茶。"

"爸,"周伟志直接问,"为何要提升丁聪为副总,我一直觉得那个人心术不正,我不知道他是用什么方法让爸这样做的,但是我个人认为他没有做副总的能力和气度。"

周友辉灭了手上的烟,看着周伟志问:"现在,你是想谈公事还是私事?"

"先公后私。"周伟志答。

"过些日子跟德国公司合作的项目,我就正式交给你,但我要你提防着丁聪。"周友辉说。

"爸,你为什么要这么做?"周伟志问,"我这方面的经验还不丰富,这是大项目,我怕应付不了。"

"你行的。"周友辉笑了笑说,"我相信你。"

"爸是不是想要离开巨人了?"周伟志隐约觉得有些不对劲,心中不安,忙问。

周友辉笑了笑,却不回答周伟志,而是继续说起了项目的事:"还是说这个项目吧,铝箔的项目确实是很大,巨人投入也很多,向银行贷款了一个亿,所以公司的负债率也跟着上去了,如果项目出点闪失,对公司未来的经营会有一定的影响。丁聪来公司的目标,我想不是为了钱权那么简单,确切来说是夺妻夺子之恨。"

"那么,爸为何又要让他进公司?还让他当上了副总?"周伟志问。

"他是个城府极深的人,一旦他放下一切,一门心思做一件事时,就不会有底线。再说,我也是个不干净的人,一堆的糊涂债,自然有很多事放不下。"周友辉叹了一声,"罢了,怨不得别人,只是你得多些心眼儿防着他。"

"爸,若是你下了决心,丁聪又怎么能是你的对手?"周伟志答。

"这就是我想跟你说的私了,不管丁聪人怎样,毕竟是你的姐夫,我的女婿。"周友辉答,"巨人的未来得看你了。"

周伟志摇了摇头答:"爸,这事我不会接受。"

"为什么?"周友辉问。

"为了敏敏,还有点点。点点已经两个月了,至今我还没能给母子俩一个名分,我心里一直都不是滋味。"周伟志低着头说,"所以,我仔细想过了,过些日子,如果妈还是不同意的话,我想跟着敏敏去新加坡重新开始。"

"巨人终究是你的。"周友辉叹了一声,"我想这也是你妈的心愿。"

周伟志笑了笑说:"我已经想了很久了,从爸这里看清楚了很多,我不想一辈子像爸这样过日子。公司我可以放下,还有什么不能放下的?只要能够在敏敏身边,我已经很满意了。在新加坡重新开始,不管做什么都行。"

"你在怨你妈?"周友辉突然问。

周伟志笑了笑摇了摇头:"我只是不想活在她的阴影下,我没资格怨自己的母亲。若是有资格怨,那只该是你,爸!我知道,可能是我这几年在外国待久了,思想有些西化,我这个儿子可能在很多中国人眼里不孝。可是,每当我看见您越是在她的面前努力隐忍,我就越发觉得,这段勉强维持的婚姻该丢掉了。"

周友辉笑了笑,拍了拍周伟志的肩膀:"天底下哪有做儿子的劝老爹老妈离婚的?"

"中国有句古话,宁拆十座庙,不毁一门亲。在婚姻的态度上,人人都是劝和不劝分的,若是这段婚姻能够勉强维持,身边的人能劝分?如果人人都劝分了,这段婚姻还有意义么?"周伟志答,"父亲顾虑太多,所以活得太累,儿子不愿意走您的老路。"

周友辉微微叹了一声,吸了一口气,思量许久,答:"杨小三的孩子是我的。"

周伟志一愣,瞪大了眼睛。

周友辉低了头,笑了笑继续说:"不仅如此,三儿早产从楼梯上摔下来,是你姐做的,但归根到底是你妈做的。"

"我妈竟然能够做出这种事?"

"错是你妈犯的,但是归根到底是我犯的。同样的错,我当年已经犯错过一次了,已经辜负过一个人。你还记得当年你外公去世时说过什么?那时候你小,可能是不记得了,可我听明白了。你外公那一句话,明里是说给你听,实际上是说给我听。他不停地说要照顾好你母亲,你外公说得没错,他从来就不信任我,我是一个在感情上靠不住的男人,能做的只是不停地辜负女人。"周友辉说,"那时候我来A市,得到你外公赏识,加入了巨人。因为家里的事心情不好,你妈就常常来照顾我。那时候年轻气盛,一心在事业上,并没把感情当回事,于是就跟你妈好上了,后来她一人去了我老家S县,带回了一张签了字的离婚协议书。为此回来后,她跟你外公大吵了一架,你外公知道拗不过你妈,就找到了我,要我给他一个承诺。"

"所以,你为了承诺,一直不愿意离开妈?"

周友辉低着头,又掏了一支烟,周伟志拿了打火机替他点着。周友辉抽了几口,像是陷入了沉思中,许久才从梦里醒来,换了一个神态说:"聊远了,不提了。说这么多,就是想告诉你,与公与私,无论是为了我,还是为了你死去的外公，或是为了你妈，都别想着离开巨人的事。天底下能有多难的事？再难，我们父子俩也能担，不是么？"

说完，周友辉拍着周伟志的肩膀。

周伟志红了眼圈，咬紧了牙点了点头。许久，叹了一声，胸中憋着的话终于说出了口："父亲，还有一句话没有说吧，三儿的儿子是你的，你也是为了我放弃杨小三，对么？"

周友辉听着，沉默了。

晚上八点，杨南来到了酒吧，前脚刚跨进门，后脚阿杜就走了过来，眯着眼笑着说："南哥好久没有来了，说你从良了，怎么今天有空来这里？"

"我是来找人的。"杨南表情严肃，一脸紧张地问，"这些日子，你见过虎子没？他来过 A 市没有？"

"虎子？很久没有见到过了。"阿杜低头想了许久。

"多久没见到过了？"杨南继续问。

"大半年了吧。"阿杜说，"上一次见到的时候，应该是……让我想想，哦，对了，沈老板跟他一起来的。"

"哪个沈老板？"杨南问，"是不是那个老淫棍？"

阿杜听了，干笑了两声，点了点头。

"他怎么跟那个人渣在一起了？"杨南问。

阿杜答："我也不太清楚，只听人说起过，你跟虎子分手后，那段日子他不挑人的，玩得挺疯的。"

杨南一听，心口痛得像要裂开。拿起手机，又拨打了虎子的手机号码，依旧是关机。于是一怒，一拳打在了身边的石柱上。阿杜一看，正想拦着，一个人从大门口走了进来，一脸不屑地看了一眼杨南说："今儿真是巧了，竟然在这里遇见你了，你不是结婚了么？家里有个娇滴滴的老婆，为何还要来寻开心啊？你不担心嫂子在家寂寞啊？"

杨南转头一看，竟是丁聪。心中本来就来气，听到这样冷嘲热讽的话，火气就上来了，于是毫不客气，一拳头对着丁聪的脸挥了过去。

阿杜赶忙去扶倒在地上的丁聪，一旁一个人拉住了杨南。杨南一挥手甩开了那个人，对着丁聪吐了口口水，头也不回地走出了酒吧。

阿杜将丁聪扶了起来，拿了些冰块递给了他。丁聪敷在肿得跟馒头似的脸上。杨南这一拳打得够分量，把丁聪一半脸都打麻了。

"你别介意，他正在找他的朋友，一急才会动手。杨南这人很不错，圈子里出了名的够义气。"阿杜解释道。

丁聪笑了笑，摇了摇头说："不会介意，都是一家人，我怎么会跟我的二舅子介意？"

"二舅子？"阿杜一惊，张着嘴看着丁聪。

丁聪眯着眼，看着酒杯，答："过去是，也许将来也是。"

阿杜彻底迷糊了，根据他以往的经验，如果别人不说，自己还是少问为好。于是他笑了笑，正打算走，却被丁聪叫住了："他刚才在找谁？"

"还能有谁，就是他的那个朋友，一起三四年了，他一句话要从良，那个朋友就点头同意，现在定是他后悔了吧，到处找他。"

"就是那个个子很高，皮肤很黑的男人？"丁聪问。

"还能有谁？"阿杜笑了笑，"不提这些了，今天想喝什么酒？"

丁聪笑了笑，说："今天我升职了，来庆祝一下，开瓶最贵的酒。"

阿杜点了点头，一会儿拿了一瓶来，替丁聪倒上："那我就要恭喜你了。哥们儿混得不错啊，这才进公司几天就当副总了，我羡慕妒忌恨啊。"

丁聪从阿杜的手里接过酒杯，喝了一口，笑了。

第二天，丁父、丁母又一次来丁家，周娇娇故意找了个理由回了娘家，丁聪明明知道她在躲，却没有点破。

自从杨小三滚下楼梯后，虽然丁聪打过她一下，就再也没说过一句不是，但周娇娇逐渐发现，丁聪对自己的态度明显变了，别说是夫妻了，就连对一个陌生的邻居也比对自己好。任随周娇娇怎样打骂丁聪，丁聪总是一副好好先生般应付着。这一次，从不追名逐利的他竟然当上了巨人集团的副总，周娇娇发觉，丁聪越来越像一本读不懂的书，他到底在想什么，计划着什么，她竟然一丁点也猜不出来。

几次争吵，周娇娇只差一点就把"离婚"二字蹦出口，那个她深爱的有些腼腆、有些执着、有些憨厚又有些懦弱的丁聪似乎已经不见了，但是在她心里，还是存在着那么点希望，随着时间慢慢过去，对杨小三的仇恨慢慢淡下来，对丁聪的感情也有死灰复燃之势。

丁聪的母亲有着中国婆婆最重要的特点，特别爱自己的儿子，处处考虑的都是儿子。周娇娇这一点看得很清楚，也很明白，所以宁愿离开，少见面为妙。只是这一次，意外的是丁聪对她的离去没有一句话，哪怕是一句怨言。

那一天开始，周娇娇像突然间没了自己的家，她变得越来越沉默。

那一天开始，杨南像没了魂，疯狂地寻找一个默默无闻的平凡人。他从未想到过，找到了又如何，他只知道找，拼命找，一定要找到。

那一天开始，周友辉像是没有人生的目的，对着庞大的公司，他失去了往日的方向。他最喜欢的事不再是站在高高的发言台上，而是开车去凤凰路的那棵榕树下，饶有兴致地看着那慢慢吐绿的嫩芽。

那一天开始，彭惠琴不再相信有爱，她觉得天底下所有的东西，包括男人，都可以像商品一样进行买卖。周友辉永远是自己的，是自己用青春去浇灌，用巨人公司的财力去施肥，用儿子的成长去激励收获的一个成功男人，永远不能落入一个什么都没有付出过的年轻小三手里。

只有杨小三和柳青松相信同一件事：明天太阳总会升起，没有她或他的明天，可能世界不会有什么变化，但至少爱她和他的人会因此伤心，为了不让对方伤心，即使再苦也会努力。

时间溜得很快，眨眼又是一个周末，在L市一间中式酒楼豪华包间里，两个男人正焦虑地等着，其中一个五十岁上下、有些秃顶的老头儿，神情有些忐忑地问身旁一个三十多岁有些猥琐的男人：

"小赵啊，你说他会不会来？我总觉得这事有些不靠谱，我可丑话说在了前面，这事情要是你给我搞砸了，可别怪我翻脸不认人。"

小赵一副媚态地凑了上来，拍着胸口很有把握地说："黎总，您就放一百个心，是他主动来找我的，所以一定会来的。我调查过了，他身份特殊，如果真的能像他说的一样，这事情就是板上钉钉。这一次他窝里反，兔子的尾巴长不了。"

"真的？"富翔公司的老总黎晓阳眼睛里闪出了贼亮的光芒说，"天上掉馅饼的事就轮我头上了？我总觉得，会不会是他给咱们下的套？你也知道他，向来都是见人说人话，见鬼说鬼话，业内出名的城府极深、老谋深算。"

"黎总，您又不出面，出面的是那不知天高地厚的炮灰。即使不成，你也可以全身而退，损失不了分毫。所以对您，绝对是百利无一害。"小赵笑得很贼。

黎总听着很受用，满意地点了点头。

小赵一看目的达到了，终于把最关键的话说了出来："不过，黎总，咱们俩是亲兄弟明算账，我牵线搭桥也费了不少功夫，所以先说好了，如果成了，我要十个点的提成。"

黎总一笑，轻松地答："这事如果真能成，别说十个点了，十五个点，都是您赵总的一句话了。"

几分钟后，包间的门开了，在漂亮的姑娘引领下，丁聪慢慢走了进来，黎总和小赵立刻从沙发上站了起来。

一早，豆丁的哭声让杨小三醒了过来。柳青松即使在睡梦中都习惯性地抱着杨小三。杨小三轻轻将他的手抬起来放在了一边，这才走到一边的婴儿床上，将豆丁抱了起来。早产儿有着明显的特征，豆丁的头发长得不好，都已经半岁了，头发依旧稀疏柔软。但除此之外，在一家人和周友辉幕后安排的顶级医疗团队的精心照顾下，豆丁长得白白胖胖，十分逗人喜爱。

刚喂完了豆丁，杨小三的手机响了，周友辉的短信，已经好些日子没有接到他的短信了，即使在公司忙工作，偶尔在过道或者电梯上撞见，两人也只是点点头一句话也没有。他们都有自己的顾虑，周友辉顾虑着彭惠琴的计划，杨小三顾虑着柳青松的感受，谁也不敢越雷池半步。

"今天能否出来一下，有要事谈，下午三点凤凰路那棵榕树下见。周友辉。"

杨小三思量了许久，回复过去："电话里能说清楚么？"

几秒钟后，周友辉回了过来："能，但不想。"

杨小三看了许久，沉默了。

下午三点钟，杨小三抱着豆丁来到了凤凰路上这棵榕树下。此时春意正浓，正如当年两人初见时的景色，翠绿的嫩芽，勃勃的生机。杨小三慢慢走了过去，周友辉见了，远远小跑着迎了上来。

"今天，我把豆丁带来了。"杨小三笑了笑。

周友辉走近，第一时间伸手将豆丁抱了过去。豆丁长得很胖，粉嘟嘟像个肉团子。周友辉看着喜欢，一改往日的沉闷，跟个孩子一般逗着豆丁。也许是父子连心，豆丁竟然也不认生，开始不停地笑。

"他长得真像你，特别是眼睛，像有灵性，还有嘴巴也像，不知道以后是不是也像你一般伶牙俐齿。"周友辉笑了笑，这还是他第一次近距离看自己的儿子，看着看着，他就发觉心里越来越苦。

"大家都对豆丁很好。"杨小三说，"小家伙也很讨人喜欢，这么小就懂得心疼人，不哭不闹的。"

周友辉的手背轻轻摸着豆丁的脸蛋，滑嫩嫩的。

许久，杨小三才开口问："你有什么事么？"

周友辉这才收了心绪，说："你二哥杨南这段日子奔波于A市和L市之间，到处寻找方林虎，好几次都快找到了答案，被我压了下来。他毕竟是你二哥，这样一直拖着不是个办法，我看他如此执着，迟早会查到真相的。"

"能拖多久就拖多久吧。除了这样，我想不到任何的办法。"杨小三想了想，说完她抬头看了看周友辉，发现他正低头一脸心疼地看着自己，于是问，"为什么这么看着我？"

周友辉收了眼神，低头看着怀里的豆丁答："想着别人的事，我通常都理性得很。可遇见了自己的事，却犹豫不决，举棋不定。我跟你何尝不如你二哥一般拖着，又能拖多久呢？我以前以为很多事都可以由时间来解决，等一切冷静下来了，就会觉得这压根儿就不是件什么重要的事，压根儿就不该怒，不该烦。可现在我知道了，凡事都有个例外，爱这个东西，压根儿就不是时间能够解决的问题。"

说完，他微微叹了一声，深吸了一口，抬眼看了一眼阳光下被嫩芽染绿的天空，又看着杨小三。他用劲了全身的勇气打破了半辈子的修为，轻声对杨小三说："我爱你！"

那一刻，一阵温暖的春风吹过，带起了轻柔的发丝，树上幼嫩的绿芽落了下来，四周的喧嚣仿佛在那一刻沉静了下来，只听见了她轻轻的呼吸声。周友辉伸出了手，还是往日的那个动作，可此时却盛满了浓烈的爱意，一圈一圈将她的发丝缠在了食指上，再绕到了她的耳边。

杨小三抬起了头看着他，他轻轻一笑，吻落在她的额头上……

江边落日余晖下，张敏正抱着点点喂奶。周伟志慢慢走了过来，站在身边默默看着母女俩。许久，点点吃饱，安静地睡着了。周伟志正要开口，张敏示意他别说话，轻轻起身将熟睡的点点抱回了婴儿房。

几分钟后，张敏折了回来坐在了沙发上，周伟志移到她的身边坐下，伸手一揽，张敏顺势倒入他的怀里。

"我定了下一个星期的飞机去新加坡，妈说想看看外孙女。"张敏说。

"我陪你去。"周伟志答。

"不了，你忙你的事。你知道的，点点都出生了，以我妈的个性，指不定要让你给些承诺。"张敏笑了笑，像是在安慰周伟志，"老人都喜欢这些，可我不想让你为难。"

周伟志听着默默点了点头。

张敏看了他一眼，继续说："跟你爸商量的事怎样了，若是你妈那边一直僵持着，我们……"

"再等些日子吧。"周伟志打断了她，"我已经跟爸谈过了，可巨人这段时间需要我，我不能走。"

张敏低头笑了笑，这早该是自己猜到的结局。从周伟志拍着胸口对她说，可以为了自己放弃一切时，她就不该相信。天底下男人总是这样，说一套做一套。于是她一句不说，看着夕阳发呆。

"敏敏，你信任我么？"张敏还没来得及回答，周伟志已经将她搂得更紧了，"你一定要相信我，等这件事情过去了，我会陪着你去新加坡的。"

张敏很努力地挤了些笑容，点了点头。

第十四章
难道真的要成为第三者

柳青松终于从沙发上起身,看了大半天无聊的电视剧,眼睛有些发涩,快餐式的泡沫剧,看的时候一阵快感,看完了一大半,情节都没有记得住。他深吸了一口,站在了落地玻璃窗前,夜色已慢慢降临了,她已经出门好几个小时了,没有她和豆丁的家,即使把所有能够发声的电器打开,竟还是这么寂寞。

结婚半年多了,柳青松觉得自己已经付出了能够付出的一切,可换回来的却是愧疚的补偿。虽然得到的那一刻,有无法克制的兴奋和愉悦,回头冷静下来却又无比辛酸。看着三儿强装得那么辛苦,自己也越发辛苦。

他转过了身,推开了卧室的门,无力地倒在了床上,虽然心里想着给她打个电话,却一动不动,这是唯一留住她的方式,好听点叫给两人彼此私人空间,不好听点,他就是一只没有魅力的鸵鸟。

几分钟后,他像想起了什么,从床下拿出了那日杨小三带回来的盒子。盒子并没有上锁,所以很容易打开。本以为看到的该是周友辉的东西,可却惊讶地看到相框上是杨南跟一个陌生男人亲昵的照片。

柳青松拿开了相框,相框下放着一个外壳磨损厉害的老款手机。开了机,手机没了电,于是在家里寻了一个匹配的充电器,开了机。一开机还是那张两人的照片,柳青松还没有来得及继续看下去,短信提示声音就来了。

"你在哪儿?"

"出来见我!"

"快接电话,不然这辈子我都不会再见你了。"

"开机吧,想你。"

"我真的很想你，要疯掉了。"

"我在老地方等你，你不来，我就不走了。"

"我熬了一夜，你还是没有来，你真的很恨我么？"

"我心痛。"

柳青松仔细地看着短信，发件人只有一个：杨小三的二哥杨南。手机的主人是那个照片里面的男人么？为什么手机会在杨小三这里？为什么杨小三会留着它？杨小三跟他是什么关系？柳青松猜到，那天打电话给杨小三的是周友辉，可周友辉跟这个人又是什么关系？一串串的疑问在柳青松的脑海里蹦了出来。

正疑惑着，手机突然响了，来电显示杨南。在打了超过一千次手机终于通了，电话那头的杨南异常激动。

电话通了，杨南一激动就忘记了要说什么，只是问："虎子，你在哪儿？在哪儿？"

可无论杨南怎么问，对方都没有回答。紧接着，像是手机落在了地上，紧接着，似乎在不远处一个熟悉的女声传了过来："你在做什么？你为什么把手机拿出来了，还开了机！"

随后又是一阵嘈杂的响声，手机无情地挂断了。

杨南心中有些疑虑，但他却意外笑了笑，因为他已经找到了一条线索，他相信很快就能够找到虎子了，那个女人的声音，他只听了半句就已经听了出来，那是他的妹妹杨小三。

果然如杨小三所预料，不到半个小时杨南就站在了她家门口，扶着腰有些气喘。明明有门铃，他却像没看见般一门心思把门当成了衙门前大鼓擂了好一会儿。

柳青松开的门，看了看四周已经探出脑壳来的邻居，连说了几声"对不起"，让杨南进了门，柳青松脸色有些发青，仿佛知道杨南要来，也没有惊讶："坐吧，我去倒水。"

杨南走了进来，探着脑袋往卧室和客卧方向看了看，着急地问："三儿呢？"

"在里屋哄豆丁。"柳青松答。

"那我进去找她。"杨南心里有些着急，径直就想往里走，却被柳青松拦住。

"既然来都来了，还是多等会儿吧。"柳青松勉强给了杨南一个笑容，"我知道你想问三儿的事。她说，豆丁睡了，就会出来告诉你。"

杨南一脸焦急，不停地搓着手。柳青松见了，递上了一杯茶。杨南接了过来，也没喝一口就放下，眼睛一直盯着卧室的方向。

半个小时后，杨小三总算走了出来。方才看着豆丁的可爱的睡容，杨小三想了很多，事到如今也许是天意，该来的始终要来。想好一切后，她走了出来。

坐在沙发上的杨南，一见着杨小三立马就站了起来，完全忘记了柳青松在旁边，急忙问："虎子在哪儿？"

杨小三看了柳青松一眼，柳青松尴尬地咳嗽了一声说："我进去陪豆丁吧。"

"他已经睡着了。"杨小三答，"你们都有事想问我，就一起说了吧，憋心里头好几个月了，总算有个机会说了。只是二哥，我不知道说完了你会是什么反应，但请你为了他一片心，还有咱妈和果果，善待自己。"

听杨小三这么一说，杨南一下子紧张起来，他隐隐觉察出了不好的苗头，以妹子的性格，不是惊天动地、难以让人承受的问题，她是不会这么说的。她隐瞒的事情一定是让他失控的答案。他身体有些微微发抖，嘴唇上下蠕动，轻声地问："虎子……是不是出什么事了？"

见杨南像是丢了半条命一般，杨小三心里更是有些担忧，她有些后悔，考虑着该不该继续讲，可话已经说出了一半，二哥得不到结果肯定不会罢休。才两个星期不见，他不仅仅瘦了，而且满脸胡碴子，黑黑的眼袋，完全没有当年的潇洒。

"哥，坐下，我们慢慢说。"杨小三看了一眼柳青松，递了一个眼神。柳青松赶忙拉着杨南坐了下来。

杨南手抱着头深吸了一口气，说："三儿，说吧，哥心里早有准备了。我都离开了他这么久，他若是成了家，哥不怪他，反而会祝福他。我只是要知道他的现状就好了，我保证不再烦他了。"

"我是碰到了虎子。"杨小三答，"第一次是在去年的十月份，他挺好，除了……我想二哥应该已经查到了，就不用我讲了。第二次我碰到他是在今年的大年三十夜晚，在医院……"

说到这里，杨小三嗓子有些哽咽。

"他病了？"杨南一脸紧张地抬起了头问，"他现在在哪家医院？"

杨小三低着头，咬着唇，许久后才慢慢说："最后一次见他，就在一个月前。我跟周友辉一起去送的他，他走了……"

"走哪儿了？有没有说去哪里？什么时候回来？"杨南问。在 A 市至亲至爱的人离世，大家都不会直接讲，而是用"走了"来代替。若是换作平时，杨南岂有不知的，偏偏在此时，也许是刻意，也许是压根儿就不愿意往那方面想，竟然问出了口。就连坐在一边的柳青松也明白了，杨南却全然不知，依旧问："三儿，你说他去哪里了，我去找他。"

"哥，刚刚在屋子里我细细想过，要不要找一个好的理由，那样你就会死了心。可我想来想去，却没打算这么做。虽然这是他一直跟我提的要求，可到了现在我终究是做不到。我无法面对你，二哥。"杨小三答。

"你是说他……已经去了？"出乎意外的，杨南脸上竟没有任何的表情，巨大的伤痛来临后，他仿佛忘记了表达。

"他染上了艾滋病，我找到他的时候，他的身体已经很不好了。我找了最好的医生去治疗，他还是走了。"杨小三说，"他一直不让我告诉你，即使临终前最后一句话，也是让我瞒着你，我终究没能完成他的遗愿。"

杨南的脸上没有一丝的表情，僵硬的身体像一个病入膏肓的人，他轻声问："他，葬在哪里？"

"他说，骨灰要全部撒到江里。"杨小三答，"我照做了。"

"他就这么走了？一点点都没有留给我么？一点点……"杨南的尾音拉得很长，长得让人辛酸，像一把锉刀一般，杨小三和柳青松忍不住落了泪。可杨南依旧是那张没有表情呆板的脸。

杨小三起身走进了屋子，将盒子递给了杨南。杨南打开，看到一个相框、一个手机，他留给自己的两件东西。杨南抱着盒子，一声不吭地走出了门。

杨小三要跟出去，被柳青松拦住："这时候你说什么也无益了，我去跟二哥好好聊聊，送他回家。"

杨小三点了点头，于是柳青松赶忙追了出去。

半夜，柳青松总算回来了。杨小三开了门就迫不及待地问："二哥怎样？"

柳青松摇了摇头。

杨小三一看，以为情况很糟糕，于是一脸担忧："是不是很不好？那你怎么回来了，这种时候应该陪着他才是，我怕他会做出些什么伤害自己的事来。"

柳青松笑了笑，答："不是，我只是比较意外，不明白二哥的反应。他很镇定，我送他回去的路上，他一句话也不说，也没有一丝的痛苦。下车的时候，竟然还回头跟我说了声谢谢。"

"他没事？"

杨南对虎子的感情应该很深，虎子的离去肯定对他是巨大的打击，然而杨南竟然这种反应，让杨小三很意外。她低头想了想，最后决定明天回娘家一趟，将事情告诉大哥。杨小三正想着，看柳青松依旧站在门外，于是一愣，问："你怎么不进家门？"

柳青松低着头看着自己的脚尖，许久才抬起了头，看着杨小三的眼睛，一字一句地说："对不起，老婆。"

杨小三听了，笑了笑："进来吧，大半夜的，我们也累了，什么事以后再说。这样也好，你给了我一个机会，把不敢说的说出来，我一直瞒着二哥，心里也非常不好受。"

杨小三说完，柳青松上前了一步，紧紧将她搂入了怀里："老婆，以后什么事都别瞒着我好吗？"

杨小三缩在柳青松的怀里，不点头也不摇头。她明白这一点永远做不到，她已经打算把心底的那个秘密一起带入坟墓。这么一想，泪落了下来，浸湿了柳青松的衬衣。

怀里的人哭了，柳青松感觉到了，他用尽了力气紧紧抱着杨小三，深吸了一口气："老婆，你就当刚才那句话我没有问过，好吗？"

语音一落，杨小三的身体开始剧烈地颤抖。

入夜，周友辉开着迈巴赫从半山别墅下山。崎岖的山路不是第一次走，微醉的滋味也不是第一次有，几个月前出车祸的地方，树木的裂纹还清晰可见，才刚好没多久，他又开始重复做起了这种迟早会要命的事情。

十几分钟后，周友辉的手机响了，老李的声音："老李，这么晚了，应该不是找我喝酒吧?"

周友辉心情有些郁结,却不知怎么,有了破罐子破摔的心态,明知道老李打电话来肯定是有了麻烦事,反而调侃了一句。

"周总好心情啊。"老李笑了笑,"看来我是要扫你的兴了。"

"说吧,什么事?"周友辉微微叹了一声,问。

"也不是什么大事。"老李笑了笑,这种事情已经处理过无数次了,当人人都是摄影家的今天,有钱人和名人的艳照似乎就变成了一件非常寻常的事,"今天晚上,有人给都市报送来了一沓照片。"

老李说到这里,周友辉已经明白发生了什么事。他并不惊讶,因为在下午三点凤凰路最热闹的时候,他约杨小三去那棵榕树下,他就已经知道会有这样的结果。如果要为这件事找一个合理的理由,他会回答已经深思熟虑后的答案,那就是,他想在榕树下亲口说出压抑在胸中许久的三个字。

"处理了么?"周友辉笑了笑,问。

"当然。"老李笑了笑答,"不然,也不会这么轻松地给你打电话了。我猜这个快递照片过来的人,要么是不懂新媒体的老年人,要么就不是真的要置你于死地,只是警告一下您。如果他直接发在网上,基本就没有回旋的余地了,再努力删也比不上互联网传播的速度,现在人们最关心的就是有钱人的私生活。"

"钱我稍后给你。"周友辉答。

"还是周总爽快啊。"老李笑了笑,"需要我去查照片的来源么?"

"不用了。"

周友辉的回答让老李很意外,不过对于老李来说,周友辉就是他的衣食父母,对方不愿意查,老李自然不会问,于是挂了电话。

一直到深夜,周友辉才开着车慢慢驶入了彭家的老宅。自从儿子周伟志搬出老宅后,老宅越发冷清了。周友辉的车一进入老宅,竟连油门也不给力了,踩着油门,滑过了古树遮蔽的道路,进了车库。下了车,他看看依旧亮着灯光的客厅,低下头细致地整理了自己的衬衣后,走进了屋内。

他估计得不错,彭惠琴此刻坐在客厅的沙发上安静地等着他。一见周友辉走了进来,彭惠琴抬起了头,将手上的一沓照片用力往桌上一扔,说:"看看吧!"

周友辉并没有去看那些照片，而是头也不回地就往楼梯去。

彭惠琴站了起来，一声大吼："给我站住。"

周友辉停下了脚步，却没有回头。

"你还记得在医院的时候答应我什么？"彭惠琴问，"你亲口告诉我，若是我们俩想过下去，我就不能动杨小三。现在我没有动，可你告诉我现在做了什么？北京那是第一次，以为远我就看不见、听不见。这一次竟然在凤凰路那么热闹的地方，你们是在向我宣战，存心让我难堪，让彭家难堪对不对？我彭惠琴真是个好欺负的人？你怎么对得起我！"说着彭惠琴声音有些哽咽，从未低头的她，此时伤心欲绝。

"对不起。"周友辉已经听到了彭惠琴的哭声，可他并没有转头，低声说，"我本就不是个好男人。"

"你到底想怎样？"彭惠琴收住了低泣，严厉地问。

"你说呢？"周友辉回头。

"巨人公司你不要了？女儿的幸福不关心了？儿子的未来不考虑了？"彭惠琴说。

周友辉笑了笑答："巨人公司本就不是我的。寄人篱下，无论我怎么努力，在你眼里我就是一个打工仔。我从第一次告诉你什么事都你来定时，就放弃了对巨人公司权力和财富的追逐。女儿的幸福，你好意思跟我谈这个？从开始你就利用我女儿来对付杨小三，再到你处心积虑让丁聪进入巨人公司。儿子的未来？儿子有没有未来，不是问他，也不是问我，是问你！"

说完，他头也不回地上了楼。身后，彭惠琴将周友辉买回来的唐三彩扔到了地上，摔得粉碎。

一个星期后，杨小三上班时接到了一个陌生的电话，一听声音，就知道是丁聪的母亲，自己的前任婆婆。丁母典型的乡下婆婆，性格直爽没有城府，也不会说话，一根肠子通到底，从来不顾别人听了什么感觉。再加上杨小三在她的眼里始终就是言听计从的人，所以电话一通，她就毫不客气地用命令的态度说：

"我找你有点事，能不能见个面？把我家孙子一并也带过来吧，我想见见。"

杨小三一听丁母这般口气，想着丁聪最近的态度，于是答："不好意思了，阿姨，第一，我现在正在工作，我跟丁聪已经离婚了，我从来不会为非亲非故的人误了工作；第二，你家孙子没在我这里，我没法给你带过来。所以，还是不见为好。"

丁母一听，怒了，她本就是个遇强则强的人，于是毫不客气地回了过去："我再怎么也曾经是你的妈，尊老你都忘记了，还用这样的口气跟我讲话？再说，我儿子现在升副总了，那是A市最大公司的副总啊，现在后悔了吧，这么好的男人你不知道珍惜？你以为他还能看得上你？别不识抬举。"

"那不好意思了，你儿子是副总了，我就更不好意思打搅了，高枝也攀不上，您也别再打电话来了。"说完，杨小三直接挂了电话。

丁母拿着手机，微微叹了一声。几分钟后，丁父走了过来，坐在她的身边问："跟谁打电话？"

丁母低头思量许久，答："我给杨小三打电话。现在的人啊，都自私得很，可怜了我的孙子。"

丁父一听，摇了摇头，正要开口，丁母的手机响了，一个陌生号码发过来的短信，内容是一条地址，后面跟了一句话："想见你孙子，上班时间就寻着地址去找。"

丁母一见，眼前一亮。

杨小三的电话刚一挂，办公室里突然热闹了起来，秘书小卢站了起来，一脸兴奋地说："大家快来看啊，大新闻，大新闻。"

她这么一叫，除了杨小三外，全办公室的人都围在了电脑旁，啧啧的声音传过来："这品味也忒差了点吧？"

"这女人一看背影，身材也不好啊，穿得也土气了……"

大家一阵笑，得出了一个结论："周总，重口味啊。"

听到最后一句，杨小三站起来走了过去。

丁聪的秘书小马见杨小三过来了，递了个眼色给小卢，小卢赶忙关掉了电脑。杨小三见两人有些尴尬，却又像存心不告诉自己，于是，低着头走出了办公室。

小卢看着杨小三的背影消失，对小马说："小马，你说这照片是不是P过的啊，我们周总是私生活检点的模范男人，而且，这背影我怎么看，怎么觉得就是杨小三，他们不会真的幕后转台前了？这背景是凤凰路的那棵老榕树吧，那么热闹的地方，真是绝了，难道传闻是真的？他们开始公开向太后挑战了？"

小马笑了笑，接了话继续说："照片 P 过没 P 过我不知道，但是有一件事我可以肯定，那只母老虎估计又要回来了。"

说完大家一阵哄笑，笑完后，小马招呼着众人回座位。

杨小三进了卫生间，想了许久，给周友辉发去了一条短信，只有四个字："出了何事？"

许久，一直没见周友辉回复，这是两人认识至今他第一次没有及时回复。一直到快下班时，周友辉的短信总算发了过来："放心，那只是一点小事而已，那日在凤凰路被人拍了照片，不过照片上只有我的脸，我自会处理，莫要担心了。"

看了短信，杨小三长长地叹了一声。手机又响了，二嫂陈果果打了进来，于是忙接了起来："二嫂，是不是二哥出什么事了？"

陈果果的声音有些哽咽，许久才平复了情绪，说："三儿，我们见一面吧。"

杨小三想也没想，立马点了点头："约个地方，我马上过来。"

一个小时后，江边的甜品屋，杨小三见到了陈果果。此时她面前正摆着一堆冰激凌，一边流泪一边努力吃着。杨小三见她已经哭得红肿的双眼，一脸心疼地从桌上抽了张纸巾递了过去。

"二哥怎么了？"杨小三问。

陈果果擦着眼泪说："前段时间他一直不着家门，成天不回家，也不去上班。即使偶尔回来一次，都是一脸疲惫，无论我怎么问，他一句话不说倒床就睡。直到一个星期前，他一声不吭回到家，就像变了一个人，再也不出门，把自己反锁在房子里，连我也不想见。而且他吃得很少，整夜整夜不睡觉，人又瘦了一圈，我不敢跟妈讲，只好来跟你说。"

"二嫂，你别担心。"杨小三安慰说，"这个周末你跟二哥一起回家，我跟大哥一起劝劝他。他最近遇到了一些不顺心的事，等事情过了自然会好起来。果果，希望你也能够谅解我二哥，多鼓励他。"

陈果果听着，用浸着泪珠的眸子看着杨小三，认真地点了点头，那一刻，杨小三觉得自己特别自私和无耻。

果然，如小马预料，第二天即周五，母老虎真的来公司了，绷着铁青的脸径直进了董事长办公室，第一件事就是让廖总抵制周友辉。这是巨人公司从成立到现在从未出现过的事情，两口子的事不在家里解决，竟到了公司办公室来解决。这成了巨人公司的笑话，每个人都津津乐道。大家都在推测，如今已是火药味十足，夫妻二人从家里已经吵到了公司，看来母老虎要发威，好好地收拾周总了。

彭惠琴坐在董事长的皮椅上，手里拿着一沓照片。周友辉走了进来，径直走到了沙发上，点了一支烟抽上。

"照片是怎么流出去的？还到了网上？"彭惠琴问，"我已经处理过一批，我相信你的能力，不应该让照片流出来。"

"我已经处理过了。"周友辉答得干脆利落，"可网络上的没法处理。"

"你倒是不急了？"彭惠琴说，"你查到是谁干的吗？"

周友辉一听，一声轻笑："你不是挺喜欢查么？就查查好了，我也很想知道。"

"你什么时候变成这样的态度，是不是故意做给我看的？"彭惠琴一怒，问。

周友辉笑了笑，深吸了一口烟："一起生活二十多年了，你到底还是不相信我。罢了罢了，我早说过了，现在都由你决定，你决定好了，再告诉我吧。"说完，他竟然不顾彭惠琴的面子，起身就走出了门。

穿过了走廊，周友辉发现周伟志站在自己办公室门口，于是上前开了门。

周伟志有些着急，这些日子他听到的话更难听，于是不等坐下忙问："爸，这是怎么回事？是不是有人在暗地里使了什么手脚？是的话，赶紧揪出来。那个丁聪不是个东西，肯定就是他。"

周友辉听了，恢复了往日淡定从容的态度，摆了摆手，答："这些事不谈也罢，你来了，先谈谈公司的事。"

周伟志一愣，竟觉得父亲如一潭深不可测的湖水，表面平静，湖水深处似乎波涛汹涌。父亲自信从容的表情又像早已运筹帷幄，胜算在握。

下了班，柳青松开着车回到了父亲家。柳父见是儿子一个人，于是问："怎么你一个人回来了？"

柳青松笑了笑答："三儿家里有点事。"

柳父一听，有些怒色说："老婆家里有事，你这个做女婿的怎么也不知道去张罗，竟跑回家！"

柳青松有些尴尬地笑了笑，当下午杨小三告诉他，因为二哥的事要回去，他就有些内疚，也想回去帮忙，两人商量后，还是决定他不去了。卓兰是个传统的人，家里出了这种事，她一定当成了家丑，柳青松去了反而不好。

于是，柳青松想了想，岔开了话题答："他们家的事，我去了反而不方便。豆丁呢，我去抱抱他。"

"他啊，在卧室里，你小妈带着呢。"柳父答。

柳青松点了点头，就要往卧室里去。柳父在身后叫住了他："对了，最近几日我带着豆丁在附近的公园溜达，总是碰见个女人，五十多岁，特别喜欢豆丁，听她说好像是儿媳的亲戚。"

"五十多岁的女人？没听三儿说起过。"柳青松笑了笑，"爸，你也别紧张了，可能是远房的亲戚吧，多个人疼豆丁也不错啊。"

一家人围坐在餐桌前，看着逐渐变凉的饭菜，一直等到了晚上七点多，门铃终于响了。杨小三开了门，门外站着陈果果和杨南。

"你们总算来了。"杨东起了身，"电话我都打了好几个了，你们再不来，我就该开车去接你们了。"

杨东是个急性子，等了一个小时，一见二人就有了火气，忍不住就多说了一句。杨小三见了，赶忙递了个眼神，杨东见了，立即闭了嘴。

杨南一声不吭，跟着陈果果进了屋。卓兰一看站了起来，一脸心疼地说："儿啊，这才几天不见啊，你怎么就这个德性了？出什么事了？你跟妈讲啊，别窝在心里折腾自己啊。"

杨南听了，面无表情地点了点头。

杨东一见，心里有火，要开口，被杨小三拦住。杨小三将陈果果拉到了饭桌上，杨东拍了拍杨南的肩膀，两人一起落座，杨东开了一瓶二锅头，拿了两个杯，满上。正想开口，只见杨南已经将杯子拿起来，不到两秒就干了，又将空杯子放在了桌上。

杨东一见有些尴尬，挤了点笑容说："你当这是好酒啊，慢慢喝……今天周末，我们哥俩好好唠唠。"

说完，又替杨南满上，杨南一句没说，又拿了起来，杨东一见，赶忙拦住："这是酒不是水，不是说了吗，咱哥俩慢慢喝。"

"是啊。"杨小三坐在一边帮腔道，"二哥，你也得给大哥机会表现。"

杨东听见杨小三的话，知道她是缓和气氛，于是接了话题说："妹妹说的是啊，我这个做大哥的，怎么着也得给大家做做榜样吧。我的健身房做到现在也步入正轨了，这第一杯就算我敬大家的……"

杨东还没有说完，杨南又一杯落了肚子。这一来，一家人都安静了下来。气氛诡异，果果一脸忧郁地看了看杨小三。

杨小三一脸心疼地看着杨南，又带着焦虑看了看杨东。

杨东心情郁结，忘记了在卓兰面前掩饰情绪，竟叹了一声，默默地看着杨南，许久后，又转头困惑地看了看卓兰。

卓兰一动不动地看着杨南。杨南是自己生的，打小就是个淘气的孩子，平日里鬼点子最多，亲戚朋友也都说他是个聪明的孩子，大了以后，杨南脑子活络，经常是伶牙俐齿，是她的开心果。可如今像变了个人一般，令她这个当妈的心痛得要命。可碍着果果在，卓兰不好问什么，撑着笑容招呼着大家："吃菜吃菜，老二，你也吃菜，今天我做了你最爱吃的水煮肉片。"

杨东赶忙附和道："吃菜吃菜，咱妈的手艺是越来越好了。"

这么说着，杨南也没有拿筷子，反而将放在一边的酒瓶子拿了起来，给自己又倒了一杯，一饮而尽。

这一下，杨东彻底火了，一拍桌子站了起来："老二，你心里头有什么事，今天就当着我和妈的面说清楚。我们哪里亏待你了，你就直说，要我们该怎么做，你也直说，别这么一声不吭的，你折磨谁啊？"

杨小三赶忙拉杨东，杨东一挥手甩开了她的手："老二，你就老实说了，我们一家人，还有果果，有什么对不起你的？什么事不都是由着你自己决定的。自己决定的事，你就给我好好走下去。"

杨小三本以为杨南的性格，百分之百要火起来。可没想到杨南竟然异常安静，脸上没有一丝表情，也不看着杨东，低头看着空酒杯。

见他伸手要去拿酒瓶子，杨东一把抓过来骂："喝什么喝？喝就能把问题解决了？人死了就能复活了？"

听到这一句，杨南脸上总算有了表情，看了看杨东，再转过头看了杨小三。

杨小三一见杨南看着自己，忙说："二哥，我已经告诉大哥了。"

有陈果果在，杨小三并没有说出口。

本以为杨南要开口讲话，却没有想到他又低下了头，看着酒杯一声不吭。这一下，杨东再也耐不住了，冲上去提起了杨南的领口。这一来，全家都慌了，大嫂扶着卓兰，杨小三拉着杨东，陈果果拉着杨南。拉扯了半天，终于将两人拉开，杨小三将杨南带到了阳台上。

杨南背靠着栏杆，掏出了烟，低着头默默地不知在想什么。许久，他像是入了神，脸上竟多了丝诡异的笑容。杨小三耐不住了，问："二哥，若是心里不痛快，要打要骂要出气的，都尽管发泄。我明白虎子对你的感情，也明白二哥对虎子的感情。但是，虎子走了，没法回头了，虎子的一切都是他自己找的，他不愿意你知道，也是怕你把责任往自己身上扛……"

"谁说虎子有事？胡说，他没事，一点没事。"听到这里，杨南总算有点反应，他用左手用力地拍了拍自己的胸口，笑着答，"他在这儿，好好的。"

"二哥。"杨小三一脸的担心，忍不住说，"在我的眼里，二哥一直都是很坚强的人，没有你不能过的难事，二哥就算是为了杨家，为了果果也要撑下去，面对现实。"

杨小三这么一说，杨南又没有反应了，低着头抽烟，入神地想事，无论杨小三怎么说，他都不答话，也不再看她一眼。

九点，待杨南跟果果走后，一家人坐在沙发上，杨小三微微地叹了一声说："大哥，二哥的情绪有些不正常，是不是该找一个心理医生看看？"

杨东听了，摇了摇头："应该不会，老二的性格我清楚，没什么事过不了的。那个人死了，过些日子老二就忘记了。这样痛一次，问题就能彻底解决了。"

卓兰听了点点头，说："我刚才也跟果果好好谈了谈，告诉她，杨南一个最要好的朋友去世了，所以心情有些起伏，让她多照顾多担待些。果果是个好姑娘，一听我这么说就理解了，忙说会体谅的。现在这样的姑娘真是越来越少了，我们杨家到底是对不起她。"

"妈，"杨东打断了母亲说，"一家人说什么对不起的？等老二心情恢复了，自然会对她好的。"

卓兰听着，默默地点了点头。

杨小三听着二人的对话，心里不是滋味儿，于是起了身说要回家。出来已经九点半，天已经完全黑了，走过漆黑的路，抬头看着厚厚的云层，隐约露出半个月亮，明天是个雨天吧？

半夜，丁聪回到了家，带回来了一身酒气。一场应酬，话不多的他喝了不少酒，恭维他的一帮人赶忙将他扶回了家。

门开了，丁母见儿子半醉状态，被两人扶着，一惊，于是说："儿啊，怎么喝这么多酒啊？"

丁聪笑了笑，答："妈，喝得不多，还清醒着。"

扶着他的两个人赶忙找了理由走了，丁聪扶着墙走了进来，一屁股坐在了沙发上。

丁母端来了一盆热水，拧了热毛巾递给了丁聪。丁聪接了过来，热水一敷，酒也醒了不少，看着天花板发着呆。

丁母坐了下来，担忧地说："儿啊，你不是当副总了么，酒就不能少喝点么？"

丁聪笑了笑答："当然不行啊，这副总本来也就不是堂堂正正靠实力得来的，当然要努力做出点成绩给人瞧瞧。"

丁聪这句话纯属是欺骗母亲的，他为什么要喝酒？只怕自己心里才清楚，醉生梦死的日子是种解脱。

丁母听着很受用，忙点了点头说："还是我的儿子懂事啊。对了，妈这几天替你办了些事，可是个好事情，给你看看。"

说完，丁母从兜里掏出了一张叠得四四方方的纸，在丁聪的面前展开，递给了他。

丁聪接了过来，一看酒就醒了，从沙发上站了起来，很严肃地看着母亲："这是真的？"

丁母点了点头："千真万确。"

"那你怎么拿到孩子的东西的？"丁聪问。

"我自己寻去，在公园里遇到了，说是她妈的亲戚，孩子可爱，所以抱了抱。儿子，你得努力了，若是不行的话，就由妈出面？"

"不用！我不仅要这孩子，还要三儿。你出面，会把事情搞得更复杂。三儿吃软不吃硬，所以……"丁聪拦着母亲说，"你放心，儿子心里早有底了，只是看来，我这边的事情得要进展快一些才行。"

第二天一早，周友辉组织召开了一次与德国合作的铝箔项目讨论会，会议破天荒邀请了丁聪参加。会议厅，周友辉坐在了一旁，彭惠琴像一尊大佛一般坐在正中。当丁聪走到会议室看到此情景时笑了，自以为是的他立刻就在心里形成了一个猜测，一个这么重要的会议素来是避开他的，如今却邀请他，一定有内在的原因。

铝箔项目的会议，对于完全不懂专业的彭惠琴来说一窍不通，于是她讲了一个简短开场白后，开始了正式的主题。丁聪仔细地听着，逐渐明白他们在讨论H县矿山的事。因为铝箔项目需要大量的矿石，而H县有巨人公司控股的矿山，已不能满足这个项目的启动，于是周友辉下了决定先购买矿山。

接着周伟志拿出了一份详细的购买报告，已探明H县有大量铝矿资源的矿山，周伟志代表巨人公司向相关部门交涉并提交了资料，正在商谈相关的费用。

接下来就是一些细节，几个副总加上部门经理讨论激烈，彭惠琴坐在椅上耷拉着眼皮，好不容易挨了一个小时，也不顾一群还在讨论的人，打着哈欠起身走了。最后，周友辉拍板定下几个决定：第一，矿山一定要拿到，这是此项目除了技术问题外最重要的因素；第二，拿矿山的时间一定要快，四月前就得办妥；第三，此事交由周伟志全权处理。会议结束后，周友辉拍了拍周伟志的肩膀，两人一起出了门。

丁聪最后一个走出办公室，想了想，他回到自己的办公室，拿出了手机拨打了个电话。

此时，在巨人公司三十层的办公室里，关于周总那不得不说的北京韵事，再加上在网上被转载得铺天盖地的照片，传得沸沸扬扬。杨小三与周友辉由暧昧关系升级为正式小三的关系。口口相传之中，有一个人的滋味最难受——柳青松。

上班时，他已经不止一次听到自己头顶的绿帽子有多大，颜色有多绿。即使他努力地不去想,不去理会,可在心底里的愤怒却怎样也压抑不了。他没有心情工作,没有了往日的理智,恨不得马上冲向三十楼,抓着杨小三的手,走出巨人公司的大门,死也不再回来。

下班的时候,柳青松开着车在楼下候着,几分钟后,杨小三下了楼,默默拉开了车门进来。车开动了,柳青松清了清嗓子说:"老婆,能不能答应我一件事?"

杨小三抬起了头,问:"什么事?"

"我们离开巨人吧,或者离开 A 市,怎样?"柳青松轻声问。

杨小三思量许久后,默默地点了点头:"我先离开巨人吧,离开 A 市可能要迟些日子,二哥的事情还没有解决。"

柳青松一听,一乐,连握着方向盘的手都变得轻快了不少。本以为杨小三会一口否决,没想到她竟然答应得如此干脆,这让他心情顿时好了很多。素来没有城府的他,心情很容易写在了脸上,竟然哼起歌来。杨小三看着心里一酸,本想笑的,竟然哭了,于是慌忙地看着车窗外。

手机响了,是陈果果,杨小三于是接了起来:"二嫂,出什么事了?"

"三儿……"果果慌得连话都有些说不清楚。

"慢慢说,出什么事了?"杨小三问。

"我刚刚……下班回家,发现你二哥在家……"说到这里,果果尖叫,"就看到了卧室,满地的鲜血……他割腕了……"

杨小三一听慌了,赶忙转头对着柳青松说:"快,去我二哥家。果果,他现在怎样……打电话给医院了吗?"

"已经打了。"果果答,"他流了很多血,我本想着去帮他止血,可他怎么也不让我靠近,挥手要打我,我好怕,我真的,真的不知该怎么办了……"

"二嫂,你别急,我马上到。"

十几分钟后,杨小三到了二哥家,发现楼下救护车已经到了,杨南被抬了下来,陈果果跟在后面瑟瑟发抖,袖口和胸前染满了鲜血。

一群看热闹的邻居围了过来,杨小三拨开人群走了上去,将陈果果搂在了怀里。两人一起跟着上了救护车,柳青松开着熊猫车跟在了后面。

车上,医生做了简单的急救处理。杨小三一脸紧张地问:"医生?我二哥怎样?"

"失血过多，血压和心跳都有下降，幸好发现早。一切要等到了医院再说，现在不好定论。"

杨小三听了点了点头，看着一堆仪器中紧闭双眼的杨南，深吸了一口气，撑着笑容安慰了陈果果几句。十几分钟后，救护车到了医院，杨南被推进了手术室，几分钟后，杨东跟大嫂闻讯赶了过来。

"怎样？"杨东问。

"还不知道。"杨小三答，"妈呢？"

"这种事我怎么敢告诉妈。"杨东转头对着陈果果说，"你怎么也不看着他啊，那天不告诉你了，他若是有点什么情况，一定要第一时间打电话给我们。"

陈果果已经被吓得不行，被杨东一吼，更失了分寸，惊恐地看着杨东，一句话也说不出口。

杨小三赶忙护着陈果果，说："哥，现到如今也不能怪二嫂，一切等二哥醒来再说。"

剩下的一句话，杨小三没敢说出口，事到如今若是真要怪，怕是要怪大哥和母亲，还有自己都脱不了干系。

杨东听着，叹了一声，点了点头。

两个小时后，杨南从手术室里推了出来，医生说命保住了，一家人听了，长长地吁了一口气。

第十五章
面对面较量的男人

第二天一早，柳青松被安排一个临时会议，需要出差两天。趁着这个机会，一大早杨小三提交了辞职信。这一次，辞职信经由廖总交给了彭惠琴。

彭惠琴只是淡淡地说了一句："让周总定吧。"

于是，廖总捧着辞职信，像捧着个手雷一样，胆战心惊地来了周友辉的办公室。

周友辉正在看一份文件，见廖总进来，放下了手里的文件问："廖总，有什么事？"

廖总点头哈腰将辞职信递了上去。令人奇怪的是，周友辉竟然看都没有看里面的内容，就直接说："人事的事，你定就是了，不必来跟我汇报。"

"这是杨小三的辞职信。"廖总一愣，想了想，小心翼翼地轻声说，见周友辉没有一点反应，又补了一句，"交给彭董看过了，她说让您定。"

周友辉笑了笑，依旧保持着往日淡定的神情。他说："既然这样，就由着她吧，你按照公司的相关规定，该怎么办就怎么办。"

廖总完全没有想到麻烦的事就这么解决了，他忙点了点头，匆匆地退了出来。

中午，杨小三接到了小刘的通知，辞职申请通过了。虽然去意已决，可听到这个消息，杨小三心忍不住有些空了。人也许就是这样贱，心里想的和实际做的总是相差太多。这么一想，杨小三觉得自己矫情了，就跟小说里的女主角一般，明明爱着他，却故意扭捏着想要离开。可杨小三始终明白，周友辉有着睿智的头脑、冷静的思维，淡定而从容，永远不会如小说里的男主角那样因为爱而疯狂。

下午，杨小三走出了巨人公司。刘海燕知道杨小三离开的消息，特意来送她。"公司里的风言风语多着呢，周总也没觉得怎样，该怎么就怎么，可你怎么选择了离开？人正不怕影子歪，你现在混得不错，我们姐妹都羡慕着，怎么说放弃就放弃了？"

杨小三笑了笑答："我顾虑着青松，不想他被指指点点。女人的面子算什么啊，多用点化妆品就解决了，可男人的面子千金难买。"

刘海燕听着，挽起了杨小三的手说："我若是有下辈子，一定得做个男人，娶了你。你一直都是老样子，处处为男人着想，宠了一个丁聪出来，现在成了什么样子？我听人说，公司里推波助澜就有他的一分子，你不知道私下说得有多难听，说周友辉堪称现代版的李隆基，跟自己的女婿抢女人……"

"别说了。"杨小三打断了她的话，"我走了，一切就消停了。行了，你别送了，上班时间，你回去忙吧。"

听杨小三这么一说，刘海燕知道自己失言，赶忙闭了嘴，杨小三抱着资料盒子下了停车场。车驶出巨人公司后，才觉得似乎轻松了一些，像下雨前的鱼儿浮出了水面。

手机响了，杨东打来的，说杨南已经醒了。于是，杨小三忙转了方向盘开往医院。到了医院，母亲也来了，一群人围着病床。杨小三见母亲眼睛通红，看着杨南不停唠叨。而杨南却一动不动地盯着天花板。

"二哥……"杨小三担心地叫了一声。

以前最疼自己、随时随刻都是坚强后盾的二哥，此时没有应声，依旧呆呆地看着天花板。杨小三一脸的担忧，看了看杨东，两人一起走出了病房。

"大哥，二哥这是怎么了？是不是手术的麻药还没有过去？"

杨东摇了摇头答："我问过医生了，说病人身体的底子很好，机能恢复得不错。为什么会有这样的反应，医院说应该是精神类的问题，建议我们找一个精神医生看看。"

杨小三听着，紧紧皱着眉头："希望二哥没事，不然真对不起虎子了。"

杨东一听，本来火气就大，很不客气地骂："你怎么胳膊肘往外拐？不是那个人，你二哥会这样？说真的，那人是死了，不死的话，他欠我们杨家的一辈子都还不起。"

杨小三一听，抬起了头，眼圈红红地答："那我们杨家欠他的，也一辈子都还不起。"

从医院出来，天空中的云层很厚，似乎预示着初夏第一场雷雨的到来。二哥的事在杨小三心里烙下了深深的烙印，即便表面上看似好了，可下面却是永远也愈合不了的伤。曾几何时，在杨小三的人生观里，这个世界上所有的事情在她的面前都可以分为两类：一类是好事，一类是坏事。可事到如今，面对已在天国的虎子和躺在病床上昏迷的杨南，杨小三第一次彷徨。也许这正如哲学中的阴阳论，好的尽头便是坏。

正如杨小三预料的，在去停车场的路上，豆大的雨滴就落了下来，行人开始抱头四窜，杨小三抬头看了看灰蒙蒙的天，让雨滴慷慨地落在脸上，直到全身湿透。走到熊猫车边，全身已没有一处干的地方。

上了车，杨小三冻得浑身哆嗦。于是拧开了空调，暖风吹了出来，她抬眼望着车外的雨雾发呆。没几分钟后，手机响了，杨小三才动了动僵硬的头，拿起了放在副驾的包，将手机拿了出来。周友辉的短信："二哥的事，我已经安排了A市最好的心理医生，安心。雨这么大了，你这小傻瓜当自己还是年轻人？凉了身体，我会心疼的。"

看第一眼的时候，杨小三觉得别扭，可别扭在哪里她不知道，于是又读了几遍。直到发现了最开始的那个称呼：二哥。按理她该感动的，可当想着从四十七岁的他口中称呼三十岁的杨南时，杨小三浑身一激灵，又开始瑟瑟发抖。

终于，她再也忍不住了，趴在方向盘上放声大哭。

十多分钟后，杨小三的电话响了，本以为是周友辉的，拿起来才发现是柳青松的。杨小三努力平复了一下心情，接了起来。

"老婆，我在L市出差，要两天后才回来。"

"我知道。"杨小三答。

"你的声音怎么变了味？"柳青松一下就听出来杨小三的嗓音不对，于是担心地问。

"我没事。"杨小三答，"我在医院，二哥在家割腕了。还好发现早，已经没事了。"

"还好，还好。"柳青松答，"人没事就好，老婆你也别担心了。豆丁这几天就跟着我爸吧，你心情不好，就好好休息。二哥那边也有精力去照顾。哦，对了，我听同事说，你的辞职已经批下来了？"

"嗯，一早递过去的。"杨小三答，"这一次还算顺利，当天就批了。我已经把东西都收拾好了，这个月也就闲下来了，剩下这些日子打算好好陪陪豆丁和二哥。"

"嗯。那等我出差回来了，我也把工作辞了。A市这么大，东家不打西家打。"听到杨小三正式辞职了，柳青松心情分外地好，可碍着杨南的事，也不敢流露出兴奋的心情，于是嘱托了几句挂了电话。

挂了电话，杨小三开车回家。刚上楼坐下打算休息几分钟，门铃突然响了。有过那一次不堪回首的经历，杨小三学会了谨慎。她站了起来从猫眼里看了出去。果然，这一次又是丁聪，他竟然找到这里来了。杨小三没有开门，轻手轻脚地从大门口又走回了客厅。

门铃声停了，可就在此时，杨小三的手机却响了，一看是丁聪的，于是想也没想，直接挂了电话。电话刚挂，杨小三决定关机，还没来得及关，一条短信就来了："我知道你在里面，开门，有事讲。如果不开门的话，我就敲门了，不介意的话，我会一直敲到邻居们都出来。"

杨小三一看，怒了，直接拨打了丁聪的电话，大声骂了一句："你这只疯狗！"

丁聪并没有生气，而是用略带玩笑的声音笑答："舍得接我的电话了？我这只疯狗是来看我儿子的。开门。"

"我再跟你说一次，那是我跟柳青松的儿子，跟你没有一丁点儿的关系。"杨小三答，"柳青松快回来了，你还是赶紧走吧。"

丁聪一听又笑了，答："柳青松？他还不是我手里的一只蚂蚁。他今天已经出差了，我安排的，没有两天是回不来的。你还是赶紧开门了，让我见见儿子。"

"谁是你儿子！"杨小三说，"我警告你，不准骚扰我儿子。"

"不管你承认或者不承认，豆丁都是我儿子。我的儿子应该姓丁，我不准我儿子跟着别的男人姓，你们迟早是我的。"

"王八蛋！"杨小三骂了一句。

"打是亲，骂是爱，情到浓了用脚踹。"丁聪笑了笑说，"我不会介意的。哦，对了，来的时候听说你已经辞职了？他安排的？他以为放走了你，一切就可以解决了么？他做梦！一笔一笔的账，我会跟他算个清楚。老婆，这样说话很累的，你还是开门吧，我就在门外，再不开，我就敲门了，用力地敲。一，二……"

电话突然断了，杨小三走到了门边，从猫眼里看过去，竟没了丁聪的人影。她有些犹豫到底开不开门，可此时门外竟没有一点声音传来。半个小时后，她耐不住了，轻轻开了门，走廊空荡荡的，竟一个人影也没有，好似丁聪压根儿没有来过。

一个被仇恨迷了双眼的人，做什么事，说什么话，恐怕连他自己都不能理解，旁人就更无法理解了。杨小三这么一想，微微叹了一声，轻轻地关上了铁门。

第二天，杨东打来了电话，说杨南的情况非常不好。杨小三想了想，去柳家接上豆丁然后一起去了医院。杨南一直很喜爱豆丁，希望他见到豆丁后能够心情愉悦些。

到了医院，一家人都来了。杨东告诉杨小三，母亲知道后，昨夜一宿没睡，一直守着杨南。杨小三劝了几句。卓兰见没什么大碍才走了，留下大嫂、陈果果和杨小三守着。

杨南虽然醒了，眼神依旧空洞，让人看着发怵，只是看到豆丁后，总算是有了点反应。这一来，一旁的陈果果忍不住了，捂着嘴冲出了病房。杨小三将豆丁交给了大嫂，赶忙追了出去。

刚出门就撞上了一个人，四十多岁的一个医生，礼貌得很，被杨小三撞了，反而客气地连声道歉，他看了一眼杨小三，问："你就是杨小三吧？"

杨小三一愣，点了点头。

"那就好。"医生点了点头，"去我的办公室谈吧。"

"你是那个心理医生？"杨小三问。

医生点了点头，到了办公室，他拿出一沓检查资料说："杨南的病，我已经做过一次详细的检查和测验，证实他已经患上了抑郁症。"

"抑郁症？"杨小三问，"是不是那种很难治愈的病？"

"你知道那个知名主持人吧，他就是抑郁症患者，不也治愈了？"医生答，"这个病最难的地方在于药物只能起辅助作用，不能达到治疗的效果，只能靠病人自己走出来。"

"如果走不出来呢？"杨小三问。

"自杀。"医生说，"不管是抑郁还是焦虑类的精神疾病，最后，患者都会觉得生无可恋，到后来只会选择一条路，就是结束自己的生命，所以，作为患者的家属，能否治愈的关键就是靠你们，一定要给患者最佳的精神鼓励和引导，才是最有效的治疗。"

杨小三一脸忧虑，默默地点了点头。

两天后，柳青松回了家。第二天一早就到了公司，第一件事就向经理提交了辞职信。信一交，整个人就轻松了，也不顾别人说得再难听，乐呵呵地整理东西准备走人，直到一通电话打了来。

"我是周友辉，你现在马上来我办公室一趟，我等你。"周友辉沉闷的声音，威严得不容别人有半点异议。

挂了电话，柳青松思量了许久，硬着头皮上了三十楼，周友辉已经坐在沙发上安静地抽着烟。即使这样一副悠闲的态度，也让柳青松觉得浑身不自在，他慢吞吞地走过去，坐了下来。

"你来了？"周友辉嘶哑的嗓音轻声问。

柳青松点了点头，低头正好看到茶几上放着自己的辞职信。

"信，我收下了。"周友辉说。

"那，周总您还有什么要求？"柳青松问。

"也没什么特别的。"周友辉笑了笑，从衣服兜里掏出一张名片，递给柳青松，"打上面的这个电话吧，冯总是个不错的人，我已经打过招呼了，会给你安排个不错的位置。"

柳青松听了一愣，将名片放在了桌上："这个不用的，我跟三儿商量好了，会自己找工作的，现在这个环境，只要肯做饿不死人的。"

周友辉听着，脸上并没有多少意外的表情，仿佛早知道柳青松会这么说，于是慢慢地说："男人一辈子，最重要的是让自己爱的人过得舒适。一起努力自然没错，只是给她越多，才越像个男人。你放心，我什么也不会说的。那个地方很适合你，好好努力吧，前途似锦。而且最关键的，你也不希望三儿跟着你受苦，对么？"

说完，周友辉笑了笑，也不管柳青松是否接受，一个人走回办公桌前，仔细地看起了文件。

"那就这样吧,你可以走了。"

柳青松动了动唇,却没有说话。在周友辉面前,即便柳青松是杨小三法律上的丈夫,明面上的赢家,可实际上他明白,他完全没有自信将周友辉视作对手。周友辉对自己永远是一种压迫,因为他有随时将杨小三从自己身边夺走的力量。

想到这里,柳青松沉默了,他安静地拿起了放在桌上的名片,走出了门。

坐在椅上的周友辉看着逐渐关上的大门,笑了。从一开始他就有这种自信,他的所有的安排,柳青松都会接受。也许该这么说,男人懂得男人,却永远不懂得女人。

彭惠琴全身的力气像被抽空了,她疲倦地躺在了沙发上,她高贵的人生中,从未像现在这样寂寞无助。她生命中有两个重要的男人,一个是儿子,一个是老公,如今他们俩却像陌生人一般,存心躲着她。

闭着眼细细算来,周友辉已经一个多星期没有回家了,虽然他的动态每天都会有人一五一十地向她汇报,仿佛他的一切都还在她的掌握之中,可她心里却明白,两个人的距离正越走越远,见面的次数越来越少,即使在公司见了面,也聊不上几句。除了公事,似乎再找不到其他的话题。

她真的不甘心,没有人比她更了解周友辉。她当然知道周友辉是在跟自己耗,看谁先挺不住。她暗暗对自己说加油,绝对不会松口,为了彭家,也为了自己这仅剩的骄傲。如今,令她意外的是,周友辉同意了杨小三离职,对于彭惠琴来说,最大的一只苍蝇飞走了,所以她突然间有了一丝自信,周友辉也许想着要回头,所以自己努力去经营,这锅坏掉的汤也许会慢慢地好起来。

四月的最后一天,周友辉组织了第二次德国项目的会议。德方来了一个副总,他亲自去机场迎接。巨人公司的顶楼安排了巨人公司最高规格的这一场会议,邀请了所有的副总和部门经理。会议讨论得异常激烈,双方谈来谈去,关键点落到了H县的矿山上。坐在后排的丁聪将几个关键词默默地记在了笔记本上,这一次,对他来说无疑是最好的机会,他心中多少有些激动,没想到事情进展得如此顺利,机会来得如此迅速,他又怎能辜负了上帝的恩赐,怎能轻易错过?

会议结束,周友辉陪着德方的副总先走了,丁聪最后一个走出了会议室。

回到办公室，门铃响了，小刘拿着一叠资料恭敬地递了上来。丁聪接了过来，文件的封面清晰地用中德两种文字写着：铝箔项目设计资料。丁聪满意地笑了笑，点了点头，不禁回忆起那天发生在杨小三家门口的事。

原来，周友辉一直让人暗中保护着杨小三，那天丁聪徘徊在杨小三家门口正准备敲门时，一个男人走过来递上手机。电话接了过来，是周友辉的声音。丁聪便开口提出要德方设计资料的要求，令他意外的是，周友辉竟想也没想就答应了。周友辉啊，大半生在商圈里混的人，最终却因为一个女人落在了自己的手里。虽然隔了这么几天，可最后他还是答应了自己的要求。

想到这里，丁聪将资料往桌上一放，挥了挥手送走了小刘，急忙关上了办公室门，迫不及待地拿出手机，拨打了那个熟悉的手机号码。

另一间办公室，周伟志正坐在周友辉的对面，一脸担忧地低头抽着烟。周友辉有些慵懒地靠在沙发上，仿佛一切都在掌握之中，显得有些过于自信。

许久，周伟志耐不住了，问："爸，你到底怎么想的？怎么能够让丁聪参与到这个项目的核心层来？"

周友辉笑了笑，答了一句完全不着边的话："你还是抽空回去陪陪你妈吧，这些日子她都是一人在家。"

"爸，为什么不回去？"周伟志抬头问。

"回去有回去的道理，不回去也有不回去的道理。"周友辉答。

"那，我也是。"周伟志叹了一声，"有时候，我觉得妈很可怜，我也很努力尝试从她的角度去想问题。每每这么一想，我就打算着回家一趟。可一回家，不到十分钟我就开始后悔。"

"敏敏怎样？"周友辉突然问。

"带着点点回新加坡了，每天都在电话联系。"周伟志答，"我总觉得亏欠她们母子俩，恨不得马上就飞到新加坡好好陪她们。"

"嗯，事总会慢慢地变好。"周友辉点了点头，吸了一口气，脸上的柔和表情瞬间换成了一副严肃的态度，说，"好了，谈正事吧，我把详细的计划都告诉你，怎么做，你心里应该有点谱。这就当是你正式接手巨人公司前的一次练兵吧，你要记住了，商场就如一场棋局，少看一步，说不定就满盘皆输。"

周伟志听着，默默地点了点头。

傍晚，丁聪一个人开车来了 L 市，还是那家中式装修风格的酒店。到包间的时候，黎总跟小赵坐在里面正喝着酒。丁聪走了进去，黎总挥了挥手，身边的几个漂亮女人陆续起身走了出去。

"丁总，你总算是来了。"小赵眯着眼说，"我们黎总可是盼星星盼月亮，等了许久才算是把你给等来了啊。"

"我带来了好消息。"丁聪自信地笑了笑，"黎总看了后，保证会觉得等这么短的时间是物超所值了。"

黎总一听，眯着眼笑了，立刻放下了架子凑了上来："什么好消息？丁总，你就别卖关子了，我有些迫不及待了。"

丁聪打开了包，将包里的一叠文件丢在了桌上。黎总拿了起来，翻了几页，眼立刻眯成了缝："太好了，资料很齐全。看来这一次，我的公司跟巨人有一争了。"

丁聪听了，摇了摇头："光有这份资料还不行，今天我去参加了他们的讨论会。德国那边提出项目还有一个关键，那就是H县的铝矿矿山，一定要拿到矿山才能拿到项目。"

"矿山？H县？之前怎么一直没有听说过还有这茬事。"黎总瞪大了眼睛问。

丁聪点了点头，答："这一次，德国有个副总来，提出了两个条件，一个就是你手里的方案，另外一个就是H县的矿山。现在巨人公司一直在跟H县的相关单位谈购买矿山的事宜，具体的事情由周友辉的儿子周伟志全权负责，他的性格据说比他老子差远了，不够狠也不够阴，又怎么会是黎总的对手？"

黎总一听，明白了丁聪的意思，低头细想了想问："购买矿山大概需要多少资金？"

"大概需要上亿。"丁聪答，"但具体的金额需要靠黎总的能力了。这些数字都是可以变的，H县山高皇帝远，自然会有很多的变数。我相信，在协调方面，黎总要比我有经验。"

黎总一听数目，皱起了眉头，这是一笔不小的数字，如果投入失败，会给公司带来灭顶之灾。正在犹豫之际，一旁的小赵开了腔：

"黎总，这是个好机会啊，成了，您的公司可就是A市的老大了，您也被巨人压了好些年了，该到了翻身的时候了。"

丁聪听着，也怕黎总有变故。他现在比任何时候都希望周友辉落败，这样他就可以用公司的未来作要挟，让杨小三和孩子回到自己身边。他不能输，于是急忙说："黎总，您放一百个心，连这重要的技术文件我也拱手相让了，您还有什么好顾虑的？"

黎总低着头，犹豫再三，终于勉强地点了点头。

柳青松终于顺利地离开了巨人公司，很快找到了新工作，这是一家不错的小公司，一进去竟然就得到了老总的赏识，成了一个小部门的经理。当柳青松兴奋地将这个消息告诉杨小三时，杨小三只是淡淡地会心一笑。

"老婆，现在我的工作很顺，收入也不错，所以你就先别忙着出去找工作了，安心在家带带豆丁，而且最近二哥家出了事，你也可以顺便照顾一下家里。"柳青松笑着说。

杨小三听着也不反对，低着头吃饭。

饭后，柳青松进了厨房，心情应该非常不错，哼着歌洗着碗。杨小三坐在客厅逗着豆丁。没多久，豆丁睡着了，给他盖上了被子，杨小三这才收了笑容，微微地叹了一声，拿出了手机。

"你终究是放不下。"杨小三发出了短信。

"不是我放不下，是我们两个都放不下。这个世界知我的，唯有你。"周友辉的短信很快回复了过来。

"二哥的事，让我想得很清楚，既然你已经放我离开巨人了，就给彼此一个机会忘记了吧。"杨小三回复。

"忘记了，你就不会给我短信了。忘记了，我就不会天天等候了。"周友辉回复。

"这样下去，我们会声名狼藉。"杨小三回复。

短信许久才回了过来，很简单，却让杨小三惊讶无比："这正是我希望的。"

"傻瓜，不是已经告诉过你别做傻事了么？"杨小三按着键盘，眼睛一阵酸涩。可短信发过去后，他再也没有回过来，这是他第一次没有回答杨小三的问题。杨小三明白，在他的心里，似乎已经有了破釜沉舟的勇气。

果然，正如杨小三心中隐隐的担忧，也正如他短信所说的，当这个消息传到了杨小三耳中时，已经在巨人公司乃至A市闹得沸沸扬扬了。大家本以为杨小三走了之后，周友辉该恢复常态，不料他却开始了令人惊讶的转变。第一次，有人在 L 市的高档会所撞见他搂着一个女人出入。第二次更是离谱，一张张跟女人在包厢喝酒调情的照片被人偷拍挂在了网上。艳照门一出，立刻荣登了 A 市今年的第一热闻。A 市的街头小巷几乎都在津津乐道谈论此事。在巨人公司员工眼中正直和沉稳的老总，形象立马翻了，登徒浪子、老流氓等词第一次成了周友辉的标签。当他主持会议完，在人们窃窃私语声中走出会议室时，他竟然依旧保持着往日的从容淡定。

六月，燥热的季节。杨小三终于做了决定，她拨通了周友辉的电话，电话响了许久，他竟然第一次没有接。杨小三无奈地挂了电话，几分钟后，短信发了过来："你想说的我知道，我想说的你也知道。既然这样，我们就没有说的理由。日子总会好的，相信我。"

杨小三看着手机上的短信，呆住了。

几分钟后，手机响了，杨小三仿佛从梦里惊醒，慌忙看了看手机，陈果果打来的。杨小三以为二哥出什么事了，忙接了起来问："二嫂，出什么事了？"

果果的声音很低，轻声说："不是，是我找你有事，你现在有空么，我现在想见你。"

杨小三听出陈果果的口气隐约有些不对，低头想了想，答："你现在在哪儿，我马上就过来。"

因为考虑着陈果果要照顾在家的杨南，所以杨小三就近选择了她家楼下的一间小咖啡厅，她赶到的时候，陈果果已经来了，正捧着咖啡发呆。

杨小三坐了下来，轻声地问："果果，怎么了？"

陈果果抬起了头，两眼已经通红。杨小三一急，忙问："果果，怎么了？是不是谁欺负你了？"

陈果果摇了摇头，哭出了声，许久才缓和了情绪，抽泣着说："我知道，杨家只有你通情达理，所以我才约了你，我希望你能够认真地回答我一个问题。"

说完，她抬起头看着杨小三，泪水洗涤过的眸子格外明亮。

"问吧。"杨小三看着她的表情，心中已经有了底，事到如今，她也不想再隐瞒。这样对陈果果很不公平，杨小三不想这么害了一个好女孩。

"杨南是不是……"陈果果到底羞涩，还是没有问出口。

许久，杨小三不等她回答，点了点头，坚定地答："是。"

"既然你们都知道，为什么要这么对我？"陈果果刚才憋回去的泪水又流了下来，含着泪冲着杨小三喊。

"谁告诉你的？"杨小三隐约觉得有些不对劲，于是没顾陈果果的情绪，问了关键的问题。

陈果果听了，咬着唇不答。

"我二哥杨南？"杨小三的心一紧，轻声问。

陈果果默默地点了点头。

杨小三一听，暗叫了一声不好。此时，手机响了，拿起来一看，是杨南的短信，于是慌忙打开："我此生最大的遗憾，是曾经答应过你要收拾丁聪，看来我要食言了。"

杨小三一看，慌了，拿着手机冲出了咖啡厅。

见杨小三仓皇的反应，陈果果也一脸紧张地跟着冲了出来。刚出了咖啡厅，不远处沉闷的一声响，一个物体从天而降，四周的人群围了过去，一个惊恐的声音喊："有人跳楼了……"

那一刻，杨小三看着不远处那件熟悉的蓝格子衬衣，那是二哥的。她眼前一黑，晕了过去。

入夜，初夏的微风透着一点凉意，偌大的彭家祖宅，因为父子俩的离去，让彭惠琴觉得越发空寂，于是越发不愿意待在房子里，而是选择了躺在草坪的躺椅上。望着没有星辰的夜空，她想，周友辉的用意，自己岂有不懂？打蛇打七寸，她最了解的人，竟用了最不惜代价的一招。如今，她连跟朋友在一起吃饭的勇气都没有了。

彭家的面子，从彭惠琴懂事那一刻开始，就与她绑定在了一起。无论什么，她都要最好的，最优秀的。曾经在众人面前引以为傲、被她吹捧到完美的老公，终有一天摔到了地上。他是故意不惜一切代价想要离开她。

身后传来了沙沙的细响，是皮鞋踩在草坪的声音。彭惠琴依旧望着夜空没有转头。一分钟后，人走到了她的身边，坐了下来。

一阵宁静后，终于开了口，轻轻的一声："妈！"

彭惠琴胸口一阵的微凉，竟然不是意料中的他。

"你回来了？"彭惠琴疲倦的声音。

"嗯。"周伟志点了点头。

"是他让你回来的吧？"彭惠琴继续问。

"嗯。"周伟志又点了点头。

彭惠琴轻轻地笑了笑："为何你们父子都是一个性格，总不会站在我的立场上想一想问题。你为了个离婚的女人，天天不着家，门不当户不对，还生了孩子。你爸也是为了个离婚的女人，还是他女婿的女人。你们让彭家的脸往哪里放啊？妈现在都不敢出门了，那些难听的话，听得妈心窝子跟刀扎一样。一个女人连男人都守不好，还能有什么脸面？"

"妈的脸面比什么都值钱么？"周伟志问，"爸妈之间的事，做儿子的不能评判。但儿子相信，一个巴掌拍不响，您难道就一点责任都没有么？"

彭惠琴坐了起来，看了周伟志一眼，说："是不是那个女人跟你说的这些？罢了，那女人的婚已经离了，孩子也有了。事到如今，妈也不坚持了，找个好日子，把婚事给办了吧，尽量简单些。"

彭惠琴说到这里，连周伟志都有些意外，她竟然轻易地同意了婚事。可彭惠琴后面的一句话，却又让周伟志的心中对母亲的一丝暖意和心疼顷刻间化为乌有。

彭惠琴说："你的婚事，妈是同意了。可你爸这边，你应该知道，他再这么下去，彭家几十年的声誉就要被毁了。你一定要站在妈这边，替妈着想，好好劝劝你爸才是。"

周伟志一听，脸色一沉，思量了许久，长长地吸了口气，问："妈，我和敏敏的事，跟你和爸之间的事是什么关系？您的意思要是，想用我跟敏敏的婚事和你与爸爸的事做交换，那么，妈，你错了，无论亲情还是爱情，都不是您生意上的筹码，我更不会做这颗棋子。"

"你这个不孝子！明明是你爸爸的错，竟然数落起了你妈。你倒是说说，我错在哪里了？个个倒寻着我的不是！你爸找小三啊，第三者啊，你知道什么是第三者么？按照惯例，我没当街把她打死，已经是够给她面子了，够有素质和风度了。"彭惠琴说着有些生气，胸口剧烈地起伏着。

"妈没错？"周伟志笑了笑答，"妈的错，就是你认为自己从来没有错。"

说完周伟志站起来走了，彭惠琴在身后连续喊了几声，他都没有转头，径直地走向了车库,开着车出了彭家的老宅。

深夜,杨小三醒了过来。四周异常宁静,一盏暖色的小夜灯下,柳青松正坐在床边,手撑着头睡得正熟。杨小三轻轻地抬了抬手,轻微的响动让他醒了过来。

一见杨小三醒了,柳青松忙轻轻地摸了摸杨小三的额头,一脸心疼地问:"你总算醒了?"

"我在哪儿?"杨小三问。

"医院。"此时,柳青松依旧体贴地考虑到了她心里所想,不忘记补了一句,"他给你安排的单人间。"

醒来后,空白的记忆一经恢复,杨小三一脸惊恐的表情问:"我二哥呢?他怎样了?"

"放心,二哥没事,二楼的雨棚挡了一下,减缓了掉落的力度,只是伤势有点重,由他安排送到L市去了,那里有最好的医院,刚刚他打了电话来问你的情况,知道你醒了肯定会问二哥的情况,所以告诉了我,二哥已经脱离危险了。"柳青松答。

杨小三松了一口气,脑海里回想起下午那惊魂的一刻。突然间她想起了陈果果,于是又问了一句:"二嫂呢?"

"她也没事,你大嫂一直陪着。"柳青松一边答,一边拿起了手边的保暖杯,一勺勺将稀粥盛到了碗里,"大家都没有事,这下你放心了吧。一天没吃东西了,一定是饿了,我让妈熬了点粥,还温着呢,你先吃点。"

说完,他将杨小三扶了起来,杨小三本想自己拿着碗吃,却没想到柳青松执意一勺勺地喂她。两人默默地将稀粥吃完,杨小三才低着头,轻声地对他说:"谢谢。"

柳青松一听,笑了,杨小三永远无法忘记的笑容,几分悲壮,几分从容,几分不合年纪的沧桑,更有几分浓浓的爱意和深深的依恋。许久,他才答:"老婆,爱人之间不必这么客气。太客气了,好吓人。"

杨小三忍不住又落了泪。

一个星期后,杨小三终于见到了浑身打满石膏躺在病床上的杨南。坐在床边,看着只能动眼睛和动嘴的哥哥,杨小三叹了一声,说:"看你这样,我倒是放心了,起码不会担心你能再做伤害自己的事情。"

杨小三本不指望杨南能够回答自己。却意外地发现杨南看着她,竟轻声地回了一句说:"三儿放心,这次死不了,以后就都死不了了。"

杨小三一愣,又仔细地看了看杨南,原来的二哥似乎又回来了,于是她惊讶地问:"哥,你想通了?"

杨南笑了笑,答:"我知道,那是他让我好好地活着。既然是他的意思,我就答应了。"

杨小三听着,忍着眼泪笑着说:"二哥,你能看得开走了出来,三儿好开心。"

"我想好了,等我出院了,就跟果果离婚。"杨南答,"她是个好女孩,我不能误了她。"

杨小三听着,答:"这些以后再说,现在最重要的是把身体养好了再说。"

寒暄了几句,杨小三走出了医院的病房。杨南的心理疾病痊愈要比身体的创伤痊愈更难,所以听到他的决定,杨小三心情异常轻松。刚走出门,杨东已经站在那里等候了。

"大哥。"杨小三走了上去,"二哥恢复得不错,看来这次是因祸得福了。"

杨东深吸了一口烟,问:"你跟他到底断了没有?"

"你说的是……"杨小三隐隐觉得大哥是在说周友辉,却又不敢肯定,只好装着不知道。

"还能有谁?你二哥住院的费用全是他支付的,什么都是最好的,怕是上了十万,你跟他如今到底是什么关系?他会无缘无故地支付这么一笔钱,这钱我们不是没有。哥听你的,若是你跟他断了彻底,这钱我们不要,大不了我把凤凰路那家健身中心押出去。"杨东说。

"哥,他的性格跟你有一点相似,决定的事从来不会问别人的意见。"杨小三笑了笑答,"你就当他是钱多了,闹腾得慌,找个地方消消灾。"

杨南一听杨小三这玩世不恭的话,一怒,说:"你这些年怎么变了这么多?是不是受了他的影响了?现如今在做生意的人都这个德性,为了钱什么都不顾?最近我也留意过他,绯闻不断啊,都成了 A 市的西门庆了。跟这种人要彻底断了才行,你得为青松想一想,我从未见过有这样气度的男人,哥看得出来,他很爱你。"

杨小三听着，点了点头答："哥，我知道分寸，会处理好的。"

再惊天动地的爱情故事，也是因为分开了才美丽。比如牛郎织女，比如梁山伯与祝英台。也许就是为了美丽，她跟周友辉注定没有未来。

黎总去了德国，几番沟通终于见到了德方项目的负责人。谈话非常顺利，所以黎总回国的第一时间就去了H县。连着一个星期酒桌上的车轮战，终于以比巨人公司高出百分之十的费用将矿山买了下来，黎总当机立断，当场就签订了合同。

矿山和技术资料一到手，黎总甚喜，连夜开车回到了A市。

此时，将府楼的包间里正坐着两个人，一个是周伟志，一个竟然是为黎总牵线搭桥的小赵。

"我刚收到了消息，黎总果然是入了局，高价买了那座矿山。姜还是老的辣，我现在才明白，螳螂捕蝉黄雀在后。"小赵眯着眼，拍着周伟志的马屁。

周伟志笑了笑，点了点头，端起了桌面的酒杯，跟小赵碰了碰，说："那还是亏得赵总的三寸不烂之舌，没有您的牵线搭桥，哪会有黎总入局。"

小赵听了很受用，忙点了点头："那是那是，不，是……我的多方斡旋，你知道的，黎总跟道上的兄弟有千丝万缕的联系，我真的是提起脑袋干的活……"

"你放心，答应你的数，一分不会少。"周伟志答。

"只是，这安全问题……"小赵有一些顾虑。

周伟志笑了笑答："你仔细想想，技术方案是谁给的，矿山的消息是谁放出来的？黎总是个聪明人，真要怪的也不是你啊，你愁什么呢？"

"那是，那是。"小赵听了，心领神会地笑起来。

半夜，杨小三从睡梦中醒来，抬眼看窗外，树梢上挂着一轮圆月。许久，她转过了头，看着身旁睡得正熟的柳青松，似乎惊醒了他，他不满地翻了一个身。今天是十五，月色很好，薄薄的月光下，杨小三看着他如孩子般的睡容。不知过了多久，她依旧没有一丝睡意，于是站了起来，走到一旁看着婴儿床上的豆丁。孩子睡姿是一个标准的大字，像是入睡的天使，看得杨小三入了迷。

有时候，缘分真的是很奇妙东西。莫名其妙在睡梦中突然醒来的杨小三，就好像是有神在指引一般，为的只是接周友辉半夜发来的短信。

短信响了,在宁静的夜晚听着格外地清晰:"今晚,月色很好。"

周友辉有些英伦绅士的习惯,搭讪喜欢谈天气。

"下次开口别再谈月亮,它跟你没仇。"杨小三的短信很快回了过来,快得让周友辉都很吃惊,一直睡不着的他,克制不住给杨小三发了短信,却没有想到这时她竟还醒着。

"这么晚了,为什么还没有睡?"周友辉问。

"刚醒了,起来喝口水。你为什么也没有睡?"杨小三答。

"明天是个好日子,所以睡不着。"周友辉答。

"你这一句的意思,是不是想要跟我分享?"杨小三问。

"不想。"周友辉答。

"可是,我醒了。"杨小三答。

"你会嫁给我么?"周友辉突然转了话题,问了一句杨小三怎样也想不到的问题。

"我刚才在心里算了一下,愚人节已经过了快一个多月了,你是用短信跟我求婚么?没想到求婚也这么廉价。"杨小三答。

"你需要怎样的形式,只要你提,我就会去做。"周友辉答得竟然一本正经,像是在对待一件即将发生的事情。

而此时杨小三退缩了,她赶忙转了话题:"说点实际的吧,二哥的事,要好好谢谢你。"

杨小三发了最后一条短信,她的手指因为长时间发短信有些发软,于是将手机放在了桌上,起身去了厨房,喝了一杯白开水返了回来。屋内依旧还是那样宁静,柳青松和豆丁睡得很熟,杨小三拿起手机,这才发现周友辉的短信已经发了过来,只是处于已读的状态。周友辉的最后一条短信很简单:"我们之间不该言谢。"

看完后,杨小三没再回复,只是转过头默默地看着裹着被子貌似熟睡的柳青松,心中的话似乎像奔腾的洪水,卡在了嗓子眼,疼得厉害却死活说不出口。

如果柳青松对杨小三的爱能够维持的话,那决定于柳青松的迁就。也许当有一天,当这种爱不再那么强烈,迁就也必定转变成了将就。杨小三笑了笑,原来她跟柳青松勉强的爱,也注定了没有未来。

第十六章
真的可以相爱到老吗

第二日，巨人公司发生了很大的人事变动，周友辉将总经理的位置正式交给了儿子周伟志。彭惠琴面无表情地出现在了董事会上，冷静地宣布了这一切。

突如其来的变动让会场爆发出一阵惊讶的啧啧声，人群迅速地沸腾，但三位主角竟是异常冷静。

面对这场变动，坐在人群中的丁聪心中一紧，隐约觉得有些不对劲。正犹豫间，手机响了，黎总的电话。这时候打来电话定是计划出了什么问题，于是，丁聪悄悄地起身，拿着手机偷偷地走出了会议室。

电话刚通，黎总暴怒的声音就传了过来：

"姓丁的，你有种！亏得我查了你的经历，觉得你是个汉子。没想到你这怂样，周友辉抢了你女人啊，你竟还心甘情愿地做他的一只狗。他是个人精，人脉广，我动不了。可你，我有本事收拾，你等着瞧！看样子你真的是他的一只狗，他完全没打算保你，倒好像是存心借我的手来收拾你。事已如此，我何乐不为！"

"黎总，你什么意思？"丁聪一惊，问。

"扮猪吃老虎啊？"黎总一怒，"你就等着瞧！谁不知道我黎叔在道上也有朋友的！一个多亿的资金，我告诉你，就是灭了你，也难消我的气。"

"黎总，我不明白你的意思，你把话说清楚，究竟有什么问题，我们坐下来好好谈谈。"丁聪说。

"没什么好谈了，这个局你布得好啊，我一直认为周友辉是影帝，现在看来是错了,真是青出于蓝而胜于蓝。别说我没提醒你,以后出门小心些,别不小心被车撞了,落得缺胳膊少腿的结果。"黎总说完,直接挂了电话。

丁聪拿着手机,来回地走了几步,想起了小赵,赶忙拨过去。电话一通,直接被挂断。再拨过去,对方手机已关机。丁聪前后这么一想,立刻明白了。正在着急怎么办才好,董事会结束了,一群人走了出来。

丁聪站在一角,低着头,挤着笑容送走了一群人。直到最后,一双皮鞋站在了自己的面前,丁聪抬起头,才发现是新任总经理周伟志。他一脸严肃地看着他说:

"走吧,跟我去一趟办公室。"

丁聪默默地跟着周伟志到了办公室。周伟志坐在了宽大的皮椅上,伸手从旁边的抽屉里拿出了一个信封,说:"这是你半年的薪酬,请你另谋高就吧。"

丁聪一听,立刻从座椅上站了起来,气愤地看着周伟志:"你什么意思?过河拆桥?"

周伟志一听,笑着答:"我的中文是半吊子水平没错,但我起码知道过河拆桥是什么意思。你配用这个成语么?你怎么得到这个副总职位的,大家心里都有数。现在我爸辞职了,你说,你还可以用什么来威胁我?你不用去找我妈了,我已经把我的决定告诉她了,她没有意见。我来教你一句吧,飞鸟尽,良弓藏,狡兔死,猎狗烹。用到这里是不是更适合些?"

丁聪听了大怒,将桌上的一叠资料扫落在地,当然也包括了那叠装满人民币的信封。

周伟志笑了笑,伸手推了推鼻梁上的眼镜,说:"是不是想发泄一下怨气,正好,我乐意奉陪。我爸不敢做的,我非常乐意奉陪。只不过我提醒你,第一,地上的钱是好东西,马上你就会很需要它,现在的医院不便宜。第二,留点力气比较好,比我更狠更厉害的角色正等着你。"

丁聪瞪着眼,冲着周伟志吐了口唾沫,答:"我纳闷了,你是什么样的心态?站在了你那不知廉耻的爸一边,难道就为了那总经理的位置?看来,巨人公司对你的评价名不副实,你其实是一个伪君子。"

"我不介意做一个伪君子,因为我很乐意看到你这只落水狗的样子。"周伟志手一摊,笑了笑,说完,他轻轻地按了按桌上的按钮,"小乔,让楼下的保安送丁聪离开巨人。"

丁聪看了周伟志一眼，转身离开。

周友辉看着他的背影，再低头看了看安静地躺在地上的那些人民币。终于在这最后一刻，他有了百感交集的滋味。

丁聪没有回自己的办公室，他连一件私人物品也没有勇气去拿。相对于周友辉而言，他真的太嫩。对方只是以退为进，最后一推就把明明占了上风的自己从云端推到了谷底。周友辉真是一个令人敬仰的敌人，张弛有度，运筹帷幄。最后竟然舍得离开总经理的位置，连一点点翻身的机会也没有留给他。他这一次彻底败了。

丁聪开着刚买的沃尔沃出了巨人公司，一路走神得厉害，连闯了好几个红灯，反应过来时，已经开出了 A 市。此时，一辆面包车突然出现在了他的前方，他一个急刹车停了下来，车刚停稳，车门就被打开。没来得及反应，他眼前一黑，一个带着浓烈血腥味的黑色布袋子套在了他的头上。

随后，丁聪被拖出了汽车，只感觉大腿上一阵剧烈的疼痛，一个尖锐的物体打在了身上。随后雨点般的拳头和脚落在了他的身上，开始他还会用双手挡在脸上，可到了后来全身疼到麻木，他放弃了一切挣扎。

漫长的时间，丁聪记得最后清醒的时刻，有一股刺鼻的液体落在自己的脸上，一个声音在他耳边轻声说："这只是开胃菜，以后我们慢慢玩。"

话音一落，他坠入了黑暗。

当周娇娇接到警察的电话赶到医院时，她看见了几乎不成人样的丁聪。他的四肢都已经骨折，衬衣和裤子浸满鲜血，此时已变成了乌黑色，紧紧地贴在伤口上。医生和护士正拿着剪刀和消毒水，仔细地将衣服一条条剪下来，再轻轻与皮肤剥离。

那一刻，周娇娇再也忍不住，双手捂着嘴蹲在了墙角。

第二天下午黄昏，已经过了巨人公司的下班时间，当周友辉正在办公室安静地收拾自己的东西时，外面传来了一阵吵闹。几分钟后，门被推开了，一个女人不顾保安的阻拦冲了进来。周友辉抬头一看，是周娇娇。

周友辉挥了挥手，喝退了周娇娇身后的保安。他坐在了沙发上，指了指对面的沙发说:"坐。"

周娇娇走了过来,一屁股不客气地坐在了沙发上。

"你想说的事,我能够猜到。"周友辉答,"对不起,我帮不了你。"

"爸!"二十年没有叫周友辉爸爸的女儿突然开口,连周友辉听着都感觉意外,"昨天已经有人找上门来了,将丁聪打掉了半条命。爸现在是否已经满意了?丁聪今早才清醒过来,他告诉了我一切,是你安排的,对吧?他得罪了您的女人,现在是罪有应得了,所以请您放过他。"

"忘记告诉你了,昨天我已经辞职了。"周友辉笑了笑,"人走茶凉,我说话肯定是没了分量,所以,这事情我有心无力,恐怕帮不了你的忙。"

"爸,"周娇娇双手在胸前一摊,说,"爸跟自己的女儿说话,也需要打官腔么?"

周友辉笑了一笑,不答周娇娇的话,反而问:"女儿长这么大,才第一次叫我一声爸,我竟然高兴不起来,你说是为什么?"

"你是为了那个女人,才做了局害你女婿的?你这样做,不怕遭天谴么?"周娇娇问。

周友辉一听,还是一笑,也不回答周娇娇的话,反问道:"你是为了那个男人,才会来求你爸的?"

周娇娇一听,站了起来,看着周友辉:"这事情……没得谈了?"

"我们身在其中,"周友辉跟着起了身,"我从来就不是好父亲,以前不是,现在也不是。我也不是个好人,以前不是,现在也不是。如果你还当我是爸,听爸一句话,丁聪不是一个值得你爱的男人。"

周娇娇笑了笑答:"那按照爸说话的风格,我是不是该说,杨小三不是一个值得你爱的女人呢?话不投机半句多。"

说完,她转身离去。

周娇娇来,是周友辉预料之中的,却没有想到她来得如此快。周友辉估计得没错,至于黎总,也是到昨天才知道H县的那座矿山最大存储量并非铝矿,且仅有的铝矿也不能满足项目所需。黎总的背景和出手快、狠、辣,在业内是出了名的,所以黎总的压力就传递到了丁聪的身上。丁聪没经历过市场经济的熏陶,没有显赫的背景,再加上二十多年本分教师的经历,虽被仇恨蒙蔽了眼，不惜一切去努力经营，到头来依旧落入了周友辉的陷阱里。丁聪现在的情况，周友辉不用想也能猜到。只是没想到，黎总下手竟如此狠。

周娇娇走后，周友辉将该交代的文件准备好，这才打通了周伟志的电话。几分钟后，周伟志走了进来。

"爸。"周伟志说。

"坐。"周友辉将手里的一叠资料推到了他的面前，"这些资料都整理好了，你抽空看看，熟悉熟悉，不清楚的地方，趁着这几天，我好跟你讲讲。"

"爸……"周伟志答，"我只答应暂时帮你，所以……"

"罢了，走一步是一步吧，爸也看不清楚所有的事。"周友辉叹了一声。

"爸……"周伟志犹豫了几秒，开口说，"姐刚打电话给我……"

"都说了交给你了，事情就由你来定吧。"周友辉笑了笑答。

周伟志低着头答："爸……烫手的山芋，你交给儿子了……"

周友辉一听，笑了，站了起身："走吧，爸请你吃饭。"

周伟志跟着也笑了，随着周友辉一起走出了办公室。

今天是杨南出院的日子，杨东和杨小三一起去了 L 市医院。杨南恢复得很好，虽然双腿还打着石膏，需要一个月后才能拆，但其他已无大碍。杨东去停车场取车，杨小三推着轮椅。

"你今天好像心情不太好？"杨南突然问。

杨小三一听，回过神答："没事……看着二哥能够出院，高兴得很。"

"骗不了哥，"杨南回答得很干脆问，"是不是他出什么事了？"

杨小三一听，笑了笑答："还是骗不了哥，我刚听到以前的同事告诉我，他昨天把巨人公司的职务辞了。"

"为了你？"杨南问。

"我哪有那个魅力？"杨小三不自在地笑了笑，想起了昨天周友辉的短信，隐约觉得他是为了她才做的决定，但她嘴上却不敢这么回答杨南，于是答了一句模棱两可的话。

"他若是为了你肯放弃一切，你会为了他放弃一切么？"杨南突然问。

杨小三沉默了。

杨南见她不答，继续说："当初，他为了我放弃了一切，可我却没能为他放弃一切，我常常在想，如果当初我可以为他放弃一切的话，如今就不会跟他阴阳两隔了。"

"对不起，哥，我又让你想起了伤心的事。"杨小三说。

"你明白的，哥不是这个意思。"杨南答。

"别说了，二哥……"杨小三的手机响了，周娇娇打来的："有空吗？我们见一个面好吗？"

"还见什么呢？"杨小三答，"我已经没你想取走的东西了。"

"我知道……"周娇娇答，"如果你想报仇的话，那也得跟我见了面才能有时间骂我打我啊。"

周娇娇的态度让杨小三一惊，她有些犹豫。

周娇娇见杨小三不愿意，赶忙说："我是求你救一个人，丁聪。"

"我跟这个人没有一点关系了。"杨小三说完，不客气地挂了电话。刚一挂电话，对方又打了过来，杨小三直接关了机。

杨南看着，微微一叹说："三儿，很多事情不是逃避就能解决的，二哥是你的前车之鉴，我已经跟果果说好了，回去我们就办离婚手续。按揭的房子我已经决定给她，这是我唯一能够给她的。"

"二哥……"一声二哥，杨小三竟叫得有些哽咽了。

晚上，街角的一家小咖啡厅，杨小三见到了周娇娇。快一年不见，她没了往日的灵气，整个人就像一幅褪色的油画，淡了很多，灰了很多。

"你来了？"周娇娇勉强地笑了笑说，"坐。"

杨小三坐了下来，直接问："为什么来找我？"

"丁聪出了事。"周娇娇低着头说。

"我已经说过了，他的事情跟我没有关系。"杨小三答。

"没关系，我就不会来找你了。"周娇娇答，"丁聪什么事都告诉了我。他很天真，异想天开想跟我老爸周友辉斗，却落入了他的局，对方找上了门来了，还有黑社会背景，昨日将他打……打得不成个人样，现在周友辉不出面，救不了他。"

"那你应该找你爸，不该来找我。"杨小三答。

"已经找过了,"周娇娇答,"他不答应,还有我弟,他压根不愿意接我的电话。但是我知道无论是我弟还是我爸,他们都会听你的。"

杨小三笑了笑,答:"你太看得起我了。"

"我已经知道了,那个孩子是丁聪的。"周娇娇说,"丁聪告诉我,他妈拿了孩子的头发和丁聪的头发,去做了 DNA 鉴定,证实了孩子是他的。我知道,丁聪做过很多对不起你的事,你就看在他是孩子父亲的面上,帮他一把,啊?"

"孩子是他的?"杨小三一听,愣住了。

"到现在了,你还要掩饰么?"周娇娇笑了笑,"我已经看过那张 DNA 检验单了。"

"……"

走出了咖啡厅,杨小三拿出手机拨通了周友辉的电话。电话通了,好像周友辉已经预示到她会打来一般,开口的第一句话竟然是:"好久没有听到你的声音了,真的很动听。"

"见一面吧。"杨小三说。

"来吧,我们曾经的小窝,我在等着你。"周友辉的声音略显低沉。许久没听,感觉就像魔音一般,杨小三感觉心脏就像失控的发动机。

"你怎么在那儿?"杨小三问。

周友辉笑了笑,答:"最近一直就住在这里。"

他的声音听起来像要腻死人,让杨小三无法拒绝。

"过来吧。"

半个小时后,杨小三到了门前。大门虚掩着,轻轻一推,门开了。杨小三走了进去,周友辉正坐在休闲厅的沙发上,仔细地泡着茶。

"来了?"周友辉抬起了头,"正好才泡好了茶,好久好久没喝过茶了,这种习惯总是不好,由俭入奢易,由奢入俭难。习惯了听着你说话泡着茶,没了你,茶就没了味。"

杨小三不语,默默地走到了沙发前坐了下来:"我……"

杨小三刚开口说了一个字,被周友辉打断:"先喝茶吧,有事一会儿再说。四川蒙顶山高海拔的绿茶,我托人带回来的。"

杨小三点了点头,接过了茶杯。喝完后,轻轻地将茶杯放在了茶几上。刚一抬头，发现周友辉不知道什么时候已经走到了她的面前，杨小三一抬头，正好将红唇递了上去，他毫不客气，霸气地亲了下来。缠绵的一个吻，很久很久才离开了她。

双目对视，默默不语。杨小三本以为周友辉会坐到自己身边，却没有想到，周友辉又走了回去，重新坐在了杨小三的对面，深吸了一口气，说："你想问的问题很多，对吧？事到如今，我都告诉你。"

"丁聪的事，是你做的？"杨小三问。

"没错。"周友辉答，"他这么对你，犯了我的底线，我无法容忍。"

"豆丁的事怎么回事？"杨小三问。

"也是我做的，是我给了丁聪母亲地址，豆丁和丁聪的DNA鉴定书也是我做的手脚。"周友辉答。

"为什么这么做？"杨小三问。

"还记得上次在北京见过的老郝么？他离开北京时候，对我说了一句话，他说得很对，速战速决。我们这样长久下去，迟早会有更多人受伤，我这么做，只是想逼他出手。"

"所以，你这么做，也早算到了我今天会来找你？"

"丁聪的事情，我故意不答应周娇娇。周伟志是我儿子，我只要不点头，他肯定不会帮助丁聪。所以，我就知道娇娇会去找你。你是个口硬心软的人，一定就会来找我。"周友辉说完，把已经准备好的一叠资料推到了杨小三的面前，"如今我把这个人情给你，你自己决定。这里面是黎总跟我谈的一个协议，董事会已经签字了，只要送过去，他的那个矿山就可以和巨人公司合作开发，他的公司也可以起死回生。另外，还有移民加拿大的一套资料，它可以让丁聪和周娇娇移民到加拿大，我会给他们一套房产，这是我给自己女儿的。他们必须移民，这是唯一的办法。"

"为什么要这么做？"杨小三问。

"周娇娇来找你，丁聪才知道，娇娇有多爱他。你来找了我，丁聪也会知道，你在我心里有多重。唯有这样，丁聪才不会再伤害周娇娇，也不敢再伤害你。"周友辉的声音没有一丝的起伏。

"你还是计算到了如此。"杨小三笑了笑，"你早就知道我会答应的，所以早就把人情提前准备好，让我承这个人情。"

周友辉听着，点了点头。

"为了我，你不惜伤害了自己的女儿？"杨小三打断了周友辉。

周友辉笑了笑答："我管不了那么多，做事做人不可能期望对得起所有人。我从不否认我跟你在一起是一个错误，如果错误会有代价，就我一个人来背。"

"你打算放弃巨人和彭惠琴？"杨小三问。

周友辉听了，笑笑，抬起头深情地看着杨小三："如果我没了巨人总经理的头衔，能换回来没有有妇之夫的责任，我一点不会后悔。"

"换了如何，换不了又如何？"杨小三轻声地说，"我不是早说过了么，我们应该学会忘记。"

"这句话我们彼此已经说过了半年多了，你忘记了么？"周友辉轻声一笑，"我发现，我越是想忘记了，脑海里也越来越清晰。所以我就放弃了，既然这一切都是徒劳，为何不给自己一个机会，不要再错过了一辈子的事。"

杨小三听了，低着头沉默了。

"如果我猜得没错，用不了多久，这事情就会有结果了。我想问，若是有一天，我真的变成了一个什么用也没有的老头，你还会不会爱我？"周友辉突然问。

杨小三沉思了许久，终于抬起了头回答："没想到，你竟然如此冲动，真不像我认识的周友辉。"

周友辉笑了笑，明知道杨小三岔开了话题，却也不纠正过来，从杨小三的表情，他已经猜到了几分答案，所以他并不急，而是淡淡地说："恋爱跟做生意都一样，在我的眼里，没有钱多或者钱少，只有值得或者不值得。"

杨小三一愣，问："为什么不继续问我答案？"

周友辉认真地答："那是如果，即使是如果，那就等一切成了真实之后，我会等着你的答复。你可以好好想想，我可以冲动，因为我已经四十七了。但你不能冲动，你才二十九。我可以给你的未来，永远不会比柳青松多。"

杨小三听着，微微地叹了一声，答："在我眼里，你永远这么现实。"

话音一落，两人都沉默了。

半个小时后,杨小三抱着资料走出了大楼。站在楼下空旷的草坪中央,抬头看着屋内透出的柔和灯光,她的手机响了,周友辉的短信传了过来:

"这种事没有回头路。若是真有那么一天,别可怜我,这是我应该的。"

这样的话,坚强的他,在杨小三的面前始终没有勇气说出口。

第二天一早,彭惠琴的电话打了来,约杨小三见面。虽然两人的关系越来越微妙,暗地争斗了整整半年,可正式坐下来见面这还是第一次。杨小三点了点头,答应了彭惠琴的邀请。

彭惠琴约的地方是一个茶楼。杨小三去的时候,差点被拦在了外面。直到报了彭惠琴的名字,才有一个经理从内堂走了出来,恭敬地将杨小三领上了楼。

杨小三推开了木门,浓烈的檀香味和刺鼻的香水味交织在一起。不远处的乌木根雕椅上,彭惠琴正安静地坐着,手里捧着一杯茶,见杨小三走了进来,看了她一眼,又看了看她对面的椅子,示意杨小三坐下。

彭惠琴开口说:"我其实不爱喝茶,偏偏我老公爱,几十年的夫妻,也就习惯了这茶的味道,一天不喝还真不是个滋味。杨小姐这么年轻,定是喜欢咖啡和可乐吧,既然差距这么大,就别勉强了。"

杨小三听了,答:"茶有茶的好,咖啡也有咖啡的好。"

彭惠琴一听,严肃起来说:"别不识抬举,给你几分颜色就开了染坊。"

"彭太太能屈身见我,已经给了好几分颜色了。"杨小三笑了笑,"人不同于咖啡和茶,咖啡和茶不能选给什么人喝,但人可以选择爱自己喜欢的。攻城容易守城难,恋爱容易婚姻难。走到如此地步,错的就是我么?"

"不是你勾,我男人会这样?天底下就是你们这些狐狸精太多了,才会有这样高的离婚率。像你们这种人,破坏了多少婚姻?我就纳闷了,法律怎么就没有破坏他人婚姻罪?"

"苍蝇不叮无缝的蛋。"杨小三答,"这条刑法怎么认定,你心里比我更明白。他是个重情重义的人,能选择走到这一步,你心里琢磨琢磨,是我的作用大,还是你的作用大?"

"没有你,他会想这么多的花花肠子?"彭惠琴问。

杨小三答:"没有你,他兴许还在S县过着平凡人的日子。"

"可他现在是巨人公司的老总,要什么有什么,在A市呼风唤雨,能跟在

S县当个普通老百姓相比么?"彭惠琴问。

"幸福不幸福,只有他自己知道。"杨小三笑了,透着玻璃窗看着窗外说,"细细想来,我觉得我跟你都一样,我真的很可怜你,都受到过小三的伤害,却又自己去做过小三。女人啊,真的很奇怪,总会为了爱,心疼着男人,不管是谁的对错,只会去折腾自己,折腾自己的同类,这是为何呢?"

话音一落,彭惠琴竟愣住了。

杨小三轻轻起身,拿起了包正准备走,彭惠琴突然如同从梦中醒来一般,失声大叫了一句:"给我站住!我警告你,周友辉是我的!以后不准你们有什么关系。"

事到如今,已一败涂地,输掉整个人的她只剩下最后一招:耍无赖。此刻在她的脑海中,突然浮现出了那些正室满街追打小三的场景,那是一种无奈与无助。

"他不是你的,也不是我的。没什么能够拴得住男人,即使是爱,也有一个时限。一不小心就过了保质期,变质了勉强吞下去,伤的是自己。"杨小三站直了身子,看着彭惠琴说。

"亏得他为了你,什么都放弃了,不惜身家和名誉要跟我离婚。可我现在看来,你怎么对他也没信心了?受过一次伤害的你,是不是也怕有一天他会离开你?"彭惠琴竟笑了,笑了许久,她仰着头骂了一句,"活该!"

"他是他,我是我,爱在,婚姻就在,爱不在了,婚姻就不在了。两人分分合合,到头来为的只是一个爱字。一次婚姻经历告诉我,要为爱而活,而不是为婚姻而活。而你不一样,你也经过了一次攻防转换,可你学会的刚好相反,你是为婚姻在活,你觉得你活得开心么?"说完,杨小三拿起了包,转身离去。其实说最后一句话的时候,她心里也有些苦涩。在这世界上,道理永远是说起来容易做起来难,自己和柳青松何尝不是为婚姻而活,凡尘俗世,由不得自己的事情太多太多。

第二天,是周友辉人生中第一天,他决定放下所有的一切,安心睡一个高质量的懒觉,这个愿望却因为彭惠琴的电话而宣告破灭。他起了身,看了一眼手机的屏幕,接起了电话。

"今晚回家一趟。"彭惠琴说。

"有事？"周友辉的声音异常冷漠。

"有事才得回家么？"彭惠琴问。

"我今天约了个老朋友，大概没有空回来了……"

周友辉还没有说完，彭惠琴打断了他说："我昨天见过了杨小三。"

"好，我今晚就回来。"周友辉话锋一转，立刻做了决定。

Ａ市的清晨，有一层淡淡的浓雾。杨小三开着熊猫车，到了母亲住的楼下。今天是二哥与陈果果离婚的日子，杨小三有离婚经验熟悉流程，再加上杨南现在行动不便，接送的任务很自然地就落在了她的身上。

民政局还是一如往常地热闹，吵闹的声音此起彼伏，大厅门口那位大妈依旧泡了一壶茶，在嘈杂中耐心地看着报纸。杨小三推着轮椅，陈果果默默地跟在了两人的身后。近些年，因为离婚的人越来越多，程序也越来越简单，十几分钟的时间，钢戳一盖，一对"鸳鸯"就正式宣告散伙。

远远地，杨小三见着陈果果推着轮椅走了出来，走到一半，轮椅突然停了下来，陈果果蹲了下来，耳朵凑到了杨南的嘴边。杨南轻声说了几句后，陈果果捂着嘴往外跑走了。她路过杨小三身边，杨小三这才发现她满眼全是泪水，伸手要阻拦，被她推开。

杨小三看着逐渐消失的背影，直到看不见了，才走到了杨南的身边，两人默默地一直走到了停车场杨南才开口："为什么不说话？"

杨小三低着头，轻声说："二哥……啥时候也耐不住寂寞了？是不是后悔了？"

杨南笑了笑答："哥知道，你是在说自己。是不是你心里已经有了决定了？"

杨小三摇了摇头，咬着唇不答。

"一直逃避，不是办法。"杨南答。

"若是妈知道了你这么对我说，非拿个棍子把我们俩的腿打折了不可。若不是妈担心你犯病，又怎么会同意你离婚？我若是再离一次婚，妈会活剥了我。"杨小三说。

"三儿还是跟我一样，一直都太在意别人。人还是自私点儿好，为自己多考虑一些。反正我这腿也折了，妈若是要打你，就一并算我的头上好了。"杨南说着笑了笑，默默看着远处，好像突然间思绪已经飘向了很远。

晚上，杨小三路过菜市场，胡乱买了一些菜。到了家进了厨房才发现，自己袋子里竟不知什么时候装着一条鱼。既然买了，杨小三打算做很久没有做过的茴香鱼。鱼刚烧到一半，门锁轻轻地响动，柳青松走了进来。

"老婆，在做什么？好香啊。"柳青松手里还拎着皮包，脑袋已经探进了厨房。

"茴香鱼。"杨小三答。

"看来我今晚是有口福了。"柳青松看了看四周，问，"豆丁呢？"

"今天我陪二哥去民政局，把豆丁抱回我妈家了。妈很久没见过豆丁了，让豆丁多待几天。"杨小三答。

"哦。"柳青松点了点头，走到了杨小三的身后，环住了她的腰，"老婆，回家能够吃到你做的菜，是我这辈子最幸福的事。"

杨小三笑了笑，淡淡地答："人生还有那么长，只有更幸福的事，不会有最幸福的事。"

柳青松听了，手没有松，却沉默了。

周友辉开着车，慢慢驶入了彭家老宅。炎炎夏日的傍晚，树荫下微风袭来，异常凉爽。周友辉下了车，沿着草坪的小道走向了大门。这曾经是他二十多年的家，这一刻才发现如此陌生。一草一树，正如二十年天天面对彭惠琴的一颦一笑一般陌生。周友辉想到这里，不禁一笑，原来这么多年，他都在不经意地逃避，逃避家，逃避情感。

门推开了，彭惠琴正坐在开满玫瑰花的后院里。周友辉轻轻地吸了一口，抬脚向后院走去。

彭惠琴低头看着正在绽放的玫瑰，身后传来了轻微的脚步声，她没有回头，轻声说："这个时候的玫瑰正漂亮，因为它正当季。过些日子枯了，连路上的野草也比它漂亮。"

周友辉听着，默默走了上去，坐在了她的身边，答："花开就总有花落，你一直都太在意了花开的美，所以才看不见花落时的美。"

"花落时哪有美？"彭惠琴转过了头，看着周友辉。

"相濡以沫，白头到老。夕阳下牵着手，一起压马路，何尝不是一种美。"

周友辉笑了笑答。

"如果你希望，我们可以做到。"彭惠琴答，"她不会陪你一辈子，你也不会陪她一辈子。二十年我和你一路走来，我不想断在她的手里。"

"跟她无关，是我的错。"周友辉答，"男人的错，不该怨在她的身上。那一次她从楼梯上滚下去，母子俩差点丢了命，我就在想，这个世界很奇怪，明明一直都是我的错，为什么，你却不会把恨放我身上，而去怪她。"

"你说呢？"彭惠琴抬头看着周友辉。

这一刻，周友辉才发现了她骄傲外表下的无助，自信下的苍老。有时候女人的自信来自于自己的外貌，人越老，越没有自信抓得住男人。

"我不值得你去爱。"周友辉微微叹了一声。

"她更不值得你丢了所有的身家去爱！你就这么坚信，她会跟离婚没有身份的你再结婚吗？现在的很多女人，都是为了男人的钱。你若不信，我跟你赌一次？怎样？若是我输了，我认了。若是你输了，回到我身边，公司给伟志，我们一起去国外，现在儿子也算成家了，我们好好一起过剩下的日子？"彭惠琴问。

周友辉听了，摇了摇头。

"什么意思？"彭惠琴问。

周友辉起了身，看着远处红得如血的夕阳，坚毅的面容上依旧是那份熟悉的从容，他回答："我们还是离了吧……"

又是这样一个深夜，又是一次睡梦中的惊醒，杨小三坐了起来，拿起了手机，一条短信竟然像知道她的心思，适时地发了过来："今天几号？"

杨小三笑了笑答："上次说你搭讪谈天气，现在好了，竟改口问日子。"

最近这些日子，一连串的事，杨小三似乎早已经在纷繁复杂俗事中迷失了自己的个性。只有在这个夜深人静的晚上，突然意外地接到了他的短信，心思才会这么短暂地一雀跃。

"八号对吧？"周友辉的回复，并没有影响她的好心情。

"没错。"杨小三回复了过去。

许久，周友辉的短信才回了过来，很长很长的一段："从现在开始到十八号，我都会一直在我们的家里等你。我想为你戴上那枚一直想为你戴上的戒指。原谅我对柳青松、对丁聪、对豆丁所做的一切。我不想为这一切辩解什么，因为我怕。我说这一切都为了你，你会说我替自己犯的错找借口。我等你，十天的时间。"

看着短信，杨小三的眼里不知何时已悄悄盛满了泪水。

那天以后的日子，对于杨小三来说溜得特别快……

第一天下了场雷阵雨，巨大的雷声，瀑布般的暴雨。杨小三坐在窗前想了许久，一场及时雨让她给了自己一个完美的借口。

第二天豆丁感冒了，杨小三抱着他去了医院，忙完了已是下午。从医院回来的途中，杨小三一番心思搏斗，终究没有去。还有八天，还有好长好长的时间可以慢慢地决定。

第三天是个周末，柳青松一整天都待在家里，陪着她和豆丁。几次杨小三想开口，可柳青松却像知道了她要说什么一般，生生将话题挡了回去。

第四天阳光出来了，柳青松不顾杨小三的反对，说一家人该出门玩一次，于是去了水上游乐园，看着豆丁在柳青松的怀里一直笑，杨小三的话憋着没有出口。

第五天周伟志打过电话，告诉她，父亲和母亲已正式离婚，公司里传得很厉害，都在骂他。杨小三听着，一句不答。挂了电话，拿着车钥匙准备出门，卧室里豆丁的哭声传了过来，杨小三心一痛，拿起的钥匙又放了下来。

第六天，杨小三打了电话给敏敏，聊了很久很久，从过去说到将来，从自己的人生研究到了孩子的人生，终究没有把这个难题解出来。

第七天，杨南拆石膏，杨小三开车陪他去了L市，一路上两人的话都不多。直到最后，杨南开了口，就被杨小三打断："哥想说的，三儿都明白。"

第八天，周娇娇来了，她告诉杨小三，他们已经拿到了绿卡，下个月就要去加拿大定居。临行前来告别。二人见了面，变得分外客气。周娇娇告诉杨小三，丁聪身体已经没什么大碍，因为行动不便，就不来看她了。杨小三将她送出门，周娇娇走到一半又突然折了回来，轻声地告诉她："我爸爸，是个好人，你也是。这个世界好人应该有好报，祝福你们。我不想叫你妈，丁聪也不想。所以，以后我们还是不见面好。哦，对了，丁聪让我转达，祝你幸福。"说完，她转身离去，杨小三一冲动，转身回屋拿了车钥匙，开了熊猫车直奔那个家。可途中年迈的熊猫抛了锚,也许这就叫天意。

　　第九天,天很阴沉,一场雷雨即将来临。杨东打来电话,说是周五一家人一起吃饭。饭桌上,杨小三一声不吭。回家的路上,柳青松再也没忍得住,开口问:"你是不是心里搁着事在,想要说什么,直接说吧。"杨小三抱着豆丁,仔细地看着他熟睡的样子,想了许久,最终摇了摇头。柳青松一看,笑了。

　　第十天又是一个周末,十八号,据说这个日子结婚的人特别多。一早,杨小三就被对面酒店里的鞭炮声音惊醒,一直到柳青松醒来,两人洗漱好后,带着豆丁回柳家。临近到了中午,柳青松接了一个电话,有应酬要马上回公司。柳青松走后,杨小三一个人坐在了窗台前,不停地看着手机屏幕上一点点流逝的时间,明明是滚动向前的读数,到了杨小三这里就变成了倒计时,时间越来越少,她的心也越揪越紧。

　　下午,她觉得透不过气来,站了起来,颤抖的手抓起了包,不顾柳父的询问,冲出了门。

　　熊猫车缓缓地进入小区,杨小三已经有大半年没来过。正值夏日,满眼都是繁盛的树木,妖艳的鲜花。景色依旧,心境却变了很多,一路走来,褪去了世俗的烦躁,竟如空谷幽兰,多了份闲情。直到要去面对他,直到要去决定一件事情,杨小三这才发现,原来一切竟如此的简单和从容。或许,换一种说法,这叫豁出去了。

　　楼下车库里停着两辆车,一辆是他曾经给自己买的牧马人,一辆是他的迈巴赫。杨小三看着,一丝欣喜竟溢于言表。上了电梯,走到门边,轻轻按了门铃,响了许久,没人开门。

　　杨小三拿出手机,拨打了他的电话。电话音提示手机停机。这一下,杨小三慌了,用力按着门铃。今天是他给的最后期限吗?杨小三的脑海里反复计算着、确信着……

　　十多分钟后,一个保安走了过来,恭敬地问:"请问,您是杨小三么?"

　　杨小三回过头看着陌生的保安答:"这是我朋友的家,我来找他,他不在么?"

　　保安礼貌地点了点头说:"请出示您的身份证。"

　　杨小三一愣,从兜里掏出了身份证,保安仔细地核对了一下,点了点头,掏出一串钥匙递给了杨小三："这是户主交代的，请您收好。"

杨小三拿起钥匙开了门。屋内的一切还是保持着当初的样子，熟悉的蓝色，熟悉的百合味。紧闭的窗户，因为空气不流通而有些发闷的味道，提示着他已经离开了不止一天。

客厅的玻璃茶几上放着一个牛皮袋，上面有一个小信封，信封上压着一个心形的红色盒子。那只盒子似曾相识，杨小三走了上去，拿起来，轻轻打开，那是一个装着戒指的盒子，可盒子里什么都没有。

杨小三记了起来，那是几个月前他送给自己的戒指，执意戴在自己左手的无名指上，自己当时并没有收。如今，盒子在，戒指没了。

杨小三忙抓起了桌上的信封，那是一封写给自己的很长很长的信。

"我不想用像八股文规定的那句话开头，说当你看到这封信的时候，我已经走了。我觉得这样写，就像在写遗言一样。那样的话，你如果伤心了，我会难受。现在我写这封信时，很释怀。原谅我擅做主张，将给你的十天期限打了三折。因为我明白，我对你的爱，和你对我的爱，经历这一年的波折，已沉淀在了最底层，我只能忍住三天，却忍不住十天。我相信，你一定也是。

"有件事搁在我的心里，原谅我只在信里告诉你。还记得那日凤凰路上跟你见面么？那日的午后，我特意选择了人最多的地方跟你见面，拍了我们相见的照片，网上的照片是我故意放上去的。对不起，我利用了你，但现在我只想告诉你结果，不想告诉你原因。我这样做伤害柳青松和豆丁，但做人做事，不可能指望对得起所有的人。只要我认为，为了你好，我都会去做，哪怕你会恨我。

"遇见你，一开始我就知道错了，好几次我都妄图去修正错误，可怎么做都是错。不仅如此，还让你承受了巨大的伤害。所以，事到如今，怎样的结果我都觉得无所谓了。我希望，错由我一个人承担。

"柳青松人不错，只是缺少了些历练。我本想过磨炼一下他，让他能够在这个社会上取得些成就，能让你以后的生活更舒适些，可后来，我打消了这个念头。人生历程的单纯，预示着爱的单纯。这样他对你的爱，就会永远保持着最初的感觉。我很自私，你的幸福比其他人的幸福更重要。

"最后，三儿，别嫌我啰嗦，答应我好好地过自己的日子，记得不要再超速开车，以后不会有人再帮你处理那一堆的违章记录；记得不要再率性地说话,你的美不是任何人都能看得见;记得不要再对人太好,宠坏了一个丁聪,一个周友辉,别再宠坏一个柳青松……"

看到这里,一滴泪落了下来,湿润了薄薄的信纸。

深夜,杨小三几乎花光了全身的力气才回到了家。轻轻按了门铃,门开了,温暖的灯光照在身上。有人走了出来,没有他挺拔的身姿,没有他宽阔的胸膛,没有他淡淡的烟草味道,杨小三身体一软,落入了柳青松的怀抱。

迷蒙间,杨小三抬起头,半睁着眼,轻声问:"在这个世界,爱真的要分对错么?"

柳青松低下了头,轻轻地吻了吻她的额头,答:"前几天他给我打过一个电话,一直嘱托让我好好照顾你。三儿,我有时候在想,你们是不是真是天生的一对。因为他告诉我,当我正式娶你为妻时,就有责任陪你一辈子,而他的责任是错的。用他这句刚好可以解释你的问题,爱没有错,但责任有错。你觉得对么?"

杨小三听着,泪水瞬间蒙住了眼。

时间就像是身边的空气,你在意时候,它一分一秒跑得贼快,你不在意了,它一分一秒就像是在散步。半年的时间,长得杨小三觉得像有十年。从盛夏到隆冬,没有他的一百八十多天,每天杨小三都过得极其漫长,偶尔闲暇时回头想想,竟想不出来这半年都折腾了些什么。

元旦那天下了一场小雪,杨小三抱着豆丁坐在沙发上,看着窗外光秃秃的梧桐树枝,她寻思着是否也该出去找一份工作。此时门铃响了,快递公司送来了一封新加坡寄来的快件。

杨小三拆开,一沓照片落了出来,豆丁伸手就抓了一张,一眨眼扯成了两半。杨小三赶忙将照片收了起来,小家伙不乐意了,哭着闹着要。杨小三哄了许久才把他哄睡着。

豆丁睡了,杨小三才有空拿起那叠照片。那是周伟志和张敏在新加坡的婚礼,点点已经长很高了,穿着一身公主裙,牵着两人的双手站在了中间。婚礼是在一个教堂举行的,人不多,却很精致。照片中,杨小三看到了最想看到的人。他还是风采依旧,无论在哪里,那种温文尔雅的气质都会吸引众人的目光。

照片的最下面是一封信,敏敏写的:

"亲爱的，给你写这封信时，真的很纠结用什么称呼。想了想，还是叫你亲爱的。我跟伟志在新加坡结婚了，他离开了巨人。我们两人一起走到了今天，修成正果，我真的很开心，你一定会祝福我，对么？照片你一定看了吧，也一定看到你想看的人了吧？递这么多照片给你的目的，除了想让你看到我重新穿上婚纱的样子，还有一个目的，你懂的，有几张是我用心挑的，你慢慢看，不必谢我。婚礼没有邀请你，真的很对不起。我跟伟志商量过了，他说，这是他父亲的要求。这场婚礼，要么邀请他，要么邀请你。我们细想后，只邀请了他。你会怪我吗？

"亲爱的，如今我真好，我也希望你过得很好，伟志把一切告诉了我，所以他和我的决定都是一样，我不介意有一个情同姐妹的妈，点点也不会介意有一个一样大的叔叔。他的地址，我偷偷地写在信纸的背面，你自己决定吧。千万记住了，别告诉伟志。"

远在内陆的S县，高海拔的小县城，最有名的莫过于清明前绿茶。没有工业污染，纯手工制造，外面高价也买不到，只有在这里才能品尝到。

又是一个这样的四月，周友辉坐在大门外的木椅上，一边泡着茶一边想着两年前，与她在山间，往事历历在目。每每想起，除了身体上的那种原始冲动，还有那心灵深处的思念。

每当午夜梦回，周友辉总是想到她，就会在心中莫名地问自己，爱如果有颜色，该是什么颜色？为何在记忆中，或睡梦中的她，任凭自己努力地想，她都没有颜色？

一阵急促而沉重的脚步声传来，几分钟后，一个大腹便便的二十多岁的农村女人，手撑着腰一步步走了过来，一屁股坐在了周友辉的对面，拿着周友辉刚喝过的茶杯倒了一杯，喝了下去。

周友辉淡淡笑了笑："孕妇不宜喝茶。"

"我们农村的人，哪有你们城里人那种规矩？"女人大大咧咧地笑了笑，手擦了擦嘴角的茶水说，"这都六个月了，我还能下地干农活。你们城里的女人太娇贵了。"

周友辉笑而不答，拿起了另外的茶杯倒上了茶，端了起来，却没有喝，看着远处的落日发着呆。

对面女人表情突然一变,眼泪像变戏法一般落了下来,开始唠叨起了自己的家事:"周叔,您来这里住了快一年了,我爸妈都说您是有学问的人,您跟我评个理,我现在这身子都六个月了,我那男人昨天竟回家跟我说,想到外面去找女人解决生理问题。"

农村女人说话直爽惯了,周友辉也听惯了,知道她唠叨几句就会回去了,所以只是低头笑了笑,替她的茶杯装满了水。

"昨晚我们吵了一架,他说已经憋得要去外面找女人解决,君子坦荡荡,他觉得是应该的……"女人还在喋喋不休,如此话题入了周友辉的耳,没起一丝波澜,像是过了那个季节,再多的刺激都不会引起他的注意。

此时,身后是一阵脚步,熟悉的声音犹如天籁传来:"那你告诉他,等他老了不行了,也让你出去解决吧,这是应该的。"

周友辉听着,却没有回头,端着茶杯的手开始微微发抖。

女人用铜铃大的眼睛盯着走来的人,二十多岁,穿着一件蓝色的裙子,一手拖着行李,一手抱着个熟睡的孩子。半晌才从震惊中回过神来,转过头看着隐隐露出笑意的周友辉:"她是你女儿?"

周友辉终于转过了头,一脸深情地看着杨小三答:"不,她是我爱人。"

女人一愣,又转过头看着杨小三。许久,她发现他们相视而笑,像融入一个忘我的境界,完全把她丢在了一旁。于是,她起了身,快快走了。

终于,周友辉开了口:"你,怎么来了?"

杨小三笑了笑,放下了手里的行李:"来就是来了,欢迎不欢迎,就赖上这里了。"

"柳青松呢?"周友辉问。

"他走了,他说,他不想再看到我的笑了。怎么办?我被人甩了。"杨小三抬起头问。

周友辉一听,笑了,放下了手里的茶杯,走了过来,将母子二人揽入了怀里。这一动,怀里的豆丁醒了,看着眼前这个陌生的男人,用刚学会的单音喊着:"妈,妈……抱……"

半个小时后,豆丁躺在了舒服的儿童床上睡着了,杨小三走出了屋子,周友辉正坐在客厅的摇椅上，替她在自己怀里留了个舒适的窝，杨小三走过去，藏进了他的怀里。

"你竟然备下了婴儿床？"杨小三问，"我会来找你，是不是也在你的计划之中？"

周友辉笑了笑，不语。几分钟后，他伸出了手，从脖子上摘下了项链，同时也摘下了项链上挂着的那枚戒指，他一手抓住了杨小三的左手，套在了她的无名指上。许久，他低头吻了下来，吻毕，在杨小三的耳根轻声说：

"放心，我让人把这枚戒指上的钻石摘了，放我的戒指上了。"

说完，他笑着伸出了自己的手，无名指上，同款的男戒赫然镶嵌着两枚钻石。

"这下，你该满意了么？"

看着他得意如孩子般炫耀着手上的戒指，杨小三忍不住笑了。

这一笑，他又忍不住吻了上来。这一吻很长很长，一年的相思，难解的忧愁，岂是一个吻能够释放的。吻完后，两人都有些喘，一起躺在了摇椅上，看着窗外的落日。

许久，杨小三说："明日赚钱去吧，你现在得养活两个人了。"

周友辉抬了抬眼皮，搂着她答："不去。我现在最大的任务是吃好，喝好，睡好，身体好，活得越久，才能陪你们。"

话音一落，杨小三抬起了腿，懒懒地搭在了周友辉的腿上，说："拜托你，做人能不能不要这么现实？"

"今天几号？"周友辉眯着眼问。

"四月十一号？"杨小三懒懒地答。

周友辉低着头算了算说："周二民政局上班，我们去把证领了吧？"

他的口气，像在告诉她今天的晚餐吃红烧鱼一般自然。

"我再说一遍，你做人能不能不这么现实？"杨小三抬头看着他。

他一笑，霸气地吻了下来。

全书完